Nota da edição brasileira

Esta é uma história de ficção que se passa a partir da década de 1980 na União Soviética, portanto os pensamentos e os diálogos dos personagens podem refletir ideias e normas sociais da época, e devem ser lidos nesse contexto.

ELENA MALÍSSOVA
KATERINA SILVÁNOVA

Tradução do russo
YURI MARTINS DE OLIVEIRA

seguinte

AVISO DE CONTEÚDO: HOMOFOBIA, AUTOAGRESSÃO.

Copyright © 2021 by Elena Malíssova e Katerina Silvánova
Publicado mediante acordo com MEOW LITERARY AGENCY.

O selo Seguinte pertence à Editora Schwarcz S.A.

Grafia atualizada segundo o Acordo Ortográfico da Língua Portuguesa de 1990,
que entrou em vigor no Brasil em 2009.

TÍTULO ORIGINAL ЛЕТО В ПИОНЕРСКОМ ГАЛСТУКЕ
ILUSTRAÇÃO DE CAPA Adams Carvalho, 2021
LETTERING Lygia Pires
MAPA Vera Golosova, 2021
PREPARAÇÃO Angélica Andrade
REVISÃO Paula Queiroz e Luciane H. Gomide

Dados Internacionais de Catalogação na Publicação (CIP)
(Câmara Brasileira do Livro, SP, Brasil)

Malíssova, Elena
    Verão de lenço vermelho / Elena Malíssova, Katerina
Silvánova ; tradução Yuri Martins de Oliveira. — 1ª ed.
— São Paulo : Seguinte, 2024.

    Título original: ЛЕТО В ПИОНЕРСКОМ ГАЛСТУКЕ.
    ISBN 978-85-5534-329-2

    1. Romance russo I. Silvánova, Katerina. II. Título.

24-202843	CDD-891.73

Índice para catálogo sistemático:
1. Romances : Literatura russa 891.73

Cibele Maria Dias – Bibliotecária – CRB-8/9427

Todos os direitos desta edição reservados à
EDITORA SCHWARCZ S.A.
Rua Bandeira Paulista, 702, cj. 32
04532-002 — São Paulo — SP
Telefone: (11) 3707-3500
www.seguinte.com.br
contato@seguinte.com.br

Nota do tradutor

Os nomes russos têm uma estrutura muito característica, sempre em três partes: o nome, o patronímico e o sobrenome. O patronímico é criado a partir do nome do pai da pessoa, e há sempre uma forma feminina e uma masculina. O sobrenome usado é sempre o do pai, e também possui uma forma feminina e uma masculina. O nome do protagonista desta história, por exemplo, é Iúri Ilitch Kóniev, ou seja, Iúri filho de Iliá da família Kóniev. Como os brasileiros, os russos adoram apelidos e têm diversas formas de chamarem uns aos outros. No caso de Iúri, seus apelidos são: Iura, Iurka, Iúrtchik, Iúrotchka, Iuriéts e Iur. Cada uma dessas formas tem uma nuance que pode expressar maior ou menor intimidade — ou até um pouco de ironia, às vezes. Já o modo formal de tratar alguém, em russo, é usando nome e patronímico. É o caso da coordenadora do acampamento, sempre tratada de Olga Leonídovna (ou seja, filha do Leonid). É difícil no começo, mas logo a gente se acostuma. Boa leitura!

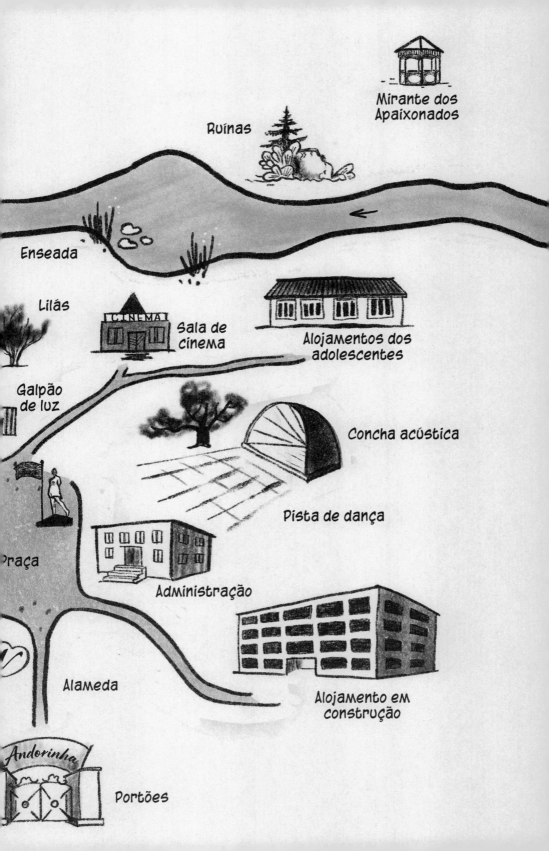

Lista de personagens

Em ordem alfabética

Aleksandr Chámov (Sacha, Sachka, Sânia): menino da tropa cinco, desastrado e dramático.

Aleksei Matvéiev (Aliocha, Aliochka, Alioch): garoto da tropa três, ruivo de sardas.

Anna (Aniuta, Ánia, Ánietchka): amiga de Iura e Macha. Não vai para o acampamento em 1986.

Dmítri Baránov (Mitka, Mítia, Mit): radialista do acampamento, toca violão e canta bem.

Elena (Lena): monitora-assistente da tropa cinco.

Evguêni (Jênia): treinador de educação física.

Irina Petróvna Orlova (Ira, Irin, Ir): monitora da tropa um, responsável por Iura.

Iúri Ilitch Kóniev (Iura, Iurka, Iúrtchik, Iúrotchka, Iur): tem dezesseis anos, faz parte da tropa um. Encrenqueiro e rebelde, se torna assistente de Volódia no clube de teatro.

Ivan (Vanka): amigo de Iura e Mikha.

Maria Sídorova (Macha, Machka, Mach): não vai com a cara de Iura, nem com a das meninas do PUM. Toca piano.

Marina Zméievskaia (Marússia, Mússia, Marinuchka): parte do trio de amigas apelidado por Iura de PUM.

Mikhail Prônin (Mikha, Mikh): amigo de Iura e Vanka.

Oleg Románovitch Ryléiev (Oliéjka, Oliéj): menino da tropa cinco que fala trocando o R pelo L.

Olga Leonídovna: coordenadora do acampamento.

Pavel Aleksándrovitch (Pal Sánych): diretor do acampamento.

Piotr Ptchélkin (Piétia): menino da tropa cinco, um grande bagunceiro.

Polina Gniózdova (Pólia, Pol): parte do trio de amigas apelidado por Iura de PUM.

Uliana Klubkova (Úlia, Ulka, Ul): parte do trio de amigas apelidado por Iura de PUM.

Vladímir Lvóvitch Davýdov (Volódia, Vova, Vóvtchik, Volod): tem dezoito anos (quase dezenove), é monitor da tropa cinco. Responsável pelo clube de teatro.

1

De volta ao acampamento Andorinha

Sim, ele tinha uma pá no porta-malas. E por que não? Ter uma pá ali era completamente normal na Rússia. E se fosse inverno, com montes de neve? Tudo bem que ainda era setembro, mas pouco importava: a pá também seria útil se o carro atolasse na lama. Será que os guardas de trânsito ficariam surpresos com as galochas? E com o limpa-vidros?

Iura os observava com interesse, sem entender se estavam tirando uma da cara dele ou não. Eram gente dali, caramba, como assim não entendiam?

Depois de ouvir suas explicações, os guardas assentiram ao mesmo tempo — dois patetas —, mas não liberaram a passagem. Quando viram a carteira de motorista de Iura, acharam que ele era estrangeiro e, pelo jeito, queriam ganhar uma "lembrancinha", ou seja, um dinheirinho importado. Quer dizer, pra que arranjar uma dor de cabeça desnecessária, quando a infração era evidente? Havia uma placa? Havia. Ele estava acima da velocidade? Estava. Então era uma infração? Era. Mas como não seria? Iura estava subindo um morro íngreme, e a placa estava lá embaixo, escondida pelo galho frondoso de um álamo. Ele simplesmente não tinha visto!

Iura sorriu.

— Em vez de ficar lá embaixo com o radar, vocês deviam era podar aquele galho. Afinal, não existe um limite de velocidade à toa; a via é perigosa.

Os guardas — sujeitos que visivelmente não ligavam muito para a segurança no trânsito — responderam, sem muita educação, que não era tarefa deles podar os galhos, e muito menos tarefa de Iura explicar o que eles tinham ou não que fazer.

— Bom, multa é multa. — Suspirou o pateta mais alto, depois de girar a carteira de motorista nas mãos. — Mas dá pra resolver essa questão de um jeito mais simples... Pra que arranjar uma dor de cabeça desnecessária?

Por dentro, Iura travava uma batalha entre os princípios europeus — afinal, tinha passado metade da vida na Alemanha — e o senso comum. Lutar pela justiça, exigindo que podassem o galho e retirassem a multa, ou pagar o suborno e economizar tempo? A batalha não durou muito, e o bom senso venceu. Iura não tinha mesmo por que arranjar essa dor de cabeça.

— Quanto é?

Os homens se entreolharam e então estreitaram os olhos como dois espertões.

— Quinhentos!

Assim que Iura sacou a carteira, os valorosos guardas se tornaram uns amores e até sorriram. Demonstraram um amável interesse em saber para onde ele estava indo e quiseram até indicar o caminho para que o *"Herr* estrangeiro" não se perdesse naquele fim de mundo.

— Como faço pra chegar na zona rural de Goretovka? Aparece aqui no mapa, só que não tem o caminho até lá. Mas eu lembro que tinha.

— Goretovka? — repetiu o mais alto. — Faz tempo que não é mais zona rural, agora é área residencial.

— Que seja, mas como faço pra chegar lá?

— Até dá pra chegar, só não dá é pra passar. É condomínio fechado, não pode ir entrando assim.

Iura ficou pensativo. Até conversar com os guardas, ele tinha um plano bem traçado: chegar a Goretovka e depois descer até o rio atravessando os campos do colcoz. Só que agora não tinha como entrar na zona rural... Será que arriscava mesmo assim? Podia tentar um acordo com alguém da segurança do condomínio. Iura balançou a cabeça — não, era perder tempo demais caso não desse certo. Restava só uma opção: atravessar o acampamento.

— Tá. Então como faço pra chegar no Andorinha?

— Aonde?

— No Andorinha, o acampamento de pioneiros Zina Portnova. Na época da União Soviética ficava em algum lugar não muito longe daqui.

O pateta mais baixinho se tocou.

— Aaah, o acampamento. É, tinha, sim…

O pateta mais alto virou meio de lado, desconfiado.

— O que você quer fazer lá?

— Eu nasci na União Soviética, ia sempre pra esse acampamento, passei a infância lá. *Das Heimweh, Nostalgie…* — Se corrigiu: — Nostalgia!

— Ah, sim, a gente entende, entende bem. — Os guardas se entreolharam. — Tá com o mapa aí?

Iura entregou o mapa e acompanhou com muita atenção o caminho que um dos guardas apontava com o dedo.

— Você pega a R-295 até a placa da vila de Riétchnoe, segue uns vinte metros e tem uma entrada à direita, você vira e vai até o final.

— Obrigado.

Iura pegou o mapa de volta e, depois de deixar mais cem contos "pro cafezinho", pôs o pé na estrada.

— Sabia que iam me parar pelo menos uma vez! — reclamou, depois pisou fundo no acelerador.

Iura nunca teria reconhecido aquele lugar se seguisse apenas pelo mapa. Vinte anos antes, bosques densos e escuros se revezavam com campos de girassol ao longo da estrada; agora, a passos lentos mas largos, a cidade se aproximava cada vez mais. Haviam derrubado as florestas, nivelado o terreno e demarcado alguns lotes com cercas. Atrás, era possível ver guindastes, tratores e escavadeiras, e dava para ouvir o barulho de construção. Iura lembrava que o horizonte era limpo até onde a vista alcançava, mas, agora, parecia cinza, apertado e coberto de entulho de ponta a ponta, ou abarrotado de condomínios e datchas, casas de campo onde as pessoas costumavam passar o verão.

Perto da placa de Riétchnoe, ele virou, como haviam aconselhado. A estrada asfaltada terminou de repente, como se a tivessem cortado; o carro trepidou. A pá no porta-malas fez um barulhão, marcando presença como se estivesse viva.

Ele definitivamente não lembrava como chegar ao acampamento. Havia estado no Andorinha pela última vez vinte anos atrás — e, na verdade, nunca fora sozinho, sempre tinha alguém para levá-lo. Como era divertido andar por entre aquelas fileiras de ônibus de viagem idênticos, brancos com uma faixa vermelha, com bandeirinhas e um letreiro escrito "CRIANÇAS" —, ainda mais se fosse na frente, logo atrás do carro da guarda de trânsito, de forma que tudo, tanto a estrada quanto o céu, parecesse estar na palma da mão. Ouvir o uivo das sirenes, cantar em coro cantigas infantis ou ficar entediado, olhando pela janela, porque já estava grande para aqueles refrões bobos. Iura lembrava que, na última viagem, não tinha cantado, mas ouvia: "Os faróis brilham, e a gente vai cantando, no acampamento já estamos quase chegando...". Agora, depois de vinte anos, ouvia só o barulho da pá acrobata no porta-malas. Xingava entredentes o carro e os buracos, rezando para não acabar atolando em algum lugar, e olhava não para um céu azul, mas para nuvens cinzentas.

— Só me falta chover!

O plano fora elaborado com cuidado. Sabia que teria que atravessar a zona rural, então tinha saído de dia, mas, para conseguir entrar no acampamento, precisaria esperar até a noite. De resto, estava tudo decidido: era setembro, então a última tropa já teria ido embora e não haveria mais crianças. O acampamento não era uma área militar, portanto só devia ter um vigia por lá, o que significava que Iura poderia facilmente entrar de fininho na escuridão — a noite na floresta é um completo breu. E se mesmo assim fosse notado, dava para resolver. Claro, o velho vigia, de início, ia se assustar com um cara vagando pelos arbustos, mas logo veria que Iura, apesar de estar levando uma pá a tiracolo, era um cara apresentável, não um bêbado ou um sem rumo, e aí os dois chegariam a um acordo.

Os pioneiros... Lenços vermelhos, ginástica, formações em fila, banhos de rio e fogueiras — fazia tanto tempo. Na época da União Soviética, os pioneiros eram tipo escoteiros. A gente aprendia os valores comunistas e da vida em comunidade e participava de atividades cívicas, jogos, brincadeiras e acampamentos. Todo mundo sabia que uma criança era pioneira por causa do lenço vermelho no pescoço, seu bem mais precioso. Mas tudo devia ter mudado: agora ali era a Ucrânia, outro país, com outros hinos, outros slogans e outras cantigas. As crianças não usavam mais lenços e distintivos, só que crianças são sempre iguais, então o acampamento também seria. Logo, muito em breve, Iura pisaria lá de novo, lembraria da época e da pessoa mais importante de sua vida. Talvez até descobrisse o que tinha aconteci-do com ele. O que significava que, talvez, pudesse finalmente reen-contrá-lo, seu único e melhor amigo.

No entanto, ao frear perto da placa de entrada familiar — apaga-da, capenga e com as letras quase ilegíveis —, Iura se deparou com o que mais temia. Da cerca metálica que antes se estendia por todo o pe-rímetro, sobravam apenas os postes de ferro; nem as hastes, nem os gra-dis haviam sobrevivido. Os bonitos portões vermelhos e amarelos, quase majestosos, estavam quebrados: uma das portas mal se segurava nas dobradiças enferrujadas e tortas, a outra jazia ali ao lado, cober-ta pela grama que crescia, pelo jeito, havia mais de um ano. A guari-ta, um dia toda enfeitada por losangos verde-água, estava escurecida, a tinta descascada havia muito tempo e, por causa das chuvas, as pare-des de madeira da casinha tinham apodrecido e o telhado, desabado.

Iura soltou um suspiro profundo: é, a ruína tinha mesmo chegado até ali. Ele havia ignorado aquela suspeita, escondendo-a bem no fun-do da consciência — afinal, não vivia numa caverna na Alemanha e sabia bem o que tinha acontecido na Ucrânia depois da dissolução da União Soviética, sabia que tinham fechado as fábricas. O acampamen-to era acoplado justamente a uma dessas fábricas. Mas Iura não queria nem pensar que o mesmo destino tivesse alcançado o Andorinha. Era o lugar mais luminoso da sua infância, um ponto ensolarado na memória. Era bem ali que ele havia deixado para trás, vinte anos antes, mais da metade de si... E naquele momento sentia como se essa lembrança es-tivesse desbotando, igual à tinta da guarita, se esfacelando na grama alta.

O entusiasmo da viagem não tinha dado em nada. Ele sentiu a saudade e a tristeza — o humor combinava com o tempo nublado, com a garoa fina que caía do céu.

Ao voltar para o carro, Iura calçou as galochas, tirou a pá do porta--malas e apoiou-a no ombro. Atravessou entre as folhas secas aquilo que um dia fora o batente dos portões e adentrou as profundezas do Ando-rinha, o acampamento de pioneiros Zina Portnova, a pioneira-heroína.

O passo para a frente foi também um passo para trás: de volta a um passado meio esquecido, a um tempo feliz, quando ele estava apaixonado. Sob seus pés havia lajotas rachadas, e ao seu redor a floresta rumorejava, inquieta com a chuva, mas na memória de Iura irrompiam raios de sol, inundando a velha alameda do acampamento, cada vez mais e mais rápido, levando-o de volta ao último verão da sua infância.

Ele parou não muito longe da encruzilhada. À esquerda ficava o caminho para o refeitório, à direita o atalho que dava para o prédio em construção, e, bem no centro do acampamento, um dia, havia estado a longa alameda dos pioneiros-heróis. Ali em volta se amontoavam ladrilhos quebrados, mas, perto do canteiro de flores, bem no centro da encruzilhada, havia um pedacinho de terreno intacto.

— Era aqui! É, era bem aqui!

Iura sorriu ao lembrar que, na última noite, enquanto todo o acampamento dormia, ele havia desenhado com giz branco a letra mais bonita do mundo: V.

Então, na manhã seguinte, quando a turma passou por ali, indo tomar café da manhã, tentaram adivinhar que contorno era aquele em volta da letra. Rýlkin, da tropa dois, declarou:

— É uma maçã, gente!

— Que tipo de maçã tem um V no meio? É uma inicial? De Vadimovka, será? — sugeriu Vássia Petlítsyn.

— Que Vadimovka o quê! É de vassiugan! — argumentou Rýlkin, citando um tipo de maçã famoso na época. Depois, olhando para Petlítsyn, deu risada. — Vássia-ugan!

Vássia ficou vermelho na hora.

Não passou pela cabeça de ninguém que aquele contorno na verdade era um coração. É que Iurka, reconhecendo entre os ruídos da noite os passos da pessoa amada, ficou tão atrapalhado que a mão começou a tremer e aí deu no que deu: uma maçã.

Remexendo com a ponta da galocha os cacos do ladrilho, Iura olhou ao redor. O tempo não tinha sido generoso com a alameda, nem com o canteiro. Por toda parte, amontoavam-se vigas enferrujadas e retorcidas — restos da carcaça do portão, tábuas e lascas podres, pedacinhos de tijolo… Pedacinhos de tijolo! Ele pegou um que era maior e agachou. Com movimentos firmes, riscou uma letra V enorme, bonita, cheia de curvas, e desenhou um coração ao redor. Outra vez era um coração todo torto e tremido, mas era dele, o coração de Iurka. Aquele Iura adulto deixou de lado o ceticismo e acenou mentalmente para o Iura jovem: o que devia permanecer ali, permaneceria.

As lembranças o levaram para além da alameda dos pioneiros. Ao longe, dava para vislumbrar a escada larga de três degraus da praça principal do acampamento. A alameda abandonada parecia um cemitério. Iura tinha a impressão de estar vagando por um cemitério antigo e abandonado; aqui e ali, como se fossem verdadeiros túmulos, estátuas e pedestais cheios de musgo despontavam do matagal. Em outros tempos, eram sete esculturas encarando o oeste com a expressão severa; em outros tempos, Iura, como milhares de pioneiros, não só sabia o nome daquelas crianças, como tentava com todas as forças se parecer com elas, seguir seu exemplo. Mas, agora, depois de duas décadas e até um pouco mais, ele já havia esquecido daqueles rostos e só conseguiu reconhecer, com dificuldade, Liónia Gólikov, o garoto que fez parte da resistência contra os nazistas e morreu em batalha antes de completar dezessete anos.

Iura seguiu em frente pela alameda em ruínas. Só dava para saber que um dia houve um asfalto cinza-claro e bem nivelado ali por conta dos farelos espalhados pela grama alta. Ele avançava devagar diante dos pedestais e olhava com pena para as mãos, pés e cabeças de gesso largadas pelo matagal. Eram torsos sem vida e cobertos de fuligem, com a armação interna exposta, e as plaquinhas com seus nomes já gastas. Ao todo, apenas três delas tinham sobrevivido: Marat Kazei, jovem que atuou na resistência junto com a irmã até os catorze anos, quando se matou com uma granada para não ser pego pelos alemães; Vália Kótik, garoto ucraniano que ficou conhecido por colher informações e praticar pequenas sabotagens contra os nazistas, morto em combate aos catorze anos; e Tólia Chúmov, que distribuía panfletos e fazia espionagem até ser capturado e executado pelos nazistas aos dezessete.

No fim da alameda, perto da escada, o quadro de honra estava intacto. Do vidro que o recobria, sobravam apenas alguns cacos afiados. Apesar disso, graças a um pequeno toldo que o protegia, ainda dava para ver algumas assinaturas até que bem, e restavam três fotos em preto e branco.

"Turma 3, agosto de 1992. Méritos e realizações", Iura leu no topo do quadro. Então, aquela havia sido a última turma. Será que o acampamento só tinha funcionado por mais seis anos depois do seu último verão ali?

Ao subir os degraus que levavam à praça, ele sentiu o coração congelar com uma saudade arrebatadora. O que o assustava não era o antigo ser substituído pelo novo, mas o antigo ser completamente esquecido e abandonado. O pior de tudo era que o próprio Iura esquecera e abandonara tudo, logo ele que, certa vez, havia prometido, e com sinceridade, se lembrar das crianças-heroínas, dos pioneiros e, principalmente, da letra V. Bom, e por que ele só tinha encontrado aquela maldita Goretovka agora? Por que só tinha voltado depois de tanto tempo? Que se danem os preceitos de Lênin, as bandeiras vermelhas e os juramentos que o obrigavam a fazer! Como ele tinha deixado de cumprir a palavra que dera a seu único amigo?

Iura esbarrou no pedaço desbotado de um brasão, com a inscrição interrompida no final: "NOSSO FUTURO É BRILHANTE E BE".

— É, não está lá muito brilhante e nem um pouco belo — resmungou, subindo o último degrau.

O lugar mais importante do acampamento estava com uma cara lamentável, como todo o resto. A praça havia sido tomada pelo lixo e pelas folhas secas, e em meio à poeira no asfalto, sob o sol pálido, despontavam tufos de erva daninha. No centro, no canteiro de pedra, jazia o monumento decapitado de Zina Portnova, a pioneira-heroína que dava nome ao acampamento. Aos dezesseis anos, Zina fazia parte da resistência e trabalhava na cozinha de um alojamento alemão. Ela envenenou a comida, matando centenas de soldados nazistas. Quando a descobriram, Zina foi presa, torturada e executada. Iura a reconheceu e xingou entre os dentes — a menina, mesmo de gesso, dava muita pena. Realizara uma verdadeira façanha, por que tinha que acabar assim? Iura teve vontade de colocá-la de pé, mas não era possível: das pernas quebradas sobressaíam os encaixes de ferro enferrujados.

Iura apoiou o torso no pedestal, encostou a cabeça ao lado e se voltou para olhar na única coisa que permanecia intacta na praça: o mastro vazio que, como vinte anos antes, erguia-se orgulhosamente para o céu.

A primeira vez que ele viera ao Andorinha tinha sido aos onze anos, e o acampamento tinha deixado o garoto tão entusiasmado que seus pais passaram a inscrevê-lo todo verão. Iurka adorava o lugar quando criança, mas cada vez que voltava sentia a alegria diminuir um pouco. Nada mudava: ano após ano, os mesmos atalhos já percorridos de trás pra frente e de frente pra trás, os mesmos monitores com as mesmas tarefas, os mesmos pioneiros com a rotina de sempre. Tudo igual. Os grupos de atividades — ou "clubes", como chamavam — eram os mesmos: aeromodelismo, corte e costura, artes, educação física e informática. O rio com a temperatura nunca abaixo de vinte e dois graus. A sopa de trigo-sarraceno da cozinheira Svetlana Víktorovna no almoço de sexta-feira. Até os hits na pista de dança eram repetidos todo ano. E foi assim que começou a última temporada dele no acampamento: como sempre, numa fila.

As tropas se concentravam na praça e tomavam seus lugares. Grãos de poeira rodopiavam entre os raios de sol; dava para sentir a empolgação no ar. Os pioneiros estavam contentes por reencontrar os velhos amigos. Os monitores davam ordens a eles, escrutinando a praça com olhares severos, como se dissessem "Não é não", mas mesmo assim a alegria cintilava. O diretor estava cheio de pose: durante a primavera, tinham conseguido reformar os quatro alojamentos e praticamente terminar de construir um novo. E, outra vez, apenas Iurka não estava curtindo como todo mundo, só ele estava de saco cheio daquele acampamento depois de cinco anos, só ele não tinha vontade de se divertir. Chegava a se sentir até um pouco ofendido e não tinha com o que se distrair.

Ou melhor, acabou arranjando, sim, uma distração. À direita do mastro da bandeira, rodeado pelas crianças da tropa cinco, estava o novo monitor. De short azul-escuro, camisa branca, lenço vermelho e óculos. Devia estar na faculdade, provavelmente no primeiro ano, era o monitor mais jovem e o mais tenso. O vento aromático acariciava seus cabelos, que escapavam de debaixo do barrete escarlate, as pernas brancas tinham manchas vermelhas (recentemente coçadas) de picada de mosquito, e seu olhar concentrado passeava entre os cocurutos das crianças, os lábios murmurando:

— Onze, doze, tre… treze.

Iura achava que ele chamava Volódia — tinha ouvido alguma coisa assim, perto dos ônibus.

O sinal tocou, e as mãos se ergueram no aceno dos pioneiros, então a diretoria entrou em cena. O ar estremeceu com as saudações, e começaram os discursos empolados sobre pioneiros, patriotismo e ideais comunistas, já repetidos milhares de vezes, e que Iurka já sabia de cor e salteado. Ele tentou não ficar de cara amarrada, sem muito sucesso. Não acreditava no sorriso da velha coordenadora, nem naqueles olhos cintilantes e discursos fervorosos. Iurka tinha a impressão de que não havia nada de verdadeiro naquilo, nem mesmo em Olga Leonídovna, e, se não havia verdade, por que viviam repetindo sempre a mesma coisa? A sinceridade sempre encontra palavras novas, era o que diziam. Para ele, era como se todo mundo no país vivesse na inércia, repetindo slogans por costume e fazendo juramentos sem no fundo sentir nada. Era tudo fachada, tudo vazio. Apenas ele, Iurka, era verdadeiro, enquanto os outros — e principalmente aquele Volódia — eram robôs.

Aliás, como é que uma criatura daquelas poderia ser humana? Ele era um membro da Komsomol da cabeça aos pés, ou seja, um "bom pioneiro", um rapaz inteligente, um exemplo, como se o tivessem criado numa estufa, com todos os cuidados. Era como se Volódia tivesse saído de um cartaz de propaganda: alto, asseado, sempre a postos, com covinhas nas bochechas e a pele brilhando sob o sol. *Só a cor do cabelo não combina, porque ele não é loiro*, pensou Iurka, com maldade. Bem, talvez não fosse loiro, mas estava bem penteado em comparação à aparência desgrenhada de Iurka. *Mas robô é robô*, disse ele a si mesmo, para se justificar, ajeitando, envergonhado, os redemoinhos do cabelo. *Uma pessoa normal fica com o cabelo bagunçado no vento, mas ele, olha lá, continua todo engomadinho. Será que eu deveria me inscrever pro clube de informática?*

Iurka estava tão perdido nos próprios pensamentos e olhava tanto para Volódia que por pouco não perdeu o evento mais importante: o hasteamento da bandeira. Mas a vizinha de fila chamou sua atenção. Ele também olhou para a bandeira e cantou o hino dos pioneiros — "Noites azuis iluminadas por nossas fogueiras! Somos os pioneiros, filhos dos trabalhadores!" — como se deve. Só depois do "sempre pronto!" é que voltou a olhar para Volódia. Aguardou, parado feito um poste, até a tropa cinco começar a se dispersar. O monitor ajeitou os óculos e recomeçou a murmurar:

— Doze... Ops! Treze... tre...

E então saiu atrás da criançada.

Iura balançou a cabeça sombriamente, olhando ao redor da praça mais uma vez. O tempo não poupa nada nem ninguém: nem aquele lugar, do qual ele tanto gostava, por ser onde tinha visto seu V pela primeira vez, agora coberto de mato. Mais uns dez anos e seria impossível passar por entre os galhos e folhas dos bordos, e alguém que se aventurasse por ali ao acaso levaria um belo susto com as partes do corpo de gesso dos pioneiros. Ou pior: os canteiros de construção chegariam até ali, o acampamento desapareceria, e condomínios seriam construídos bem em cima daqueles lugares que Iura tanto amava.

Ele foi abrindo caminho na direção oeste da praça, rumo à trilha pela qual os monitores levavam os pioneiros mais novos. O caminho seguia adiante, em direção ao rio, mas Iura parou onde estava e ficou tentando encontrar o atalho que se perdera em meio ao matagal. Orientando-se mais pela memória do que pela visão, ele encontrou a bifurcação: à direita dava para distinguir os contornos do campo de atletismo e das quadras, e à esquerda, um pouco mais adiante, dava para entrever os alojamentos das crianças. Mas Iura voltou atrás, para a praça, e foi para outra direção, rumo à pista de dança e à sala de cinema. Avançava com dificuldade, olhando para as copas das árvores, e tinha a impressão de que tudo em volta era algum sonho estranho. Meio que reconhecia aqueles lugares: logo ali, num morrinho, dava para ver o galpão de luz, e, se avançasse mais um pouco, estaria perto das despensas. Ao reavivar aquelas lembranças, sentia outra vez algo pungente, quente e familiar. Mas, ao mesmo tempo, sentia certo amargor: tudo ali se tornara estranho e desconhecido.

Rapidamente chegou à pista de dança — ao local onde começara sua história, a história deles. Não era muito longa, mas era tão brilhante que, com sua luz, aquecera grande parte da vida de Iura.

Ladeado por uma cerquinha baixa e já caída, havia um palco de concha acústica, que um dia tinha sido enfeitada com bandeiras e cartazes com frases do tipo "VIVA O PARTIDO COMUNISTA DA UNIÃO SOVIÉTICA" e "NÓS SOMOS OS JOVENS LENINISTAS", que já eram antigos mesmo no tempo de Iura. No chão, havia uma faixa amarrotada e desbotada, num tom de laranja encardido. De pé sobre aqueles trapos esgarçados, Iura olhou para baixo. Conseguiu decifrar: "AMARRE BEM O SEU LENÇO E CUIDE...", e desviou o olhar. À direita do palco, tradicionalmente, ficava uma cópia das atividades do dia. Agora, a única linha que restava comunicava que o trabalho comunitário era às 16h30. À esquerda, na ponta da pista de dança, ainda se erguia o posto de observação de Iura: uma majestosa macieira. Antes recoberta de frutos pesados e pisca-piscas, havia se tornado seca e retorcida. Não tinha mais como subir nos galhos, a árvore desmoronaria. Aliás, mesmo no passado Iurka já tinha caído ali de cima, vinte anos antes, quando, a mando de uma monitora, foi pendurar luzinhas multicoloridas nos galhos.

Aquela tinha sido justamente a primeira tarefa que havia recebido, no comecinho da temporada. Quando se deu conta, Iurka estava no chão.

Depois das solenidades da assembleia, ele se instalou no alojamento e foi participar da reunião de planejamento das tropas, sem prestar muita atenção. Depois do almoço foi para o campo de atletismo conhecer o pessoal novo e procurar os camaradas das temporadas anteriores. Pelos alto-falantes, davam as boas-vindas a todos os novatos. Transmitiam que a previsão meteorológica não indicava altos índices de chuva na próxima semana, desejavam que tivessem um lazer útil e ativo e que aproveitassem o sol. Iurka reconheceu no mesmo instante a voz de Mitka — ele tocava violão e cantava bem, então dava as notícias pela estação de rádio do acampamento desde o ano anterior.

Em meio às novas caras, havia também algumas conhecidas. Perto da quadra de tênis, Polina, Uliana e Marússia estavam de ti-ti-ti. Iurka já havia notado as garotas na assembleia — mais uma vez estavam na mesma tropa que ele, pelo quinto ano seguido. Desde o começo, as coisas não rolaram bem entre Iurka e elas. Lembrava de quando eram meninas ranhentas de dez anos, mas agora haviam crescido, já eram moças… Ainda assim, Iurka não ia com a cara delas e teimava em não gostar das três fofoqueiras.

Vanka e Mikha — também da tropa de Iura, seus camaradas mais chegados — acenaram em sincronia para o amigo, que retribuiu com um aceno de cabeça mas não se aproximou, porque os dois iam fazer uma enxurrada de perguntas sobre como tinha sido o ano, e Iura não estava com a menor vontade de responder, como sempre, "nada de mais" e ainda explicar o porquê. Ele também conhecia esses dois desde criança. Eram os únicos com que mais ou menos conversava. Vanka e Mikha eram dois nerds cheios de espinhas e divertidos. Não tinham muita amizade com meninas, ainda não tinham amadurecido, mas respeitavam Iurka. Ele tinha comprado aquele respeito com uns cigarros que os três às vezes fumavam juntos, fugindo da hora do descanso e se escondendo atrás da cerca do acampamento.

Macha Sídorova também estava por ali, olhando um tanto perdida para os lados. Iurka já a conhecia havia quatro anos. Ela torcia o nariz para Polina, Uliana e Marússia, era metida e sempre olhava Iurka de cima. Apesar disso, no último verão havia se dado muito bem com Aniuta.

Aniuta era genial, Iurka gostava muito dela. Ele tinha ficado amigo da garota e até a convidara para dançar umas duas vezes em um dos bailes de discoteca do acampamento. E (o que era mais importante) ela tinha aceitado as duas vezes! Iurka gostava da risada um tanto escandalosa de Aniuta. Além do mais, ela tinha sido uma das poucas que não tinha virado a cara para dele depois *daquilo* no ano anterior… Iurka afugentou esse pensamento, não queria nem lembrar do que tinha acontecido e de como tivera que se desculpar depois. Deu mais uma olhada no campo de atletismo com a esperança de que Aniuta estivesse por ali, mas ela não estava em lugar algum. Nem na assembleia ele a tinha visto e, a julgar pelo olhar perdido de Macha, também procurando a amiga, não havia mais esperanças de que ela tivesse vindo.

Ao perguntar para Macha o que havia acontecido com Ánia, a resposta foi: "Pelo jeito, ela não vem". Iurka então meteu as mãos nos bolsos, fechou a cara e foi subindo pelo atalho. Pensava em Aniuta: por que ela não tinha vindo? Que pena, haviam ficado amigos só no final da temporada, depois se separaram e fim. Aniuta era a única lembrança boa do ano anterior no Andorinha. Ela havia contado que o pai tinha uns problemas com o Partido, ou no trabalho... Dizia que queria muito voltar, mas não sabia se conseguiria. E, pelo jeito, não tinha conseguido.

Ao passar pelo galpão de luz, Iurka chutou um arbusto exuberante de lilases que crescia ali. Não gostava daquele aroma adocicado, que ficava impregnado no nariz, mas, por falta de coisa melhor para fazer, parou e começou a procurar uma flor com cinco pétalas — uma vez, sua mãe disse que, se ele achasse uma flor dessas de cinco pétalas e a mastigasse bem ao fazer um desejo, o desejo se realizaria. Restava saber o que desejar. Um ano e meio antes, havia sonhos, havia planos, mas agora...

— Kóniev! — chamou a voz severa de Irina, atrás dele. Ela era a monitora da tropa de Iurka, a tropa um. Ele cerrou os dentes e virou. Um par de olhos verde-claros, cheios de suspeita, estava cravado nele. — O que é que você está fazendo aí sozinho?

Irina era a monitora da tropa de Iurka pelo terceiro ano seguido. Era uma mulher de cabelo escuro, não muito alta, rígida mas bondosa, uma das poucas pessoas no Andorinha com quem ele tinha conseguido se conectar.

Ele baixou a cabeça.

— Mas que droga... — resmungou.

— O que foi que você disse?

Com um estalo baixinho, Iurka arrancou o ramo mais florido do lilás. Voltando-se para a monitora, disse de modo empolado:

— Eu estava só admirando as flores. Olha, são pra você, Ira Petróvna!

Iurka era o único que a chamava assim, com o nome e o patronímico. Ele nem desconfiava que isso a deixava muito chateada, já que Irina sempre tentava adotar uma postura mais informal com os pioneiros.

— Kóniev! — Ira ficou claramente envergonhada, o que só aumentou o volume de sua voz. — Você está perturbando a ordem pública! Ainda bem que fui eu que te vi aí, imagina se fosse uma das educadoras?

Iurka sabia que a monitora não ia dar queixa dele para ninguém. Primeiro porque sua severidade escondia um coração mole, e por algum motivo Ira tinha pena dele. Segundo porque, em caso de desobediência, os próprios monitores do pioneiro em questão podiam receber uma advertência, de modo que sempre tentavam resolver tudo sem chamar a chefia.

Ela suspirou e pôs as mãos na cintura.

— Tá bom, já que você tá aí sem fazer nada, tenho um serviço comunitário muito importante pra você. Encontre o Aliocha Matvéiev da tropa três, é um ruivo com sardas. Vão até a administração e peçam umas duas escadas emprestadas, depois levem até o palco. Aí vou te dar uns pisca-piscas que precisamos pendurar pro baile de hoje à noite. Entendeu?

Iurka ficou um pouco frustrado: estava planejando dar uma passada no rio, e agora, em vez disso, lá ia ele se equilibrar numa escada. Mas assentiu. De má vontade. Irina estreitou os olhos.

— Entendeu tudo mesmo?

— Entendi, saco... Quer dizer, entendi tudo, Ira Petróvna!

Iurka juntou os calcanhares como se batesse uma continência.

— Kóniev, você tá procurando encrenca? As suas piadinhas estão me dando nos nervos desde a temporada passada!

— Desculpe, Ira Petróvna. Tudo certo, Ira Petróvna. Será executado, Ira Petróvna.

— Vai logo, criatura. Anda!

Aliocha Matvéiev calhou de ser não só ruivo e cheio de sardas, mas também orelhudo. Além disso, não era o primeiro ano dele no acampamento, e tagarelava sem parar sobre as temporadas passadas. Passando caoticamente de um assunto a outro, ia listando nomes e sobrenomes, perguntando a todo momento: "Lembra de fulano? E o beltrano? Você conhece?". Não eram apenas os cachos ruivos caindo sobre as orelhas que chamavam atenção em Aliocha, mas também os dentes, principalmente quando ele sorria — e ele estava sempre sorrindo. Aliocha emanava energia e sede de viver, era divertido e radiante. E devastadoramente proativo. "Devastadoramente" porque era o tipo de pessoa capaz de afogar um peixe. Por isso, qualquer pessoa no acampamento pensava muito bem, mas muito bem mesmo, antes de dar uma tarefa ao garoto.

Os dois deram um jeito nos pisca-piscas até que bem depressa. Em uma hora, já tinham enrolado as luzinhas em algumas das árvores ao redor da pista e pendurado e estendido as mais bonitas pelo palco. Faltava só passar um cordão na macieira. Iurka analisou a árvore com um olhar profissional e subiu na escada de mão. Queria que sua amada macieira fosse não só a mais bonita, mas que também continuasse acessível — para que, quando quisesse subir nela, não se enroscasse nos fios. Segurando as luzinhas com uma mão e um ramo mais grosso com a outra, Iurka passou da escada para o galho, querendo prender o pisca-pisca mais alto.

Houve um estalido seco, então um grito de Aliocha, depois alguma coisa arranhou a bochecha de Iurka e tudo ao redor pareceu um grande borrão por alguns segundos; em seguida, ele sentiu uma dor aguda nas costas e no traseiro, e, para completar, a vista escureceu por um instante.

— Nossa! Kóniev! Iurka, Iur, você tá bem? Tá vivo? — perguntou Ira, debruçando sobre ele, cobrindo a boca com as mãos.

— Tô vivo… — ele respondeu, gemendo, enquanto se ajeitava e punha as mãos nas costas. — Mas doeu…

— O que está doendo? Onde? O braço, a perna? Onde é? Aqui?

— Ai! Quebrou!

— Quebrou o quê? O quê, Iura?

— O pisca-pisca…

— Dane-se o pisca-pisca, o importante é…

Iurka tentou levantar. Todas as vinte pessoas envolvidas nos preparativos para a festa estavam ao redor do acidentado e olhavam para ele ansiosas. Estendendo a mão machucada para que o ajudassem, Iurka sorriu, numa tentativa de disfarçar a dor. Tinha muito medo de perder a reputação de misterioso e corajoso. Bastava se queixar de um machucadinho que fosse para ganhar fama de fracote e molengão. Se ao menos só o braço e as costas doessem… mas não! O cóccix também doía. Imagina se falasse isso, iam dar risada: "O Kóniev quebrou o rabo!".

— O que estão falando aí? "Dane-se" o quê? — intrometeu-se a coordenadora educacional, a severa Olga Leonídovna, que já pelo segundo ano consecutivo torcia o nariz para Iurka. — O que está querendo dizer, Irina?! O pisca-pisca é patrimônio do acampamento, quem vai pagar por ele? Eu? Ou você? Ou então você, Kóniev?

— O que eu posso fazer se essas escadas são uma porcaria?

— Ah, são, é? Ou será que você mesmo é o culpado, seu menino relapso? Olha só pra você! — E cutucou com força o peito de Iurka. — O lenço é a coisa mais preciosa de um pioneiro, e o seu está sujo, rasgado e o nó está torto! Não tem vergonha de andar assim pelo acampamento? De ir na *assembleia* desse jeito?

Iurka apanhou a ponta do lenço vermelho, dando uma rápida olhada — de fato, estava sujo. Devia ter sujado quando ele caiu da macieira.

Começou a se justificar:

— Na assembleia o lenço estava certinho, só estragou porque eu caí!

— Porque você é um vândalo parasita! — Olga Leonídovna estava cuspindo fogo. Iurka ficou em choque. Sem saber o que responder, continuou calado, só ouvindo enquanto ela o descascava na frente de todo mundo. — Já não tem mais idade para ser pioneiro há dois anos, um rapaz desse tamanho, vendendo saúde, dezesseis anos nas costas e nem pensa em entrar para a Komsomol! E por quê, Kóniev? Não vão te aceitar? Você não merece? Não participa dos trabalhos comunitários, suas notas são pra lá de ruins, é claro que não vão te aceitar, quem ia querer um arruaceiro na Komsomol?

Iurka poderia ter ficado até feliz — tinha conseguido fazer a coordenadora expressar alguma sinceridade, e na frente de um monte de gente! —, mas as últimas palavras o ofenderam profundamente.

— Não sou arruaceiro coisa nenhuma! As coisas daqui é que são uma porcaria, quebram à toa, e a senhora é… é uma…

Toda a verdade estava na ponta da língua. De pé, Iurka encheu os pulmões de ar, prestes a berrar, até que, de repente, sentiu um cutucão forte nas costas machucadas. Era Ira. De olhos arregalados, ela sibilou:

— Quieto!

— Por que parou, Iura? — A coordenadora semicerrou os olhos. — Vai, continua, estamos todos ouvindo com muita atenção. Estou louca para ligar para os seus pais e escrever uma carta de referência tão boa, mas tão boa, que nem a Komsomol e muito menos o Partido vão querer ouvir falar de você!

Olga Leonídovna, muito magra e muito alta, se assomava sobre ele, com as sobrancelhas franzidas e soltando faíscas de ódio pelos olhos, como se quisesse deixar Iura cego, sem dar o menor sinal de abrandamento.

— Seu futuro vai ser lavar o chão pelo resto da vida! Não tem vergonha de manchar o nome da sua família desse jeito?

Iurka ficou vermelho. Não tinha culpa de ter, por acaso, o mesmo sobrenome do "grande" general Ivan Kóniev, que vencera várias batalhas na Segunda Guerra.

— Olga Leonídovna, não é você que diz que não se deve gritar com uma criança? — interrompeu Ira, ousando repreender sua superior.

Se um monte de gente já tinha se juntado quando Iura caiu, muitos outros se aproximaram ao ouvir os gritos.

— Com esse aí outros métodos não funcionam! — disse a coordenadora, e continuou a culpar Iurka. — Logo no primeiro dia ele já causou um verdadeiro pandemônio no refeitório, e agora estraga os pisca-piscas!

— Foi sem querer, não tive culpa!

Iurka realmente não queria causar nenhum desastre, muito menos no refeitório. Na hora do almoço, quando foi entregar o prato sujo, acabou quebrando metade da louça do acampamento. Havia esbarrado na pilha de louça suja, que, aliás, estava empilhada de qualquer jeito. Seu prato caiu, levando os outros junto, que se espatifaram no chão com um estrondo. É lógico que todo mundo reparou; metade do acampamento veio correndo por causa do barulho, e ele ficou lá parado, de boca aberta, vermelho feito um camarão. Não queria aquela atenção toda! Não queria atenção nenhuma; até para ir à venda da vila vizinha ele ia sozinho, o mais discretamente possível. E agora, a mesma coisa: depois de se estabacar da macieira, ainda levava o maior sermão por causa de umas luzinhas, e com todo mundo olhando. Até quem tinha o que fazer estava ali olhando, mas só Iurka era um desocupado!

— Olga Leonídovna, por favor, deixe passar dessa vez — interveio, mais uma vez, Ira. — Iura é um bom menino, ele já cresceu, não é mais como naquele tempo, não é, Iur? A escada está meio ruinzinha mesmo. Além disso, ele tinha que ir pra enfermaria…

— Irina, aí já é demais! Você não tem vergonha de mentir assim na minha cara? Logo pra mim, uma comunista com trinta anos de serviço?

— Mas eu não...

— Eu mesma vi, com meus próprios olhos, que o Kóniev saiu da escada pra subir no galho. Você vai levar uma advertência, Irina, e das boas! Vai aprender o que acontece com quem encobre agentes sabotadores!

— Como assim, Olga Leonídovna? Por quê? Não é justo!

— Uma advertência é pouco? Está querendo outra?

— Não. Claro que não. É só que Iura ainda é uma criança, tem muita energia. Se ele conseguisse canalizar essa energia na direção certa...

— Que criança, o quê! Tem quase dois metros de altura!

Em relação à altura, a coordenadora tinha exagerado, lógico. Iurka pediria até a Deus para, um dia, ser mais alto que Leonídovna, mas não existia Deus na União Soviética. "Um metro e setenta e cinco", é o que tinham dito na última consulta médica. Nem um centímetro a mais.

— É um menino criativo, devia fazer alguma atividade mais ativa — Ira continuava a argumentar. — Já está fazendo esporte, né, Iur? Então... E começou o clube de teatro, o Volódia está com poucas crianças. Por favor, dê essa chance a ele, Olga Leonídovna! Sob minha responsabilidade.

— Sob sua responsabilidade? — rosnou a coordenadora.

Iurka chegou a pensar que aquele seria o fim, mas de repente Olga Leonídovna se virou para trás, deu uma olhada em Volódia e bufou. Volódia, que até então estava arrastando os cabos da sala de cinema para a discoteca, ficou pálido ao ouvir seu nome, parecendo nervoso.

— Muito bem... Ele está sob sua responsabilidade. Não pode receber mais nenhuma advertência. — Ela olhou para Iurka. — Kóniev, qualquer deslize e vocês dois vão responder por isso. Sim, você ouviu bem, Irina vai ser castigada pelo seu desleixo. Talvez isso te segure um pouco. Volódia! — ela gritou, fazendo com que o monitor desse dois passos para trás, assustado.

De repente, o olhar penetrante de Olga cruzou com o de Iurka, e Volódia mudou de postura: a cor voltou ao seu rosto, ele ajeitou os ombros e marchou, corajoso, em direção à coordenadora.

— Pois não, Olga Leonídovna?

— Receba aqui este novo ator. E para que ele não invente de escapulir por aí, se você precisar de alguma ajuda com o clube, podemos ampliar as responsabilidades do Kóniev. Quero relatos diários do desempenho dele.

— Está bem, Olga Leonídovna. Kóniev... É Iura, né? O ensaio começa na sala de cinema logo depois da merenda. Por favor, não se atrase.

Não se atraaase, imitou Iurka, em pensamento, embora a voz de Volódia fosse bonita. Um pouco mais grave do que a de um barítono típico, sedosa, agradável, mas não muito afinada, se fosse para cantar. Só que o sotaque de Volódia somado ao tom severo soou engraçado e um tanto irritante para o garoto.

De perto, o monitor já não parecia assustado; pelo contrário: quando se aproximou e olhou para Iurka, foi como se tivesse assumido outro papel. Ajeitou os óculos no nariz, ergueu o queixo e ficou olhando para o garoto ligeiramente de cima. Iurka, que batia na altura do nariz de Volódia, mudou o peso de um pé para outro e anunciou:

— Pode deixar, vou chegar na hora.

Volódia assentiu e olhou para o lado, onde uma turma se digladiava com os cabos do alto-falante. Então, com um grito austero ("O que é que vocês estão fazendo?! Esse cabo é dos refletores coloridos!"), correu até lá.

Iurka se virou. A pista de dança fervilhava feito um formigueiro. Os pioneiros haviam voltado às suas tarefas: uns penduravam enfeites, outros consertavam isso e aquilo, outros pintavam, lavavam e varriam, e atrás de Iurka, no palco, estavam esticando cordas com esforço. O pessoal se preparava para pendurar a faixa estendida no palco. Sánytch, o encarregado, dava as ordens com sua voz de trovão — "Puxem!". A corda se retesou e, bem acima da cabeça de Iurka, uma faixa larga, de um tecido vermelho-brilhante, com dizeres em letras brancas como a neve, foi estendida.

Iurka bufou, deu um puxão na ponta já bastante gasta do lenço de pioneiro e, com desdém, recitou sílaba a sílaba os dizeres da faixa, os famosos versos do poema de Stepan Schipatchóv:

AMARRE BEM SEU LENÇO E CUIDE DELE COM ARDOR,
POIS ELE E A NOSSA BANDEIRA TÊM A MESMA RUBRA COR!

2

Baderna

A BRISA SUAVE TROUXE UM CHEIRO SUFOCANTE de óleo diesel quei-
mado vindo das construções. Era um cheiro tão estranho àquele lugar que, ao senti-lo, dava vontade de se esconder. Foi aí que a chuva,
até então fraca, começou a apertar. Iura correu para a sala de cinema.
Mesmo sem o vento tóxico e a chuva gelada, era inevitável ir até lá,
o lugar que mais despertava suas lembranças.

A sala de cinema ficava próxima da concha acústica e também servia de teatro e pista de dança, pois era ali que montavam a discoteca
nas noites em que ameaçava chover. O prédio de madeira estava surpreendentemente conservado, apenas as janelas enormes estavam es-
cancaradas, buracos escuros emoldurados por cacos de vidro.

Os degraus do cinema rangeram exatamente como vinte anos
antes, quando eles tinham se encontrado pela primeira vez. No fundo, Iura ficou até contente com o barulho, afinal, com que frequência temos a chance de ouvir um som que vem diretamente da nossa
infância, sem qualquer mudança? Faltava só ouvir o piano: a terna e
profunda "Cantiga de ninar" — a música-tema daquele verão. Para
Iura, aquele prédio seria para sempre associado àquela canção: tanto
naquela época, quando ouvia a cantiga todos os dias, quanto naquele momento, quando reinava um silêncio sepulcral na sala de cinema.
Mas por que aquele lugar, mesmo quieto, continuava a lembrá-lo da
música? Isso Iura não entendia.

Por fora, a construção até que estava bem, mas por dentro era outra história. Nas janelas, ondulavam cortinas grossas e roídas por tra-
ças. Tinham derrubado a porta de entrada, forrada de feltro, deixando
um vão pelo qual entrava um feixe da luz do dia na sala quase escura.
A luz se espraiava pelas costas das poltronas verdes, ainda enfileiradas

nos devidos lugares. Iluminava uma parede nua, criando sombras nas texturas da pintura descascada. Revelava o piso sujo e encardido. Ao seguir o feixe de luz, o olhar de Iura recaiu sobre os tacos de madeira soltos, e então entendeu por que havia feito uma associação tão direta com a música. Alguns dos tacos de madeira estavam empilhados, aqui e ali, mas outros ainda estavam no lugar, como se fossem as teclas quebradas de um piano. A "Cantiga de ninar" tinha uma melodia bonita, seria bom tocá-la outra vez.

O palco. À esquerda, no lugar onde Volódia tinha sentado naquela noite inesquecível, agora crescia uma planta: era uma bétula ainda jovem, de tronco fino, que tinha aberto caminho desde o alicerce, forçando as tábuas apodrecidas do palco para continuar se espichando em direção a um buraco no teto, através do qual entravam raios de sol pálidos e oblíquos. A copa inesperadamente frondosa só destacava o vazio ao redor. Esse vazio feria os olhos de Iura, pois lembrava nitidamente que, antes, era ali que ficava o piano.

Iura atravessou o piso de teclas rumo à bétula. Foi só encostar de leve nas folhas cobertas de pó para entender que não queria ir embora dali por nada no mundo. Podia ficar até o anoitecer, olhando para a árvore e esperando a hora em que as cortinas pesadas se abririam e os atores entrariam em cena. Deixou a pá no palco e sentou numa poltrona decrépita, que rangeu um pouco. Iurka sorriu ao lembrar como o piso rangia queixosamente sob seus pés durante o primeiro ensaio, quando entrou vacilante pela porta forrada de feltro, que agora jazia no chão da entrada. Tinha ficado tão bravo com Ira Petróvna naquele dia!

Caramba, Ira Petróvna, em que roubada você me meteu com essa história de teatro, hein?! O humor de Iurka não poderia estar pior — e não era para menos, levando em conta quantas pessoas o viram pagar o maior mico e ainda ser descascado pela coordenadora. Olga Leonídovna que fosse pro inferno com todos os sermões! Iurka passou a manhã fulo da vida, ressentido e tentando achar uma desculpa para não ir ao ensaio. Mas não conseguiu se safar e teve que conter os próprios caprichos, afinal sabia que, se não aparecesse, Ira Petróvna é que pagaria o pato.

Mas mesmo assim estava furioso! Iurka queria bater a porta, só para mostrar para todo mundo o que pensava daquele teatro amador idiota. Mas assim que entrou, de peito estufado, congelou ali mesmo, na soleira.

Volódia estava sozinho. Sentado na beirada do palco, do lado esquerdo, lia alguma coisa num caderno e comia uma pera. Ao lado dele havia um radinho de pilha, chiando e engasgando com as interferências, enquanto tentava transmitir o "Canon", de Pachelbel. Volódia, percebendo que a estática havia voltado a atrapalhar os acordes do piano emitidos pelos alto-falantes, apoiou o caderno no colo e, sem olhar, começou a ajeitar a antena.

Iurka ficou paralisado: daquele jeito, Volódia parecia tão mais acessível, e até cativante. Sem a menor sombra de presunção, o monitor estava sentado no chão mesmo, concentrado e curvado, balançando as pernas. Mordia a pera, mastigava de modo pensativo e engolia — por pouco não engasgou e, de repente, balançou a cabeça. Parecia não estar gostando do texto. Os óculos tinham escorregado para a ponta do nariz.

Era óbvio que iam escorregar num nariz tão retinho, pensou Iurka e tossiu. Sem querer. Teria ficado ali parado, observando e invejando Volódia (não por causa do nariz, claro, mas por causa da pera, porque Iurka gostava muito de peras). Volódia ergueu a cabeça, deixou o caderno de lado e automaticamente levou o dedo até o rosto, mas então repensou o gesto e, com muita diligência e um pouco de arrogância, ajeitou os óculos pelas hastes laterais.

— Oi. Já voltou da merenda?

Iurka assentiu.

— E onde estão dando essas peras? No refeitório não tinha nenhuma...

— Eu ganhei.

— De quem? — Iurka perguntou no automático, como se estivesse falando com um conhecido e pudesse pedir um pedaço ou trocar por alguma coisa.

— Da Macha Sídorova. Ela toca piano aqui com a gente, já já ela chega. Quer dividir? — Então Volódia estendeu a pera comida pela metade, mas Iurka balançou a cabeça. — Tudo bem, se não quer, não quer.

— Então, o que eu vou fazer aqui? — perguntou Iurka, subindo no palco e cruzando os braços com ar de profissional.

— Direto ao assunto, hein? Gostei da atitude. Pois é, o que você vai fazer? — Volódia ficou na ponta dos pés um instante, olhando para o chão branco e limpo. — Estava vendo o roteiro e pensando que papel ia te dar, mas acho que não temos nenhum pra um cara do seu tamanho.

— Como assim? Nenhum?

— Nenhum — repetiu Volódia, sem tirar os olhos do rosto dele.

— Pode ser a árvore... ou o lobo... em qualquer peça de criança tem um lobo ou uma árvore.

— Árvore? — Volódia deu uma risada. — A gente tem um esconderijo feito de lenha, um tronco na verdade, mas isso é acessório cênico, não é personagem.

— Acho que você devia pensar melhor nisso aí. Eu interpreto um pedaço de lenha muito bem, sou praticamente um profissional. Quer ver?

Sem esperar pela resposta, Iurka deitou bem retinho no chão e grudou os braços no corpo.

— E aí? — perguntou, erguendo-se um pouco e olhando para Volódia.

— Não tem graça — respondeu o monitor, em um tom seco. — Você não está entendendo uma parte importante. Não é uma peça de comédia, é um drama. Uma tragédia, até. Este ano completa trinta anos que o acampamento foi fundado, Olga Leonídovna falou disso na assembleia.

— É, falou — confirmou Iurka.

— Então. Que o acampamento leva o nome da Zina Portnova, a pioneira-heroína, você com certeza sabe muito bem. Mas sabia que o primeiro grande evento que tivemos aqui foi um espetáculo sobre a vida dela? Vai ser justamente essa peça que vamos montar pro aniversário do acampamento. O pedaço de lenha fica para uma próxima, Iura.

Volódia falava de um jeito inspirado, como uma pessoa que se preparava para fazer algo importante e significativo. Mas Iurka não comprou a ideia.

— Aff! — disse, fazendo uma careta. — Que chato.

Primeiro, Volódia franziu o cenho, depois ficou olhando para ele com atenção e, por fim, respondeu:

— Não, chato não vai ser, pelo menos pra você. Já que não arranjamos um papel, você vai me ajudar com os atores. Além de mim, só tem mais um adulto por aqui...

Iurka revirou os olhos e, estalando a língua, interrompeu:

— Ah, eu sou adulto, então! Você tem quantos anos? Dezessete, no máximo. Você tá no primeiro ano da faculdade, deve ter só um ano a mais que eu...

Volódia tossiu, ajeitou os óculos e disse baixo:

— Tenho dezenove... quase. Vou fazer em novembro. — Em seguida arrumou a postura e acrescentou com severidade: — Eu, no seu lugar, Kóniev, não esqueceria que estou falando com um monitor!

Volódia não parecia estar se achando, parecia mais era decepcionado, e Iurka ficou com vergonha. Realmente, Volódia era mesmo um monitor, assim como Ira Petróvna.

Mais sossegado, Iurka disse:

— Tá, exagerei... Mas quem é esse outro "adulto" do grupo além de você?

— A Macha — respondeu Volódia. Iurka teve a impressão de que ele ainda estava um pouco ofendido, mas continuou a falar como se nada tivesse acontecido: — Aliás, ela é da sua tropa. O restante é tudo criança. As meninas nem dão trabalho, são bem obedientes, agora os meninos são umas pestes. Não adianta só o olho no olho, tem que ser autoritário.

— Aff... A Macha fica de babá, então. E eu vou ser o quê? A mamãe deles?

— Estou falando que só a Macha não adianta: os meninos não precisam de alguém pra cuidar deles, precisam de autoridade. Eu não tenho tempo de...

— E de onde você tirou que vou aceitar isso aí?

Volódia soltou um suspiro profundo.

— Você vai aceitar, sim. Você não tem escolha.

— Ah, é?

— É. E se eu fosse você, não sairia da linha...

— Senão o quê?

— Senão vão te expulsar do acampamento! — Volódia elevou o tom de voz, soando irritado. — É sério. Você sabe que Irina levou uma bela bronca por causa dos pisca-piscas, né? E Olga Leonídovna me pediu pra te lembrar que é sua última chance.

Iurka não soube o que responder. Levantou em um salto e ficou dando voltas no palco. Depois parou e ficou plantado no chão, pensando. Era um tédio ali no acampamento? Era. Ele queria ir embora? No fundo, não muito. Na verdade, ele não conseguia definir muito bem o que queria, mas ser mandado embora do acampamento, e ainda por cima com desonra... Bom, tudo bem sair escorraçado, mas e Ira Petróvna? Com uma advertência pessoal e uma péssima carta de recomendação? Que cara bacana, além de ficar se escondendo atrás da saia da monitora, ainda levava a jovem para o fundo do poço. Não, isso com certeza não estava nos planos de Iurka.

— Resolveram fazer chantagem agora? — ele retrucou, começando a ficar com raiva não só deles, mas de si mesmo.

— Não tem ninguém fazendo chantagem e muito menos querendo te mandar embora. É só você se comportar bem, obedecer aos monitores, ajudar.

— Obedecer? — sibilou Iurka.

Ele se sentiu enclausurado. Parecia que todo mundo tinha feito um acordo e estava à procura de mais motivos e jeitos de irritá-lo ao máximo, de se infiltrar em seus pensamentos e sentimentos até onde fosse possível e usar tudo isso para intimidá-lo, sufocá-lo... Iurka mal tinha chegado e já caíram em cima dele, culpando-o, brigando e dando sermões. Não era justo! Então, foi como se Iurka se transformasse numa fera, sem total controle das próprias ações e palavras. Ele precisava pôr para fora todo aquele ódio, precisava quebrar e destruir tudo que estivesse em seu caminho.

— E quem são vocês pra mandarem em mim? Há! Eu vou mostrar pra vocês, ah, se vou! Um espetáculo, né? Eu vou armar um espetáculo que vocês nunca vão esquecer.

— Mais ameaças — disse Volódia, com um muxoxo, como se a falação de Iurka não o tivesse atingido. — Faz isso, então. Vão te expulsar, e aí já era. Mas quem vão punir pelo seu espetáculo? Você? Não, *eu*! E como é que eu vim parar aqui? Só falei a verdade! A administração está por aqui com você, *por aqui*. Não dá nem pra entender como foi que te deixaram vir pra cá esse ano.

— Eu não fiz nada de mal! — disparou Iurka, murchando em seguida. — Foi tudo... um acidente: os pratos, o pisca-pisca... Não foi de propósito! E não queria que a Ira acabasse no meio disso...

— Está mais do que claro que você não queria.

Volódia disse com tanta sinceridade que Iurka até fez uma cara de surpresa.

— Como assim?

— Eu acredito em você, e os outros também acreditariam, se a reputação de Iura Kóniev não fosse tão ruim. Desde o seu quebra--quebra do ano passado, o acampamento não para de receber inspeções. Leonídovna só precisa de um pretexto pra te expulsar. Sendo assim, Iura... seja homem. Irina já assumiu a responsabilidade e, agora, eu também respondo por você. Não dificulta pra gente.

No palco, à direita, ficava o piano, e no centro, um busto do líder do proletariado, Vladímir Ilitch Lênin. Iura estava tão irritado que tinha vontade de despedaçar a cabeça de Lênin no chão, espatifá-la em mil pedacinhos, mas tentou ficar calmo e respirar fundo. Aproximou--se do busto, apoiou os cotovelos nele, encostou a testa na careca gelada de Lênin e olhou tristemente para Volódia.

— Já que você é tão sincero, me fala... Não vão me dar nenhum papel só pra eu não mostrar minha cara feia e envergonhar o acampamento inteiro?

— Que besteira é essa? Não tem papel porque não pensei em nada. Os outros meninos são todos pequenos, você no meio deles ia parecer um gigante no país dos liliputianos. E não temos um gigante no roteiro. — Ele sorriu. — Me fala o que sabe fazer. Sabe cantar, dançar? Toca algum instrumento?

Iurka olhou de soslaio para o piano e sentiu uma pontada incômoda no peito. Fechou a cara e fitou o chão.

— Não sei fazer nada e não quero fazer nada — mentiu ele, enganando muito mais a si do que a Volódia.

— Tudo bem. Então voltamos à proposta inicial: você vai me ajudar e, de quebra, dar um jeito nessa sua indisciplina e melhorar sua reputação.

A conversa morreu. Os dois ficaram quietos. Iurka ficou focando com o olho esquerdo o nariz de Vladímir Ilitch, depois soprou a poeira dali. O outro Vladímir, não o Ilitch, o Lvóvitch, que não era líder do proletariado e sim monitor — e, no momento, diretor de teatro —, outra vez voltou a atenção para o caderno. Nesse meio-tempo, a merenda, da qual Iurka tinha saído antes de todo mundo, terminou de fato e os atores começaram a chegar à sala de cinema.

A primeira a aparecer foi Macha Sídorova. Sorrindo para Volódia e ignorando Iurka, ela passou rebolando com sua saia godê e sentou ao piano. Iurka a observou com atenção: em um ano, Macha tinha mudado muito. Estava mais alta, mais magra e deixara o cabelo crescer até a cintura, e ainda tinha aprendido a flertar. Ela sentou toda confiante, com a postura impecável e as longas pernas bronzeadas.

— Ludvig van Beethoven — anunciou ela, não muito alto. — Sonata para piano número 14, opus 27.

E, jogando o cabelo para trás, pousou os dedos no teclado.

Iurka fez uma careta: a "Sonata ao Luar"? Macha não tinha conseguido pensar em nada mais original? A "Sonata" era um saco, qualquer um conseguia tocar. Por mais que Iurka estivesse ranzinza, não conseguiu evitar uma pontada de inveja, porque não era para ele, e sim para Volódia, que Macha lançava um olhar tímido, mas cheio de carinho. Era para o monitor que ela tocava.

Macha terminou e estava prestes a começar outra, obviamente para que Volódia ficasse mais um pouco ali pertinho e continuasse olhando-a com aprovação e admiração, mas a jovem não teve sorte.

Escancarando a porta com um estrondo, como Iurka queria ter feito, um batalhão de atores mirins irrompeu sala adentro. A entrada chamou atenção imediata de Volódia e de Iurka. Cercado de todos os lados pelas crianças — cada uma precisando contar alguma coisa de extrema importância ao diretor da peça —, Volódia tentava acalmá-las. Mas logo teve de acalmar a si mesmo, porque a Santíssima Trindade apareceu. Bom, não era a Santíssima Trindade mesmo, com Pai, Filho e Espírito Santo… A menos que o Céu tivesse cheiro de perfume de menina. Eram Polina, Uliana e Marússia, que Iurka chamava pelas iniciais: PUM. Essas três amigas eram a encarnação da estátua dos três macaquinhos de "Não vejo, não ouço, não falo", só que ao contrário: tudo vejo, tudo ouço atrás da porta e tudo conto para todo o mundo. Elas foram flutuando graciosas até o palco, com olhares curiosos ao redor. Bem-arrumadas, até um pouco demais, todas usavam o mesmo batom e o mesmo perfume polonês, Być Może, ou "Pode Ser". Iurka conhecia bem porque metade da população feminina do país usava esse perfume.

De início, Iurka pensou que Volódia tinha mentido sobre ser o único adulto na trupe, mas foi só dar uma olhada no suor que começava a escorrer pela testa do diretor artístico para entender tudo: ele próprio estava surpreso com a popularidade que o espetáculo estava ganhando. E para completar, Polina, atirada como era, pegou a mão dele.

— Volódia, vamos fazer alguma coisa mais moderna? Eu sei de uma peça muito legal, é de amor, e aí eu posso interpretar a...

— Meninas, por acaso vocês não estão sabendo que as inscrições já acabaram? — Macha se intrometeu, pálida de tanto ódio. Ela já tinha entendido que não era o espetáculo que tinha ficado famosinho, e sim o monitor. — Podem ir embora, chegaram tarde!

— N-não tem problema. — Volódia estava com vergonha, com as bochechas até um pouco vermelhas. Também, fala sério, né? Com tantas meninas bonitas em volta, todas olhando para ele... Iurka também ficaria. — No grupo da Zina Portnova, os Jovens Vingadores, não tinha só ela de menina. Vamos achar algum papel pra vocês. Por exemplo, ainda não temos a Fruza Zénkova...

— Quer dizer então que pra elas têm papel, e eu tenho que ficar de babá? — interrompeu Iurka, furioso.

Mas o protesto não foi ouvido. À voz esganiçada das crianças juntaram-se os berros dos adultos, e teve início uma verdadeira baderna.

— Ai, posso ser a figurinista? — sugeriu Marússia. — Vou fazer uns vestidos tão lindos pra vocês.

— Que vestido lindo que tinha na guerra? — retrucou Iurka, revoltado.

— A peça é sobre a guerra? — Marússia perguntou, desapontada. — Aaaaah...

— Bêêêê! — emendou Iurka. — Se a peça é sobre a Portnova, é óbvio que é sobre a guerra. Ela vem fazer a peça e nem sabe do que se trata... Volódia! Por que eu tenho que ficar cuidando das crianças?

— Vóvtchik, vamos fazer uma mais moderna, vai? — insistia Polina. — Vamos fazer *Juno e Avos*! É uma ópera-rock, todo mundo vai a-mar!

Macha, que havia deixado o piano pra lá, começou a discutir com as rivais. Iura argumentava sobre a injustiça e as crianças berravam por causa do espetáculo e o que tinham imaginado, enquanto Volódia gritava para que todos ficassem quietos. Ninguém se escutava.

— E quem foi que disse que a peça é chata, hein, Úlia? — Macha, meio descabelada de tanta raiva, puxava a barra do vestido de chita. — E você tá rindo de quê, Pólia? Até parece que não ficou falando na cabeça delas...

— E você tá com medo de quê? Que a gente leve o Volódia embora? — provocou Uliana.

— Você que vai cuidar das crianças! — retrucou Iurka, irritado.

— O metrô de Moscou é tão bonito... — gabava-se um menino gorducho da tropa de Volódia.

— Volódia, Volódia, Volódia! Posso, posso te falar uma coisa? Volódia! — exclamavam as crianças, pulando e puxando as mãos do diretor.

— Esperem um pouco. Crianças, uma de cada vez... — dizia Volódia, na tentativa de sossegá-las.

— Eu estava bem na pontinha da plataforma, aí o trem veio vindo, tchuc-tchuc, tchuc-tchuc! E eu bem na pontinha... assim, ó! E tchuc-tchuc-tchuc... — continuava o gorduchinho, todo pimpão, dando piruetas.

— Sacha, sai da beira do palco! Você vai cair!

— Tchuc-tchuc!

— Que bocó!

— Posso te falar uma coisa?

— Não é justo!

— Vou ser a figurinista.

— Meu Deus, chega!

O rugido de Volódia atravessou a sala como um rolo compressor, acabando com toda a falação.

Todo mundo ficou em silêncio. Em um silêncio tão absoluto que dava para ouvir os grãos de poeira caindo no chão. O coração batendo: tum-tum... A respiração pesada de Macha. Todos tinham congelado, só o gorduchinho continuava com as piruetas bem na beira do palco, que não tinha mais de um metro de altura.

Tum-tum...

De repente, ele trançou as pernas, abriu os braços desajeitados e foi caindo, lenta e pesadamente. O coração de Iurka parou de bater. Macha semicerrou os olhos. Os óculos de Volódia ficaram embaçados.

Tum-TUM!

— Aaai! A minha peeeernaaaa!

— Sacha!

Dava dó de olhar para o pimpolho, mas dava ainda mais pena olhar para Volódia. Ele corria ao redor do menino machucado, com as mãos tremendo, e se repreendia:

— Eu devia ter adivinhado, eu devia ter...

Iurka, embora ainda bravo com Volódia, foi o primeiro a correr para ajudar. Ele abriu caminho entre os atores mirins chocados e logo chegou até Sacha. Depois, citando a fala do protagonista de um dos filmes estrangeiros da moda — "Afastem-se todos, o meu pai é médico!" —, ficou de joelhos. E Iurka não estava brincando. O pai dele de fato já tinha mostrado mil vezes como examinar um paciente, então Iurka analisou o tornozelo machucado e o joelho contundido, depois, com ar de especialista, concluiu que deviam levar o acidentado sem demora para a enfermaria. Assegurou com autoridade que não seria necessária uma maca.

Volódia tentou pegar o ferido por baixo dos braços, mas o menino soluçou e se recusou categoricamente a tentar ficar de pé na perna boa.

— Iur, uma ajudinha aqui. Você pega pela esquerda? Eu... eu sozinho não... — Volódia resfolegou. Sachka, o chorão acrobata, pesava quase o mesmo que o monitor, e só dificultava as coisas fazendo manha.

— Mãe! Maaaanhêêê! — ele gemia.

— Pronto, peguei! Um, dois, três! — Iurka deu o comando, com toda praticidade, como se ele mesmo não tivesse se machucado de manhã, quando caíra da macieira (e ainda sentisse dor para se abaixar).

— Macha, você está no comando — informou Volódia.

Macha lançou um olhar vitorioso às rivais.

— E eu posso ser a figurinista? — repetia a mala-sem-alça da Marússia.

— Pode, pode — respondeu Volódia, ríspido, mas então se acalmou e recomendou: — Leiam os papéis, mais tarde eu... Meu Deus, Sacha, eu sei que está doendo, mas para de berrar tanto!

Eles foram até a enfermaria devagar e sempre, com a trilha sonora dos berros do menino machucado. Qualquer um podia ver que Sacha se esgoelava daquele jeito não de dor, mas de medo e para chamar a atenção. Iurka se concentrava em ficar calado, pensando no próprio cóccix, enquanto Volódia tentava consolar o menino:

— Sacha, calma, falta bem pouquinho agora.

A enfermeira Larissa Serguêievna veio correndo ao ouvir os berros, começou a cacarejar feito uma galinha, toda atarantada, lamentando-se pelo pobre coitado. Deu um chega para lá grosseiro em Iurka e lançou um olhar severo e cruel ao monitor. Iurka, dando de ombros, não fez questão de entrar na enfermaria, mas de repente Larissa Serguêievna quis saber se a pomada que ela dera a ele tinha ajudado, e foi aí que Volódia ficou sabendo do tombo vergonhoso de Iurka. Era uma coisa boba, mas desagradável. De toda forma, ele decidiu ficar esperando por Volódia, ouvindo atrás da porta. Queria saber se seu diagnóstico estava certo: não era nada de grave, só uns poucos hematomas, nenhuma entorse e nenhuma distensão.

Perto do alpendre da enfermaria, numa moita florida de rosas silvestres, havia um banco muito aconchegante. Iurka deitou ali, ficou encarando o céu e, respirando bem fundo aquele ar fresco, com cheirinho de flores, se deu conta de como a sala de cinema era abafada.

Volódia saiu depois de uns dez minutos: levantou as pernas de Iurka e desabou, exausto, no banco. Soltou um suspiro profundo.

— E aí? Ele vai viver? — perguntou Iurka, preguiçosamente, continuando a aproveitar aquele ar tão bom, limpo e fresco, uma delícia.

— Ah, vai, um joelho arranhado e umas marcas roxas, nada sério. Pra que aquela gritaria toda?

— Como pra quê? — Iurka ergueu um pouco a cabeça, mas não tinha pressa em sentar. — Hoje eram as audições. Tá na cara que o

Sacha queria mostrar todos os talentos de uma só vez. E você tem que dar o braço a torcer: que vozeirão estamos perdendo!

Volódia sorriu, e, no rosto cansado, aquele sorriso parecia tão sincero que Iurka até ficou surpreso: era ele o motivo daquele sorriso? Iurka ficou feliz, era uma sensação agradável. Mas o sorriso desapareceu tão depressa quanto tinha surgido.

— Já estou de saco cheio disso tudo! — exclamou Volódia, esfregando as têmporas.

— Saco cheio de quê? Da monitoria?

Iurka se espreguiçou e colocou os braços atrás da cabeça. Olhou para o céu e apertou um pouco os olhos por conta da claridade azul--celeste.

— É o primeiro dia da temporada e já estou de saco cheio de tudo! De ficar cuidando das crianças, de ter que reportar cada mínima coisinha pras educadoras, de ficarem me chamando a atenção por tudo, por umas bobagens! Ainda me arranjaram esse clube de teatro... E pra completar, a criança cai do palco.

— Então por que você veio? Não sabia que ia ser complicado?

— Sabia... mas não achei que seria tanto. Quando eu era pioneiro e ia pro acampamento, não parecia tão difícil: imagina, é só cuidar de umas crianças! Ah, e tinha algumas vantagens: você recebe um salário, passa um tempo no meio da natureza, ganha uma boa carta de referência, o que cai muito bem pra entrar na Komsomol e, depois, se tudo der certo, no Partido. Mas não é tão simples assim. — Volódia chegou um pouco mais perto, quase se debruçando sobre Iurka. — Me deram a tropa mais nova, porque supostamente é mais fácil lidar com os pequenos. Mas, pelo contrário, os pequenos são de enlouquecer! Tenho que fazer a contagem três vezes por hora, eles ficam fugindo de mim e da outra monitora e não obedecem de jeito nenhum. Eu vou fazer o quê? Passar o dia berrando com eles?

— E por que você não poderia berrar, se até a coordenadora berra? Grande pedagoga ela é...

Iurka amarrou a cara.

— Ela não devia ter feito isso, lógico — concordou Volódia. — Ela mesma ensinou a gente que não se deve erguer a voz para uma criança, mas, se for necessário dar uma bronca, a gente deve focar na coisa errada que foi feita, e não na própria criança. E o mais importante: nunca na frente dos outros.

— Ela disse isso? — Iurka deu uma gargalhada. — Essa é boa...

— Disse. Mas isso foi antes de rolar a inspeção de ontem e apontarem um monte de infrações. Eles estão vindo pra cá em todas as temporadas, sem falta. Adivinha por causa de quem?

— Não é possível que seja por minha causa!

Era inacreditável. Aquilo acabou com o bom humor de Iurka.

— E quem foi que inventou de arrumar briga no acampamento? Você tem que agradecer de não terem chamado a polícia.

Os olhos de Volódia chegaram a cintilar de um jeito quase cruel, mas seu ímpeto de ensinar para Iurka o certo e o errado se dissipou quando pôs os olhos na casinha verde da enfermaria. Deixou o papel de educador de lado e deu um suspiro profundo. Dava para perceber que, só de lembrar do acidente de Sachka, ele era arrastado para um turbilhão de preocupações e problemas. Quando voltou a falar, a voz dele estava rouca e sem vida:

— Amanhã tenho que levar a tropa cinco até o rio. Não vou sozinho, lógico, a monitora-assistente vai comigo, a Lena. Ela tem mais experiência. Um dos treinadores de educação física vai estar lá também, vai ajudar a olhar as crianças. Já até fizeram uma piscina flutuante na parte rasa do rio, sabe? Tudo direitinho. Mesmo assim estou morrendo de medo. E a Lena também. Ela estava me contando que um monitor conhecido dela foi processado, no ano passado, porque uma menina da tropa dele se afogou. E isso de dia, com todo mundo olhando... Hoje não deu tempo de irmos ao rio; eles chegaram, arrumaram as coisas, aí já era hora do almoço. Mas amanhã todo mundo vai. Se dependesse de mim, nunca que iam entrar na água!

Iurka se encolheu um pouco: realmente, no Andorinha também aconteciam fatalidades às vezes, ele já tinha ouvido falar.

— Não desanima. — Iurka queria encorajar Volódia, embora ele mesmo estivesse desanimado. — É só o começo da temporada, ainda tem bastante coisa pela frente, você vai se acostumar e vai dar tudo certo. Olha a Ira Petróvna, por exemplo. Não é a primeira vez que ela é monitora, então deve ter alguma coisa de bom, né?

— Pra mim, por enquanto, a única coisa boa é o dinheiro e a recomendação pro Partido...

— Você cismou com o Partido, hein? — Iurka perdeu a paciência de repente. — Já é a segunda vez que fala disso.

Ele, como bom adolescente, ficava irritado com a insistência das pessoas em viverem na inércia, seguindo por uma direção já determinada, sem dar um passo sequer fora da linha, sem fazer nada diferente do que tinham sido ensinadas.

Volódia deu de ombros.

— É claro! Iura, parece até que você não sabe que sem a carteirinha do Partido a gente não arranja um bom emprego... Não um bom de verdade. E nem consegue sair do país. Tá, o sistema político não é o ideal, tá um pouco ultrapassado, um pouco redundante, mas ainda funciona.

— Como é que é?

Iurka ergueu as sobrancelhas, surpreso. Com certeza não esperava ouvir nada parecido de Volódia, o garoto modelo. Para quem via de fora, Volódia parecia zelar profundamente por aquele sistema "trabalhista", do qual jamais falaria mal...

— É isso mesmo que você ouviu. Mas fica entre nós, tá? Não estamos mais na época do Stálin, mas é melhor não dar bobeira...

— Falou e disse!

Iurka até sentou. O cóccix deu uma fisgada e ele fez uma careta.

— Quem é progressista fica insatisfeito por a gente ainda viver no mesmo país de cinquenta anos atrás: pioneiros, Komsomol, Partido. Eu não sou cego, lógico, mas não vejo outra saída.

— Discordo! — Iurka até se ajeitou e virou para olhar nos olhos de Volódia. — Sempre tem uma saída.

O monitor sorriu, com certo desdém e indulgência, mas, de toda forma, Iurka outra vez ficou contente com aquele sorriso.

— Você não concorda com muita coisa, Kóniev. Mas assim também não dá pra viver. É claro que existe uma saída. Nesse caso é fazer o que a gente tem que fazer, entrar na Komsomol, depois no Partido, por mais inútil que ache que ele é. Bancar o cabeça-dura e tentar evitar o inevitável, isso sim é que é inútil.

E Iurka, que de fato estava acostumado a brigar com todo mundo e não concordar com nada, surpreendentemente não sabia o que responder. Não queria dar o braço a torcer, mas compreendia, no fundo, que havia alguma verdade naquilo que Volódia dizia. Principalmente a parte que era inútil resistir.

Foi bem nesse momento que Iurka passou a ver Volódia com outros olhos. O monitor, de repente, deixou de parecer um robô e se transformou em uma pessoa comum, com preocupações e problemas, que nem sempre sabe como agir. Ele gostava que os dois tivessem algumas ideias em comum, e teve vontade de ajudar.

— Quer que eu te ajude? — disse, de um modo um pouco atropelado.

— Com o quê?

— Com a pirralhada, ué. Não só nessa história do teatro e tudo o mais, com a sua tropa também. Amanhã, por exemplo, que você vai levar eles até o rio, não quer que eu vá junto? — Iurka titubeou, surpreso com o próprio entusiasmo. — Quer dizer, você tava tão preocupado e tal… — explicou, acanhado.

Volódia também ficou surpreso.

— Sério? Seria bem bacana! — De repente, ele estalou os dedos, animado. — É isso! Isso resolveria os seus problemas e os meus. Nada mal. Me conta mais de você.

No entanto, o sinal estrondoso saindo do alto-falante não deu a Iurka a chance de contar nada.

Não eram as trombetas de Jericó soando, era apenas o sinal chamando o acampamento para jantar. E a terra tremeu não com as muralhas invencíveis da cidade indo abaixo, mas com a manada de pioneiros. Tal qual generais, os monitores gritavam para suas tropas:

— Formem duas filas! Em seus lugares! Maaaaarchem!

A vida jorrava no acampamento como uma fonte.

Volódia mal ouviu o chiado do alto-falante e tratou de ir reunir a trupe do teatro para levá-los ao refeitório, enquanto Iurka levantou e seguiu para a enfermaria: era melhor deixar Larissa Serguêievna passar mais um pouco de pomada. No dia seguinte ele ia ter que usar sunga, e estava com vergonha de aparecer com o "rabo quebrado".

Iurka sabia que sua tropa também iria tomar banho de rio no dia seguinte, mas, por alguma razão, ao pensar no próprio rabo quebrado, não estava preocupado com seus colegas, e sim com outra tropa, a cinco. Mais especificamente, com o monitor deles.

3

Espantalho ruminante

IURKA GOSTAVA BASTANTE DAS MANHÃS no Andorinha. Mas isso só até ter que sair de debaixo das cobertas quentinhas e ir se arrastando até o lavabo. Era tudo muito bom: os passarinhos cantando, as árvores farfalhando, o acampamento sonolento e melancólico. Mas depois a rádio já começava a tocar a gravação da hora de acordar — um alarme que mais parecia o chamado dos pecadores ao inferno.

Apesar do calor que fazia durante o dia, as noites eram bem frias por conta da quantidade de árvores. A terra, aquecida pelo sol, esfriava e, de manhã cedo, na hora de levantar, a neblina e a umidade baixavam, dando um choque térmico ao sair do quentinho do alojamento. Até os mais corajosos sofriam na hora de lavar o rosto: a água que saía das torneiras não era nem de longe morna, pois vinha direto da nascente e chegava a adormecer o corpo de tão gelada, fazendo as crianças baterem os dentes. Mas pelo menos havia uma vantagem indiscutível: o sono ia embora de vez.

Iurka, dominado por arrepios e sonhando em voltar logo para debaixo das cobertas, não entendeu de imediato quem estava falando com ele. Depois de secar o rosto, bufou e jogou a toalha no ombro, até dar de cara com Ira Petróvna. Ela estava claramente zangada, mas por quê, dessa vez? A sonolência se dispersou em um segundo, e Iurka tentava, em vão, entender como já tinha entrado em outra enrascada, sendo que mal saíra da cama.

— Kóniev! Você está me ouvindo ou não?

— Ira Petróvna? O que foi? Bom dia...

Ela revirou os olhos e murmurou entredentes:

— Vou perguntar pela última vez: por que é que você arrancou o arbusto de lilás?

Iurka a encarou, surpreso.

— Que arbusto?

— Não tenta me enrolar! O arbusto de lilás que ficava perto do galpão de luz.

— Eu não arranquei nada, Ira Petróvna!

— Ah, nem vem! Quem foi então? — ela perguntou, olhando desconfiada para ele.

— Eu não s...

— Ontem você se atrasou pro jantar, depois eu vi umas folhas e umas flores espalhadas perto da porta do alojamento e um buquê de lilás na mesa de cabeceira da Polina. Não é a primeira vez que você estraga o lilás! Ele já estava quase todo florido e agora dá até desgosto de ver!

— E por que logo eu? A Pólia pode ter arrancado as flores ela mesma!

Ele ficou profundamente ofendido: olha aí, mais uma vez estavam pegando ele pra cristo. Iurka não tinha culpa nenhuma, mas era sempre acusado — por inércia, pelo visto. Afinal, era muito fácil culpá-lo: ele sempre aprontava alguma, então só podia ter sido ele de novo.

Iurka amarrou a cara, deixando evidente o quanto já estava de saco cheio de ser acusado injustamente.

— Irin, não foi ele mesmo — disse uma voz atrás dele. Iurka se virou e encontrou Volódia. — Iura estava no teatro ontem, depois me ajudou a levar um menino até a enfermaria, por isso atrasou pro jantar. Foi outra pessoa que estragou o lilás.

Ira Petróvna titubeou, olhou surpresa para Iurka, depois de volta para Volódia.

— Ele te ajudou?

— Você mesma ouviu ontem na reunião da monitoria que eu tive uma emergência no meu grupo. O Sachka levou um tombo de cima do palco, e o Iura se ofereceu para ajudar — explicou Volódia.

A conversa era de igual para igual, não tinha como Ira não acreditar em Volódia. Ela parecia confusa, desconfortável. Iurka soltou um suspiro e olhou para Volódia com infinita gratidão; ele tinha aparecido na hora certa!

— Eu não sabia, a gente falou disso rápido ontem e... Enfim, tudo bem, Kóniev — disse Ira Petróvna. — Se você realmente ajudou, está de parabéns. Vou perguntar pras meninas onde foi que elas arranjaram as flores.

— E não podia ter ido falar com elas direto? — resmungou Iurka, incomodado.

A monitora só bagunçou o cabelo dele, que bufava impaciente. Iurka ficou ainda mais bravo e gritou para Ira Petróvna, que já ia embora:

— Não vai se desculpar, não?

Ela se deteve por um segundo, disse um "Desculpa" por cima do ombro e saiu.

— Obrigado. — Iurka sorriu, virando-se para Volódia. Em seguida suspirou e amarrou a cara de novo. — Eu já estava achando que ia me dar mal de novo.

— De nada. Você não tem culpa mesmo. Pelo visto, já deu tempo da Olga Leonídovna enfiar na cabeça da Irina que qualquer problema tem que ser culpa sua. Ela só arranjou um pretexto.

— Mas o que você veio fazer aqui?

— Vim avisar que vamos pro rio lá pelas dez. Ontem você se ofereceu pra ajudar...

Ele não teve tempo de combinar os detalhes, pois Ira Petróvna voltou de repente, dizendo:

— Iura, depois do café da manhã, em vez de ir pro mutirão de limpeza, você e o Mítia da tropa dois... Lembra dele, né? Então, vocês dois vão conferir os colchões do alojamento infantil. Tem umas crianças reclamando que estão úmidos. Vocês levam os que não estiverem bons pro depósito, depois na hora do descanso eu mando alguém levar os novos pra tropa.

Iurka soltou um resmungo.

— Nossa, Ira Petróvna, já de manhã cedo você ligada no duzentos e vinte!

— Não banque o engraçadinho comigo, senão... — Ela não terminou de falar, pois viu Marússia saindo do alojamento. — Marússia, espera aí! Tenho que te perguntar uma coisa...

— Olha lá, alguém está prestes a se dar mal — comentou Iurka, e deu uma risadinha de escárnio.

Volódia suspirou.

— Pelo jeito você não vai conseguir ir pro rio.

Iurka deu de ombros.

— Vou tentar terminar com os colchões o mais rápido possível.

Depois de se lavar, ele foi até o alojamento trocar de roupa. Apertou a mão de Vanka e Mikha, que estavam fazendo uma horinha sentados no banco perto da entrada, e cumprimentou Macha, que estava com um sorriso muito suspeito, com um aceno de cabeça. Ele já se preparava para entrar no dormitório quando viu uma coisa que o fez congelar na soleira. Pertinho da porta ficava o mural com o jornal da tropa, dedicado à abertura da temporada e ao primeiro dia do acampamento. Era um jornal bacana, colorido, mas acabou com o humor de Iurka. Tudo porque ele deu de cara com uma humilhação pública em forma de caricatura.

Ao lado do jornal tinham desenhado uma bela árvore, uma macieira, com Iurka pendurado no galho pelo calcanhar, enrolado no cordão de pisca-piscas, com os braços e as pernas abertos. Pra falar a verdade, o desenho estava até que bem-feito e engraçado, mas o que doeu foi a expressão idiota no rosto de Iurka. Aliás, rosto não, focinho. Parecia um focinho de porco, com a boca escancarada e sem o dente da frente. Mas Iurka tinha todos os dentes! E muito bons, por sinal! Que chatice. Ele era grande e sabia que não devia ligar para provocações desse tipo, mas ficou ofendido mesmo assim. Só por costume, talvez.

Sim, por mais que fosse engraçado, era bem chato. Ainda mais porque aquela carantonha de porco ia ficar à mostra para todo o acampamento, já que as tropas sempre liam, e com prazer, os murais umas das outras.

Nem a zapekanka, uma tortinha doce de ricota que Iurka adorava — e que estava uma delícia, por sinal —, foi capaz de amenizar aquele episódio desagradável. Quando foi buscar os tais colchões, ficou sabendo com o redator da tropa o nome do artista. Ou melhor, *da* artista: Marússia. Aquela mesma do PUM. Iurka não pretendia se vingar, claro, mas ia lembrar daquilo, e muito bem lembrado.

Para ajudar na tarefa, tinham escalado Mitka, aquele mesmo garoto que dava as notícias na rádio do acampamento. Era sempre ele que chamavam para tarefas desse tipo: mudar alguma coisa de lugar, arrastar, levantar, e assim por diante. Tudo porque o garoto não só cantava bem e tinha uma boa dicção como também era grande e forte.

Os garotos retiraram seis colchões sem roupa de cama e amontoaram ao lado do alojamento; de fato, estavam úmidos. De início, Iurka pôs a culpa nas crianças. A maioria era o que chamavam de "pequenos outubristas", porque ainda não tinham feito o juramento e se tornado oficialmente pioneiros. Os menorzinhos deviam ter se assustado com alguma coisa e aí não se seguraram — acontecia com todo mundo nos primeiros anos de acampamento. Mas não era isso, porque os colchões úmidos estavam numa área específica do alojamento. Iurka andava em círculos com cara de sabichão, coçando o queixo de modo pensativo.

— Mit, será que não tem alguma goteira? Disseram que choveu uns dias atrás, de repente foi isso?

Mítia ficou encarando o teto, examinou-o com atenção, mas não encontrou nada.

— E ninguém percebeu que tinha água pingando?

— Não, porque foi antes das tropas chegarem, então não tinha ninguém no alojamento... Olha, acho que temos que subir no telhado pra ver.

— Sobe você, o telhado não vai me aguentar, não — respondeu Mítia, com uma boa gargalhada.

Depois de subir no telhado com muita destreza, sem nem precisar de escada, Iurka descobriu o problema rapidinho. Bem acima do local onde os colchões estavam úmidos, a laje havia rachado. Iurka se agachou, tocou o revestimento de alcatrão e disse:

— Deve ter rachado no inverno, por conta do frio, e agora com a chuva e o calor desgastou de vez. Tem que avisar o encarregado...

— Iula, Iula, oi! — chamou alguém lá de baixo.

Iurka deu um pulo de surpresa.

Um grupo com chapéus amarelos, estilo panamá, passava em frente ao alojamento: era a tropa cinco, que seguia os dois monitores rumo à trilha para o rio. Um dos meninos, Oliéjka, que fazia parte do grupo de teatro e falava trocando o R pelo L, tinha parado ali, saindo da formação. Ele gritava e agitava os braços, cheio de energia:

— Volódia, olha o Iula ali!

— Ei, desce logo desse telhado, você vai cair! — gritou Volódia, severo.

— O que você tá fazendo aí? — perguntou Sanka, aquele mesmo que tinha se machucado no dia anterior.

— Estou dando uma olhada se não tem nenhum invasor. Eles costumam vir aqui com detectores de metais procurar tesouros no terreno. Vocês não sabiam que essa região foi ocupada pelos alemães durante a Guerra? — inventou Iurka, de improviso.

De repente, todos os olhinhos se encheram de terror, e não porque Iura poderia cair a qualquer momento. Lá de cima, ele avistou Ira Petróvna, que se aproximava depressa, preocupada e furiosa, erguendo uma nuvem de poeira na trilha de terra.

— Volta já pra terra, Gagárin. Vamos, desça de uma vez — pediu Volódia.

— Kóniev! Ai, minha nossa, Kóniev! — Os gritos de Ira Petróvna se espalhavam por todo o acampamento.

— Pra que me chamar pelo sobrenome? — perguntou Iurka, fingindo estar ofendido.

Mas Ira ignorou o comentário.

— Chispa daí! Agora!

— Agora, agora? Tá, se você diz.

Iurka levantou e caminhou até a pontinha do telhado, fingindo que se preparava pra pular.

— Não, Iúrotchka, assim não! Sem pular, desça do jeito que subiu! Não é pra pular, não! — gritava Ira, desesperada, mas, ao olhar para Iurka e ver o sorriso sacana em seu rosto, implorou: — Volódia, faz alguma coisa!

O monitor estreitou um pouco os olhos, medindo a altura do telhado, então perguntou, absolutamente tranquilo:

— Você vai com a gente pro rio?

As crianças desataram a pedir: "Viva!", "Vai, sim!", "Vai com a gente, Iula!".

— Ah, não sei, tenho que levar esses colchões ainda… Só se você me liberar, Ira Petróvna. O Mitka pode levar tudo sozinho? — perguntou Iurka, que se equilibrava perigosamente na beirada do telhado.

Numa vozinha assustada, Ira Petróvna respondeu:

— Vai, vai pra onde você quiser, só desça daí que nem gente, Kóniev!

Iurka deu de ombros, como se dissesse "pensando bem, por que não?". Sentou na ponta do telhado e pulou. Ira Petróvna gritou, mas quando Kóniev saiu dos arbustos, são e salvo, soltou um suspiro aliviado.

— Os colchões já estão separados. — Iurka sorriu. — Você não confia em mim, né, Ira Petróvna? Acha que sou autodestrutivo, mas não é verdade.

— Some logo da minha frente, Kóniev!

E então ela foi embora.

Duas fileiras iguaizinhas de sapatos de criança se estendiam pela areia amarela. Não muito longe, Polina, Uliana e Marússia tomavam sol, deitadas em poses graciosas sobre as toalhas. Um pouco mais adiante, muito bem instalada à sombra, Macha lia um livro de Tchékhov, com cara de tédio. Olhando para Sídorova, Iurka, por alguma razão, lembrou do princípio que Tchékhov pregava: se tem uma arma na parede, ela tem de servir para atirar em alguém. Só não entendeu por que foi lembrar disso. Não havia nada de ameaçador em Macha, muito pelo contrário: havia algo de romântico. Usava um vestido claro, com os babados ondulando ao vento, deixando entrever as coxas bronzeadas. *Que horas será que ela pega sol?*, pensou Iurka.

Sem encontrar resposta, e aliás sem ao menos desejar uma, Iurka se virou e notou, do outro lado da prainha, Vanka e Mikha, que, pelo jeito, já tinham concluído toda a varredura comunitária da praça e estavam estirados nas toalhas. Porém, passou direto por eles: não estava interessado nos amigos, nem nas meninas, e sim em Volódia.

O monitor estava com água até os tornozelos e vigiava os pioneiros sob sua responsabilidade. O rio seguia seu curso preguiçosamente, com ondas leves, cintilando sob os raios de sol e respingando quando as crianças batiam as palmas da mão na água. Na área cercada por redes e boias de sinalização, a tropa cinco se debatia e se esgoelava. Um pouco além da área delimitada, meio à deriva em um barquinho, estava Jênia, o treinador, que de tempos em tempos rosnava com Oliéjka, que insistia em se aventurar até as boias. Lena, a monitora-assistente, também estava na prainha, sentada na cadeira alta de salva-vidas, tomando conta da tropa, dando ordens em um megafone, tudo isso na maior tranquilidade — bem diferente de Volódia.

— Ptchélkin! Para de espirrar água! — ordenou o monitor.

Ptchélkin parou, mas bastou Volódia desviar o olhar para o menino dar uma risadinha e recomeçar a bater as mãos na água.

Iurka chegou ao lado de Volódia, mas não teve tempo nem de abrir a boca.

— Agora não dá. Depois. Desculpa. — Sem virar a cabeça, Volódia notou pela visão periférica uma nova infração e gritou bem no ouvido de Iurka: — Ptchélkin! Se fizer isso mais uma vez, vai direto pra areia!

Quase surdo, Iurka ficou ali parado, sem saber o que fazer. A bronca de Volódia parecia ter funcionado, pois Ptchélkin e as outras crianças pararam de espirrar água e se empurrar. Na verdade, continuaram, só que de um jeito mais cuidadoso, sem oferecer risco à vida e à segurança dos camaradinhas.

Iurka ficou com um forte zumbido no ouvido direito, e por conta dessa afronta rumou de volta para a prainha. Não pretendia distrair Volódia, pelo menos não enquanto Ptchélkin estivesse na água, ainda mais porque o monitor, pálido de preocupação, ficava mais e mais nervoso. Iurka só iria atrapalhá-lo.

Vanka, ao ver o amigo, agitou os braços, chamando-o para se juntar a eles. Iurka sentou na toalha. Acompanhando a conversa com um ouvido só, ele se distraía olhando ora para Volódia, ora para as meninas do PUM, ora para Macha. Esta última, aliás, só fingia ler, porque lançava olhares furiosos para o trio de meninas atiradas e então olhava com ternura para Volódia. Estava à espera: será que o monitor, absorto na própria obrigação, não olharia nem uma vez para ela? Não. Volódia estava ignorando todo mundo: Macha, o trio perfumado e Iurka. Estava tenso pra valer, concentrado em vigiar as crianças que espirravam água para todo lado, tentando até piscar o mínimo possível.

— Iuriéts, vamos jogar Vinte e Um? — perguntou Mikha, tirando o baralho do bolso.

— Vamos — resmungou Iurka, distraído, então tirou as sandálias e sentou de pernas cruzadas. — Quem perder leva peteleco?

Muito mais distraído do que gostaria, Iurka perdeu. E perdeu feio. Os petelecos estalavam em sua testa, tanto que até já tinha perdido a sensibilidade, mas os garotos continuavam sem parar.

— Que tal jogar Durak, e o perdedor leva tapão duplo? — sugeriu Mikha, com um sorriso matreiro.

Vanka esfregou as mãos, e Iurka assentiu.

Depois de ter feito papel de idiota, Iurka finalmente entrou no jogo — até porque tapão duplo era um risco e tanto. Só que não teve sorte. Não tinha quase nenhum trunfo na mão, e o resto eram cartas baixas: um dois e um seis. O baralho de Vanka era diferente, tinha 54 cartas. *Será que ele está roubando?*, Iurka se perguntou.

Mikha se livrou de todas as suas cartas e, com um sorriso maligno, olhava para os amigos e alongava as mãos. Dava até para ler em seu olhar: *Agora vou mostrar pra vocês o que é um tapão duplo de verdade. Vão até perder o rumo.* E o que era pior: Mikha realmente era um mestre no tapão.

Ao baixar seu último trunfo, Iurka até se encolheu: havia sobrado só uma carta, o dez de espadas. Mas foi em frente. Vanka deu um pulo e baixou a dama com um grito de vitória:

— Ha! Toma essa!

Iurka bufou, irritado. Tinha perdido de novo. Soltou um suspiro e virou a cabeça pra Mikha.

Pá! Iurka levou um belo tabefe no meio da testa, fazendo a cabeça cair para trás. Não teve nem tempo de se endireitar quando... Pá! Levou uma bordoada violenta na nuca. Afinal, o tapão era duplo! Com o impacto, por pouco a cabeça de Iurka não foi parar no peito. O garoto viu estrelas, e sua visão chegou a ficar turva.

— Quero revanche! — balbuciou, piscando para voltar a enxergar. — A última rodada, quem perder paga prenda?

— Que prenda?

— Conto depois que eu ganhar.

— Mas nada de sacanagem! E nada que envolva os monitores! Eu não vou mais correr atrás da Ira com uma tesoura falando que ela tem que cortar o cabelo.

— Fechado.

Iurka se concentrou pra valer. Sabia que dava pra ganhar sem nenhum trunfo, só refletindo, memorizando as cartas dos oponentes e calculando as jogadas. E dessa vez tivera sorte: um três, um sete e um ás. Eles iam ver só!

E viram mesmo! Iurka foi o primeiro a se livrar das cartas, então ia poder escolher a prenda do perdedor. Para completar, pelas suas contas o perdedor seria Mikha, o mestre do tapão duplo. E não deu outra. Baixando as cartas que sobraram na toalha, Mikha, já tenso, chegou um pouco mais perto.

— E aí?

— Você vai até o meio da praia, fica de joelhos e abaixa três vezes a testa na areia, gritando...

E, para que Vanka não ouvisse, Iurka se inclinou um pouco e sussurrou na orelha de Mikha.

— Tá, mas por que quatro vezes?

Vanka riu com satisfação e respondeu por Iurka:

— Porque você ficou com quatro cartas na mão. Mas se não gostou, podemos somar o valor das cartas...

— Tá bom, tá bom — respondeu Mikha, e foi resmungando executar a tarefa.

Só que ele não foi até o meio da praia: deu só alguns passos e parou na frente das meninas do PUM. Lançou um olhar interrogativo para Iurka, que congelou de choque e só depois de alguns segundos agitou as mãos, dizendo:

— Aí, não! Mais pra frente!

Mikha não entendeu e fez justamente o contrário. Observando o amigo cair de joelhos, Vanka exclamou:

— Agora eu quero ver!

Iurka cerrou os punhos.

Com todas as forças, Mikha baixou a cabeça na areia e gritou a plenos pulmões:

— Me deixem entrar na gruta!

— Ei, Prônin! Pirou, é? — gritou Uliana.

— Ai, sai daqui! — disse Pólia, balançando as mãos.

— Me deixem entrar na gruta!

— Mikha, chega, vai! Está enchendo meu vestido de areia! — gritava Marússia.

— Me deixem entrar na gruta! Me deixem entrar na gruta!

Iurka caiu de lado e até perdeu o ar de tanto rir. Vanka batia com o punho na toalha, e segurava a barriga. As seis mãos do PUM partiram pra cima de Mikha, numa algazarra de vestidos, saias e blusas. A tropa cinco inteirinha virou para ver o que estava acontecendo. Olhando a briga de longe, na sombra, Macha deu um sorriso. Até Lena soltou umas risadinhas, mas Volódia se virou irritado e, erguendo as sobrancelhas, vociferou furioso:

— Já chega, meninas!

As meninas só pararam quando Mikha, com o rosto vermelho e as costas machucadas, fugiu da prainha só de sunga.

— E por que logo "na gruta"? — perguntou Vanka, dando um cutucão na cintura de Iurka com o cotovelo.

Ele desviou e deu de ombros.

— Ah, sei lá, é o que tem debaixo da terra. Foi a primeira coisa que me veio na cabeça.

Pouco depois, reinou uma relativa paz na prainha. Iurka, morrendo de calor, decidiu dar um mergulho. Quando ia saindo da toalha, ouviu uma conversa por acaso.

— Tem alguma coisa errada com o Volódietchka... — Ele se virou na direção das meninas. Quem falava era Marússia, de cara amarrada. — Três garotas lindas de roupa de banho e ele nem aí, nem quando o Prônin estava pulando aqui na frente. — Ela estalou a língua, decepcionada. — A gente aqui tentando, e ele só pensando nas crianças.

— É porque ele gosta muito delas. É uma qualidade rara, aliás. — Polina se deitou de barriga para cima. — Acho uma graça, ele vai ser um bom pai.

Tirando o short e a camisa, Iurka segurou a risada quando ouviu a próxima constatação:

— E eu também vou ser uma boa mãe.

Para a sorte dele, as meninas não ouviram nada. A conversa continuava.

— Às vezes aconteceu alguma coisa que deixou o Volódia preocupado. — Uliana tentava justificar.

— Preocupado com o quê? O treinador tá lá, e tem a outra monitora — disse Marússia, preguiçosamente. — Não, ele tá muito bravo, como se alguma coisa fosse acontecer. Não sai da cola desse Ptchélkin...

— Não, não estou falando disso! — interrompeu Uliana. — Será que ele tem namorada? Tipo, pode ser a monitora, a Lena. Vai saber. Eles dormem em quartos vizinhos, pode ser que... Bom, vocês entenderam. Será que brigaram?

Polina até sentou.

— É verdade!

— Não é possível! — sentenciou Marússia.

— E por que não?

— Porque ontem o Volódia não foi pra discoteca, e a Lena ficou dançando com o Jênia.

— É mesmo! — Pólia deu um pulo sentada no lugar. — Todo mundo vai na discoteca, até os monitores das tropinhas. É a parte mais legal!

— Sossega, Pol! Melhor não se animar tanto. Por que não chama o Volódia pro baile hoje? — sugeriu Marússia. — Aí quando ele vier, a gente vê com quem ele vai dançar.

— E por que logo eu? Por que não a...

Pólia não teve tempo de expor toda sua indignação, pois Marússia a interrompeu:

— Ei, Kóniev! Por que você tá parado aí? Bisbilhotando?

Iurka ficou meio desnorteado: não precisava bisbilhotar aquela conversinha fiada, já que as meninas gritavam aos quatro ventos. Podia ter apenas ignorado a afronta, mas resmungou:

— Porque eu quero. A praia é um lugar público.

— Dane-se que é pública — retrucou Marússia. — Vaza.

— Ei, o que você tem contra mim? — Iurka perguntou, perplexo, porque nunca tinha ouvido as meninas falarem daquele jeito.

— Por sua culpa a gente fez papel de idiota na frente do Volódia! A gente sabe muito bem que foi você que mandou o Prônin aqui.

— E quem foi que me desenhou feito um idiota no mural? — rebateu Iurka, cruzando os braços, irritado.

— A culpa é toda sua, não tinha nada que estragar o pisca-pisca. Agora some logo daqui, vai, seu espantalho ruminante. Você tá tapando nossos raios ultravioleta.

— Isso aí — concordaram as outras chatonildas.

— Espantalho ruminante?! — disse Iurka, quase sufocando de tanta indignação, porque tinha certeza de que Marússia nem sabia o que era um ruminante. — Pois fique sabendo que nem todo ultravioleta do mundo vai te ajudar, sua lagartixa. Uma idiota que nem você não tem salvação. E nem essas duas aí.

Ele apanhou o short da areia e se afastou. Estava com raiva e frustrado, claro, mas acima de tudo surpreso: o que aquelas três queriam de Volódia? Estavam disputando sua atenção, tentando conquistá-lo? Especulando sobre sua vida pessoal?

Iurka achava aquilo completamente ridículo, já que sabia o motivo real da preocupação de Volódia. Primeiro, tinham metido medo nele com a história do afogamento, e agora as crianças estavam brigando dentro d'água: quem é que não ficaria pilhado?

Naquele exato momento, o treinador assoprou o apito, e ouviu-se uma menina gritar "Socoooorro!".

Volódia perdeu o fôlego, deu um passo à frente, já se preparando para mergulhar de roupa e tudo. Mas então a menina disse, com a voz fraca e chorosa:

— Ele tava me batendo de novo!

"Ah, vão se...", Iurka leu nos lábios de Volódia.

Havia sido um alarme falso: ninguém estava se afogando, eram só as crianças se engalfinhando. Os adultos relaxaram. Todos, menos Volódia: ele engolia em seco e mantinha os punhos cerrados. Foi então que a criançada desatou a brigar pra valer, com empurrões furiosos, puxões e gritos.

Iurka não pretendia ficar só olhando e comentando a situação, como fazia a Santíssima Trindade. Virou o boné importado e descolado para trás e, para parecer ainda mais imponente, fez cara de bravo. Pateou pela água na direção de Volódia para ajudar a separar a briga e pôr ordem na baderna.

Depois de uma breve porém árdua batalha — estavam tentando afogar Ptchélkin —, os dois conseguiram sair dali arrastando o menino pela sunga. Iurka largou-o na areia e se abaixou.

— Ptchélkin, você não quer ser pioneiro? — perguntou.

— Quero!

— E por acaso você não sabe que não aceitam meninos que batem em meninas nos pioneiros?

— Não, quer dizer... foi ela que começou!

— Não interessa. Não se deve bater em meninas!

Enquanto Iurka dava um sermão no pequeno encrenqueiro, Volódia soltou um suspiro de alívio e voltou para a água para olhar o resto das crianças. Iurka deixou Ptchélkin cumprindo sua pena na areia e foi ficar de olho na tropa cinco, de longe, dando algumas ordens e interrompendo com sucesso outras brigas. Depois ajudou Volódia a contar os chinelos, as roupas e as próprias crianças.

Seu esforço não foi em vão. Ele ouviu a Trindade e Macha, eternamente ocupada em olhar para Volódia, exclamarem:

— O Iurka é formidável! Nasceu pra ser monitor!

Aquele "formidável" cheio de orgulho deixou Iurka tão lisonjeado que até esqueceu que havia discutido com elas antes. Também ficou contente ao ouvir Ira Petróvna dizer:

— Nunca duvidei de você, Iura. E agora fiquei até orgulhosa! Vou contar pra todo mundo na reunião. Vão ficar sabendo quem é nosso Kóniev de verdade!

Mas o melhor, o melhor de tudo, a coisa mais gostosa e incrível de todas foi um agradecimento baixinho de Volódia, que tinha um brilho bondoso nos olhos, enquanto eles iam embora da praia. Os olhos dele eram verde-acinzentados — exatamente essa cor. Aquele "obrigado" deixou um quentinho no peito de Iurka até a noite. Porque ele tinha merecido e porque fora dito por Volódia. Depois de uma hora e meia juntos na praia, Iurka compreendia o monitor um pouco melhor, e se sentia mais próximo dele. Era quase um amigo, talvez.

A criançada incansável no rio não era o maior dos problemas de Volódia. Naquele mesmo dia, na hora do ensaio, ele foi tiranizado por Oliéjka, que queria porque queria o papel principal. E o garoto até tinha razão: sua voz era alta, ele decorava as falas rápido e combinava com o papel, mas... como trocava as letras, era impossível decifrar metade do que dizia. Volódia não queria magoar o menino, mas não podia dar a ele um papel com tantas falas. No fim, prometeu que iria ver as outras audições e escolheria o melhor. Garantiu a Oliéjka que ele não ficaria sem papel.

Iurka observava aquela bagunça, morrendo de tédio. Ter que acompanhar Macha era mais sofrível do que propriamente chato: ao fundo, ela tocava sempre a mesma "Sonata ao luar" no piano, o que já tinha enchido o saco, e como se não bastasse, ainda tocava mal. Iurka tentava não ouvir, mas ouvia, e imaginava Macha e aquela droga de piano desaparecendo no espaço. Não fosse por aquela música, as feridas que tinham sido tão difíceis de cicatrizar não estariam abertas de novo.

Música… Ele não se imaginava sem música; ela tinha criado raízes dentro dele. Quanto tempo Iura levaria para arrancá-la de si? Um ano ou a vida inteira? Tinha sido tão difícil aprender a viver no silêncio, até que de repente ali estava um piano, e Macha, um exemplo perfeito de como *não* se deve tocar. A tentação e a certeza de que Iurka poderia tocar melhor, não naquele momento, mas antes, em uma outra vida, quando ele podia e sabia tocar. Mas já havia esquecido, então restava apenas ouvir os outros, sufocado pelo silêncio dentro dele, pelo vazio e por um ódio abrasador contra si mesmo.

Ele olhava para Macha e rangia os dentes. Tentava ironizar os olhares languidos que a garota lançava para Volódia, mas não conseguia. Estava cada vez mais irritado, e não sabia o motivo. Queria prestar atenção em qualquer outra coisa, na Santíssima Trindade, por exemplo, mas as três amigas não haviam aparecido no ensaio.

Mal terminaram o ensaio e Iurka foi correndo se trocar para o baile. Estava saindo do quarto, completamente imerso em pensamentos sobre o maço de cigarros escondido atrás da cerca do alojamento em construção, quando alguém o chamou:

— Iúrtchik! — Polina pegou Iurka pela mão e olhou para ele com ares de conspiração. — Posso falar com você um minutinho?

Iurka pensava que, depois da história do "espantalho ruminante", não falaria com ninguém da Santíssima Trindade nem por um milhão de rublos. Mas já tinha passado metade do dia, e ele já não estava tão bravo. Além disso, elas que tinham procurado Iurka! Ele ficou em dúvida por alguns segundos, sentiu mais uma pontada de raiva, mas a curiosidade falou mais alto.

— O que você quer? — perguntou, se virando para olhar para ela de um jeito ao mesmo tempo interrogativo e zangado.

— Ué, ficou bravo? Não precisa, não, Iur. Vem cá.

Polina arrastou-o até o quarto das meninas. Ali, Uliana e Marússia esperavam por ele, e o garoto não gostou nada da expressão maliciosa no rosto delas.

— Então, Iúrtchik... — Polina sorria para ele com doçura e enrolava no dedo uma mecha do cabelo cor de trigo. — Você se dá bem com o Volódia, né?

Ele bufou. Era isso que elas queriam. Estavam as três gamadas no monitor e queriam uma mãozinha. Era só o que faltava! Poucas horas antes, a cobra da Marússia o tinha xingado na prainha, e Pólia e Úlia haviam concordado. Agora tinham a cara de pau de pedir algum favor para ele? Sério mesmo? Elas que tirassem o ruminante da chuva! Se bem que... De repente, um plano maligno surgiu em sua mente.

— Claro — Iurka respondeu, lançando um olhar misterioso à Santíssima Trindade —, a gente se dá bem, por quê?

— E você sabe por que ele nunca vai na discoteca?

Iurka deu de ombros.

— Não sei, deve ficar enrolado com as crianças.

Polina ficou agitada, até mordeu o lábio.

— Escuta, será que você não consegue dar um jeito de levar ele lá hoje?

Iurka fingiu que estava refletindo sobre a proposta, embora já tivesse tudo planejado.

— Posso tentar, não prometo. Mas...

— "Mas" o quê?

Polina abriu um sorriso ainda mais falso e os dentes de Iurka quase grudaram, como se fossem uma bala puxa-puxa.

— O que eu ganho em troca? — ele perguntou, com um sorrisinho impertinente.

— O que você quer?

Fingiu estar pensativo de novo, chegou até a coçar o queixo para dar um ar mais convincente.

— Quero que a Marússia me dê um beijo! Aliás, dois, na bochecha e na frente de todo mundo.

— É o quêêêê?

Marússia, que até então estava muito tranquila, sentada na cama, levantou de repente, pálida. Era evidente que não tinha gostado nem um pouco da proposta de Iurka.

— É isso ou vocês mesmas vão ter que chamar o Volódia pro baile!

A Santíssima Trindade se entreolhou. Uliana soltou um suspiro resignado:

— Bom, pelo menos tentamos...

E Marússia protestava balançando a cabeça.

— Iúrtchik, espera um minutinho lá fora? — pediu Polina, lançando um olhar astuto para Marússia. — A gente vai já, já.

Ele assentiu. Mal saiu e as meninas já começaram a confabular. Depois de alguns minutos, Marússia, com uma expressão sombria, pôs a cabeça para fora do quarto.

— Tá bom, combinado.

Iurka assentiu outra vez, agora com ar sério. Logo depois do jantar, saiu do refeitório e rumou para o alojamento das crianças para convidar Volódia. Afinal, combinado era combinado.

4

Boa noite, crianças!

IURA DESPERTOU DAS LEMBRANÇAS de sua juventude e arrancou o sorriso triste do rosto. Sentia a alma ser dilacerada por saudade e nostalgia, principalmente ali, entre aquelas paredes. Queria muito voltar àquele lugar, só que vinte anos antes, para ouvir a música outra vez, o riso das crianças e a voz severa de Volódia. Mas tinha que continuar: ir atrás daquilo que o trouxera ao Andorinha naquele dia.

Ele levantou com outro rangido da poltrona, tirou o pó das calças e, dando uma última olhada no palco, caminhou até a saída do teatro.

O caminho para o alojamento das crianças milagrosamente conservava todo o asfalto. Um dia, os alojamentos tinham sido bonitos, pintados com cores brilhantes e enfeitados com desenhos, pareciam até saídos dos contos de fadas. Mas agora seu aspecto era lamentável, a maioria tinha se reduzido a um monte de tábuas úmidas com poucos resquícios da tinta antiga. Apenas duas casinhas — Iura não conseguia lembrar que números eram — estavam mais ou menos inteiras. Em uma, a parede esquerda havia desabado com o telhado, mas a outra estava praticamente ilesa, só um pouco torta. Mas não dava para espiar o interior: o chão do alpendre cedera, a porta de entrada caíra e a passagem havia se transformado em um buraco grande, escuro e assustador. Eram nesses alojamentos que as crianças sempre ficavam, o mais longe possível da discoteca e da concha acústica. Iura também tinha dormido ali nas primeiras temporadas no acampamento.

Ele continuou pelo parquinho e se encolheu ao ouvir um rangido metálico e tristonho: o vento tinha passado pelos gira-giras enferrujados, fazendo-os girar como se ainda esperassem pelas crianças que devolveriam sua alegria. Só que já fazia muito tempo que não aparecia uma criança por ali, e a grama alta tomava conta do espaço.

Antes, Iura adorava aquele lugar. A clareira onde ficava o parquinho era cercada por um tapete macio de dentes-de-leão, primeiro verde-amarelos, depois brancos, e quando as penugens se espalhavam, formavam uma grande nuvem. Ele achava engraçado colher uma braçada de dentes-de-leão e correr pelo acampamento assoprando no cabelo das meninas, que ficavam bravas e gritavam e saíam correndo atrás dele para se vingar.

Mas os dentes-de-leão já tinham secado fazia tempo e só dava pra ver uma ou outra cabecinha branca quase careca. Iura se abaixou, colheu uma planta, girou-a entre os dedos e, depois de dar uma risada amargurada, soprou-a. Só algumas penugens se soltaram, como pequenos guarda-chuvas. Voaram tristemente por meio metro e, impregnadas pela umidade, pousaram no asfalto escuro.

Iura largou o que restou do dente-de-leão e, atravessando a grama alta e úmida, foi até um gira-gira. Nos últimos anos, o brinquedo havia enferrujado e afundado um pouco na terra, mas resistia firme. Ele sentou, sem saber por quê — na verdade, nem se perguntou por quê — e moveu os pés de leve. O gira-gira começou a se mover, rangendo exatamente como antes, e o levou de volta a um turbilhão de recordações.

Depois de florir, os dentes-de-leão deixavam um campo branco, felpudo e interminável pelo parquinho. As sementes aladas haviam se soltado, voavam e faziam cócegas no nariz. Iurka encheu o peito com o ar fresco da noite e pegou o caminho até o alojamento das tropas mais novas.

Estava tudo em silêncio, a criançada já dormia e não havia nenhuma luz acesa no dormitório dos monitores. *Volódia não deve estar dormindo, mas onde será que se meteu, se já deram o toque de recolher? Será que foi pra discoteca?*, pensou Iurka. Olhou ao redor, desconcertado, ouvindo o silêncio da noite interrompido apenas pelo murmúrio do vento e o cricrilar dos grilos. *Será que se o Volódia aparecer por lá sem mim as PUM vão considerar que cumpri o combinado e os beijos ainda vão estar valendo?*

De repente, entre os ruídos da noite, ele ouviu passos suaves e o ranger das tábuas do alpendre. Iurka se virou na direção do barulho e notou uma criança, de pijama de foguetinhos, se esgueirando na ponta dos pés. Ao descer os degraus do alojamento da tropa cinco, o menino tropeçou e cambaleou, deixando escapar um "Aaaai". Foi então que Iurka reconheceu o fugitivo: Sacha, o pequeno rodopiante que tinha se machucado no dia anterior e que ele e Volódia tinham arrastado até a enfermaria.

Iurka se encostou rente à parede do alojamento ao lado. Escondido nas sombras, se aproximou por trás de Sacha e então, quando estava a dois passos de distância, botou uma mão no ombro dele e a outra em sua boca, que já ia se escancarando para soltar um grito assustado.

— Aonde é que o senhor vai depois do toque de recolher, hein? — sussurrou Iurka, em tom ameaçador, no ouvido do menino.

Sacha afundou a cabeça nos ombros e choramingou alguma coisa, enchendo a palma da mão de Iurka de baba. Ele fez uma careta e disse:

— Prometa que não vai abrir o berreiro se eu te soltar. Senão vou te arrastar pra floresta e te jogar num ninho de serpentes!

Sacha assentiu, e Iurka tirou a mão cheia de baba da boca do menino.

— Eu só... só queria pegar umas groselhas — balbuciou Sacha. — Eu vi que tem dois arbustos de groselha perto da enfermaria e aí...

— Ê, Sânia! — Iurka teve que se segurar para não cair na risada. Tentou fazer uma voz brava. — E junho é época de groselha, é? Lá perto da enfermaria só tem uns pés de frutinha do lobo, e elas são venenosas!

Sacha amarrou a cara, já que sua história não estava colando. Iurka continuou:

— Hum... E por que você foi inventar de colher groselha bem no meio da noite?

Sacha foi direto e reto na resposta.

— Ué, e eu vou lá mostrar pra todo mundo onde tem groselha? Aí eu ia ficar sem!

— Como assim, Sânia? O tio Lênin ensinou que temos que dividir!

Sacha fez beicinho e não respondeu nada, só fez cara feia.

— Como foi que você saiu do alojamento? A porta não fica trancada? — perguntou Iurka.

— O Volódia não consegue fazer a gente dormir, aí eu aproveitei e fugi quando ele estava convencendo o Kolka a ficar na cama.

— Que bonito! —Iurka imaginou Volódia entrando em pânico assim que notasse a cama vazia. — Bom, vamos voltar.

Ele pegou o choroso Sânia pelas orelhas e, ao perceber que o menino não resistia, arrastou-o de volta para o quarto.

Assim que Iurka abriu devagarinho a porta do dormitório, viu Volódia de pé, sob a luz baça do abajur, olhando a cama vazia com olhos arregalados. Ao redor, a meninada cochichava na maior animação, sem a menor intenção de dormir.

— Tá procurando esse fugitivo aqui? — perguntou Iurka, não muito alto, arrastando Sânia para dentro do quarto.

Volódia olhou perplexo para os dois e, assim que viu Sacha, pareceu aliviado.

— Já estava achando que era o meu fim. — Ele soltou um suspiro e virou para Sacha: — Direto pra cama, agora! Estava querendo fugir, é?

O menino, em silêncio, se enfiou embaixo das cobertas e puxou-as até a cabeça, sem responder nada.

— Ele queria groselha — explicou Iurka. — Escuta, o que você vai fazer mais tarde? O toque de recolher já tocou faz tempo.

— Não consigo fazer essas pestes dormirem! As meninas dormiram rapidinho e já devem estar no décimo sono, mas parece que esses aqui tomaram café no jantar.

Iurka virou a cabeça, observando as fileiras ordenadas de camas. Os meninos não estavam mais cochichando. Prestavam atenção não na conversa dos grandes, mas em Oliéjka, todo descabelado, que contava uma história num tom de voz assustador.

— Numa cidade escula-escula, numa casa escula-escula, vivia um...

— Gato escuro-escuro! — gritou Iurka. A meninada estremeceu e caiu na risada. — Aff! Isso daí é uma chatice e nem dá medo.

— Eu sei também a do caixão com lodinhas. É a histólia mais assustadola de todas!

— Ah, essa também não dá medo nenhum. O que foi? Volódia não sabe contar umas histórias de terror boas pra vocês?

— Não. Ao contlálio: ele bliga quando a gente fica contando histólias e não dolme. Mas a gente vai contar de qualquer jeito...

— E vocês acham que eu não percebi? — retrucou Volódia, rindo.

Ele queria dizer mais alguma coisa, mas se segurou ao notar Ptchélkin, que era cheio de gracinhas, se remexer de forma muito suspeita embaixo das cobertas.

Enquanto mantinha parte da atenção no que Oliéjka dizia, Iurka pensava que tinha que liberar Volódia e que era imprescindível aparecer com ele na discoteca naquela noite. Primeiro porque tinha prometido para Marússia, e promessa é dívida; segundo porque ele estava bonito: usava sua melhor (e única, aliás) calça jeans e sua camiseta polo preferida, a marrom que o tio trouxera da Alemanha Oriental na primavera. Será que tinha se arrumado à toa? Como é que Marússia o tinha chamado mesmo? "Espantalho ruminante"? Pois ele tinha que ir sem falta para que aquela lambisgoia beijasse o espantalho!

Oliéjka cochichava uma história sobre unhas numa torta, Volódia puxou o cobertor de Ptchélkin e gritou, vitorioso:

— Ahá! Um estilingue! Então foi você que estourou a lâmpada!

Iurka tinha voltado a pensar no assunto mais urgente: *O que preciso fazer pra tirar o Volódia daqui? Fazer os meninos dormirem. E como fazer os meninos dormirem?*

Em menos de um minuto, a solução apareceu.

— Sabem por que o Volódia não conta histórias de terror? Pra vocês dormirem melhor. E tá certo, porque ele sabe muito bem o que acontece com quem não dorme depois do toque de recolher...

— O quê? — perguntou Sânia, com os olhos arregalados.

— É alguma coisa ruim? — disse um menino de cachinhos, paralisado.

— Alguma coisa holível? — questionou Oliéjka.

— Não vou mais usar o estilingue — Ptchélkin implorou —, mas por favor, deixe eu ficar com ele.

— Nossa! — interrompeu uma voz de menina bem baixinho do outro lado da porta.

Na hora, Volódia foi para a porta buscar a fugitiva e levá-la de volta para o dormitório das meninas. Pelo gemido de Ptchélkin, Iurka adivinhou que o monitor havia levado o estilingue embora.

Iurka se acomodou numa cama vazia e fez uma cara bem séria.

— Agora eu vou contar um segredo. Só que vocês não podem falar nada pra ninguém, porque é proibido contar isso pros outubristinhas, vocês ainda são muito pequenos. Vão me dar um puxão de orelha se descobrirem que falei...

Um coro desordenado de vozes o interrompeu, jurando que não iam delatá-lo. Iurka pigarreou e tentou soar o mais horripilante possível ao começar a história:

— Aparecem fantasmas de verdade no acampamento à noite. Há muito, muito tempo atrás, ainda antes da Grande Revolução de Outubro, havia uma propriedade de uma gente muito rica perto daqui. Lá, viviam um conde e uma condessa. Os dois eram muito felizes, apesar do casamento ter sido arranjado...

— Como assim alanjado, Iula?

— Oliéjka, não interrompa. Casamento arranjado é quando os pais do noivo e da noiva combinam entre si de casar os filhos, quando eles ainda são crianças e nem se conheceram ainda. Faziam isso pra ficar com mais dinheiro — explicou Iurka, do jeito que deu.

Volódia voltou para o quarto. Seus olhos até brilharam de satisfação ao ver as crianças quietas. Ele sentou ao lado de Iurka, que prosseguiu:

— Então, o conde e a condessa se amavam de verdade. Tinham uma casa enorme, mais de cem camponeses e muitos amigos: outros condes e condessas, príncipes e princesas, e tinha até um grão-duque, parente do tsar, que era praticamente um camarada do conde. Mas aí começou a Guerra Russo-Japonesa, e o grão-duque convocou o conde para lutar ao seu lado no front de batalha. E o conde não podia dizer "não", então deu um broche de diamante pra condessa e foi para guerra. E nunca mais voltou...

Todas as crianças ficaram quietas e se aninharam debaixo das cobertas ao mesmo tempo, com os olhos arregalados e brilhando de curiosidade. Volódia limpava os óculos na barra da camisa e, estreitando os olhos, observava severamente a turma. Iurka, satisfeito por conseguir capturar a atenção das crianças, continuou, num sussurro:

— Dizem que os japoneses afundaram o navio cruzador onde o conde servia. Falaram para a condessa que o marido dela havia morrido, mas ela o amava tanto que não conseguiu acreditar nem aceitar. O casal não tinha filhos, e ela esperou pelo marido anos e anos. A condessa parou de usar roupas bonitas e joias, e andava sempre vestida de preto, levava só o broche de diamante, o último presente do marido, sempre consigo, preso junto ao peito ou no cabelo. O tempo passou, e a condessa logo adoeceu de tanta saudade. Não queria ver ninguém, nem mesmo o médico, então morreu depois de um ano. Dizem que a enterraram com aquele mesmo vestido preto de viúva, mas não colocaram o broche no túmulo. A joia tinha desaparecido! Desde então, começaram a acontecer coisas horríveis naquele casarão. Os móveis se mexiam e as portas se abriam sozinhas. E depois, quando os bolcheviques chegaram ao poder e quiseram construir um sanatório no casarão, começou a morrer gente lá!

À meia-luz, alguém deixou escapar um gemido sufocado e na cama ao lado outra criança se remexia — era Sacha, que tinha coberto a cabeça com a manta. Volódia cutucou a costela de Iurka com o cotovelo e sussurrou em seu ouvido:

— Iura, pega leve. Assim eles não vão dormir mesmo.

Mas Iurka já tinha engatado na história.

— De noite, era tudo tranquilo... Bom, mais ou menos, porque vez ou outra as portas dos armários abriam sozinhas, mas sem estardalhaço, sem o menor barulhinho. E aí na manhã seguinte... encontravam alguém morto! Era só amanhecer e pronto: um morto na cama. Era uma coisa horrível: os olhos esbugalhados, a boca aberta, como se a pessoa estivesse gritando, a língua pra fora e o pescoço... azul! Procuravam o culpado sem parar, mas não achavam. Então abandonaram o sanatório. Os camponeses que moravam ali perto, em Goretovka, saquearam o casarão: não sobrou nenhum tijolo, levaram tudo para construir outras casas. Hoje em dia, não resta mais nada; nada pra lembrar que ali, certa vez, foi o lar da condessa, exceto um objeto. Entre as cerejeiras, ainda dá para ver o perfil da condessa entalhado em baixo-relevo, usando seu vestido e o broche de diamantes. Como todo mundo se esqueceu dessa lenda há muito tempo, construíram o nosso acampamento no mesmo lugar! — Iurka baixou bem a voz: — Agora vou contar um grande segredo pra vocês, mas não podem falar nada pra ninguém, tá bom?

— Sim, sim, tá bom — murmuraram de todos os lados.

— Mesmo? Palavra de pequeno outubrista?

— Já falamos que sim, Iula!

— Encontraram um morto aqui! Bem aqui do lado, no alojamento vizinho! Foi um defunto só, porque depois de sua morte os pioneiros encontraram seu diário, leram e descobriram tudo. Ele estava escrevendo sobre as coisas estranhas que aconteciam aqui à noite. O morto era um monitor, ainda muito jovem, no primeiro ano de acampamento e...

Volódia pigarreou para interromper a história, erguendo as sobrancelhas de modo cético.

Iurka olhou para ele com um jeito malandro e assentiu, como se dissesse: "Sim, é de você mesmo que estou falando", e continuou:

— Então, esse monitor tinha muito cuidado com sua tropa, mas as crianças, parecia até que de propósito, quase não dormiam à noite. E por causa disso, o monitor não dormia também: ficava andando, conferindo tudo, todo preocupado. E então, uma noite, quando todas as crianças tinham finalmente dormido, foi o monitor quem não conseguiu dormir: o sono dele estava todo desregulado. Ele sentou pra fazer umas anotações no caderno, que era uma espécie de diário, onde escrevia tudo que tinha acontecido durante o dia: aonde tinha ido com as crianças, como elas tinham se comportado e assim por diante. De repente, ele escuta um ruído quebrando o silêncio, como se fosse um tecido arrastando pelo piso. O monitor ficou de prontidão: era um som tão estranho que até ele ficou com medo, então apagou a luz e se deitou na escuridão, todo gelado. No começo, não conseguia ver nada, mas assim que seus olhos se acostumaram, conseguiu discernir os vultos do guarda-roupa e da escrivaninha, e viu a porta se abrindo. Assim, sozinha, sem fazer barulho. Não completamente, mas abriu. O monitor piscou, e a porta apareceu fechada de novo! Surpreso, como vocês podem imaginar, ele acendeu a luz e anotou o que tinha acontecido, achando que tinha imaginado tudo. Mas na noite seguinte, aconteceu de novo. Outra vez ele ouviu o farfalhar do tecido no chão, outra vez um silêncio, e outra vez as portas se abrindo sozinhas. E o quarto vazio, nem uma sombra, nem um ruído! O monitor piscava e pronto, porta direita estava aberta; piscava de novo, e porta direita estava fechada, mas a esquerda aberta, e assim por diante! E tudo num silêncio sepulcral.

No quarto, pairava o mesmo silêncio sepulcral da história. As crianças ouviam e tentavam até respirar menos e o mais baixo possível. Em algum cantinho, dentes batiam. Iurka pensou: "Hum, pelo menos ninguém está falando".

— Então... o monitor foi até Goretovka e um antigo morador contou a história da condessa e do broche perdido. Aí ele pensou que o barulho que ouvia podia ser o farfalhar do vestido preto dela. Ele queria entender por que as portas do armário abriam e fechavam, mas não descobriu. No dia seguinte, foi encontrado morto. Sufocado, com os olhos esbugalhados...

— E o pescoço azul? — perguntou Sânia, com a voz rouca e abafada.

— Azulzinho — confirmou Iurka. — A polícia interrogou todos os moradores de Goretovka. Quando chegou a vez daquele mesmo velhinho, ele contou tudo que tinha contado ao monitor. Os policiais acharam que o homem já estava ficando gagá por causa da idade e não acreditaram nas histórias sobre a condessa. Não acreditaram que antes ela vagava pela própria casa, mas que depois que destruíram tudo, ela começou a vagar pelo acampamento. E vaga até hoje, procurando o broche que o conde deu para ela de presente. E quando não encontra, fica furiosa e sufoca o primeiro que acha acordado. Porque a condessa pensa assim: *Quem não dorme é o ladrão que roubou meu broche. Só não dorme quem está com a consciência pesada.*

Iurka prendeu a respiração, e Volódia aproveitou para pôr um ponto-final na história:

— E é por isso, pessoal, que a gente tem que dormir depois do toque de recolher.

— É, isso mesmo — concordou Iurka —, tem que deitar e ficar quietinho, para que todo mundo fique bem, inclusive o monitor. Caso contrário, vocês vão ouvir o farfalhar do vestido da condessa e vão ver como ela abre as portas, procurando o broche. E aí ela vai pegar vocês! E os seus monitores, que ficam preocupados com vocês e não dormem à noite, igual o monitor-cadáver da história.

As crianças ficaram muito impressionadas com a história: os meninos haviam fechado os olhos, sem fazer nenhum barulhinho nem se mexer, deitados na cama com a coberta até o queixo.

Volódia e Iurka se entreolharam. Era óbvio que não era o momento de deixar as crianças sozinhas, então cada um sentou em um canto. Ficaram os dois em silêncio, Volódia perto das janelas e Iurka perto da porta, no maior tédio.

Por falta do que fazer, Iurka ficou analisando o perfil de Volódia no quarto semiescurecido: ele tinha um nariz longo e reto, franja, a testa alta e um queixo bem marcado. *Talvez o Volódia seja bonito*, pensou Iurka. *Olhando de perto e pensando bem, talvez...*

Não concluiu o pensamento, achando que estava se repetindo. Mas não estava. Quando vira Volódia pela primeira vez, na assembleia, Iurka avaliara sua beleza de forma objetiva. Não fosse pelos óculos, qualquer um diria que Volódia tinha uma beleza clássica — aliás, quanto a isso não havia dúvidas, Iurka reconhecia e até sentia uma ponta de inveja —, não era à toa que as meninas estavam caidinhas por ele. Mas, naquele momento, ao olhar para Volódia à meia-luz, Iurka percebeu algo novo: ele gostava do rosto de Volódia de forma subjetiva, de um jeito que não dava nem raiva nem inveja. Pelo contrário, de repente Iurka sentiu uma gratidão que ele próprio não entendia de onde vinha. Não sabia se estava grato ao destino ou aos pais de Volódia por permitirem que o admirasse. Afinal, olhar para algo bonito é sempre uma alegria. É, se não fossem os óculos...

Um sussurro abafado interrompeu o silêncio.

— Iula?

— Eu?

— A polta aí pelto de você não abliu?

— Não.

— E aí com você, Volódia?

— Não, tudo normal. Pode dormir.

Passaram-se mais cinco minutos e então a mesma voz, ou melhor, o mesmo sussurro, repetiu:

— Iula, Volódia?

— Oi.

— Vão pra cama. Senão ela vem e vocês tão aí sentados.

— E vocês não vão mais conversar? — perguntou Volódia, com um tom que Iurka achou severo demais.

Os dois ouviram as respostas muito convincentes de todos os lados do quarto:

— Não.

— Já estamos dormindo.

— Vamos nos comportar.

— Palavra de honra.

Volódia levantou e fez um sinal com a cabeça para que Iurka o seguisse. Quando estavam saindo, Sânia tirou a mão de debaixo do cobertor e segurou Volódia pelo short.

— Eu só queria perguntar uma coisa. Volódia, o Iurka pode vir contar histórias de terror pra gente de novo?

— Não me oponho, mas é melhor perguntar pra ele.

— Iur?

— Com uma condição. Se vocês dormirem agora mesmo e não fugirem pra lugar nenhum de noite. Aí amanhã eu venho e conto outra história. Mas se alguém der um pio, aí azar de vocês, nada de história, vão ter que ficar olhando pras cortinas.

Os meninos prometeram, cada um a seu modo, e Sacha assentiu com a cabeça, contente, se cobrindo com o cobertor até as sobrancelhas.

— Acha que eles vão dormir? — Iurka perguntou quando os dois chegaram ao alpendre.

Mas Volódia não respondeu. Em silêncio, foi arrastando os pés maquinalmente até os gira-giras, que ficavam na clareira dos dentes-de-leão, bem de frente para a janela do dormitório. Com cuidado para que o gira-gira não rangesse, ele sentou e começou a remexer a terra com a ponta do tênis, erguendo uma onda de pompons brancos. Iura se acomodou ao seu lado.

— Por que você está tão quieto?

— Pedi pra você pegar leve — Volódia repreendeu.

— E eu peguei, não peguei?

— Até parece! — Ele apertou, irritado, o topo do nariz. — Você não pegou nem um pouco leve, Iura. Agora, além de não dormir, eles ainda vão molhar a cama de tanto medo.

— Ah, qual é! Eles são tão pequenos que não sabem ir ao banheiro sozinhos?

— Claro que são pequenos! Como que vão ao banheiro, se você literalmente proibiu todo mundo de abrir os olhos?

— Você tá exagerando. Pra mim, eles só estavam fingindo. O Sanka, que é o mais assustado, estava deitado bonitinho. E daí se eles ficaram com medo de verdade? A paz e o silêncio são um bônus.

— Vamos ver no que esse seu "bônus" vai dar amanhã de manhã.

— Quê? Não vai dar em nada, ué! Eles gostaram da história e ainda pediram outra amanhã.

Ao longe, a música tocava na concha acústica, mas o vento soprava para outra direção e os sons que chegavam eram indistinguíveis, impossibilitando Iurka de reconhecer qual era a música. Apesar disso, dava para identificar vozes alegres e entretidas.

Obedecendo a um velho costume — ainda dos tempos da escola de música —, Iurka estendeu as mãos e estralou as juntas dos dedos. Estava ficando impaciente: queria ir logo para a discoteca. Já tinha arrancado Volódia da tropa, então em cinco minutos chegariam na pista de dança, onde Marússia devia estar. Só que, pelo jeito, Volódia não pretendia ir a lugar nenhum, e Iurka, sem se segurar, apressou-o:

— Por que estamos aqui sentados? Vamos para o baile!

— Não. — O tom de Volódia era categórico. Ele indicou com a cabeça as janelas escuras. — Liberei a Lena, não vou a lugar nenhum enquanto ela não voltar. Não posso deixar as crianças sozinhas.

— Pô, que cilada! E que pena... — disse Iurka, arrastando as palavras.

— Por que "pena"? Por que "cilada"? — Volódia quis saber. — Você estava contando que eu iria? Mas a gente não combinou nada, e eu nem gosto de discoteca. Espera aí... — Ele franziu o cenho e, de repente, pareceu lembrar de alguma coisa. — Já me convidaram pra ir lá hoje. A Uliana. É, foi a Uliana mesmo, e agora você. O que vocês inventaram?

— Nada, ué. É que as meninas vieram choramingar pra mim pedindo pra eu te levar. Querem dançar com você, essas coisas.

— "Essas coisas" o quê? — retrucou Volódia, dando risada. — Que "coisas" eu tenho a ver com elas?

— Você sabe bem que "coisas" — Iurka deu uma piscadela e encheu Volódia de perguntas. — Vai dizer que não gosta de nenhuma delas? De nenhuminha? Fala sério! Ou já está saindo com alguém? É a Macha?

— De onde você tirou isso? A questão nem é essa! Eu sou monitor, e elas são pioneiras. Essa é a questão. E você? Tá fazendo o que aqui? Não tem nada te impedindo, devia ir lá se divertir.

Realmente, vai ter música tocando mesmo sem o Volódia lá, pensou Iurka enquanto assentia. Aquele evento era o mais aguardado e desejado pelos pioneiros, e Iurka não era exceção. Apesar disso, de repente, milhares de dúvidas surgiram na cabeça dele. O que iria fazer lá? Ficar vendo as meninas dançarem juntas, sentado num canto e, mesmo com toda a sua aparente coragem, ficar morrendo de vergonha de convidar alguém para dançar? E se tivesse coragem, ia chamar quem? No ano anterior ainda tinha a Ánietchka, mas naquele ano ela não tinha ido e não tinha nenhuma outra menina tão legal. Ele pretendia receber os beijos que Marússia havia prometido, mas se não cumprisse sua parte do acordo, ou seja, se não levasse Volódia, não tinha o que cobrar. Ia fazer o que na discoteca se não ia dançar? Ficar de lado com Vanka e Mikha, tendo conversas chatas sobre assuntos chatos? Ou ficar zanzando pra lá e pra cá, atravessando a pista de dança — sozinho ou com seus camaradas? Eles eram divertidos, mas ele já estava de saco cheio. Não tinha motivo para Iurka ir ao baile, nenhuma pessoa para ver.

Podia insistir em convencer Volódia, mas, para dizer a verdade, Iurka não queria mais ir dançar — na próxima vez, cumpriria sua parte do combinado. Naquela noite, estava bom ali, sob o céu claro, onde nem uma única nuvem encobria a luz brilhante das estrelas e os raios pálidos do luar.

— E você não vai ficar deprimido aqui sozinho? — ele teve a ideia de perguntar, para não ficarem em silêncio.

— Queria dar uma lida no roteiro, mas tem pouca luz. — Volódia deu um tapinha no bolso do short e indicou com a cabeça a única fonte de luz, uma lâmpada baça. — Bom, não vai ser muito legal, pelo jeito.

— Então vou ficar com você.

— Pode ficar — respondeu Volódia, indiferente.

— Não ficou feliz, não? Estava aí falando que ia ser chato...

— Fiquei. Fiquei feliz, sim — afirmou Volódia, um pouco envergonhado.

O vento mudou de direção, trazendo a música. Era um dueto de Alla Pugatchova com Vladímir Kuzmin, "Duas estrelas". Cantavam sobre como "duas estrelas caem do céu primaveril". De fato, havia algumas estrelas cadentes no céu — só que de verão. Iurka notou algumas, mas não fez um pedido. Primeiro porque não era supersticioso, segundo porque sabia que não eram estrelas, e sim meteoros. Havia uma jazida brilhante de estrelas de verdade: a Via Láctea. Ao observar o céu, Iurka pensava em quanto Volódia era contraditório. Dizia que tinha ficado feliz, mas ficava feliz em silêncio, sem esboçar nenhuma emoção. Apesar disso, não era chato ficar ali em silêncio, assim como não era chato conversar com ele. Era como estar com Vanka e Mikha, um quatro-olhos sério e inteligente, só que nada nerd, isso de jeito nenhum.

Sentado ao lado de Iurka, o "nada nerd" deu um suspiro e murmurou baixinho, acertando muito bem as notas: "Duas estrelas, duas histórias iluminadas", mas se interrompeu e perguntou:

— Aliás, Iur, o casarão que você comentou é aqui perto?

— Que casa...? Ah, tá. Não tem casarão nenhum. — Ao distinguir com dificuldade a expressão tensa no rosto de Volódia à meia-luz, Iurka ficou surpreso. — Vai dizer que acreditou?

— Então você inventou tudo? O grão-duque e a Guerra Russo-Japonesa? Quantos detalhes... Muito bom! Quem diria, hein? Quer dizer, não é nenhum bocó.

— Quê? Bocó? E eu lá tenho cara de bocó?

— Não, estou falando justamente que não.

— Então por que esse "Quem diriiia"? — Iurka arrastou a última sílaba, imitando Volódia. Ficou bem parecido. — Mas o entalhe do rosto de uma dama existe. Lá no meio das plantas silvestres, na parte baixa do rio.

— É longe?

— Uns trinta minutos de barco. Mas que história é essa de bocó?

— Ah, para, vai.

— É por isso que você fica botando banca pra cima de mim?

— Eu não... Tá bom, tá bom! — Volódia se rendeu. — É que a gente nunca espera muito de quem é relaxado, né?

— Ah, agora eu sou relaxado também.

Iurka se fez de ofendido. Só porque se sentia leve e alegre por dentro e queria conversar mais com Volódia. Decidiu que ficaria ali até ele se desculpar. Mas Volódia não tinha a menor intenção de fazer isso.

— A culpa é sua de ter essa reputação.

— Não tenho culpa de nada. São esses monitores babacas que insistem em aparecer do nada nos piores momentos e depois tiram suas próprias conclusões, sem nem me escutar. A história do telhado, por exemplo, você ficou sabendo?

— Bom, alguém comentou que ano passado você... — começou Volódia, cauteloso.

Mas Iurka o interrompeu e começou a imitar a voz aguda de Olga Leonídovna:

— "Kóniev passou completamente dos limites. Pulou nas telhas, destruiu uma propriedade do Estado! Ele coloca em risco a própria segurança e a nossa reputação como educadores, camaradas. É um sem-vergonha esse Kóniev! Um vândalo, um traste!" É o que você pensa também, né?

— De jeito nenhum! Eu nunca tiro conclusões precipitadas.

— Aham, sei, dá pra acreditar muito depois de me chamar de "bocó". — Iurka deu um sorriso maroto. — Na verdade não foi nada disso que aconteceu. Eu só estava ajudando a pegar de volta um frisbee. Quando eu estava vindo e vi que a Ánietchka... — Iurka hesitou ao se dar conta de que tinha pronunciado aquele nome com carinho excessivo. — Bom, resumindo, uma menina da minha tropa estava chorando. Aí eu perguntei por quê. Ela disse que o frisbee dela tinha caído lá no telhado, já fazia dois dias que ela estava pedindo para o encarregado pegar, só que ele não deu a mínima. O frisbee tinha sido presente do pai dela e faltava só um dia pro fim da temporada! Ou seja, ela e o frisbee que se ferrassem.

— Olha a boca — repreendeu Volódia, mais por hábito do que a sério.

Iurka ignorou solenemente.

— Aí eu subi no telhado. Nem era tão alto assim, era só questão de me ajeitar e pronto, já tinha resolvido. Mas aí me pegaram.

— E essa menina não contou o que tinha acontecido?

— Contou, mas quem deu atenção? Porque "tinha que ter chamado o Aleksandr Aleksándrovitch", e ela tinha pedido para o Sánytch...

— E no fim?

— Peguei o frisbee e devolvi. A Ánietchka ficou toda feliz, me agradeceu, mas o tal do Kóniev continua sendo um vândalo, um traste.

— Tá certo, nessa você tinha razão. E naquela outra história? Você estava indo atrás do que passando por baixo da cerca?

— De cigarro — Iurka respondeu na lata, sem pensar antes de falar.

— E você fuma ainda por cima?

Volódia ficou em choque.

— Eu? Não, claro que não. Quer dizer, experimentei só. Mas nunca mais! — despistou Iurka, e já foi mudando de assunto. — E quem te contou essa história da cerca? Achei que ninguém soubesse!

— Todo mundo sabe. Não só sabe como também já consertaram a cerca.

— Aff... Podem consertar à vontade, até parece que eu não conheço outros caminhos pra sair daqui.

Volódia ficou atento.

— E tem outros? Quais? Onde?

— Não vou falar.

— Fala, por favor! Iur, e se um dos meus pestinhas descobrir? Vão fugir!

— Não vão descobrir. Também não vão fugir, porque é longe, e eles são muito pequenos — garantiu Iurka, mas, ao ouvir Volódia fungar, acrescentou para tranquilizá-lo: — Juro, eles não vão fugir!

— Iura, se alguma coisa acontecer... vão comer meu fígado!

Iurka cutucou uma picada de mosquito no cotovelo, pensativo.

— Você não vai contar pra ninguém, tá? Dessa outra passagem. É pra esconder cigarro também.

— Não vou contar se você me mostrar. Tenho que me certificar pessoalmente de que não dá pra fugir por lá. E de que não tem perigo.

— É um vau no rio — confessou Iurka. — E chega de pânico. Eles também não são tontos a ponto de atravessar o rio com a água no pescoço. — Volódia soltou um muxoxo e Iurka lembrou de outra coisa. — É melhor a gente pensar no que vou contar pra eles amanhã. Pras suas crianças, quer dizer. Eu prometi.

— Inventa alguma coisa. Você tirou do nada a história de hoje, consegue criar outra.

— É fácil falar! Foi um momento de inspiração que eu tive com o broche, agora já era, fuém-fuém. O que eu invento agora? Um maníaco, talvez?

— Maníaco? Desde quando tem maníaco aqui?

Volódia caiu na risada.

— É só uma história, uma ideia.

Iurka deu de ombros.

— Não, tem que ser alguma coisa mais realista e tem que ter uma moral. É melhor desenvolver mais o tema da propriedade do casarão. Podemos contar sobre um… tesouro. É, isso mesmo, que tal um tesouro?

— Hum… É uma ideia. — Iurka coçou o queixo. — Tem algum lugar pra anotar?

Volódia remexeu os bolsos. Tirou do esquerdo o estilingue, guardou de volta. Tentou o direito e tirou de lá uma caneta e um caderno de capa mole enrolado como um canudo.

— Não tá muito escuro pra escrever? — ele perguntou, estendendo o material para Iurka.

— Vai dar certo! Tenho a letra boa.

— Então vamos nessa, maestro, pode começar.

— Vamos. O conde e a condessa eram muito ricos. Pouco antes de ir para guerra, o conde pegou uma grande parte de seus bens, colocou num baú e enterrou em algum lugar…

— E a condessa vai viver de quê?

— Eu disse "uma parte", outra parte ficou com ela. Pronto. Coberto pelas sombras escuras de uma noite sem luar, ele pegou o baú e enterrou, marcando o lugar do tesouro num mapa. Mas, mesmo com ajuda desse mapa, é impossível encontrar toda essa riqueza sem antes resolver os enigmas da condessa… Ou não. O tesouro não vai ser mais do conde, mas de guerrilheiros. Isso aí! Armamento escondido…!

E foi assim que Iurka não apareceu na discoteca: ele e Volódia ficaram até altas horas no gira-gira, inventando histórias de terror para as crianças, sem perceber o tempo passar.

5

Que bela monitora!

POR ESTAR MAIS PRÓXIMO DE VOLÓDIA, Iurka começou a participar com mais vontade do clube de teatro. O lugar que, de início, ele achava desinteressante, se tornou especial depois de alguns ensaios: era divertido e gostoso de estar ali, e Iurka se sentia parte do grupo. Enquanto não encontravam um papel para ele na peça, Volódia conseguiu fazer com que Iurka se sentisse necessário: ele ajudava a cuidar das crianças e dava conselhos sobre o roteiro e a distribuição dos papéis, e Volódia o ouvia com atenção. Iurka se sentia honrado por confiarem nele.

Estava começando a gostar de Volódia de verdade. E, ao pensar no que significava a palavra *gostar*, Iurka ficava meio confuso. Era estranho, porque *gostar* queria dizer que existia um sentimento de simpatia e afeição, que não era bem o que ele sentia em relação ao monitor. Assim, sem saber como explicar a si mesmo o que sentia, chamava aquele sentimento de "vontade de fazer amizade", ou até "grande vontade de fazer amizade". Nunca havia acontecido algo do tipo com Iurka. Era a primeira vez que olhava para outro garoto daquele jeito, com um interesse especial e, ao mesmo tempo, com um sentimento de rivalidade, porém não em relação a Volódia — o que era o mais estranho —, e sim em relação às meninas que ficavam atrás da atenção dele.

A montagem da peça seguia lenta, porém firme e forte. No terceiro ensaio, confirmaram os quatro papéis principais, mas ainda restavam muitas perguntas em relação aos secundários, pois não havia atores o suficiente, já que poucas crianças tinham se inscrito.

O papel principal, de Zina Portnova, ficou com Nástia Milkova, uma pioneira da tropa dois, que tinha lido muito bem o texto e, de aparência, até lembrava Zina: os mesmos cabelos escuros, os mesmos olhos redondos e a mesma altura baixa. Só no quesito coragem é que Nástia não se distinguia, pois ficava tão nervosa ao recitar as falas que até seus braços ficavam vermelhos. A irmã mais nova de Zina, Gália, ficou com a pequena Aliona Ivanova, uma menina ruiva da tropa de Volódia. Deram o papel de Iliá Ezavitov, camarada de Zina dos Jovens Vingadores, para Oliéjka. Embora Volódia ainda tivesse dúvidas, não havia muito o que escolher: Oliéjka tinha lá suas questões de dicção, mas se dava bem com o texto, muito melhor que os demais, e era esforçado. O irmão de Iliá, Jênia Ezavitov, foi destinado a Vaska Petlítsyn. Ele era meio bagunceiro e brigão, mas tinha entrado no papel e interpretado bem.

Uliana conquistou o papel de Fruza Zénkova, secretária e chefe dos Jovens Vingadores, mas o olhar de Volódia deixava claro que não estava satisfeito com a interpretação da garota. Polina, por sua vez, foi aprovada para ser a narradora, afinal sua voz, vinda dos bastidores, causava um ótimo efeito. O pedido da última ponta da Trindade, Marússia, foi ouvido e atendido já no primeiro ensaio, e ela estava muitíssimo orgulhosa com o cargo de figurinista, embora nem tivesse começado a cortar algum tecido para as roupas dos personagens. Macha, que na opinião de Iurka só sabia tocar "Sonata ao luar", acabou ficando como pianista, na falta de coisa melhor. Havia uma grande e variada quantidade de aparatos no acampamento, de luz e de som, mas Volódia insistiu que a música devia ser "ao vivo", argumentando que, trinta anos antes, a montagem original do espetáculo tinha sido assim.

Por enquanto, os atores não se orientavam muito bem pelo roteiro: uns tinham decorado só metade das falas, outros ainda liam no papel. Era meio difícil de ter uma noção completa do resultado final, mas para um terceiro ensaio até que não estavam tão ruim. Só Volódia continuava inquieto: ainda faltava designar papéis importantes, como a avó das irmãs Portnova, duas meninas e mais um rapaz dos Jovens Vingadores, isso tudo fora os camponeses!

— Tá. — Volódia tirou o nariz do caderninho dele. — Os Jovens Vingadores estão todos aqui? Os que temos até agora...

Ao seu comando, subiram ao palco em fila Nástia, Aliona, Oliéjka e Vaska. Uliana ficou sentada em cima de uma mesa.

— Perfeito. — O diretor assentiu. — Ouçam todos, e principalmente os Jovens Vingadores. Pessoal, lembrem que esse espetáculo não é só sobre a Zina, é sobre vocês também. Vocês são o núcleo e vão estar no foco ao longo de toda a história. Vou dar umas orientações gerais, prestem atenção, e sem gracinhas, hein! Vocês são guerrilheiros, são heróis, só que mais novos, porque a gente sabe que os Vingadores de verdade eram pouco mais velhos que o Iura, a Macha, a Marússia e as outras... É por isso que a façanha deles é ainda mais grandiosa. — As duas "outras" fizeram cara feia e resmungaram qualquer coisa, mas Volódia não deu atenção e continuou: — Isso mesmo, as crianças daquela época eram exatamente como vocês. Os pais deles tinham lutado e vencido na Guerra Civil dos anos 1920, era um pessoal que queria lutar também, que se esforçava pra isso. Nós somos comuns, eles não. Por isso, não vou tolerar nenhum desleixo. Petlítsyn, você está ouvindo?

Volódia lançou um olhar tão severo que Vaska até arregalou os olhos.

— Estooou — ele respondeu, cauteloso.

— Com atenção?

— Muita.

— Repita o que eu falei.

Volódia estava pegando no pé do menino e tinha razão para isso: no último ensaio, Vaska tinha aprontado tanto que quase tiveram que interromper tudo.

Vaska soltou um suspiro triste e começou a repetir, gesticulando:

— Nós somos guerrilheiros! Nos esforçamos pra ir pra guerra! E você não vai tolerar nenhum desleixo e et cetera e tal...

— Leve a sério, Petlítsyn! Não estamos montando uma comédia.

— Tá bom, tá bom...

Volódia balançou a cabeça desanimado, claramente nem um pouco satisfeito com aquela resposta, mas não podia se dar ao luxo de perder mais tempo com Petlítsyn, então pôs mãos à obra.

— Todos prontos? Iur, cadê o mapa? Coloca ali em cima da mesa.

Havia uma mesinha redonda um pouco à esquerda no palco. A turma tinha colocado alguns banquinhos ao redor, umas malas, roupas, louça e até um samovar — resumindo, tudo que desse a impressão de uma cabana habitada por gente, que era o quartel-general dos Jovens Vingadores.

— Camarada comandante-chefe, temos o "mapa na mesa" — informou Iurka e sentou na poltrona da plateia ao lado de Volódia.

— Er… — O diretor estalou a língua, decepcionado. — Não estou gostando dessa cabana. Tem que ter mais bandeiras e cartazes.

— Mais? — Iurka bufou e começou a enumerar: — "Morte à víbora fascista", "A Pátria te chama", "Não entregaremos as Conquistas de Outubro"… É pouco ainda? Além disso, é cedo pra pensar no cenário…

— Pelo contrário. É agora a hora de pensar nisso! Se não encontrarmos o que precisamos, vamos ter que desenhar.

— Volod, não tem nem lógica! Eles são guerrilheiros! Não vão ficar guardando e pendurando um monte de propaganda no quartel-general. Estão em território ocupado, tem fascista em tudo que é canto, caramb…

Volódia levantou, impetuoso. Não deixou que Iurka terminasse a frase, encheu o peito, parecia prestes a começar uma briga ali mesmo ou simplesmente dar um tapa em Iurka, mas o gorducho Sachka se enfiou no meio dos dois.

— De onde você saiu? — Volódia exclamou, surpreso.

— Dali — Sacha respondeu, inocente. — Volódia, por que é o Petlítsyn que vai fazer o Jênia Ezavitov? Eu que tinha que fazer…

— Porque você, Sânia, com suas quedas e seus passeiozinhos, não me deixou outra escolha — respondeu o diretor, áspero.

— Posso ser o Nikolai Alekséiev, então?

— Não, pra esse papel precisamos de um menino de uns doze anos.

— Então que que eu vou fazer?

— Bom, Sânia, você sabe ficar deitado e choramingar muito bem… — refletiu Volódia.

Todo mundo lembrava de como Sânia tinha ficado estatelado feito um saco de batatas no chão, e deram risadinhas abafadas. Apenas o diretor da peça continuava sério.

— Quando os Jovens Vingadores explodem a bomba hidráulica, você vai ser o fascista que morre.

— Mas…

— É superimportante! — Volódia coçou o topo do nariz e ajeitou os óculos. — Tá, então tá bom, vamos nessa. Os Vingadores estão ao redor da mesa, olhando o mapa, preparando a sabotagem. Nástia, pode começar! A primeira fala sobre o comboio inimigo na linha do trem...

Quando o ensaio acabou e as crianças voltaram para os alojamentos, Iurka finalmente ficou a sós com Volódia e pôs para fora o que estava pensando desde o primeiro dia.

— Eu entendo que a única coisa que a Macha sabe tocar é "Sonata ao luar", só que isso não tem nada a ver com a peça.

— Não fala assim! — Volódia retrucou. — A sonata fica ótima como música de fundo.

— Não! — Iurka levantou da poltrona e disparou: — Volod, o que a lírica amorosa tem a ver com uma peça patriótica? Você sabe o que é a "Sonata ao luar"? É um noturno, ou seja, a concentração da tristeza, carrega tanto amor e tanta infelicidade ao mesmo tempo, que usar isso como música de fundo num espetáculo sobre guerrilheiros é... Bom, não tem nada a ver!

Depois de botar tudo para fora, foi como se Iurka perdesse um pouco as forças, então caiu de volta na poltrona. Volódia o encarou, com as sobrancelhas arqueadas e uma expressão de surpresa, porém não fez nenhum comentário a respeito daquela argumentação tão fervorosa, apenas perguntou:

— O que você sugere, então?

— A "Apassionata", do Beethoven também... Espera um pouco antes de discutir, já vou explicar. Em primeiro lugar, era a peça favorita do Lênin, em segundo...

— Mas essa é difícil. Quem vai tocar?

— A Macha... — ele murmurou, e só depois se deu conta de que Volódia estava certo: ninguém conseguiria tocar "Apassionata", nem o próprio Iurka. — Tá, tudo bem, então pode ser "A Internacional", o hino mesmo.

— Pra servir de referência à vitória do Mússia Pinkenzon?

— Isso — confirmou Iurka, contente com o fato de os dois terem feito a mesma associação com o pioneiro-herói violinista, executado pelos alemães quando tinha apenas doze anos, enquanto tocava o hino.

— É uma boa ideia, vou sugerir pra Macha. Mas "A Internacional" é um hino, tem muita energia, um tom de vitória, não vai funcionar como música de fundo. Vamos deixar a "Sonata" de fundo mesmo?

— Mas estou falando que não combina! Pra que você quer um noturno no começo? Pra que começar já baixo-astral?

Iurka encheu o peito de ar e já se preparava para metralhar outra vez tudo que achava da "Sonata ao luar", mas foi interrompido.

O terraço de entrada rangeu, a porta da sala de cinema se escancarou e uma Ira Petróvna furiosa surgiu na soleira. Iurka nunca a tinha visto assim: os olhos faiscando, a boca retorcida de um jeito assustador, as bochechas vermelhas.

— Kóniev! Não sei como você conseguiu fazer isso, mas conseguiu. Parabéns!

Ira estava cuspindo fogo e, ao descer os degraus, gritava tanto que o coração de Iurka foi parar na garganta. Depois do susto, veio a raiva: outra vez Ira estava tentando culpá-lo por alguma coisa!

— O que eu fiz agora? — perguntou Iurka, caminhando em direção a Ira.

Ela estava parada no corredor entre as poltronas. Iurka se deteve bem de frente para Ira e a encarou, prestes a chutar uma poltrona com toda a força, só para aplacar um pouco a raiva que fervia dentro dele. De repente, porém, Volódia se materializou ao lado dele e, sem dizer nada, colocou a mão em seu ombro.

Ira espumava.

— Kóniev, por onde você ficou zanzando a noite toda? Por que a Macha voltou para o alojamento quase antes de amanhecer? O que você fez com ela?

— Mas eu fui pro alojamento à noite...

Nesse momento, Volódia se voltou para Ira e ergueu a voz:

— Ira, vamos com calma e por partes. O que ele aprontou?

— E você não se meta no que não é assunto seu, Volódia. Você fica defendendo o Kóniev nas reuniões, enquanto isso ele abusa das meninas!

Iurka ficou chocado ao ouvir uma coisa dessas de Ira Petróvna. Volódia deixou escapar um sussurro rouco:

— O quêêê?

Ira ficou em silêncio.

Quando conseguiu encontrar as palavras, Iurka berrou:

— O que eu tenho a ver com essa Macha? Não fiz nada com ela! Você perdeu a noção pra me falar uma coisa dessas?

Ele queria acrescentar uns palavrões, mas ficou calado e perplexo ao perceber, um pouco tarde, o que tinha acabado de acontecer. Volódia estava *defendendo* Iurka? Sem dar atenção aos gritos de resposta de Ira, ele encarou o monitor com cara de bobo. A vontade de destruir alguma coisa passou.

Mas Ira continuava:

— A melhor menina da tropa! Mais um pouquinho e entrava pra Komsomol! Foi só se meter com você que desandou: trabalha mal, perde os treinos, foge com…

Volódia se meteu outra vez e interrompeu a torrente de acusações. Se não tivesse feito isso, Iurka e Ira logo iam baixar o nível.

— Tudo bem, chega. Irin, você quer dizer que Macha não passou a noite no alojamento?

— Isso!

— E como o Iura também não estava, você presumiu que os dois estavam juntos?

— Exatamente!

— E alguém viu os dois juntos?

— Não, mas é óbvio!

A resposta deixou Iurka ainda mais furioso. Ele não conseguiu engolir aquilo e meteu o pé na poltrona. O assento almofadado voou meio metro e caiu estatelado. Ninguém a não ser o próprio agressor de poltronas prestou atenção.

— De onde você tirou que é óbvio? O Iura estava comigo!

Volódia começava a ficar bravo.

— Outra vez você acobertando o Kóniev enquanto ele e a melhor pioneira da tropa…

Ira usou uma palavra tão grosseira que Iurka ficou até aturdido.

— Repito que Kóniev estava comigo! — rugiu Volódia.

— Não minta pra mim! Eu sei que não estava. Passei em frente ao seu alojamento e a luz estava apagada! — Ira arreganhou os dentes, vitoriosa. — Ah, Volódia, eu não esperava isso de você! Kóniev, você... Olha, eu já aguentei de tudo, mas isso já é demais! Amanhã mesmo vou fazer o pedido pra te tirarem do...

— Ira, espera — Volódia baixou a voz, tentando acalmar a colega. — O Iura realmente estava comigo e com os meninos da minha tropa. Se você precisa de testemunhas, temos um monte. E por que você começou essa investigação aqui e não na reunião?

— Eu acabei de ficar sabendo!

— E por que a Macha não apareceu depois do toque de recolher, caramba? — interrompeu Iurka. — E por que você inventou de vir atrás de mim e não dela? Por que tudo bem pra ela?

— Porque... porque você....

— Porque você está acostumada a usar o Iurka como bode expiatório! — explodiu Volódia. — Por que você se preocupa com ele e não com a Macha? Por que você fica perseguindo ele desse jeito? Está apaixonada ou o quê?

Todos congelaram. Volódia encarava Ira com ódio, e Iurka quase caiu quando foi sentar na poltrona que ele mesmo tinha quebrado havia pouco. Ira Petróvna apertava os lábios em uma linha reta, pálida e trêmula. Estava na cara que a fúria borbulhava dentro dela e que a qualquer momento iria explodir numa torrente de lágrimas ou de xingamentos. Mas a monitora se conteve. Ela apertou os lábios com mais força, tanto que ficaram até meio azulados, depois deu meia-volta e, sem dizer uma palavra, saiu.

Volódia cerrou os punhos e sentou numa poltrona ali perto.

— O que você acha? Já era? — perguntou Iurka, baixinho.

Volódia balançou a cabeça.

— Ela que tente falar alguma coisa na reunião de planejamento, vou botar a Irina no devido lugar... Isso não se faz nem em briga de rua! Que raio de monitora ela é se não sabe nem o que acontece na própria tropa?

O coração de Iurka se encheu de uma leveza indescritível.

— Obrigado, Volod — ele disse, colocando nessas palavras o máximo de gratidão que conseguia.

— A pergunta agora é: o que a Macha estava fazendo ontem? — refletiu Volódia, em vez de responder.

Ao sair do teatro rumo ao refeitório, Ira e Macha já haviam evaporado da mente de Iurka, que só conseguia pensar no próprio estômago roncando de fome. Já Volódia resmungava:

— Iura, você sempre tem que pedir permissão da Irina pra sair do alojamento, sem falta... Melhor pioneira, até parece. As "melhores pioneiras" dormem à noite em vez de ficar zanzando pelo acampamento...

Ao ouvir isso, Iurka lembrou de repente:

— Volod! Quando você estava dirigindo o ensaio, ouvi o Sânia e o Petlítsyn cochichando. O Petlítsyn tentou me convencer, e depois o Sacha, de ir melecar as meninas com pasta de dente à noite. Eu disse que não, mas o Sacha concordou. Pelo jeito, estão preparando um ataque.

Volódia ficou atento.

— O Petlítsyn? Mas ele é da tropa dois, o que tem que se meter com as crianças pequenas?

— Como assim? É divertido...

— Não tem nada de divertido, é perigoso!

— Ah, qual é! Pensa em você quando tinha essa idade, não aprontou nenhuma brincadeirinha com as turmas mais novas?

— Não, Iura. Não mesmo. Ninguém tirava onda com a minha cara e eu também não tirava onda com a cara de ninguém. E você? Vai dizer que era um bagunceiro?

— Bagunceiro? Eu? Claro que não! — mentiu Iurka, sem nem corar.

Na verdade, quando era pequeno, vivia todo machucado e não fazia outra coisa a não ser bagunça depois que ficou com muito tempo livre.

A mãe dele sempre dizia: "Cabeça vazia, oficina do diabo", e Iurka tivera provas disso por experiência própria. O vazio apareceu depois que a música sumiu de sua vida, levando consigo todas as emoções e deixando apenas nervosismo e raiva. Como se tivesse ficado órfão de uma hora para outra, Iurka tentava se ocupar com qualquer outra coisa, só para não pensar naquilo que tivera e não tinha mais, só para não deixar que o vazio tomasse conta de tudo. Colecionava selos, montava modelos de avião, soldava, subia em árvores e tinha um aquário de peixes, mas achava tudo sem graça e entediante. Na busca por distrações que pudessem ocupar o lugar da alegria que a música proporcionava, Iurka acabou se aproximando de um grupo que ninguém jamais consideraria "chato": os meninos do prédio. Não dava para dizer que eram bagunceiros incorrigíveis, mas suas atividades não trouxeram muitas vantagens para Iurka. Servia de alguma coisa ter aprendido a trapacear e roubar no jogo de cartas? Ter aprendido um monte de canções e versinhos sacanas? E, cansado de não fazer nada na entrada do prédio, de que adiantou ter quebrado dezenas de lâmpadas e escrito uma infinidade de palavras grosseiras por aí? Ou ter estourado algumas bombas de carbureto e acendido uma dúzia de latas de fumaça na escola?

Óbvio que aqueles meninos também ensinaram algumas travessuras mais inofensivas, inclusive para fazer no acampamento. Na temporada anterior, Iurka havia conquistado a estima de praticamente todos os garotos com suas bandalheiras, e toda manhã algo que ele tinha aprontado virava notícia. Uma hora era uma vítima que, dormindo bem quentinha e acomodada, levantava no susto com um banho de água fria. Outra hora alguém era despertado com uma toalha sendo jogada no rosto e um grito de "O teto está caindo!", e a vítima dava um grito de outro mundo porque parecia mesmo que o teto estava caindo. Ou, enquanto alguém se lavava, os baderneiros se escondiam embaixo do lavabo e amarravam as pontas dos cadarços da vítima, que não conseguia dar dois passos sem se estatelar no chão. Isso sem contar os "clássicos" noturnos: lambuzar quem estivesse dormindo de pasta de dente, colocar macarrão frio embaixo do travesseiro ou puxar o short de alguém enquanto contavam histórias de terror. Os meninos se divertiam ao máximo, mas não demorou para que Iurka ficasse entediado mesmo com as pegadinhas mais elaboradas.

Se já estava de saco cheio na temporada anterior, também não estava nem um pouco contente naquela. E não era só Iurka. Volódia também não via propósito na bagunça.

— Droga. Acho que os pestinhas sobraram pra mim, então... — comentou o monitor, com um misto de embaraço, preocupação e tristeza.

Depois do jantar, Volódia pescou Iurka na multidão que saía do refeitório dos pioneiros.

— Escuta, Iura, você vem hoje à noite pro nosso alojamento? Queria te pedir uma coisa...

— O quê?

— Estou preocupado com essa história da pasta de dente. Eles são muito pequenos ainda, pode ser perigoso.

Iurka assentiu.

— É verdade... Uns dois anos atrás algum engraçadinho passou pasta no meu olho. Ardeu tanto que eu achei que ia ficar cego. Passei uma semana com as pálpebras inchadas.

A expressão de Volódia mudou, e Iurka se arrependeu na hora de ter contado aquela história.

— Mas não se preocupa! — Ele se apressou em tranquilizá-lo. — Nós sabemos do plano maligno dos garotos, então podemos atrapalhar...

— Atrapalhar vai ser inútil. A gente impede hoje, amanhã eles dão um jeito de fazer. O mais importante aqui é que fiquem sabendo que não pode passar a pasta nos olhos, nas orelhas e no nariz. Então eu pensei no seguinte: precisamos contar uma história de terror com pasta de dente.

— Ahá! Ontem você era contra eu ficar assustando a sua turminha...

— Não, Iur, é melhor que eles façam xixi na cama do que alguém morrer asfixiado ou arranjar uma queimadura. Ainda mais uma queimadura nos olhos!

Iurka coçou a nuca.

— E o que dá pra inventar de assustador com pasta de dente?

— Temos bastante tempo até o toque de recolher, vamos pensar em alguma coisa.

— Ptchélkin! — chamou Volódia, num sussurro enérgico, curvando-se sobre a cama do menino. — Pode levantar agora!

— De novo eu? Por quê? — ele resmungou, mas afastou a coberta e sentou, obediente.

— Olha aqui o porquê. — Volódia passou a mão debaixo do travesseiro e tirou de lá um tubo de pasta de dente. Em seguida, olhou atentamente para as fileiras de cama. — Quem mais tem alguma coisa escondida debaixo do travesseiro? San?

— Por que logo eu? — disse alguém na fileira esquerda, perto da parede.

— Porque você é sempre muito comportado.

Iurka observava tudo, acomodado em uma cama vazia perto da janela.

— Pessoal — Volódia continuou, num tom professoral. — Não inventem de passar pasta de dente em ninguém! Pode ser perigoso, estão entendendo?

Em resposta, houve alguns "Ah, tá" e "Aham" cheios de tédio. Volódia deu um suspiro profundo, segurou o ar no peito e estava prestes a dizer mais alguma coisa quando veio um grito do corredor e, em seguida, uma algazarra de passos, portas batendo e sons de choro.

— Volto já. — Volódia se precipitou em direção à porta, gritando enquanto saía: — Iur, fica de olho neles.

— Iuuuuuula! — chamou Oliéjka, de um jeito maroto, assim que a porta se fechou.

— Eu?

— Você plometeu pla gente uma histólia assustadola!

— É, Iura, você prometeu!

— Queremos outra história!

Iurka bufou alto e cruzou os braços.

— Ah, não sei, não — desconversou. — Ontem Volódia me proibiu de contar histórias de terror pra vocês. Disse que vocês ainda são muito pequenos. E são mesmo! Nem conseguiram fazer a pegadinha da pasta de dente direito…

— Como eu ia saber que ele ia olhar embaixo do travesseiro?! — emendou Ptchélkin, tentando se justificar.

— Certas pessoas não tinham nada que ficar anunciando essa história lá no teatro! — respondeu Iurka.

— Não fui eu, foi o Sânia!

Ptchélkin fez cara feia.

— Mas não foi a minha pasta que pegaram! — retrucou o garoto, vitorioso, agitando o tubo no alto.

— Xiu! Esconde isso aí! — alertou Iurka, depois acrescentou com ar ameaçador: — Você nem imagina o que já aconteceu de ruim aqui no Andorinha com os engraçadinhos que brincaram com pasta de dente! E não é invenção, eu mesmo vi...

Todos ficaram em silêncio absoluto. Só dava para ouvir Sacha se atrapalhando para esconder a pasta de dente embaixo do travesseiro.

— O que foi que aconteceu, Iula?

Oliéjka saiu de debaixo das cobertas e ficou olhando para ele, cheio de curiosidade.

— O que você viu? — perguntou Ptchélkin, cruzando os braços para parecer corajoso.

Iurka estreitou os olhos, sabendo que as crianças estavam de olho na sua silhueta no vidro da janela, e deu uma olhada no quarto.

— Vocês querem *mesmo* saber?

Durante longos segundos, o silêncio pairou entre a tropa e só depois se ouviu um "Sim" indeciso, seguido por alguns outros.

— Tá bom — disse Iurka. — Então vou revelar mais um segredo tenebroso... Aqui no Andorinha não é só o fantasma da condessa que fica rondando à noite. Na verdade, eu li em algum lugar que, nesse acampamento, tem um alto nível de... Como era mesmo? Ah é, um alto nível de atividade paranormal! O local atrai todo tipo de forças do outro mundo e espíritos do mal... justamente durante à noite.

Na cama ao lado, os dentes de alguém já estavam batendo.

— Ué, estão com medo?

— Hãã... — alguém murmurou de uma das camas ali perto.

— Não! — disse Sânia, corajoso.

— Pode contar! — concordou Ptchélkin.

Iurka fez uma pausa dramática, apurando os ouvidos para o silêncio completo do quarto, e então começou devagar, num sussurro:

— Quatro anos atrás, uma menina chamada Nina veio para o Andorinha. Uma menina comum, não tinha nada de muito especial, a não ser os olhos, que eram muito bonitos. Grandes e bem claros, azuis como o céu.

— Iula, você conheceu a Nina? — interrompeu Oliéjka.

— Claro — Iurka confirmou de imediato. — Na verdade a gente não se falava, porque eu era um pouquinho mais velho do que vocês naquela época, e ela já tinha quinze anos, ou seja, era grande... Nina era uma menina muito solitária e pouco sociável, não tinha nenhum amigo. Tem gente que é assim mesmo, mais fechada, tímida. Por causa disso, por ela não ter feito amizade com ninguém e ficar andando sozinha pelo acampamento, começaram a tirar com a cara dela, faziam piada, inventavam um monte de apelidos e um era bem ofensivo: Sem-Ninguém.

As crianças deram umas risadinhas, acharam engraçado. Iurka pediu silêncio.

— Certa noite, as meninas da tropa da Nina decidiram lambuzar os meninos de pasta de dente. É uma espécie de ritual entre as tropas mais velhas: se não lambuzam vocês de pasta pelo menos uma vez na temporada, então não valeu a pena vir.

A meninada se agitou. De todos os lados vieram perguntas que não tinham nada a ver com a história:

— Já passaram pasta em você?

— Já passaram no Volódia?

— E você já lambuzou alguém?

Iurka respondeu algumas delas e, depois de pedir silêncio de novo, continuou:

— Pois então, ninguém chamou a Nina, lógico. Ela ficou muito chateada quando ouviu as companheiras de tropa rindo, combinando que desenhos iam fazer na cara dos meninos. Ou Nina ficou muito chateada, ou então quis muito se vingar, mas o fato é que, na noite seguinte, ela gastou quase toda a sua pasta de dente pra zoar com as meninas. Só que como ninguém nunca tinha chamado Nina para participar da brincadeira, ela não sabia as regras. Por exemplo, não pode colocar pasta no cabelo, porque quando seca fica que nem cimento e é tão difícil de tirar que, às vezes, tem que cortar o cabelo todo. Então, de manhã, duas meninas não conseguiram lavar a pasta do cabelo! Mas a vingança é contagiosa... Primeiro, as suspeitas recaíram sobre os garotos da tropa, e as meninas queriam se vingar deles. Só que alguém percebeu que o tubo de pasta da Nina estava quase vazio e que a própria Sem-Ninguém tinha sido a única a sair ilesa naquela noite... Ao longo de todo o dia, Nina ficou ouvindo as companheiras cochichando e discutindo o plano para se vingar dos meninos, mas quando a noite chegou, a vingança foi contra ela! Nina acordou com o rosto ardendo muito, principalmente as pálpebras. Ainda meio dormindo, sem entender nada, abriu os olhos e esfregou o rosto... O ardor aumentou tanto que Nina começou a chorar, sem parar de esfregar os olhos. Mas isso só piorou! Ninguém ajudou, só ficaram dando risada. Aí ela pulou da cama e, sem ver nada, saiu correndo do alojamento, tateando. — Iurka fez uma pausa teatral, prendeu a respiração. — De manhã... Ah, de manhã a tropa três, que foi a primeira a aparecer pra ginástica, viu Nina na piscina. Ela estava boiando de barriga pra baixo. Morta. De pijama branco, os braços abertos e os cabelos ondulando na água... Quando a tiraram da água, viram que no lugar dos lindos olhos azuis havia dois buracos vermelhos e queimados!

— Credo! — alguém exclamou de um canto do quarto. — E por que acharam a Nina na piscina?

— Porque ela saiu correndo de olhos fechados e acabou caindo. E a Nina nadava muito mal, além de estar com os olhos queimando, então se afogou.

— Iula, você viu tudo isso, é?

— A história ainda não acabou! — Iurka interrompeu as crianças, que começavam a erguer a voz. — Tentaram abafar o que aconteceu, pra não causar alvoroço, interromperam a temporada, mandaram todo mundo pra casa, mas os boatos se espalharam mesmo assim. Os pioneiros e os monitores que calhavam de estar perto da piscina de madrugada, num horário específico, às 3h17, viam duas luzinhas azuis pairando sobre a água. Ficavam ali exatamente quatro minutos e depois desapareciam, como que levadas pelo vento em direção aos alojamentos das tropas mais velhas. E justamente nessas noites aconteciam coisas estranhas: de manhã alguém acordava todo lambuzado de pasta de dente, nas bochechas ou na testa. E era sempre uma única pessoa, o mais bagunceiro da tropa, e as marcas eram esquisitas também, como se alguém estivesse tentando acertar os olhos, mas não conseguisse. Além disso, os bagunceiros contavam que tinham sempre o mesmo sonho quando isso acontecia. Ouviam barulho de água e sentiam alguém passando o dedo em seu rosto. Depois uma voz suave de menina falava: "Vamos aprontar, eu tenho pasta de dente...". Ninguém tinha a menor dúvida de que era o espírito de Nina Sem-Ninguém vagando à noite pelo acampamento, à procura de alguém pra brincar com ela. Dizem que Nina escolhe os mais pestinhas, porque esses são os que mais se divertem, mas no fundo ela quer se vingar. Por isso, primeiro chama pra brincar, depois lambuza a pessoa de pasta e desaparece. Ela quer acertar os olhos, mas não consegue, porque não tem mais os dela.

— Iur, mas então a Nina só procura o culpado na tropas mais velhas — observou Sacha.

— De onde você tirou isso? — indignou-se Iura. — Acho que ela pode vir fazer uma visitinha pra vocês também. Afinal de contas, vocês estão planejando a brincadeira. Se eu fosse vocês, tomava mais cuidado com a pasta de dente!

— Ela pode mesmo queimar os olhos?

— Bom, aí, San, só chamando a Nina mesmo, ela vem e você descobre...

— Aaaai, não!

— Isso mesmo! É sempre bom lembrar que não pode lambuzar os olhos, o nariz, as orelhas, e nem o cabelo.

Iurka levantou da cama e se espreguiçou, estalando as costas.

— E por que não pode no nariz e nas orelhas? — perguntou Oliéjka.

— Oliéj, não é difícil adivinhar: a pasta seca e a pessoa não consegue respirar, nem tirar de dentro da orelha. Certo. Vou procurar o Volódia rapidinho, ver onde ele se meteu. Vocês prometem que ficam deitados bem tranquilos e sem baderna?

— Prometemos!

Iurka foi até a porta, mas parou perto da cama de Sacha, e passou a mão debaixo do travesseiro dele.

— É melhor eu levar isso aqui — disse, pegando o tubo de pasta de dente. — Por precaução.

— Pode pegar, eu já mudei de ideia. Não vou lambuzar ninguém... por enquanto — murmurou o menino.

O corredor estreito estava tão escuro que não dava para enxergar um palmo à frente do nariz. Iurka se dirigiu para a porta do dormitório das meninas, entreabriu-a com todo o cuidado e deu uma espiada. Estava tudo quieto lá dentro, elas dormiam tranquilamente, mas nem Lena nem Volódia estavam por ali. Iurka se virou e foi na pontinha dos pés até o dormitório dos monitores, onde dormiam Volódia e Jênia, o treinador.

O quarto ficava no final do corredor. Sem enxergar nada, apalpando as paredes, Iurka se guiava por um feixe de luz fraquinho que escapava por baixo da porta. Ele sempre tivera curiosidade de ver como eram os quartos dos monitores, especialmente o de Volódia. Enfim a oportunidade de visitá-lo havia surgido.

Quando se aproximava, Iurka ouviu uma voz baixa:

— Foi a própria Lena que me convidou. — Era a voz de Jênia.

Então a discoteca já encerrou, pensou Iurka, pois os professores ficavam sempre de olho no baile. Ele encostou na porta de leve, se preparando para bater. Com aquele toque suave, a porta se moveu devagar e sem ruído. Ao poucos, o dormitório dos monitores se revelou diante de Iurka.

Primeiro, ele viu uma cama perfeitamente feita, com um conjunto de fronhas marrom e um cartaz da banda Machina Vriémeni acima da cabeceira. Em seguida, avistou uma pequena cômoda ao lado, sobre a qual estavam o caderno amassado de Volódia, o estojo dos óculos, um copo d'água e um frasquinho de valeriana. Mas Volódia não estava ali. Iurka deu um passo para trás, se preparando para ir embora, mas o sussurro se repetiu:

— Foi só uma dança.

Pela fresta da porta, ele viu a nuca bem aparada e as costas largas do treinador, que vestia uma jaqueta esportiva azul-marinho.

Jênia estava de joelhos diante da outra cama, onde ninguém menos que Ira Petróvna estava sentada, abraçando os joelhos e secando os olhos. A saia verde plissada cobria suas pernas até os tornozelos, o lenço vermelho estava torto na blusa branca de gola alta. O cabelo, normalmente bem preso em um rabo de cavalo alto, estava solto. Ira parecia pensativa, como se estivesse decidindo alguma coisa.

Jênia levantou, sussurrou algumas palavras no ouvido de Ira, que finalmente se deu por vencida. Ela virou para o treinador, abraçou-o pelo pescoço e o beijou nos lábios.

— Essa é boa! — murmurou Iurka, perplexo.

Ele segurou a maçaneta, com a intenção de proteger os pombinhos de olhares indiscretos — imagina se as crianças vissem —, e foi fechando a porta, mas esbarrou o cotovelo no batente. Ira teve um sobressalto, a porta bateu, e deu para ouvir uma movimentação dentro do quarto.

Que bela monitora. Iurka caminhava para saída, indignado. Tinha visto aquilo por acaso, mas ainda se sentia desconfortável e queria sumir dali o quanto antes. *Como é que a Ira vai saber o que acontece com a tropa dela se fica ocupada com a vida pessoal enquanto os pioneiros zanzam à noite por aí? E como o Volódia permite uma coisa dessas no quarto dele?*

No corredor escuro, Iurka enfim deu de frente com Volódia, que voltava para o alojamento, arrastando pela mão uma menina da tropa dele. A garota fungava. Volódia estava com uma cara feia. Pelo jeito, havia voltado a ter aqueles pensamentos sombrios e, sem sequer olhar para Iurka, gritou para os fundos do alojamento:

— Lena, achei!

— Graças a Deus! — respondeu, ao longe, a voz trêmula de preocupação da monitora-assistente.

Iurka não quis se envolver naquele drama e apenas acenou para Volódia para se despedir. O monitor, calado, fez um sinal com a cabeça e fechou a porta, enquanto Iurka rumava para seu quarto.

Ira Petróvna acabou por alcançá-lo perto do alojamento da tropa um. Ela estava na pracinha em frente ao alpendre, vermelha como as petúnias que ladeavam a entrada.

— Iura, duas palavrinhas, por favor — ela disse, em voz baixa.

— O quê? — perguntou ele, seco.

Ira Petróvna, em geral destemida, parecia diferente: pateava no mesmo lugar, abria e fechava a boca sem dizer nada, com muita vergonha. Mas Iurka entendeu o que ela queria dizer.

— Eu não vi nada — ele declarou categoricamente, cutucando com a ponta do tênis um dos tijolos triangulares que demarcavam o canteiro.

Ira soltou um suspiro de alívio.

— Que bom que você entende! Sei que viu tudo. E sim, não é correto, aqui é um acampamento, tem crianças. Mas você já é grande! Entende que...

Ela tentava se explicar, mas Iurka interrompeu aquele monólogo constrangedor.

— Não precisa se explicar, Ira Petróvna. Vocês são adultos, e eu... eu só quero ir dormir. As crianças me deixaram exausto.

Então ele deu as costas para Ira e foi para o quarto.

Óbvio que Iurka não tinha nada a ver com o que Ira e o treinador faziam ou deixavam de fazer, mas pelo menos agora tinha uma informação na manga. Ela não poderia mais tentar acusá-lo de nada sem provas!

Mas, ao se cobrir, Iurka não ficou pensando em Ira, e sim em Volódia. Era uma pena que não tivesse conseguido se despedir dele. Mas não tinha problema, porque no dia seguinte os dois se encontrariam e pensariam em outra história de terror, ainda melhor. *Foi legal ficar com Volódia no gira-gira, conversando e inventando histórias. Queria que já fosse amanhã.* Iurka adormeceu roendo as unhas ao pensar no dia que viria, imaginando o gira-gira e Volódia.

Depois do que pareceu um segundo, Iurka acordou com Vanka o chacoalhando pelos ombros.

— Vai lá pro alpendre. Tão te chamando.

— A Ira outra vez? — ele resmungou.

Ele precisou reunir todas as forças pra levantar da cama, mas foi se trocar, lenta e preguiçosamente, sem nem abrir os olhos.

— Não, é o Volódia.

— O Volódia?

Os olhos de Iurka se abriram na hora.

Quando saiu, viu Volódia sentado no banco perto do canteiro. Ouviu uma mariposa batendo na luz do terraço, agitando as asas e formando sombras difusas. Iurka inspirou o ar fresco — a noite cheirava a coníferas molhadas e flores — e desceu os degraus.

— São só cinco minutos. — Volódia levantou e se aproximou. Ao ver Iurka todo amarrotado, ficou preocupado. — Te acordei?

— Não, tudo bem — Iurka respondeu, com a voz um pouco enrolada de sono, ajeitado o cabelo bagunçado. — O que aconteceu?

— Nada, só vim me despedir. Já que não deu...

— Onde você se enfiou aquele tempo todo? — Iurka perguntou, sentando no banco.

— Estava atrás da Fugitívna.

— Fugitívna? Aquela menininha?

— Pois é! Dá pra acreditar? Esse é o sobrenome dela, da Iúlia. É a primeira temporada de todo mundo da nossa tropa, mas a Iúlia não consegue se acostumar com o acampamento. Não faz amizade com ninguém, fica sempre pedindo os pais, e agora resolveu arquitetar uma fuga. Quando a encontrei, ela admitiu que tentou fugir, mas se perdeu.

— Por que não me falou? Eu podia ter ajudado. Duas pessoas procuram melhor que uma.

— Não ia ter ninguém pra olhar os meninos. Mas não esquenta a cabeça. Primeiro, porque amanhã vamos ligar pros pais dela, assim pelo menos ela escuta a voz deles. Segundo, porque logo chega o dia de visita, então a mãe da Iúlia vem e tranquiliza a menina. Ou leva pra casa. O que seria até melhor.

— Aham...

A conversa morreu. Não foi estranho, era só falta de ânimo para falar. Estava tão bom ali, tão tranquilo: no frescor da noite os grilos cricrilavam alegres, ao longe dava para ouvir o uivo triste de um cachorro, ou talvez de um lobo. Iurka não sabia se era verdade ou apenas sua imaginação pregando uma peça. Podia jurar que tinha ouvido um pio de coruja!

Só faltava uma coisa para completar a noite: o crepitar de uma fogueira. Ele e Volódia estavam sentados perto um do outro mais uma vez, trocando algumas palavras sobre banalidades, como os mosquitos enfurecidos.

— O que você acha? A história funcionou? — Volódia perguntou, interrompendo o longo e agradável silêncio.

— Acho que não. — Iurka foi sincero. — Agora estou com receio de que eles estejam querendo testar se é verdade que o cabelo fica que nem cimento.

— No cabelo tudo bem — disse Volódia, fazendo um gesto de indiferença com a mão. — Só não pode no nariz e nos olhos.

Parecia que o céu estava deitado bem em cima dos telhados das casinhas dos alojamentos. A Via Láctea brilhava como uma jazida de estrelas coloridas. Parecendo reflexos do sol na água, satélites e aviões piscavam, em flashes brancos, verdes e vermelhos. Se tivesse uma luneta, Iurka olharia para as galáxias, que da Terra parecem pequenas nuvens nebulosas. Ou talvez conseguisse realizar seu sonho de criança: ver o asteroide B612 e acenar para o Pequeno Príncipe — afinal, em noites de verão como aquela, era fácil acreditar em contos de fadas.

Mas não deu para curtir a proximidade do céu por muito tempo. Depois de alguns minutos, Volódia suspirou e levantou.

— Bom, deu minha hora. Amanhã cedo tem planejamento e não posso me atrasar.

Volódia colocou a mão esquerda no ombro de Iurka, que permaneceu sentado, à espera de que o monitor desse uns tapinhas de agradecimento nas suas costas. Mas tudo que Volódia fez foi uma ligeira pressão, ou um carinho, Iurka não sabia, e estendeu a mão direita para se despedir.

— Obrigado por tudo — sussurrou Volódia, parecendo envergonhado.

— Amanhã vou cabular o toque de recolher — disparou Iurka. — Me espera no gira-gira?

Volódia deu uma risada, balançou a cabeça com ar de censura, mas não o repreendeu.

— Espero.

O aperto de mão dos dois pareceu durar uma eternidade. Mas assim que Volódia o soltou, Iurka ficou cabisbaixo: tinha sido tão rápido. Nunca tinha parado para pensar que, quando você aperta a mão de alguém, é como se a segurasse por alguns instantes. Mas pensou dessa vez. E entendeu, de repente, que queria ficar segurando a mão de Volódia por mais tempo.

Mas a noite silenciosa não deixou que Iurka mergulhasse em reflexões e ficasse se perguntando o que era aquele sentimento e por que estava sentindo aquilo. Ele estava cansado e com sono demais para isso. Havia apenas uma vontade enorme de dormir e uma vontade ainda maior de que o dia seguinte chegasse logo.

Depois de se enrolar no cobertor fino, Iurka se entregou a um sono gostoso, e se sentiu não na cama dura do dormitório, mas em um colchão macio feito de dentes-de-leão.

6

Conversas próprias e impróprias

Os gira-giras próximos ao alojamento das crianças se tornaram um ponto de encontro secreto. Iurka ia até lá depois do almoço ou durante a hora do descanso da tarde, ou então à noite, antes da discoteca, e depois de um tempo Volódia aparecia. Iurka gostava de ficar no gira-gira, fazê-lo se mover um pouco, ficar olhando pro nada e pensando em qualquer coisa. Gostava quando Volódia sentava ao seu lado e também ficava olhando em volta, em silêncio. Aquilo de ficarem sentados juntos, cuidando das crianças e ouvindo os gritos, era ao mesmo tempo algo especial e incomum, simples e agradável. Iurka se sentia à vontade, como quando era criança no quintal da avó.

Iurka tinha gostado especialmente dos encontros depois do ensaio e de deixar a tropa cinco aos cuidados de Lena até a hora do toque de recolher. Era quando ele e Volódia ficavam inventando as histórias de terror para as crianças. Uma vez, até perderam a hora do toque, que era justamente o momento de contar as histórias.

A primeira semana de acampamento havia acabado, informava a voz de Mitka nos alto-falantes da estação de rádio, como se os pioneiros não soubessem disso. Iurka lembrava muito bem desse dia. Eles estavam no gira-gira, e Volódia, apontando para o rosto dele, perguntou:

— De onde é essa cicatriz?

O parquinho estava silencioso: o acampamento inteiro teve uma hora de descanso. Iurka, como sempre, tinha escapado, e o monitor, sempre responsável, o lembrou de que, caso visse alguém se aproximando pelo caminho, indo em direção ao alojamento, ele deveria se esconder. O que acontecia era que, às vezes, vinham verificar se os monitores não tinham deixado as crianças sozinhas. Mas não havia motivo para repreender Volódia, porque ele e Lena tinham um combinado: ela ficava de plantão com a tropa na hora do descanso, e ele ficava à noite, na hora da discoteca. Como naquela tarde.

Iurka pôs a mão no queixo por instinto e sentiu com a pontinha dos dedos a antiga cicatriz embaixo do lábio inferior.

— Isso foi quando uns valentões vieram pra cima de mim. Eram três, e eu sozinho! E aí... — Ele hesitou. Iurka contava pra todo mundo essa variante da história da cicatriz. Nela, ele era um garoto corajoso que tinha se livrado de uns brigões na rua, às custas de um machucado no lábio. Mas quis contar a verdade a Volódia. — Bom, a verdade é que levei um tombo do balanço quanto tinha onze anos. Balancei muito alto, querendo me exibir para umas vizinhas que estavam passando, aí eu soltei as mãos e... Resumindo, dei uma cambalhota linda, saí voando do balanço, caí de cara no tanquinho de areia. Cortei o lábio tão fundo que demoraram uns quinze minutos pra estancar o sangue. Meu pai teve até que dar uns pontos. Foi isso.

Iurka tinha certeza de que Volódia ia achá-lo um idiota, que ia rir da cara dele, mas o monitor apenas abriu um sorriso bondoso.

— Pelo menos ficou uma lembrança do seu voo livre de curta distância. Menino voador.

Iurka não conseguiu refrear um sorriso: *O Volódia é muito esquisito. Ele é bonzinho e compreensivo demais.* Até Iurka tiraria sarro de si mesmo com essa história, mas Volódia não.

— O nosso menino voador é o Sacha. Eu sou...

— O Gagárin?

— No máximo o Tchkálov, o piloto de avião. Não voei tão alto assim — Iurka respondeu e lançou um olhar curioso para o monitor. — Bom, já que contei um segredo meu, é sua vez de compartilhar alguma coisa.

Volódia arqueou as sobrancelhas, surpreso, e assentiu.

— Tudo bem, pode perguntar.

— Por que você veio ser monitor? De verdade? Tá na cara que você não gosta muito de lidar com crianças.

— Hum... — Enquanto refletia sobre a resposta, Volódia levou o dedo ao nariz, ajeitando os óculos. Respirou fundo e soltou a resposta ensaiada: — É uma boa forma de ter experiências úteis e, Iur, não briga comigo, mas também é um bom jeito de conseguir uma carta de recomendação pro Partido.

Iurka bufou. Uma semana antes, na primeira assembleia, ele poderia pensar que aquele Volódia exemplar, o mais correto dos membros da Komsomol, não precisava de nada além de um nome limpo, mas agora...

— De novo essa história de carta de recomendação. Então é só por causa disso? Só pra ter uma boa reputação?

Volódia titubeou e ajeitou os óculos novamente, embora já estivessem no lugar.

— Bom... não só isso. Pra ser sincero, sempre fui muito tímido, sempre tive dificuldade de lidar com as pessoas, fazer amigos. E as crianças... A minha mãe é professora no jardim de infância e me aconselhou a ser monitor. Disse que se eu queria aprender a me dar melhor com as pessoas, era melhor começar pelas crianças, porque elas iam me ajudar a me soltar. — Ele fez uma pausa, e Iurka pensou que se Volódia fosse ajeitar os óculos de novo, seria obrigado a dar um tapa na mão dele. — Na verdade, acho que estou aprendendo mais com você. Você se dá melhor com as crianças.

Iurka estufou o peito, orgulhoso, mas murchou logo em seguida.

— Nós dois estamos no mesmo barco — ele disse. — Também não gosto de lidar com crianças, quer dizer, não sei como lidar. Mas pra te ajudar, eu... Aliás, lembrei de uma coisa! Ontem, depois da janta, vi o Oliéjka quando estava vindo pra cá. Ele estava sentado na pracinha, sozinho, chorando. Eu fui lá e perguntei o que tinha acontecido. Ficam tirando com a cara dele porque ele troca as letras e, agora que ele conseguiu um papel quase de protagonista na peça, estão pegando mais pesado, dizendo que ele não vai conseguir. O coitado já morre de vergonha e ainda fica ouvindo dos meninos coisas tipo: "Como que você vai se apresentar trocando as letras desse jeito?".

— Disseram isso mesmo? Quem?

— Quem, eu não sei. Não entendi tudo que o Oliéjka contou, ele começou a choramingar, aí perdi metade da história. Enfim, Volod, fiquei pensando e, realmente, ele pronuncia muito mal essas palavras tipo "guerrilheiro", "guerra" e tal...

— "O troca-letras no papel principal" — disse Volódia, em um tom sombrio. — O papel, obviamente, não é o principal, mas tem muitas falas... Mas foi ele mesmo quem pediu, então achei que aconteceria o contrário, que se sentiria mais seguro. Temos que pensar em alguma coisa, mas não vamos tirar o papel dele. Oliéjka ia ficar muito chateado. Além disso, ele está se esforçando tanto... Alguma ideia?

— Tenho, era isso que eu queria falar! Enquanto ele ainda não decorou todas as falas, a gente pode modificar um pouco o roteiro para que tenha o mínimo possível de palavras com R.

Então os dois começaram a reescrever o texto, trocando as palavras com R por sinônimos. Não eram tantas assim, mas a tarefa se mostrou tão trabalhosa que, em um dia, não avançaram muito e perceberam que precisariam de mais tempo. Foi então que Volódia perguntou se Iurka toparia ser dispensado da hora do descanso para focar nisso. Havia uma única condição: que Iurka não se afastasse nem um milímetro de perto dele.

Iurka ficou tão contente que até pulou no gira-gira.

— Topo! Óbvio!

Iurka não só não precisaria mais ficar duas horas largado no alojamento, sem ter o que fazer, como poderia passar esse tempo com Volódia, a sós! Ele nem precisava ter perguntado, a resposta era óbvia. Mas a alegria logo se dissipou. Bastou Iurka se lembrar da voz severa de Olga Leonídovna o repreendendo: "A criança deve sempre estar fazendo alguma coisa e o monitor deve sempre saber onde ela está". E a monitora dele era Ira, não Volódia. Iurka desanimou. Liberar Kóniev, o encrenqueiro, da hora do descanso? Nem pensar! Absolutamente impossível! De onde Volódia tinha tirado uma ideia dessas?

— Não é tanto texto — dizia Volódia, enquanto isso, em voz alta —, mas é muito trabalhoso, exige responsabilidade, é um papel importante. A gente não tem tempo de reescrever tudo, mas precisamos modificar o máximo possível. De quantas horas você acha que precisamos? Umas seis ou oito, pelo menos, mas como vamos arranjar esse tempo? Não dá pra desmarcar os ensaios e muito menos diminuir as horas de trabalho da tropa cinco.

— É, mas o texto é o texto. Mesmo que falem que tudo bem reescrever, me liberar é outra história.

Iurka estava mal-humorado.

— Isso provavelmente é segredo, mas já tem algumas crianças que foram liberadas da hora do descanso. Pra mim, é surpreendente. Na minha época de pioneiro nunca liberavam ninguém, mas pelo jeito os tempos mudaram. Além disso, deixaram você comigo não pra você ser ator, mas pra ser meu ajudante. E agora preciso de ajuda, de verdade. Não podem te tirar dos jogos, do trabalho comunitário nem da discoteca, nem dá pra reescrever na hora do ensaio, e eu preciso de você.

— Mesmo assim, acho que não vai funcionar.

— Vou falar com o chefe dos monitores, e vou pedir pra Lena me apoiar. Ela trabalha comigo, está vendo e sabendo de tudo. — Volódia, é claro, notou a mudança no humor de Iurka e o sacudiu pelos ombros. — Quem não arrisca, não petisca. Vamos ver se dou um bom diplomata.

Já na manhã seguinte, durante o planejamento, Volódia pediu permissão a Olga Leonídovna para liberar Iurka da hora do descanso. Mas não foi tão fácil.

Durante o dia, a caminho do parquinho, depois do toque de recolher, Volódia, que costumava falar baixo perto das janelas da tropa cinco, quase gritou:

— Você nem acredita, Iur, ficamos meia hora discutindo essa questão com toda a equipe de monitores, mas consegui convencer o pessoal. Olga Leonídovna não concordou logo de cara, mas dava pra ver que não era contra. Quando ela implica, sem chance mesmo, mas ela acabou pedindo a opinião do chefe dos monitores e do resto da equipe. Eles concordaram, o que não é nenhuma surpresa, porque tanto faz pra eles se a gente mexer ou não no texto. Aí a Irina se meteu e começou a viajar na maionese dizendo que, na verdade, seria bom para o Oliéjka fazer uma apresentação em público com o texto original, que isso ia incentivar o menino a se esforçar mais na pronúncia correta. Eu quase caí pra trás: não tem nada a ver, e ainda pode ser arriscado pro Oliéjka! E beleza, talvez ela até pense isso mesmo, talvez até se preocupe com ele, mas não tinha nada a ver. Ela falou só pra me atrapalhar.

Até então, Volódia não tinha conseguido fazer as pazes com Irina. Inclusive tinha tentado se desculpar algumas vezes, mas ela nem o deixava terminar de falar. O monitor estava frustrado e, mais de uma vez, tinha comentado disso com Iurka, todo triste e preocupado. Mas no planejamento, independente do que dissera a monitora, Olga Leonídovna se mostrou mais sensível ao problema de Oliéjka e deu permissão a Volódia.

— Sério? Então estou liberado oficialmente?

Iurka não conseguia nem acreditar.

Os dois estavam no parquinho de novo. Iurka ficou tão contente que deu impulso com os pés e fez o gira-gira se mover. Os pompons dos dentes-de-leão — que até então pairavam baixo e só de vez em quando subiam, fazendo cócegas no nariz — começaram a rodopiar sem parar, agitados pelo vento.

Ao mesmo tempo, como se alguém tivesse mandado, os dois jovens cravaram os pés na terra e pararam de girar. Um pompom foi parar na garganta de Iurka. Ele começou a tossir e, sem conseguir enxergar por causa das lágrimas e piscando muito para tentar afastá-las, olhou ao redor e, de repente, se deu conta da beleza daquele lugar. Era como se fosse a primeira vez que o visse. Os dentes-de-leão rodopiavam, como guarda-chuvinhas brancos quebrados, e caíam preguiçosamente na grama. No céu, também havia guarda-chuvinhas brancos, pois não muito longe do acampamento ficava um campo de pouso. Todos os dias, aviões brancos cruzavam o céu do Andorinha, e soldados brancos saltavam, abrindo paraquedas brancos e caindo, para aprender a aterrissar. Aquilo tudo chegava a ser surreal de tão bonito. Como Iurka nunca tinha notado?

Olhando ao redor, entendeu que tudo naquele lugar era bonito — e Volódia também. Especialmente naquele dia, em que tinha dado aquela notícia tão maravilhosa, Volódia, de repente, despenteado e corado, deu uma risada tão contagiante que Iurka também começou a rir. Nunca tinha visto Volódia tão feliz. Talvez nem Iurka jamais havia se sentido tão feliz e despreocupado: tinha sido dispensado da hora do descanso, o que significava que os dois podiam ficar juntos quanto tempo quisessem. A partir desse dia, passaram cada minuto reescrevendo o roteiro da peça, para terminar o quanto antes e entregar a Oliéjka para que decorasse.

Mas sempre havia alguma coisa para atrapalhar. Iúlia, da tropa cinco, a menina que queria porque queria os pais, fez com que perdessem quase um dia inteiro. Ela chegou a ficar tão irritada que ambos os monitores, a pedagoga Olga Leonídovna e a enfermeira precisaram se unir para acalmá-la. À noite, Volódia estava tão acabado que Iurka o liberou do encontro para dormir.

O dia seguinte calhou de ser o dia da visita dos pais. E foi duplamente frustrante, porque passou depressa e de forma caótica. Na verdade, Iurka estava tão ansioso quanto o resto das crianças. Apesar disso, sua mãe mal teve tempo de abraçá-lo porque o concerto musical das tropas começou. Mal passearam pelo acampamento e já era hora do almoço. Mal terminaram uma brincadeira e já era hora do lanche. Mal a mãe participou da competição de pular elástico com as outras mães — contra as meninas —, e já era hora de ir embora.

Todo mundo, adultos e crianças, ficou com a impressão de que não havia tido tempo de trocar nem duas palavras com os entes queridos, e Iurka não era exceção, porque só havia conseguido contar sobre o teatro. Queria dividir com a mãe a alegria de ter conhecido um garoto incrível chamado Volódia e ter feito uma amizade tão forte que já não sabia como passar um dia sem ele. A mãe com certeza ficaria contente com a notícia: até que enfim o filho tinha colocado a cabeça no lugar, parado de se envolver com bagunceiros e firmado uma amizade com um verdadeiro membro da Komsomol. Mas, na hora da conversa, Iurka só conseguiu abrir a boca, um tanto confuso, sem saber ao certo como expressar ou definir os próprios sentimentos.

O que mais contaria para a mãe? Que a comida era suficiente, mas não gostosa? Como se ela não soubesse como era a comida de acampamento…

Antes de entrar no ônibus, a mãe deu um beijo em Iurka e perguntou com cuidado:

— Fez amizade com alguma das meninas? Não me apresentou ninguém…

— Com a Marússia, vou convidar ela pra dançar — Iurka respondeu, sem jeito, apontando para Marina Zméievskaia.

Ele ficou muito desconfortável. A mãe nunca havia perguntado sobre meninas.

Naquela noite, era ele quem estava acabado. Não foi dormir, lógico, mas não tinha vontade nem forças para quebrar a cabeça com o roteiro. Então ele e Volódia só ficaram sentados no gira-gira e conversaram de tudo um pouco.

Ao passarem tanto tempo juntos, ficaram mais amigos e, às vezes, até compartilhavam algo mais íntimo. Mas, na maioria das vezes, não ficavam batendo papo, e sim espalhavam cadernos e folhas em cima dos joelhos, se debruçavam sobre a papelada e começavam a chuva de ideias. Ou, pelo menos, tentavam.

— Tá… *guerra, guerra.* — Volódia mordiscava a caneta, reflexivo, repetindo cada sílaba como se saboreasse o som do R. — *Guer-rrrrr-ra.*

— Batalha, combate — devolveu Iurka, e refreou um bocejo colossal.

Já estavam sentados havia tempo demais. O sol estava particularmente forte aquele dia, Volódia tinha se escondido à sombra de uma cerejeira que crescia perto do gira-gira e não tirava dali o nariz — que era lindo, Iurka já tinha se convencido disso. Ele mesmo não tinha tirado o boné vermelho importado que amava nem por um segundo. A testa suava e o regulador do boné apertava, mas Iurka aguentava firme o desconforto, achando que, no fim das contas, mesmo na sombra pegaria uma insolação.

Apesar do calor, o trabalho havia rendido: naquela hora do descanso, tinham avançado mais do que nos dois dias anteriores. Mas ainda faltava muito. Iurka estava cansado, e o suor pingava do pescoço e das mãos. Já fazia meia hora que estava sentado quase sem se mexer. Mas não havia do que reclamar, afinal achava aquilo muito mais importante do que uma história de terror qualquer. Depois de estralar o pescoço, ele levantou e deu umas voltas pelo parquinho, massageando as costas ensopadas.

— *Combate* fica bom — murmurou Volódia, sem tirar os olhos do caderno. — "com os adversários"…

— Combate contra adversários, batalha contra os rivais, concorrentes… soa meio idiota.

— E é tudo com R — comentou Volódia.

— Inimigos! — sugeriu Iurka, que parou de andar, erguendo o dedo.

— Boa! — Volódia deu uma olhada nos papéis, os óculos brilhando, e sorriu. — Ah, não… espera. Tem um "inimigo" na frase logo em seguida. Não dá pra trocar.

— Como não? Deixa eu ver.

Iurka se jogou de volta no gira-gira ao lado de Volódia e tirou o caderno das mãos dele.

Volódia se aproximou e tentou espiar as páginas. Pegou uma caneta e quis ticar o texto. Mas Iurka, sem prestar atenção, deu impulso com os pés e fez o gira-gira se mover de leve. Volódia balançou e caiu em cima de Iurka, a aba dura do boné vermelho o atingindo bem na testa.

As folhas do roteiro se espalharam pelo chão e saíram voando na brisa suave. Seguindo-as com os olhos, o monitor encarou os próprios pés e ficou vermelho.

— Ai — murmurou. Foi só quando olhou para baixo que Volódia entendeu que, já havia algum tempo, estava se segurando no joelho de Iurka, então tirou a mão bem depressa. — D-desculpa.

Iurka, por alguma razão, também ficou sem jeito. Tossiu, meio incomodado, e, como que para disfarçar, virou o boné para trás.

— Que estranho você usando boné assim. — Do jeito efusivo como Volódia falou, a observação soou idiota.

— Não costumo usar. Quer dizer, uso, mas hoje está calor, agora achei melhor virar pra trás porque... pra você não bater a cabeça... Hum... — Iurka não sabia mesmo o que dizer. — Não gostou?

— Não, gostei, ficou bem em você. A franja saindo pelo buraquinho do boné ficou legal. É um boné da hora! Esses jeans e a polo também. Lembro que você estava todo arrumado pra discoteca aquele dia... e acabou nem indo.

— É, era tudo importado.

Iurka ficou até vaidoso. Sabia que as roupas caíam perfeitamente nele.

— E onde você arranjou essa riqueza toda?

— Tenho uns parentes que moram na Alemanha Oriental, eles trazem de lá. E o boné, aliás, não é alemão, é americano.

— Maneiro!

Lisonjeado e muito satisfeito consigo mesmo, Iurka começou a contar em detalhes a origem dos seus artigos importados favoritos. Só não falou da calça jeans, que achava mais ou menos — era indiana, e não americana.

— Lá na Alemanha eles têm um monte de coisa maneira, não só as roupas.

— É, eu sei, tem os equipamentos, os carros. Uma vez vi uma moto numa revista, que era incrível...

Volódia arregalou os olhos.

— Numa revista, é? Ah, eles têm umas revistas que nunca vamos ter aqui na União Soviética.

— Qual é?! Eu falando de moto, e você me vem com revistas. Não é muito a sua cara.

— É que você não viu as que eu vi, não sabe o que tem nelas. É cada coisa! — comentou Iurka, levantando as sobrancelhas com ar de conspiração.

— Ah, é? O quê?

— Não vou falar.

— Iura! Que coisa de jardim de infância! Fala.

— Tá, eu falo, mas é segredo, viu?

— Palavra de membro da Komsomol.

Iurka olhou para ele semicerrando os olhos.

— Jura?

— Juro.

— O meu tio veio pra cá na primavera, trouxe de tudo: roupas, principalmente, uns cremes pra minha mãe e umas revistas pro meu pai. Bom, eram umas revistas comuns, com roupas, eletrodomésticos, essas coisas. E foi isso. À noite me mandaram dormir e se fecharam na cozinha. Minha mãe foi deitar também, e meu tio ficou sozinho com meu pai. O meu quarto era perto da cozinha, então dava pra ouvir as conversas direitinho... E a essa altura eles já tinham bebido um pouco a mais, né? Estavam falando superalto, aí deu para entender cada palavra. Fiquei deitado, ouvindo tudo. Acontece que meu tio tinha trazido umas revistas pro meu pai só que... hum... umas revistas diferentes. Aí, depois, quando fiquei em casa sozinho, achei as tais revistas.

— E falavam de quê? Alguma coisa antissoviética? É muito perigoso ter revistas desse tipo em casa.

— Não, claro que não! Ainda não sei alemão tão bem pra ler fluente. Além do mais, não tinha texto nenhum, só figuras. Fotografias. — Iurka se inclinou para perto de Volódia, com os lábios quase tocando a orelha dele e baixou a voz até sussurrar: — De mulher.

— Aaah... Hã... Sei, sei, tem umas revistas assim, mesmo.

Volódia se afastou de Iurka a uma distância de um braço estendido, mas não adiantou: Iurka praticamente grudou nele e disse com uma voz rouca no ouvido do monitor:

— E elas estavam com uns homens... Tá entendendo? Com homens! Eles...

— Iur, não precisa falar, já entendi.

Volódia outra vez se afastou.

— Imagina só! — exclamou Iurka, entusiasmado.

— Imagino. Vamos encerrar a conversa por aqui? Não é tema pra um acampamento de pioneiros.

— Vai dizer que não acha interessante? — perguntou Iurka, frustrado.

— Se dissesse, estaria mentindo... mas isso não é proibido à toa, é uma coisa muito imprópria, muito mesmo.

Volódia levantou e se afastou alguns passos.

— Escuta, tem uma coisa que não dá pra entender lá, Volod. — Iurka voltou a ficar animado. — É uma coisa bem estranha que eu vi... Você que é mais velho deve saber. Eu só queria saber se aquilo foi fotografado mesmo ou se, sei lá, é um desenho, de repente...

— Iura — Volódia marchou direto até ele e falou baixo em seu ouvido —, isso se chama pornografia! Você está num acampamento, e eu sou monitor, o monitor está te dizendo que é proibido ver essas coisas, é depravação!

— Mas você não está vendo, nem eu, ué. Só estou dizendo que existe. Só quero que você me explique uma coisa, se tá certo, se é possível ou se é montagem, sei lá.

— Caramba, Iura!

— Volódia, você é meu amigo ou não é?!

— Sou, claro.

Volódia ficou vermelho e deu as costas.

— Então me diz... Bom, tem o jeito tradicional, até aí tudo bem. Mas tinha umas fotografias que mostravam o cara e a mulher.... tipo, em outro lugar... onde a gente senta, sabe?

— Na cadeira?

Volódia não estava brincando, e o rosto dele estava mais que sério, estava bravo.

— Ah, para! Eu só quero saber se isso é possível ou não!

— "Ah, para"? — Volódia retrucou, em um tom maldoso. — Iura, você está passando dos limites. Chega, assunto encerrado! Mais uma palavra, e eu vou embora e o Oliéjka vai conclamar todos à *guela contla* os *desplezíveis* inimigos" e vou falar que foi tudo culpa sua.

A conversa foi interrompida pelo sinal que indicava o fim da hora de descanso.

— Agora você tem que ir mesmo... — Iurka resmungou, chateado.

Na hora do lanche, Iurka ouvia distraído o falatório sobre o jogo de rouba-bandeira que ia acontecer e as estratégias das equipes e se lamentava de ter inventado de perguntar aquelas coisas para Volódia. O monitor nem olhava na direção dele, e se por acaso seu olhar passava pelo canto em que Iurka estava, sua expressão mudava de séria para enojada. Ou será que era só impressão? Iurka sempre imaginava muita coisa — por exemplo, que ele e Volódia tinham se tornado amigos de verdade, próximos mesmo. No entanto, a reação do monitor, o gelo em sua voz em geral tão calorosa, era sinal de que entre os dois poderia existir qualquer coisa, menos amizade. Iurka se sentiu estranhamente triste. Os dois nem tinham brigado, propriamente. Haviam se desentendido, por uma besteira. Uma besteira da qual ele estava morrendo de vergonha.

Reflexivo e tristonho, foi para o ensaio com a cabeça baixa.

É tudo culpa minha. Que idiota! Pra que ficar perguntando essas coisas pra um monitor, e da Komsomol? E ainda por cima pra alguém cheio de nove horas que nem o Volódia. Pra quê? Era melhor ter perguntado pros moleques lá do prédio. Era capaz deles não saberem também, mas pelo menos iam achar interessante!, pensava Iurka, mas na verdade aquele era um tema muito íntimo, ou seja, ele tinha compartilhado algo íntimo com Volódia, ou melhor, *tentado* compartilhar. E de onde ele, Kóniev, um babaca qualquer, tinha tirado que podia se relacionar com a elite, com Volódia? O monitor queria distância e tinha vergonha dele, e aquele olhar de superioridade era o golpe final. Mesmo sem olhar para Iurka diretamente, Volódia o acertara em cheio.

Iurka estava remoendo a situação quando parou no meio do caminho.

Por que eu inventei de perguntar isso logo pra ele? Pra quê? Era pra ele me entender, não ficar me julgando com o olhar! E ainda diz que é meu amigo! Até parece! É um babaca, não um amigo! Amigos não agem assim!

Na área em frente ao palco da concha acústica, como sempre, havia um monte de gente. As meninas da tropa dois estavam riscando com giz uma espécie de mapa no asfalto, e Aliocha Matvéiev, o ruivo orelhudo, circulava no meio delas, dando conselhos e quebrando gizes.

— O que vocês estão fazendo? — Iurka gritou.

— Como assim? A gente tá se preparando para o rouba-bandeira, fazendo o desenho do mapa do quartel-general. A Olga teve uma ideia bem da hora: no quartel vamos ter a central de informações e vamos marcar onde está cada uma das tropas.

— Hoje à noite tem discoteca, vão pisotear o mapa de vocês.

— Não faz mal, a gente refaz amanhã. É mais rápido do que começar do zero — retrucou Aliochka. — Não quer ser nosso agente secreto?

— Não.

Mal Iurka se virou e deu alguns passos em direção à sala de cinema, Aliochka o alcançou e o puxou pelo ombro.

— Pensa no assunto, Kóniev.

— Alioch, ninguém vai me chamar pro quartel-general, vou ficar com meus amigos. É melhor você... ir lá cuidar da sua turma.

— Por que não vão te chamar? Chamam, sim, se você pedir. É só pedir, Iur! Você tem umas pernas compridas, corre bastante...

Aliochka, teimoso, acompanhou Iurka, tentando dar uma rasteira nele ou segurá-lo pelo cotovelo. Ofegante, fungava e batia os pés, fazendo de tudo para chamar sua atenção.

— Aliocha, como você é pentelho! — exclamou Iurka. — Tá bom, já pensei.

— É? E aí?

— Me dá um giz.

— Toma.

Aliocha estendeu a caixa de giz para Iurka, que pegou um.

— Obrigado. Mas não vou. Vou ficar com os meus amigos.

— E quer o giz pra quê, então?

— Vou comer. Tenho pouco cálcio no organismo. Ih, escuta, tem alguém te chamando.

— É? Quem? Ai, a Ólia. Bom, então já vou, mas pensa bem.

Será que ter recusado o convite era mesmo uma boa ideia? No dia seguinte, correndo pelo campo, poderia dar um jeito de falar com Volódia. O monitor com certeza estaria nervoso de novo, preocupado com a possibilidade de que algum bobão feito o Sacha se arrebentasse numa trincheira, quebrasse as pernas e os braços e ainda destruísse a trincheira em si. Claro que a monitora-assistente iria ajudá-lo, mas com certeza ele precisaria de Iurka também, certeza absoluta!

Tem mesmo é que sofrer!, protestou o orgulho de Iurka, *Você fica correndo atrás dele, que nem o idiota do Aliochka, e ele nem aí. Não foi pra mim que fiquei inventando histórias de terror! E eu nem queria participar do teatro! Mas o outro lá só fica bufando e dando lição de moral. Pois ele que se vire! Não vou pra lugar nenhum. Lu-gar ne-nhum! Muito menos no ensaio. Agora ele que se arranje com as peças idiotas dele, porque eu não vou mais!*

Então Iurka foi embora. Dando as costas para a entrada do cinema, pegou o caminho de volta atravessando a pista de dança e foi para quadra, que estava reservada para a tropa um naquele horário.

Eram duas quadras ao todo, mais umas mesas para jogar pingue-pongue. A tropa um, sob comando de Ira Petróvna, estava praticamente completa — com exceção de Macha e as meninas do PUM. Tinha gente jogando badminton, gente torcendo, gente perambulando atrás das grades que cercavam as quadras. Iurka adorava fica apoiado de costas na grade, se balançando nos losangos de arame, e ver os outros jogarem. Mas naquele dia não queria torcer, queria ganhar de todo mundo e descontar a raiva nas petecas.

Ao notar a aproximação de Iurka, Vanka e Mikha acenaram para ele ao mesmo tempo, convidando-o para entrar no time. Ele não era um exímio jogador, mas aqueles dois não acertavam nada, nem tinham a menor mira, no time deles só entrava quem gostava de perder, e Iurka não gostava. Apesar disso, não se deu o trabalho de procurar outro time, apenas pegou uma raquete, em silêncio, e deu um golpe. A peteca esvoaçou sobre o adversário e foi bater bem na testa de Ira Petróvna.

— Foi mal! — gritou Iurka.

Esperando uma bronca de Ira Petróvna, ele tomou cuidado ao dar um novo golpe, mas a monitora só deu uma piscadela alegre para ele e virou as costas.

Desde o episódio no quarto de Volódia, Ira estava evitando Iurka e, quando acontecia de os dois estarem juntos e precisarem fazer alguma coisa, ela ficava quieta feito um ratinho. É lógico que Iurka não tinha intenção de contar para ninguém o que tinha visto, mas a julgar pelo comportamento angelical da monitora, Ira achava que ele era o tipo de pessoa que faria chantagens e intrigas.

Iurka bufou. *Quem ela pensa que sou?*, pensou ele. No fim das contas, a situação não ficou nada má para o lado dele: a monitora tinha parado de culpá-lo e responsabilizá-lo por tudo o tempo todo, então a paz reinava entre os dois — uma paz frágil e meio esquisita, é verdade, mas ainda assim paz. Não dava para dizer o mesmo da relação de Ira com Volódia.

Quando Iurka lembrou disso, sua memória trouxe, com todas as cores, aquela cena desagradável no teatro: Irina, com o rosto pálido, as mãos trêmulas e lágrimas de raiva nos olhos, e Volódia à frente dele, de cara fechada.

É, Volódia, a Ira Petróvna não vai perdoar, não mesmo, pensou Iurka, com pena, e na mesma hora bufou, irritado: outra vez pensando em Volódia.

Era Volódia em todo lugar, até onde não estava. Naquele momento, o monitor devia estar ocupado com os atores na sala de cinema, mas era como se Iurka visse sua figura tremulando por entre os arbustos.

O jogo continuava. Iurka batia na peteca com a raquete de um jeito que parecia que não queria acertar o alvo, e sim cortar os raios de sol. O raios de sol permaneceram sãos e salvos, mas Iurka, desgrenhado e suado, acertou fatalmente alguns mosquitos.

O time dele estava na frente. Vanka e Mikha mal se moviam, enquanto Iurka pulava ensandecido. Antes de acertar o golpe da vitória na peteca, capaz de atingir outra vez a testa de Ira Petróvna, ele se virou e viu Volódia de novo entre os arbustos.

Mas, dessa vez, era realmente Volódia. Pensativo, com um sorriso tímido nos lábios, o monitor se aproximou das grades da quadra e parou a um metro da entrada, em dúvida se entrava. Em vez disso, deu a volta por fora, por trás de Iurka, e ficou parado na grade com os dedos encaixados nos losangos metálicos.

— Iur, por que você não foi pro ensaio? — perguntou em voz baixa, mas Iurka escutou.

Sem olhar, Iurka acertou a peteca e chegou bem perto da grade, olhando com ar desafiador para Volódia.

— O que eu vou fazer lá? Não tenho nem papel.

— Como assim o que vai fazer? — Volódia olhou para ele com uma expressão triste, mas então balançou a cabeça, se recompôs e explicou com o tom professoral de sempre: — Olga Leonídovna mandou que você aparecesse em todos os ensaios, mesmo que não tenha papel. Você me ajuda, e eu tenho que dar satisfação de você.

— Pode dar quanta satisfação quiser, o que tenho a ver?

— Já quer ir pra casa? Você sabe que te mandam embora num piscar de olhos.

— Vão me expulsar por quê? Estou jogando com a minha tropa, com a minha monitora. A Ira Petróvna está bem ali, ela pode confirmar.

Depois de esperar uma resposta que não veio, Iurka bateu a raquete na ponta do tênis, olhando para os lados, e em seguida rumou até o banco para pegar um copo d'água. Volódia foi atrás dele.

— Você tá bravo comigo — ele comentou, e baixou os olhos com ar culpado.

— Essa é boa! — exclamou Iurka, bufando. — Não estou bravo. Só entendi que não posso conversar com você sobre alguns assuntos.

— Não é verdade! Pode conversar sobre o que quiser!

— Até parece!

Iurka virou as costas e começou a beber a água.

— O que foi? Eu… Sabe de uma coisa, Iur? — Volódia passou a mão pela grade, que tiniu de leve. — Eu também já vi umas revistas daquelas.

— Ah, é? E onde você arranjou?

Iurka se virou e ficou olhando para ele, desconfiado.

— Eu estudo no MGIMO, tem um pessoal lá que é filho de diplomata, aí às vezes eles arranjam umas coisas assim…

— Onde é que você estuda? — Iurka quase berrou. — Na *MGIMO*?

Aquela era a sigla do melhor instituto de relações internacionais da União Soviética, em Moscou.

— É. Mas nenhuma palavra sobre essas revistas, por favor, estou pedindo. É algo muito sério. Se surgir qualquer boato, por mais bobo que seja, posso ser expulso.

— Ah, que conversa fiada!

— Conversa fiada, nada. Pegaram um cara do primeiro ano com uma revista dessas. Não passou um mês e deram um jeito nele.

— Bom, se é tão fácil de sair, como você entrou? Tem algum esquema?

— Como assim? Você acha que eu não conseguiria passar?

— Não é só questão de capacidade intelectual, tem muita coisa envolvida: a concorrência é grande e tem que ser "ideológico" pra caramba. Tem que juntar um monte de permissões: do conselho da Komsomol escolar, do comitê da Komsomol do bairro, do comitê do Partido do bairro, ir em todas as reuniões…

Enquanto o ouvia, Volódia assentia, e Iurka continuava a listar, contando nos dedos, tudo que era necessário, de que organizações se tornar membro, quantas vezes comparecer nas reuniões, aonde ir. De repente, encerrou: quem, além de Volódia, conseguiria entrar na MGIMO?

— Bom… Pra dizer a verdade, me aceitaram por pouco. — Ele sorriu, com humildade. — O comitê médico quase me barrou, por causa dos óculos, óbvio. Aí eu precisei brigar: se tinham me aceitado no alistamento do exército, se eu era apto a entrar no exército, como não iam me aceitar na faculdade? Enfim, é uma história comprida e chata.

— E como é estudar lá? Difícil?

— Não dá pra dizer que é fácil, mas é bem interessante. Eu me reúno com o pessoal quase todo dia na moradia estudantil, eles organizam uns encontros muito bacanas.

— Ficam tomando chá? — Iurka retrucou, para deixar claro que ainda estava irritado, e amarrou a cara.

— Tem de tudo — respondeu Volódia, baixinho.

— Até depravação?

Iurka estreitou os olhos, desconfiado.

— Como assim?! A gente é da Komsomol! — Volódia fez uma cara séria, mas logo sorriu. — Tá bom, é brincadeira. Tem de tudo: jogo de cartas, garotas, vinho, publicações independentes.

— Não, peraí, vinho? Tem até bebida alcoólica? — Iurka também abaixou o tom de voz. — Onde vocês arranjam? Quando a nossa vizinha casou, nem vodca conseguiram encontrar, só beberam o que meu pai arranjou no trabalho.

— Eu é que chamo assim, "vinho" — explicou Volódia. — É um colega do meu curso que traz. Ele mora praticamente no interior, longe da cidade, e na casa dele fazem um samogon muito bom. É proibido, né? Tem gente que diz que tem gosto de conhaque, mas pra mim tem gosto de vinho. Essa lei seca tinha que acabar logo. Fico com medo pelo Micha, é arriscado.

O ressentimento de Iurka desapareceu de vez, tão depressa que parecia até que não houvera nenhum desacordo, nenhum motivo para discussão. Em um minuto, os dois estavam de volta à rotina de sempre, conversando sobre tudo, na mesma dinâmica de costume: Iurka, despenteado e interessado, e Volódia, asseado e um pouquinho arrogante. Só tinha uma coisa de diferente: a grade alta entre os dois, que subia quase até o céu.

— Vamos pro ensaio, Iur? Depois eu conto tudo que você quiser saber — Volódia sugeriu. O rosto dele tinha se iluminado, e as rugas na testa, desaparecido. — Só comunique a Irina que está indo comigo.

Iurka assentiu. Correu até Ira, pediu permissão, olhando de rabo de olho para o treinador que rondava por ali, deixou a raquete em um banco e saiu da quadra.

— Quer dizer que você largou todo mundo e veio me procurar? — perguntou, enquanto atravessavam a praça principal rumo à pista de dança.

— Deixei a Macha tomando conta. Ela é ótima, lógico, mas não consegue dirigir um ensaio, e a gente tem que trabalhar dobrado hoje. Amanhã não tem ensaio.

— Pois é. Amanhã tem rouba-bandeira.

Iurka ficou frustrado.

Isso significava que o dois não conseguiriam ficar juntos por conta dos preparativos para o jogo: depois do ensaio, Iurka estaria ocupado costurando dragonas azuis nos ombros do uniforme — se você perdesse uma, estava ferido, e se perdesse as duas, era eliminado do jogo. À noite, a tropa um tinha planejado rever as formações e as canções do grupo, e no dia seguinte, tanto os funcionários quanto as tropas estariam, desde cedo até a noitinha, completamente mergulhados no grande jogo. No fim, Iurka tinha recusado o papel de espião do quartel à toa.

7

Confusão matinal

A MOLDURA VAZIA DA JANELA, sem um único vidro, fez um rangido tão alto e arrastado que Iura se assustou. A chuva tinha parado havia um tempo, mas umas raras gotinhas ainda caíam do telhado e faziam barulho ao atingir os destroços do calçamento, farfalhavam na grama e tilintavam quando acertavam os cacos no chão. As rajadas de vento espalhavam esses sons por todo o parquinho de dentes-de-leão. Parecia que a natureza imitava a vida, preenchendo o vazio, fingindo que ele não existia. Iura queria acreditar, mas não conseguia. Havia mais do que vazio ali, havia morte. Principalmente para alguém como ele, que tinha presenciado quão brilhante, alegre e agitada era a vida da tropa cinco. Agora, tudo que restava eram os buracos onde antes ficavam as janelas do dormitório dos meninos, à direita, e uma fresta escura e estreita no minúsculo dormitório dos monitores, à esquerda. Certa vez, aquele fora o quarto de Volódia, houve um tempo em que ele adormecia e despertava ali, mas — Iura sorriu — nunca conseguiu dormir bem.

Ele tinha lembranças vívidas de como sonhava entrar no quarto de Volódia. Uma vez, até espiou ali dentro, escondido, mas nunca foi convidado a entrar de verdade.

E por quê? Se não tivera a chance antes, podia fazer isso agora, já que Volódia não era mais o dono do quarto.

Sem conseguir tirar os olhos daquelas janelas, Iura levantou do gira-gira. Ia visitar daquele quarto sem dono.

Ponderando se conseguiria pular o buraco no piso do terraço, Iura logo chegou bem perto da entrada. Ao se perguntar se devia se segurar nas tábuas deterioradas, chegou à conclusão de que não, a madeira podre não ia aguentar, então soltou um suspiro desanimado.

Mesmo que conseguisse entrar no buraco, depois não conseguiria sair: era bastante fundo, e Iura não tinha nada à mão para ajudar, exceto a pá, com a qual não teria como se virar. Mas decidiu que, se depois de tantos anos tinha se obrigado a ir até o Andorinha, era seu dever dar um jeito de entrar no quarto dos monitores. Talvez Volódia tivesse deixado alguma recordação sua lá: algum desenho engraçado no papel de parede, alguma palavra entalhada na escrivaninha, alguma goma de mascar grudada na cabeceira, um papelzinho de bombom na gaveta da cômoda, talvez algum fiapo no guarda-roupa... alguma coisa tinha que ter ficado para trás. Só que Volódia não desenhava nas paredes, não arranhava os móveis nem mascava chiclete. Mesmo assim, Iura queria muito acreditar que Volódia tinha adivinhado que ele voltaria.

Ao virar à esquerda, Iura passou pelos canteiros pisoteados junto às janelas.

O alojamento da tropa cinco havia sido erguido sobre um alicerce amplo, como se estivesse em um pódio. A estrutura do edifício, de madeira verde, estava à mostra, formando um degrau estreito. Iura pisou com as solas de borracha na madeira úmida, quase sem se equilibrar, e espiou pela janela quebrada. O quarto, estreito e escuro, parecia ainda menor, mas a disposição das coisas e a mobília não haviam mudado: uma escrivaninha, encostada na parede mais distante, a porta à direita da mesa, um guarda-roupa à esquerda, duas cômodas pequenas e simples, e duas camas lado a lado de frente para a janela. A de Volódia era a da direita. Iura sentiu uma vontade imensa de sentar ali. De descobrir se era macia ou dura, se rangia ou não, se era confortável.

Com medo de se machucar no vidro espalhado pelo peitoril e se repreendendo por não ter pensado em pegar as luvas, Iura afastou os cacos do jeito que deu e, se segurando numa arvorezinha, tomou impulso e entrou pela janela.

Sem dar atenção às poças no chão, à poeira e à sujeira, ficou de joelhos e abriu a cômoda de Volódia. Na única prateleira, havia apenas uma revista, enrugada de umidade, *A Camponesa* (edição de maio de 1992), obviamente esquecida por alguma monitora. Embaixo, havia um livro. Ao ler o título, Iurka abriu um sorriso: *Teoria e metodo-*

logia para o trabalho com pioneiros — aquilo, sim, parecia coisa do Volódia. E nada mais.

Iura desviou o olhar para a cama. Era de metal, estreita, mais uma maca do que uma cama, com os pés grudados no chão. Pela camada de sujeira nos parafusos, Iurka imaginou que nunca deveria ter sido trocada. Pelo jeito, aquela era mesmo a cama de Volódia. O estrado reforçado rangia, cedia e estava enferrujado.

Quando ele dormia aqui, não devia estar enferrujado ainda, óbvio. Imagina só, ele dormia aqui!

Iura sorriu e passou a mão pelo estrado, que rangeu, destacando o silêncio que reinava no cômodo. Aliás, não apenas o silêncio como o vazio. Além da mobília, não havia nada no quarto: nem cortinas, nem peças de roupas, nem livros, nem folhas de papel, nem uma lasca arrancada do papel de parede, nenhum cartaz, mas Iura lembrava que havia um pôster da Machina Vriémeni acima da cabeceira, porque Volódia gostava dessa banda. Não havia sequer lixo, apenas poeira, água, poças barrentas e, perto da janela, cacos de vidro. Iura foi até o outro canto do quarto e se aproximou do único item de mobília que ainda não havia investigado: o guarda-roupa. Pensou que ficaria contente se encontrasse qualquer coisa. Pelo menos isso daria a ilusão de que Iura não tinha ido até ali à toa, que não pulara a janela em ruínas para nada, como um menino sentimental, como um completo idiota.

Por que tinha pulado a janela? Por que tinha voltado lá, para começo de conversa? E já que estava ali, por que ficar vagando pelo acampamento, perdendo tempo, em vez de ir direto para onde pretendia ir? Por que não ir logo atrás do que tinha ido buscar? Não tinha conseguido conter a vontade de dar uma olhada no quarto de Volódia e, já ali dentro, não podia simplesmente ir embora.

Ao escancarar as portas do guarda-roupa, Iura ficou boquiaberto: havia um monte de roupas amarrotadas. Sentiu o coração apertar quando encontrou, no fundo, entre os vários casacos e blazers velhos, algumas fardas marrons com dragonas pretas, nas quais sobressaíam as letras E. S., costuradas com linha branca. Suas mãos tremiam ao tirar do meio daqueles trapos a única farda com botões brilhantes.

Eles usavam uniforme militar no rouba-bandeira. Os monitores usavam fardas, e as crianças, camisas de soldado. Aquela farda, com os botões brilhantes, era de monitor, só que menor. Era muito grande para um pioneiro, mas pequena demais para um comunista, então só poderia ser para alguém da Komsomol.

O cinismo, o ceticismo e a autoironia desapareceram em um piscar de olhos e foram para algum lugar distante, muito além das cercas caídas do acampamento. A idade de Iura, o que ele havia conquistado, seu talento, sua inteligência, se tinha ou não o direito de ser ridículo... tudo isso já não importava havia muito, muito tempo. Ali, no acampamento da sua infância, Iura podia ser o mesmo de antes: não mais um pioneiro, mas também não um membro da Komsomol — por mais engraçado que fosse, isso ainda era verdade. Com uma única diferença: antes, ele achava que aquela indefinição era importante, mas, agora, a única coisa que importava era aquele trapo velho marrom em suas mãos. E a lembrança daquela pessoa em cujos ombros se destacavam as dragonas com a inscrição E. S., e em cujo peito brilhavam os botões dourados.

— Saudações, pioneiros, vocês estão ouvindo "A alvorada pioneira" — anunciavam nos alto-falantes enquanto Iurka escovava os dentes. — Estejam prontos para o rouba-bandeira quando tocar o sinal depois do café da manhã! As tropas vão se reunir na praça principal...

Aquela manhã começou com a ginástica de sempre, da qual Iurka não gostava nem um pouco: nem o deixavam acordar direito e já o mandavam fazer exercício. Dessa vez, ele até tinha chegado no horário, o que o deixou duas vezes mais bravo, porque teve que esperar Ira Petróvna com o restante da tropa, embora a maioria dos monitores já estivesse presente. Incluindo Volódia com seus pequeninos. Iurka queria cumprimentá-lo, mas achou melhor não: o monitor estava ocupado. Parado de costas para ele, Volódia mostrava às crianças como fazer os exercícios com diligência e cuidado. Aqueceram o pescoço e os ombros, depois os cotovelos e as articulações, giraram os braços para cima e para baixo, depois para os lados. Enquanto ouvia sem prestar muita atenção as meninas papearem sobre o baile da noite anterior, Iurka acompanhava Volódia e seus comandos:

— Pernas na largura dos ombros! Vamos completar o aquecimento do torso. Inclinando pra frente e esticando as mãos até o chão. —

Volódia executava os próprios comandos. — Sânia! Não tão rápido, assim você vai se machucar!

Iurka riu consigo mesmo. *O que será que o Sânia tá fazendo?*, ele se perguntou, mas nem se deu ao trabalho de procurar o garoto. Diante dos seus olhos, um evento muito mais interessante se descortinava: Volódia, lenta e graciosamente, se abaixava para frente e tocava o chão, não com os dedos, mas com as palmas das mãos. A camiseta deslizou pelo corpo dele, revelando a lombar, enquanto o short esportivo ia ficando colado às pernas, às coxas torneadas e à região macia e redonda que fica logo acima delas.

Os pensamentos de Iurka se fragmentaram em interjeições, em seguida se recompuseram em palavras e frases e, em questão de segundos, passaram de *Nossa, como ele é flexível* para *Quem é que deixa ele andar com esse short, tem criança aqui e... meninas!*

Volódia se ergueu e começou a agachar de novo. O caos na cabeça de Iurka deu lugar a um silêncio ensurdecedor, e seu corpo entrou em estado de torpor. Ele não conseguia desviar os olhos. Só depois de vários segundos é que voltou a si e se deu conta de que estava, havia mais de um minuto, curvado na posição de alongamento, encarando descaradamente o tecido vermelho repuxado sobre a bunda de Volódia.

Era como se seu corpo tivesse saído de um banho de água fervendo; o sangue afluía para o rosto e até brotaram umas gotas de suor na testa — e não era de calor, ainda era cedo e estava fresco ali fora.

O que é que você tá olhando, cara?

Iurka se sentiu esquisito com a situação toda: pela posição em que estava, por ter ficado vermelho, por ter encarado Volódia e depois pela reação incompreensível que teve, um espasmo suave e agradável. Não, na verdade a reação era totalmente compreensível, Iurka já tinha sentido aquilo mais de uma vez. O que não dava para entender era por que em relação a Volódia? Por que não em relação às meninas? Sim, porque elas, mais bonitas, esbeltas e bem mais interessantes que Volódia também estavam se alongando — e não pouco. Mas se as meninas eram "mais interessantes" do que Volódia, por que Iurka olhava justamente para ele? Talvez fosse tudo culpa do horário, ainda era muito cedo, e Iurka não tinha despertado direito.

Ninguém devia ter prestado atenção — a coisa toda não durou muito tempo —, mas depois das conversas na véspera a respeito das revistas e das perguntas sinceras e disparatadas, Iurka ficou muito envergonhado. Por sorte, Jênia chegou na praça para distraí-lo daquela sensação horrível e impedir mais repreensões mentais.

— Bom dia, pioneiros! Vamos começar a ginástica! — exclamou o treinador.

Iurka estava tão confuso com o que tinha acontecido na ginástica que, por mais de uma hora, não conseguiu voltar ao normal. Era como se tivesse ido tomar café da manhã em meio a uma neblina densa. Em seguida, voltou para o alojamento, se arrumou para a assembleia solene, vestiu o uniforme para o rouba-bandeira e amarrou o lenço no pescoço.

Olhou para o relógio na parede: estava atrasado. Todos já tinham saído do alojamento, e do lado de fora ouviam-se os sons distantes das filas se formando, além da voz de Olga Leonídovna amplificada nos alto-falantes. Enquanto isso, Iurka estava ali sozinho, diante do espelho, e não conseguia por nada no mundo fazer um nó decente naquele trapo vermelho. Começou a perder a paciência.

— Por que você não tá na assembleia?

A voz de Volódia interrompeu de forma tão inesperada o silêncio do quarto que Iurka levou um susto. Por dentro, era como se um raio o tivesse atingido: não esperava ver Volódia ali, naquele momento.

— Eu... Eu já vou. E você tá fazendo o que aqui?

— A Lena levou a crianças pra assembleia, não te vi na praça e vim te procurar. A minha tropa vai ficar no quartel, você fica com a gente?

Iurka nem se virou para o monitor — não queria olhá-lo nos olhos —, apenas observou de esguelha o queixo de Volódia pelo reflexo no espelho e, quando se deu conta de que não o veria o dia todo, foi como se tirassem um peso enorme dos seus ombros. Ainda bem que ele tinha escapado de Aliocha Matvéiev no dia anterior e se negado a ficar no quartel.

— Iura, alô! Por que não diz nada? Aconteceu alguma coisa?

Irritado, Iurka cruzou as pontas do lenço e largou-as soltas. Virou-se para Volódia e, tentando não olhar em seu rosto, disse, meio de lado:

— Acordei com o pé esquerdo, pelo jeito. E ainda tô atrasado. Pode ir, depois eu te alcanço.

Naquele momento, queria, mais que tudo no mundo, que Volódia fosse embora de uma vez.

Mas o monitor fez o contrário: se aproximou com um sorriso condescendente e soltou uma risadinha.

— Não acredito, Iur. Você já passou toda a fase de pioneiro, é um cara quase adulto, e não sabe amarrar o lenço? — perguntou ele e, estendendo as mãos, começou a amarrar o lenço.

— Não prec...

Iurka engasgou com as próprias palavras. Sentiu a garganta secar e uma nova onda de calor.

Volódia deu o nó com tanta destreza que parecia que não fazia outra coisa da vida além de amarrar lenços de pioneiros. Enrola aqui, passa por aqui, amarra e pronto! Ajeitando ligeiramente sua obra-prima na gola de Iurka, o monitor roçou o pescoço do colega. Foi um toque acidental, de poucos segundos, mas para Iurka foi como se uma corrente elétrica o atravessasse.

— Vou ter que te ensinar a amarrar o lenço — decidiu Volódia.

— Quê?

Iurka tinha escutado, mas por conta do chiado que ouvia, achava que não havia entendido direito.

Volódia suspirou.

— Vou te ensinar uma coisa feia.

Volódia deu uma piscadela marota.

— Hã?!

Iurka arqueou as sobrancelhas, chocado.

— "Me ensina uma coisa feia. Ensina, vai!", é daquele seriado, sabe? Do *Eralach, o menino bagunceiro*.

Iurka fechou a cara. Estava com o coração disparado, prestes a ter um piripaque, e Volódia inventava de fazer piada com seriado de televisão?

— Bom, e aí? Vai comigo pro quartel? — repetiu ele, como se não se desse conta do que acontecia com Iurka.

— Não, vou com a minha tropa pra floresta. Na última reunião decidimos que eu ia ser o explorador.

— Ah, tá bom, então...

O brilho nos olhos de Volódia desapareceu, e ele ficou cabisbaixo. Iurka sentiu um peso na consciência.

— É que eu prometi — se justificou.

Na verdade, não tinha prometido nada a ninguém. Só pretendia pedir para ser o explorador... Por que estava mentindo? Outra vez! E para quem? Para Volódia!

Não havia tempo para repensar: Iurka não ouvia mais o microfone na praça e tocaram o sinal chamando os pioneiros para se organizarem e seguirem até o local do rouba-bandeira.

— Certo... Vamos. — Volódia se dirigiu à saída do alojamento e acenou para Iurka. — Pode ser que a gente se veja à tarde, as minhas crianças também estão pedindo pra ir na floresta, mas eu e a Lena ainda não pensamos em como organizar.

— Entendi — Iurka disse apenas, e correu para a praça, onde as fileiras de pioneiros se dividiam em duas equipes, a azul e a amarela, cada uma em um território, sob o comando dos treinadores e dos monitores.

Mas, mesmo depois de fugir da companhia de Volódia, Iurka não conseguia fugir dos próprios pensamentos. Não conseguia parar de pensar em tudo que acontecera, nas reações que havia tido. Não conseguia não pensar em Volódia. Mesmo que Iurka tivesse escapado daquele constrangimento matinal, acabava pensando em coisas que, de um jeito ou de outro, tinham a ver com Volódia. Por exemplo: como será que o monitor estava se virando com os pequenos no quartel do time azul? Ele ainda tinha prometido ir encontrá-lo nas barracas de acampamento, com as crianças. E depois Iurka lembrava da discussão do dia anterior, da conversa que haviam tido. Volódia parecia tão culpado nas grades da quadra de tênis, tão sincero que Iurka até se arrependia! Como havia tido coragem de duvidar do monitor? De chamá-lo de mentiroso — mesmo que só em pensamento — e não acreditar na sua amizade?

Pensar em amizade fazia com que Iurka lembrasse também do que havia acontecido na ginástica e, depois, no alojamento. Amizade sincera... E Iurka estava sendo sincero, por acaso? Se sim, por que tinha ficado tão nervoso com um toque acidental?

A verdade era que Iurka não queria reconhecer de jeito nenhum que o que sentira não tinha sido nem de longe um susto.

Esses pensamentos tomaram conta de sua cabeça durante todo o rouba-bandeira — o evento mais interessante da temporada, um dos mais esperados entre os pioneiros. Todo o dia se resumiu apenas a flashes.

Ele tentou se concentrar, mas não conseguiu. Ficou com raiva.

Por que ficar pensando em coisas que não têm importância? Reage!, pensava, mas, no mesmo instante, se corrigia: *Como assim "sem importância"? Volódia não tem importância? Claro que tem, ele é muito... muito...*

Mas Iurka não conseguia encontrar a definição exata do que Volódia era "muito".

Ira Petróvna permitiu que Iurka fosse o explorador e até ficou contente com sua disposição, pois tinha certeza de que ele descobriria todas as posições da equipe amarela. A equipe se espalhou pelo território designado. Com a companhia de Vanka e Mikha, Iurka começou a montar a barraca, quando de repente ficou aturdido como uma péssima notícia: Macha pedira para ser exploradora com ele. E havia insistido com Ira, choramingando e retorcendo as mãos. A monitora não queria deixar os dois sozinhos, mas acabou cedendo e liberando Macha. Abotoando a camisa de soldado, Iurka olhava de esguelha para sua equipe e se fazia uma única pergunta: *por que* Macha queria ser dupla dele?

Os motivos logo ficaram claros. Quando se encontravam no meio da floresta, onde poderiam farejar espiões inimigos e soldados, Macha, depois de hesitar por alguns minutos, perguntou timidamente:

— Iur... Você e o Volódia são amigos?

Iurka revirou os olhos e estalou a língua: bom, era óbvio. Para que ele servia para as meninas? Para exercer a função de megafone, pelo visto, e ficar matraqueando sobre o monitor da tropa cinco.

— Iur, por que ele não vai na discoteca?

De início, Iurka tentou ignorá-la. Decidiu que, se ficasse ostensivamente calado e não respondesse as perguntas, ela iria entender... E Macha, talvez, até tivesse entendido. Só não sossegou.

— Mas, Iur, eu não tô pedindo pra você fazer nada nem... Ah, só me fala: ele tem namorada, não tem?

Depois de uma dezena de perguntas que começaram a se repetir feito um disco riscado, Iurka começou a ficar bravo.

— Iur, ele gosta da Polina? Com certeza ele te conta essas coisas... No último ensaio ele olhou de um jeito pra ela que...

— De que "jeito"? — Iurka perdeu a linha. — Ele não olha pra ninguém de jeito nenhum! Ele veio aqui pra trabalhar!

Surpresa, Macha estacou e ficou encarando Iurka. Ele fez um sinal com a cabeça para que ela continuasse andando e acrescentou baixinho:

— Mach, você tá numa exploração, entende? Se encontram a gente e levam como prisioneiro ou matam, o time azul vai perder um monte de pontos!

Então ela ficou quieta. Por uns vinte minutos.

— Iur... Ele fala alguma coisa de mim?

Iurka sentiu um arrepio de irritação.

— Ai, Iur... Por que é tão difícil de falar? Sabe, eu só... — Ela ficou vermelha e chegou mais perto, segurando Iurka pela manga. — É que o Volódia, sabe... Eu gosto dele... mas ele é um cara que não dá pra entender. É como se não notasse ninguém ao redor, como se ninguém despertasse o interesse dele... Por isso você é minha única esperança de me aproximar dele...

— Se aproximar? Macha, nem inventa de me meter nas suas histórias. Já estou de saco cheio de você sem isso. Chega.

— Mas, Iur, estou pedindo muito? É só perguntar de mim pra ele. Não custa nada fazer isso. Vocês dois vivem juntos. À noite, por exemplo, ou então de dia, na hora do descanso, você pergunta pra ele... pergunta se...

— Espera aí! — interrompeu Iurka e parou de andar. — Como é que você sabe que eu encontro com ele na hora do descanso?

— Segredo! Eu sei tudo. E sei que você vai encontrar ele à noite também.

— E a senhorita fica zanzando por onde à noite? E com quem?

Macha ficou de boca aberta.

— Eu? "Zanzando"? Quem fica zanzando é você! E não é da sua conta!

— É da minha conta, sim! Porque a Ira estava pensando que a gente estava junto. E ainda por cima ela e Volódia brigaram por causa disso, então os seus passeiozinhos também são problema meu agora. Por que a Ira pensou isso? Onde e com quem você fica zanzando? E o que eu tenho a ver com isso?

— Como é que eu vou saber? Pergunta pra Irina. E pergunta de mim, também. Só que não pra ela, pro Volódia... É que eu mesma não posso fazer isso: em primeiro lugar, é deselegante, o que ele vai pensar de mim? Em segundo lugar, não tenho chance nem de conversar com ele. Você tá por perto o tempo inteiro. Me ajuda, vai? Posso te dar alguma coisa em troca. Deixo você tocar o piano, pode ser? Não o espetáculo inteiro, mas alguma peça de música. Não a "Sonata", lógico, alguma coisa mais simples...

Iurka estava extremamente irritado com aquelas perguntas todas. Mas poderia ter mantido o controle, não fosse aquela última observação.

— "Mais simples"? — repetiu ele. — Mais simples?! Eu ouvi direito ou você tá se achando melhor do que eu?

— Tá maluco? Claro que não, eu só...

— Vai sonhando! Você se acha melhor não só do que eu, mas do que todo mundo. Pensa que você é a única que merece o Volódia? Acha que é o centro da terra? Que só falta o Volódia se apaixonar por você?

— Eu não me acho melhor que ninguém! — Macha começou a ficar brava. — Mas por que ele não poderia se apaixonar por mim? Olha em volta! De quem mais ele iria gostar? — Ela deu uma risadinha debochada. — De você?

Iurka revirou os olhos e, de tanta irritação, bateu a mão na testa.

— Você falou da Polina, por exemplo.

— Ah, então significa que...

— Não sei! E aliás, de onde você tirou que ele...

Iurka tinha ficado tão bravo e perdido tanto as estribeiras que não notara as lágrimas brotando nos olhos de Macha. No entanto, notou um pontinho amarelo avançando entre os arbustos atrás dela: era a equipe inimiga.

— Se esconde! — ele sussurrou, e deu no pé.

Os exploradores da outra equipe passaram por ali, Vaska Petlítsyn entre eles. Os inimigos não viram os dois escondidos. Iurka conseguiu determinar o caminho para a base deles seguindo a trilha de grama pisoteada que haviam deixado e continuou andando.

Macha, fazendo questão de deixar claro que estava emburrada, caminhava em silêncio. Agradecido, Iurka os guiou até o acampamento do inimigo em vinte minutos.

A equipe amarela tinha montado acampamento onde a floresta mais densa dava lugar à floresta de coníferas. O arenito sob as barracas estava coberto de pinhas e ramos agulhados, e o ar cheirava a resina. Iurka se embrenhou nos arbustos e começou a espiar os inimigos de longe. Mas não reparou em nada especialmente interessante: era igualzinho ao que estava acontecendo na equipe dele. Umas duas meninas preparavam a fogueira, e Petlítsyn e um companheiro tinham atravessado o acampamento pelo meio e, pelo jeito, se encaminhavam para a barraca do comandante. O outro treinador, Semion, exigia que o time amarelo se comportasse como atletas: saltos, agachamentos, flexões e alongamentos. A maioria da equipe estava do outro lado, ao redor da bandeira amarela.

Iurka ficou no esconderijo mais um pouco: marcou no mapa a localização do inimigo em relação à própria base e, confirmando com a bússola, traçou a rota. Agora, ele e Macha só precisavam voltar ao acampamento sãos e salvos para passar as informações à comandante Ira e dar início ao ataque.

Ele se sentia um limão espremido. Um limão sujo, velho e exausto! De alguma forma, conseguiu chegar até a base, mas se deparou três vezes com soldados inimigos, cujos cochichos alertaram a ele e Macha que todos os demais exploradores da equipe azul tinham sido neutralizados. Quando entendeu que os dois estavam sozinhos e que tudo dependida deles, Iurka ficou assustado de verdade. Mas o medo de que o pegassem e impedissem o ataque era um medo "bom", racional. E isso, por um tempo, fez desaparecer aquele outro medo — "ruim", irracional, profundo e vergonhoso — e a desconfiança de Iurka de que havia alguma coisa de errado com ele.

Quando chegaram ao acampamento e deram as informações para Ira Petróvna, a monitora, com ares de importância, ficou andando em círculos, ostentando as dragonas de capitã no uniforme militar, e dividiu os soldados em três grupos: o primeiro tinha que ficar no acampamento para cuidar da bandeira azul, o segundo, sob seu comando, iria direto para base inimiga, e o terceiro, sob comando de Jênia, iria à base pela retaguarda, ou seja, dando a volta por trás. Para imensa alegria de Iurka, Ira levou Macha consigo e deixou-o com Jênia. O caminho foi longo e entediante, em meio à floresta interminável, os uniformes dos companheiros de equipe, os cochichos e a preocupação de que, por conta do barulho feito por uma dezena de jovens, eles fossem localizados e apanhados. Mas o destacamento, no fim das contas, chegou ileso e teve que ficar esperando a emboscada, enquanto a outra metade da equipe não aparecia na linha de frente. Jênia deitou sob um arbusto ao lado de Iurka e murmurou, muito atento:

— Os amarelos não estão esperando um ataque pela retaguarda, ou seja, estamos na vantagem. Vamos pegar a bandeira antes da Irina.

Iurka riu por dentro, pois queria acrescentar: "Depois largamos a bandeira aos pés dela".

Assim que receberam o primeiro sinal da chegada do restante da equipe, todo mundo atacou de uma só vez. O problema era que aquilo não parecia um ataque organizado, e sim uma briga de crianças. Foram todos se empurrando, virando um amontoado de gente. Iurka, rodando no centro da multidão, como se estivesse numa centrífuga, uma hora vindo à tona para em seguida submergir na confusão outra vez, conseguiu arrancar as dragonas de duas pessoas. Deixou um ferido: Mitka, cuja dragona esquerda ficou intacta, e Petlítsyn, que ele abateu: tirou as duas de uma vez.

Quando, depois de muitas preces de Irina e graças às mãos de Vanka, a bandeira amarela foi capturada, a equipe azul entrou em formação e tomou o rumo de casa, entoando canções de guerra. Ira irradiava alegria. Jênia, decepcionado porque havia sido um soldado de Irina e não um seu que capturara a bandeira, se arrastava pelos cantos e xingava baixinho. Iurka gargalhava e cantava com os outros:

Cante a nossa canção como antes
Que eu vou te acompanhando
Somos jovens de novo e prontos já estamos
Para juntos lutar e seguir lutando!

Alegria é alegria, mas as pernas fraquejavam de cansaço. A vontade era de paz e silêncio. De volta ao acampamento, tomado por gritos de comemoração, Iurka jantou o mais rápido possível e se escondeu do barulho na barraca, onde se estirou numa esteira horrorosa.

Ele fechou o saco de dormir até a cabeça na tentativa de tirar um cochilo, mas o sono não vinha, porque não eram os ruídos do lado de fora que o atrapalhavam, e sim seus próprios pensamentos. Por mais que tentasse, era impossível não se perder neles. Se, durante o dia, ocupado com as tarefas da equipe, havia dado um jeito de abafar os pensamentos, naquele momento, sozinho, não tinha mais jeito. Ele precisava juntar coragem e parar de se enganar: o que acontecera na hora da ginástica não podia ser uma simples confusão matinal. O interesse e o desejo de olhar para Volódia tinham se mostrado tão fortes e profundos que, só de lembrar, Iurka sentia cosquinhas no peito. O que era aquilo? Que coisa... Não era correto ficar olhando assim para as pessoas, ainda mais para Volódia... E era desconfortável admitir a verdade: ele não havia sentido a menor vontade de olhar para nenhum outro lugar. Iurka sentia nojo de si.

Ele sentou abruptamente. Abriu o saco de dormir, esfregou o rosto com as mãos e começou a coçar a cabeça com força. Não que estivesse com coceira, só queria arrancar de si todos aqueles pensamentos vergonhosos. Não precisava deles!

Anoitecia do lado de fora, e o acampamento ainda estava acordado: alguém dedilhava uma cantiga no violão ao longe. De todos os lados vinha o alarido de dezenas de vozes de pioneiros, e Iurka tinha a nítida impressão de estar ouvindo Sachka, o fanfarrãozinho, dando sua opinião a respeito da comida servida no jantar.

— Nem anoiteceu e você já está dormindo, soldado?

De início, Iurka achou que estava sonhando com a voz de Volódia. Mas ali estava o monitor, diante dele. Com uma farda igual à de Ira, mas com duas diferenças: os botões de Volódia brilhavam e as dragonas não eram de capitão. Iurka, completamente desnorteado — afinal os pensamentos a respeito de certos lugares ainda não tinham desaparecido por completo de sua cabeça —, tentou cumprimentá-lo normalmente, mas sua voz saiu nervosa.

— Saudações, camarada tenente!

— Primeiro tenente — corrigiu Volódia, sorrindo e dando uma voltinha para mostrar a farda por completo, com o dedo apontado para as estrelas.

— Ah, é verdade. — Iurka fingiu surpresa e deitou outra vez. — Tá vivo ainda?

— Por pouco. Imagina só, esqueci de pegar meu passe de entrada, fui pro quartel-general, e a minha própria tropa me barrou, exigindo que eu mostrasse o passe. Aí me agarraram pelas pernas e pelos braços e lá fui eu arrastado e levando pancadas nas costas. Eles não entendem que têm mãozinhas pequenas, mas sabem bater muito bem. Estou com o corpo todo doído. E os ombros também. Você não quer fazer uma massagem em mim, não?

— N-não... — gaguejou Iurka. — Não sei fazer.

— Que pena... — Volódia apertou os lábios e se esticou na esteira ao lado, dando um suspiro aliviado. — Que delíííícia...

Iurka continuou deitado, com medo de se mover. O ombro de Volódia, sob as ombreiras duras e as dragonas com a inscrição E. S. — Exército Soviético —, pressionava o seu. Ele não podia ignorar esse toque, não podia se afastar para interrompê-lo. Mas para Volódia, aparentemente, estava tudo mais do que bem. Ele se virou de lado e franziu o cenho ao olhar para Iurka, que desviou o olhar.

— O que é isso aqui...? — Volódia estendeu a mão para os cabelos arrepiados de Iurka, que recuou. Se fosse no dia anterior, Iurka jamais teria feito isso, mas depois do que acontecera de manhã, os toques de Volódia davam uma sensação de algo pontiagudo, pareciam atravessá-lo da cabeça aos pés, o deixavam assustado. — É grama? Por que tem grama no seu cabelo?

— E serragem na cabeça-ça... — completou Iurka, constrangido por citar uma canção do Ursinho Puff soviético. — Eu fui o explorador. Passei o dia zanzando na floresta.

Volódia olhou pra ele com tristeza.

— E eu passei o dia sendo puxado pelas crianças... Depois do almoço, parece que elas combinaram de reclamar: "Queremos ir com os grandes", "Queremos passar a noite nas barracas", blá-blá-blá. Fizeram birra, começaram a chorar. Lena por pouco não berrou com eles. — Volódia colocou os braços atrás da cabeça. — Oliéjka e Sânia encheram tanto a paciência que não tive outra saída a não ser trazer os dois pra cá.

Iurka tentava ouvi-lo, mas não estava se saindo muito bem. O sentido do que Volódia dizia se perdia no desejo de chegar mais perto dele... Iurka se afastou de repente e murmurou:

— A Ira estava falando que você trouxe poucas crianças. E o resto?

— Eu disse pra eles que só ia trazer quem trabalhasse direitinho no quartel.

— E foram muitos?

— Não, eu fiz uma seleção rigorosa... No fundo são os do clube de teatro. Alguns ficaram chateados, lógico, mas ou iam só alguns ou não ia ninguém. Não queria assumir a responsabilidade de trazer todo mundo. Bom, e a Lena prometeu levá-los pra sala de cinema à noite, passar alguns desenhos...

Iurka levantou e olhou de cima para Volódia: ali estava ele, relaxado, sem nenhum sinal de cansaço no rosto. Bom, claro que ele não tinha passado o dia correndo pelos arbustos e não tinha armado um ataque à base inimiga, mas, mesmo assim, lidar com crianças não era menos cansativo...

— Vamos pra fogueira? Vão contar umas histórias legais por lá.

— De terror outra vez? — Iurka resmungou, disfarçando com uma falsa irritação seu descontentamento consigo mesmo.

— Já encheu, né? — concordou Volódia. — Também acho. Mas não, não vão ser necessariamente de terror. E se pedirem, eu mesmo conto uma sobre a Dama de Espadas.

Volódia abriu um sorriso caloroso, e faíscas travessas dançavam em seus olhos, mas Iurka sentia uma profunda melancolia.

— Vamos — resmungou, e saiu feito uma bala da barraca.

Por causa daquela porcaria que havia acontecido de manhã, Iurka tinha a impressão de que havia alguma coisa por trás do comportamento de Volódia, como se ele não tivesse deitado por estar cansado nem mexido no cabelo do garoto por mera curiosidade. Mas era só impressão: Volódia não tinha como saber de nada, era impossível! Não tinha visto nada, e além disso Iurka tinha certeza de que nenhum pensamento impróprio jamais havia passado por aquela cabecinha honesta e límpida da Komsomol.

O monitor saiu logo atrás de Iurka e ficou olhando desconfiado para ele. Na mesma hora, Oliéjka e Sânia cercaram Volódia e o levaram para sentar no lugar que tinham reservado para o monitor. Enquanto isso, Iurka sentou afastado da fogueira, para continuar sozinho.

As crianças faziam tanto silêncio na hora que Ira Petróvna estava falando que a voz baixa da monitora chegava até Iurka.

— ... Os primeiros acampamentos pioneiros surgiram nos anos 1920 e eram no campo, ou seja, em vez de ficarem em alojamentos, os pioneiros ficavam em barracas. Vocês lembram do filme do acampamento que vimos? *O pássaro de bronze?* — As crianças fizeram que sim. Iurka sabia de cor. Era um clássico. Nikolai Kalínin, o diretor, fizera uma versão tão longa que costumavam passar como se fosse um seriado, em três capítulos. — Era daquele jeitinho que mostram lá. Claro, se eles conseguissem encontrar algum prédio que servisse como sede do acampamento, os pioneiros se instalavam ali. Mas por pouco tempo, como vocês devem saber, porque naquela época as grandes cidades eram poucas e a maioria das pessoas vivia no campo. Então, a principal tarefa dos pioneiros daquela época era ajudar os camponeses a cuidar das terras, ensinar as crianças a ler...

— ... para que elas aprendessem logo a escrever delações e recebessem autorização de ir para o acampamento Artek, nas praias da Crimeia, como prêmio — completou Iurka, irônico, mas ninguém o ouviu.

Ira Petróvna continuava:

— O principal evento nos acampamentos dos pioneiros eram as reuniões ao redor da fogueira, quando discutiam os resultados dos trabalhos do dia: quantos tinham aprendido a ler e a escrever, quantas pessoas tinham ajudado, o que tinham construído ou consertado. Também faziam planos para o dia seguinte. E faziam isso sozinhos, sem nenhum adulto! Decidiam quem merecia ser elogiado e quem merecia ser repreendido, e organizavam os projetos educacionais...

Iurka já estava de saco cheio da história dos acampamentos pioneiros: toda temporada Ira contava a mesma ladainha, porque sempre tinha alguém que não conhecida. Daquela vez, por exemplo, entre os ouvintes mais atentos estavam os meninos de Volódia, principalmente Oliéjka, tão absorto que estava de olhos arregalados e esquecera de fechar a boca. O restante ficava educadamente em silêncio, assim como Iurka. Ele sondava a escuridão da noite, ouvia a história entediante apenas para que o som abafasse uma voz interna que, outra vez, ia tomando conta dele.

De repente, houve um ruído não muito alto, mas nítido, bem às costas de Iurka, que ficou tenso. Será que era algum animal nos arbustos que cresciam a poucos metros do acampamento? Ao recordar que feras selvagens não vagavam por aquele território havia muitos anos, ele pensou que outro tipo de animal poderia estar planejando fazer uma incursão noturna por ali e, sem avisar ninguém, foi na ponta dos pés investigar.

O barulho baixo vinha da direita, onde Iurka examinava, confuso, a base do arbusto. A folhagem desbotada da estação anterior cobria o chão, farfalhante. Com o coração na mão, ele sentiu um arrepio na nuca. *E se for uma cobra?*, pensou, assustado, e o tempo pareceu parar. Devagar, se esforçando para não fazer nenhum movimento brusco, Iurka se afastou.

Iurka já tinha visto aqueles répteis incríveis mais de uma vez e sabia muito bem que não devia se aproximar deles em hipótese alguma. Sabia que, durante o dia, as serpentes, por terem sangue frio, gostavam de aquecer o corpo sob o sol, mas também sabia que junho era o mês de reprodução, ou seja, que elas preferiam ficar enroscadas, bem acomodadas nos ninhos. Em um lampejo, Iurka lembrou do que haviam dito nas aulas preparatórias para o serviço militar que tivera ainda na escola, e nas aulas de biologia: uma serpente é como um mecanismo de corda, ou seja, quanto mais perto você chegar, mais ela se enrola. Depois ela se transforma em uma mola: é só dar o bote e picar. Quando mais perto a mordida for da cabeça, mais perigoso.

E Iurka, como um idiota, tinha se enfiado nos arbustos no meio da noite, todo corajoso, sem nem ligar para a possibilidade de existirem cobras ali, e sem avisar ninguém. Estava prestes a gritar para um monitor avisando que provavelmente tinha caído em um ninho de cobras. Àquela altura, já havia se despedido da vida e se preparava para o que estava por vir — o bote de uma serpente assassina —, quando um monte de folhas secas de bordo se remexeu um pouco e revelou... um focinho redondo. Iurka ouviu um "fric-fric-fric" bem baixinho.

— Um ouriço!

Iurka suspirou aliviado quando viu os espinhos saindo de debaixo das folhas. Em sua defesa, seu primeiro palpite havia sido mesmo um ouriço. Pelo jeito, o bichinho também havia suspeitado de um humano: os olhinhos de conta seguiam o garoto atentamente.

Iurka se agachou e estendeu as mãos na tentativa de apanhá-lo. E o bicho, contra todas as expectativas, não fugiu. Ao contrário, veio na direção de Iurka e meteu o focinho curioso na ponta do tênis dele. Depois de um cumprimento assim, Iurka simplesmente não pôde deixá-lo em meio aos arbustos: o ouriço era muito fofinho e corajoso. Ele precisava mostrar aquele visitante inesperado para as crianças, então tirou a jaqueta, cobriu o novo amigo e foi para perto da fogueira.

O ouriço foi uma verdadeira sensação tanto com a tropa um quanto com a tropa cinco. Sem dar ouvidos a Ira, as crianças saíram aos pulos dos lugares e se amontoaram ao redor de Iurka. Pegaram o ouriço e começaram a passá-lo de mão em mão, tentando abraçá-lo de leve e fazer carinho. Derretidos com o barulho engraçado que o bichinho fazia, deram o apelido de Fric-Fric. Ninguém, nem o próprio Fric-Fric, expressou qualquer objeção ao nome.

Quando os ânimos se acalmaram, foi preciso decidir o destino de Fric-Fric. Ira organizou uma votação: soltá-lo ali ou colocá-lo na área de recreação. A decisão unânime foi de que, primeiro, tinham que dar comida para o ouriço e, depois, levá-lo para a área de recreação. Quando todo mundo finalmente sossegou, perceberam que não tinham onde deixar o ouriço até a manhã seguinte.

— Eu vi umas caixas de carne enlatada na cozinha do acampamento — Volódia sugeriu. — Acho que Zinaída Vassílevna não vai se importar se eu pegar uma.

— De papelão? Mas ele não vai roer? — disse Ira Petróvna, com uma preocupação exagerada, como um lembrete para Volódia de que os dois ainda não tinham assinado o tratado de paz.

— Ué, mas e se roer? — intrometeu-se Jênia. — Não tem nada de mais, ele foge pra floresta e pronto.

— Zinaída Vassílevna não vai ficar nem um pouco feliz com a gente — retrucou Ira, de cara feia.

— Irina, o que você quer? — Volódia perguntou. — Que a gente leve o bicho pro acampamento? No meio da noite, pelo meio da floresta?

— Não. De noite não vou permitir. Fecha o ouriço na sua barraca.

— Eu não vou dormir sozinho, vou dormir com as crianças.

— Bom, proponha outra solução, então — rosnou ela.

— O que você quer ouvir? "Está sob a minha responsabilidade"? Pronto, então. Está sob a minha responsabilidade. Agora encontra outro pretexto pra fazer escândalo — retrucou Volódia, furioso.

— Pessoal, na frente das crianças, não. — Jênia apoiou as mãos nos ombros dos dois, com ar conciliatório. Os pequenos em volta se entreolhavam, perplexos. — Qualquer coisa eu arranjo dez caixas pra Zinaída depois. E muito boas!

Se antes daquilo o humor de Iurka já não estava aquelas coisas, presenciar um bate-boca cuja razão, no fundo, era ele — afinal, havia sido por causa de Iurka que Volódia gritara no teatro — ameaçava acabar de vez com seu humor. Assim, ele nem perguntou, só comunicou:

— Então eu vou atrás das caixas.

Sem esperar resposta, rumou para a cozinha.

— Eu vou com o Kóniev — disse uma voz logo atrás, e em pouco tempo Volódia alcançou Iurka, parecendo descontente.

Tirando uma lanterna sabe-se lá de onde, ele foi iluminando o caminho, embora a noite fosse de lua cheia e não houvesse necessidade de luz artificial.

— O que tem de errado com você? — Volódia perguntou, irritado.

— Não precisa descontar a raiva em mim. Tá tudo normal — resmungou Iurka.

— Não, eu não quis descontar em você. Se soou assim, desculpa. É que... Iurka, parece que você tá fugindo de mim.

— Claro que não, eu só tô cansado.

— Iura, não me vem com essa. — A voz dele soava frustrada. — Eu tô vendo que tem alguma coisa errada. Tá ofendido? Por quê? Eu falei alguma coisa? Ou fiz algo de errado? — Volódia estava decididamente inquieto e, olhando Iurka nos olhos, colocou a mão em seu ombro. Mas Iurka não queria, tinha medo até daquele contato físico, e afastou a mão do monitor. Volódia pareceu mais confuso do que nunca. — Não é por causa das revistas, né?

— Claro que não, é que...

— "É que, é que"! É que o quê? Fala de uma vez: o que tem de errado?

— Tá tudo bem. Estou de mau humor desde manhã cedo, não queria passar pra você.

— Bom, e no fim passou.

— Passei? — Iurka perguntou, parando perto da cozinha.

— Passou, você fica fugindo de mim. Fiquei preocupado...

— Qual é?! Preocupado? — Iurka ficou boquiaberto, mas sentiu um quentinho no peito. — Comigo?

— Você é meu amigo, ué! Eu fico preocupado, sim, e... — Volódia titubeou e baixou os olhos. Ele mordeu o lábio, depois pigarreou e disse com cuidado: — Vamos fazer assim: se aconteceu alguma coisa, mesmo, você me conta sem falta, afinal eu sou... Bom, não sou qualquer um. E sou monitor. Eu ajudo. Tá bom?

— Tá bom. Mas, de verdade, eu só estou cansado. Tá tudo bem, Volod.

Era o que Iurka dizia não ao monitor, mas a si próprio.

— Então combinado. — Volódia assentiu. — Estamos planejando ir pescar amanhã, quando todo mundo estiver dormindo. Quer ir com a gente? Ou tá cansado? Tem que estar de pé às cinco.

— Ixi, cinco da manhã é pras galinhas... Se eu não durmo direito, passo o dia inteiro bravo, com sono, não me sinto eu mesmo.

— Você não tá sendo você mesmo — Volódia murmurou, enquanto voltavam para fogueira depois de encontrar uma caixa. — E eu também não, por sua causa! Hoje o Aliocha me falou que ontem você não quis ficar no quartel, aí achei que eu tinha te chateado, e passei o dia todo sem saber o que fazer, nem onde me enfiar.

Iurka não podia continuar indiferente a essas palavras. Volódia não se sentia à vontade sem ele? Não sabia onde se enfiar, o que fazer? Ou seja, precisava de Iurka. Como era bom se sentir necessário. A inquietação pelo que ocorrera na ginástica ficou em segundo plano, Iurka queria que tudo voltasse ao que era antes. Então sorriu.

— Certo. Então tá. Eu vou.

— Só não esquece de pedir pra Ira.

— Lógico. Se precisar, reforça com ela que eu vou estar com você. Onde a gente se encontra?

— Eu vou lá te acordar.

Iurka tinha quase certeza de que acordar às cinco da manhã estava além das suas forças. Óbvio que se obrigaria a levantar, mas seria mais uma ressurreição do que um despertar. Em um dia normal, ele já levantava sem o menor ânimo, então não queria nem pensar em como abriria os olhos depois de um dia puxado como aquele... Mas, no fim, a preocupação era descabida.

Foi só entrar na barraca para o cansaço derrubá-lo; Iurka pegou no sono assim que enfiou o nariz no travesseiro. Mas foi um sono agitado: os sonhos envolvendo Volódia não o deixavam em paz. Iurka passou a noite toda amarrando o lenço do monitor, se atrapalhando a todo momento com o laço e roçando o pescoço dele. A pele de Volódia se cobria de arrepios ao toque de Iurka. No mundo real, o corpo inteiro de Iurka se arrepiava, até que ele acordou de repente, em pânico.

Abriu os olhos e sentou, ofegante, tentando entender onde estava e que horas eram. Ao redor, havia apenas uma completa escuridão e o mais absoluto silêncio; apenas o vento soprava do lado de fora, balançando as folhas nas copas das árvores.

Em silêncio e com cuidado, esforçando-se para não acordar Mikha e Vanka, Iurka saiu da barraca e a primeira coisa que fez sob a luz do luar foi olhar para o relógio: 4h15. Iurka suspirou. Ainda dava para dormir, mas o sono não vinha.

O céu começou a clarear pouco a pouco. Iurka fez as contas: o amanhecer seria dali a uns trinta minutos, mas já dava para ver os primeiros raios de sol fracos e distantes do novo dia.

Não havia mais o que fazer, então foi caçar um lugar para se lavar. Encontrou um lavatório improvisado pendurado numa árvore perto da cozinha do acampamento e jogou água no rosto. Um tremor percorreu todo o corpo, e Iurka sentiu vontade de voltar para a barraca, se fechar no saco de dormir e não ir a lugar nenhum.

Que pescaria, o quê! Tá um frio do caramba aqui fora!

Então rumou de volta para as barracas, mas não para a sua. Tinha decidido encontrar Volódia.

As três barracas da tropa cinco estavam armadas formando um triângulo, com as entradas de frente uma para a outra. Iurka espiou uma por vez, na ordem. Na primeira dormiam as meninas; na segunda, os meninos. Ele não reconheceu Volódia de cara: o monitor estava deitado, coberto até o nariz no saco de dormir. Ao lado dele estavam Sanka, que roncava, Ptchélkin, que fungava, e Oliéjka, que assobiava pelo nariz.

Passando por cima dos meninos com muito cuidado, Iurka alcançou Volódia e sentou de joelhos ao lado dele. Volódia parecia um bobão adormecido daquele jeito, todo desgrenhado: pelo jeito, havia pegado no sono lendo o bendito caderno antes de dormir, pois este jazia no seu peito, e ao lado estava a lanterna, ainda acesa. Ainda por cima tinha caído no sono sem tirar os óculos, que haviam escorregado para baixo e estavam tortos, enquanto o monitor fechava bem os olhos e remexia o nariz como se estivesse sonhando com alguma coisa desagradável. Iurka não conseguiu se segurar, tentou rir o mais baixo possível para não acordá-lo. Mas acordou.

Volódia abriu um olho. Piscou, abriu o outro. Primeiro ficou um pouco perdido, depois surpreso, e por fim desesperado:

— Perdi a hora? — perguntou, e sentou imediatamente.

— Pelo contrário, ainda faltam dez minutos.

Iurka deu outra risadinha.

Volódia ajeitou os óculos, levou o dedo aos lábios para pedir silêncio e indicou as crianças com o olhar, e então a saída da barraca.

— Por que acordou tão cedo? — sussurrou ele, assim que saíram.

Iurka deu de ombros.

— Nem eu sei. Foi por acaso.

Volódia olhou para o relógio.

— Certo, como já são quatro e meia, temos que acordar o pessoal. Você vai acordando? Eu vou me lavar.

Iurka assentiu e entrou de volta na barraca.

Enquanto acordava os pequenos, Volódia teve tempo de acabar de vez com qualquer resquício de sono e buscar as varas de pescar.

Iurka conhecia um ótimo lugar para pescar, um pequeno cais, não muito longe da prainha do acampamento. Foi ele quem acabou guiando o pequeno grupo até o rio, já que Volódia se orientava muito mal pela floresta. Enquanto caminhavam até lá, o dia clareou por completo.

— Galerinha, todo mundo lembra como é pra se comportar? — perguntou Volódia, em tom de sermão. — Vamos recapitular. Não é pra pular do cais nem correr, é pra ficar sentadinho. Pescaria não é brincadeira. Os peixes gostam de silêncio, se vocês gritarem vão espantar todos e não vão pescar nada.

Mas, pelo jeito, as crianças não tinham a menor intenção de fazer bagunça: ainda nem tinham acordado direito e iam se arrastando atrás de Iurka, vagarosos e sonolentos, bocejando a cada dois minutos.

Próximo ao rio, os juncos se amontoavam e os sapos coaxavam freneticamente. Iurka respirou fundou o ar úmido e fresco e subiu no deque de madeira. As tábuas rangeram sob o peso. A neblina matutina se estendia sobre as águas e barrava os raios do sol nascente. Perto do cais, acima da camada grossa de plantas aquáticas, um passarinho minúsculo saltitava. Iurka ficou surpreso ao notar que as folhas aguentavam o peso do pássaro.

Nem nos melhores sonhos Iurka imaginava presenciar tamanho silêncio — um verdadeiro idílio — na companhia da tropa cinco. Mas, naquela manhã, no cais de pesca, havia paz e tranquilidade. Nem Ptchélkin, aquele bagunceiro, nem Sanka, o atrapalhado, faziam qualquer menção de aprontar alguma. Ou não tinham despertado mesmo, ou estavam muito interessados na pescaria. Sentados na madeira, seguravam a vara de pescar e prestavam atenção às boias para não perder a hora fisgada.

Mas os peixes não mordiam. E Iurka estava era pescando de sono.

— Vai ver os peixes estão dormindo — sugeriu ele, de brincadeira, dando um grande bocejo.

Durante meia hora, apenas Oliéjka recebeu uma mordiscada, mas não fora rápido o bastante para puxar a vara: metade da isca ficou no anzol, mas o peixe escapou.

— Que peixe espelto! — Oliéjka não ficou chateado. — Moldeu a isca, mas não caiu no anzol!

Volta e meia Iurka perdia a conexão com o mundo real e cochilava por um segundo. A noite maldormida e o cansaço do dia anterior finalmente estavam cobrando o preço.

Sentado ao lado dele, Volódia incentiva baixinho os meninos:

— Não tem problema, o peixe não é o mais importante, o importante é o processo.

Foi a última coisa que Iurka lembrou de ter ouvido. Sem perceber, caiu no sono. Num momento, estava prestando atenção na boia, e no outro já estava com a cabeça pendendo e os olhos fechados, o corpo amolecido com uma sensação doce e agradável...

— Mordeu! Mordeu! — A voz de Sânia irrompeu em seu aconchegante mundinho dos sonhos.

— Puxa! — exclamou Oliéjka.

Iurka abriu os olhos e descobriu alguma coisa dura e quentinha sob a bochecha... o ombro de Volódia. Ele ergueu a cabeça com um movimento rápido, olhando para os lados. Sua vara estava largada ao lado, e na redinha atrás dos meninos alguns peixes pequenos se debatiam. Volódia olhava para ele em silêncio.

— Eita, eu acho que... — Iurka hesitou, olhando para o ombro onde adormecera havia pouco. — Caí no sono...

— É? Nem percebi — Volódia fingiu estar surpreso. Parecia contente e mal conseguia segurar o riso. — Pode dormir mais... tigrinho.

— Como é?...

Iurka não havia entendido.

— Você ficou com umas listras na bochecha por causa da minha roupa. Bem aqui.

Volódia tocou carinhosamente o rosto de Iurka e deu risada. E Iurka, pela primeira vez tão perto do rosto do monitor, reparou nas covinhas de Volódia.

8

O banho do belo Kóniev

O COCHILO DURANTE A PESCARIA não tinha resolvido o problema de Iurka: ele ainda estava morrendo de sono. Pretendia compensar na hora do descanso, mas Volódia o esperava perto do alojamento. Ao ver de longe a figura alta do monitor, Iurka concluiu que ele queria continuar as correções do roteiro, e logo tentou se desvencilhar.

— Oi — cumprimentou, bocejando ostensivamente, e cobriu a boca com a mão. — Queria dormir, estou morrendo de sono.

— Não é hora de dormir. — Volódia sorriu de um jeito matreiro e tirou um molho de chaves do bolso, fazendo-as tilintar. — Você disse que sabe onde fica o entalhe da sua história de terror, e eu consegui as chaves da estação de barcos. Você tem a informação, e eu tenho o barco. Bora?

O sono desapareceu num piscar de olhos. Iurka bateu uma palma, ansioso, e comentou em tom de brincadeira:

— Aí, sim. Ser amigo do monitor tem lá suas vantagens!

Volódia soltou uma risada e, descendo os degraus do alpendre, fez um sinal com a cabeça para que Iurka o seguisse.

— Não vai acontecer nada com você por ter pegado as chaves? — Iurka perguntou, depois de uns dez minutos, quando Volódia se inclinava diante dos portões da estação de barcos, testando as chaves do molho.

— O que poderia acontecer? Eu não roubei, não. Fiz minha inscrição pra pegar as chaves e peguei. Ficam na administração, qualquer monitor que quiser pode pegar.

— É tão simples assim?

Iurka estava surpreso.

— Você acha que os monitores não gostam de dar uma fugidinha na hora do descanso? Monitor também é gente — disse Volódia, com uma piscadela para Iurka.

Passando os portões, além de um pequeno depósito de materiais havia um longo atracadouro pavimentado com grandes lajes de concreto. Sobre as águas, batendo contra as proteções de pneu, balançavam-se uma dezena de barquinhos, cada um identificado por um número, bem amarrado a uma estaca atarracada de ferro com correntes pesadas.

— Você sabe remar bem? — Volódia perguntou, virando para ele enquanto caminhava para a ponta do atracadouro.

— Claro! Pratico remo todo verão, quando deixam a gente vir nadar. Pega aquele ali. — Ele apontou para o antepenúltimo barco, recém-pintado de azul-claro. — Os remos são bons.

A partir daí, Iurka assumiu o comando. Os dois puxaram a lona encerada que protegia o barco da chuva e embarcaram. Iurka mostrou a melhor maneira de sentar para manter o equilíbrio, e só então pegou as chaves com Volódia, abriu o cadeado e soltou a corrente, que se estatelou com um estrondo no concreto. Iurka afastou o barco do atracadouro e foi guiando até o meio do rio.

— A correnteza é forte — alertou. — Na ida eu fico nos remos, na volta é por sua conta. Senão meus braços não vão aguentar.

— Você sabe mesmo pra onde ir? — Volódia perguntou, reticente.

— Claro que sei! Em frente! Não tem cruzamentos nem semáforo por aqui.

— Mas falando sério?

— É sério. É sempre em frente, até o rio fazer uma curva. Aliás, tem um outro lugar... — Ao lembrar daquilo, Iurka olhou com um ar conspiratório para Volódia. — Tenho certeza que você vai gostar. Temos que passar lá.

— Que lugar?

— Bom... os monitores proíbem a gente de nadar lá, dizem que é perigoso. Mas é lorota. Eu fui uma vez, é lógico que depois me deram o maior sermão, mas... Vamos? É muito maneiro!

Com seu gesto habitual de ajeitar, com altivez, os óculos pelas hastes, Volódia pensou por um instante.

— Iur, pra começo de conversa, eu sou monitor... — começou ele.

— Muito melhor! Você diz "Tá liberado", e não tem problema.

— Não sei, não...

— Ah, Volódia! — Iurka exclamou, animado. — Não seja tão... bundão. Não tem perigo nenhum se você não pular do barco. É verdade!

— E se eu pular? Tem tubarões? Crocodilos?

— Piratas. Estou brincando. Só tem umas algas. Muitas!

— E é longe?

Iurka deu de ombros.

— Uns dez minutos. Quinze, talvez...

— Nesse calor? — Volódia franziu o cenho. O sol, no céu sem nuvens, estava de rachar a cuca, e eles tinham que atravessar um rio largo, ainda que não muito fundo, sem uma única sombra à vista. — Tá bom. Mas você é o responsável! — concluiu o monitor.

— Responsável é meu segundo nome! — gabou-se Iurka.

Naquele trecho do rio, a correnteza era rápida e forte, obrigando Iurka a remar na direção contrária. Ele gemia e fazia força, se esforçando para manter um bom ritmo — afinal, a última vez que havia treinado remo fora no ano anterior.

Por algum tempo, seguiram em absoluto silêncio, acompanhados apenas do marulho ritmado dos remos na água e o murmurar dos juncos. À direita, estendia-se a margem baixa que dava, lá longe, nas tábuas verdes e amarelas que delimitavam o acampamento. À esquerda, a margem alta, toda crivada de ninhos de andorinha, intimidava com os barrancos íngremes e as raízes protuberantes das árvores no paredão de areia, o pântano e a floresta logo acima. Mas as árvores não eram altas o suficiente para fazer sombra no rio, de modo que Iurka, além de remar com todas as forças, ainda suava bastante.

— Iur, eu queria te perguntar uma coisa — Volódia, incerto, interrompeu o silêncio. — Posso?

— Pergunta, ué.

— Eu ouvi falar de uma história que aconteceu ano passado. Olga Leonídovna estava contando que passaram poucas e boas com você. Por isso que tinham decidido te tirar dessa temporada. Quer dizer, que queriam te tirar. Antes eu achava que não sabia todos os lados da história, mas agora que te conheço melhor, percebi que não sei absolutamente nada. Você me conta o que aconteceu e por quê?

Iurka inspirou fundo e expirou devagar.

— Bom, teve um babaca que veio passar a temporada aqui com a gente. O pai dele tinha um cargo importante, que... Hum, vou precisar contar desde o começo. Antes, eu estudava numa escola de música pra entrar no conservatório. Meu sonho era ser pianista... — Ao notar os olhos de Volódia se arregalarem de surpresa, Iurka se adiantou às perguntas: — ... e não contei antes porque não gosto nem de lembrar. Sabe, eu gosto muito de piano, não consigo viver sem. Não, "muito" ainda é pouco, eu sou fanático por piano. Sempre gostei, desde criança.

Iurka fez uma longa pausa, escolhendo as palavras certas. Refletia profundamente sobre como explicar e demonstrar a Volódia o quanto a música era importante para ele. Que não imaginava a vida nem a si mesmo sem ela. Desde muito criança, a música sempre havia estado ao lado de Iurka, uma trilha sonora de seus pensamentos, que o reconfortava, tranquilizava, alegrava, vinha em sonhos e soava a cada instante antes de dormir. Iurka nunca se cansava. Ao contrário, os momentos de silêncio eram inquietantes, tudo parecia fora do lugar, ele não conseguia se concentrar. Às vezes, quando se dava conta da própria obsessão — porque nada além do piano o animava ou emocionava —, Iurka se assustava com o seu distanciamento da maioria das pessoas. Era como se ele vivesse em outra dimensão, tentando entender se era a música que vivia dentro dele ou ele que vivia dentro da música. Era ela que brilhava dentro dele como uma estrela pequenina e calorosa, ou era ele que estava dentro de um universo infinito de música, palpável apenas para si mesmo?

Mas como seria possível explicar isso para Volódia? Um amigo, mas ainda assim uma pessoa estranha e alheia à música? Além do mais, Iurka nunca tinha falado daquilo em voz alta. A música era algo pessoal, íntimo, que por ser frágil e delicado não podia ser expresso em palavras comuns.

— Eu não estudava numa escola qualquer, estudava numa escola especial de música. Sabe quais são? — Volódia deu de ombros, e Iurka explicou: — Além das matérias normais, ensinam matérias musicais. Você estuda lá por dez anos e pode entrar direto no conservatório, sem precisar passar por outra instituição. Depois da quarta série, eu passei com nota máxima em todas as provas, mas depois da oitava foi ladeira abaixo. No final da oitava sempre tem prova, e pra essa prova, além dos nossos professores, vêm os professores do conservatório dar uma olhada e selecionar os músicos que vão escolher depois da formatura... — Iurka parou no meio da frase.

Volódia olhava para ele, à espera, com a cabeça ligeiramente inclinada, sem piscar e mal respirando.

— E aí?

Iurka parou, franziu a testa e desviou o olhar.

— Fui reprovado. Disseram que eu era "mediano".

— E daí? O importante é que não deram zero.

— Estamos falando de música, Volod! Ou você é um gênio ou não é nada. Não suportam gente "mediana" na música. E aí me aconselharam a sair, porque, já que eu tinha reprovado, não tinha mais chance de conseguir uma vaga no conservatório. Mas eu sou teimoso e fiquei. Pra nada. Passei mais meio ano sofrendo, tirando nota baixa, ouvindo um monte de besteira. E quando finalmente enfiaram na minha cabeça que eu era uma negação, eu saí. Sozinho. Larguei tudo. Não encostei mais no piano.

Volódia ficou em silêncio, e Iurka, como se estivesse hipnotizado, olhava para o rio. Estava pensando no quanto tinha sido difícil, quase insuportável, depois da saída vergonhosa da escola, fazer com que a música se calasse dentro dele e, mais tarde, aprender a viver sem ela. Mesmo depois de tanto tempo, ele ainda não tinha dominado os próprios reflexos e batia nas próprias mãos, estralava os dedos até doerem, só para desacostumá-los a dedilhar em qualquer superfície suas composições preferidas e as suas próprias. Naquele exato momento, no rio, ali estava ele batendo os dedos no remo, sem saber e sem querer saber qual era a melodia.

— Mas por que te falaram isso só na oitava série? — Volódia perguntou, com cuidado. — Não podia ter sido antes?

— Porque o meu talento não tinha nada a ver com a história — retrucou Iurka, bufando.

Volódia ficou de boca aberta.

— Como assim?

— Isso mesmo que você ouviu. O filhinho do chefe do Comitê Executivo Municipal estudava lá. Era um medíocre e vivia matando aula, mas queria entrar no conservatório. Aí aprovaram ele no meu lugar. — Iurka agarrou o remo e soltou uma risada de escárnio. — Vê o que você acha dessa situação: o Kóniev respira música, mas não é digno de estudar no conservatório, é "mediano". Já o Vichniévski mata aula, mas ele tem vaga garantida, porque é um talento. Só que sem talento nenhum. Muito bom, né?

— Que droga... — disse Volódia que, claramente sem saber o que responder, ficou sem jeito e desviou o olhar.

Iurka se esforçou, sem sucesso, para abafar a raiva dentro de si, uma raiva que ficou nítida pelas suas bochechas vermelhas, a voz rouca e o brilho febril em seus olhos. Era inútil tentar acalmá-lo — as remadas eram tão brutas que o barco até balançava. Talvez por isso Volódia estivesse calado. Iurka, por sua vez, acabou encontrando as palavras e recomeçou com a voz sufocada:

— Aí já dá pra imaginar como eu fiquei quando caí aqui no Andorinha ano passado com esse imbecil. Na mesma temporada, na mesma tropa! Aquele merdinha filho da...

— Opa, pega leve com o palavreado — Volódia repreendeu.

Mas Iurka, tomado pelo ódio e pelo ressentimento, não deu a menor atenção. Começou a remar furiosamente, pingando de suor, mas alheio ao calor.

— Foi tudo culpa dele, foi por causa dele que me dispensaram. Ele acabou com a minha vida. E me humilhar na escola foi pouco pra ele. Ele resolveu que ia me perseguir aqui também, e me chamou de "judeuzinho imundo" na frente do acampamento inteiro. Aí eu não me aguentei, meti um soco na fuça dele, na frente de todo mundo. E soquei bem, arrebentei o nariz dele, foi sangue pra todo lado... Eu nunca tinha batido tão forte daquele jeito. — Iurka deu uma risada amargurada. — Tive que fazer curativo na mão. Desde criança a minha vó falava: "Iura, cuidado com as mãos. Iura, cuidado com as mãos". Mas proteger as mãos do quê? Pra quê?

— Espera aí, por que "judeuzinho imundo"? Você é judeu? — Volódia perguntou, visivelmente tentando desviar do tema que deixava Iurka tão furioso.

— Por parte de mãe — explicou Iurka, sem olhar para ele.

— E como o Vichniévski descobriu isso? Seu nome, patronímico e sobrenome são claramente russos.

— Não sei, ele deve ter visto na hora do banho...

— Como assim?

Iurka soltou uma risadinha e deu de ombros.

— É tradição...

E então Volódia entendeu. Ergueu as sobrancelhas e olhou Iurka de cima abaixo, sem pudores.

— Aaah, tááá.... Então quer dizer... Interessante...

Iurka quase deixou escapar um "Quer ver?", mas, sob aquele olhar curioso e descarado, ficou sem jeito, querendo saber o que o monitor estava pensando. Abriu um sorriso forçado, corou e voltou a ficar com calor.

Volódia o observava com os olhos cheios de uma certa admiração — pelo jeito, tinha se colocado na pele de Iurka. E, depois de fazer uma careta, apressou-se sem murmurar, com um assobio:

— Credo, que horror! Deve doer pra caramba!

Isso deixou Iurka tão irritado, perturbado e ofendido, que se arrependeu da sinceridade excessiva ao responder aquelas perguntas tão delicadas. Por causa de sua língua comprida, agora Volódia estava imaginando coisas íntimas de Iurka e, a julgar pelo aspecto interessado do monitor, não pretendia parar tão cedo. *Quer dizer que Volódia proíbe a gente de falar das revistas, mas tudo bem pensar nas minhas partes íntimas?*, refletiu Iurka, indignado. Sua reação, porém, não chamou muito a atenção de Volódia. Até que o garoto se deu conta de que estava sendo hipócrita: bastou lembrar do ocorrido na manhã anterior, durante a ginástica, do sonho repleto de arrepios e do calor que sentia por dentro — maior que o calor que fazia do lado de fora, a ponto de perder o fôlego.

— Eu não queria! — Iurka lamentou em voz alta e, olhando para os olhos enevoados de Volódia, voltou a si e tratou de retomar o tema da conversa. — Em primeiro lugar, ninguém me perguntou. Em segundo, eu era pequeno e não entendia as coisas. Em terceiro... Não é pra ficar imaginando! Não é da conta de ninguém! E não tem nada de horror!

— Não, não! Não estou pensando nada disso! — Volódia balançou a cabeça, corando até a raiz dos cabelos. — Quer dizer, não tem nada de mais, é uma tradição milenar, é normal... E você é religioso?

— Tá me tirando ou o quê?

— Tá, calma…

Iurka bufou e olhou ao redor, só para se distrair. Não havia um único sinal de civilização: nem uma casinha entre a vegetação, nem um telhado no horizonte. Já tinham percorrido mais de um quilômetro. O acampamento e a estação já estavam para trás, encobertos por uma curva acentuada do rio, e uma paisagem bonita, porém tediosa, cercava os dois — algumas raras árvores e um campo tremeluzente sob as miragens do calor. O olhar não se fixava em parte alguma. Talvez só num morro alto ao longe e no minúsculo mirante no topo. Mas o caminho deles não era aquele. Iurka fez as contas e logo mais eles chegariam ao destino.

A voz baixa de Volódia tirou Iurka dos próprios pensamentos.

— Enfim, fiquei feliz que você me contou isso. Sobre a música, quer dizer. Acho que eu não te conheço muito bem mesmo.

— Nem eu te conheço. — Iurka deu de ombros. — Contei da música porque você perguntou… Ou melhor, você perguntou e eu podia ter ficado quieto ou fugido da pergunta, sei lá. Mas resolvi confiar.

Volódia lançou um olhar de gratidão para ele.

— Sabe… — ele começou, baixinho. — Eu também posso te contar o meu segredo mais terrível, mas ninguém pode ficar sabendo, de jeito nenhum. Promete?

Iurka assentiu, e ficou em dúvida: será que tinha dado algum motivo para desconfiança? Era óbvio que não ia contar nada, independente do que Volódia dissesse.

— Então, Iura, você parece que vive como manda o coração. — Volódia se inclinou para mais perto e baixou a voz, embora ninguém pudesse ouvi-los no meio do rio, com o ruído dos juncos. — Você disse que tem uns parentes na Alemanha… Nunca quis ir pra lá?

A pergunta soava retórica, mas Iurka respondeu:

— Ah… Minha vó tentou voltar, afinal a família dela é de lá. Mas não deram permissão. Tenho um tio lá, primo de segundo grau na verdade, então vai ser difícil…

— Bom, eu quero ir embora — Volódia interrompeu. — Pra dizer a verdade, não só quero, é o meu principal objetivo: ir embora pra sempre.

Iurka ficou de queixo caído.

— Pra sempre? Mas isso é contra a lei, é coisa de tribunal. E você que é da Komsomol, que é tão… certinho, "do Partido", logo você…

— É justamente por isso que eu sou, como você disse, certinho e "do Partido", pra atingir o meu objetivo! Iur, a lógica é muito simples: só deixam sair da União Soviética livremente quem é comunista de carteirinha, melhor ainda um comunista de carteirinha que for diplomata em serviço.

— E foi pra ser diplomata que você entrou na MGIMO… — Iurka completou.

O monitor assentiu. Ainda que não houvesse ninguém a quilômetros de distância, Iurka sentiu um calafrio percorrer o corpo devido à voz baixa de Volódia, o tom agitado e o fato de ele ter tido o cuidado de olhar em volta várias vezes. Se qualquer um ouvisse Volódia dizendo que queria ir embora para sempre, ele seria expulso da Komsomol na hora e com desonra. Toda uma vida e seus objetivos à beira do abismo! Mesmo assim, Volódia tinha contado para Iurka. Ele havia pedido que Iurka não contasse para ninguém não porque não confiava nele, mas porque era realmente muito perigoso.

— E pra onde você quer ir? — perguntou Iurka.

— Pros Estados Unidos.

— Andar de mustangue pelas pradarias?

Iurka deu um riso nervoso.

— De moto. Harley Davidson, já ouviu falar?

Iurka ficou quieto. Nunca tinha ouvido falar daquela moto nem sabia nada sobre o trabalho de diplomata, mas começou a ficar preocupado com Volódia. Foi aí que lembrou do "não estamos mais na época do Stálin" — mas havia motivo para se preocupar.

Ainda ligeiramente chocado, Iurka quase deixou passar o lugar do qual falara.

— Olha, é ali! Bem ali! — exclamou e apontou para uma parede de juncos.

O remo bateu no leito — não era muito fundo naquele ponto do rio. Iurka manobrou o barco e o direcionou rumo às plantas.

— O que você tá fazendo? — Volódia perguntou, surpreso.

— Tá tudo sob controle. Me ajuda aqui. Vai afastando os juncos da frente da proa. Só cuidado para não se cortar.

O barco foi roçando o leito pelo banco de areia e passou por entre os juncos. Diante dos dois, uma pequena enseada se abriu, densamente coberta por plantas aquáticas, como lentilhas-d'água e nenúfares. A correnteza não chegava até ali, então a água ficava parada, dando à flora a chance de crescer. Os remos se enroscavam, e Iurka a todo momento precisava tirá-los da água e limpá-los do excesso de plantas molhadas e escorregadias. Mas ele sabia que valeria a pena, apesar do cheiro muito específico da água pantanosa e da nuvem de mosquitos zumbindo.

Na superfície da água, insetos-jesus flutuavam pra lá e pra cá. Dava para ouvir um coaxar incessante vindo dos juncos, e alguns sapos especialmente atrevidos relaxavam nas folhas enceradas das ninfeias, observando o barco que passava. As ninfeias eram amarelas, dessas que se encontram em qualquer lugar, e Iurka olhava atentamente ao longe, esquadrinhando a enseada.

— Olha, uma garça! — gritou, agitando a mão na direção da margem.

— Onde?

Volódia ajeitou os óculos no nariz e estreitou os olhos na direção que Iurka apontava.

— Ali, ó. Está bem disfarçada, camuflada, quase não dá pra ver entre os juncos. — Iurka pegou a mão dele, conduziu na direção das plantas pardacentas de onde despontava um bico pontiagudo e ordenou: — Estica o dedo!

Volódia esticou o dedo, obediente, e Iurka acertou a direção.

— Ah... Ali, estou vendo! — Volódia exclamou, contente. — Uau!

— Vai dizer que nunca tinha visto uma?

Volódia balançou a cabeça.

— Nunca. Que incrível, ela fica numa perna só! Parece que não tem nada ali.

Volódia acompanhava a garça, e Iurka se deu conta de que ainda segurava a mão dele e não tinha vontade de soltar... Volódia, por sua vez, também não tirava a mão. Até que Iurka precisou soltá-la para pegar outra vez o remo e conduzir o barco para mais perto da margem.

— Chegamos — anunciou. — Olha só que beleza.

Depois de virar o barco de través na enseada, Iurka largou os remos e relaxou, massageando os ombros. Volódia lançou um olhar ao redor, depois para o garoto, parecendo confuso. O garoto meneou a cabeça em direção à água.

Até onde a vista alcançava, havia flores brancas sobre o rio. Dezenas de nenúfares brancos como a neve, com o miolo de um amarelo intenso como uma gema, boiavam entre folhas verde-escuras de bardana; libélulas azul-nácar estavam pousadas, imóveis, sobre elas ou voando logo acima.

Volódia admirava a enseada, e seu olhar se detinha ora nas flores, ora nos insetos. Já Iurka admirava o monitor. Encantado, seguia a curva do sorriso suave que passeava nos lábios dele, e sabia que era capaz de remar até lá mais cem vezes, contra a corrente, e suportar o zumbido dos mosquitos, só para ver aquele brilho nos olhos de Volódia de novo.

— Lírios-d'água! Que incrível! — Volódia se esticou na beira do barco e tocou as pétalas brancas com tanta suavidade e cuidado que parecia que as flores eram a coisa mais frágil e preciosa do mundo. — E são tantos... Que lindo. Parece até a história da Polegarzinha.

Iurka pulou do lugar, e o barco balançou perigosamente.

— Vamos pegar um? — sugeriu, e então se inclinou em direção a uma flor, pegou-a pela inflorescência e já se preparava para arrancá-la, quando Volódia deu um peteleco em seu pulso.

— Pode parar! Você não sabe que essas flores estão no livro das espécies ameaçadas de extinção?

Iurka o encarou, assustado.

— Foi por isso que você demorou tanto pra encontrá-las — continuou Volódia, em tom professoral. — Se vem qualquer um e pega, esses lírios vão desaparecer. E nem faz sentido colher essas flores. Os lírios são plantas aquáticas, é só tirar da água que secam na hora. Murcham e morrem ainda na nossa mão. Não dá pra manter num jarro ou num vaso, como uma rosa qualquer.

— Tá bom, tá bom. — Iurka ergueu a palma das mãos como se pedisse desculpas, querendo deixar claro que os lírios ainda estavam na água, livres, e que nenhum deles seria arrancado para morrer. — Só queria pegar pra você... de lembrança.

— Vou lembrar deles. Obrigado. Realmente valeu a pena vir até aqui.

Eles ficaram por ali mais um pouco, admirando as flores. Iurka ouvia o coaxar dos sapos, o zum-zum-zum das libélulas peroladas e pensava em como estava cansado de viver no silêncio. Não externo, lógico, mas interno. Apesar dos pensamentos tristes, ali ele se sentia tão tranquilo e leve que tinha vontade de ficar até a noite, no entanto Volódia deu uma olhada no relógio de pulso e ficou preocupado.

— Já passou uma hora, acho que não vai dar tempo de ir até o entalhe hoje, né?

— Até dá, mas da margem até lá tem uma boa caminhada...

— Que pena — disse ele, e soltou um suspiro triste. — Então vamos voltar?

— Você que sabe, ainda temos meia hora antes do sinal.

— Então vamos sentar um pouco na sombra? Uns dez minutinhos pelo menos. Ali na margem, tá vendo?

— Tô. — Iurka assentiu, um tanto sombrio. Ele próprio queria muito se refrescar, seu corpo todo fervia de calor. — Mas se a gente for de barco até lá, vamos estragar os lírios...

Iurka ficou esperando que Volódia se conformasse com o destino, ou seja, com o calor e o percurso todo de volta, mas de repente o monitor recobrou o ânimo e exclamou, com os olhos faiscando:

— Iur, vamos dar um mergulho? Tem algum lugar por aqui? No rio deve ter...

Iurka pensou por um momento. Pelo que dava para ver, depois da curva havia um bom lugar para um mergulho. Uma prainha, na verdade, onde dava para amarrar o barco por perto. Só havia um problema: ele não tinha levado sunga.

— Não tenho com que nadar, Volod. A sunga tá no dormitório, e minha cueca... — A cueca era samba-canção... Nadar com ela significava molhar todo o short depois. — Bom... não vou vestir o short sem nada por baixo depois.

— Não precisa ficar sem nada por baixo do short depois, dá pra nadar sem nada aqui. — Volódia deu uma piscadela, já se antecipando e desabotoando a camisa, embora os dois nem tivessem saído do lugar ainda. — Que foi? Não tem nenhuma menina a quilômetros, ninguém vai ver.

— Justo — concordou Iurka, e virou o barco em direção à prainha.

Mas Iurka ainda estava nervoso. Tirar a roupa... Não, na verdade não tinha nada de mais, eram os dois meninos. Iurka já tinha nadado sem roupa centenas de vezes. E não só isso: entrava no chuveiro e no vestiário e nunca tivera vergonha dos colegas. Mas uma coisa eram os colegas, e outra completamente diferente era Volódia. Pela primeira vez na vida era assim: diferente.

Não, não sentia vergonha. Apesar de toda aquela história da tradição religiosa e do seu interesse por Volódia, não havia vergonha, havia apenas uma inquietação paralisante. Mas recusar? De jeito nenhum.

Iurka assentiu. Lembrando de como ficou na ginástica, porém, virou de costas para Volódia enquanto ele se despia, e só tirou as próprias roupas depois que o outro mergulhou.

Iurka mal teve tempo de esfregar os olhos depois de subir do mergulho e Volódia já nadava até a outra margem, quase alcançando a prainha. As braçadas fortes do monitor levantavam uma profusão de salpicos d'água que formavam pequenos arco-íris sob os raios de sol, para logo desaparecer. *Isso é que é nadar! Energia, rapidez... Queria saber nadar assim!*, pensou Iurka, e seu olhar recaiu sobre os ombros de Volódia. Sentiu uma sincera admiração: Volódia podia até ser magro, mas tinha ombros fortes!

Iurka ficou parado na água morna, admirando Volódia nadar — ele era gracioso e natural, muito desenvolto, independente. Iurka ainda observava quando o monitor parou, tirou os óculos e os segurou na mão fechada para mergulhar. E então, por um segundo, surgiu na superfície da água aquilo que tanto interessara Iurka na manhã anterior, não mais coberto por um tecido. Foi um instante só, ele nem teve tempo de olhar com atenção, mas foi o suficiente para que Iurka sentisse um nó na garganta e seu corpo se contraísse num espasmo agradável, o qual ele nunca tinha sentido antes. Ele gelou.

Foi então que Iurka entendeu de uma vez só tudo que vinha acontecendo com ele, e pregou os pés no leito do rio. Era algo tão claro e simples que o deixou desorientado: como ele não tinha percebido antes? E por que só tinha encontrado a resposta para milhões de perguntas naquele momento? Era tão fácil! O que Volódia era para ele? Um amigo. Claro, um amigo. Um amigo sobre o qual era gostoso pensar antes de dormir e pegar no sono, feliz. Um amigo para quem era agradável olhar, de quem Iurka não conseguia tirar os olhos, só admirar e admirar. A pessoa mais bonita do mundo, mais bondosa e mais inteligente, o melhor em tudo. Alguém com quem era confortável até ficar em silêncio. Volódia era esse amigo. Um amigo de quem ele "gostava", naquele sentido estranho, tolo e universal.

Não, não pode ser. Iurka não queria acreditar. Não era algo que julgava possível, nunca nem tinha ouvido falar disso. Nem os meninos arruaceiros do prédio faziam piada com isso, e eles sabiam de tudo e faziam piada de tudo. Iurka simplesmente não podia acreditar que um amigo podia se sentir tão atraído por outro a ponto de...

Iurka achava que tinha sentido medo. Por exemplo, depois da ginástica. Mas só havia ficado apreensivo; medo pra valer ele sentia agora. Por que isso tinha acontecido e o que era? Existia um nome para isso? Iurka era o único que passava por aquilo? Não, não importava o que fosse nem como chamasse, era uma coisa anormal, nunca tinha acontecido antes nem deveria acontecer. Talvez fosse alguma doença psicológica? Ou só cansaço? Naquela temporada no Andorinha, Iurka já tinha se esforçado tanto, estava tão cansado e esgotado que, pelo jeito, o cérebro tinha fundido. Era só voltar pra casa, ficar olhando para o teto e pronto, ficaria ótimo. Era só voltar pra casa, mas ele não tinha a menor vontade de se separar de Volódia.

Tinha vontade justamente do contrário: compartilhar seu medo e sua descoberta com o melhor amigo. Queria contar para ele o que se passava no seu íntimo: "Gosto de você, estou feliz que você está aqui". Mas só de imaginar, Iurka sentia mais medo do que de pular do trigésimo andar na água congelada, um medo pior do que o de se jogar de um abismo. Mas... e se decidisse falar? Se mergulhasse de cabeça nesse turbilhão e dissesse as coisas como eram? O que aconteceria? No fundo, Iurka sabia. Volódia daria risada, só que não estaria rindo com ele, e sim *dele*. Era isso que aconteceria.

E mesmo que Iurka fosse agraciado pelo dom da oratória e conseguisse explicar o que exatamente significava "gostar" e "feliz", e que não esperava nada de Volódia em troca, que bastava dizer isso só para que ele soubesse... Mesmo assim Volódia não teria como entender. Faria de tudo para entender, mas não entenderia, não entraria na cabeça dele. É claro que não conseguiria entender, nem o próprio Iurka conseguia.

Como explicar aquilo para Volódia e como entender ele próprio? A única certeza de Iurka era que, a partir daquele momento, não poderia abandoná-lo, nem deixá-lo, nem esquecê-lo. A distância não seria um obstáculo, Iurka continuaria a ser um amigo fiel para sempre, onde quer que Volódia estivesse, aonde quer que a vida o levasse, mesmo que fosse para outro continente, que fosse para a Lua, que fosse para o asteroide B-612. A partir daquele momento, Iurka sentiria uma necessidade ainda mais profunda de estar com Volódia, e a solidão e o vazio seriam ainda mais pungentes quando o amigo não estivesse por perto. Também descobriria o que era o pesar. A dor chegaria quando Volódia também experimentasse aquele sentimento, não em relação a Iurka, um garoto tão complicado, mas em relação a uma garota qualquer.

Iurka estava imóvel. Tinha medo de se mexer, olhava para Volódia e pensava, pensava, pensava. Sua cabeça rodava, os olhos ofuscados pelos respingos de água, que pareciam faíscas flamejantes sob o sol, e o barulho das águas nos ouvidos. Desnorteado, olhava seu melhor e mais especial amigo puxar o ar, prender a respiração e rir, enquanto ele mesmo não conseguia dar um passo. Estava congelado, com os braços ao lado do corpo e água até a cintura.

Volódia logo notou o comportamento estranho do amigo e se aproximou nadando. Iurka o encarou assustado e fez uma coisa absolutamente boba: cobriu a virilha com as mãos. Mas para quê? Por qual motivo? Foi por instinto e vergonha, afinal ele estava pelado. Mas só de corpo?

Volódia franziu o cenho.

— Iura, tudo bem aí? — E tocou seu ombro, gelado mesmo sob o sol. — Tem alguma coisa na sua perna?

O que inventar? Que tinha se machucado? Não. Volódia ia pedir pra ver, mas não teria nada. Que estava com tontura? Aí os dois iriam pra sombra, e como isso poderia ajudar? Como *qualquer coisa* poderia ajudar naquele momento?

— Nada. Tudo bem — murmurou Iurka, devagar.

— Você tá pálido... É uma câimbra? Deixa eu ver...

Volódia se aproximou e colocou a mão debaixo d'água com a intenção de tocar as pernas dele.

— Não, não precisa, já passou. Não era câimbra, não, era só... É que eu... eu tô cansado e, sei lá, as coisas não deram certo. Não conseguimos ver o entalhe e tal...

Iurka ficou vermelho. Tinha certeza de que ficara vermelho: sentiu as bochechas quentes como se estivessem queimadas de sol.

— Hm, fiquei preocupado — disse Volódia, desconfiado.

Depois de alguns minutos, quando ambos já haviam se vestido e se acomodado no barco, Volódia, que ainda não tinha conseguido arrancar a verdade de Iurka, tentou tranquilizá-lo:

— Na próxima a gente vai. Me passa os remos.

Iurka só deu um sorriso frouxo em resposta.

O caminho de volta era bem mais rápido, porque a própria correnteza levava o barco adiante. Volódia cantarolava uma canção qualquer, que Iurka não reconheceu, mas também não se esforçou em prestar atenção, já que estava olhando para a água e pensando sobre "gostar".

— Olha esse salgueiro! — Volódia exclamou de repente, apontando para a margem. — Tá vendo? Aquele grandão ali, parece uma tenda... Não, uma casa inteira! Nunca vi um desses!

No lugar para onde ele apontava, a margem descia suavemente até o nível do rio. A pequena enseada arenosa, com um bom acesso pela água, estava parcialmente encoberta pelos galhos frondosos do salgueiro-chorão, cuja copa pendia sobre o rio.

— Vamos parar, Iur — pediu Volódia.

— Aí não vamos chegar a tempo do sinal, você mesmo disse — respondeu Iurka, depressa, mas, ao ver o entusiasmo nos olhos de Volódia, sugeriu: — Amanhã, talvez?

— E se eu não conseguir pegar um barco amanhã?

— Então vou tentar lembrar como chegar até ali pela margem. Dá pra chegar sem barco, com certeza. — Iurka olhou atentamente para o barranco e para a parte de cima. — Deve ter alguma trilha por ali. Começa no vau que fica perto da prainha. Os monitores não deixam as crianças irem até lá, porque é perigoso. A margem é arenosa, aí fica escorregadia e despencar dali não seria nada legal.

— Vamos tentar ir lá amanhã? — sugeriu Volódia, ansioso.

Iurka ficou boquiaberto.

— Desde quando você é assim? Um explorador com sede de aventura?

Volódia deu de ombros.

— Não sei. Estou seguindo seu exemplo.

À tarde, Iurka foi procurar o salgueiro. Tentando se desprender dos pensamentos inoportunos e assustadores sobre "gostar", memorizava cada curva da trilha, cada subida e cada descida, cada montinho de terra e cada junco, e ficou muito tempo trilhando esse caminho.

Chegou à sala de cinema uma hora depois do ensaio ter começado. Os atores estavam se saindo até que bem, Volódia parecia completamente absorto no processo e Iurka, entediado, zanzava pelo lugar.

Fazia séculos que não se ouvia o piano. Pelo jeito, Volódia havia pedido um pouco de silêncio para Macha, que estava sentada na plateia, de cara amarrada e não muito longe do palco.

Iurka olhava a todo momento para o piano, triste por ter relembrado a própria história. Naquele momento, sentia uma vontade imensa de se aproximar, abrir a tampa do piano e encostar no teclado, nem que fosse por um instante. Não precisava nem tocar, bastava sentir a fria madeira envernizada sob os dedos.

Enquanto todo mundo estava ocupado com a cena que se passava no lado esquerdo do palco, Iurka juntou coragem para se aproximar do instrumento pela direita. Abriu a tampa. Um reflexo luminoso correu sobre o teclado e, de repente, Iurka foi tomado de pânico. Em questão de segundos, já estava a metros de distância do piano.

Mordendo o lábio, olhou acuado naquela direção e alongou os dedos devido a um velho hábito. De repente, uma voz ribombou dentro da sua cabeça — não a sua própria, mas a de outra pessoa: a voz da examinadora, uma senhora robusta e velha, com permanente no cabelo. Iurka até se surpreendeu de lembrar daquela voz. Tentou abafá-la e ignorá-la, mas não conseguiu. Não queria ouvir, mas ouvia e era doloroso: *Estenda as mãos e toque, o piano está ali. Pode tocar o que quiser e o quanto quiser, não vai fazer diferença. Você é medíocre e sem talento, não tem o menor futuro na música. Tocar, pra você, é só pôr o dedo em uma feri-*

da. Bom, é claro que não foram exatamente essas as palavras que ela dissera. Era Iurka falando consigo mesmo.

— Ah, olá, maluquice! Seja bem-vinda! Quanto tempo, hein? — murmurou ele, irônico, e se escondeu nos bastidores.

Enquanto o ensaio não terminava, Iurka ficou vagando sem rumo pela sala, entediado. Tinha pensado em entrar na cabine de projeção, mas o lugar estava fechado, como sempre. Em todo aquele imenso edifício, conseguiu encontrar apenas um cômodo mais ou menos interessante: o camarim atrás do palco. Iurka se enfiou ali e achou uma caixa com rolos de filme e um projetor, e depois do ensaio reapareceu para mostrar para Volódia.

Apesar da preocupação surgida após a descoberta assustadora e do mau humor que o atormentava o dia inteiro, Iurka foi ver Volódia e a tropa dele depois do toque de recolher. Em vez de histórias de terror, toda a tropa cinco escolheu assistir um filme no projetor. Os meninos votaram em *As aventuras de Cipollino*, o desenho de um menino com cabeça de cebola e seus amigos leguminosos, que Iurka tinha quase certeza de ser italiano, e as meninas em *A Bela Adormecida*, uma gravação dos anos 1960 do balé do Tchaikóvski — numa versão simplificada, lógico. Depois de quinze minutos de uma discussão acirrada, os jovens cavalheiros tomaram uma decisão irredutível: cederam a escolha às damas.

Assim que as crianças deitaram e pareceram dormir, Iurka e Volódia foram para o lugar "deles". Iurka estava mais carrancudo do que nunca. Não queria conversar e também não tinha forças nem a menor vontade de reescrever o roteiro da peça. Volódia tentou outra vez descobrir o que estava acontecendo, mas Iurka permaneceu firme e calado como um guerrilheiro. Após algumas tentativas frustradas, Volódia decidiu tentar animá-lo e, durante todo o tempo restante até o toque de recolher final, cantarolou, ainda que bem desafinado, a valsa de *A Bela Adormecida* do Tchaikóvski, enquanto movia de leve o gira-gira. De início, Iurka ficou quieto. Depois, resmungou:

— Lento demais. E faltou um "hum-hum". E aí fica mais lento...

E então cedeu e começou a ensinar Volódia como cantarolar corretamente a valsa. Cantarolou tanto que passou a noite toda sonhando com bailarinas e, pela primeira vez em um ano e meio, não ouviu palavras na própria mente, mas música. Fazia tempo que não tinha dias tão difíceis e sonhos tão doces.

9

Igualzinho ao Tchaikóvski

SE ANTES DA GRANDE DESCOBERTA IURKA sentia que gostava muito de Volódia, sempre antecipando as conversas divertidas e tudo de interessante que iam fazer, depois da Grande Descoberta aquele sentimento havia se tornado quase doloroso.

Era algo novo e incompreensível, por isso Iurka considerava que o melhor e mais seguro para si mesmo era não se encontrar mais com Volódia, nem mesmo vê-lo. Se pudesse, até brigaria de propósito com ele. Mas só de pensar que não ouviria mais a voz agradável do monitor e que não veria mais aquele sorriso suave e carinhoso dirigido a ele e apenas a ele, Iurka sentia o peito apertar de dor. Era como se alguém tivesse colocado um ímã dentro dele que era atraído de um jeito tão intenso e sofrido por Volódia que dava a impressão de que, a qualquer momento, quebraria os ossos e romperia os músculos. De uma forma ou de outra, foi assim que Iurka se sentiu durante toda aquela manhã, ansioso pela hora do descanso.

Quando a hora do descanso chegou, eles se puseram a caminho do salgueiro por terra firme. Como Iurka havia feito a trilha de ida e volta no dia anterior ao entardecer, não foi difícil reencontrá-la à luz do dia. Só que o percurso até o salgueiro era um pouco mais complicado, pois serpenteava pela mata fechada. Nenhuma das trilhas já abertas levava até lá, então era necessário abrir caminho pela grama alta, enfiando-se entre os arbustos e atravessando um emaranhado de raízes saltadas da terra. Se Iurka se sentia à vontade na floresta, como um peixe dentro d'água — ele conhecia bem aquela área —, Volódia, por sua vez, precisava de atenção redobrada. Uma hora, quase despencou pelo barranco até o rio, derrapando no solo arenoso, e depois quase atolou num pequeno lamaçal, que não notara sob os juncos crescidos.

Mesmo que o caminho tivesse sido árduo, valeu a pena. Sob a luz do sol, o salgueiro parecia uma tenda viva, a sombra perfeita para se proteger do sol do meio-dia. A copa fluía como uma cachoeira até o chão e, por conta dessa cobertura espessa e verde, de fora não dava para ver o tronco da árvore.

Afastando com as mãos os ramos densos e maleáveis, os dois entraram debaixo da copa e se viram numa minúscula clareira, coberta por um tapete felpudo, macio e convidativo, feito de relva e folhinhas caídas.

— Até que é claro aqui — comentou Volódia. A voz, absorvida pelas paredes verdes, soou abafada. — Eu achava que a luz não ia conseguir passar pela copa, mas olha só.

De fato, alguns poucos raios de sol oblíquos tocavam a relva e se destacavam, parecendo ainda mais brilhantes.

Volódia levara consigo um radinho de pilha. Depois de ligá-lo, ficou procurando por muito tempo o sinal de alguma estação até conseguir sintonizar. Uma música clássica soou dos alto-falantes em meio a ruídos e interferências: Vivaldi.

— Vamos trocar de estação? — sugeriu Iurka. — Alguma coisa mais animada e que dê pra ouvir melhor. Não dá pra ouvir nada com tanto chiado.

— Não, vamos ouvir música clássica — insistiu Volódia.

— Que clássica o quê! Coloca na rádio Iúnost, melhor. Às vezes eles tocam Machina Vriémeni. — Volódia balançou a cabeça, e Iura ficou surpreso. — Vai dizer que não quer? Você gosta dessa banda.

— E você gosta de música clássica. Qual seu compositor preferido?

— Dos russos, Tchaikóvski... — começou Iurka, mas fez uma pausa. — Mas que diferença faz? Por que você tá perguntando isso?

— E por que Tchaikóvski? — Volódia quis saber, ignorando solenemente a pergunta.

Então Iurka se deu conta de que o monitor não trouxera o radinho por acaso. Estava tentando arrancar alguma coisa dele, mas Iurka não sabia exatamente o quê, então ficou irritado.

— Volódia, qual é? — Ele fechou a cara e se esticou para pegar o aparelho. — Me dá o rádio.

— Não dou.

Volódia o escondeu atrás das costas.

— Você tá tirando onda com a minha cara?

Iurka tinha certeza de que Volódia tinha colocado a música clássica especialmente para ele. Mas para quê? Por que fazê-lo sofrer?

— Iur, você nunca pensou que pode tentar entrar no conservatório de outro jeito? Tem vagas remanescentes, por exemplo.

— Não. Já falei que não vão me aceitar. Eu não tenho talento. Não vou nem tentar. E desliga esse rádio! Por que você tá me enchendo o saco?

— Não estou enchendo saco nenhum. Estou só procurando uma trilha pra peça — Volódia respondeu e observou Iurka com um olhar sincero e amável.

— Pra que esse inquérito sobre o conservatório, então?

Iurka amarrou mais a cara.

— Primeiro que não foi um inquérito, foi só uma pergunta, e segundo que tinha a ver com o assunto.

— Ah, tá... Tinha a ver, sei. Que seja. — Iurka decidiu jogar o jogo de Volódia. — Mas por que você tá procurando uma trilha se já decidiu ficar com a "Serenata ao luar"?

— Não decidi, só posterguei a decisão. E agora é a hora de procurar uma música nova.

— Hm, a Macha não vai ter tempo de aprender — Iurka comentou, sem conter uma alegria maldosa.

— Vai, sim. Ela não vai fugir pra lugar nenhum — Volódia respondeu, sem dar atenção.

— Então não é melhor ir pra biblioteca? É mais rápido procurar pelas partituras do que ouvindo.

— Esquece a biblioteca. Tempo, Iura! Estamos com muito pouco tempo. E assim unimos o útil ao agradável. Se você parar de pirraça e me ajudar, vai ser só agradável. Me ajuda, vai? Não entendo nada de música. Não vai dar em nada sem sua ajuda.

— Isso dá pra ver, quem é que vai escolher uma sinfonia...

— Mas uma sinfonia no piano não pode ser trilha da peça?

— Poder, pode, mas precisa? Tá bom. — Iurka esfriou um pouco a cabeça e se rendeu. — Se "não vai dar em nada" sem mim, vou ajudar.

— Sem você eu estaria perdido — concordou Volódia.

Eles se acomodaram atrás da parede verde de ramos. Tinham levado papel e lápis com o intuito de terminar as correções no roteiro para Oliéjka, porém se distraíam constantemente.

— "Ária da suíte número 3 para orquestra" — declarou Iurka, mais uma vez sem esperar o locutor. Reconhecia todas as melodias na primeira nota. — Bach.

— Não, não combina — murmurou Volódia, cansado; os dois já tinham ouvido um número considerável de composições, mas nada de escolher.

— A menos que a gente tivesse uma orquestra na manga — observou Iurka, também desanimado.

Quando a ária terminou, Iurka voltou a falar:

— "Cânone". Pachelbel. Fica muito bom no piano, aliás. Mas não é pra gente, muito alegre.

— Sério? — perguntou Volódia, animado. — Queria ouvir melhor... Você podia tocar pra mim? — Iurka lançou um olhar fuzilante para ele e Volódia se apressou em corrigir: — Brincadeira, brincadeira. Apesar de que... Bom, pra mim ia ser bem interessante ver o senhor Iurka Kóniev sentado ao piano, de casaca, penteado, com a postura certinha, tocando todo dedicado — comentou, e então soltou uma gargalhada.

— Começou, né? Não vai mais largar do meu pé?

— Não. — Volódia sorriu, mas ao ver que Iurka estava ficando emburrado novamente, voltou à correção do roteiro. — Um sinônimo para "disfarçado".

— "Oculto"? "Recôndito"? Fica bom, hein!

Volódia riu.

— Acho melhor "escondido".

Depois de mais duas frases e meia hora, Iurka tirou o lápis de Volódia e sentou na relva. Estava perdendo a paciência de ficar repensando palavras ao som das sinfonias. Volódia deitou ao seu lado, cansado, fechou os olhos e jogou os braços atrás da cabeça.

— Queria dormir, estou moído.

Ele bocejou e se espreguiçou tão gostoso que o próprio Iurka começou a se sentir sonolento. As pálpebras pesaram, o corpo relaxou; mais um pouquinho, e ele cairia no sono.

Mas Iurka se recompôs. Balançou a cabeça e franziu as sobrancelhas.

— Para. Ontem à tarde eu caminhei um monte pela trilha e depois ainda dormi mal, e é você que tá cansado?

— Ah, pelo jeito você acha que os monitores descansam tão bem quanto as crianças no acampamento, né? E que estão sempre dispostos.

— Bom, também não é pra tanto, mas duvido que fiquem mais cansados que a gente. Vocês só dão ordens e distribuem as tarefas, aí enquanto os outros trabalham, ficam debaixo de uma árvore só aproveitando. — Iurka sorriu. — Né?

— Você nem imagina como as crianças acabam com a gente! Estou uma pilha de nervos por causa delas. É por isso que os monitores precisam de mais tempo, mais horas de sono e mais comida pra descansar bem e recuperar as forças. Principalmente comida! — Volódia ergueu o dedo bem alto. — A propósito, isso vale pra todos os monitores, os mais experientes e os nem tanto. Então quando você vir um monitor, qualquer um que seja, até o mais forte, fique sabendo que ele quer comer alguma coisa. E dormir.

— Eu nunca vi você cansado.

— É porque em geral eu tô de cabeça quente, aí isso me dá energia. Conversar deixou Iurka mais animado. Ele riu e disse:

— Então pode dormir, monitor cabeça quente, aproveita a chance.

— Não, ainda não terminamos de revisar…

— Eu termino, dorme.

Não foi preciso muito para convencer Volódia: sem tirar os óculos, ele fechou os olhos e inspirou profundamente. Pelo jeito, estava mesmo cansado, pois adormeceu bem rápido.

O rádio ficou ligado. A "Sinfonia número 40", de Mozart, tocava no programa *Hora da Música Sinfônica Mundial*. O "Concerto para piano número 2", de Rachmáninov, abriu o *Hora da Música de Piano*. Durante o segundo movimento do concerto, o mais suave, o sol incidia bem acima da copa. Um raio especialmente forte atravessou as folhas do salgueiro e se espalhou pelas maçãs do rosto e pelos olhos de Volódia. Ao notar isso, Iurka trocou de lugar para que sua sombra protegesse o rosto do monitor. Riscando o roteiro, quase não se movia, só mudava de posição uma vez ou outra para que o sol não atrapalhasse nem despertasse Volódia. Furtivamente, espiava o monitor adormecido para ver se não tinha acordado.

Um sopro morno da brisa levantou a camisa de Volódia, deixando o umbigo à mostra. Iurka ficou olhando fixamente para a barriga reta, a pele branca, suave e delicada como de uma menina. A pele de Iurka não era assim. Ele colocou a mão por baixo da camiseta, tocou a própria barriga e teve a confirmação: era áspera mesmo. Queria tocar a pele de Volódia. Esse pensamento fez ele perder o ar e o calor tomou conta de suas bochechas. Iurka quis virar de costas e continuar a revisão, mas, paralisado, não conseguia nem desgrudar os olhos...

O calor foi tomando conta de seu rosto, que começou a arder. Iurka não só *queria* tocar Volódia, ele *desejava* aquilo. E, ao mesmo tempo, tinha medo de que o monitor acordasse de repente. Mas era um medo tão vacilante e nebuloso que foi dispersado pelo próximo sopro de brisa que desnudou mais um centímetro da pele de Volódia.

Sem se segurar, sem nem ao menos se dar conta, Iurka estendeu a mão, lenta e cuidadosamente. Volódia respirou fundo e virou a cabeça de lado. Ainda estava dormindo. *Tão indefeso*, pensou Iurka, com a mão estendida pairando acima dele. Os dedos estavam na altura do umbigo. Ele pegou a barra da camisa e um pensamento pipocou na sua cabeça: *Você tem coragem?* Não teve. Iurka suspirou e cobriu aquele pedacinho de pele nua com a camisa, depois virou de costas.

Desconcentrado, permaneceu sentado, sem se mover por tanto tempo que as pernas adormeceram. No rádio, o "Concerto número 2", de Rachmáninov, se encaminhava para o fim: já tocavam o último movimento, o favorito de Iurka, o mais luminoso e inocente. Ao contrário de si mesmo.

Ele ajeitou as costas e tentou levantar, mas — que droga! — não conseguia se endireitar. Uma inquietação percorria todo o seu corpo em um calafrio mordaz. *O que está acontecendo comigo? Por que essas cãibras?* Iurka não conseguia compreender.

— Deu aí? — veio a voz de Volódia, de repente, e Iurka deu um pulo.

— Quê? Eu... Não, eu só...

Iurka puxou sua camiseta mais para baixo.

— Como assim? Não terminou de corrigir?

— N-não — respondeu o garoto.

Ele então levantou de um salto e ficou de costas para Volódia. Não conseguia nem olhar para o monitor, de tanta vergonha. Para se acalmar, começou a fazer uma ginástica respiratória. Uma inspiração profunda, uma expiração lenta. Inspira. Expira.... Não estava ajudando.

Volódia permanecia calado.

Um pensamento mais terrível que o outro fervilhava na cabeça de Iurka. *Por que isso de novo? Será que ele percebeu? Não, não pode ser, ele estava de olhos fechados. Mas e se percebeu mesmo assim? Vou dizer que lembrei das revistas. Não vai pegar bem, mas ele vai entender,* chegou a considerar, mas ficou irritado. *Eu não fiz nada, caramba. Só pensei. Tenho o direito de pensar no que eu quiser!* E então, para se tranquilizar: *Não tem como o Volódia ter visto nada, nem saber de nada.* Só que isso não o acalmava nem um pouquinho.

O que tinha ouvido uma vez dos meninos do prédio? Que precisava tomar um banho frio? Iurka cuspiu com raiva perto dos pés e começou a tirar a roupa. Volódia sentou na mesma hora, olhando para ele, desconfiado.

— Iur, que isso? — perguntou.

— Calor — respondeu ele, por cima do ombro, antes de mergulhar na água.

Voltaram para o acampamento devagar e sem falar nada, ao som do rádio. Depois da primeira música, começou a seguinte, que já nas primeiras notas varreu todos os pensamentos de Iurka. Ele sentiu, não com a cabeça, mas com todo o corpo, que a conhecia, que a conhecia tão bem como nenhuma outra. Ouviu não o piano, mas uma voz querida e quase esquecida. Seu coração bateu tão forte que ficou até difícil respirar. Iurka parou abruptamente. Volódia, alguns passos à frente, se virou, mas não disse nada.

— Tá ouvindo? — Iurka sussurrou, com a voz rouca, até um pouco assustado.

— O quê? Estamos só nós dois.

— A música. Essa, Volódia! Escuta só que bonita.

Volódia ergueu o radinho e congelou. Não podia dar um passo, senão as interferências estragariam a melodia. Os dois ficaram ouvindo, com receio de se mover. Iurka olhava para os pés, com um sorriso triste. Sua palidez foi embora, dando lugar ao rubor. Volódia não desgrudou o olhar curioso de suas bochechas — Iurka notou isso de rabo de olho, mas não deu muita atenção ao quão estranho e perscrutador parecia aquele olhar. Na verdade, não conseguia prestar atenção em mais nada fora a música: às vezes sentia prazer, às vezes dor, às vezes calma e às vezes um ardor que queimava por dentro.

— É muito bonita. Tranquila, harmoniosa... — concordou Volódia, quando a música terminou. — O que é?

— Pitchai — respondeu Iurka, solene, ainda com os olhos baixos. Não podia se permitir olhar para cima, muito menos sair do lugar.

— Pitchai?

— Piotr Ilitch Tchaikóvski. "Cantiga de ninar", a segunda de uma série de dezoito peças pra piano — explicou Iurka, como um robô, sem expressar uma única emoção.

Volódia, por sua vez, estava entusiasmado.

— Pois essa "Cantiga de ninar" é ideal pra gente... Você estava certo: nada de noturnos nem músicas de amor! Essa, sim, é o que a gente precisa. E que bom que é Tchaikóvski. Tenho certeza que tem as partituras dele na biblioteca, então temos que ir lá procurar o mais rápido possível...

— Eu amava e odiava essa... — continuou Iurka, ainda emocionado.

Havia sido justamente aquela composição que estragara tudo na prova do oitavo ano. Mas não era a lembrança do fracasso que o consumia. O que sufocava Iurka era a recordação de quão feliz ele se sentia quando a música estava em sua vida, quando era a parte mais importante dele, a mais natural. Mais doloroso foi lembrar que ela nunca mais faria parte dele. Sem música, nada mais importava. O tal "futuro" não importava. Iurka viveria apenas um dia após o outro.

— Eeei... — Volódia disse tão preocupado que Iurka se sobressaltou. — Então, já cansei de fingir que não estou percebendo nada — anunciou o monitor, em um tom urgente. Parecia que Iurka iria sufocar: *Percebeu o quê? O quê?* Mas Volódia logo emendou: — Antes de ontem você fugiu de mim na floresta, ontem passou o dia pálido, hoje está com falta de ar, essa vermelhidão no rosto é estranha. Já que não me fala o que tá acontecendo, não vou mais perguntar. Só quero sugerir que a gente vá até a enfermaria ver a Larissa Serguêievna.

— N-não, não precisa. Tá tudo bem comigo, foi só um pouco de poeira que caiu nos olhos. Eu sou alérgico, sabia?

Iurka não sabia o que dizer, só queria mudar de assunto.

— Não parece alergia...

Volódia estava prestes a começar uma discussão.

— É que meu caso é severo. Vamos — disse Iurka e tomou a dianteira de Volódia, que seguiu atrás.

Já tinham passado mais da metade do caminho difícil quando Volódia murmurou, inseguro, que estava com medo de as pilhas não durarem muito, então desligou o rádio. Houve então um silêncio absoluto; até os passarinhos ficaram quietos. Volódia abria e fechava a boca, sem dizer nada, como se fosse perguntar algo, mas então desistisse. Foi só quando chegaram ao cais que ele, por fim, resolveu falar:

— Em relação a essa "Cantiga de ninar"... ela tem alguma coisa de especial pra você? Não me leva a mal, é só que ficar pálido por causa de uma música é... estranho.

— Volod, já contei tudo que tinha pra contar sobre mim, não tem mais nada. Você fica só falando de segredos, segredos, tem um armário cheio deles, né?

— Não, um armário também não. — Volódia riu. — Os meus maiores segredos você já sabe, mas eu tenho outros, claro, igual a todo mundo.

— Então me conta os mais horríveis.

Volódia pensou por um instante e então começou, inseguro:

— Eu nunca tive um amigo igual a você e, talvez, nunca vou ter. Além disso, nos últimos tempos, acho que tenho visto um pouco de mim em você. Quer dizer, já falei que eu me afasto das pessoas. E tem um motivo pra isso, lógico...

Volódia ficou quieto. Era óbvio que queria contar alguma coisa realmente importante. Iurka percebia isso não só no tom de voz do monitor, mas na postura tensa e nos punhos cerrados. A curiosidade ardente começava a afastar a inquietação e a tristeza que a "Cantiga de ninar" havia trazido, e quanto mais Volódia calava, mais a curiosidade de Iurka aumentava.

— E? — perguntou ele, cansado de esperar.

— Eu sou igual ao Tchaikóvski — respondeu Volódia.

— Como assim igual ao Tchaikóvski?

Volódia se virou e olhou-o fundo nos olhos. Tão fixamente que Iurka ficou desconfortável e piscou. Mas, de repente, o ar reflexivo de Volódia pareceu ser levado pelo vento, e ele voltou a ser o monitor arrogante e certinho. Ele declarou, categórico:

— Gosto de música.

— Ah, tá. Muito obrigado pela sinceridade.

— Iur, mas falando sério, você não sabe de nada mesmo?

Volódia começou a rir. Mas era um riso estranho, meio histérico.

— Nada do quê?

— Do Tchaikóvski...

— Como não sei? Claro que sei: onde ele nasceu, onde morou, quantas obras escreveu e de que tipo. Ah! Tem uma coisa interessante: a última composição dele se chama "Sinfonia pathétique". Pathétique vem de "patética", da vida e da morte — detalhou ele, por algum motivo. — Então, ele escreveu essa, regeu pessoalmente, e nove dias depois da estreia, morreu.

— Entendi.

— Como assim *entendeu*? Ele morreu. Espera, não estou entendendo...

— Não é nada.

— Fala.

O jeito misterioso de Volódia instigava Iurka, que começou a andar ao redor do amigo, implorando para que ele falasse, mas Volódia só sorria, parecendo com vergonha, e balançava a cabeça dizendo para deixar para lá. E Iurka deixou, mas não isso, e sim o que tinha acontecido embaixo do salgueiro. Aquilo havia sumido por completo de sua cabeça.

Já estava virando rotina. Primeiro, ficava tão preocupado que achava, de verdade, que nunca mais ia superar o motivo da aflição. Mas então Volódia pronunciava meia dúzia de palavras e o motivo das preocupações de Iurka iam direto para segundo plano. Mais meia dúzia de palavras, e desapareciam por completo.

— Enquanto você não me contar, não saio daqui — ameaçou Iurka, impaciente.

Volódia olhou para a estação de barcos, que já se podia ver na outra margem, e acabou cedendo.

— Eu li o diário dele. Uma tradução em inglês, ou seja, completa.

— O de verdade? Que ele mesmo escreveu? Não uma biografia, o diário *mesmo*? — perguntou Iurka, chocado.

— É... — respondeu Volódia, com um sorriso espertalhão.

Dava para ler "Até que enfim eu sei alguma coisa de música que você não sabe" no rosto do monitor. Era óbvio que Volódia tinha gostado (e muito) de causar esse efeito em Iurka.

Iurka olhava para o amigo e, agitado, estralou os dedos, murmurando:

— Eu não sabia nem que existia. E... o que está escrito? E por que você não leu a edição russa? Não tem uma edição russa?

— Tem, só que as versões publicadas na União Soviética são editadas. Há partes que foram cortadas.

— Cortadas? Como assim? Por quê? Que baboseira. Até parece que os americanos vão saber mais que os russos! O compositor é nosso, pra começo de conversa!

— É que tem umas coisas nesses diários que são... íntimas.

— O quê? — Os olhos de Iurka faiscavam, então ele pegou Volódia pelo braço e começou a puxá-lo. — O quê? Conta, vai! Como ele era? Como compunha as músicas?

— Era muito caprichoso, sofria com acessos de raiva, bebia. Bebia muito. Jogava cartas, esse era um vício dele.

Iurka desanimou na hora.

— Bom, faz sentido terem cortado essas coisas nas edições russas. Os americanos que procurem essa sujeirada sobre as grandes personalidades da Rússia. A gente não precisa disso! Pra que saber o que o Tchaikóvski tinha de ruim, pra que lembrar logo disso? E, aliás... Por que você me contou justamente isso?

— Você perguntou, eu respondi. E não estou falando isso pra diminuir, mas pra mostrar que ele era uma pessoa comum. Você sabe alguma coisa da vida pessoal do Tchaikóvski? Por exemplo, que ele casou, mas se separou da esposa depois de alguns dias? Nem dá pra dizer que foi casado mesmo.

— Tá, não foi, que seja, que diferença faz? Isso não me interessa. Conta alguma outra coisa, como ele escrevia as músicas?

Volódia olhou para Iurka outra vez e assentiu.

— Não te interessa, claro. Tá certo. Como ele compunha? Tinha um horário certo, todos os dias. Ficava chateado quando não conseguia, mas tentava mesmo assim. Ouvia peças de outros compositores. Dos bons, pra pegar como exemplo. Dos que estavam na moda, pra ficar em dia. Dos ruins, pra reconhecer os erros e não repetir nas obras dele.

— E era normal ele ficar insatisfeito com as composições próprias?

— Muito.

— E ele ouvia música? Quer dizer, quando estava compondo, a música já tocava na cabeça dele? Ou antes de compor. Tipo...

— Eu entendi. Sim. Mas nem sempre.

Conversando sobre Tchaikóvski, os dois desceram até o rio e atravessaram pelo vau. Estavam tão entretidos que, ao ouvir o sinal, levaram um susto e só então voltaram a si e se apressaram até os alojamentos. Cruzaram com Macha, que estava ofegante, sentada no banco perto da pista de atletismo. Imersos na conversa, não responderam ao tímido "oi!" da garota.

De volta à sua tropa, Iurka entrou na formação com os outros, mas diferente dos demais, não ouvia o que Ira Petróvna dizia. Pensava que Volódia estava certo: até mesmo os grandes compositores são seres humanos. Um ser humano como o próprio Iurka. Se o futuro reservava uma carreira musical mesmo ao Tchaikóvski de vinte e cinco anos — praticamente um velho, na opinião pessoal de Iurka —, talvez nem tudo estivesse perdido. Esse pensamento, embora não muito crível, o entusiasmava. Em algum lugar no fundo de si, a ideia de sentar ao piano e tocar alguma coisa alegre começava a animá-lo. O "Cânone", de Pachelbel, talvez?

Depois da merenda, Iurka ficou tão ocupado com os trabalhos comunitários que corria o risco de não terminar antes do anoitecer. Tentou ser dispensado por Ira Petróvna, explicando que tinha que terminar de reescrever o roteiro ainda naquele dia, mas Ira estava irredutível.

— Ira Petróvna, me libera, vai — pedia ele, choramingando. — Preciso muito terminar de reescrever o roteiro. Olha, eu posso ficar reescrevendo na sua frente, pra você ver que não estou de bobeira, estou ocupado de verdade!

Mas a monitora não amoleceu nem diante de súplicas e explicações.

— Já falei que não, Iura, as camas não vão se arrumar sozinhas. Não adianta torcer o nariz, com quatro mãos a gente vai mais rápido.

— Você vai me ajudar? Que inesperado...

Ele ficou surpreso e ao mesmo tempo contente. Ficar a sós com Ira Petróvna significava ter a oportunidade de fazer algumas perguntas e tentar reconciliá-la com Volódia. Nos últimos tempos, só de olhar para ela Iurka já pensava nisso.

A quatro mãos, de fato, o trabalho correu mais depressa. Iurka lavou o chão, Ira Petróvna regou as flores e esfregou os peitoris das janelas, e quando foram conferir se os lençóis das camas já estavam bem esticados, Iurka disse em voz alta:

— Me mandaram pendurar os pisca-piscas porque sou o mais alto dos pioneiros, depois pegar os colchões com o Mitka porque sou o mais forte, e montar o espetáculo porque sou o mais velho. Mas por que eu tenho que afofar os travesseiros? Por que sou o mais preguiçoso?

— Porque ainda não fez seu plantão — respondeu Ira, bufando. — E pode parar. Parece que você está sempre querendo alguma coisa.

— E se não só parecer? E se eu quiser alguma coisa mesmo?

— Tá falando do quê? — Ira se empertigou. — Do Jênia?

— Não, da Macha. Por que você achou que eu estava saindo com ela? — ele perguntou.

Ira visivelmente relaxou.

— Esquece isso. Eu só tinha ficado com essa impressão.

— Tá, mas por quê?

— De todo o pessoal da tropa, só estavam faltando vocês dois no alojamento. E você e a Macha são os mais velhos, com certeza já estão interessados em... sair com alguém. Mas foi besteira, Iur, não tem mais importância.

— Tem muita importância. Você brigou com o Volódia por causa disso.

Ira deu de ombros e virou as costas, mas Iurka arriscou:

— Ir, perdoa o Volod, por favor. Ele estava nervoso, falou bobagem. Não foi por maldade. Ele não é maldoso, não mesmo. Você é monitora também, sabe como é difícil o trabalho na primeira temporada.

Ira encarou Iurka, surpresa. Colocou a fronha em um travesseiro e pôs as mãos na cintura.

— Uau! Iúri Ilitch conversando direito comigo. Que honra!

— Ah, para. Mas pelo menos escuta o que ele tem pra dizer.

Apesar da evidente relutância da monitora, Iurka continuou a justificar Volódia enquanto os dois terminavam o plantão, até que Ira começou a ceder.

— Que teimosia. Por que você tá falando tudo isso? Se ele quer tanto se desculpar, tem que vir pessoalmente, não mandar um intermediário.

— E por acaso ele não tentou? Hoje depois do café da manhã, ontem depois da fogueira...

— Bom... — Ira deu uma última olhadinha no quarto das meninas, pois o dos meninos já estava pronto. — Olha aí, outra vez a Ulka com flores na cabeceira. Meia temporada no acampamento e já está cheia de pretendentes — comentou ela, rindo.

Mas Iurka insistia.

— Não foi o Volódia que me mandou. Eu vim por conta própria. É a primeira temporada dele como monitor, e você é profissional, bom, ele também. Perdoa o Volod, por favor. Ele tá chateado, cansado...

— Tá, tá bom. Pode avisar que se ele vier pessoalmente se desculpar, eu des... — Ela não terminou de falar e se corrigiu: — ... vou pensar no assunto. — E deu uma olhada nas cobertas, examinou uma última vez o quarto e sorriu, satisfeita. — Parabéns pra gente. O senhor está dispensado, Iúri Ilitch.

Ao sair do alojamento, muito orgulhoso de si, Iurka resolveu dar um tempo do roteiro e, em vez de reescrevê-lo, tratou de ir para seu esconderijo secreto comemorar a vitória.

No ano anterior, Iurka abrira uma passagem na cerca perto do edifício em construção. Na ocasião, havia apenas um terreno nivelado, aguardando a obra, mas agora já se erguia um edifício robusto de quatro andares. Durante a primavera, enquanto construíam, haviam fechado a passagem, mas o local, isolado e rodeado pela cerca alta, continuava sendo o mais deserto do acampamento. Apesar de já não servir como rota de fuga, esconderijos não faltavam por ali. Assim, Iurka tinha arrumado uma pilha de lajes de concreto para esconder cigarros.

Ao tirar o maço escondido de debaixo das lajes, ele tremia, dominado pela adrenalina. Na verdade, não gostava muito de fumar, o que mais o atraía era o mistério: conseguir pegar o maço, depois, para não ficar com as mãos cheirando, encontrar algum raminho fino, quebrá-lo quase no meio, prender o cigarro e acender. Nem fazia questão de fumar, só acender e ficar de olho para ver se ninguém percebia. E se alguém percebesse, era dar no pé para que não o alcançassem, mesmo que o tivessem reconhecido.

Iurka achou um raminho, quebrou-o do jeito certo, encaixou o cigarro e já se preparava para acender quando viu Ptchélkin no caminho que levava à alameda dos pioneiros-heróis.

O menino estava remexendo um monte de lixo.

— Ei! — gritou Iurka e logo em seguida congelou: o cigarro estava no raminho-piteira, e a piteira na mão dele.

— A-há! Vou contar pra todo mundo que você fuma! — disse Ptchélkin, insolente.

— E eu vou contar que você fica zanzando pela construção. O que tá fazendo aí?

— Procurando um tesouro, e você fumando.

Ptchélkin mostrou a língua.

— Não estou fumando, estou só segurando. Não tá nem aceso — respondeu Iurka, enfiando o cigarro no bolso.

— Mas vou contar de qualquer jeito. Ou você pode me ensinar uma música cheia de palavrão, aí eu não conto nada — Ptchélkin apelou para a chantagem.

— Você não tem idade pra palavrão. Posso cantar outra, sem xingamentos — disse Iurka, sabendo que se aquele molequinho contasse alguma coisa, iam puxar tanto as orelhas dele em casa que ser expulso do acampamento e se separar de Volódia seria o menor dos problemas.

Nem um pouco satisfeito com a resposta, Ptchélkin saiu correndo pela trilha da alameda, gritando a plenos pulmões:

— O Iurka é um bobão, fuma escondido e depois cheira a mão.

Iurka saiu em disparada atrás do menino. Ptchélkin guinou em direção às quadras. Aproveitando-se da baixa estatura, não precisou contornar os balanços, as escadas e os outros aparelhos de ginástica. Passou por baixo de todos, se arrastando e se escondendo. Iurka, por sua vez, tinha de dar a volta nos objetos. Se não fosse por isso, teria agarrado o encrenqueiro muito antes.

— Para! — gritava Iurka, em vão.

— Iurka bobão! Iurka bobão! — respondia Ptchélkin.

— Iura! Piétia! — chamava outra voz, mas Iurka não ouvia.

Ele correu sem parar até que Ptchélkin finalmente estivesse a meio metro de distância: era só esticar as mãos e agarrá-lo. Mas uma voz furiosa ressoou em seus ouvidos:

— Kóniev! Ptchélkin! Sentido!

Acatando ao reflexo de obedecer a uma ordem, tanto Ptchélkin quanto Kóniev pararam na hora, pregados ao chão. Volódia atravessava a quadra na direção deles, impetuoso. O rosto lívido, os punhos cerrados. Encarava Ptchélkin como se fosse capaz de estrangulá-lo só com o olhar. Iurka adivinhou o que havia acontecido: pelo visto, Volódia tinha perdido o menino.

— O que significa isso, Piétia? Onde você se enfiou?

Ptchélkin olhou interrogativamente para Iurka e sorriu de um jeito endiabrado. Iurka suspirou.

— Tá bom, eu canto. Só que outra.

— De cemitério.

— Tá, de cemitério.

— Oba!

— Que acordo é esse? — interrompeu Volódia. — O que vocês estão aprontando? Iura?

Ao olhar para o rosto dele, Iurka entendeu a diferença entre o Volódia irritado e o Volódia furioso. Se apressou em ao menos distraí-lo, já que não conseguiria acalmá-lo.

— Não estamos aprontando nada. Eu vi o Piétia no caminho perto do prédio que estão construindo, ele estava remexendo o lixo da construção...

— Por quê? — interrompeu Volódia, mantendo o olhar severo sobre Ptchélkin. — Se machucou?

— Eu estava procurando o tesouro — respondeu o menino, mostrando ao monitor os joelhos, os cotovelos e as mãos, sem nenhum arranhão.

— Piétia, não existe nenhum tesouro no acampamento — rosnou Volódia, entredentes.

Se era assim que ele tentava se acalmar, pensou Iurka, não estava funcionando muito bem.

— Foi o Iura mesmo que contou — justificou Ptchélkin, torcendo o nariz, ofendido.

— O tesouro é inventado. O Iura pode confirmar.

Depois de se certificar de que não havia nenhum machucado e de que o menino estava mesmo diante dele, são, salvo e, como não podia deixar de ser, sujo da cabeça aos pés, Volódia voltou a si. Seu tom de voz voltou ao normal, a respiração acalmou, os óculos luziam já sem perigo e os raios de fúria nos seus olhos haviam desaparecido.

— O Volódia tá dizendo a verdade: não existe nenhum tesouro — confirmou Iurka.

— Existe, sim! Pode ser que não seja ouro e joias, mas existe. E eu estava procurando.

— Piétia, você tá proibido de andar perto da construção. É perigoso. Se inventar de ir lá outra vez, não deixo mais você nadar no rio. Está claro? — disse Volódia, e a última gota de raiva evaporou.

— Vocês me enganam primeiro e agora não posso mais nadar no rio. Não é justo! — retrucou Ptchélkin.

— Pode ir no rio. Vou desculpar dessa vez, mas você que não invente moda de novo... — declarou Volódia, depois virou para Iurka e perguntou, desconfiado: — E você? O que estava fazendo na construção?

— Passeando... — murmurou ele; o cigarro apagado ainda no bolso, enquanto Ptchélkin sorria.

A consciência de Iurka pesou: que exemplo estava dando para Ptchélkin? Se não dissesse a verdade para Volódia, sairia como um mentiroso.

— Estava fumando — confessou ele e, ao ver como Volódia ajeitava os óculos pelas hastes, se retraiu. *Agora aguenta.*

Mas, contra todas as expectativas, Volódia não começou a dar sermão nem passar lição de moral, apenas jogou as mãos pro alto e murmurou, cansado:

— Até você? Iura, como é que pode? Aqui no acampamento, não tem vergonha de fazer uma coisa dessas onde tem criança?

— Tenho. E não vou fazer mais, palavra de pioneiro.

Volódia balançou a cabeça e apontou para Iurka com o indicador.

— Você mesmo me disse que estava só de brincadeira. Me prometeu que... — começou ele, mas se calou.

Iurka adivinhou que, se não fosse a presença de Ptchélkin, com toda certeza o monitor ia passar um sermão completo, mas, por enquanto, ele tinha se safado. Volódia ia brigar, mas não ia acabar com ele.

— "Palavra de pioneiro" não me convence mais. Quero a *sua* palavra.

— Dou a minha palavra — concordou Iurka, nervoso.

— Tá certo. — Mas Volódia continuou de cara feia. — Muito bem, Kóniev. Só não vai testar a minha confiança. E você, Ptchélkin, o que me diz?

— Palavra de pequeno outubrista, não vou mais na construção.

Volódia balançou a cabeça e soltou uma risadinha, dizendo baixinho:

— Kóniev e Ptchélkin, que dupla!

— E que tal um trio nota mil? — retrucou Iurka, indicando com a cabeça as meninas do PUM, que se aproximavam.

— Você tá que tá, né?

— Ué, o que foi? São só a Zméievskaia, a Gniózdova e a Klubkova. Mas eu queria mesmo era te falar de uma carreira solo, na verdade, a da Orlova.

Iurka se lembrou de Ira Petróvna, cujo sobrenome era Orlova.

Ele queria contar para Volódia da possibilidade de trégua, mas as meninas se aproximaram e vieram pra cima de Iurka, sem o deixar falar.

— Por que está se referindo à gente assim por sobrenome? — perguntou Polina, ofendida.

— Como se não soubesse como a gente chama — emendou Uliana, amarrando a cara.

Marússia permaneceu quieta.

— E vocês vieram aqui pra quê? Aposto que os figurinos já estão prontos — provocou Iurka, ignorando Ptchélkin que o puxava pelo braço como quem diz "Já que eu não falei nada e foi você mesmo quem contou do cigarro, pode ir cantando pra mim a música que prometeu".

— Bom, sim… — disse Polina devagar, olhando para Volódia.

— Quer dizer, mais ou menos — reconheceu Uliana.

— Na verdade, não — concluiu Marússia.

Foi então que alguém se aproximou daquele honrado grupo.

— Hum-hum… — começou o diretor, pigarreando.

— Boa tarde, Pal Sánytch! — disseram em coro todos os seis.

— Boa tarde, crianças. Er… Hum… Volódia, vem cá um minutinho.

Quando Volódia se afastou com Pal Sánytch e as meninas deram o fora, Ptchélkin recomeçou a se lamuriar:

— Vai, Iura, canta. Você prometeu, vai.

Em resposta, Iurka começou, desanimado:

No cemitério, o silêncio é de morte
A neblina fria paira no ar
E os mortos, de farrapos e chinelos
Já estão prontos pra passear!

Na segunda estrofe, continuou com mais alegria:

Venha conhecer minha linda casinha
Venha, querida, vamos cantar
Venha, querida, vamos apodrecer
O banquete das minhocas, só eu e você

E outra vez com tristeza:

Querida, abraça bem os meus ossos
E beija o crânio meu…

— Não é essa música — interrompeu Ptchélkin —, quero os versinhos! Aqueles do "No cemitério o vento sopra forte… o frio é de rachar". E aí o guarda fica com dor de barriga e o morto sai da tumba.

Iurka suspirou.

— Tá bom — respondeu, e então começou.

É lógico que Iurka sabia aqueles versinhos. E Ptchélkin também sabia. Todo mundo sabia e todo mundo já estava cansado deles. Só que Ptchélkin, pelo jeito, achava engraçado quando alguém mais velho os declamava.

Quando Piétia terminou de ouvir e largou do seu pé, Iurka deu uma corrida até Volódia, que havia se livrado de Sánytch e olhava ao redor, procurando alguém. Ele queria contar sobre Ira, mas primeiro perguntou:

— O que Sánytch queria?

— Se desculpar. Mas não podia ser na frente de todo mundo. É um cara reservado. Menos quando está gritando xingamentos.

— Que história é essa de xingamentos?

Iurka achava que tinha ouvido errado. Não acreditava que o diretor, Pal Sánytch, fosse capaz de algo assim. Acontece que era, sim.

— Ele me xingou, e muito, uma hora atrás, e na frente das crianças. Que boa pedagogia, né? Como que elas vão obedecer o monitor se o diretor berra com ele?

— Que filho da…

— Olha a boca! — retrucou Volódia, bravo, mas Iurka agora entendia por que ele estava tão tenso e não ficou chateado. — Tem criança aqui.

De fato, ali perto quatro meninas da tropa cinco brincavam de adoleta.

— A-do-le-tá!

Iurka amarrou a cara.

— Mas ele estava berrando por quê?

— Le peti, peti polá…

— Por causa da peça. O aniversário do acampamento é na sexta-feira, e a gente não tem nada pronto ainda. Na verdade, não era por causa da peça, mas por causa de um pioneiro.

— Le café com chocolá…

— Por causa de mim? — perguntou Iurka, surpreso.

— Não, outro encrenqueiro.

— Quem?

— Adivinha.

— A-do-le-tá, puxa o rabo do tatu…

— Ptchélkin?

— O próprio.

— Que droga. Qual o problema? Ele não pode levar bronca?

— Ele é sobrinho do diretor. Tá explicado agora?

— Puxa o rabo do pneu, quem saiu fui eu!

— Vamos mais pra lá? — suplicou Volódia.

Deram alguns passos para o lado e, na mesma hora, tudo ficou mais calmo e silencioso. Os gritinhos das meninas haviam distraído Iurka do motivo pelo qual queria falar com Volódia.

— E por que o Ptchélkin não tá no clube de teatro?

— Ele tem outra atividade no mesmo horário, foi tocar o terror no clube de aeromodelismo.

— Um futuro engenheiro e construtor?

— Tá mais pra engenheiro e destruidor.

— Que nem o Matvéiev.

— O Aliocha? Ah, sim, já ouvi falar. Só que no caso do Ptchélkin é uma tendência, e pro Aliocha é mais uma filosofia de vida, pelo jeito.

— É, só que quem estragou os pisca-piscas fui eu. Se tivesse sido o Aliocha, iam só chamar a atenção delicadamente, e comigo, só faltaram ameaçar de morte.

— Você precisa aprender a fazer coisa errada com um sorriso inocente no rosto.

— É um bom conselho. Nem parece que veio de alguém da Komsomol.

— A gente da MGIMO é assim, duas caras.

— Janus — provocou Iurka, rindo, lembrando do deus romano de duas caras, uma para frente e outra para trás.

— O próprio Janus Poluéktovitch — comentou Volódia, com uma piscadela, citando o personagem do livro *A segunda-feira começa no sábado*, um dos mais lidos dos irmãos Strugátski. — Certo, brincadeiras à parte. O Sánytch avisou que amanhã ele e a Olga Leonídovna vão dar uma olhada em como anda o espetáculo. O que quer dizer, Iur, que o roteiro tem que ficar pronto hoje, custe o que custar. Tenho um mundo de coisas pra fazer agora, você pode ir fazendo sem mim?

— Claro. Posso, sim — disse Iurka.

— Então é melhor você ir para um lugar mais isolado. Tipo o alojamento, que deve estar tranquilo nesse horário. Você vai render mais no silêncio.

Ele indicou com a cabeça as meninas que ainda brincavam.

— Certo. Então tá bom — respondeu Iurka, depressa.

— Você é demais. Obrigado! Nem precisa ir no ensaio hoje. — Volódia se virou e gritou por cima do ombro: — À noite no gira--gira, qualquer coisa...

— Volod, Volod! — Iurka o alcançou. — Eu estava te esperando porque queria te contar uma coisa. Convenci a Ira a conversar com você. Vai falar com ela, fazer as pazes, tá bom?

— Mas... ela não disse nada de você ter ido falar por mim?

Era óbvio que Volódia não tinha gostado. Parecia que os monitores tinham combinado: tanto Ira quanto Volódia tinham dito a mesma coisa. Deveriam agradecer, mas Volódia torcia o nariz.

— Eu só pedi pra ela não fugir da conversa — retrucou Iurka, ofendido.

— Hum... Tá — Volódia concordou, pensativo. Depois, começou a olhar ao redor, como se procurasse Ira, mas encontrou Macha em vez dela. — AH! Macha, Macha! Oi! Vem cá comigo, se não estiver ocupada.

Macha atravessou a quadra correndo, com um sorriso tão alegre que parecia que havia passado o dia à espera daquele convite.

— Claro, estou livre — respondeu de imediato, um pouco atrapalhada e corada.

Volódia acenou com a cabeça para Iurka, deu meia-volta e foi em companhia de Macha até Lena, avisar que as crianças ficariam com ela. Não teria sido nada estranho, não fosse um gesto de Volódia que os olhos de Iurka captaram: quando Macha chegou, ele tocou o ombro dela de um jeito amigável demais. Ainda que tivesse sido um gesto inocente, sem qualquer significado, Iurka pensou, com imensa antipatia: *É só assobiar que a Macha vem abanando o rabinho*. E ele que fosse reescrever o texto da peça, solitário, como se sua presença fosse atrapalhar Volódia. Isso deixou Iurka um pouco inquieto. No entanto, já no dormitório, botou mãos à obra e aquele pressentimento sombrio e ruim logo se dissipou. Afinal, o trabalho caminhava melhor no silêncio mesmo. Como Volódia tinha dito mesmo? Isso, ia *render mais*.

10

A noite dos beijos

PARA SUA SURPRESA, IURKA TERMINOU de reescrever as falas de Oliéjka tão rápido que deu um jeito não só de ir ao ensaio, como de chegar alguns minutos antes. Contente que o roteiro estava enfim terminado, entrou correndo na sala de cinema.

O lugar estava praticamente vazio. Só havia duas pessoas: Macha e Volódia. O restante da trupe terminava o trabalho comunitário, andando pra lá e pra cá no acampamento, com pás, vassouras e panos de chão. Agitando o roteiro sobre a cabeça, Iurka foi direto para o palco. Totalmente concentrado em não tropeçar e despencar de seu um metro e setenta e cinco de altura, não notou de cara que havia algo diferente no teatro.

De repente, Iurka parou e olhou para o palco. Inclinou o corpo um pouco de lado, com um sentimento desconhecido e abrasador. Macha tocava o piano e Volódia estava curvado ao lado dela, ouvindo. Foi como se Iurka acordasse de um sonho. Ficou muito atento e por pouco não derrubou as folhas do roteiro: o que a garota tocava não era, nem de longe, a "Sonata ao luar", e sim uma outra melodia, mais bonita, mais querida e muito mais odiada por Iurka. Aquele sentimento desconhecido o apunhalou mais fundo quando ele reconheceu, com dificuldade e rangendo os dentes, a composição de Tchaikóvski, "Cantiga de ninar". A mesma peça sobre a qual ele e Volódia haviam conversado, a mesma que Iurka havia falhado em tocar na prova.

Macha estava tocando errado. Tocava de um jeito revoltante, como se não soubesse as notas direito: às vezes acelerava onde não precisava, às vezes tocava mais devagar, sempre errando as teclas. Os sons se embolavam e até viraram uma cacofonia — uma bagunça que fazia a cabeça de Iurka doer. Mas Volódia, a julgar pela sua expressão, estava gostando. Relaxado, ele apoiava os cotovelos no tampo superior do piano e assentia. Satisfeita consigo mesma, Macha erguia os olhos do teclado e olhava para o monitor apaixonadamente, sorrindo.

— Nada mal, mas ainda precisa praticar — disse o diretor da peça, em um tom gentil, quando Macha terminou. — Mas temos pouco tempo. Você acha que consegue?

Macha assentiu.

— Vou começar a praticar agora então, enquanto vocês estiverem ensaiando. Tá bom?

— Claro — respondeu Volódia.

Iurka pigarreou o mais alto que conseguiu.

Ao vê-lo, Volódia ajeitou os ombros na mesma hora.

— Ah, oi! Trouxe o roteiro finalizado?

— Trouxe — respondeu Iurka, seco.

— Ótimo. Viu, encontrei um papel pra você.

— De onde você tirou?

— Sempre existiu, na verdade. É que você não teve tempo de ler o roteiro completo. — E era verdade. Enrolado apenas com o texto de Oliéjka, Iurka tinha esquecido completamente dos outros papéis. — É o Krause, agente da Gestapo. É um papel secundário, mas importante. Tem poucas falas, mas precisa estar com elas na ponta da língua até amanhã. Acha que consegue?

As mesmíssimas palavras que dissera a Macha. Iurka ficou ressentido.

Ele não queria. A ideia de fazer um papel de alemão, ainda que fosse morto no fim, não era das mais agradáveis. Iurka considerava aquilo uma espécie de traição, ainda que soubesse que estava exagerando. Afinal de contas, sua avó havia perdido o marido, a mãe e o pai na Segunda Guerra, e Iurka nunca tinha visto, nem em foto, o avô. Só que, para recusar o papel, teria que explicar isso a Volódia. E Iurka não queria explicar nada naquele momento, muito menos diante de Macha. Não queria contar sua história de família "dolorosa" — como ele desdenhosamente a chamava. Era uma história discutida em todas as festas, em cada encontro com parentes e amigos, sempre com novos detalhes, de modo que Iurka, ao contrário de todo mundo, acabou ficando com vergonha dela.

Achava que era um tanto trivial, judaica demais, parecida demais com a história de milhares de outras famílias que viviam na Alemanha ou nos países da fronteira naquela época. A avó costumava contá-la diversas vezes seguidas, para todo mundo e só para Iurka, em especial, sobre como perdera o marido e como procurara por ele depois. Iurka lembrava de cor: várias vezes o avô se esforçara para enviar a esposa, grávida, da Alemanha para a União Soviética, o que só conseguiu pouco antes da radicalização do holocausto. O plano era que ele a seguisse logo depois, mas então desapareceu. A avó de Iurka o esperou e mais tarde o procurou, desesperada, entre os parentes que haviam sobrevivido por milagre na Europa. As pistas a levaram até Dachau, mas não importava o que ela ouvisse, contra todo e qualquer bom senso, ela acreditou, até o fim dos seus dias, que o marido tinha dado um jeito de escapar.

A avó havia morrido, mas, pelo visto, havia chegado a vez de Iurka contar a história. Poderia até compartilhar com Volódia, mas com Macha, não, de jeito nenhum, nunca.

— Tá bom — murmurou ele, sem vontade, estendendo a mão para receber o texto, copiado do caderno de Volódia à mão. Então começou, arrastando as palavras, meio cabisbaixo: — "Você é de Leningrado, é? A sua cidade foi tomada há muito tempo, e se a Fräulein prestar uns servicinhos ao comando de Hitler…"

Era um trecho de *Quando não se teme a morte*, de Nikoláiev e Scherbákov. Era óbvio que o militar alemão chamaria Zina de "Fräulein", não de "senhorita".

— Não, agora não — interrompeu Volódia. — Vou dar um dia de folga pra você. Pode estudar o papel e descansar, você já trabalhou muito. Aliás, faz o que achar melhor.

Iurka ficou no ensaio, é claro. Todo o entusiasmo tinha sumido como se levado pelo vento, e seu estado de espírito não tinha melhorado, pelo contrário. Não ficou feliz nem quando Volódia, com uma expressão solene, entregou o novo roteiro nas mãos de Oliéjka, o primeiro a chegar, e o menino ficou muito contente, agradecendo aos dois e começando na mesma hora a ensaiar as falas.

Quando o resto da trupe se reuniu na sala de cinema, todos começaram a passar as cenas da peça. Volódia dirigia tudo atento, Polina e Marússia cochichavam entre si com ares de fofoca, e Iurka, desanimado, permanecia no seu lugar de praxe na primeira fileira e lutava contra a vontade de tapar os ouvidos. Macha, martelando o piano, estudava a peça, e Iurka não suportava ouvir ninguém tocando aquela composição.

Ele havia tocado a "Cantiga de ninar" tantas vezes que se sentia não mais um intérprete, mas o compositor. Quantas horas a melodia soara em sua cabeça, quantas horas passou no piano, memorizando e experimentando, à procura da sonoridade ideal e tentando adivinhar como Tchaikóvski havia imaginado a obra. Iurka havia se dedicado tanto à "Cantiga" que tinha a impressão de que a música era *sua*. E agora tinha outra pessoa tocando!

Macha. Ela estava enredando a música na própria cabeça, movia-se no ritmo da melodia, afinava o tempo pelas batidas do coração, fazia daquela a música de sua alma. E o mais horrível era que ela tocava a "Cantiga de ninar" unicamente para agradar Volódia, para que ele gostasse. E ele estava gostando! De quando em quando, o diretor da peça se aproximava de Macha, assentia satisfeito e dizia alguma coisa em voz baixa. Iurka tinha a impressão de que eram elogios.

Ao que tudo indicava, só Iurka percebia que Macha não tocava como devia, que tocava mal e completamente errado. Ele sabia que podia tocar muito melhor e que Volódia gostaria muito mais. Mas se permitir se aproximar do teclado... para ele isso era semelhante à morte.

Enquanto isso, Macha tocava e tocava. Terminava, começava outra vez, depois terminava de novo e recomeçava. Iurka, por fim, não aguentou mais.

Precipitou-se para o palco e por muito pouco se segurou para não baixar a tampa do piano nos dedos de Macha.

— Para! — berrou ele. — Chega de tocar, chega!

Macha tirou as mãos do piano e encarou Iurka, assustada. Um silêncio tenso pairava na sala. Todos os presentes pararam onde estavam: Oliéjka, congelado, olhava por dentro do roteiro enrolado como se fosse uma luneta, Volódia estava meio agachado na poltrona, Polina e Marússia, com as mãos sobre a boca, e Petlítsyn, com o acordeão nas mãos. Todos tinham virado a cabeça e observavam fixamente Iurka. Mas para ele era indiferente. Já estava fora de si.

— Macha, isso tá horrível! — exclamou, irritado. — Você tá tocando uma cantiga de ninar, não uma polca! Aonde você vai com esse acompanhamento? Por que ele abafa o tema principal? E depois? Aqui, ó. — Ele apertou uma tecla. — Tem que ser mais suave. E por que você não usa o pedal? Não sente a música, não? Não entende como essa obra deve ser tocada? — Ele tomou fôlego e sibilou entre os dentes, um pouco mais baixo, porém com muito mais crueldade: — Macha, você não tem talento nenhum.

Nos primeiros segundos, a garota, congelada, parecia estar assimilando o que tinha ouvido, depois os lábios dela tremeram. Iurka leu um "Olha quem fala" neles, mas Macha não conseguiu pronunciar em voz alta, só puxou o ar pela boca, depois começou a chorar baixinho.

— Pode chorar o quanto quiser, isso não muda nada — declarou Iurka, e na mesma hora sentiu que alguém o puxava pelo cotovelo e o arrastava para um canto.

— Vamos lá fora um pouco — sussurrou Volódia, arrancando-o do palco em direção à saída da sala de cinema.

Eles se afastaram até o palco acústico para que não pudessem ser ouvidos pelas janelas abertas da sala de cinema.

— Iura, o que foi isso? — perguntou Volódia, bravo. — O que te deu na cabeça?

Mas Iurka, de cara amarrada, continuou calado.

— Ah, qual é?! Vai dizer que não achou que passou dos limites? — continuou Volódia, ligeiramente mais calmo.

Ele encostou as costas na parede e fechou os olhos, cansado. Iurka se sentia tão devastado por dentro que não teve forças nem para erguer a voz.

— Chega de me dar lição de moral — rosnou ele, devagar. — Foi por isso que você falou pra eu ir embora? Sabia que eu ia gritar com ela?

— Sabia — respondeu Volódia, simplesmente.

— Eu sou tão previsível assim?

O ânimo de Iurka murchou ainda mais: será que ele era mesmo tão simplório que até suas reações mais íntimas e profundas podiam ser previstas tão fácil?

— Não — respondeu Volódia, sem pestanejar. — É só que eu presto atenção no que você fala.

Iurka levantou os olhos cheios de surpresa. Pelo jeito, Volódia previra também aquela reação, pois apenas assentiu, sem olhar para ele. Houve um silêncio desconfortável.

Iurka não sabia o que dizer, mas precisava dizer alguma coisa. Só não queria que Volódia fosse embora. Mas o monitor precisava voltar para o ensaio e, antes disso, claro, passaria um sermão em Iurka. E foi o que aconteceu. Ainda que Iurka tivesse pedido, momentos antes, que Volódia não lhe desse mais lição de moral, o monitor o fez mesmo assim.

— Você sabe que foi muito cruel, né? — perguntou Volódia, que finalmente o agraciou com um olhar. Direto, inabalável, e mais severo do que nunca.

— Cruel? — Iurka bufou. — Cruel é ouvir a Macha tocando. Ela não entende a composição, Volod! É música clássica, é complexa, não dá pra aprender em dez minutos! Não dá pra só pegar a partitura, olhar as notas e tocar. Tem que sentir. Tem que mergulhar na música, se colocar dentro dela, deixar a música atravessar seu corpo. Me dá até uma dor no coração quando escuto a Macha! Tchaikóvski deve estar se revirando no túmulo!

Volódia o escutava, às vezes erguendo, às vezes franzindo as sobrancelhas.

— Você não entendeu, né? — perguntou Iurka, com um último suspiro. — Não dá pra entender… Tem que ter vivido de música como eu vivia pra entender…

— Eu entendo um pouco — disse Volódia. — Com certeza não tão bem quanto você, mas… É difícil pra você, mas não muda o fato de que você se comportou mal com a Macha. Iur, eu sei o que você já passou com a música. Mas a Macha não tem nada a ver com isso. Quando dividimos os papéis, ficou decidido que ela iria tocar, o que eu posso fazer? Não vou mandar a menina embora.

— Não estou pedindo pra fazer isso! Só não dá a "Cantiga" pra ela. É impossível de ouvir!

— Vamos parar por aí? Se é tão difícil ouvir ela tocando, toca você! Você sabe a música, conhece melhor…

— Não! — interrompeu Iurka bruscamente. — Nem pensar.

— Por quê?

— Porque não. Não posso e pronto.

— E o que você sugere, então? Não gosta do jeito que Macha toca, mas você também não quer tocar...

— Pode deixar a Macha tocar, mas não essa música.

— Mas é a música perfeita pra gente. E Macha também, e você... Você precisa pedir desculpas pra ela.

— Ah, tá. Não vou pedir desculpa pra ninguém. De jeito nenhum.

— Claro, claro, "Os outros que peçam, eles que se virem" — disse Volódia, citando o livro *O mestre e Margarida* e revirando os olhos. De repente, balançou a cabeça e sorriu. — É, você ainda é muito criança.

— Criança é você! Não tenho medo de pedir desculpas. É que a Macha, ela... ela me tira do sério.

Volódia deu uma risada tristonha e ergueu as mãos, frustrado.

— Ao que parece, todas as meninas te tiram do sério.

— Não é verdade — retrucou Iurka, embora soubesse, para seu próprio horror, que Volódia estava certo.

Mas Iurka queria que Volódia estivesse errado e que ele mesmo "gostasse" tão intensamente de outro alguém, tanto quanto gostava daquele monitor sarcástico, nocivo, sempre certo sobre tudo e todos. Mas não. Ali, naquele momento, Iurka não se sentia atraído por ninguém além dele. Ali, naquele momento, Volódia não estava errado. Mas Iurka queria que o monitor pensasse que estava errado, sim. Só não conseguia mentir descaradamente.

— Eu gostava de uma — reconheceu ele, com sinceridade. — A Ánia. Ela veio na temporada passada, mas esse ano, não.

— Ah... Olha aí — O sorriso de Volódia passou de desdenhoso a forçado. — Nesse ano não tem ninguém, então?

— Bom... não, acho. — De repente, influenciado não pelo bom senso mas por algum impulso maluco, quase se entregou. — Quer dizer... ter, até tem, mas pra el... ela, eu não existo.

Então ele se sentiu sufocar com as próprias palavras. Sua cabeça girava, tudo ficou turvo, e um medo viscoso fechou sua garganta. Um pensamento martelava em sua cabeça: *É agora! Conta pra ele agora. Você não vai ter outra chance dessas!* Mas não conseguia. Olhava fixo para Volódia sem dizer uma palavra.

O sorriso havia desaparecido por completo do rosto dele. Volódia também o olhava fixo, mas, diferente de Iurka, não era um olhar suave, suplicante, e sim um olhar que exigia alguma coisa.

— Quem é? — perguntou Volódia, sério.

— Uma menina do meu prédio — respondeu Iurka.

Ele não podia dizer a verdade, porque ele mesmo não sabia toda a verdade. E no fundo do coração tinha a esperança de que tudo ia passar.

Mas e se arriscasse e contasse, o que iria acontecer? Não contar diretamente, mas de um jeito mais abstrato. Não faria mal a ninguém. No fim das contas, o conselho do rapaz poderia ser útil para Iurka no futuro. Afinal, para dizer a verdade, Iurka não tinha amigos próximos, só "os meninos do prédio", com quem compartilhava só piadas e mais piadas, nunca nada sincero e pessoal. Claro que Iurka não estava sendo completamente honesto com Volódia, mas isso era outra história, ele não tinha outra saída.

— Você só gosta dela? Ou… é um pouco mais complexo? — A voz de Volódia soou fria e rouca, estranha, e seu tom foi tão grosseiro que Iurka quase não a reconheceu.

Aquele tom não combinava com o rosto de Volódia nem com o momento. Aliás, a situação por si só parecia um tanto irreal para Iurka: acampamento, pioneiros, verão, calor. E, mesmo com tudo isso, ele sentia um frio horrível por dentro. Era como se não estivesse ali, mas em algum mês de inverno tenebroso, olhando para si mesmo e Volódia de longe, como se assistisse a dois filmes ao mesmo tempo: a imagem de um e o áudio de outro.

— Um pouco mais complexo… — respondeu Iurka e deu as costas, sem condições de sustentar o olhar sombrio de Volódia.

— Hum, isso é bom — declarou o monitor.

— Bom? — Iurka repetiu, surpreso. — Não tem nada de bom. Parece que eu… pelo jeito, me apaixonei… Não sei, não tenho certeza. Nunca tinha acontecido nada assim comigo. E não tem nada de bom! É difícil, não dá pra entender e não é nada agradável!

— Mas por que você acha que não existe pra ela? Já se declarou?

Volódia passava a ponta do tênis no asfalto. Iurka não via nem o rosto nem a postura do monitor, pois olhava para os arbustos.

— Não. Não faz nem sentido — sussurrou Iurka, triste. — Ela é de outro… hum… círculo. Não gosta de caras como eu nem nunca vai gostar. Ela não me nota, olha pra mim, mas não me vê. É como se eu não existisse pra ela. Mas na verdade não é culpa dela, nem minha, talvez. Só calhou de ser assim.

— Claro, nem você nem ela têm culpa. Mas, sabe, é difícil não notar um baderneiro que nem você — comentou Volódia, num tom mais caloroso.

Aquele calor suave, aquelas palavras, a compreensão de Iurka de que Volódia queria apoiá-lo de verdade, tudo isso foi como um combustível para sua coragem. Iurka decidiu fazer a pergunta mais importante:

— O que você faria no meu lugar? Como agiria? Ia se declarar mesmo sabendo, mil por cento, que não é correspondido?

— E o que você vai perder por se declarar?

— Tudo.

— Bom, não precisa ser tão categórico.

— Não estou sendo categórico, é só como as coisas são. Se ela souber, vai mudar o comportamento comigo e nada vai ser como antes. Significa que eu vou perder o que tenho agora. E é melhor o que temos agora do que o que nunca vamos ter.

— É tudo tão irremediável assim?

— É — concordou Iurka. — Mas e você? O que faria?

Volódia suspirou, estralou os dedos. Iurka levantou os olhos e viu que ele ajeitava os óculos. Não como de costume, pelas hastes, mas como fazia quando estava nervoso: empurrando-o absurdamente até o topo do nariz.

Ao sentir o olhar sobre si, Volódia deu as costas para Iurka e começou a falar, sem nem parar para pensar:

— Se eu estivesse apaixonado, ia querer que a pessoa amada estivesse *feliz*. E meu interesse na felicidade dela seria maior que tudo, até na própria pessoa. Por isso eu faria só o que fizesse bem pra essa pessoa. E se pra isso fosse preciso não incomodá-la, eu não incomodaria. Inclusive, se fosse melhor que essa pessoa ficasse com outro alguém, eu daria espaço, daria até um empurrãozinho.

— Fazer isso que você tá falando é o certo, é bom, acho. Mas como a gente faz pra viver depois?

— Vivendo, ué.

Volódia deu de ombros.

— Fazer tudo só pensando no outro, se sacrificar? Que loucura... — comentou Iurka, bufando.

Ao que tudo indicava, Volódia realmente era adulto demais, enquanto ele era uma criança, porque não o entendia por completo. Ou não queria entender? Ou tinha medo de um destino assim?

— Por que você decidiu que essa é a palavra certa? "Sacrifício"? — retrucou Volódia, em um tom ríspido. — Quem se sacrifica decide se entregar. Nesse caso, você não tem escolha e não há outra saída. Iura, você tem que pensar nisso aqui: se você tem tudo o que quer, se é completamente feliz, mas a pessoa que ama está infeliz, como você ia se sentir? Nada mais importaria se a pessoa que você gosta estivesse sofrendo — explicou Volódia, decidido, pronunciando cada palavra mais alto que a anterior. — Iur, se você faz alguma coisa pra pessoa que ama e fica preocupado com a possibilidade de não conseguir algo em troca, então você é egoísta. Nesse caso, eu tenho uma boa notícia: não é amor, porque no amor não existe egoísmo.

Iurka ouviu com atenção, mas não sabia o que responder. Uma coisa ficou clara: se tivesse a mente de Volódia, saberia sem sombra de dúvida que seu sentimento não tinha nada de "amor", era só uma brincadeira de criança. Era tudo muito lógico, muito simples, como tinha de ser.

Uma onda de alegria o invadiu e por um instante tudo pareceu mais fácil. Logo depois da alegria, veio a certeza de que seu sentimento por Volódia passaria. De que estava tudo bem, era passageiro e a vida, por conta própria, iria entrar nos eixos, era só esperar.

Mas isso seria depois; naquele momento Iurka tinha que responder alguma coisa, ainda que só para não terminar a conversa naquele tom desagradável.

Mal contendo um sorriso, balbuciou a primeira coisa que passou pela cabeça, e na mesma hora se arrependeu:

— Você fala como se... como se soubesse o que é um amor não correspondido. Não tirou isso do nada, né? Já teve um amor assim?

— Já — respondeu Volódia, sem olhar para Iurka. Depois de uma pequena pausa, ele cruzou os braços e disse com a voz rouca: — E ainda tenho.

Uma avalanche de sentimentos antagônicos desmoronou sobre Iurka. Ele ficou contente por Volódia confiar nele, ficou contente por conhecer um lado novo, secreto, do monitor. Mas, ao mesmo tempo, foi dilacerado por um ciúme torturante porque a tal garota não era ele.

— Por que você não tá com ela? — murmurou Iurka, desanimando.

— Porque não é certo.

— E de onde você tirou que a menina que você gosta vai estar melhor com outra pessoa?

— Eu não "tirei" de lugar nenhum, eu sei.

— Ué, mas ela não estaria melhor com alguém que tá pronto pra fazer de tudo por ela, que a ama tanto?

— Com outro alguém, sim. Comigo, não.

— Mas por quê?

— Porque eu não sou santo, Iura. Não me obrigue a provar nada pra você. Porque eu não vou.

— Você que sabe... Tá bom, então. — Iurka titubeou, mas depois lembrou e repetiu, com uma voz inexpressiva, a pergunta de Volódia: — Quem é ela?

— Não vou falar. É pessoal — ele respondeu, rude.

— Não confia em mim? E ainda diz que é meu amigo.

— Pode pensar o que quiser, não vou falar.

— Fala um nome, pelo menos. A gente vai precisar de um nome pra ela quando...

— Não vamos mais falar sobre ela.

Iurka até quis ficar ofendido, mas não conseguiu. Entendia perfeitamente o que Volódia estava sentindo, o que era ter medo até de revelar um nome. Mas, por outro lado, a resposta categórica do monitor o deixara curioso.

Volódia podia ter respondido de forma vaga, como Iurka fizera: uma moça do prédio, uma colega de curso, ou inventar um nome qualquer. Mas não. Ele havia respondido apenas um "Não vou falar", como se o nome ou duas palavras para caracterizar a pessoa pudessem indicar a identidade de modo certeiro. Por que aquele segredo todo? Ela era o quê? Uma celebridade ou... ou Iurka a conhecia? Será que era alguém do acampamento?

Volódia interrompeu as conjecturas de Iurka.

— Chega de falar de mim. Você não se interessa por mais ninguém? Tem um monte de menina bonita por aqui.

— Mas não tem ninguém igual a ela. E quais as chances? Mesmo que eu gostasse de alguém, elas não iam gostar de mim. — Ele deu de ombros. — Eu não sou você. Estão todas gamadas em você.

— Ah, para. Que todas o quê! — disse Volódia, cético.

— A maioria. No teatro mesmo. Não é um teatro, é o harém do Vladímir Davýdov! — Volódia deixou escapar uma risadinha. Muito feliz por ver surgir no rosto dele um sorriso, Iurka começou a apresentar provas: — Eu já falei que as meninas me obrigaram a te levar pra discoteca.

— É, eu lembro — respondeu Volódia, se animando um pouco.

— A Marússia tinha que me dar um beijo na frente de todo mundo... na bochecha... dois beijos, aliás!

— Uau!

Volódia estalou a língua.

— Ah, é! Eu já tinha até esquecido...

— E você quer?

— Como não?

Volódia pensou por dois minutos.

— Olha — ele disse, ainda um tanto indeciso —, já que é assim, você quer que eu vá na discoteca? Hoje mesmo.

— Claro que eu quero!

Iurka imaginou a cara de Marússia quando comunicasse que tinha cumprido sua parte do acordo e que estava esperando que a garota cumprisse a dela.

— Então está decidido. Assim que a gente terminar, vou convencer a Lena a trocar comigo. Agora vamos voltar pro ensaio, tem meia hora ainda.

— Vai você. — Iurka gesticulou para Volódia ir logo. — Eu tenho o dia livre hoje, e vocês nem precisam de mim no ensaio. Vou ficar de bobeira até o horário da discoteca. A gente se encontra no gira-gira?

Volódia assentiu e foi para o teatro. Iurka foi direto para o esconderijo secreto perto da construção. Tinha que mudar os cigarros de esconderijo, agora que Ptchélkin tinha visto. Estava com receio de voltar ao local do delito durante o dia, mas aquela era a melhor hora para isso.

Quando voltou com a prova do crime, contornou a sala de cinema, passou por baixo dos arbustos que cresciam nos fundos e chegou até o seu segundo esconderijo. Não era nada parecido com o primeiro: era pequeno e estreito. Tratava-se de um pedaço de cimento quase solto na parede, mas que quando era afastado revelava uma pequena fresta, onde dava para esconder um maço de cigarros. Mas Iurka não tinha pressa de se livrar deles.

As atividades dos clubes deveriam acabar logo, logo. Aproveitando que os pioneiros estavam espalhados cada um em um canto, uns nos clubes, outros nas quadras e no campo, e que os caminhos estavam vazios, Iurka tirou do bolso o maço, o filtro e uma caixinha de fósforos, então riscou, acendeu um e tragou com prazer. Embora tivesse prometido a Volódia que não iria mais fumar, naquele momento, depois de tanta tensão emocional, precisava de um alívio rápido. Queria voltar um pouco a si e entender quem era ela, a misteriosa desconhecida de Volódia — ou nem um pouco desconhecida, talvez?

Além das meninas das tropas, só havia mais duas moças no Andorinha, ambas monitoras: Lena e Ira Petróvna. Iurka se recusava até a imaginar que pudesse ser Lena, que não era nem de longe bonita. Ele sabia que pensar daquela forma não era legal e sentiu vergonha do próprio julgamento, mas não podia fazer nada: os dois simplesmente não combinavam. Além disso, Volódia se comportava com Lena de modo exclusivamente profissional. Iurka sabia que não poderia excluir a possibilidade, mas, a contragosto, seus pensamentos se voltavam para Ira, muito mais atraente.

Mas essa teoria também foi logo por água abaixo, uma vez que Volódia, por ser muito educado, jamais ofenderia sua amada. Por outro lado, ao lembrar que o monitor dissera que seria capaz de afastar a pessoa amada se fosse para o bem dela, Iurka não excluía a possibilidade de Volódia ter se comportado daquele jeito de propósito. A verdade era que Ira podia, sim, ser a paixão secreta de Volódia.

Iurka podia até imaginar, em detalhes, Volódia indo encontrar Ira Petróvna, no meio da noite, enquanto todo mundo dormia. Na escuridão e no silêncio, a máscara da tranquilidade caía do rosto de Volódia, revelando outra pessoa: um garoto sincero, ardente e intenso, sussurrando seus sentimentos ao pé do ouvido da monitora. Talvez se beijassem, talvez ele pedisse para ela abraçá-lo...

Iurka se sentiu enjoado. Não entendia de onde vinha a raiva que o fez cerrar os punhos. Por pouco se deteve para não socar a parede da sala de cinema. Em vez disso, coçou o nariz com um punho ainda fechado.

Mas, por outro lado, por que precisariam se esconder? Iurka sabia, pelas fofocas do acampamento, que nem Ira nem Lena tinham namorado. Por causa de Jênia? Mas por que Ira não poderia terminar com o treinador? A resposta era óbvia: o próprio Volódia não queria isso. Ele tinha dito que a garota de quem gostava estaria melhor com outra pessoa.

Mas, de resto, o que tinha de mais? Ela era monitora, e ele também. Se não ficassem de amasso na frente de todo mundo, ninguém ia julgar os dois. Será que Volódia simplesmente tinha medo dos boatos? Mas se fosse isso, ele saberia que Iurka era capaz de guardar segredo. Volódia tinha revelado coisas bem mais secretas a ele, que poderiam render uma expulsão da Komsomol, tinha até a história de ir pros Estados Unidos! Um romance com uma monitora não era grande coisa perto disso. Não podia haver um segredo mais terrível do que ele já tinha confiado a Iurka. Portanto, não era uma monitora. Mas quem, então? Uma pioneira?

Isso, sim! Se tivesse um romance com uma pioneira, Volódia poderia ser expulso da Komsomol. Tanto a reputação dele, quanto a dela (o que era muito pior) estariam arruinadas pelo resto da vida. Não se pode brincar com uma coisa dessas, segredos assim não se revelam nem sob tortura, sobretudo quando a felicidade de quem se ama estava em jogo — e era exatamente isso que preocupava Volódia... No lugar dele, Iurka também ficaria quieto. Aliás, era exatamente o que estava fazendo.

Mas, mesmo assim, quem era? Se fosse uma pioneira, quem seria?

Prendendo o cigarro nos dentes e semicerrando o olho direito por causa da fumaça, Iurka guardou seus pertences no esconderijo, fechou a fresta com o pedaço de cimento e saiu de entre os arbustos. Seu olhar caiu, por acaso, em uma janela pela qual era possível ver toda a sala de espetáculo. O que se passava ali fez com que seus olhos, lacrimejantes por causa da fumaça, sofressem um repuxo nervoso.

Era como se assistisse a uma cena de cinema mudo. Toda trupe marchava para fora da sala e lá dentro restavam apenas duas pessoas: Macha e Volódia. Ela ainda não tinha se acalmado, estava sentada numa poltrona da primeira fila e soluçava, cobrindo o rosto com as mãos. Quando a porta se fechou atrás do último ator, Volódia sentou ao lado da garota. Disse alguma coisa no ouvido dela. Iurka esperava que ele levantasse e fosse embora, mas o monitor ficou. Continuava falando, fazendo carinho no ombro e no cabelo dela. Aquilo parecia... romântico. Romântico demais e até íntimo, como se os dois fossem um casal.

E se forem mesmo um casal?, pensou Iurka, e aquele sentimento estranho e abrasador o corroeu por dentro, provocando mais dor do que nunca. A dor foi se espalhando de um pequeno pontinho na boca do estômago para toda a barriga, o peito, e começou a queimar, a inchar e a pulsar. Sem forças para continuar olhando, Iurka pisou com raiva na bituca do cigarro e foi para o alojamento.

Entrou no dormitório, caiu na cama, fixou o olhar no teto e tentou se tranquilizar. Foi só lembrar da sua recente e salvadora conclusão — aqueles sentimentos desapareceriam em algum momento — que imediatamente se sentiu mais leve. Afinal, ele era egoísta, seus sentimentos não eram verdadeiros, não passavam de um capricho. Acima de tudo, Iurka pensou que sentia tanta falta de Ánietchka naquela temporada que, sem querer, acabou transferindo toda sua atenção para a única pessoa de quem gostava e que achava próxima, Volódia. Quem poderia imaginar? Um monitor havia se tornado objeto de uma grande, porém amistosa, simpatia de Iurka. No lugar de Ánia, Volódia. Que absurdo.

Um batalhão de garotos da tropa um entrou no quarto fazendo uma algazarra enquanto contavam como Aliocha Matvéiev por pouco não ficara preso no aro do basquete. Gargalhando com os demais, Iurka sentiu que, a cada minuto, a raiva e o ressentimento iam embora, e seu ânimo voltava ao normal. Mas ainda não dava para dizer que estava totalmente de bom humor — lá no fundo, ainda havia ecos de irritação — e, para uma noite como aquela, ele precisava estar com o humor nas alturas. Para entrar no clima, Iurka apareceu no dormitório das meninas logo depois do jantar para contar a Marússia que Volódia ia na discoteca aquela noite. Sem falta.

O dormitório feminino estava um caos. Todas as meninas, até Macha, estavam espalhadas pelos cantos e acuadas nas paredes, deixando espaço no meio do quarto para as integrantes do PUM, que por pouco não se engalfinhavam.

— Por que você jogou meu laquê fora? — gritava Marússia, furiosa.

— Não tinha mais nada! — justificava-se Uliana, pálida, que visivelmente não esperava aquela reação da amiga.

— Tinha, sim! Ainda tinha um restinho que dava pra minha franja! — A franja cheia de frizz de Marússia se movia no compasso do queixo trêmulo. — Pode ir lá buscar no lavabo, agora!

— Meninas, eu já olhei no cesto, não está lá. — Polina tentava acalmar as amigas. — Ul, pode ser que ainda não tenham tirado todo o lixo, você olhou lá fora?

— Eu mesma joguei no lavabo — respondeu Uliana, pálida não de medo, como havia pensado Iurka, mas de raiva.

Ele se animou.

— Meninas, não briguem. — Pólia outra vez tentava acalmá-las. — Eu pedi pra minha mãe, ela vai trazer o laquê, duas latas novinhas. Certeza absoluta que ela vai trazer!

— Tá, mas quando? — Marússia estava quase chorando. — O aniversário do acampamento é só na sexta, mas até lá eu vou fazer o quê?

— Dá pra deixar a franja com volume mesmo sem laquê! — afirmou Pólia, pacificadora.

— Marúúússia! — Iurka espiou pela porta. — Eu tenho duas notícias pra você. Uma boa e uma má. Começo por qual?

— O que é? — perguntaram as três, em coro.

O resto das colegas de tropa de Iurka o encaravam, de olhos arregalados e interessados.

— Tá, vou começar pela boa, então. Adivinha quem vai na discoteca hoje?

— Como assim?! — exclamou Marússia, e até sentou. A franja desgrenhada caiu completamente imóvel na testa dela. Pelo jeito, a notícia que era para ser boa tinha sido péssima pra ela. — Que tipo de pessoa você é, Kóniev? Tinha que ser justo hoje? Por que não amanhã ou no dia do aniversário do acampamento, ou qualquer outro dia que eu tivesse laquê?!

— Não precisa agradecer com palavras, não, viu? — comentou Iurka. — Você me deve outra coisinha, lembra? Era essa a má notícia.

— Que tipo de pessoa você é, Kóniev? — ela gritou. — Eu lembro, sim! Ô se lembro!

— E que não é só um, mas dois. Não esqueceu, né?

Sem condições de se segurar, Iurka se desfez num sorriso largo e sarcástico.

Todas as meninas, menos as do PUM, olhavam de Iurka para Marússia, aturdidas. A própria Zméievskaia nem chegou a ficar vermelha, mas Iurka corou. Não de vergonha, e sim pelo esforço de segurar o riso: era bom demais vê-la em desespero.

— Já falei que sim! Ai, Úlia! Por quê? Por queee você foi jogar fora o meu laquê?

As macieiras ao redor da pista de dança estavam cobertas de pisca-piscas. As luzinhas piscavam brilhantes, enfeitando de amarelo e vermelho o azul-escuro da noite. A música fluía das caixas de som. O aparelho na concha acústica era comandado por Sacha Sánytch, o encarregado. Os monitores de guarda, usando braçadeiras, patrulhavam o baile, enquanto os pioneiros já enchiam a pista de dança.

Aqui e ali, pipocavam rostos conhecidos das tropas mais velhas. Os garotos estavam arrumados, penteados, cheirando a água-de-colônia e lançando olhares ansiosos para todos os lados. As garotas estavam enfeitadas e usavam peças da última moda. Elas andavam pelo lugar, paquerando, olhando para os rapazes e dançando timidamente.

Para não chamar a atenção, Volódia e Iurka ficaram espiando todos por uns dez minutos, em um canto sob as macieiras. Mas bastou o monitor atravessar a fileira de cadeiras no fundo da pista e entrar no foco da luz e da música para que uma espécie de brisa percorresse a multidão. A primeira a perceber foi Kátia, da tropa dois. Apontando para Volódia, ela se inclinou para o ouvido de uma amiga, depois para outra, e a notícia se espalhou com a velocidade do som. Não passou um minuto até Volódia ser cercado pelas meninas do PUM, que estavam exultantes, além de Macha e mais uma meia dúzia de garotas. Iurka chegou até a ficar com um pouco de pena: a desolação estava estampada no rosto de Volódia.

O monitor deu um jeito de se desvencilhar das damas insistentes, pegou Iurka pelo ombro e o levou para um canto. Sentou numa cadeira e respirou fundo.

— O que foi? — perguntou Iurka. — Vai dizer que não vai dançar?

— Pra quê? — retrucou o monitor, surpreso.

— Como pra quê? A gente tá na discoteca, ué. As pessoas dançam aqui. É pra se divertir.

— Não é muito divertido quando a gente não sabe dançar — comentou Volódia, se fazendo de modesto.

— Ah, é só se balançar no ritmo da música. Olha lá o Matvéiev botando pra quebrar.

Aliocha Matvéiev se considerava um cara muito prafrentex, por isso dançava de um jeito bem esquisito, com movimentos complicados e imprecisos: primeiro rodou os dois braços acima da cabeça, imitando uma marionete quebrada ou um robô desprogramado, não dava para saber. Depois se jogou no chão e começou a girar as pernas no ar. Uma vez, o próprio Aliocha tinha explicado para Iurka, que aquilo não era uma convulsão, mas uma dança:

— Tá muito na moda em Moscou, em Leningrado e no Báltico, chama *break dance*. É muito da hora! Mas presta atenção porque é uma dança complicada! — dissera o garoto.

Iurka pensou em aproveitar o ensejo para perguntar a Volódia se ele conhecia essa moda do pessoal jovem da capital. Mas, ao ver a expressão absolutamente incrédula do monitor, decidiu que talvez fosse melhor perguntar mais tarde.

— Hum, é, com certeza "botar pra quebrar" eu não vou — afirmou Volódia.

— Ah, essa é boa! Não vai dançar, então? Nem a música lenta?

— Vou dançar com quem?

Volódia ficou corado. Iurka soltou uma risadinha.

— Candidatas não faltam. Estão todas sonhando em serem escolhidas.

Era verdade. Ao observar o salão, Iurka pescava, a cada segundo, os olhares interessados das garotas. A maioria olhava para Volódia, cheia de esperanças. *Vai que dá certo e ele me convida*, com certeza pensavam.

Mas Volódia balançou a cabeça.

— Não ia ser elegante da minha parte dançar só com uma menina, e se depois as outras ficarem com raiva dela? Então, não... Aliás, eu não vim pra dançar, eu vim pra ver a Marússia te beijar. Vai lá chamar, ela tá bem ali. — Ele indicou o canto onde estavam as meninas do PUM. — Eu estou aqui, o que quer dizer que você cumpriu sua parte. Agora vai lá acertar as contas.

Volódia estava claramente de bom humor, pois caiu na risada.

— Sei — disse Iurka, e foi em direção às meninas.

Não precisava de coragem. Além disso, era bastante convencido.

— Mússia! — chamou ele, em voz alta. — Olha eu aqui!

As três encararam Iurka, surpresas.

— Que foi? — Polina não entendeu. — Do que você... Ah!

— Pois é! — disse Iurka. — Combinado é combinado. Eu trouxe quem vocês queriam, agora vocês precisam cumprir a promessa.

— Vai nessa. Quem espera sempre alcança — comentou Marússia, baixinho.

Estava mais que claro que a garota não queria cumprir promessa nenhuma.

— Não, meninas, não foi esse o combinado. Se você, Marússia, não me beijar agora, eu dou um jeito do Volódia ir embora. Que tal? Mas... — Iurka fez uma pausa teatral —, se ele ficar, de repente... pode convidar uma de vocês pra dançar...

Iurka tinha certeza de que isso não aconteceria, mas os olhos de Pólia e Uliana brilharam. Apenas Marússia não expressou nenhum entusiasmo. Mas Uliana se intrometeu: pegou a amiga pelo cotovelo e a empurrou para perto de Iurka.

— Vai logo — sussurrou, indicando um canto com a cabeça.

— Nada disso! — Iurka deteve as meninas. — Você prometeu na frente de todo mundo. Vamos pro meio da pista... — Ele estendeu a mão para Marússia. — Quer dançar?

Ela suspirou e, com cara de enterro, se arrastou atrás dele.

O cabelo trançado, e nos olhos o azul do céu
O sorriso é a pura primavera, feito com pincel
Ela é bela, tão bela, a garota mais linda...

A canção entusiasmada do grupo Vesiólye Rebiata soava do alto-falante.

— Parece que a música é pra você — elogiou Iurka, generoso. Marússia sorriu, com vergonha.

Chamar os movimentos desajeitados dos dois de dança era ir um pouco longe demais. A única coisa que Marússia se permitiu foi apoiar as mãos nos ombros de Iurka, de um jeito bem recatado, e patear no ritmo, a uma distância de meio metro um do outro.

— Por que você me odeia tanto? — perguntou Iurka.

— Não odeio, mas você é difícil. Não tinha nada que ir pra cima do Vichniévski — murmurou ela, zangada. — É por sua causa que ele não veio esse ano.

— Não é minha culpa. Ele ficou a temporada passada inteira se gabando que o pai ia deixar ele viajar pra Bulgária — respondeu Iurka, seco.

Ao ouvir isso, Marússia o encheu de perguntas, mas Iurka não respondia, mal prestava atenção.

Estava olhando de soslaio para Volódia, sentado no fundo da pista. Jogado na cadeira, de braços cruzados, ele sorria e acompanhava os dois com o olhar.

Iurka de quando em quando percebia algum olhar invejoso dos outros garotos. Vanka e Mikha por pouco não tinham aplaudido quando perceberam que ele olhava para os dois.

A música terminou, mas Marússia não se animava nem a dar os beijos nem a ir embora.

— Vai logo, vai — falou Iurka. — Tá esperando o quê? E são dois!

— Mas por acaso você não tem o endereço dele?

— Não. Os beijos!

Ela revirou os olhos, respirou fundo e chegou mais perto. Iurka, muito prestativo, virou de lado e ofereceu a bochecha para que Marússia, na pontinha dos pés, conseguisse alcançar. Antes de dar o beijo, ela prendeu a respiração. Iurka semicerrou os olhos, contente: veio o primeiro toque suave na bochecha, e dois segundos depois, o segundo, ainda melhor. Ele tinha gostado muito.

Quando abriu os olhos, viu apenas as costas de Marússia, que ia embora impetuosamente em direção às amigas.

Chocados, Vanka e Mikha agitavam os braços freneticamente chamando Iurka, que acatou o pedido.

— Como? — perguntou Vanka. — Como você conseguiu isso?

— Como teve essa sorte? — emendou Mikha, verde de inveja.

— O que tem de mais? — retrucou Iurka, se fazendo de surpreso.

— É a Marússia, pô! A verdadeira Hidra russa! Só não vai falar pra ela que dei esse apelido, tá? — Mikha fez cara de reflexivo. — Em mim, ela bate com a tolha, já em você... ela... ela dá um beijo! — afirmou o garoto, como se Iurka não soubesse.

— É — aprovou Vanka. — A gente não pode nem sonhar com uma coisa dessas...

— Bom, eu não acho ela tudo isso. — Iurka fez um gesto de desdém. — Já vi melhores.

— É isso aí! É assim que tem que ser com as garotas! — Mikha começou a rir em aprovação, mas na mesma hora acrescentou, num sussurro assustado: — Só não vai falar pra ela que eu disse isso, tá?

Iurka balançou a cabeça.

— Não, pode deixar. Eu fiz por merecer.

Erguendo o queixo, orgulhoso, ele se virou na direção de Volódia.

Só que o monitor já não estava mais sentado na cadeira. Iurka olhou ao redor, assustado.

Vai ver ele foi até a concha. Será que foi fazer as pazes com a Ira? Ele não voltaria para o dormitório sem me avisar. Convencido de que o monitor estava ali em algum lugar, bastava encontrá-lo. Iurka rumou em direção ao outro lado da pista e subiu numa macieira — a mesma na qual ele pendurara os pisca-piscas no começo da temporada. Ele se equilibrou num galho, passou a perna por cima da folhagem e, sentindo-se um pirata no mastro, começou a vascular os arredores.

O pessoal lá embaixo estava curtindo: tinha gente convidando as meninas para dançar (Iurka teve até um pouco de inveja, que adrenalina!); gente se divertindo sem par nenhum; e gente só dançando sem sair do lugar, num canto solitário, como Mitka.

O locutor da rádio do acampamento estava diante de uma árvore enfeitada com pisca-piscas vermelhos e olhava para Uliana, ora rosado como um porquinho, ora pálido feito um giz quando as luzinhas apagavam.

— Vamos fazer uma pausa — anunciou Sánytch, quando a música terminou, distraindo Iurka de Mitka. Os pioneiros soltaram uma vaia.

— Olga Leonídovna vai anunciar o resultado do rouba-bandeira, depois vai ser a vez das meninas escolherem o par pra dançar!

Olga Leonídovna entrou no palco e, precisamente em um minuto, anunciou no microfone, em alto e bom som e sem enrolar, que, de acordo com a contagem dos pontos, era a amizade que havia vencido! Ou seja, como todo o ano, era apenas um jogo, o importante era competir, et cetera, et cetera...

Houve alguns aplausos. Mas assim que soaram os primeiros acordes do hit romântico de 1986, "O balseiro", da Alla Pugatchova, um murmúrio de animação surgiu entre os garotos, enquanto as garotas, todas ao mesmo tempo, começavam a olhar ao redor. Pelo jeito ávido com que observavam, estavam à procura de alguém específico.

O monitor da tropa cinco, adivinhou Iurka e, seguindo a direção dos olhares, de fato o encontrou.

Volódia estava perto da concha acústica, escondido por uma coluna alta — motivo pelo qual Iurka não o havia encontrado de imediato. Como Iurka já supunha, o monitor estava conversando com Ira Petróvna. Tão de longe, não dava para ouvir o que diziam, nem analisar a expressão no rosto dele, no entanto Iurka conseguiu ver que Macha se aproximava dos dois, devagar e indecisa. Ela parou e, colocando as mãos para trás e apoiando-se ora num pé, ora no outro, disse alguma coisa. Volódia assentiu. Ira deu um tapinha em seu ombro e, sorrindo, se afastou. Volódia se curvou um pouco, cumprimentando Macha, e estendeu galantemente a mão para a garota.

O tempo se transformou numa pasta viscosa. Congelado em uma pose pouco confortável, Iurka observava Volódia conduzir Macha para o centro da pista de dança, lentamente, muito lentamente. As outras garotas acompanhavam os dois com o olhar, cheias de inveja. Volódia, com toda a diligência e guardando a distância correta, segurou Macha pela cintura... e dentro de Iurka se ergueu uma nova onda de raiva e ressentimento.

Os pioneiros abriram espaço para que Volódia e Macha rodassem sozinhos na pista. Iurka os acompanhava, hipnotizado. Na cabeça dele, Volódia e Macha eram o centro do mundo, e dezenas de luzinhas multicoloridas, todas as estrelas e a lua brilhavam só para os dois, realçavam os dois...

Ciúmes, sussurrou seu subconsciente, muito prestativo, dedurando o nome daquele sentimento dilacerante. Era ciúmes, aquela mesma sensação horrorosa que Iurka experimentara mais cedo, quando espiara os dois pela janela da sala de cinema. Era ciúmes, o sentimento que o corroía naquele momento, com mais força e mais dolorosamente do que antes.

Traidor! Mentiroso!, irritou-se Iurka. *Disse pra mim que não ia dançar com ninguém, mas era mentira! E não está só dançando, está valsando! E com quem?! Com a Macha! A tonta da Macha! E se diz meu amigo! Que amigo incrível!*

Enquanto isso, a canção de Pugatchova tocava lentamente nos alto-falantes. Para Iurka, a música soava como um lamento.

São tantos encontros e despedidas nessa vida,
O balseiro traz esperança a todo mundo,
Na margem esquerda e na direita, ida e volta.
Tantos amores, e ele sozinho na travessia...

A música ia chegando ao fim, e ela repetia sem parar:

Tantos amores, e ele sozinho...
Tantos amores, e ele sozinho na travessia...

E eu sozinho, pendurado na árvore feito um idiota, pensou Iurka, cheio de raiva. Ele pegou uma maçã que pendia, girou-a e a arrancou. Sem mirar, atirou-a em Volódia. Tinha certeza de que não ia acertar e que a maçã ia se estatelar no chão, espirrando suco nos dois. Mas a fruta descreveu um arco praticamente perfeito e... acertou em cheio o ombro de Volódia.

O que aconteceu a seguir se deu em questão de segundos.

Iurka percebeu que não podia continuar em cima da macieira de jeito nenhum, senão iam flagrá-lo e expulsá-lo do acampamento. Nunca desceu tão rápido de uma árvore. Com a destreza de um acrobata, se esgueirou para baixo e, com a velocidade de um corredor olímpico, sumiu da zona da discoteca.

Para ser sincero, só pensou em sumir. Passados uns três minutos, parou e, vermelho feito um camarão, olhou para os lados. Não muito longe, dava para ver uma pequena construção sem janelas. Iurka se enfiou num canto. Apoiado na parede esbranquiçada, tomou fôlego e só então sentiu o doce aroma do lilás e ouviu os ruídos do galpão de luz.

— Iura! — alguém chamava, de longe. — Sei que você tá aí! Eu vi você se escondendo.

Como que ele já me alcançou?, pensou Iurka, com raiva, mas decidiu que não fazia sentido fugir outra vez; mesmo se escapasse agora, teria que se justificar no dia seguinte.

— Aqui, eu tô aqui — ele se entregou.

Volódia se aproximou. Assumindo uma postura culpada, Iurka baixou a cabeça. Mas não dava para dizer que Volódia estava irritado; na verdade, parecia mais era perplexo. Esfregava o ombro atingido com um olhar desconcertado.

— Por que você jogou uma maçã em mim?

— Desculpa — Iurka disse, com sinceridade. — De verdade, achei que não ia acertar. Tá doendo muito?

— Bom... dá pra sentir... — admitiu Volódia, envergonhado. — Pra que você subiu na árvore?

— Estava te procurando, e lá de cima dá pra ver melhor.

— E? — Volódia perguntou, esperando maiores explicações.

— Fiquei bravo com a Macha — confessou Iurka. — Ela te convidou, e você aceitou.

— E daí?

— Você disse que não ia dançar com ninguém. E foi dançar justo com ela, sabendo o quanto ela me tira do sério.

— Iura, não estou entendendo. — Volódia esfregou os olhos, parecendo cansado. — Explica direito.

— É que eu vi vocês no teatro hoje. Vi você acalmando a Macha.

— Você estava espionando?

— É, estava!

— Pra quê?

— Que diferença faz? Primeiro você foi lá e abraçou ela, depois fez carinho no cabelo, agora vem e dança... E depois o quê? Você gosta dela?

— Não — respondeu Volódia, firme. — Mas o que você tem a ver se eu e a Macha...

— Você disse que a gente é amigo.

— É claro que somos amigos, mas o que isso tem a ver? Iura, tem alguma coisa acontecendo com você nos últimos dias. Eu pergunto, você não responde. Depois encrenca com a Macha. Mas isso da maçã foi demais.

Sim, Iurka sabia que vinha se comportando de um jeito muito estranho. Na cabeça dele, entendia isso. Volódia e a relação dele com Macha não deveria despertar em Iurka um furacão de emoções. Mas despertava. Ele sentia uma dor e um aperto no coração. Aquele sentimento queimava e martelava no peito. As bochechas ardiam, o corpo se arrepiava e os dedos tremiam.

Volódia estava tranquilo. De pé, com os braços cruzados. Iurka se aproximou dele e, olhando em seus olhos, disse:

— Quero que eu seja único pra você.

— E você é. Além de você, não tenho nenhum amigo — Volódia disse suavemente, com carinho, até. — Iura, se você gosta da Macha, é só dizer.

— "É só dizer"? Será que não é melhor você me falar?

— O que eu tenho que falar pra você?

— A verdade. Sobre a Macha. Eu sei que é ela. Por que você não admitiu que era? Por que fica escondendo? E pra quê? É só você esperar um ano e pronto. Vai ter tudo que quiser. Tudo. E eu, não. Nunca vou ter nada!

— "Um ano"? Não estou entendendo. — Volódia, de fato, parecia confuso, até descruzou os braços. — Espera. Ou... — Ele ficou pensativo por um momento e então bateu com a mão na testa. — O idiota aqui sou eu! É por isso que você tá estranho, por isso tá me evitando e brigando com a Macha: você gosta dela, mas ela gosta de mim!

Volódia começou a rir.

Olhando para aquele circo que ele mesmo havia armado, Iurka voltou a ficar com raiva. De repente, tudo ao redor pareceu claro demais, como se todos os seus sentidos tivessem se aguçado de uma só vez.

O ruído do galpão parecia ensurdecedor, o cheiro do lilás era doce demais, e até o brilho baço da lua e das estrelas o cegava. O rosto de Volódia ficava mais pálido sob aquela luz, e seus olhos verde-

-acinzentados reluziam como esmeraldas. Talvez fosse apenas impressão de Iurka, mas parecia que havia algo além de uma falsa alegria naquele olhar. Era como se Volódia soubesse mais do que devia, como se entendesse o que se passava com Iurka, muito melhor do que ele próprio. Mas, apesar disso, mentia e insistia na farsa.

— A sua "menina do prédio" é a Macha? Iur, fico feliz... Não vou atrapalhar. É só criar coragem, você vai ter tudo.

— Do que você tá falando?

Iurka já não respondia mais pelos próprios atos. O tempo, pela segunda vez aquela noite, começou a passar mais devagar. Ao ruído em seus ouvidos se juntaram as batidas do coração. Tentando interromper aquela confusão, Iurka encheu o peito de ar.

— Eu não gosto da Macha, eu gosto de você! — confessou, e virou de costas para Volódia.

— Pera. O quê? — Volódia pegou Iurka pelo braço e o virou para que os dois ficassem frente a frente. Ele franziu o cenho, olhando nos olhos do garoto. — Repete! O que você disse?

— Como eu posso explicar? — disse Iurka, com a voz baixa e sufocada.

Ele segurou os ombros de Volódia, chegou mais perto, fez uma pausa breve e encostou os lábios nos dele.

Volódia parou de respirar e seus olhos se arregalaram de surpresa. Iurka sentiu que ia morrer. Era como se ele não existisse mais. A única coisa que sentia e compreendia de forma nítida era o cheiro de Volódia. Maçã. E, bem de leve, o calor de sua pele.

Depois de alguns segundos, Iurka sentiu as mãos do monitor em seus ombros. Não teve nem tempo de ficar contente, pois Volódia, com cuidado, mas firme, o afastou.

Por mais alguns instantes, Volódia ficou olhando desconcertado para o rosto quente de Iurka. Depois, sem tirar as mãos dos seus ombros, mantendo Iurka à distância, disse em um tom severo:

— Para com isso.

11

A música toca aqui

Iura usou a túnica militar para varrer os cacos de vidro do peitoril e saiu do dormitório dos monitores. Não ficou triste ao ir embora do campo de dentes-de-leão — o lugar era melancólico demais — e seguiu na direção de onde costumava ficar a pista de atletismo. Durante a juventude de Iura, a pista parecia imensa, mas agora não passava de alguns metros de terra coberta de grama com aspecto triste.

Quando a gente é criança, tudo parece maior e mais significativo, pensou ele, circundando as quadras de tênis. Com um suspiro, balançou a cabeça. Não parava de pensar sobre a passagem inevitável do tempo, que era impiedoso com todo mundo. Como uma peste, o tempo matava tudo em que tocava.

Temendo tropeçar no asfalto quebradiço em meio à grama úmida, Iura olhava bem onde pisava, e se deparou com a grade metálica desgastada e enferrujada jazendo ali, como se crescesse do chão. Um dia, aquela grade havia cercado a quadra; um dia, Volódia se apoiara nela, desesperado, pedindo desculpas por causa das revistas, contando da MGIMO.

Será que ele terminou a faculdade?

Seu olhar ficou preso em um emaranhado escuro de videiras junto à parede do refeitório. Iura chegou mais perto. Entre os pedaços de tijolo quebrado e folhas caídas, havia retângulos estreitos. Os menores eram pretos, e os maiores, brancos. Teclas de piano. Aliás, o próprio instrumento estava ali: arruinado, com o revestimento descascado e a tampa quebrada. Na tampa, que antes cobria o teclado, a plaquinha dourada com a inscrição do modelo, Eleguia, havia sobrevivido. Os martelos também estavam espalhados e, das entranhas do piano, jorravam as cordas arrebentadas.

Iura quase sentia uma dor física ao olhar para o instrumento de sua infância tão deteriorado.

Como isso veio parar aqui? A sala de cinema não é perto... Devem ter sido os moradores de Goretovka. Quando ainda tinha Goretovka. Devem ter tido a ideia de arrastá-lo até a praça. Mas já que pegaram, por que largaram aqui? Se bem que se o povo não deixou pedra sobre pedra em todo o campo, o que não dizer de um piano...

Eleguia... Ele lembrava daquele modelo de piano, tinha sido um dos mais populares na União Soviética. Pianos daquele tipo eram os mais comprados nos jardins de infância, nas escolas e em outras instituições. O Andorinha não era exceção. Era exatamente um desses, marrom, que se encontrava na sala de cinema e era usado em todos os ensaios. Era nesse que Macha tocava...

Iura estendeu a mão e tocou no teclado disperso. Lembrava das teclas não como estavam agora, mas como eram antes, limpas e brilhantes. Se elas também tivessem memória, tampouco reconheceriam suas mãos. Naquela época, as mãos de Iura eram jovens. Ele encarou as mãos envelhecidas sobre o velho teclado, uma imagem triste. Eram parecidos.

Diante dos seus olhos, fulguravam fragmentos da memória, imprecisos, solapados. Mas, de repente, o tempo disparou para trás e as teclas voltaram a ser brancas e limpas, e os dedos sobre elas, jovens e inexperientes.

A cena ganhou vida e se tornou nítida, cheia de detalhes, como se estivesse acontecendo naquele momento. Iura ouviu os sons e sentiu os cheiros — a sala de cinema, a noite, o verão de 1986, e ele, jovem, na sala de cinema. O Iura adulto também estava presente, com todos os seus pensamentos.

— Iur, levanta! Vai, Kóniev! Se alguém se atrasar pra ginástica, não vão dar o título de melhor tropa pra gente.

Ginástica. Café da manhã. Assembleia. Trabalho comunitário. Teatro. Volódia em toda parte. Não tinha onde se esconder dele. Iurka tinha contado tudo, então o monitor sabia todos os lugares onde ele poderia se esconder. Iria encontrá-lo e perguntar: "Por que você fez aquilo?".

Não tinha necessidade de levantar, não naquele dia, com certeza não.

— Iur! Vai, Iura, acorda logo! Vamos! — insistia Mikha, puxando o cobertor dele. — Por que você já tá com roupa de sair?

O colega ficou surpreso, mas Iurka permaneceu em silêncio.

Ainda na noite anterior, Iurka tinha previsto que Volódia não ficaria parado no lugar e ia querer ir atrás dele, e logo, onde quer que Iurka se escondesse. Por isso tinha corrido justamente pra lá, o último lugar onde o monitor pensaria em procurá-lo: seu próprio alojamento. Assim, sem tirar a roupa, enfiou-se debaixo do cobertor. Volódia apareceu quando todo mundo já estava dormindo e não teve coragem de acordá-lo.

Iurka não lembrava se tinha dormido ou não. Não tinha ideia do que havia feito aquela noite. Tinha fechado os olhos, mas será que havia dormido?

Ele levantou da cama, espanou as folhas de macieira do lençol — tinha trazido da discoteca —, se trocou em silêncio e, a muito custo, foi para a ginástica.

A parte boa de andar em um grupo de três era que ele não precisava nem erguer os olhos do chão. Era só se arrastar guiado pelos pés de quem ia à frente: o caminho daria em algum lugar. E deu. Na pista de atletismo, onde o acampamento inteiro havia se reunido. Inclusive Volódia. Tudo que Iurka queria era sumir dali.

Era muito prático apenas olhar para a sombra de quem estava na frente e repetir os movimentos. Era impossível para Iurka levantar a cabeça, seu corpo não deixava, mesmo que brigassem com ele dizendo que o queixo tinha que ficar para cima e a coluna, reta. Os olhos dos dois com certeza iam se encontrar, era inevitável. Claro, Iurka não cairia morto por causa disso, mas também não conseguiria ficar ali parado. As pernas iam grudar no chão, o corpo ficaria paralisado, mas teria que fazer alguma coisa. No mínimo, teria que descontar toda a raiva que sentia de si mesmo — mordendo a língua com força, por exemplo, se todo o resto falhasse. Mas a língua não era a culpada. Aquilo que fazia Iurka se odiar não havia sido dito, e sim feito. Ah, por que é que ele havia inventado de fazer aquilo?

Depois, a assembleia. A tropa um, tradicionalmente, ficava de frente para a tropa cinco. Ele e Volódia eram os mais altos entre os presentes; e como todo mundo, tinham que olhar para a frente. Mas

Iurka não seguia a regra, sentindo o olhar de Volódia. Era um olhar que não gelava, nem queimava, e sim sufocava, muito.

O hino. A bandeira. Ele precisava levantar a mão em saudação. Tinha de olhar para cima, o que era bom, prático, porque assim não olhava para a frente.

As tropas se dispersaram, e Iurka ficou responsável pelo refeitório. No caminho, ele notou que o asfalto na alameda dos pioneiros-heróis era excelente. Cinza e uniforme, todo rendado pelas sombras das bétulas ao redor, com pontinhos de sol que passavam pela folhagem. E o que era estranho: esses pontinhos de luz às vezes se misturavam formando pequenos borrões, às vezes se desfaziam como uma gota de aquarela na água. Ou, talvez, aquilo fosse normal, e o problema era apenas os olhos de Iurka. O problema, como sempre, era Iurka. Ah, por que ele havia feito aquilo?

Organizando as cadeiras no refeitório, ele tentava aceitar que não haveria futuro para os dois. Depois do que acontecera na noite anterior, restava apenas o passado: a breve amizade ficara para trás, assim como tudo que havia de bom — a empatia e o respeito de Iurka por si mesmo, seu amor-próprio. E seu sentimento incompreensível por Volódia também teria que ser deixado para trás.

Estendendo a toalha de mesa, Iurka decidiu que aquele sentimento — tivesse o nome que fosse — tinha que ser esquecido o mais depressa possível. Não importava o que fizesse, qualquer recordação de Volódia estaria irremediavelmente maculada pela lembrança daquela ação vergonhosa. Além disso, ele tinha gravado na memória a resposta que recebera. *Para com isso!* Não, esse sentimento não deixaria Iurka viver em paz. E ele queria viver!

Sabia que, em algum lugar, lá, além das cercas do acampamento, longe da vergonha e dos riscos, teria uma vida, iria encontrá-la com certeza. Em algum lugar lá longe se estendia uma terra ignota, onde a liberdade esperava por ele. Mas a liberdade estava lá fora, e não ali, dentro no acampamento, não próxima o bastante. Se ele pudesse fugir para longe, além do horizonte... Não, não "se pudesse", era algo necessário. Ele *tinha* que fugir dali!

Iurka levou a colher ao prato. Obediente, comia devagar, só não sabia exatamente o que estava mastigando, pois não prestava atenção.

No prato, boiava um grande pedaço de manteiga, que formava uma mancha amarela em cima de algo sem gosto e esbranquiçado. Provavelmente mingau. Na mão esquerda, um pedaço de pão, essa parte era certeza, e perto havia um copo, mas o que tinha dentro, se era chá ou chocolate quente, Iurka também não sabia. Alguém sentado à sua frente bebia, então ele também bebia; alguém comia, ele também comia, não porque queria, mas porque tinham dito que "precisava".

Só levantou do lugar quando toda a tropa cinco, liderada por ambos os monitores, saiu do refeitório. Enquanto os outros responsáveis das tropas limpavam as mesas, Iurka pegou uma bandeja com louça suja e pensou o que faria a seguir.

A ginástica, a assembleia, os trabalhos, ele podia sobreviver a tudo isso — e já tinha sobrevivido. Mas e o teatro? Seu papel era pequeno, qualquer um podia substituí-lo. Talvez Volódia ficasse com pena e o tirasse da trupe? Seria bom. Assim haveria menos encontros, menos palavras e menos arrependimento. Talvez Iurka até aprendesse um jeito de viver sem nunca mais cruzar um olhar com ele? Talvez se acostumasse a não tê-lo por perto? De toda forma, Volódia não estaria mais por perto. Não por perto como estava até a noite anterior — bondoso, interessado, luminoso, próximo. Mas cedo ou tarde Iurka precisaria sobreviver a essa separação. Cedo ou tarde teria que deixar de gostar dele.

As meninas pediram a Iurka que colocasse as cadeiras em cima das mesas para que pudessem lavar o chão. Atendendo ao pedido gentilmente, ele de vez em quando se surpreendia pelas cadeiras serem tão pesadas, uma vez que não eram feitas de nenhum material especial: tinham um assento fininho e pernas de alumínio. Logo ficou cansado, mas continuou a virar uma após a outra — um trabalho enfadonho como aquele era ótimo para pensar.

O que iria fazer quando, de um jeito ou de outro, encontrasse Volódia e ele perguntasse: "Por que você fez aquilo?". Porque o monitor com certeza ia perguntar, afinal se tratava de Volódia.

Iurka começou a implorar mentalmente: *Tomara que ele nunca mais fale comigo. Tomara que não chegue perto. Tomara que faça de conta que eu não existo. Tomara que nem olhe na minha direção, só para não me perguntar nada.* Sim, aquilo era assustador. Sim, era uma verdadeira catástrofe, mas Iurka era forte, suportaria o desprezo e o ódio. No desprezo e no ódio por Iurka, ele e Volódia seriam camaradas. Que assim fosse: aquela seria a última coisa em comum entre os dois.

Acontecesse o que fosse, do jeito que fosse, mas que o monitor não perguntasse nada. Mas ia perguntar. Era Volódia. E o que responder àquela pergunta (plenamente razoável)? Ah, por que ele havia feito aquilo?

Iurka foi para o meio do salão para terminar de ajeitar as cadeiras; as meninas já estavam lavando o chão. Ele estendeu os braços e estremeceu ao ouvir uma voz atrás de si, não muito alta e dolorosamente familiar:

— Iura?

É agora. Iurka ficou encarando o vazio à sua frente, com o coração quase saindo pela garganta.

O amplo salão do refeitório, com seu piso de ladrilho e móveis brancos, simples, estava limpo e claro como uma sala cirúrgica, mas num instante se transformou em uma sepultura escura. As paredes escuras cobertas de fissuras foram se fechando lentamente ao redor dele.

— Iura, o que tá acontecendo com você?

Desolado e desprovido do dom da fala, Iurka não conseguia dar um pio, um suspiro, esboçar uma reação.

— Vamos lá fora. A gente precisa conversar.

Volódia colocou a mão no ombro dele e o sacudiu de leve, mas Iurka só conseguiu afundar a cabeça nos ombros, em silêncio. Entretanto, as meninas do PUM, também responsáveis pelo refeitório aquele dia, rodearam os dois. Volódia, sem tirar a mão do ombro de Iurka, falava com elas e até sorria, mas Iurka sentia o tremor da mão em seu ombro.

De alguma forma, Volódia conseguiu se desvencilhar das meninas e sibilou na orelha de Iurka. A frieza na voz dele fez o chão estremecer.

— Iura, eu disse pra gente ir lá fora conversar.

Sem esperar uma resposta, o monitor apertou o braço de Iurka e o arrastou para fora do refeitório.

Iurka nem teve reação. O vestíbulo branco, a porta rangendo e a escada acinzentada passaram como quadros rápidos diante dos seus olhos, como, aliás, parecia passar sua vida inteira. O ar úmido da manhã roçou suas bochechas, Iurka estava sentado em um banco. Volódia o colocara ali, e agora pairava à sua frente como uma imensa sombra escura.

— Me explica. O que aconteceu ontem? O que significa?

Eu beijei você. Porque me apaixonei, pelo jeito, pensou Iurka, retraído, repetindo mentalmente "me apaixonei" como se provasse o sabor das palavras. E não gostou: era insípido e artificial, só que não tinha outra explicação. Então Iurka tentou outra coisa: *Eu gosto de você*. Mas as palavras ficaram presas na garganta, e tudo que saiu foi:

— Não sei.

— Como assim não sabe? Foi algum tipo de brincadeira?

Iurka estremeceu. Não podia erguer o olhar para Volódia. Mais do que isso: sua cabeça parecia tão pesada que não dava para entender como o pescoço não havia quebrado. Obstinado, tentava encontrar as palavras, procurava com todas as forças uma resposta, em toda parte, esquadrinhava com os olhos o asfalto cinzento — quem sabe ali, no chão, de repente a achasse?

Volódia esperava, andando de um lado para o outro, arrastando impaciente o tênis pelo asfalto e respirando com força. Mas Iurka não encontrava as palavras e, vagueando o olhar pelos braços e sapatos, mal respirava. Ao que tudo indicava, o silêncio começava a tirar Volódia do sério. O monitor arrastava mais os pés e bufava irritado, estralou os dedos duas vezes seguidas. Depois agachou abruptamente diante de Iurka, olhou nos olhos dele e disse, com esforço, mas num tom carinhoso:

— Por favor, me explica o que tá acontecendo com você. Nós ainda somos amigos e eu vou te ouvir, prometo. Me diz que foi brincadeira, que foi uma piada, ou vingança, eu vou entender. Diz que foi por acaso e que você não queria, eu vou acreditar.

Iurka abriu um sorriso irônico. Volódia queria dar uma chance para a amizade dos dois, estava tentando ingenuamente salvar alguma coisa. Iura entendia isso, mas em vez de entrar no jogo, jogou tudo para o alto, reuniu todas as forças que tinha e falou a verdade:

— Eu fiz aquilo porque quis.

— O quê? — Volódia ficou perdido. — "Porque quis"? Como assim? Você queria?

É, ele tinha dado uma chance aos dois, mas Iurka nem por um segundo achou que isso faria sentido. O passado não voltaria. Aquele sentimento claro e límpido que se aconchegava entre eles não existiria mais. Para eles, restava apenas o constrangimento, a artificialidade e a vergonha. E o culpado de tudo era ele, Iurka.

— Iura, não pode ser. — Volódia estava de acordo com o que Iurka pensava. — Isso é muito perigoso! Esquece isso!

Volódia levantou de um salto e, dando as costas, congelou. Ficou assim, parado, sem se mover, e depois voltou a andar de um lado para o outro. Iura olhava para a sombra dele, pra lá e pra cá, e sentia, com todo o corpo, que o mundo ao redor ruía.

A ruína começara na noite anterior, quando, com sua ação estúpida, ele havia desencadeado um cataclisma da natureza. O cataclisma veio em sua direção e, inevitável, o atingira meia hora atrás, no refeitório, abalando as paredes e fazendo o chão afundar. Iurka estava, naquele momento, no epicentro.

Ele reuniu as últimas migalhas de amor-próprio e, com uma voz mortificada, próxima da rouquidão, balbuciou, sem ter nenhuma esperança:

— Mas você mesmo disse que ia entender, que a gente é amigo.

— Que tipo de amigo a gente pode ser depois disso?

Tudo congelou, por dentro e por fora. O vento parou e os sons silenciaram, mas de repente, de longe, como se de outro universo, chegou até ali um grito de criança. Não um grito alegre, como de costume, um grito assustado.

Volódia ficou petrificado e ordenou:

— Me espera aqui.

Mas assim que ele deu dois passos, Iurka levantou de um salto e guinou para o lado. Volódia no mesmo instante o agarrou pelo punho e o fez sentar no lugar. Não soltou mais a mão dele.

— Ainda não terminei.

— Não somos mais amigos, pronto!

— Pronto nada. Eu já falei cem vezes que você tá jogando um jogo bobo e perigoso. Mas isso... — A voz do monitor falhou. Volódia estava visivelmente se contendo para não gritar e começou a cochichar com a voz abafada: — Não conta pra ninguém o que aconteceu, não faz nem a menor alusão ou, melhor ainda, esquece tudo, como se tivesse sido só um pesadelo. E, no futuro, não ouse sequer pensar numa coisa dessas!

O aperto no punho de Iurka doía, mas ele, trêmulo, não reclamava.

— Volódia! — uma menina gritou, com a voz estridente. Iurka não reconheceu quem era, naquele momento não era capaz de reconhecer nada nem ninguém. — Vem depressa!

Aquela foi a primeira vez que Volódia traiu sua própria natureza e, em vez de ir correndo até onde o chamavam sem pensar duas vezes, ficou plantado no lugar e gritou:

— Não tá vendo que estou ocupado?!

— Desculpa, mas é que... Volódia, é o Ptchélkin de novo. O Sacha caiu!

— Já vou! — rugiu Volódia, e se inclinou sobre Iurka. — Você me espera aqui. Não é pra dar nem um passo — ordenou o monitor, devagar.

— Volódia! — A menina soluçava. Foi só então que Iurka reconheceu a voz: era Aliona, que fazia o papel de Gália Portnova na peça. — Volóóódia! O Ptchélkin quebrou o gira-giiira! O Sânia quebrou o nariz, tá tudo cheio de sangueee!

Volódia empalideceu e finalmente soltou as garras do pulso de Iurka, empurrando-o de leve. Sibilando um palavrão entredentes, o monitor saiu correndo na direção que Aliona apontava. Iurka ficou sozinho.

Que vergonha. Ele tinha estragado tudo, só atrapalhava e metia as pessoas em encrenca. Tinha vontade de ser engolido pela terra, de desaparecer, de sumir sem deixar vestígios, para que Volódia nunca mais o visse. Queria apagar a si mesmo da memória do monitor, para que não restasse nem uma recordação sua.

Não eram mais amigos. Volódia colocaria os dois frente a frente mais uma, talvez duas vezes, e começaria o inquérito. Sem querer, ia fazer Iurka sofrer, forçá-lo a se arrepender, embora não houvesse mais volta. Mas e depois? Depois de Volódia matar a curiosidade, depois de arrancar todos os segredos profundos de Iurka, o que iria acontecer? Ia zombar dele? Não, Volódia não faria isso. Faria ainda pior: ia presenteá-lo com o desprezo que Iurka já esperava uma hora antes.

Afinal, era como Volódia tinha dito. *Que tipo de amigo a gente pode ser depois disso?* Haviam chegado a um ponto em que Iurka aniquilara a amizade dos dois. Não eram mais ninguém um para o outro. Ou melhor, Iurka não era ninguém para Volódia. Iurka, por sua vez, não tinha esquecido de nada.

Como faria para passar mais uma semana inteira com Volódia por perto, tentando não olhar para o monitor e evitá-lo ao máximo, para não lembrá-lo daquele beijo humilhante? Como Iurka ficaria frente a frente com Volódia, sem derreter? Como faria para encontrá-lo apenas no teatro e falar apenas sobre os ensaios, sem nenhuma esperança de ouvir uma palavra bondosa sequer? Aquilo havia se tornado indispensável para Iurka. Ele tinha a necessidade de ser compreendido e tratado com ternura, mesmo que o sentimento não fosse recíproco. Mas receberia algo completamente diferente: a frieza da pessoa que, em apenas duas semanas, se tornara mais próxima dele do que qualquer outra, que havia demonstrado desvelo e até mesmo carinho por Iurka, ele sentia. Iurka ficaria louco. Aliás, já tinha ficado.

Para que permanecer no acampamento sem Volódia? Para que se atormentar, ficando por perto sem o monitor? Só para sofrer com o peso na consciência e queimar de vergonha por dentro? Afinal, Iurka já não gostava daquele lugar desde o início da temporada.

A ideia fixa que rondava sua cabeça desde manhã outra vez veio à tona e ficou ali girando, zunindo: *Tenho que ir embora.*

Ele levantou, arrancou a faixa de responsável do braço, jogou-a no chão e tratou de dar no pé daquele maldito banco, para o mais longe possível. Correu pela alameda, sem prestar atenção em nada. Era movido por um único objetivo e tinha apenas um pensamento fixo: precisava sumir daquele acampamento, e o mais rápido possível.

Só parou quando se deparou com o busto de Marat Kazei. Iurka se encolheu quando olhou para o rosto do pioneiro-herói: até ele, feito de gesso, o julgava com o olhar. *Que paranoia*, pensou Iurka, e se virou para a esquerda, a alameda que levava para a região central do acampamento, onde ficava a praça. Não, Iurka não tinha nada o que fazer ali. Olhou para a frente: o caminho até a construção, o esconderijo vazio dos cigarros; olhou para a direita, os portões, a saída do acampamento, a liberdade! E, a propósito, nenhum pioneiro patrulhando, nenhum vigia. *Devem ter ido correndo ver o alvoroço que Ptchélkin armou. Ah, eles que se danem!*, pensou Iurka e disparou na direção da saída.

Os portões enormes rangeram, abrindo caminho para a floresta densa que não combinava em nada com o acampamento. Até o ar era outro ali — mais puro, mais fácil de respirar. Ali estava ela, a liberdade: primeiro, Iurka sentiu o cheiro e a cabeça girar, e só depois compreendeu. Para ele, a liberdade se resumia a um pensamento: *Volódia não está aqui, aqui com certeza não vamos nos encontrar.*

Ele adentrou a mata fechada. Embrenhava-se na floresta de propósito, pois tinha medo de que algum vigia aparecesse e notasse sua presença. Escondendo-se atrás das árvores, pateava ao longo de uma trilha que dava para a estrada, onde passavam carros e ônibus, e traçava o plano de fuga. O caminho seria longo, mas ele tinha tempo.

A primeira pergunta: quando fugir? Não naquele momento, pois não levara roupas, dinheiro nem a chave de casa. Era melhor tentar à noite, quando todo mundo estivesse dormindo. Não, melhor antes de amanhecer. Seria preciso se esconder em algum lugar não muito longe do acampamento e esperar que passasse o primeiro ônibus. Ele só precisava pensar em um novo esconderijo, porque Volódia já conhecia todos. Talvez na própria floresta? E seria bom levar água e alguma coisa para comer também. Por enquanto, Iurka faria o seguinte: iria até o ponto de ônibus e memorizaria o caminho e os horários. Será que passavam muitos ônibus por ali? Bom, pelo menos um teria que ir até a estação de trem da cidade. De lá, ele seguiria para casa.

De repente, Iurka lembrou do cheiro de casa. Na cozinha era um pouco abafado e adocicado. A sala de estar cheirava a pó e papel, por causa dos livros nas prateleiras que tomavam a parede inteira. Depois, veio à memória o cheiro do seu quarto: madeira e verniz de piano. Como era calmo e silencioso lá, como era bom, e antes Iurka o achava um tédio.

O segundo pensamento foi preocupante: não estavam esperando Iurka em casa, ele apareceria do nada. Diria na lata: "Fugi do acampamento, aceitem". A mãe ia gritar e talvez até chorar, mas o pai começaria com a manipulação: ficaria calado e olharia para o filho com um olhar decepcionado. Aquele olhar era o pior de tudo.

Iurka ficou pensativo por um instante. E se não fosse para sua casa, e sim para a casa da vó, mãe do seu pai? Ela amava Iurka incondicionalmente e não diria uma palavra para repreendê-lo. Pelo contrário, no fundo ficaria contente de recebê-lo e não contaria a ninguém. A ideia parecia muito atraente, mas Iurka logo se recompôs.

Se esconder atrás da saia da vó? Dar uma de covarde? Nem pensar. Como se eu já não tivesse muito do que me envergonhar. Meus pais iam pirar quando contassem que o único e amado filhinho fugiu. O que minha mãe ia pensar? E o meu pai, então? É capaz de ficar calado pelo resto da vida!

Iurka vagava lentamente. A um quilômetro do acampamento, o bosque era mais fechado, aqui e ali era preciso pular arbustos e troncos caídos. O caminho era difícil. Iurka caiu numa poça pegajosa de lama e plantas rasteiras, como se o acampamento não quisesse deixá-lo ir embora e exigisse que ele voltasse. Mas Iurka queria outra coisa: chorar. Chorar como uma criança, porque por mais que se distraísse planejando uma fuga, por mais que reprimisse os pensamentos que o atormentavam, repletos de saudade e vergonha de Volódia, eles continuavam a aparecer. O monitor tinha falado de um jeito tão bravo, havia o olhado como um pai decepcionado e furioso. Não, Iurka não precisava pensar nisso. Era melhor pensar na fuga. Ou melhor, sobre o crime e o castigo.

O que os pais fariam com ele? Bom, o que *podiam* fazer? Trancá-lo em casa? Dificilmente, pois Iurka já estava crescido para esse tipo de castigo. Não iam mais dar mesada? Era ruim, mas nada de mais — em geral Iurka não tinha nem vinte copeques no bolso, então já estava acostumado. Ou então iam mandá-lo morar no interior, com a avó? Essa opção era a mais provável, já que a mãe tinha ameaçado fazer justamente isso caso ele aprontasse alguma no acampamento. Iurka fizera de conta que a ameaça havia funcionado, mas, na verdade, não o assustava em nada: ele tinha amigos no interior, Fiédka Kótchkin e Kolka Celuloide. Como no ano anterior, os três poderiam passear pelos campos à noite, ficar de guarda e capturar arruaceiros e ouriços. Tinha também um vizinho, Vova — um pouco mais velho, na verdade, já tinha terminado a escola —, que era parecido com Volódia, muito sensato e um pouco chato. Não era à toa que os dois tinham o mesmo nome: Vladímir.

Não, o mundo seria, sem a menor dúvida, terrível e horrendo! Haveria uma lembrança de Volódia em todo lugar, pois o mundo estava repleto de Volódias. Como se não bastasse o grande líder do proletariado se chamar Vladímir Lênin, metade do país se chamava assim também. Era um nome, aliás, muitíssimo bonito: Vla-dí-mir. Música para os ouvidos.

Cantarolando o nome mentalmente, Iurka tropeçou numa raiz nodosa e por pouco não caiu. Independente do seu destino, ia ficar extremamente entediado. Ia lamentar por ter estragado tudo. Nunca mais veria Volódia. Nunca. Iurka não teria nem uma foto de recordação — pois as fotografias eram tiradas no final da temporada.

De repente, a estrada surgiu em um vão entre as árvores e, cerca de duzentos metros à frente, estava o ponto de ônibus. Era cinza como concreto, maciço, monolítico, como se talhado em pedra, e muito bonito, com as rebarbas azul-claras da cobertura balançando ao vento, parecendo asas de avião ou de andorinha. Bem abaixo, no letreiro de ferro espesso já enferrujado em alguns pontos, lia-se "Acampamento de pioneiros".

Iurka se aproximou e memorizou os horários dos ônibus. Só passava uma única linha: o 410. Iurka ficou surpreso, pois nunca tinha visto aqueles três algarismos. O ônibus saía do terminal por volta das seis da manhã e passava no ponto às 7h10. Iurka assentiu, decorou. Antes de ir embora, deu mais uma olhada. A tabela com os horários era antiga, e havia uma rachadura longa onde estava escrito o número da linha, então talvez não fosse mesmo 410. Mas tudo bem, o importante era que o ponto final ficava na cidade, na estação de trem, onde Iurka teria acesso a mais uma infinidade de números de três algarismos.

Ao conseguir a informação para dar continuidade ao plano, ele olhou ao redor e, inesperadamente, ficou calmo — o lugar era muito tranquilo. O idílio da estrada deserta, da floresta murmurante ao redor e do frescor sob a cobertura do velho ponto de ônibus era fechado com chave de ouro pelo céu azul límpido, onde uma dezena de paraquedas abertos caíam como guarda-chuvinhas brancos. Iurka sorriu. Era bom demais se ver livre das inquietações. Ele sentou à sombra e repetiu para si mesmo, pela última vez, o que havia decidido. O plano era o seguinte: quebrar a cerca do alojamento em construção e fazer uma abertura, como no ano anterior. Juntar suas coisas e fugir de manhã cedo, quando todos estivessem dormindo. Chegar até o ponto de ônibus, sentar e esperar. Depois, ir para casa. Levar uma bronca logo de cara da mãe, esperar a punição divina do pai. E sentir saudade. Sentir saudade de Volódia a ponto de chorar, de soluçar no travesseiro, de rolar não pelo chão, mas pelo teto. Ah, por que ele tinha feito aquilo?!

Iurka cobriu o rosto com as mãos. Por quê? Como ele ficaria completamente sozinho com aquele sentimento incompreensível, agridoce? Culpado, sozinho, com a consciência pesada?

Quando a sede, que sentia já havia meia hora, se tornou insuportável, Iurka levantou, cuspiu uma saliva grossa e voltou para o acampamento. Ao vagar pela floresta, era consumido por novas dúvidas. Será que ele estava preparado para isso? Para não voltar a ver Volódia? Para desatar todos os laços, sem deixar a menor chance de reconciliação, sem se despedir, sem se desculpar?

Dezenas de perguntas fervilhavam na cabeça de Iurka. *Por que eu inventei de fazer isso? Como tive coragem? Como vou olhar nos olhos dele? Como vou perdoá-lo por ter me afastado daquele jeito? Por que fui humilhar o Volódia assim? Mas como foi bom dar aquele beijo nele.*

Iurka andava sem parar, parecia que o caminho não tinha fim. O caminho de volta, normalmente, era mais rápido, mas, na vida de Iurka, nada era normal. Para ele, até alguns poucos metros se transformavam em quilômetros.

A reação de Volódia voltava à memória, lá, perto dos lilases atrás do galpão, e na cabeça de Iurka ecoava uma única sentença — *Ele me afastou* —, se repetindo sem trégua. Por um lado, o monitor havia feito a coisa certa, mas, por outro, aquilo era tão ofensivo que vinha uma vontade de culpar Volódia por tudo de ruim que acontecera.

O sol de junho atravessava as copas densas das árvores selvagens e atingia sua pele, queimando-a. Por dentro, Iurka também queimava, sentia dor, se remoía. Sentia-se como um piano abandonado e coberto de pó, intocado havia muito, muito tempo, deixado de lado para ser usado como uma prateleira para tranqueiras. As cordas lá dentro estavam frouxas e enferrujadas pois havia caído água em algumas, e o pedal tinha estragado e se soltado… Restava apenas abrir a tampa, que também estava velha e rangia, e tocar as teclas amareladas pelo tempo… Só que, em vez dos sons que tocavam a alma de Iurka, haveria apenas uma cacofonia horrível, pois o piano estava desafinado havia muito tempo, com os martelos retorcidos. O Si soaria uma mescla com o bemol e o dó da segunda oitava permaneceria em silêncio.

Para Iurka, a amizade com Volódia era atravessada de ponta a ponta pela música. Ela sempre tocava: quando tinha visto Volódia na praça era o hino dos pioneiros; no primeiro encontro no teatro, o "Cânone" de Pachelbel no rádio; nos ensaios, Macha tocando o piano; quando se encontravam à noite, sentados no gira-gira, a música vinha da pista de dança, depois do radinho de pilha, sob o salgueiro. Seus sentimentos por Volódia estavam constantemente chamando a música, que acompanhava Volódia aonde quer que fosse.

Iurka abriu os portões do acampamento, que rangeram, e ignorou completamente as perguntas do vigia, então andou sem rumo definido. As crianças corriam. No rosto delas, não restava nem um vestígio de inquietação por conta do que ocorrera com Ptchélkin. Assim como não havia nenhum vestígio da amizade de Iurka com Volódia.

Ela acabara na noite anterior, mas a temporada estava no auge. Será que havia uma chance de se despedir amistosamente? Talvez não fosse necessário quebrar a cabeça e evitar Volódia a qualquer custo. Afinal, nunca mais iam se ver mesmo.

O plano de fuga estava pronto, mas Iurka ainda precisava lidar com o cansaço e a fome. Tinha perdido a merenda porque estava na floresta. Ainda faltava muito para o jantar, então não fazia sentido ir até o refeitório, porque não rolaria nem uma casquinha de pão — o que não era nenhuma surpresa, posto que era a temporada de Zinaída Vassílevna, que nunca dava nada para Iurka. Podia ir até as quadras, mas não tinha forças, nem vontade de ver o que os outros estavam jogando. Podia ir a algum dos clubes, mas não teria nada o que fazer. Podia ir até o rio encontrar com Volódia. Não, vê-lo naquele momento era a pior coisa que conseguia imaginar.

Mas Iurka desejava vê-lo mesmo assim.

Não estou entendendo mais nada!, murmurou, enquanto seus pés o levavam ao teatro por vontade própria.

Na praça, as meninas brincavam de pular elástico, e os meninos tinham arranjado pregadores de roupa em algum lugar e montado balestras. Ensimesmado, Iurka não notava ninguém ao redor, exceto quando algum dos pequenos passava correndo perto e rápido demais. Pensava na sala de cinema. Com certeza ainda não haveria ninguém lá, mas o piano... De repente, Iurka sentiu uma vontade tremenda de sentar ao instrumento, abrir a tampa, colocar as mãos no teclado e, prendendo a respiração, passar os dedos pelas teclas, senti-las um pouco. Talvez tocar alguma coisa? O quê? O que queria ouvir naquele momento? Mergulhado nos pensamentos sobre música, entendeu que era apenas diante do seu instrumento favorito, só assim, que poderia compreender a si mesmo. Nada além da música teria o poder de tranquilizá-lo. Somente a música poderia atravessá-lo, acomodar-se em sua alma, colocar tudo em ordem e capturar, no mais profundo de sua alma, a explicação para o que estava acontecendo com ele. Apenas a música seria capaz de tranquilizá-lo, deixá-lo em paz consigo, organizar os sentimentos, lhe explicar tudo.

Para se permitir encostar no piano, Iurka precisava vencer o medo imenso que sentia. Mas o que era aquele medo raso, pinicante, diante do medo profundo paralisante que Iurka sentia desde a noite anterior? Não importava quão forte fosse o medo; Iurka já tivera medo por tempo demais. Como a pele que se torna mais grossa ao longo do tempo e perde a sensibilidade, seu coração se enrijecera, tornando-o quase indiferente às emoções. Será que agora ele finalmente conseguiria tocar?

Dentro da sala de cinema estava fresco e escuro. Tudo era iluminado apenas por alguns raros raios de sol que penetravam o tecido espesso das cortinas azul-escuras. Era como se a sala dormisse, na paz e no silêncio, mas não estava vazia. No palco, com o nariz enfiado num punhado de papéis e murmurando alguma coisa bem baixinho, Oliéjka andava de um canto para o outro.

— Não era pra vocês estarem no rio? — Iurka, surpreso, perguntou bem alto.

Oliéjka estremeceu e parou na hora.

— Ah, Iula! Nós já voltamos!

— E cadê... o Volódia?

Iurka ficou inquieto; e se o monitor estivesse por ali?

— Tá ocupado. O Ptchélkin aplontou uma das boas. Fez uma bomba de calaboneto, quelia mandar o Sanka pla Lua. É que o Sanka semple foi fã do Gagálin. Mas o Ptchélkin não conseguiu, polque o foguete explodiu.

— *Calaboneto*? — repetiu Iurka, mas Oliéjka não ficou nem um pouco ofendido.

— É, ué, calaboneto.

— Ah! Carboneto! — Era a substância química favorita de Iurka quando criança. — Bom, faz sentido, então. Era isso que o Ptchélkin tava procurando na construção. Por isso ele tava revirando as pedras. E o laquê das meninas não sumiu à toa. Elas disseram que ainda tinha sobrado um pouquinho… Entendi tudo. A bomba explodiu antes da hora. Tem que usar o frasco totalmente vazio pra fazer.

— Isso aí! Foi uma explosão e tanto! As meninas folam palá nos albustos, os meninos também, o Sanka queblou o naliz, o sangue jolou, a plaça inteila ficou cheia de sangue. Deu tanto medo! Aí o Volódia levou o Ptchélkin pla diletolia. E eles tão lá até agola. E pol que você não apaleceu no lio?

— Porque não. Eu estava cuidando de outras coisas.

— E amanhã você vai? — perguntou Oliéjka, esperançoso. — E o que veio fazer aqui? Tá cuidando de outlas coisas?

— Eu… eu quero tocar piano. Mas você não fala pra ninguém, tá bom? Eu toco mal, tenho vergonha. Por isso decidi vir quando não tinha ninguém.

— Olha só, quem dilia. Fica à vontade então, eu vou embola. Também pleciso… cuidar de outlas coisas.

Oliéjka sorriu e saiu da sala saltitando. Iurka não teve tempo nem de dizer mais duas palavras.

E então ficou sozinho. Com o piano. No quarto de Iurka havia um igualzinho, com uma única diferença: o dele estava coberto de poeira e com uma pilha de roupas, jogos e livros até o topo, de modo que não se via nem o tampo. O do acampamento estava limpo e brilhante, lindo.

Em dois passos, Iurka se viu junto do instrumento. Acendeu a luminária que ficava acima dele, e foi só ver as teclas amareladas do teclado iluminadas que voltou a sentir uma onda de pânico.

Esse medo não é nada depois do que passei ontem à noite. E esse senti-mento de insignificância não é nada comparado à humilhação de ter sido repe-lido por Volódia, pensou ele — um encorajamento estranho mas efetivo. Iurka deu mais um passo em direção ao piano.

Ele sentou, ergueu os braços e pressionou as teclas com cuidado. A sensação prazerosa de pressionar o dó atravessou seus dedos numa corrente elétrica que chegou ao peito. Parecia uma coisa tão ínfima tocar uma única nota, mas ele havia se esforçado muito para chegar àquele ponto. Seu coração começou a palpitar — tinha conseguido. O dó grave ribombou e se espalhou por toda a sala.

Sem caber em si de alegria e satisfação, Iurka não só apertava as teclas com os dedos rígidos e destreinados; ele mergulhava nelas, tentando lembrar como tocar alguma coisa simples.

— Como era mesmo? — murmurou consigo mesmo. — Fá sustenido, lá sustenido. É fá ou lá? Não é lá, é fá. Fá, fá sustenido. Ou é sol? Mas que saco.

Iurka tentava lembrar uma melodia que ele próprio havia composto. Na época, pareceu algo tão simples, que ele tocava de olhos fechados, para deixar os pais contentes e, principalmente, a avó materna que sonhava que o neto se tornasse pianista. Em um ano, Iurka havia esquecido a melodia de um jeito tão absoluto que era penoso trazê-la de volta à memória. E mais um infortúnio: os dedos haviam perdido a flexibilidade.

Iurka os alongou e tentou recordar a melodia visualmente.

— Fá sustenido, lá sustenido na segunda oitava, fá, fá sustenido na terceira oitava. Fá bemol na terceira, lá na segunda, fá na segunda, lá na segunda. Isso! É isso mesmo! Lembrei!

De repente, todos os problemas ficaram em segundo plano. De repente, nada mais era relevante: Iurka havia lembrado, Iurka estava tocando! Finalmente subordinava o teclado à sua vontade, produzia belos sons, sentia que podia fazer qualquer coisa. Tinha certeza que não havia montanhas altas demais para ele escalar. Ele foi arrebatado para outro mundo, aconchegante, acolhedor e sonoro. Era como se tivesse voado para o espaço e estivesse pairando lá, encantado com as centelhas brancas e amarelas das estrelas. Só que as estrelas do universo de Iurka eram sons.

A porta da sala de cinema rangeu baixinho, mas Iurka não se virou.

— Fá sustenido, lá sustenido, fá, fá sustenido. Fá bemol, lá, fá, lá... — sussurrava ele, tocando a mesma parte de novo e de novo, correndo a mão da segunda à terceira oitava, lembrando dos movimentos esquecidos.

De repente, passadas furiosas.

Um adulto, pensou Iurka, *Os passos são pesados*. O pensamento logo se esvaiu. Estava completamente absorto pela música, não havia distrações possíveis, ele não olhava ao redor nem ouvia nada além da música.

Os passos silenciaram de repente e, depois, solitários e abafados pelas notas do piano, começaram a se aproximar. Os tênis do visitante inesperado rangiam um pouco no assoalho envernizado do palco, as mãos limparam os óculos no lenço do pescoço, mas tudo isso era indiferente para Iurka.

Fá sustenido, lá sustenido na segunda oitava, fá, fá sustenido na terceira oitava, fá bemol na terceira, lá na segunda, fá na segunda, lá na segunda...

— Nunca mais faça isso — pediu a voz trêmula de Volódia.

Iurka congelou: será que era só impressão? Não. Os passos eram dele. Iura se virou. Volódia estava de pé no círculo de luz perto do palco, com a respiração pesada. Olhando para o chão, o monitor inspirou profunda e demoradamente e, assim que recolocou os óculos, como num passe de mágica, assumiu o mais absoluto ar de tranquilidade.

Olha ele aí. Veio sozinho. Para me ver. Outra vez. Pra quê?, perguntou a voz interna da Iurka.

— Fazer o quê, exatamente? — perguntou Iurka, baixinho.

— Sumir. Não te achamos por cinco horas!

— Tá.

Foi só o que Iurka conseguiu balbuciar, observando Volódia sentar cuidadosamente ao seu lado na banqueta comprida do piano.

— Pensei que fosse te matar quando te encontrasse. — O monitor franziu o cenho, triste. — E eu procurei, viu? Primeiro sozinho, mas depois recrutei alguns espiões pra me falarem onde você estava. Se não fosse o Oliéjka, não ia saber nada de você até de noite. Não sei o que teria feito.

— Que bom que você tá tentando fazer de conta que não aconteceu nada. — Iurka encontrou a voz. — Eu também queria, mas não consigo.

As mãos dele voltaram a tremer, e um alvoroço de pensamentos e emoções voltou a fervilhar na sua cabeça. Iurka colocou os dedos no teclado e tentou lembrar da segunda parte da melodia. Era o único jeito de manter o autocontrole.

Fá, fá bemol. Droga, não é isso. Fá, fá sustenido. Ou era bemol? Droga!

Volódia ignorou aquela atitude e continuou:

— Não estou tentando fazer de conta. Pelo contrário... vim por causa disso. Além de querer saber, claro, se você estava bem. — Ele pigarreou, visivelmente envergonhado. — Eu tive bastante tempo pra pensar no que aconteceu. Passei a noite toda decidindo o que e como ia fazer. A noite inteira, mas foi à toa, não era nada daquilo. Porque nem me passou pela cabeça que poderia ser uma coisa séria. Quer dizer, até passou, mas eu tentei ignorar esses pensamentos porque achei que eram fantasiosos demais. Mas acontece que era tudo o contrário do que eu pensava. Aí entrei em pânico. Não falei o que precisava dizer. E não falei o que queria dizer de verdade. Mas enquanto te procurava, por cinco horas, diga-se de passagem, repensei tudo outra vez. Mas do jeito certo, agora. E aí vim aqui te dizer o que decidi.

Fá, fá sustenido... Espera aí.

— Que diferença faz? Não somos mais amigos.

— Claro que não. Que tipo de amigo a gente pode ser depois disso?

Ficaram calados. Volódia apoiara as mãos nos joelhos e olhava para o reflexo de Iurka na superfície envernizada do tampo do piano. Iurka, de soslaio, observava Volódia. Não queria, mas olhava mesmo assim. Não queria estar tão perto — era sufocante tê-lo tão perto —, mas continuava ali.

Fá sustenido, lá sustenido, fá, fá sustenido uma oitava acima, fá bemol, lá uma abaixo, fá... A melodia soava hesitante, trôpega.

— Iura, é sério que você não tá com medo?

— Do que eu deveria ter medo?

— Do que você fez!

Era óbvio que ele tinha medo. Mas muito mais assustador e doloroso era saber que tinha perdido Volódia por causa do que fizera. Ele havia estragado tudo.

— Você é muito novo ainda — continuou Volódia, sem esperar uma resposta, com um suspiro. — Mas, na verdade, eu tenho inveja de você.

Iurka continuou calado.

— Fico com inveja da sua imprudência, de verdade. Você quebra as regras com tanta facilidade, não tá nem aí pra nada e não pensa nas consequências... Queria ser assim também. Uma única vez que fosse... Uma única vez, pelo menos, não fazer o que "precisa ser feito", mas o que eu quero de verdade. Se você soubesse o quanto já me encheu ter que ficar pensando na coisa certa a fazer. Às vezes fico tão focado em manter o autocontrole, em fazer o que devo, em como falar e me comportar que... tem vezes que fico tão paranoico que tenho ataques de pânico. Nessas horas, não consigo, fisicamente, avaliar o que está acontecendo, entende? E o que você fez, pra mim, foi como uma catástrofe na hora. Mas... talvez não seja assim tão ruim? Talvez eu esteja exagerando?

Iurka não entendia aonde Volódia estava querendo chegar. Tinha medo de interromper o monólogo e simplesmente pôr para fora o que sentia e, sem pensar duas vezes, revelar tudo o que trazia no coração. Tinha medo de deixar Volódia desconfortável de novo, de deixar a si mesmo desconfortável, e acabar de vez com o que já estava acabado. Então continuava calado. Ainda mais porque havia um nó tão apertado na sua garganta que o impedia não só de falar, mas de respirar.

Volódia, na expectativa, encarava o reflexo no tampo envernizado. O olhar sem jeito do monitor vagueava pelo rosto de Iurka, detendo-se longamente nos olhos, como se procurasse uma resposta. Mas, sem encontrá-la, ele pigarreou de novo.

— Iur, vou falar o que eu pensei e queria saber sua opinião. Existem alguns amigos muito próximos que... Bom, muito próximos mesmo, especiais. Por exemplo, eu já vi, na escola e na faculdade, um pessoal que anda de braço dado ou que senta abraçado.

— E daí? — Iurka finalmente engoliu o nó na garganta e conseguiu dizer alguma coisa. — Eles que andem. Deixa, ué. Já que são pessoas próximas, podem fazer isso. Mas a gente, não.

— Você acha que eles se beijam?

— Você tá tirando com a minha cara? Como é que eu vou saber? Nunca tive nenhum amigo "especial".

— E eu, então? — retrucou Volódia, soando um pouco frustrado.

— Você pode ir lá ficar com a Macha. Ela tá só esperando, tenho certeza.

— Iur, para com isso. A Macha é só uma menina do acampamento como as outras.

— Como as outras… — repetiu Iurka.

Ao mencionar o nome dela, começou a martelar as teclas. Queria que o som abafasse seus pensamentos, seus monólogos, que outra vez despertavam o ciúme dele.

Iurka percebia que estava tocando de cabeça e sem olhar, com total confiança.

Não conseguia tirar os olhos do reflexo de Volódia. Pálido, o monitor o olhava de volta timidamente, mordendo o lábio.

— Não quero pensar nada de ruim do que aconteceu. Mas, por mais que tente, não consigo. Pode ser que eu esteja outra vez em pânico ou paranoico e que esteja fazendo tempestade em copo d'água, mas tenho muito medo. Iura, me fala, o que é que você pensa disso?

— Do que exatamente?

Volódia chegou mais perto, e Iurka tocou ainda mais alto.

— Você fez isso porque… — Volódia hesitou, cobriu a boca com a mão. — Você vai… Quer dizer, você quer ser pra mim mais que um amigo comum… quer ser um amigo especial?

Iurka martelava as teclas com toda a força.

Fá sustenido, lá sustenido, fá, fá sustenido uma acima, fá bemol, lá na segunda, fá e lá uma acima. Fá, fá sustenido mais alto, fá bemol, lá sustenido uma abaixo, fá sustenido e lá, fá e fá sustenido uma acima!

— Chega! Não posso gritar mais alto que essa música!

Fá-fá-fá-fá.

Iurka tremia por dentro.

Volódia segurou a mão dele e a pressionou contra o teclado. Tudo congelou: a música, a respiração e o coração. Iurka se virou. O rosto de Volódia estava a alguns centímetros; Iurka sentia a respiração do monitor nas bochechas de novo. Por causa da proximidade de Volódia, até seus pensamentos congelaram, e seu corpo se cobriu de arrepios. Os dedos gelados do monitor tremiam ao apertar sua mão, os olhos atrás das lentes dos óculos brilhavam com ardor.

Volódia engoliu em seco e sussurrou:

— Talvez não tenha problema beijar... um amigo especial?

E então, finalmente, Iurka entendeu o que Volódia queria explicar havia dez minutos. E não só entendeu, foi como se uma avalanche desabasse sobre ele. Era um golpe, não na cabeça, mas no coração. Iurka ficou desnorteado.

— Volódia... do que você tá falando? — Ele fez a pergunta mais idiota do mundo pra ter certeza que não tinha ouvido errado. — Do que você tá falando? Tá enganando quem? Eu ou você?

— Ninguém.

— Quer dizer... tem certeza de que não é uma ilusão?

Volódia balançou a cabeça, molhou os lábios secos.

— Tenho. E você?

Quase sem conseguir respirar, Iurka piscou os olhos arregalados e apertou os dedos do monitor. Sentia o coração na garganta.

— Eu também — disse ele, com a voz rouca.

Iurka não conseguia acreditar no que estava acontecendo. Volódia tinha chegado mais perto e inclinado um pouco a cabeça. As pupilas dele se dilataram, e havia algo nos seus olhos. Volódia não havia soltado a mão de Iurka. A mão! O monitor a segurava não de um jeito qualquer, e sim com carinho latente. Passava os dedos no punho de Iurka. Os lábios dele estavam secos, tinham um cheiro bom. Será que aquilo era mesmo possível?

Mas e Iurka? Tinha que fazer o quê? Biquinho? Da última vez, não tinha pensado. Mas isso tinha sido no dia anterior, havia muito, muito tempo, ele era outra pessoa. O principal para Iurka, naquele momento, era não parar de respirar de tanto êxtase e não ficar surdo com as batidas do próprio coração. Ele fechou os olhos e se inclinou. Sentiu a respiração de Volódia não mais na bochecha, e sim um pouco mais abaixo.

Mas então o terraço na entrada da sala de cinema rangeu.

— Brilham as estrelas cor de carmim, o bonde vem trazendo os pioneiros assim... — cantarolava Sachka, ao longe.

Iurka se virou de repente, atarantado, bateu a testa nas hastes dos óculos de Volódia, levantou de um salto e ficou parado atrás do monitor. Com o movimento, as mãos de Volódia caíram sobre as teclas com um estrondo. Um "blammm" ecoou por todos os cantos da sala.

— Cledo, que coisa mais besta! — respondia Oliéjka para Sachka.

A porta se abriu e todas as crianças da trupe atravessaram a soleira marchando, por enquanto só os mais novos. Iurka estava ofegante, como se tivesse acabado de correr uma maratona. Já Volódia continuava ao piano, alternando o olhar, confuso, entre as teclas e os recém-chegados.

— Vocês vieram muito cedo hoje… Ainda não deu a hora de acabar o trabalho comunitário… — balbuciou ele, com a voz um pouco rouca.

Iurka pensou que era uma sorte que os degraus rangessem, mas decidiu não comentar nada em voz alta.

12

Da poesia à física

VEIO À MEMÓRIA DE IURKA a eterna máxima dos monitores: *As crianças não devem andar por aí nem brincar sozinhas.* Era mais do que verdade! Tanto que, quando viu a criançada entrando, por pouco não soltou um grito. Mas não havia o que fazer, era hora de ensaiar.

Volódia tentava não deixar transparecer que, minutos antes, por pouco não acontecera alguma coisa muito mais que especial entre os dois. Iurka, por sua vez, procurava qualquer possibilidade de ficar sozinho com o monitor por um minuto que fosse e passou o ensaio inteiro como se tivesse com coceira. Andava, ansioso, pra lá e pra cá entre as poltronas, porque simplesmente não conseguia ficar sentado quieto, e de vez em quando lançava um olhar rápido para Volódia, que retribuía o gesto.

No auge do ensaio, os degraus da entrada rangeram e entraram mais duas pessoas. O primeiro a notar foi Oliéjka, pois olhava dramaticamente para longe, declamando seu pomposo monólogo. O garoto até se engasgou.

— Hum... — aprovou Pal Sánytch.

— Boa tarde, Pável Aleksándrovitch — responderam as crianças, sem se dispersarem das posições.

— Ui. — Logo atrás do encarregado, entrava Olga Leonídovna, que anotou alguma coisa num bloco de notas, murmurando: — Arrumar a escada. — Só então cumprimentou todos a plenos pulmões: — Boa tarde, pessoal!

A resposta veio em coro. A coordenadora se dirigiu a Volódia, e Iurka não tardou a se juntar a eles.

— Vim ver como estão indo as coisas por aqui. Depois de amanhã é o aniversário do Andorinha, a peça tem que estar pronta.

Volódia pareceu reflexivo por um instante.

— Não sei dizer — respondeu, em tom de desculpas. — Vamos tentar, mas o material é muito e o tempo é pouco. E ainda tem o cenário...

— Hum! — murmurou Pal Sánytch, parecendo zangado.

— Volódia! — interrompeu Olga Leonídovna. — Não perguntei se vai estar pronta ou não, preciso que esteja! Então vamos lá. Mostre o que vocês têm, vamos assistir.

A esculhambação começou. Olga Leonídovna analisava os atores com um olhar frio, tomava notas em silêncio no bloquinho e, aqui e ali, revirava os olhos. Observando a reação dela, Iurka, para o próprio desgosto, entendeu que as coisas não iam bem para a trupe. Ele participara de todos os ensaios e sabia como o espetáculo seria montado. Ainda que as crianças já tivessem decorado as falas, que Macha tocasse devagar, porém confiante — sem nem encostar na partitura da "Cantiga de ninar", aliás — e que as garotas do PUM não estivessem atrapalhando, ainda estava tudo bastante cru. Algumas cenas tiveram que ser repetidas mais de uma vez. E o cenário? Ainda que a peça não precisasse de muito, tinham que desenhar algumas coisas do zero. Havia muita coisa para fazer.

É óbvio que Olga Leonídovna e Pal Sánytch ficaram insatisfeitos. Iurka conhecia os dois havia seis temporadas e, não importava o quanto tentasse, não conseguia lembrar de tê-los vistos satisfeitos alguma vez. O mais assustador de tudo, porém, era que Olga Leonídovna não estava feliz com a Portnova.

— Nastiona, por acaso você sabe a história da sua heroína?

— Que tipo de pergunta é essa, Olga Leonídovna? — intrometeu-se o diretor. — Como ela poderia não saber?

As crianças assentiram, de acordo, pois a resposta para aquela pergunta era óbvia, todo mundo sabia a história de cada um dos pioneiros-heróis de cor.

— Claro — afirmou Nástia. — Eu até estudo numa escola com o nome dela.

— Então você devia saber que, antes da Guerra, Zina era uma menina soviética comum. Só que você a interpreta como se fosse uma guerreira de conto de fadas, e ela era uma pessoa real, tem parentes vivos até hoje. Zina não nasceu heroína, ela se tornou uma, e a sua missão é mostrar esse processo, não anunciar de cara: "Eu sou uma heroína. Ponto. Não choro e não tenho medo".

— Olga Leonídovna, vamos dar uma olhada no roteiro? — sugeriu Volódia, irritado, ao notar que Nástia já estava tremendo de medo. — Pode tirar as falas que não gostar, e eu e o Kóniev reescrevemos.

— Está tudo certo com o roteiro, é a Nástia que não interpreta direito.

Nástia empalideceu; em um instante seus olhos se encheram de lágrimas. Ao notar isso, Olga Leonídovna trocou o ódio por doçura.

— Nastiona, não desanime. Você vai conseguir, só precisa se imaginar nessas situações. Pensa assim: você é a Zina, um pouquinho mais velha do que é agora, já tem quinze anos. É uma menina boa e alegre, gosta de estudar, mas como todas as outras crianças, o que você mais adora é brincar e se divertir. Você e suas amigas inventam um monte de coisas divertidas: fazem um jornalzinho no mural, organizam um grupo de dança, você dança bem, ou então fazem teatro de bonecos para as crianças menores...

E então quem se irritou foi Iurka. Ele se aproximou de Nástia e deu um tapa no ombro dela — a coitada da garota até bambeou —, depois assegurou:

— A nossa Nástia já é assim.

Nástia deu um sorriso forçado, mas era como se Olga Leonídovna não tivesse visto nem ouvido nada, pois continuava sua ladainha:

— A sua casa é em Leningrado, lá vivem seus amigos, sua família, tem sua escola, e você e sua irmãzinha Gália foram passar férias com a avó em Obal, na Bielorrússia.

— E aí começou a guerra! — Sacha, todo coberto de curativos, tal qual um poste cheio de propagandas, saltou para o palco, e se pôs a gesticular, agitando os braços. — O tiroteio! Rá-tá-tá-tá!

— Chámov, está achando isso divertido? — perguntou a coordenadora, com as mãos na cintura.

— N-n-não — gaguejou Sachka, com os olhos arregalados, e deu um passo para trás.

— Fazer piada com os grandes heróis da União Soviética e do mundo inteiro!

— O Sacha não queria debochar dos heróis — interrompeu Volódia, para ajudar o garoto. — Olga Leonídovna, em tempos de paz, tudo isso parece muito distante, parece que não é sobre a gente. E é assim que tem que ser...

Aí se intrometeu o diretor.

— Hum... Naquela época o povo também não sabia que haveria guerra. Também não acreditariam se alguém dissesse: amanhã começa a guerra. As crianças de férias no campo ou... hum... como nós, agora, em um acampamento de pioneiros.

— Exatamente! — aprovou Olga Leonídovna. — E, aliás, o primeiro alvo de ataques dos aviões fascistas não foi nem uma estação de trem, nem uma usina. Foi um acampamento de pioneiros!

Iurka não podia mais ficar quieto. Decididamente, nada daquilo o agradava: a conversa idiota, ofender as crianças, tudo um saco.

— E pra que bombardear um acampamento? — retrucou ele, irritado, olhando para Olga Leonídovna em desafio. — É pura perda de armamento. Tinha que ser um aeroporto, uma linha de transporte...

— O acampamento era na cidade de Palanga, na Lituânia, que naquela época ficava bem na fronteira do território soviético e alemão. Os nazistas atacaram em plena madrugada, no dia 22 de junho. Fizeram a mira no acampamento e gravaram tudo em fita de cinema. Leia os livros do Mykolas Sluckis, Kóniev, ele é lituano, se você se interessar. Está tudo lá, escritinho. Mas fugimos do tema. Então, Zina e a irmã estão no campo em Obal. Começa a guerra. De repente. Sem ninguém esperar. A zona rural é ocupada pelas tropas alemãs. E lá está ela, ou seja, você, Nástia, tal e qual: corada e boazinha, vendo apenas sangue ao redor. Dali um ano você entra pra frente dos Jovens Vingadores, uma tropa de crianças locais. Aprende a atirar e lançar granadas...

Cara de bacalhau seco, xingou Iurka mentalmente, quando a coordenadora, tendo findado a verborragia, balançou a cabeça e ordenou que ele também lesse suas falas.

— Não, Kóniev, você também não está interpretando direito — anunciou ela, quando o garoto terminou.

— Ah, ééé? — disse Iurka, devagar, com cara de incrédulo.

Por sorte, Olga Leonídovna não notou o deboche.

— É, você está fazendo o personagem humano demais. Seu personagem é um monstro, não uma pessoa! Todos os alemães são monstros!

— Ah, ééé? — repetiu ele, porém dessa vez realmente surpreso. Mas voltou a si depressa e se sujeitou. — Tá bom, então o que eu tenho que fazer?

— Bom, não sei, faz uma cara de mau, bem mau mesmo.

— Assim tá bom?

Iurka deu um sorriso largo e satisfeito.

A trupe começou a rir. A coordenadora ficou olhando, com cara de desentendida, e de repente também caiu na risada.

— Não, assim não.

Depois não voltou a sorrir. Com os lábios apertados e o rosto de pedra, ela ouviu todos os atores restantes e, franzindo o cenho, deu seu veredito:

— Não, não está indo a lugar nenhum! Desse jeito com certeza não dá para apresentar ao público... Volódia, eu esperava muito mais de você!

— Hum, é — concordou o diretor.

Volódia, de início, a encarou, desnorteado, depois apertou tanto os lábios que chegaram a surgir manchinhas vermelhas nas suas bochechas. Aquelas palavras o tinham atingido em cheio. E não tinham como não atingir, pois Volódia, zelando de corpo e alma por sua reputação, acabara de receber uma reprimenda, não muito grande, mas ainda assim uma reprimenda. Não foram xingamentos de Pal Sánytch, mas de novo havia ocorrido diante de outras pessoas.

— Olga Leonídovna, o roteiro é bem complicado, de verdade, e o tema é sério — arriscou o monitor.

— Eu sei, Volódia, mas eu contava com você e pensava que daria conta.

— Eu dou conta. Todos nós damos, só que ainda precisamos de mais atores. Os meninos não vêm participar, por mais que eu chame, falei disso com você ontem e anteontem.

A coordenadora pareceu reflexiva, e então assentiu.

— Então vamos trocar a data da estreia. A apresentação vai ser no último dia, antes da fogueira de despedida.

— Mas aí vai contra todo o plano inicial: queríamos fazer no dia do aniversário do acampamento, por isso escolhemos uma peça antiga e pesquisamos as músicas certas.

Volódia lançou um olhar tão culpado e suplicante a Iurka, que este se sentiu escaldar feito uma chaleira.

— Ou fazemos no último dia, ou não fazemos — sentenciou Olga Leonídovna.

— Certo — acatou Volódia. Não havia saída. — E os meninos? Facilita pra gente, Olga Leonídovna. Todo mundo da trupe já foi tentar falar com eles e não adianta, eles não vêm. Precisamos só de gente pra fazer o comício, não tem fala.

— Facilito — concordou a Bacalhau, assentindo e anotando alguma coisa no bloquinho. — Mas, de toda forma, que saia melhor do que eu vi aqui.

A coordenadora assentiu de novo e anotou mais alguma coisa no bloquinho. Após passar mais um ou dois sermões, pôs os olhos por acaso no relógio e se surpreendeu.

— Nossa, daqui a pouco é hora do jantar.

E então finalmente foi embora.

Ainda faltava quase uma hora para o fim do ensaio, mas os atores, desanimados com as críticas, não faziam nem ideia de por onde começar e o que fazer. A trupe vagou sem rumo pela sala até o momento em que Volódia, com a voz alta e clara, gritou:

— Todos aqui!

O pessoal veio.

Iurka achava que o diretor começaria a mandá-los freneticamente para o palco, forçando todos a dar o melhor de si, mas ele apenas disse:

— Então, gente, vocês ouviram? Olga Leonídovna não está nada satisfeita com o trabalho que a gente fez. Maaaaaas... felizmente ela decidiu mudar a estreia para o último dia de acampamento.

Ergueu-se um murmúrio de descontentamento entre a trupe. A turma queria que estreasse no dia do aniversário do acampamento, pois os pais de alguns deles viriam para assistir. Ao notar os rostos entristecidos e os narizes fungando tristemente, Iurka sentiu muita pena dos atores. Volódia, a julgar pelo aspecto culpado e o olhar fixo no chão, também estava frustrado. Um silêncio desconfortável pairava no ar.

— A culpa é minha — disse Oliéjka, baixinho —, polque eu falo elado...

— Todos nós somos culpados! — interrompeu Iurka. — E não tem nada de mais nisso. É verdade, pessoal, vamos superar. Ainda mais porque não temos escolha: não vamos cancelar a peça, né?

— Vamos pensar positivo — emendou Volódia, para dar apoio. — Ganhamos um pouco mais de tempo pra ensaiar, e ainda vão arranjar atores para o comício. E, o mais importante, ganhamos uma grande honra: vamos nos apresentar no último dia da temporada! — O monitor sorriu. Oliéjka deu mais uma fungada, mas seu rosto se iluminou. — Prestaram atenção na gente agora. Significa que vão nos ajudar a montar o espetáculo e aí vai ficar muito melhor e mais legal do que está. Pessoal, espero que vocês deem o máximo.

Para animar um pouco mais as crianças, Iurka acrescentou, com uma voz assustadora:

— E se não derem o máximo e falharem, o fantasma do diretor de teatro suicida vai aparecer, querendo vingança! Ele vai atrás de vocês e não vai deixar vocês dormirem nunca…

— Que viagem é essa? — interrompeu Pólia, indignada.

— Que fantasma é esse, Iula? — animou-se Oliéjka. — Conta! Iurka fingiu pensar a respeito.

— Tá bom, eu conto. Mas não hoje, nem amanhã… Conto se nos três próximos dias vocês ensaiarem bem direitinho e mostrarem pra gente uma coisa bem maneira! Combinado?

— Combinado! — gritaram em coro as crianças pequenas, enquanto as garotas do PUM bufaram ao mesmo tempo e reviraram os olhos.

Iurka desviou o olhar para Volódia, que assentiu de leve e murmurou um agradecimento inaudível. Foi aí que Iurka sentiu o nervosismo tomar conta de vez. A todo instante, olhava para o relógio que ficava no palco: o ponteiro dos minutos parecia estar caçoando dele, movendo-se tão devagar que dava a impressão de, na verdade, não estar saindo do lugar. Tudo que ele mais queria era que o ensaio acabasse. Que todo mundo fosse embora e desse para… Iurka não sabia exatamente o que iria fazer, mas sentia uma urgência pungente de ficar a sós com Volódia.

Assim que o degrau de entrada rangeu de novo, mais um silêncio de tensão pairou no ar. Iurka se virou para ver quem chegara. Era Ira na soleira.

A garota agitava as mãos em um gesto conciliatório.

— Podem continuar, não vou atrapalhar, só quero... — E a voz dela, de repente, ficou mais severa, deixando transparecer a raiva: — Kóniev! Vem aqui fora um pouquinho!

Iurka se retraiu instintivamente, pois já sabia que aquele tom de Irina não anunciava nada de bom. Enquanto se apressava escada acima rumo à saída da sala, tentou lembrar o que podia ter feito de errado. E tinha muita coisa: não cumprira todo o plantão no refeitório, tinha fugido do acampamento, vagara sabe-se lá por onde por umas cinco horas, isso se não tivesse algo mais... Dificilmente seu desaparecimento tinha passado em branco. Mas, claro, até o último momento ele tivera esperança de que sim... Por mais que entendesse, racionalmente, que não tinha como não terem notado e que, logo mais, levaria uma bela de uma bronca.

Mas, para sua grandessíssima surpresa, Ira Petróvna parecia estar mais preocupada do que irritada, e só quis saber, decepcionada:

— Quanto tempo mais você queria ficar sumido, Iur? Ficamos preocupados!

— Pra que se preocupar comigo...

Depois de tudo o que tinha acontecido desde que voltara para o acampamento, sua breve fuga parecia a Iurka insignificante, não era motivo de preocupação. Mas, ao que tudo indicava, ele era o único a pensar assim.

— Sabe, Iura, já não tenho nem forças para ficar brava com você...

Ira deu um suspiro um pouco tristonho demais, e Iurka ficou meio sem jeito. Era melhor quando ela ficava brava...

— Onde você se enfiou hoje? Só largou seu plantão do refeitório e desapareceu. E quanto tempo? Metade do dia! Por que não avisou ninguém? E como é possível simplesmente pegar e sumir assim? Você não pensou nem um pouco nos outros? Volódia estava com a alma fora do corpo quando veio me avisar que você tinha sumido.

Iurka engoliu em seco. Realmente não tinha pensado nem um pouquinho no que acontecera no Andorinha enquanto ele vagava pela floresta à procura do ponto de ônibus e tentava se recompor. Não pensou em como Volódia se sentira, já que o monitor, assim que Iurka voltara, não o havia xingado nem brigado, e sim o deixado aturdido com palavras e ações completamente inesperadas...

— Você só pensa em você, enquanto os outros ficam preocupados! — continuava Ira. — Nunca vi o Volódia daquele jeito, ele quase enlouqueceu. Rodou o acampamento inteiro, de uma ponta a outra, procurando em tudo que é canto: até na construção e no rio ele foi. Os treinadores cansaram de repetir, mais de cem vezes, que não tinham te visto, mas mesmo assim ele caçou o rio inteiro, depois ainda pegou um barco e foi sei lá pra onde! Ele sempre foi tão tranquilo, ponderado, parecia até que tinham trocado ele por outra pessoa. E tudo por culpa sua, Kóniev! Iura! Iura, você tá me ouvindo?

Iurka estava ouvindo. Ira fazia muitas perguntas, mas ele não tinha tempo de pensar em respostas, e, aliás, duvidava muito que precisasse responder. Ira não estava exatamente brigando com ele, e sim tentando apelar para o bom senso do garoto — e estava conseguindo. Até aquele momento, Iurka não tinha se dado conta do que tinha causado ao fugir do acampamento. Enquanto, tomado apenas pelo desejo de permanecer o mais longe possível de Volódia, ele pensava em si e na própria vergonha, tinha simplesmente esquecido dos demais. Naquela hora, nada parecia ter significado nem importância, o que importava era unicamente a dor dele. Mas, enquanto Irina falava, só de pensar em como Volódia se sentira ao saber que ele não estava no acampamento, Iurka teve um arrepio. Volódia havia procurado por ele! Tinha ido até o rio e tentado ir até o salgueiro? Talvez não tivesse conseguido chegar até lá a pé, porque não tinha trilha, e precisaria procurar o vau... aí foi atrás dele de barco? E mesmo assim, Volódia não foi informar a coordenadora. Foi falar com Ira. Afinal, um comportamento tão negligente com o trabalho, perder um pioneiro, era caso de demissão, senão de processo judicial.

O que foi que Iurka por pouco não causou?

— Por que vocês não avisaram a Olga Leonídovna? — ele perguntou baixinho, olhando para o chão.

— Mais um pouco e íamos avisar. Eu estava me preparando pra ir na administração, mas agradeça ao Oliéjka, porque foi ele que avisou que você estava aqui, na sala de cinema. E, ah, é claro, o Volódia ficou muito preocupado com você, me pediu pra não falar pra ninguém. Se soubessem, seríamos eu e ele mandados embora, e você seria expulso do acampamento. Além disso... — ela hesitou por alguns segundos — você guardou o meu segredo.

Iurka assentiu

— Desculpa, Ira… — sussurrou ele.

— O que eu faço com as suas desculpas, Iur? Você sabe que não estou brava. Só quero muito que você entenda a seriedade das suas ações. Iura, você já é grande, mas se comporta feito uma criança. Cresce, cara!

Essas palavras desmontaram Iurka. Mais uma pessoa dizendo que ele era imaturo. Uma hora atrás, Volódia dissera a mesma coisa.

— Você precisa se responsabilizar pelos seus atos. Entender que eles não têm consequências só pra você.

— Está bem, Ir, vou tentar — disse Iurka, culpado.

Não tinha tanta certeza, mas queria muito que Ira largasse do seu pé e parasse de passar sermão.

Ela colocou a mão no ombro do garoto, apertou-o e, já com carinho, continuou:

— Eu entendo que não tem sido fácil pra você depois do que aconteceu…

Iurka congelou por dentro. Do que ela estava falando?

— É tudo muito difícil e vergonhoso, mas, Iurka, Volódia não tem culpa, ele não consegue ser diferente…

— O… quê? — perguntou Iurka, hesitante.

— Eu sei de tudo, ele me contou. Eu entendo.

Contou? Será possível? Volódia simplesmente entregou uma coisa dessas para Irina?

— Do… do que você tá falando? — ele perguntou, com a voz falhando.

— Da Macha, é lógico. Que o Volódia deu pra ela a peça que você tocou na prova. Eu sei o quanto a música significa pra você e lembro o quanto você sofreu por causa disso. Mas Iurka, isso não é motivo pra inventar uma bobagem dessas. E além do mais, não te dá o direito de implicar outras pessoas nos seus problemas.

Iurka soltou o ar. Ira achava que ele tinha desaparecido porque estava bravo por causa da música e de Macha, não sabia o verdadeiro motivo.

— Me desculpa, Ir. De verdade — disse ele, agora com sinceridade. — Eu não pensei mesmo nas consequências, eu… eu sou um idiota.

Ela tirou a mão do ombro dele.

— Você não é nada idiota, Iur. Só precisa amadurecer.

Iurka assentiu de novo, sem saber o que responder. Às vezes, não entendia Ira nem um pouco. Ela o apoiava e protegia em vários momentos, era carinhosa, apesar de ele muitas vezes não se comportar, nem de longe, da melhor maneira possível...

— Ir...

Iurka decidiu perguntar o que queria saber havia muito tempo. A monitora já estava se afastando, preparando-se para ir embora, mas olhou para ele interrogativamente por cima do ombro.

— Por que seu namoro com o Jênia é segredo? O que tem de mais?

Ira sorriu sem jeito.

— Você não sabe? O acampamento inteiro sabe, acho.

— Não, não escuto fofoca.

— Tá bom, eu conto. Você vai ficar sabendo uma hora ou outra mesmo. O Jênia é casado. Ele quer se divorciar, mas quando vai ser... Não fala pra ninguém, tá? Não quero boatos. Tudo bem se ficarem sabendo dele, mas se ficarem sabendo de mim, que eu destruí a família dos outros... São coisas da vida, mas pode me colocar numa situação bem difícil. E estamos no acampamento, tem crianças, todos nós fazemos propaganda dos valores familiares, que exemplo eu estaria dando?

Iurka ficou atordoado com a honestidade de Irina, mas decidiu digerir essa informação mais tarde.

Ira suspirou e concluiu:

— Certo, então volta pro ensaio, que daqui a pouco vai tocar o sinal do jantar. E me promete que vai agir com a razão.

— Pode deixar.

Ao ir embora, ela acrescentou:

— E pede desculpa pro Volódia.

Iurka retornou para a sala de cinema decidido a falar naquele exato momento com Volódia e, acima de tudo, a se desculpar de verdade. Mas ao ver o diretor da peça atarefado no palco com o roteiro nas mãos, ao ouvir sua voz trêmula de tensão e cansaço, Iurka entendeu que não era o momento. Ele lembrou das palavras que Ira dissera minutos antes e decidiu se comportar como um adulto.

O toque do sinal para o jantar pegou a trupe de surpresa. Os atores, encabeçados por Volódia, trataram de procurar suas tropas e se arrumar para ir ao refeitório. Mas combinaram que, após o jantar, todos cuja interpretação tinha deixado Olga Leonídovna insatisfeita voltariam ao teatro e continuariam a ensaiar.

Enquanto saíam da sala de cinema, Iurka cutucou Volódia na cintura e sorriu — queria se fazer notar. Volódia também sorriu, mas dessa vez já um tanto envergonhado e sem jeito.

Esse sorriso fez Iurka perder o rumo de vez. Volódia quase o tinha beijado, e agora estava esquivo e nervoso, às vezes pálido e às vezes corado. Por quê? De repente, não queria beijá-lo de novo? De repente foi por pena? E por acaso é possível beijar por pena? Ou melhor, *quase* beijar? Ele teria que pensar melhor a respeito.

No meio do caminho para o refeitório, Iurka entendeu que não estava com o menor apetite, embora não tivesse comido nada desde o café da manhã. Por causa daquele sorriso, tudo ficara ainda mais confuso. Por dentro, Iurka era corroído por tantas perguntas, tantos pensamentos, tantas conjecturas, que se sentia horrivelmente cansado. A última coisa que queria era se enfiar no refeitório no meio de uma multidão barulhenta e ficar olhando Volódia de longe, sem conseguir se aproximar, com a cabeça repleta de dúvidas.

Depois de mordiscar a refeição rapidamente, Iurka voltou para a sala de cinema vazia. Queria sentar de novo ao piano, tentar tocar alguma coisa, mas viu um caderno esquecido numa poltrona da primeira fileira. Reconheceu de imediato a capa amassada e ilustrada: era o caderno de trabalho de Volódia. O monitor devia ter esquecido ali na pressa de ir para o jantar.

Iura pegou o caderno e começou a folheá-lo despretensiosamente. Encontrou uma série de anotações a lápis nas margens. Coisas técnicas, sobretudo: "Úlia exagera", "conf. o cenário da floresta", "figurino da avó?" e assim por diante. Iurka, por alguma razão, ficou curioso ao examinar aquelas anotações, embora soubesse de muitas delas, já que Volódia tinha comunicado essas tarefas no ensaio. Tendo lido o roteiro quase até o final, Iurka chegou até a cena com o alemão e notou que antes havia uma única anotação: "Iurtchka". O coração dele parou de bater e a respiração estancou por um instante.

Volódia tinha escrito o nome de Iurka quando decidira dar o papel a ele, mas de um jeito diferente. Será que queria escrever "Iúrotchka" e, na pressa, havia comido uma letra? Será que Volódia o chamava assim tão carinhosamente em segredo? Em voz alta nunca tinha chamado!

Enquanto o restante do acampamento jantava, Iurka lia e estudava sua parte. Não eram muitas falas, mas eram complexas. O agente Krauser, da Gestapo, era um personagem repulsivo, negativo, mas essa imagem não se relacionava em nada, na cabeça de Iurka, com a terna anotação a lápis bem acima de suas falas.

Iurka queria causar uma boa surpresa em Volódia, então começou a ensaiar. Andava pelo palco, lia as falas para a sala vazia, imaginando a si mesmo sentado à mesa, diante de Zina, conduzindo o interrogatório... Tinha até a impressão de não estar indo tão mal. Mas então o degrau rangeu, e os atores voltavam para sala.

A companhia não era pouca: o PUM completo, Nástia e Sânia. Oliéjka se juntou à trupe, embora sua interpretação tivesse deixado todos satisfeitos antes. Macha também queria muito ter ido, mas Ira Petróvna a arrastara para junto da tropa, pois tinham que ensaiar o número de dança para o concerto comemorativo do aniversário do acampamento. Macha esperneou, mas teve que ir, e Iurka ficou contente por passar a noite sem ouvir a martelação dela ao piano.

Enquanto as crianças se preparavam para o desenrolar da cena com os fascistas, Iurka, o PUM e Volódia sentaram na plateia lado a lado. As meninas estavam caladas, mas ainda assim incomodavam Iurka, já que, na frente delas, tinha que fazer de conta que nada tinha acontecido e nem iria acontecer entre ele e Volódia, embora por dentro, havia mais de uma hora, soassem sirenes e apitassem trens, fumegando e berrando: *Arrasta ele para longe daí!*

— Numa coisa Olga Leonídovna está certa — pronunciou, pensativa, a potencial vítima de sequestro. — Os guerrilheiros estavam sob vigilância constante. Em Obal havia dois mil soldados alemães, uma coluna do destacamento. A morte sob tortura era coisa garantida para os guerrilheiros, bastava um passo em falso... e a gente interpretando como se os heróis não sentissem medo nenhum!

— Ela não precisa de pioneiros, e sim de atores do teatro dramático! — comentou Iurka, revoltado. — "A moral dessa história é mostrar que qualquer pessoa pode se tornar um herói!" — repetiu ele as palavras da coordenadora. — Sabe de uma coisa? A gente mesmo, de verdade, não conseguiria lutar e muito menos vencer como essas crianças que combateram na guerra. E ela pede pra gente fazer uns papéis desses.

— Ai, para de besteira, Kóniev. Fica aí rogando praga. Vamos conseguir, sim — retrucou Marússia, meio triste.

— Eu falei que a gente precisava montar uma peça atual. — Uliana fez seu protesto e cantarolou baixinho, com sua voz agradável, um trecho do bendito musical *Juno e Avos*: — "Me desperte ao amaaanheeeeceeeer..."

Polina encarava o chão, indiferente.

Volódia não deu a menor atenção ao protesto, apenas olhou para Iurka e deu de ombros.

— A gente conseguiria lutar, sim. A guerra é assim: matam todo mundo, então ou a gente se rende, ou vai vingar aqueles que morreram. Mas chega de conversa. Ao trabalho.

Havia uma atmosfera tensa na sala. Volódia, que já era naturalmente um diretor exigente, se tornou impiedoso: não dava atenção a nada que não fosse o ensaio. Começou até a gritar, brigar com os atores e correr atrás das crianças, embora estivessem mais quietinhas do que nunca naquele dia.

Iurka estava nitidamente entediado. Ainda faltava muito para a cena com o Krauser, e ele ainda não sabia se Volódia pretendia mesmo ensaiá-la. Enquanto isso, o que ficaria fazendo? Ia ficar angustiado, na expectativa de o ensaio acabar e alimentando a esperança de Volódia estar de bom humor para conversar com ele? Não, Iurka estava cansado de ter esperanças e esperar, as últimas três horas tinham parecido uma eternidade.

No meio do ensaio, houve um incidente com Uliana. Ela estava atuando de maneira bem forçada, e depois de uma sequência de repetições do mesmíssimo monólogo, Volódia perdeu a paciência. Ele a interrompeu no meio de uma fala, aos gritos:

— Você tá ouvindo como está declamando mal as falas?! Você sabe o que é um Vingador? É um guerrilheiro, Úlia! Por que fala o texto como se estivesse lendo pro jardim de infância sentada numa cadeirinha numa linda manhã de sol?

Volódia havia passado dos limites. Iurka fechou a cara — em meio à tensão geral, depois das críticas de Olga Leonídovna, aquilo era demais. Não era de admirar que Uliana caísse no choro. E Volódia, é lógico, se arrependeu na hora e correu para reconfortá-la. O monitor a abraçou, todo sem jeito, e a garota não perdeu a chance de mergulhar o rosto nos ombros dele, manchando as mangas da camisa de lágrimas, catarro e rímel.

— Uliana, me desculpa, eu não quis... falei bobagem. Pronto, chega de chorar.

Mas Uliana respirava fundo e se agarrava ainda mais a ele.

Iurka foi dominado pela raiva e pelo ciúmes: mais uma, igual a Macha, que ficava soluçando só para que Volódia fosse lá consolar. E funcionava! Lá estava Volódia, tão escrupuloso, tão bonzinho, cheio de desculpas, se humilhando diante da garota. *Que coraçãozinho mole. Dançou com Macha por pena e vai ver que quis me beijar por pena também!*, pensou Iurka, revoltado.

Batendo os pés, o garoto rumou para o canto da sala, sentou na poltrona mais distante, escondido nas sombras da cortina, amarrou a cara e ficou encarando o busto de Lênin, que estava coberto de poeira. Ao lembrar que Volódia, alguns dias antes, o obrigara a arrastar aquele busto pesado do palco, como se Iurka fosse um empregado qualquer, ele bufou e ficou ainda mais irritado. Olhando de soslaio, percebeu que sua saída precipitada não despertara a atenção de ninguém. Apenas Vladímir errado, o Ilitch, abatido, olhava para ele lá do canto, com olhos de gesso.

— Tá olhando o quê? — perguntou Iurka baixinho.

Ninguém o ouviu. Do palco, ainda vinham os soluços forçados de Uliana e o balbucio culpado de Volódia.

Lênin não respondeu nada.

Iurka levantou e se aproximou do busto, que era exatamente do seu tamanho.

— Ninguém precisa de mim — disse ele, e estendeu a mão para a testa de Lênin. Passou-a por toda a extensão da careca de gesso, dando um profundo suspiro. — A gente se parece, né? Você aqui também, no canto, só pegando pó e ninguém nem aí... É, só você me entende, Vladímir Ilitch. — Iurka pegou a cabeça do busto entre as mãos,

inclinou-se para frente e deu um beijo na testa de Lênin. — Obrigado por ter me ouvido, fiquei até mais leve...

— Iura! — sibilou Volódia, bem atrás dele. — O que você tá
aprontando?

A julgar pelo tom de voz, ele estava furioso.

Iurka virou para olhar para o diretor da peça. Realmente, ele estava bravo e não era brincadeira: os olhos disparavam faíscas.

— Que foi? Eu tô ensaiando! — justificou-se Iurka, e começou a
declamar ao pé do ouvido de Lênin: — Minha querida Fräulein, no
cano dessa coisinha aqui — ele fez uma arma com as mãos e encostou o dedo indicador nas têmporas de Lênin —, existe só uma bala,
pequenina e pontiaguda. Só uma já é mais do que suficiente para tornar dispensáveis todas as nossas discussões e colocar um ponto-final na
sua vida. Imagine só, minha querida Fräulein, o ponto-final na vida
de um ser humano!

— Iura, que absurdo antissoviético é esse?

Iurka se virou e olhou para ele, desnorteado. Tinha ficado bravo
porque Volódia insistia em ignorá-lo. Uliana soluçava no palco, enquanto as amigas e as crianças a consolavam.

Volódia se aproximou dele e disse em seu ouvido:

— Você sabe o que isso está parecendo, né? Um desacato à memória do líder da Revolução.

— Tem muito motivo pra desacatar mesmo.

Iurka fechou a cara.

— Como assim?

— Que se dane a Revolução! Que se dane a Leonídovna e os
guerrilheiros e fascistas dela! Ela e o Sánytch só querem engrandecer
alguns e diminuir os outros...

— Como é que é? Você quer dizer que eles diminuíram o fascismo? Você ficou louco? Pelo andar da carruagem, vai me dizer que o
fascismo não foi uma coisa ruim?

— A pergunta é: e se o comunismo também não for bom? Volod, você nunca se perguntou por que não contam nada da Alemanha fascista pra gente? É sempre a mesma coisa: guerra, destruição e
campos de concentração, mas e a estrutura social e política? Por que
nunca falam nada? Não será porque na União Soviética dessa época

estava acontecendo a mesma coisa? Só que no lugar dos judeus eram os dissidentes, e no lugar dos arianos, o pessoal do Partido? Eles até tinham os pioneiros deles também. Então o que a gente tá mostrando aqui na peça acaba não sendo verdade, pelo menos quando afirmamos que todos os alemães são um lixo.

— O que você tá querendo dizer?

Volódia fez cara de confusão.

O próprio Iurka não sabia direito o que queria dizer. Outra vez, como uma criança pequena, estava falando um monte de coisas sem sentido só para que prestassem atenção nele. Iurka não gostava disso, ficava irritado consigo mesmo, mas não podia fazer nada. Não podia deixar Volódia voltar para Uliana.

— Que os alemães também são gente, como nós, e não lixo.

— Ah, tá bom, e como você sabe que não são? Porque seu tio mora lá? E daí? Hoje em dia eles são normais, mas naquela época eram uma nação de assassinos!

— Nem todos! — exclamou Iurka.

— É óbvio que nem todos! Mas Iura... — Volódia fez uma pausa, bufando. — Você é uma pessoa completamente contra o sistema. Dá pra ser livre, todo mundo deveria ser, mas não aqui. E se você não consegue se adaptar, aprenda a mentir. As coisas que você fala não são brincadeira.

— Já ouvi isso antes — retrucou Iurka. — Mas estou falando de outra coisa, Volódia. A nossa honrada comunista Leonídovna exige patriotismo da gente, mas é só de fachada. As nossas aprendizes de Komsomol fazem que sim, depois nem ligam. Olha em volta, não estão nem aí pra esses heróis! As meninas estão aqui só por sua causa.

— Ué, e você também não?

Volódia lançou um olhar fulminante para Iurka e deu as costas, preparando-se para ir embora.

De fato, Iurka também só estava no teatro por causa dele, mas pelo jeito tinha vergonha de admitir. Não sentia vergonha da falta de patriotismo, mas de Volódia, pois ele era o único ali que realmente se importava. Volódia não estava montando o espetáculo só por obrigação, queria chamar atenção de alguma forma, queria mostrar, levar até as pessoas as façanhas dos pioneiros-heróis. Era o único que estava sendo sincero e, provavelmente, se sentia muito solitário.

— Não! Eu me importo — declarou Iurka, decidido.

Fosse como fosse, Iurka poderia corrigir os próprios erros mais tarde, mas, por ora, simplesmente não podia permitir que Volódia ficasse com a última palavra.

O tempo se arrastava mais e mais, como se não fossem lamentáveis trinta minutos, e sim trinta horas. O ponteiro dos segundos parecia debochar de Iurka e se movia lentamente, tropeçando a cada quadrante, de modo que cada movimento parecia voltar em vez de avançar.

Por fim, Volódia bateu uma palma e levantou, anunciando:

— É tudo por hoje, pessoal.

Iurka notou que o relógio ainda marcava nove e dez, e acabar mais cedo não era do feitio do diretor, ainda mais quando cada minuto importava.

— Vão descansar. Pólia, Úlia e Marússia, vocês têm a tarefa de repassar mais algumas vezes o diálogo das Vingadoras. Principalmente você, Úlia, ainda tá um pouquinho exagerada. E você, Sânia, é um fascista morto, lembre disso e pare de se mexer quando estiver caído. Você tá morto, e não dormindo! Entendido? — Todos assentiram. — Dispensados.

As crianças saíram correndo, e as meninas, cochichando entre si, também desfilaram afetadamente até a saída. Marússia foi a última a deixar o palco. Iurka estava na outra ponta da sala e viu quando ela se aproximou de Volódia, mas não ouviu o que ela perguntou. Volódia balançou a cabeça negativamente.

Quando Marússia saiu, Iurka se aproximou de Volódia.

— O que que ela queria? — perguntou ele, com uma pontada de ciúmes na voz.

— Me chamou pra discoteca.

— E aí?

— E aí nada. — Volódia deu de ombros. — A gente ainda tem um monte de trabalho por aqui. Vem cá, queria discutir o cenário com você.

Ele subiu no palco e chamou Iurka. O garoto ergueu uma sobrancelha: *É sério que ele quer falar do cenário agora?*, mas se arrastou para o palco mesmo assim.

— Olha. — Volódia apontou para o canto esquerdo. — Ali vão ficar os acessórios da base: a escrivaninha, as cadeiras, os cartazes de propaganda política, enfim, tudo que tem em uma base militar. — Ele foi para o lado direito do palco. — Aqui, a gente não abre a cortina até o final e fica sendo o lado de fora da base. Aí vai ter um tronco, que vai ser o esconderijo. Vamos ter que pensar como esconder as armas, para que não dê pra ver mesmo, porque o nosso tronco não é de madeira, como o que eles tinham.

Iurka ouvia só pela metade. Até queria entrar em detalhes, mas não conseguia se concentrar em nada, a não ser no fato de que, naquele momento, ele e Volódia estavam finalmente sozinhos.

— Ah, apesar de que, a princípio, não precisamos deixar o esconderijo completamente pra fora da cortina, aí as armas ficam escondidas atrás dela... — Volódia sumiu atrás das cortinas e puxou o reposteiro, que levantou um pouco de poeira. — Credo, vamos ter que dar umas batidas nelas antes de....

Iurka não conseguiu aguentar mais. Decidido, se aproximou e empurrou Volódia contra a parede, de um jeito que o monitor ficou coberto pela cortina. Iurka pegou a ponta do pano e se enrolou com a cortina empoeirada, escondendo a si mesmo e a Volódia do resto da sala vazia.

— O que você tá fazendo? — perguntou Volódia, ao mesmo tempo indignado e surpreso.

— Continuando de onde a gente parou quando interromperam.

Iurka queria abraçá-lo, mas olhou nos olhos desencorajadores do monitor e ficou intimidado. Volódia balançou a cabeça em negativa.

— Aqui não. Pode chegar alguém...

— Não dá pra ver a gente.

— É... é verdade — sussurrou Volódia e passou as mãos nos ombros dele.

Iurka fechou os olhos e se aproximou dos lábios dele. Ao tocá-los, só restava ficar ali parado, segurando a respiração, de olhos fechados, com medo de que acontecesse o mesmo que acontecera perto do galpão, quando Volódia o afastara. Mas o monitor não o afastou. Iurka sentiu as mãos dele nos antebraços e se preparou para ficar firme e não se deixar afastar, porém Volódia o segurou mais forte e o trouxe para perto de si. Aquele roçar de lábios inocente despertou uma tempestade de sentimentos em Iurka. Era como se tocassem, ao mesmo tempo, uma valsa vienense doce e romântica e a impetuosa e graciosa "Cavalgada das Valquírias". Iurka sentia a cabeça girar, arrebatado para algum lugar lá no alto, no céu, quase como havia acontecido horas antes por causa da música. Até aquele momento, nunca teria adivinhado que, para voar, a música não precisava estar presente. Que o céu começava a apenas um metro e setenta do chão, onde ficavam os lábios de Volódia. E entendeu, ainda, que a partir dali tudo seria diferente, dentro e fora dele: as noites seriam claras e os invernos, quentes.

De repente, Volódia ficou tenso, a coluna se esticou como uma corda e ele afastou o rosto, mas segurou Iurka com mais força, apertando-o até doer um pouco. Iurka nem teve tempo de entender o que estava acontecendo, porque Volódia espirrou tão alto que até ficou com um zumbido no ouvido. Depois o monitor espirrou de novo e de novo. Os dois saíram do meio das cortinas empoeiradas às gargalhadas: Iurka jogando a cabeça para trás e Volódia se dobrando ao meio, às vezes para espirrar e às vezes para rir.

Enquanto voltavam para o alojamento da tropa cinco, davam risadinhas, e Iurka até soluçava um pouco.

Naquela noite, os meninos não bagunçaram nem pechincharam uma história de terror — muito provavelmente, Volódia já os assustara o suficiente. E pela primeira vez, Iurka não ficou feliz com o fato de que as crianças dormiram logo, porque isso significava que ele também tinha que ir embora.

Os dois se despediram um pouco sem jeito. Ficaram em silêncio. Volódia ficou segurando as mãos de Iurka um tempão, como se esperasse alguma coisa. Mas Iurka não agia. Queria fazer a pergunta que vinha martelando na sua cabeça a noite inteira, mas não tomava coragem.

Quando Volódia soltou as mãos de Iurka e se despediu baixinho, ele não teve mais escolha. Iurka entrou em pânico, não tinha forças para esperar até o dia seguinte.

— Não, ainda não. Quero falar com você, perguntar uma coisa.

— O quê?

— Não entendi. Você disse que tem essa garota que você gosta e que...

— Eu falei isso? — perguntou Volódia, e Iurka o encarou. Volódia sorriu. — Eu não disse "garota", eu disse "pessoa".

— Mas... quem é, então?

— É uma história antiga com um final muito chato. Esquece — pediu Volódia. E de repente o abraçou, mas logo em seguida o soltou. — E aí eu também esqueço da tal "menina do prédio".

— É difícil esquecer uma coisa dessas — resmungou Iurka.

— Nem me fale. — Volódia deu um riso amargo. Outra vez apertou as mãos dele e disse com pesar: — Iur, não dá pra enrolar mais, a Irina vai perceber. E, pra dizer a verdade, já é hora de dormir. O mais importante agora é que a gente se veja amanhã, né?

— Não. Eu venho te ver hoje — interrompeu Iurka. — De noite, quando todo mundo estiver dormindo. Meia-noite, ou talvez um pouquinho depois.

— Não. Não vale a pena arriscar, ainda mais depois de hoje.

— Não estou perguntando, estou avisando. Eu venho. Vou bater na janela.

— Não precisa...

— Mesmo que você não me espere, eu venho.

— Mas... Tá bom, vai. Depois de hoje não vou conseguir dormir cedo mesmo. Só toma cuidado, todo cuidado do mundo.

Esperar as crianças dormirem não foi nada comparado à espera pelo toque de recolher dos mais velhos, que demorou muito mais. Iurka sentiu o cansaço do dia assim que deitou na cama. Caiu algumas vezes num sono doce e contagioso, mas todas as vezes fez um esforço inacreditável e se obrigou a despertar — queria demais ver Volódia outra vez.

Quando apagaram alguns postes de luz e a escuridão e o silêncio caíram sobre o acampamento, Iurka entendeu que era a hora: levantou, se vestiu e saiu.

Pela primeira vez, viu o acampamento vazio e silencioso. A mente de Iurka, confusa pelo pouco sono e pelas emoções do dia, imaginava que era como se os inimigos da União Soviética tivessem jogado uma bomba atômica não muito longe dali e dado fim a tudo. Não se ouvia nem o pio das corujas, nem os latidos dos cães de Goretovka, só os grilos, cricrilando terrivelmente alto, davam sinal de vida. Aliás, Iurka tinha ouvido falar que alguns insetos poderiam sobreviver até a uma guerra nuclear, como as baratas.

Nas janelas dos alojamentos não havia nem uma luz acesa, nem uma sombra. Até que os dormitórios da tropa cinco, escuros e silenciosos como os demais, finalmente surgiram diante dele.

Iurka levou um segundo para encontrar a janela certa, então subiu no degrauzinho na base da construção e bateu no vidro. Dali a alguns segundos, um rosto pálido de óculos emergiu na escuridão. Iurka apontou para os arbustos atrás de si, movendo os lábios para dizer que esperaria ali.

Volódia, todo de preto, se aproximou alguns minutos depois, mas mesmo essa curta espera pareceu a Iurka uma eternidade. Ele foi correndo ao encontro do monitor e pegou as mãos dele, mas Volódia recuou.

— Tá doido? Vão ver. Aqui não.

— Tá bom — resmungou Iurka, contrariado, e agarrou o punho dele, lançando-se aos arbustos rumo ao campo de atletismo.

— Que caixa de Pandora eu fui abrir — sussurrou Volódia, correndo atrás dele.

Ao contornar as quadras de tênis e basquete, deram na piscina, além da qual havia uma densa floresta. À noite, na escuridão, era um lugar assustador. A água marulhando na piscina parecia negra, e a luz do luar lançava sobre a superfície líquida as sombras das árvores altas. Na beira oposta, onde ficavam os blocos de partida, havia as estátuas dos pioneiros nadadores. As duas silhuetas brancas de gesso — uma moça de maiô segurando um remo e um rapaz se preparando para pular — se destacavam contra o fundo escuro da floresta como fantasmas. Mas Iurka não estava nem aí para aquele aspecto assustador, notava e processava tudo aquilo só em parte, inconscientemente. Ele puxou Volódia e contornou a piscina, escondendo-se atrás do pedestal das estátuas.

Iurka se aproximou de Volódia com a intenção de abraçá-lo, mas o monitor o afastou.

— Espera, dá pra ver a gente. Vamos sentar.

Ele apoiou os joelhos na grama junto do pedestal e puxou Iurka para baixo. Iurka se sentia culpado, mas também tremendamente frustrado.

— Se você me afastar mais uma vez, eu sumo pra sempre. Eu... eu fujo de verdade!

— Tá certo — concordou Volódia. No escuro era difícil ler a expressão no rosto dele. — Desculpa. Você entende por que eu fico... Não vou fazer mais. Quer dizer então que você queria fugir de manhã? E onde você estava?

— Lá. — Iurka apontou na direção aonde fora. — Fui até o ponto de ônibus.

Volódia inspirou profundamente e expirou bem devagar, como se tentasse se controlar, se tranquilizar.

— Por cinco horas? Iura, eu te procurei feito louco! — sussurrou ele com ímpeto. — Fiquei rodando pelo acampamento feito um idiota. Vasculhei todos os cômodos do prédio que estão construindo, todos! E são uns quarenta! Você não estava em lugar nenhum. Fiquei com medo de perguntar pras pessoas porque vai que você estava aprontando mais alguma, aí iam relatar pra Leonídovna. Os boatos se espalham depressa. E assim que ela soubesse, já era, você podia se considerar expulso do acampamento. E se eu não te encontrasse? Hein? — perguntava Volódia aos sussurros, mas quase gritando.

— Tá, tá bom! O que poderia acontecer comigo, hein? Não é a primeira vez que eu venho no acampamento, eu conhe...

— Muita coisa! Me passou de tudo pela cabeça!

— Por exemplo? Que eu fui me afogar? — retrucou Iurka, com uma risada.

— Você acha graça? Quer se colocar no meu lugar? Ver como é legal? Posso fazer isso rapidinho. Quer que eu vá agora?

Era óbvio que Volódia estava se contendo para não gritar a plenos pulmões. Estava ofegante, e dava pra sentir que suas mãos e talvez o corpo todo tremiam.

— Tá bom, tá bom, relaxa. Eu tô aqui. Não aconteceu nada. Tá tudo bem.

— Achei que ia torcer seu pescoço quando te encontrasse.

— Não precisa se preocupar tanto. Eu sou assim mesmo. Tipo, eu entendo que você é responsável por mim...

— Ah, que se dane a responsabilidade! Você é uma pessoa e meu... amigo. Ainda mais depois do que aconteceu ontem...

— Pode torcer meu pescoço, se quiser, mas chega de ficar nervoso...

Iurka titubeou no meio da frase, estava confuso. De repente, Volódia o abraçou.

— Não estou mais nervoso. Passou assim que te vi tocando.

Volódia soltou o abraço e Iurka por pouco não reclamou: queria mais, queria ficar abraçado para sempre, não soltar Volódia de jeito nenhum. Iurka escorregou de joelhos um pouco mais para perto e apertou as mãos trêmulas do monitor.

— Se você não tivesse só visto, mas também escutado como eu estava tocando, aí sim ia querer torcer o meu pescoço.

— Não fala besteira. Você toca muito bem — disse Volódia, e lentamente e com muito carinho passou os dedos pela palma da mão de Iurka, como se quisesse sentir o calor dele com cada célula do corpo. — Iura, cuida bem das suas mãos. Elas são preciosas de verdade.

Volódia levou as mãos de Iurka para perto do rosto, baixou a cabeça e as beijou ternamente.

Iurka ficou com muita vergonha. Sentiu o calor subindo por todo o corpo até o rosto em chamas. As bochechas queimavam, e seria bom se fosse só isso, mas não: os dedos tremiam e depois pareciam ter congelado, era impossível dobrá-los. Isso o deixou mortificado. Precisava responder. Mesmo que fosse só para Volódia não inventar mais coisas para deixá-lo sem jeito. Os pensamentos fervilhavam na cabeça de Iurka, mas ele soltou o primeiro que veio à boca. Pareceu um tanto bobo.

— Você também. Quer dizer, eu gosto muito das suas mãos. Elas são tão macias... parece que... parece que você passa algum creme nelas.

— Hum, não — Volódia comentou. Pelo jeito, ele finalmente tinha relaxado. — Não faço nada de especial.

Iurka via tudo embaçado devido à proximidade de Volódia. Queria muito beijá-lo, mas tinha vergonha de pedir e insistir. Remexendo-se no lugar, se aproximava com cuidado, furtivamente, e murmurava alguma coisa, sem saber bem o que dizer.

— Não mesmo?

O mais importante era não ficar quieto, entreter Volódia com alguma conversa, não importava sobre o quê, e nesse meio-tempo ir se aproximando de mansinho.

— Não… — disse Volódia devagar, desconcertado. — Bom, às vezes eu lavo com água bem quente.

Iurka jurava que tinha visto Volódia erguer as sobrancelhas no escuro. Naquele instante, o monitor estava bem perto mesmo, a apenas alguns centímetros, mas não tomava a inciativa de beijar Iurka. Era como se esperasse alguma coisa. Talvez fosse bom perguntar o quê?

— Muito quente? — sussurrou Iurka, impaciente, e chegou um pouquinho mais perto.

Volódia, sem sair do lugar, na mesma posição, fez carinho na mão de Iurka e olhou para ele com os olhos brilhando.

— Quase fervendo. — Ele sorriu. — Por quê?

— Será que eu devia fazer isso também?

Volódia estava perto demais. Iurka prendeu a respiração.

— Não, seria ruim pra você — disse o monitor, sério, e de repente deu risada. — Iura, do que a gente tá falando?

— Não sei… — respondeu o garoto, com esforço e, sem se importar mais com a timidez, levou os lábios aos de Volódia.

Iurka estava quase sufocando de tanta satisfação, mas tinha medo de que Volódia o afastasse outra vez, o que não aconteceu. O beijo foi inocente e longo. Mas ainda que durasse uma eternidade, não seria o suficiente para Iurka.

De repente, Volódia estendeu a mão, tocou uma mecha da franja na testa de Iurka e disse:

— Faz tempo que eu quero fazer isso.

Ele colocou o cabelo do pioneiro para trás, passando a mão com carinho pelas têmporas e pela orelha. Fez um pouco de cócegas, mas foi gostoso, e Iurka baixou a cabeça e pressionou as têmporas na mão de Volódia. Parecia pedir carinho como um gato.

Volódia riu baixinho.

Em resposta, o monitor segurou as mãos dele outra vez. Em silêncio, passou o nariz pela bochecha de Iurka, que explodiu por dentro de tanta ternura — que era muito maior naquele gesto do que em todos os beijos até então.

Os dois ficaram ali, escondidos atrás do monumento, de joelhos um na frente do outro e de mãos dadas até o céu passar de completamente negro para azul-escuro. Volódia virava a cabeça para trás a cada mínimo ruído, embora desse para saber que não eram pessoas, apenas pinhas caindo na floresta, o vento soprando ou alguma janela batendo ao longe. Mas, por mais que a situação fosse assustadora e perigosa, ele parecia não ter a menor vontade de ir embora, assim como Iurka.

Mais tarde, Iurka demorou muito para pegar no sono. Seu coração batia descompassado, com pensamentos loucos de alegria. Como era possível dormir com algo ribombando dentro do peito, quando a voz interna decide que não vai ficar quieta, e que não vai apenas sussurrar ou resmungar, e sim alardear toda a alegria do mundo? As mãos de Iurka eram impelidas a abrir a janela, a sair em disparada rumo ao quarto dos monitores. Iurka sentia vontade de se enroscar em Volódia e nunca mais soltá-lo. Ou não, melhor seria roubá-lo, arrastá-lo para um cantinho escuro, e só depois se enroscar nele. Na verdade, tanto fazia o lugar, podia ser no meio da praça, desde que ninguém atrapalhasse. Iurka ainda não tinha pensado em um jeito de se transformar numa videira quando caiu no sono.

Iura piscou algumas vezes, olhando ao redor. A chuva havia recomeçado e o vento estava um pouco mais forte, lançando respingos gelados no rosto dele. A calçada rachada de asfalto levava para ainda mais longe: à pista de atletismo, onde antes aconteciam os exercícios de ginástica. Ali, nada parecia em melhor estado do que no restante do acampamento. No pódio onde os treinadores demonstravam como fazer os exercícios, uma faixa sobrevivera até que bem. Estava coberta por um toldo, protegida do vento e da chuva, onde ainda era possível distinguir os atletas desenhados no tecido, em fila, e a inscrição: "TODOS OS RECORDES MUNDIAIS DEVEM SER NOSSOS".

Do outro lado da pista, naquela época, existia uma piscina de vinte e cinco metros a céu aberto. Era comum ser usada para competições, e Iura lembrava muito bem dos apitos estridentes, do barulho da água e da voz dos monitores dando os comandos. Mas, naquele momento, tudo que havia restado da piscina era um buraco grande e profundo, desmoronado na ponta mais distante. Os pequenos azulejos da parede tinham se soltado e a água das chuvas havia formado uma poça no fundo. A piscina estava esverdeada e pantanosa. Apenas os blocos de partida, com os números meio apagados, indicavam que aquilo, um dia, havia sido uma piscina.

Mas as estátuas dos pioneiros nadadores, quebradas, escurecidas pelo tempo e cobertas por uma camada esverdeada, ainda continuavam nos pedestais. A floresta atrás deles diminuíra significativamente, e dava para ouvir o barulho das escavadeiras e o uivo das serras elétricas através das árvores. Adentrando um pouco o matagal, Iura viu grandes clareiras no meio do que, um dia, havia sido uma densa floresta de coníferas — a derrubada seguia a pleno vapor, e ao longe já se via o canteiro de construção. Mais adiante ainda, era possível discernir os telhados triangulares das casas já construídas.

Iura suspirou e voltou para as estátuas dos pioneiros. Chegou bem pertinho do pedestal e ficou parado ali, no mesmo lugar onde, naquela noite anos antes, ele e Volódia haviam sentado, à meia-noite, de mãos dadas, sem forças para se afastar um do outro. Iura sorriu — como as pernas e as costas tinham ficado doloridas depois —, mas o sorriso desapareceu na hora. Em breve, muito em breve, aquele lugar desapareceria da face da terra. A infância de Iura, as lembranças mais felizes, seriam apagadas, inexoravelmente, não apenas pelo tempo, mas também pelo progresso. O acampamento abandonado, é lógico, não servia para mais nada, só ocupava espaço. Iura imaginava o pé imenso de um gigante trazendo o "futuro" ao Andorinha. Logo tudo desapareceria. Não restaria nada do que um dia fora tão importante para ele.

Ele estava parado ao pé da estátua e olhava para baixo. Era bem ali. Volódia segurava a mão de Iurka, o abraçava e prometia nunca mais afastá-lo. Iura sorriu e sentiu um calor no peito ao lembrar. Como era ingênuo naquela época. Um adolescente bobo que não entendia a seriedade do que estava acontecendo. Na época, tudo para Iurka era uma montanha-russa de emoções: a sensação do primeiro amor, a alegria de saber que era correspondido, a doçura da reciprocidade... Talvez tenha sido bom que Iura fosse tão jovem. Afinal, era graças àquele olhar ingênuo e infantil que ele não se condenava tanto, como fazia Volódia. Não odiava a si mesmo, não causava mal a si mesmo e, principalmente, não cometeu o erro terrível que Volódia, num futuro distante, muitos anos depois de trabalhar no Andorinha, iria cometer.

13

"Cantiga de ninar" para um monitor

Na manhã seguinte, Iurka jogava pioneirobol com a tropa dois na prainha. O jogo tinha sido criado na União Soviética, claro, e era parecido com o vôlei, só que com regras mais simples e uma variação: às vezes dava para jogar com duas bolas. O lugar estava lotado. Todas as meninas da tropa que faziam parte da peça estavam presentes: Nástia, a Portnova, Kátia Kuznetsova, que fazia a guerrilheira Maria Lúzguina, e Iúlia, uma camponesa traidora. Todas cumprimentaram Iurka em coro. Ele ficou todo orgulhoso.

O time da tropa um estava na frente, mas, no final, a vencedora seria a amizade — como sempre.

Iurka resmungou para Marússia (a única do PUM que jogava):

— Na próxima, a gente precisa chamar nosso time de "Amizade", aí a gente ganha com certeza.

— Isso aí! — respondeu Marússia, animada, e até sorriu para ele.

Iurka quase caiu para trás: Marússia? Sorrindo pra ele?

Depois do jogo, morrendo de calor, Iurka foi nadar, ou melhor, ajudar Vanka a afogar Mikha. Os dois tinham prometido entrar na água assim que terminasse a partida, mas estavam fazendo hora na praia. Iurka cansou de esperar e entrou primeiro, mas assim que relaxou e começou a se refrescar, Olga Leonídovna apareceu com Volódia.

A coordenadora, muito compenetrada, comunicava alguma coisa ao diretor do teatro, que, por sua vez, procurava alguém com os olhos, tão compenetrado quanto ela. Iurka logo adivinhou quem seria, enfiou dois dedos na boca e deu um assobio alto. Volódia o notou, ajeitou os ombros, acenou com a mão e sorriu, fazendo os óculos brilharem. Então Iurka lembrou do que havia acontecido na noite anterior. Não que tivesse esquecido, mas lembrou com ainda mais nitidez o quanto sentira a respiração e a sensação dos lábios de Volódia. Iurka sentiu um calor no peito, parado com uma expressão boba no rosto, e por pouco não afundou na água, mas voltou a si e tentou disfarçar.

Olga Leonídovna puxou Volódia pela manga — ele também, como Iurka, estava empacado, devolvendo o olhar — e o arrastou até os garotos da tropa dois, que estavam sentados em círculo nas toalhas. Depois, foram até Pacha, da tropa de Iurka, Mitka e Vanka. Quando os garotos assentiram com cara de assustados, Olga Leonídovna apanhou Volódia pelo braço e foi embora com ele.

A visita foi bastante rápida, Iurka não teve nem tempo de sair da água. Chamou Mikha e Vanka, que vieram correndo em disparada, espalhando areia em quem estava na praia e espirrando água nos que estavam pelo rio.

— O que ela queria? — perguntou Iurka.

— Chamou a gente pra fazer volume no teatro — respondeu Vanka. — Bom, não foi um convite, né? Falou assim: "Vocês vão e ponto-final".

— Aaah…

— Bêêê — arremedou Mikha. — Iuriéts, vem cá, esse seu diretor aí do teatro… É rígido, é? Bravo? Não fala pra ninguém que eu perguntei.

— O Volódia? — Iurka riu, lembrando como, na noite anterior, aqueles olhos severos atrás dos óculos tinham se aproximado do seu rosto, se fechado e não se aberto mais durante toda a duração de um longo e cálido beijo. Iurka sentiu que suava mesmo na água gelada. — Ah… Bom… Se você fizer alguma coisa errada, Mikh, vai ser a Olga Leonídovna, e não o Volódia, que vai cortar sua cabeça.

— Que roubada.

— Ah, Mikh, não esqueeenta — comentou Vanka. — Deram um papel com falas pro Petlítsyn. A gente só precisa ficar lá de pé e depois cair fora.

— Também não é assim! — retrucou Iurka, meio bravo. — Vocês têm que respeitar o Volódia e…

— A gente vai, a gente vai — afirmou Vanka. — Mas e aí? Vamos nadar ou não? Daqui a pouco vou congelar.

— Quem chegar primeiro ganha! — sugeriu Iurka, e partiu antes de todo mundo.

Quando nadaram de volta para a praia, Iurka não se apressou em se secar e, pensativo, olhando para a margem oposta na esperança de ver o salgueiro, disse:

— Vocês disseram que deram um papel com falas pro Petlítsyn, né? Era melhor se fosse o Mitka, ele tem um vozeirão.

— E onde ele tá, aliás? — perguntou Vanka, se estirando cheio de pose na areia.

A resposta não demorou para chegar.

— Boa tarde, pioneiros! Vocês estão ouvindo a Alvorada Pioneira — respondeu o próprio Mitka pelos alto-falantes. — Amanhã teremos a nossa tão esperada festa de aniversário do acampamento Andorinha. Por isso, hoje acontecerão dois eventos importantes. O primeiro é o ensaio geral do concerto dos artistas amadores, que começa depois da merenda. Os artistas da tropa um precisam estar na praça principal às dezesseis horas, os da tropa dois às dezesseis e trinta...

Mitka ditou o horário de todas as tropas, e as meninas artistas das tropas um e dois anotavam tudo, concentradas. Olga Leonídovna havia decidido colocar um evento no lugar da peça e mandara organizarem um pequeno concerto, tipo um show de talentos, composto por números curtos para que os artistas pudessem se preparar em apenas um dia. Iurka não faria parte. Só sabia que as meninas pretendiam dançar alguma coisa.

Mitka finalizou a lista de eventos e logo passou ao segundo ponto, muito mais importante e relativo ao acampamento como um todo:

— Hoje, ao longo de todo o dia, o acampamento inteiro deve ir sem falta à enfermaria para os exames de rotina. Larissa Serguêievna vai atender apenas os pioneiros que estiverem acompanhados de suas tropas. Os monitores passarão as informações dos horários.

Não passou meia-hora e Mitka apareceu em pessoa para dar uma notícia importante: ele também faria parte da peça. Mas Olga Leonídovna havia passado uma das tarefas mais importantes para ele: abrir e fechar as cortinas. Iurka ficou com um pouco de pena por Mitka, tão carismático, não ter ganhado um papel, mas, de toda forma, também ficou contente por não precisar lidar ele mesmo com as cortinas.

Marcharam até o alojamento, como sempre, em formação. Iurka tradicionalmente ia na frente com Vanka, e logo atrás Polina e Marússia, e os demais pioneiros por ordem de altura. As meninas cochichavam alto. De repente, Uliana, que ia atrás delas, se intrometeu na conversa e comentou, emocionada:

— Meninas, vocês não sabem! Alguém me deixou um bilhetinho na praia. Quando fui me vestir, vi que caiu alguma coisa, um papelzinho...

— E o que era? — interrompeu Marússia, um tanto rude.

— Ai, deixa eu ver, vaaai! — disse Polina, toda animada.

— Van, amanhã a competição com os monitores vai ser antes do concerto? É a assembleia, depois a competição monitores versus pioneiros, depois o concerto, né? — perguntou Iurka, sem saber com o que se ocupar.

Ele estava mais do que a par de tudo, nomeou os acontecimentos na ordem certa, só tinha esperança de que Vanka pudesse saber alguma outra coisa. Mas o amigo estava calado, prestando atenção na conversa das meninas.

— "Gosto de você". Uau! Que tudo, Úlia! "Gosto de você"! — disse Polina. — De quem é? Você sabe?

— Iur! Kóniev! — chamou Marússia.

Iurka até estremeceu. O que ele tinha a ver?

— Hum?

— Por acaso você viu alguém mexendo nas nossas coisas quando a gente foi nadar?

— Claro que não. Não estou nem aí pras suas coisas.

— Vai ver que foi você. Você escondeu o bilhetinho, foi, Iúrtchik? — sugeriu Uliana, entre risinhos.

Iurka só estalou a língua e revirou os olhos, recebendo um olhar ciumento de Mitka que os acompanhava um pouco atrás.

Iurka conseguiu se encontrar com Volódia só na hora do descanso. Ao olhar nos olhos do monitor, compreendeu que ele estava à espera daquele encontro tanto quanto Iurka, talvez até mais. Com a cabeça ligeiramente baixa, seu olhar era fixo e terno. Não dizia nada, mas Iurka não precisava de palavras. Ele próprio entendia que palavras não bastariam para descrever a sensação incrível de estar tão perto de Volódia. Ele prendeu a respiração ao entender que, entre os dois, existia uma proximidade única, que os envolvia e os unia fortemente. Iurka sonhava com uma única coisa: beijá-lo o quanto antes.

Pelo jeito, Volódia também desejava o mesmo: sem conversas supérfluas, ele indicou a direção do rio com a cabeça e os dois, sem se falar, rumaram para o salgueiro.

Quando estavam debaixo da copa da árvore, ocorreu a Iurka que aquilo com certeza devia ser a felicidade absoluta: esquecer de si mesmo e tocar o rosto de Volódia, o nariz, os lábios. Ouvir a respiração dele, sentir seu cheiro, observar como os cílios tremulavam atrás dos óculos. *É um sonho*, pensava Iurka, mas não era um sonho, e sim a realidade. Dizem que o sonho é uma pequena morte, e tudo em volta parecia, de fato, ter morrido. Só havia o vento tocando a pele, com seu sopro tépido agitando levemente os ramos do salgueiro, por entre os quais escapavam e refulgiam os raios de sol.

Volódia queria dormir. De vez em quando esfregava os olhos cansados, bocejava a todo momento, mas negou veementemente a sugestão de Iurka de tirar um cochilo.

— A gente tem muito pouco tempo. E muito o que fazer — disse ele.

Iurka prendeu a respiração.

— Muito o quê?

— Vamos ensaiar o texto.

Iurka não tinha planos concretos. Evitava até pensar ou sonhar com alguma coisa em especial, com medo do que viria. Mas seria possível que ali, naquele momento, quando estavam finalmente sozinhos, eles iam ensaiar o texto?

— E por que não? — Iurka sorriu e começou, imitando um sotaque alemão: — "Focê é de Leningrrado, é? O seu cidade foi tomado há muito tempo, e se a Frräulein prrestar umas pequenas serviças ao comando de Hitlerr..."

O texto era interessante e o distraía de pensamentos frustrados. Além do mais, Iurka fazia uma imitação muito boa do sotaque, tanto que ele e Volódia se divertiram muito e, depois, até caíram na gargalhada. Volódia pegou o texto de Iurka e começou ele mesmo a ler, mas "alemãozava", como dizia Iurka, de um jeito muito forçado.

— Volod, você tá forçando. Não precisa exagerar tanto. Tem que ter um equilíbrio, que nem na música. Olha só...

Mas Volódia o interrompeu:

— Iur, sabia que você fica muito bonito atuando?

Bonito, bonito, bonito. A palavra ecoou na mente de Iurka. Sua visão ficou turva e todos os alemães e "alemanizações" desapareceram. Morrendo de vergonha, ele encarou Volódia, que continuava a falar em voz baixa e com carinho:

— Você tem um jeito interessante, inspirado mas compenetrado. Acho que nem percebe, talvez, mas nunca relaxa totalmente: fica se remexendo, às vezes cantarola alguma coisa, às vezes morde o lábio. É curioso de observar, parece que você tá aqui comigo, mas na verdade tá em algum outro lugar, bem longe. Fico te olhando e tentando adivinhar: onde ele tá? Ensaia mais, eu gosto de ver...

Volódia pareceu perceber o quanto tinha falado e ficou todo vermelho. Era impossível recusar qualquer coisa para Volódia — tão bonzinho, tão carinhoso, tão amável. Também era impossível dar qualquer resposta. As palavras ficavam presas na garganta de Iurka.

Volódia se esticou na grama, deitou a cabeça nos joelhos de Iurka e olhou para ele de baixo para cima com um olhar tão afetuoso que Iurka sentiu tudo se fundir no peito. Era impossível falar, era impossível respirar, então ele deixou de lado o roteiro e ligou o rádio para que o silêncio não pesasse.

Mais uma vez, estava tocando a *Hora da Música Clássica Russa* e, quando Tchaikóvski tocou de novo, Iurka não pôde mais conter a tempestade de emoções dentro de si. Com a voz falhando, em vez de conversar sobre o sentimento pungente que tomava conta dele, começou a falar da música:

— Você sente como a música inunda a gente por dentro? Como se desse pra se afogar nela: o grave envolve, o ar fica pesado, tudo vai sumindo e a gente some junto e, bem devagar, vamos descendo até o fundo, como mel...

— Se eu ouvisse isso duas semanas atrás, não acreditaria que era Iurka Kóniev falando — comentou Volódia, sorrindo, mas voltou a ficar sério logo depois. — Você devia tocar a "Cantiga de ninar" na peça.

— Eu não lembro mais como é.

— Vai lembrar. Tem que ser você, Iura. É um pedido. Toca pra gente.

Volódia ficou radiante, as rugas na testa dele desapareceram e o cansaço habitual, já um traço constante em seu rosto, desapareceu num piscar de olhos. Hipnotizado, Iurka não conseguiu se segurar e perguntou se podia fazer carinho no cabelo do monitor.

Volódia assentiu, então Iurka tocou a testa dele e enrolou as mechas escuras entre os dedos, depois se inclinou para mais perto e, morrendo de vergonha, perguntou num sussurro:

— Posso tirar seus óculos? Nunca te vi sem eles...

Tirar os óculos de Volódia parecia algo muito íntimo. Iurka sentiu algo tão inquietante e empolgante que seus dedos tremiam como se Volódia fosse tirar a roupa na frente dele. Os óculos eram mais pesados do que esperava, e o rosto do monitor, sem eles, tinha um aspecto sonolento e cansado. Havia círculos escuros sob os olhos. Volódia fez uma careta.

— O que é isso? — Ele moveu a cabeça pelo colo de Iurka. — Tem uma coisa no seu short, o que é?

— É um giz — respondeu Iurka, que tinha esquecido de tirar o pedaço de giz do bolso. — Peguei com o Aliocha Matvéiev.

— Pra quê?

— Como assim "pra quê"? Assim que você dormisse, eu ia passar o giz na sua cara em vez de pasta de dente. Ia ser bem merecido. Pra você aprender a não tirar onda com os pioneiros. Imagina a adrenalina, lambuzar um monitor de madrugada! Não é qualquer um que teria coragem de fazer isso.

— Hum, e você fica andando sempre com esse giz, é? — comentou Volódia e, de repente, lembrou de alguma coisa. — Aliás! Eu tenho um presente pra você!

Ele se ergueu e tirou do bolso da camisa, com todo cuidado, uma bolinha branca, mais ou menos do tamanho de uma maçã.

— Aqui. Peguei ontem, mas esqueci de te dar. Você queria de lembrança. Pode pegar.

Ele abriu a mão estendida, e Iurka viu um lírio-d'água branco e murcho.

— Você foi até a enseada? — sussurrou Iurka, quando Volódia colocou o lírio na palma de sua mão. Era leve como uma folha de papel, porém mais frágil. — E até pegou uma flor, sendo que antes ficava falando: "Tá em extinção, tá em extinção...".

Volódia deu de ombros, pensativo.

— Achei que era importante pra você. E a flor... bom, ia morrer de qualquer jeito, algum dia.

— Não era tão importante, mas agora... agora é, acho que é importante, sim. Obrigado. Vou guardar.

Ficaram um tempo em silêncio. Para a grande decepção de Iurka, Volódia não deitou mais no colo dele, continuou sentado. O monitor ficou olhando para o rio, pensando com seus botões, até que, de repente, como se lembrasse de algo, perguntou num só fôlego:

— Iura, quando você entendeu que sentia alguma coisa diferente por mim? Foi quando a gente tava no rio e eu sugeri da gente nadar e... tirei a roupa?

Iurka ficou extremamente envergonhado. Corando, disse baixinho e sem convicção:

— Acho que sim, mas já tinha começado um pouco antes.

— Antes? — Volódia suspirou aliviado e olhou nos olhos de Iurka. — Antes quando? O que eu fiz? Foi quando eu deixei você cochilar no meu ombro?

— Não, antes. No gira-gira, talvez.

— Quando eu encostei no seu joelho?

— "Eu, eu, eu" — resmungou Iurka, mal-humorado. — O que você tem a ver com isso? Aconteceu porque tinha que acontecer, você não fez nada.

— Nada mesmo? — Volódia mordeu o lábio, parecendo nervoso, e seu olhar se tornou suplicante.

— Nada mesmo — disse Iurka.

— Que bom... — Volódia se espreguiçou e finalmente deitou de novo, apoiando a cabeça nos joelhos de Iurka. — Isso é bom...

Não querendo mais se conter, Iurka tomou coragem e estendeu a mão para tocar a testa de Volódia. O monitor fechou os olhos quando Iurka começou a fazer carinho em sua cabeça, congelando todo o resto do mundo por longos e doces minutos.

— Desligo o rádio? Pra você dormir um pouco? — perguntou Iurka, depois de um tempinho.

— Não vou conseguir de qualquer jeito.

— Tá preocupado com a peça?

— Não, é só que quando a gente fica muito tempo sem dormir, fica cada vez mais e mais difícil, e já faz duas noites que não durmo.

— Se você não consegue dormir de noite, dorme de dia. Pode dormir agora, eu fico de guarda.

— De guarda? — Ele sorriu. — Não vou a lugar nenhum.

— Vou ficar de olho pra que ninguém venha até aqui. Hum, e vou ler o roteiro — disse Iurka.

Volódia assentiu.

— Podemos tentar.

Iurka tirou a mão do cabelo dele e pegou o caderno com as mãos, mas Volódia, sem olhar, puxou de volta a mão esquerda de Iurka e a colocou de volta em sua cabeça. Iurka riu. O rosto de Volódia não esboçou qualquer emoção.

Iurka tentava decorar seu papel, mas não conseguia se concentrar no texto. A todo momento, baixava os olhos para o rosto de Volódia para conferir e observar as sobrancelhas e cílios tremulando. Queria admirar, mas também queria ter certeza de que o monitor estava descansando.

— Não consegue mesmo? — perguntou baixinho.

— Não — respondeu Volódia, com um suspiro.

— Quer que eu cante uma cantiga de ninar? — perguntou Iurka, com uma risada.

— Quero. Mas é melhor você tocar. Quero ver Iurka, o incomparável, o melhor do mundo, sentar ao piano e tocar "Cantiga de ninar". Você gosta tanto dela, e eu… quero tanto olhar pra você. Ficar te admirando. Toca pra mim.

Iurka preferia roer o tronco do salgueiro com os próprios dentes a dizer não a Volódia. Depois daquelas palavras, se sentiu o melhor pianista do mundo. E era possível não se sentir? Era possível não se tornar o melhor? Iurka se tornaria.

— Eu toco. Pra você.

Ao voltar para o acampamento, logo depois da hora do descanso, ele desenhou um teclado em uma folha de papel comprida e começou a treinar a memória visual. Também conseguiu arranjar uma folha pautada, copiou as notas da "Cantiga de ninar" e meteu no bolso, para estar sempre com ela e repetir sempre que tivesse a chance.

Mas naquela noite ele não teve tempo de treinar porque Olga Leonídovna o encheu de trabalho. E, quando Iurka terminou tudo, ela passou ainda mais trabalho, como se estivesse zombando dele. Ao que tudo indicava, a Bacalhau Seca achava que Kóniev, o vadio, era o motivo dos infortúnios de Volódia, e decidira ocupar o meliante mandando-o pra cima e pra baixo pelo acampamento, cheio de incumbências e tarefas.

Volódia também estava com a cabeça cheia de preocupações de monitor — a tropa cinco também tinha uma apresentação no dia do aniversário e da visita dos pais. Iurka não tinha nem tempo nem oportunidade de ajudá-lo, de vê-lo. Extremamente tristes, os dois só conseguiram dar um jeito de ficarem juntos durante dez minutos à noite. Iurka estava flertando com a ideia de um encontro de madrugada, mas depois que Volódia contou que não dormia havia dois dias, o garoto não abriu a boca para sugerir um passeio depois do toque de recolher. Afinal, Iurka também estava dormindo mal ultimamente. Só que conseguia dormir algumas horas, pelo menos, enquanto Volódia não conseguia descansar nada. E Iurka sabia que não era exagero — agora prestava atenção ao que antes passava despercebido: os círculos escuros sob os olhos de Volódia, o cansaço e o abatimento. Por mais que Iurka quisesse estar com ele, não tinha o direito de pedir a Volódia que continuasse sem dormir.

O aniversário do Andorinha era no dia seguinte, e Iurka não tinha esperança de arranjar meia horinha que fosse antes dos festejos para ficar a sós com Volódia. Mas foi ainda pior: os dois não acharam nem um minuto sequer. Desde muito cedo, mandaram Iurka fazer milhares de pequenas tarefas, executar cinco planos quinquenais em três anos, construir um par de estradas de ferro e empurrar o piano. Em relação a essa última atividade, Iurka ficou indignado, frustrado até. Mesmo assim, não esmoreceu.

— Mais rápido! Mais alto! Mais força! — dizia a voz do treinador Semión, vinda da pista de atletismo.

O homem gritava bem alto. Dava para ouvir da praça.

Pela primeira vez na vida, Iurka tinha faltado à ginástica — com a anuência de Olga Leonídovna — para enfeitar a concha acústica para o concerto, mas ouvia o treinador. Só faltava as árvores começarem a tremer com aquele vozeirão, mas era Iurka que se sentia o mais rápido, o mais alto e o mais forte, enfim, o melhor, o todo-poderoso. E dava para ser de outro jeito quando era justamente com ele, Kóniev, o vadio, que aconteciam as coisas mais incríveis do mundo? Volódia — sim, ele mesmo, o membro da Komsomol, o que era gato e inteligente, esse Volódia — tinha dado um beijo na bochecha de Iurka, tinha pegado sua mão, tinha dito: "Você fica muito bonito atuando". Não acontecia com a frequência que gostariam, mas não por culpa deles. "Se depender de mim, não te deixo ir embora nunca mais", dissera Volódia na noite anterior.

Empurrar o piano acabou não sendo uma tarefa tão difícil, pois Aliocha e Sánytch, o encarregado, o ajudaram. Além disso, o piano tinha rodinhas e havia uma rampa na saída dos fundos da sala de cinema, assim como na concha acústica. Mesmo assim, o instrumento não passou ileso. Enquanto o empurravam, Iurka repetia inutilmente consigo mesmo: *O toca-discos é pouco pra eles? E se chover, o que acontece com o piano?* Quando pararam para verificar o som, Iurka xingou, jurando de pés juntos que tinham estragado o instrumento: a nota si não tocava de jeito nenhum.

— E agora quem vai consertar isso?

— Tem um monte de gente talentosa aqui, Iurok. Vamos achar alguém — disse Sánytch, e saiu a passos largos rumo à administração.

— Você não sabe arrumar? — perguntou Aliocha, em um tom inocente.

— Não. Tentei uma vez, na verdade. É que eu odeio quando tá desafinado, e não tive paciência de esperar os afinadores, aí tentei sozinho. Foi por pouco que a corda arrebentada não me acertou em cheio. Tá vendo essa cicatriz aqui no queixo? — contou Iurka, meio que se gabando.

— Uau! Que corajoso, Iurka! Sabe, o pessoal falou cada coisa de você, e eu não acreditei. Respondi que o Kóniev é um cara legal. E, olha aí, é verdade.

— "Cada coisa" o quê? E quem falou?

— De tudo um pouco: uns falam que você é um vadio, outros dizem que você quer ser ajudante de monitor. Deixa pra lá. Eles que falem o que quiserem.

— Quem disse isso? — perguntou Iurka, imaginando ter sido Marússia.

— Ah... mas é segredo, tá?

— Pode deixar, boca de siri.

— A Macha Sídorova reclamou de você pra Olga Leonídovna, disse que você atrapalha o trabalho do diretor da peça, e você aqui afiando o pi...

— A Macha?! — gritou Iurka, boquiaberto, e logo em seguida acrescentou baixinho: — Ah, Macha, você não perde por esperar!

— Ei, é segredo, você prometeu!

— Vai ser em segredo, Alioch, em segredo.

Chegou a hora do café da manhã. A primeira coisa que Iurka fez foi sair atrás de Macha para tirar satisfação. Mas a garota não estava em lugar nenhum. Duas meninas do PUM estavam por perto, mas faltava Marússia. Iurka se aproximou delas e perguntou:

— Vocês sabem cadê a Macha?

Uliana sorriu de um jeito malandro.

— E você precisa dela pra quê?

— Queria informar que ela não vai mais tocar na peça. Que eu vou fazer o acompanhamento.

— Quem diriiiia... — disse Úlia. — Dá uma olhada lá no prédio dos clubes. Ela e a Marússia estão fazendo umas faixas pra festa.

A ideia de irritar Macha agradou tanto Iurka que ele decidiu até parar de procurá-la. Sabia que a notícia da exclusão da garota do espetáculo se espalharia rápido com os boatos e chegaria à própria Sídorova sem a ajuda dele. Iurka precisava só avisar Volódia...

Depois de fazer isso e tomar o café da manhã, Iurka voltou para a praça. A tropa três e seus monitores ensaiavam um número para o show.

O calor de junho marinava os pioneiros, que cantavam deprimidos a canção do filme *O visitante do futuro*, uma série de viagem no tempo.

Ouço a voz de um futuro maravilhoso
A voz da manhã no orvalho do jardim
Ouço essa voz e vejo o caminho esplendoroso
E minha cabeça roda num gira-gira sem fim

Com esse acompanhamento musical deprimente, Iurka e Aliocha penduravam as pesadas cortinas azuis. Os dois estavam exaustos. Os ganchinhos finos se soltavam e arrebentavam, e os garotos tinham que consertar tudo e pendurar de novo. O diretor musical não queria liberar os pupilos, que continuavam a cantar, ou melhor, a gemer aquela triste canção infantil sobre um futuro feliz.

Iurka não tinha razão para se distrair com essa música. Não gostava muito da série, achava chata demais. A primeira vez que assistira tinha sido até que interessante, mas a segunda foi um tédio completo. E ele tinha visto todos os episódios mais de uma vez: no ano anterior, depois da estreia, a série tinha passado sem parar em todos os canais de televisão, enchendo o saco, como se só tivessem isso para mostrar vinte e quatro horas por dia. Iurka sabia a história de cor. Sabia aquela canção também, mas não tinha prestado atenção na letra. Naquele momento, ouvia com atenção e começava a ficar triste, pois o fazia pensar na passagem do tempo, na temporada que logo acabaria, no fato de que ele e Volódia teriam que se separar.

As crianças repetiam a última estrofe sem parar:

Juro que serei mais puro e bondoso
E não hei de abandonar quem de mim precisar
Ouço a voz, devo atender o chamado clamoroso
E seguir nesse caminho sem rastros deixar

Fazia um sol de rachar, capaz de fundir até a sombra, mas Iurka sentiu um calafrio percorrer as costas: *Nesse caminho sem rastros deixar*, repetiu ele mentalmente, e pensou que aquela canção era horrível! Não era sobre um futuro feliz, era sobre a perda do presente, de um tempo que era bom e em que as coisas faziam sentido, a infância. Iurka já estava muito cansado e sentia a cabeça girar de fome. Sua imaginação começou a criar cenas bizarras: ele via uma estrada larga e cinzenta, Volódia, todos os participantes do acampamento e ele próprio. Iam todos em frente, sem imaginar que aquele caminho os levava a lugar nenhum, que caminhavam não por si mesmos, mas arrastados pelo desconhecido na direção do buraco negro do futuro, que iria engolir, impreterivelmente, todo mundo.

Ele agitou a cabeça e tratou de se distrair.

— Falta pendurar uma cortina só.

Iurka tinha a impressão de que ele e Aliocha iam se digladiar com a tarefa eternamente, enquanto as crianças cantavam sem parar aquela canção horrível. Por fim, o sinal chamou todos para o almoço.

Iurka comeu sem apetite, olhando sempre para os fundos do refeitório, para Volódia. O monitor estava de costas, de short, camisa branca e lenço vermelho, como sempre. Ocorreu a Iurka que, em pouquíssimo tempo, Volódia não usaria mais nenhuma daquelas peças. Volódia iria mudar, e Iurka também, os dois iriam crescer, era inevitável. Ele pensou que não queria crescer, não queria aquele "futuro" e, mais ainda, tinha medo.

Iam se separar em menos de uma semana. Talvez não para sempre, nem por anos, apenas por alguns meses, mas se separariam. E como seria quando Iurka o reencontrasse no próximo verão? Será que Volódia estaria mais alto e com os ombros mais largos? Ia sorrir com mais ou menos frequência? Seu olhar se tornaria mais severo e mais cansado ou mais suave e bondoso? Tantas perguntas, e nenhuma resposta.

O almoço terminou, e os biscoitos doces com passas melhoraram um pouco o humor de Iurka. Ele pegou mais um, decidido a adotar uma postura mais animada, mas olhou para Volódia, que parecia faminto — as crianças haviam voltado a cercá-lo, sem deixá-lo comer em paz —, e decidiu guardar o biscoito para o monitor.

Ao se encontrarem na saída, Volódia protestou e insistiu para que Iurka comesse o biscoito, mas o garoto estava irredutível. Volódia agradeceu e prometeu que, assim que desse um jeito na sua horda de pestinhas, se encontraria com Iurka na concha acústica, antes da assembleia, se desse tempo.

No caminho de volta, Iurka pensava: *Grande novidade: a temporada vai acabar. É claro que vai. Tudo acaba, o acampamento também. Mas por que tão rápido?*

Mesmo sabendo que haveria mais uma temporada no próximo ano, ele continuava com a impressão de que seria para sempre. No acampamento, onde um dia vale por dois, muita gente ficava com essa impressão. Iurka não podia acreditar que, em menos de uma semana, toda a sua vida mudaria: não haveria floresta, nem acampamento, nem amigos, nem teatro, nem Volódia. E não haveria mais aquele Iurka Kóniev que a mãe colocara no ônibus, porque ele próprio havia mudado. Um mês antes, jamais poderia imaginar tudo que havia acontecido: ele estava ajudando, era ativo e, principalmente, tinha voltado a tocar. A mãe ficaria contente quando ele tirasse toda a zona de cima do piano. Mas será que ele ficaria contente de voltar ao seu quarto apertado, no apartamento cinzento, em um prédio antigo, um entre milhares daquela cidade empoeirada?

Outra vez uma tristeza profunda ia tomando conta de Iurka e, para dispersá-la, ele se dirigiu para o maravilhoso instrumento musical que o ajudava a esquecer qualquer coisa.

Aliocha e os outros responsáveis por enfeitar a praça tinham se juntado a suas respectivas tropas. A hora do descanso se aproximava, e o silêncio reinava no acampamento. Só a cozinheira Zinaída Vassílievna, com estardalhaço, arrastava panelas do depósito, e os treinadores Semion e Jênia faziam palavras cruzadas, sentados num banco embaixo das macieiras. Iurka subiu no palco vazio. Ele conferiu se o piano estava afinado e assentiu, satisfeito, depois tirou do bolso a folha amassada com a partitura da "Cantiga", sentou e começou a tocar.

A melodia suave fluiu como mel pelo ar abrasador. Concentrado, Iurka se reclinou sobre o teclado. Os dedos pairavam sobre as teclas e congelavam assim que as tocavam. Os sis bemóis e os lás sustenidos trocavam de lugar, entre a segunda e a terceira oitava, com um dó profundo, e os dedos, quase na mesma hora, voavam de volta para os lás e fás. Mas Iurka estava insatisfeito. A peça não era simples e, depois de tanto tempo sem tocar, era difícil se acostumar de novo. Sem chegar a lugar nenhum, Iurka errava aqui e ali e balançava a cabeça, irritado. Repetiu de novo e de novo, apertando os dedos sobre as teclas, e começou a achar que talvez a examinadora da escola estivesse certa. Talvez ele não tivesse mesmo nenhum talento.

De repente, ele não viu mais nada: alguém, vindo de trás, cobriu seus olhos com as mãos.

— Consegue tocar assim? — perguntou Volódia, baixinho.

Pela voz dava para saber que ele sorria.

— Ei, para com isso!

Iurka se fingiu indignado.

— Nã-nã-não. Diz, Iur — começou ele, sem tirar as mãos. — Você tá satisfeito? A peça é daqui três dias. Você tem que treinar com muito afinco pra dar tempo e conseguir tocar.

— Eu vou conseguir, só que não agora, não estou de bom humor. Vai, Volódia, tira as mãos! Ou então vamos fazer assim: eu toco com um olho só.

— Ah, tá bom! Acha que eu sou bobo? Não, senhor, sem ver nada.

— Não toco.

— Tá bom, que tal assim?

Volódia entreabriu os dedos um pouquinho, e Iurka conseguiu ver o teclado.

— Isso! Agora é outra história!

Iurka deu risada. Espiando em volta, se certificou de que a pista de dança estava completamente vazia, jogou a cabeça para trás e recostou a nuca na barriga de Volódia. Olhou para ele de baixo para cima e sorriu. Volódia sorriu também.

Ele tocou assim até Volódia tirar as mãos de repente e dar um passo para o lado. Iurka se sobressaltou, abriu os olhos e seguiu o olhar do monitor. Na ponta do palco, encarando os dois de olhos arregalados, estava Macha, pálida, segurando uma vassoura.

Iurka ficou desconfortável, mas diante do olhar assustado de Volódia, ficou com medo também.

— Vai voar pra onde? — comentou Iurka, para quebrar o clima de tensão.

— Quê? — perguntou Macha, com raiva.

— Na vassoura. Você tá aí parada fazendo de conta que vai varrer um lugar que já tá limpo.

— Você acha engraçado, Kóniev? E, aliás, o que isso significa?

— Isso o quê? O fato de você ser uma bruxa ou uma dedo-duro?

— Iura, chega! — intrometeu-se Volódia. — E você também, Macha! Eu já expliquei que ele estava brincando. O Iura não vai fazer toda a trilha da peça, só vai tocar a "Cantiga"...

— Então por que ele falou pras meninas que…

Eles foram interrompidos pelo sinal de término da hora do descanso. Se não fosse por isso, Iurka teria voado no pescoço de Macha de tão bravo.

Mitka pediu, pela estação de rádio, que todos se reunissem na assembleia.

O dia passou sem nenhum outro incidente. Na assembleia, a bandeira, a saudação dos pioneiros, o hino "Noites azuis". Depois, todos correram para a pista de atletismo para começar as competições. Corrida de sacos, cabo de guerra, corrida de revezamento — Iurka, por sinal, ultrapassou o monitor da tropa três — e arremesso com taco. Em seguida, chamaram todos os meninos maiores para jogar futebol. Volódia estava no time adversário e então Iurka, concentrado apenas na bola e no gol, estipulou como objetivo vencer o time dos monitores nem que fosse por um ponto, mas o jogo terminou empatado.

A última parte do dia, o show de talentos, era o evento para o qual Iurka estava menos animado. De um jeito ou de outro, era sempre mais interessante participar do que assistir e, na verdade, não havia nada para assistir. A única coisa que despertou algum interesse e até algumas risadas foi o número da tropa cinco, em que as crianças dramatizaram o lançamento de um foguete na estação espacial de Baikonur. Sachka foi, ao mesmo tempo, o piloto e a própria nave espacial. Coberto por um cilindro de cartolina cinza da cabeça aos pés, olhava orgulhosamente para os espectadores de um buraco redondo na altura do rosto e se balançava, usando na cabeça um cone nas cores do foguete. Ptchélkin ficou atrás de um painel de controle e apertava furiosamente um botão vermelho, também de cartolina. Ao sinal de Sachka, ele foi lançado ao espaço sideral. Menininhas-estrelas correram ao seu redor, enquanto o restante das crianças cantava uma canção sobre a Terra vista de uma escotilha.

Iurka não fazia ideia de como aquilo tinha a ver com o aniversário do acampamento, mas foi engraçado.

Na hora da apresentação da tropa seguinte, Iurka ficou entediado. Começou a se remexer no lugar e a procurar Volódia com os olhos. Encontrou-o depressa: estava sentado duas fileiras atrás de Iurka, de cabeça baixa, com os olhos voltados para baixo ou quase fechados.

Estava exatamente como ficava às vezes no ensaio, parecia ler o caderno aberto no colo. Mas não era hora do ensaio e não havia caderno nenhum. O número terminou, aplaudiram a tropa dois, e de repente Volódia ressonou alto pelo nariz, estremeceu e levantou bruscamente a cabeça. Enquanto o monitor piscava, Iurka adivinhou o que acontecera: o monitor havia caído no sono. Não conseguira dormir no silêncio sob o salgueiro, mas ali sim, em meio ao estardalhaço do show de talentos, sentado ao lado de Olga Leonídovna.

E ela, é lógico, não poderia deixar de notar. Na mesma hora, olhou preocupada para Volódia e perguntou alguma coisa para o monitor. Ao ouvir a resposta, ela não começou a repreendê-lo, como Iurka esperava. Ao contrário, chamou Lena com a mão, disse alguma coisa no ouvido dela e apontou para Volódia com a cabeça. Ele logo levantou e foi embora. *Vai dormir*, supôs Iurka.

Ele ficou feliz e voltou a prestar atenção na triste canção sobre o maravilhoso porvir.

Iurka esperava pela noite como quem espera chuva no deserto.

Quando começou o baile de aniversário na discoteca, foi direto para o alojamento da tropa cinco. Lá dentro, deu apenas alguns passos pelo corredor escuro antes de dar um pulo no lugar: alguém tinha trombado com ele na altura da barriga e soltado um pio de surpresa.

— Sacha? Por que você não tá no quarto? Tá indo atrás de groselha outra vez?

— Claro que não — comentou Sachka, tentando retomar o ar. — Eu estava indo fazer xixi. O Volódia tá dormindo e o Jênia tá contando histórias de terror pra gente.

— Hum, e aí? Dão tanto medo assim?

— Claro que não — repetiu Sachka, deprimido, sem entender a piada. — Pelo contrário, é aquela do MCS. É muito chato! Salva a gente, Iura!

Iurka ficou na dúvida, dividido entre ir para o quarto de Volódia — ainda mais por ele estar lá sozinho — e sua promessa de ajudar o monitor adormecido a pôr as crianças na cama. Só deu por si quando já estava na porta do dormitório, sem notar que Sachka já não estava mais com ele.

Estava escuro lá dentro. Jênia, com uma lanterna acesa, sentado numa cadeira perto da porta, proferia com uma voz assustadora:

— O carro com a inscrição MCS, que significa "Morte às Crianças Soviéticas", parou do lado do menino e um velho abriu a porta. Ele se aproximou e tentou convencer o menino a entrar no carro, prometendo dar um cachorrinho de presente, doces e brinquedos. Mas o menino não aceitou. Ele ficou assustado e saiu correndo, e o carro foi atrás dele...

— Iula! — gritou Oliéjka, animado.

O treinador levantou de um pulo. Os meninos fizeram uma algazarra.

— Vem cá!

— Conta uma histólia!

— É verdade que existe esse carro?

— Vamos ouvir o Jênia — sugeriu Iurka, sentando na cama vazia de Sachka.

Quebrava a cabeça para pensar no que fazer em seguida. A ideia de ficar com os meninos até a hora do toque de recolher geral e depois passar a noite toda sozinho não o atraía nem um pouco.

Jênia continuou com a voz sepulcral:

— O menino conseguiu se esconder atrás de uma casa abandonada e não cair nas mãos dos espiões, mas se eles o pegassem...

As crianças não deixaram que o treinador terminasse. A porta do dormitório se abriu e Volódia, sonolento, despenteado e amarrotado, apareceu na soleira com Sacha, todo satisfeito, logo atrás.

Sem condições de conter a alegria indomável dentro de si, Iurka marchou em direção a Volódia por instinto e o pegou pela mão. Volódia estendeu a palma e fingiu que era um simples aperto de mão.

— Agora vai ter uma história boa! — exclamaram as crianças.

Até Jênia ficou contente com a chegada do monitor, revirou os olhos e comentou:

— Até que enfim! Posso ir embora?

— Pode — disse Volódia, com a voz anasalada de sono. — Obrigado por me cobrir.

— Agora você conta uma história de terror? — pediu Sachka, dando uma piscadela marota.

Ao se dar conta de que Volódia devia estar morto de fome, quase entrou em pânico: aonde ir e o que fazer para arranjar alguma coisa pra ele comer?

Nesse meio-tempo, Volódia se jogou desajeitadamente numa cama vazia, tentando ajeitar os cabelos, que ficaram ainda mais bagunçados. Perdido, o monitor sussurrou no ouvido de Iurka:

— Vamos contar o quê? Faz tempo que não inventamos nada.

— Inventa aí — respondeu Iurka, roçando o nariz na orelha de Volódia, mas fazendo de conta que havia sido absolutamente sem querer.

— Não consigo pensar em nada agora — resmungou o monitor.

Para confirmar o receio de Iurka, ouviu-se um novo som no dormitório: a barriga do monitor roncando. Iurka teve um momento de iluminação: praticamente todas as crianças tinham recebido alguma encomenda dos pais, ou seja, havia comida no quarto.

— Vou te dar cinco minutos de vantagem. Vai pensando aí — disse Iurka, animado, então levantou e deu o comando: — Ouçam todos! Pro cérebro do monitor de vocês funcionar, ele precisa de combustível, ou seja, de comida. Tratem de ir até os tonéis, procurem nos barris, é hora de alimentar o monitor!

— O que que é "barris"? — perguntaram do lado direito, perto da janela.

— E "túneis"? Ou é "tonéis"? — perguntaram do esquerdo, perto da porta.

— As encomendas de vocês — explicou Iurka. — Sobrou alguma coisa ou vocês já deram fim em tudo? Sânia, eu sei que você tem umas bolachas embaixo do travesseiro. — Ele cutucou a cama de Sachka. — Troco meio pacote por uma história.

— E como você sabe que eu tenho bolacha? — perguntou o garoto, erguendo as sobrancelhas.

— Porque eu confiro as camas de vocês todo dia de manhã — interferiu Volódia, apoiando a suspeita de Iurka.

Para a surpresa geral, Sânia não discutiu e puxou um pacote de bolacha, apertou-o junto ao peito e perguntou, na dúvida:

— E vai ter mesmo uma história em troca?

— Vai depender da bolacha. — Iurka cruzou os braços.

— O que importa é que vai ser uma história nova e baseada em fatos reais — comentou Volódia, dando a entender que já tinha pensado no que contar.

— Uau! — Sanka assentiu satisfeito, mas, mesmo assim, sua mão tremeu quando estendeu o pacote a Volódia. — Se a história for ruim, vocês têm que me dar a bolacha de volta.

Volódia concordou com a cabeça e, abrindo o pacote rapidamente, começou a devorar as bolachas.

— Tá mole? Olha o trato, hein! — exclamou Iurka.

— Não, claro que nã… — Sachka nem teve tempo de ficar ofendido, pois Volódia mal terminou de mastigar e começou a contar:

— Bom, foi anteontem mesmo, pouco antes de amanhecer. Eu acordei com um barulhinho estranho no quarto, imaginem só. Abri um olho, olhei pro chão e tinha um pontinho preto, estranho e assustador, se arrastando pelo piso, meio borrado, com extremidades pontudas! Ele estava indo direto pra cama do Jênia, mas antes de chegar lá começou a rodar de um jeito horrível… — Volódia colocou outra bolacha na boca. — E o Jênia lá dormindo, sem nem imaginar o que estava acontecendo. Fiquei apavorado, não sabia o que era aquilo nem o que fazer. E aí o pontinho parou de repente. Depois começou a virar de um lado para o outro, deu a volta na cama do Jênia e começou a vir na minha direção. E eu não achava meus óculos na cômoda por nada no mundo, foi assustador. Bom, de algum jeito acabei conseguindo pegar um livro e fui pra pontinha da cama, me preparei pro ataque… O pontinho continuava rodando pelo quarto na direção do Jênia. Quando tomei coragem, pulei da cama e tentei me aproximar, mas foi só eu me mover que… a coisa veio direto pro meu pé! Eu dei um berro e pulei pra trás. O Jênia acordou sem entender nada. Eu apontei pro pontinho e, quando ele viu, começou a me xingar. Aí tirou a manta da cama e jogou bem em cima da coisa. Ele me disse: "Volódia, põe os óculos!". Eu voltei pra cômoda e peguei os óculos, enquanto isso o Jênia amassou a manta num montinho e segurou. Quando eu olho, vejo um… um focinho cor-de-rosa! E fazia um barulhinho engraçado. Alguém devia ter trazido o Fric-Fric da área de recreação pra cá. E quase mataram o monitor do coração!

Iurka não aguentou e soltou uma gargalhada. A risada contagiou as crianças.

— Isso não é histólia assustadola! — protestou Oliéjka, rindo. — É de dá lisada!

— A história ia depender da comida. A gente avisou — anunciou Iurka e, imitando o tom de voz mandão de Volódia, acrescentou: — E pronto. Hora de dormir.

— Pra debaixo das cobertas. E sem conversa — ordenou Volódia.

Só conseguiram fazer as crianças deitarem depois de meia hora. Já do lado de fora, no ar fresco, mas ainda agradável, Volódia, alegre, perguntou para Iurka:

— Como você tá? Como foi o dia?

Então o monitor estendeu a mão pela segunda vez para Iurka naquele dia.

— Fiquei com saudade — desabafou ele.

Como se tivesse saído do corpo por um segundo e ouvido o que havia acabado de dizer, Iurka ficou todo vermelho e perdeu a voz. Tinha sido sincero demais. Ele pigarreou e bateu no assento do gira-gira, convidando Volódia a sentar ao seu lado. O monitor pareceu ter gostado do que ouviu, pois sorriu e, cheio de pose, ajeitou os óculos.

— Eu tamb...

Mas Volódia não teve tempo de terminar.

Foi interrompido pelos gritos escandalosos vindos do dormitório feminino. Volódia foi correndo para o alpendre e começou a mexer a maçaneta, mas a porta estava trancada por dentro. Iurka tratou de correr até a janela, deu um pulo e viu que tinham uns fantasmas de lençol e lanternas "voando" pelo quarto.

— Volod! Tá tudo bem, não é uma revolta. Tem uns fantasmas no quarto das meninas — comunicou ele, dando risada.

Volódia se aproximou, deu uma olhada também e Iurka sentiu como ele o abraçou pela cintura.

— Seis fantasmas! — exclamou o monitor, como se não fosse nada de mais, mas abraçando Iurka bem apertado. — Vamos pegar eles!

Ele soltou Iurka e, com um sorriso, deu um puxão na outra porta, que estava destrancada. Iurka ficou na janela e viu quando, alguns segundos depois, com um grito selvagem de "Ahá!", Volódia irrompeu no quarto das meninas assustadas, afastou Lena, que estava toda assustada e atrapalhada, e apanhou o primeiro fantasma. O restante dos pestinhas saiu correndo do quarto. Iurka os esperava na porta.

Os dois deixaram o alojamento apenas quando todos os fantasmas haviam sido devidamente neutralizados, entregues aos respectivos dormitórios e colocados para dormir.

— E por que você tá tão feliz? — perguntou Iurka, meio surpreso.

Antes, Volódia sempre ficava bravo com a desobediência, e isso sempre divertia Iurka, mas daquela vez era justamente o contrário. Ele não tinha se dado conta em que momento os dois trocaram de lugar.

— Primeiro porque finalmente consegui dormir direito, segundo porque entendi que se não aprender a lidar com as travessuras de bom humor, vou acabar matando essas pestes — disse Volódia. — Pelo jeito, a história de terror foi ruim mesmo. Não funcionou.

Então ele pegou Iurka pela mão e o conduziu para os arbustos.

A folhagem ali era densa — eram lilases ou alguma outra moita parecida, Iurka não conseguia distinguir na escuridão. Em meio aos arbustos, estava escuro e silencioso, dava para se esconder de todos ali, até dos fantasmas com lanternas. Melhor ainda: daquele ponto eles tinham visão de todo o pátio.

Mas os dois não estavam vigiando, à espera de ninguém. Finalmente estavam a sós, focados apenas um no outro. Então deixaram de lado qualquer bobagem e se abraçaram.

Passada não mais de meia hora, ouviram-se passos pela trilha que conduzia ao alojamento da tropa cinco. Iurka ouviu primeiro e se afastou de Volódia.

— Tá ouvindo?

Volódia pôs o indicador sobre os lábios e espiou entre os arbustos, afastando um galho devagar. Iurka conseguiu ver também. Macha vinha pela trilha.

Ela ficou olhando pela janela das meninas por um bom tempo, aparentemente à procura de alguém no quarto iluminado apenas pela luz do abajur. Iurka logo adivinhou quem seria: Volódia. Quando não achou o monitor, Macha se aproximou da outra janela, a do quarto dos meninos. Olhou, esperou e ouviu. Ao se dar conta de que ele não estava ali também, atravessou o canteiro até a terceira janela.

— É o meu — sussurrou Volódia.

O quarto estava absolutamente escuro, então Macha voltou depressa para o alpendre e, fazendo a porta ranger um pouquinho, entrou com cuidado. Volódia ficou nitidamente tenso.

— Ela ficou maluca? Aonde pensa que vai?

Volódia se apoiou de lado e estava prestes a levantar, mas Iurka o segurou pelo punho.

— Espera. Você tem alguma coisa proibida lá? Quer dizer, alguma coisa comprometedora?

— Claro que não — refletiu ele.

— Então não vai lá. Ela vai saber que você estava escondido nos arbustos e vai pensar o quê?

— Até parece que eu vou ficar escondido aqui enquanto alguém se mete no meu quarto!

Volódia escapuliu dos arbustos bem a tempo. Macha saiu do quarto em um minuto e deu de cara com ele à porta. Era tarde para Iurka sair. A inquietação aumentava a cada segundo, e uma horrível suspeita não o deixava em paz: será que Macha estava tão apaixonada a ponto de perder a noção e ficar seguindo Volódia?

Lutando contra uma vontade insana de ir para cima dela e dizer tudo o que pensava, Iurka ficou congelado no lugar, se sentindo um idiota inútil. Não dava para ouvi-los nem para tentar ler seus lábios dali — só uma lâmpada fraca tremulava, rodeada por mosquitos. Iurka só tinha uma certeza: Macha havia respondido algo para Volódia que deixara o monitor de mãos atadas.

A conversa acabou. Macha não estava com pressa nenhuma de ir embora, mas, assim que a garota subiu a trilha, Iurka se desembrenhou dos arbustos e correu até Volódia.

— E aí? O que ela falou? — disparou, ofegante de preocupação.

— Ela estava te procurando… — respondeu Volódia, pensativo. — Disse que a Irina tá atrás de você e, como você não estava no teatro, Macha pensou que poderia estar comigo. Não dá pra dizer que foi estranho. Vocês são da mesma tropa, ela sempre ajuda a Irina, e isso é bem normal, mas… por essa eu não esperava.

— Nada a ver. É estranho, sim! Me falaram que a Macha foi reclamar de mim. Ela tá se comportando de um jeito muito suspeito, não acha? Tá aparecendo perto da gente com muita frequência…

— Você não tá exagerando, não?

Iurka ficou com raiva ao notar o sorriso condescendente de Voló-dia. O monitor devia estar pensando que Iurka ainda estava com ciú-mes por causa da dança na discoteca, portanto disposto a achar qual-quer motivo para acusar a garota. E Volódia estava certo. O impulso incontrolável de Iurka de se precipitar dos arbustos e agarrar a espiã com a boca na botija podia ser chamado justamente de ciúmes. Mas ele também encontrou argumentos para defender sua teoria.

— Não é a primeira vez que ela passeia à noite. Lembra quan-do a Ira apareceu no teatro e veio pra cima de mim querendo saber o que eu tinha feito com a Macha e aonde eu tinha ido? E não importa aonde a gente vá, ela aparece o tempo todo por perto. Volod, a gen-te tem que contar dos passeios dela!

— Antes, você tem que falar com a Irina.

Iurka decidiu que iria fazer aquilo assim que possível, o que não demorou muito, porque seu bom humor tinha ido por água abaixo e o monitor havia voltado a ficar paranoico, hesitando a todo momen-to, sempre à escuta, olhando para os lados sem deixar que Iurka en-costasse nem na mão dele. A noite já chegava ao fim.

Depois de se despedir rapidamente de Volódia, Iurka voltou para sua tropa e encontrou a monitora. Esperava que ela estivesse à porta, de cara amarrada, pronta para gritar com ele, e já se preparava para desfiar suas explicações, mas Ira o olhou com surpresa e respondeu:

— Não estava te procurando, não — respondeu ela. Iurka ficou de queixo caído, e Ira acrescentou: — Mas onde você estava, aliás?

— Com o Volódia.

— Por acaso você viu que horas são? Iura, o toque de recolher toca pra quê, hein? Se vai se atrasar, tem que me avisar.

Iurka caiu no sono lutando contra sentimentos estranhos, repletos de receios. Havia sempre um monte de garotas cercando Volódia, mas Macha parecia surgir com mais frequência que as outras. Talvez fosse só ciúmes. É, pelo jeito ele também tinha ficado paranoico.

14

Juro. Nunca mais!

PRATICAMENTE NÃO RESTAVA MAIS TEMPO até a estreia da peça. De pé no lavabo, sonolento e arrepiado por causa da água fria, Iurka começou até a suar e despertou por completo ao ouvir as palavras terríveis dos lábios de Volódia: "É depois de amanhã". Aquilo soou assustador não apenas para Volódia e Iurka, mas para toda a trupe.

Iurka matou a ginástica e foi para o teatro treinar a "Cantiga". Ficou por lá o dia inteiro, então não foi muito afetado pelo nervosismo de Volódia. Não dava para dizer o mesmo do restante do pessoal. Terrivelmente indignado com o fato de ter perdido o dia anterior por conta dos festejos do acampamento, o diretor da peça fez questão de, desde muito cedo, arrancar os atores dos trabalhos comunitários e das diversões, em trios, em duplas ou até sozinhos, para fazê-los ensaiar suas cenas individuais dezenas de vezes, até cansar.

Dois clubes estavam envolvidos no espetáculo: o de corte e costura e o de artes. Se o pessoal da costura, munido dos esboços de Marússia, trabalhava sem descanso, o pessoal do desenho estava, na opinião de Volódia, só de enrolação. Não tiveram tempo de desenhar todo o cenário para a peça, então Volódia pegou alguns esboços e rascunhos do grupo para pintar ele mesmo com ajuda dos atores e de voluntários tipo Matvéiev.

Iurka estava absolutamente tranquilo em relação ao espetáculo. Tinha certeza de que, naquele ritmo, terminariam tudo. O que o atormentava era outra coisa: o tempo estava acabando não só para os atores, mas para ele e Volódia também.

Volódia também tinha consciência disso. Tinha conseguido, naqueles horários tão apertados, encontrar duas janelas para ver Iurka na sala de cinema, dar um beijo rápido na bochecha dele e fazer um carinho na sua cabeça.

Mesmo assim, Iurka estava triste. Tão triste, que nem mesmo tocar a "Cantiga de ninar" esplendidamente o alegrava. A verdade era que só existia uma fonte de alegria no mundo dele: o tempo que ele e Volódia passavam juntos, o tempo que era apenas dos dois. Era por aqueles momentos juntos, e pelos olhares ternos mas intensos que o enchiam de alegria, que Iurka esperava ansioso pelo sinal da hora do descanso. Enfim poderiam ficar a sós. E esquecer um pouco os ensaios, cenários e tudo mais. Aproveitar o momento e respirar de peito leve, para lembrarem um do outro e daquele verão que seria o mais mágico da vida deles.

— A gente nunca vai conseguir ir até o entalhe da sua história de terror — disse Volódia, com as chaves da estação de barcos tilintando no bolso. — Já virou quase uma tradição: a gente sempre tenta ir, mas nunca chega lá de fato.

Iurka queria dizer que aquele dia estava ficando nublado e que talvez chovesse, mas pensou melhor — seria tão ruim assim se molhar?

Seguiram a trilha até o ancoradouro, sentaram no barco e foram na mesma direção de antes. Dessa vez, Iurka deixou os remos sob responsabilidade de Volódia, afinal não era justo só ele remar contracorrente. Volódia não reclamou, mas ficou claro, na metade do caminho, que estava cansado, então os dois trocaram de função. Para ver o entalhe, era necessário navegar até muito mais longe do que quando foram até a enseada dos lírios.

As "ruínas", como Iurka chamava o lugar, eram constituídas de um terreno irregular coberto de grama e cercado por uma floresta de pinheiros esparsos. Não dava para saber ao certo se, antes, havia ali um casarão ou uma igreja, mas com certeza houvera alguma construção, a julgar pelos vestígios das paredes e pelo que restara da fundação. De perto, dava para ver os resquícios de concreto despontando na grama alta.

Mas o caminho ainda era longo, seguindo por um pequeno bosque às margens do qual cresciam, esparramadas, trepadeiras silvestres em flor. Por trás da exuberante sebe viva, carregada de pequenas flores brancas, tal qual estrelinhas, dava para notar uma parede musgosa.

Indo em frente, Iurka olhou para Volódia, que parecia não entender nada, e afastou os ramos felpudos, dizendo:

— É essa a parede que tem o entalhe.

— É muito antiga, claro, mas lógico que não... Espera aí!

Volódia franziu o cenho e, olhando para a figura em relevo sob a fina camada de musgo, deixou escapar um suspiro de surpresa. Mas não teve tempo de falar nada, porque Iurka ficou de joelhos e começou a arrancar as vinhas e o musgo.

— Toma cuidado! Esse tipo de trepadeira é venenoso!

— Como é que você sabe? É botânico, é?

Iurka coçou a nuca, pensativo.

— Não, é que minha vó é vidrada em plantas.

Dando de ombros, Volódia tirou do bolso do short o caderninho que levava infalivelmente consigo, e arrancou um par de folhas, que os dois usaram como proteção ao tirar as vinhas e arrancar o musgo que encobria o entalhe. Debaixo do veludo vivo, surgiu aos poucos um perfil de mulher, depois o pescoço e o peito, e mais abaixo a figura de um bebê, que a mulher segurava junto de si.

— A pose parece da Virgem Maria — comentou Volódia, surpreso. — É interessante, porque não é uma mulher da igreja. A dona do lugar, será?

— É o meu fantasma. Tá vendo esses botões que ainda não abriram? — Iurka apontou para umas pequenas flores-estrelas de folhas pontudas. — Quando eu encontrei a primeira vez, a trepadeira estava florida. — Ele tocou a clavícula da mulher. — E bem aqui eu vi uma flor grande e branca, como se fosse um broche. Foi daí que eu inventei a história. Na verdade nunca ouvi falar de nenhum casarão nessa região.

— Será que é uma lápide?

— Não parece. Mas vai saber...

A beleza do entalhe e da sebe que o circundava era misteriosa e gótica, mas, além de admirá-la, não havia nada o que fazer ali. Ainda assim, pelas contas de Iurka, tinham tempo de sobra.

— Me fala exatamente quanto tempo a gente tem antes de voltar pro acampamento — pediu ele, devagar, pois havia tido uma ideia bem interessante.

— Uma hora e pouquinho. Praticamente uma hora e meia — respondeu Volódia.

— Ótimo! — Iurka se animou. — Eu sei de um lugar que...

— Como é que você sabe de tudo? Tantos lugares!

— Eu sou meio sem juízo — disse Iurka. — Estou sempre mexendo onde não devia e indo aonde não fui chamado, aí sempre encontro um monte de coisas maneiras.

— Entendi. — Volódia sorriu. — Bom, vamos nessa.

— Não é longe de barco, mas depois tem que subir a pé até lááá em cima.

Iurka indicou o topo de um morro cheio de árvores, que se erguia a leste.

— O que tem lá? Parece que só mata fechada.

— Tá vendo uma pontinha aparecendo? Bem lá no alto tem um mirante não muito grande.

— Tem certeza que dá pra chegar lá?

— Tenho, não é difícil. Tem uma trilha. Tudo bem que precisa escalar em algumas partes...

— E tem cobra?

— Não — respondeu Iurka.

Subindo pela encosta, os meninos contornaram os pontos mais perigosos, mas, de um jeito ou de outro, precisaram se agarrar às raízes expostas das árvores nas partes mais íngremes. Uma coisa deixou Iurka bastante assustado: um galho ao qual ele se agarrou não suportou o peso e quebrou, e por pouco ele não caiu rolando morro abaixo. O resto do caminho transcorreu sem aventuras, e logo os dois chegaram aos degraus escavados na terra que levavam direto ao mirante.

A construção baixa e frágil não apresentava nada especialmente bonito: era um pequeno abrigo pintado de verde, cuja tinta já descascava em alguns lugares. Dentro, havia uma mesinha circundada por bancos estreitos e desconfortáveis, tudo muito simples. Mas o que o mirante tinha de incomum não era a arquitetura, e sim suas superfícies cravejadas de inscrições: tanto as paredes como as vigas, os bancos, a mesa e até o chão. Estavam por toda parte, do lado de dentro e de fora: "Serioja e Natacha, 1ª temp. 1975", "Dima e Gália, 1ª temp. 1982", "Svieta e Artur estiveram aqui, Andorinha, 1ª temp. 1979".

Por todo o espaço, cintilava uma miríade de nomes, datas, cifras, escritas em diferentes caligrafias, diversas cores, tintas, lápis e canetas. Muitas tinham sido entalhadas na própria madeira e estavam dentro de um coração.

Iurka se aproximou do canto mais afastado do mirante e chamou Volódia. Inclinando-se na beirada, apontou para longe:

— Era isso que eu queria te mostrar. Olha só.

Era como se o mirante pairasse à beira de um abismo terroso e íngreme, que descia metros e metros pela densa floresta, até o rio lá embaixo. Muitos quilômetros além, até a linha do horizonte, se estendia uma planície, cortada aqui e ali pelo rio sinuoso. A água, refletindo o céu nublado, se recobria de uma cor acinzentada, mas quando incidiam nela os raios de sol que atravessavam as nuvens, brilhava e rutilava, repleta de reflexos. A grama, queimada pelo calor abrasador do verão, se estendia como um tapete amarelado até onde a vista alcançava, mas, em alguns pontos, dava para distinguir uma ou outra mancha verde.

Dali, conseguiam ver até a clareira com o entalhe, a enseada onde tinham ido ver os lírios-d´água e, é claro, o acampamento.

Iurka espiava de canto de olho as reações de Volódia. O monitor olhava encantado para longe e respirava profunda e tranquilamente, seu rosto expressava uma completa serenidade.

— Bonito, né? — comentou Iurka, se afastando da beirada.

— Muito. Como você descobriu esse lugar?

— É estranho que você nunca tenha ouvido falar. Afinal, você é monitor. — Iurka se pendurou numa viga, sentou em cima da mesa e, balançando as pernas, começou a contar: — Chama Mirante dos Apaixonados. Foram umas meninas das tropas mais velhas que me falaram dele, dois anos atrás, e todos os monitores mais antigos do Andorinha conhecem. Sempre foi uma tradição entre os casais do acampamento vir até aqui no fim da temporada escrever os nomes… Eu nunca entendi, mas fiquei curioso, então vim uma vez para ver com os próprios olhos.

— Por que nunca entendeu? — perguntou Volódia, se aproximando. — É tudo muito simbólico. É olhar pra essas assinaturas e sentir o espírito de quem está apaixonado. Imagina quantos sentimentos foram concentrados aqui ao longo de tantos anos, quantas palavras bonitas não foram ditas?

Iurka quis dar risada daquele sentimentalismo de Volódia, mas, ao encontrar o olhar dele, sentiu um arrepio. O monitor o olhava de um jeito tão sincero e sonhador que era como... como se estivesse falando dos dois, talvez? Ele se inclinou, apoiando as mãos no tampo da mesa, de ambos os lados de Iurka, e encostou a ponta do nariz no nariz dele. Volódia fechou os olhos e respirou profundamente... O coração de Iurka disparou e parecia que ia pular do peito. Ele reduziu ao máximo a distância entre os dois e deu um beijo rápido nos lábios de Volódia.

— Se você quiser, a gente escreve nossos nomes aqui — sussurrou Iurka.

Volódia balançou a cabeça, roçou outra vez a ponta do nariz no de Iurka e disse baixinho:

— Não precisa. Alguém dessa temporada pode ver, não vai ser legal. E eu vou lembrar, Iur, mesmo sem inscrição.

Iurka o abraçou e encostou os lábios no pescoço dele, mas de repente Volódia estremeceu e interrompeu o abraço. Recuando, Iurka baixou os olhos e notou que os dois braços de Volódia estavam arrepiados. Até a parte de cima das mãos. Volódia desviou o olhar. Ficaram os dois desconfortáveis, mas para não deixá-lo ainda mais envergonhado, Iurka fez de conta que não tinha percebido. E, para nunca mais deixar Volódia tão desconcertado, decidiu nunca mais fazer aquilo, nunca mais encostar no pescoço dele.

Voltaram pelo acampamento pelo mesmo caminho. Embora Iurka soubesse outro mais fácil, tinham deixado o barco na margem e precisavam devolvê-lo.

Quando chegaram ao rio, o vento soprou, a água começou a se agitar e o céu escureceu ao leste.

— Daqui a pouco começa a chuva — disse Volódia, olhando para cima. — Temos que voltar depressa.

— Agora é a favor da corrente, a gente chega rapidinho — tranquilizou Iurka.

Ele entrou no barco e pegou os remos. Volódia empurrou a embarcação da margem e pulou para dentro.

De fato, navegaram bem depressa. Iurka desceu a lenha nos remos, o barco ia a toda velocidade e em menos de quinze minutos eles atracaram.

O vento ficou mais forte. Começaram a cair as primeiras gotas de chuva do céu cinzento.

— Já começou! — gritou Volódia. — Pelo jeito a gente não chega no acampamento. Vamos nos abrigar na estação.

— Vai amarrando o barco. Eu vou pegar a lona.

Iurka saiu em disparada do atracadouro e abriu a porta do depósito de materiais. Pegou a lona, mas quando se preparava para voltar ao cais, deu uma olhada na prainha pela janela: alguém se aproximava da estação dos barcos.

Por via das dúvidas, Iurka se escondeu no declive, ficou de olho e viu que era Macha.

— Vai se ferrar — murmurou entredentes. — Era só o que faltava.

Iurka correu de volta para o cais, que ficava escondido pelo prédio da estação e dava para o rio, então Macha não poderia vê-lo até que chegasse ao depósito.

Agiu sem pensar. Correndo até Volódia, puxou-o pelo punho.

— Deita no barco, depressa!

— Que foi?

— A Macha tá vindo!

— Mas a gente não fez nada pra precisar se esconder.

— Deita. Agora! — mandou Iurka. — Vou esconder a gente debaixo da lona.

Volódia ficou perdido, mas pulou no barco e deitou no fundo. Iurka foi logo atrás.

Ele se deu conta de que Volódia estava certo: o fato de se esconderem não ajudaria em nada. Ao contrário: ficaria parecendo que estavam tentando manter alguma coisa em segredo. E se Macha os visse, despenteados e amarrotados, se esgueirando para dentro de um barco coberto de lona, ia pensar sabe-se lá o quê, e aí começariam as perguntas e investigações. Iurka xingou baixinho; ele mesmo tinha colocado os dois naquela situação, havia obrigado Volódia a deitar, sem dar ouvidos ao monitor.

— O que ela veio fazer aqui? — perguntou ele, quando tudo ficou escuro.

— Não tenho a menor ideia — respondeu Volódia. — Ela não escolheu o melhor momento pra passear.

— Eu já falei! Ela tá te seguindo!

Com cuidado, Iurka olhou para fora. Estava difícil de enxergar, dava para ver só um pedacinho do cais, mas deu para distinguir os pés de Macha em sapatinhos pretos e meias três-quartos brancas. A garota passou duas vezes, de um lado para o outro. Depois parou perto do barco deles — o coração de Iurka deu um salto mortal —, ficou parada por um minuto e deu um passo se aproximando... Mas nesse exato momento um trovão ribombou no céu e a chuva caiu. As gotas pesadas começaram a tamborilar na lona. Macha soltou um gritinho e saiu correndo de volta para o depósito.

— Foi embora? — perguntou Volódia, ansioso.

— Foi. Mas caramba, acho que ela percebeu alguma coisa.

— Você consegue ver daí pra onde ela foi?

— Claro que não. Ela deve estar na casinha da estação de barco. Como que eu vou ver? — respondeu Iurka, exasperado. — Só se ela estiver na janela. E olhe lá.

— Certo — disse Volódia, devagar. — Significa que vamos ter que ficar plantados aqui até o sinal.

Foi só então que Iurka sentiu como o lugar estava apertado para os dois. Bem devagar e com todo cuidado para não fazer o barco balançar, ele se virou de lado e ficou com o rosto bem diante do rosto de Volódia. Os olhos ainda não tinham tido tempo de se habituar à escuridão, do contrário Iurka não teria encostado o nariz na testa do monitor, sem entender direito onde e como estava deitado. Iurka escorregou um pouco para baixo e, quando seus olhos foram se acostumando, conseguiu distinguir os óculos de Volódia.

A chuva caía e um vento frio soprava por debaixo da lona, mas Iurka estava com calor, porque Volódia estava perto demais. Ele queria muito tocá-lo, em vez de ficar deitado feito um soldadinho de chumbo. Iurka encontrou a palma da mão de Volódia, apertou-a, indeciso, e sentiu como estava seca e quente. Volódia parou de respirar e apertou os dedos de Iurka como resposta.

— Iur? — pronunciou, rouco.

— Oi?

— Me beija.

Iurka sentiu o coração dar um pulo e uma onda agradável se espalhou por todo o seu corpo. De repente, havia cheiro de água, de chuva e de rio, e foi exatamente esse o cheiro do primeiro beijo de verdade de Iurka.

Volódia permitiu mais do que normalmente permitia. Não foi um encostar rápido e inocente de lábios: houve uma pressão que durou mais tempo. Foram alguns segundos ou toda uma eternidade, acompanhados pela batida insana de um coração — e não dava para saber de quem. Depois, Volódia entreabriu os lábios. Iurka fez menção de recuar, achando que tudo terminava ali, mas então sentiu um toque mais suave e úmido.

Ele não sabia beijar de verdade. Nunca tinha feito aquilo. Mas Volódia, ao que tudo indicava, sabia. Ele abriu os lábios e prolongou o beijo — um beijo adulto, terno, de fazer a cabeça rodar.

A chuva acalmou, mas Iurka não queria acalmar. Não queria soltar a mão de Volódia, não queria afastar os lábios. Não se importava com nada, nem com a respiração entrecortada, nem com o calor, nem com a languidez que perpassava todo o seu corpo, não queria parar, não queria interromper aquele momento. Se pudesse ficar para sempre naquele barco, embaixo da lona junto de Volódia, ficaria sem pensar duas vezes.

Volódia também não parecia querer que terminasse. Ele soltou a mão de Iurka e o abraçou, apertando-o tão junto de si que Iurka percebeu que não era o único com calor. Sem saber o que fazia, pôs a mão na cintura de Volódia, enfiando os dedos por baixo da camisa para tocar a pele. Foi como se um choque estático os atravessasse, e Volódia estremeceu. O beijo se tornou mais ávido.

O sinal longínquo anunciando o fim da hora do descanso soou ensurdecedor para Iurka. Ele tentou fazer de conta que não tinha ouvido nada, mas Volódia se afastou primeiro e disse, com um suspiro:

— Tá na hora, Iur. Temos que ir.

Se agarrando a um último fiozinho de esperança, Iurka perguntou:

— Você acha que a Macha já foi?

— Parou de chover e ela ouviu o sinal... Deixa eu conferir.

Ele se ergueu um pouco e, da mesma forma que Iurka fizera, levantou uma ponta da lona. Iurka torceu muito para que Volódia visse os pés de Macha e voltasse para junto dele, só para que ele pudesse abraçá-lo e beijá-lo por um minuto a mais.

— Não tem ninguém — disse Volódia e sentou, tirando a lona do barco.

A luz brilhante do dia cegou Iurka. Tudo ao redor estava úmido, mas o céu estava claro e o sol aparecia entre as nuvens.

Volódia saiu do barco, e Iurka o seguiu. E, enquanto firmavam a lona, Iurka lutava contra o desejo de abraçar Volódia por trás e ficar assim para sempre.

— Vocês foram ótimos. Estão liberados — declarou Volódia ao terminar o ensaio.

Os atores, pálidos de cansaço, aplaudiram. Na quinta vez, a trupe finalmente havia conseguido passar todo o espetáculo do começo ao fim. A peça estava bastante satisfatória.

Os atores estavam tão esgotados que literalmente caíam de cansaço, e Iurka não entendia como o diretor da peça se aguentava em pé. Até o lenço dele estava torto, com o nó virado para trás e o tecido erguido no pescoço.

Ao notar isso, Iurka deu uma risadinha. Ele levantou do piano, se aproximou de Volódia e estendeu a mão para ajeitar o lenço.

— Eu também pleciso que amalem meu lenço!

Iurka deu até um pulo de susto, pois tinha certeza de que todos os atores já haviam saído da sala de cinema. Mas Oliéjka saiu pulando de trás do busto de Lênin, tal qual um boneco de mola.

Volódia se afastou de Iurka, ajeitou o próprio lenço e, com um sorriso forçado, comentou:

— Nosso Oliéjka sonha em ser o melhor da trupe, aliás, do acampamento inteiro, para ser aceito como um pioneiro.

— Aaah... — disse Iurka e se virou para Oliéjka. — E como é? Já aprendeu o juramento?

— Claro! — Oliéjka ficou vermelho, ajeitou a postura e começou, com emoção: — Eu, Lyléiev, Oleg Lománovitch, palticipante das fileilas da Olganização dos Pioneilos de Toda a União Soviética de Vladímir Ilitch Lênin, diante dos meus camaladas, julo solenemente amar aldentemente a minha Pátlia. Viver, estudar e lutar como ensinou o glande Lênin, como ensinou o... — Oliéjka tomou ar, ansioso — o Paltido Comunista, e zelar sagladamente pelas Leis dos Pioneilos da União Soviética.

— Bravo! — elogiou Volódia. — E como faz a saudação dos pioneiros, você sabe?

— Sei! Qué vê?

Iurka estalou a língua, era cada uma! Com cara de tédio, ele sentou na beira do palco, deixou as pernas penduradas e fez de conta que ia tirar uma soneca. Volódia o ignorou.

— Mostra — pediu o monitor e gritou o comando: — Esteja pronto para a batalha em nome do Partido Comunista!

— Semple plonto! — rugiu Oliéjka e ergueu o braço meio dobrado, na pose da saudação dos pioneiros.

Volódia ajeitou a mão do menino para que ficasse na altura da testa e não do nariz.

— A mão tem que ficar mais pra cima. Isso significa que você zela pelos interesses dos pioneiros acima dos seus. E na hora da cerimônia do juramento, quem estiver amarrando seu lenço vai fazer uma pergunta capciosa.

— Nossa! — Oliéjka arregalou os olhos. — E é difícil? Você faz?

— Eu faço. Eu pergunto ao pequeno outubrista quanto custa o lenço.

— Cinquenta e cinco copeques! — exclamou Iurka, voltando a si por um instante.

— Iur, você sabe muito bem que essa resposta tá errada. Pra que atrapalhar o menino? — perguntou Volódia. — O lenço de um pioneiro não tem preço, porque é um pedaço da nossa rubra bandeira. Decorou, Oliéj?

— Decolei, sim! — Oliéjka assentiu. — Bom, vou embola. Pleciso estudar o julamento antes de dolmir.

— É melhor estudar o roteiro.

— E o loteilo também!

Oliéjka foi embora, enquanto Iurka ficou pensando que Volódia tinha enganado o menino à toa. Porque o lenço de pioneiro custava aquilo mesmo, cinquenta e cinco copeques, não mais, porque era só um trapo tingido. Todo o pessoal da idade de Iurka sabia disso. As crianças usavam o lenço de qualquer jeito: roto, amarrotado, rabiscado, com broches e em estilo caubói — parecido com o jeito que o lenço estava no pescoço de Volódia havia pouco.

Podia até ser que uns dez ou vinte anos antes o lenço significasse alguma coisa, simbolizasse um valor, um ideal. Mas, agora, era tudo passado. O próprio Iurka começara a desconfiar que as pessoas não tinham mais ideais quando o reprovaram no exame. Em breve, Oliéjka também se convenceria disso, mas aí era com ele. Iurka sentiu pena de antemão, pois uma decepção muito cruel esperava pelo menino, logo ele que era tão sonhador.

Iurka quis compartilhar suas reflexões com Volódia, mas não teve tempo: as portas da sala de cinema se abriram outra vez, e a turma do clube de artes trouxe algumas cartolinas para compor o cenário.

— Aqui estão o reservatório d'água e a locomotiva — disse Micha Lukovenko, o orientador dos desenhistas. — Como você pediu, a gente fez o esboço, já a pintura é com vocês.

— Ah, muito obrigado! As tintas você trouxe? — perguntou Volódia.

— Trouxe. Estão aqui. — Micha estendeu uma grande caixa com potes e pincéis e alertou: — Venho pegar amanhã.

Assim que os desenhistas saíram, Volódia virou para Iurka e disse:

— E aí? Vamos começar a pintar?

Iurka soltou um resmungo.

— Agora? Volod, você tá esgotado e morto de sono, e eu também quero dormir...

— O tempo não para! Isso aqui é trabalho pra dois dias, no mínimo, entre pintar e secar. E ainda vai precisar ajeitar alguma coisinha...

— Não dá pra esperar até amanhã? — perguntou Iurka, sem a menor esperança.

— Não. Mas se você estiver cansado, pode deixar que eu faço sozinho.

Não havia nenhum tom de chantagem na voz dele. Iurka sabia que Volódia tinha entusiasmo de sobra pra passar a noite no teatro e fazer tudo sozinho. A questão era que Iurka jamais permitiria.

Assim, os dois começaram a pintar. Abriram as folhas enormes no chão do palco e, se arrastando sobre elas como guerrilheiros no campo de guerra, foram passando os pincéis. O trabalho não era difícil, mas demorado e, em alguns momentos, minucioso. Já escurecera havia muito tempo e o sinal do toque de recolher havia tocado mais de uma hora antes, mas os dois continuavam a pintar.

Já era mais de meia-noite quando Iurka percebeu que haviam feito só metade e desistiu. Deixou o pincel de lado e se estirou no chão.

— Chega, cansei. Volod, vamos parar por aqui.

Mas Volódia continuou pintando a locomotiva.

— Não, precisa terminar tudo hoje. Você ouviu que temos que devolver as tintas amanhã...

— Precisa, precisa, precisa — repetiu Iurka. Num átimo, ele levantou, foi até Volódia e tirou o pincel da mão do monitor. — Não, não precisa!

Volódia olhou zangado para ele e tentou pegar o pincel de volta, mas Iurka se afastou e o escondeu atrás das costas.

— Olha, você já tá passando a tinta por cima do contorno! Tá cansado!

— Mas precisa...

— A gente ainda tem metade do dia pela frente.

— Só metade!

Iurka jogou o pincel de lado e deu três passos à frente, ficando nariz com nariz com Volódia. Olhou nos olhos do monitor e, um pouco mais baixo, disse:

— Presta atenção, Volódia... Lembra o que tem depois de amanhã, além da peça?

Volódia franziu o cenho e desviou o olhar, só para voltar a encarar Iurka um segundo depois. Nos olhos dele cintilaram, ao mesmo tempo, a compreensão e o pesar.

— Lembro... — respondeu o monitor, triste. — Você tem razão.

Iurka pôs as mãos nos ombros dele. Fez um carinho, depois subiu pelo pescoço e enterrou os dedos no cabelo da nuca. Volódia abraçou a cintura de Iurka e o apertou contra si, inclinando-se para os lábios dele. Mas o beijo não foi como Iurka esperava.

— Não, me beija igual no barco — pediu, abraçando Volódia com mais força.

— Não — respondeu Volódia e, após refletir por um instante, acrescentou: — Iur... Iura, será que a gente tá fazendo isso à toa?

— À toa? Como assim? Você não quer mais? — Iurka esperou que Volódia começasse a jurar o contrário, mas o monitor apenas deu de ombros, calado. Foi então que Iurka ficou inquieto de verdade. — Volódia, eu não quero parar. Eu gosto. Você não gosta mais?

Volódia se afastou. Olhou primeiro para o teto, depois para o chão e só então respondeu:

— Gosto.

— Então por que isso de "à toa"?

— E se a gente perder o controle? De qualquer jeito, é estranho. É contra a natureza, é errado e nojento.

— É nojento pra você? — retrucou Iurka, perplexo.

Iurka parou para pensar. Por um lado, era possível que a relação dos dois parecesse estranha para os outros. Mas era só para quem via de fora. Para ele, que estava "dentro", a relação, a amizade e, talvez, o amor deles era absolutamente único e maravilhoso. Não havia e nem poderia haver nada melhor do que beijar Volódia, abraçá-lo e esperar para se encontrar com ele.

— Não pra mim — corrigiu o monitor, triste. — É nojento pros outros. Mas a questão não é essa. Tenho a impressão de que estou te afastando do caminho certo, Iur.

Iurka ficou muito bravo.

— Você lembra quem te beijou lá perto do galpão? — Ele cruzou os braços e fechou a cara.

Os cantos da boca de Volódia se ergueram, mas ele deteve o sorriso e, após uma pausa, perguntou outra vez, sério:

— Iur, o que você pensa disso?

— Eu me esforço pra não pensar — respondeu Iurka, no mesmo tom. — Nem eu nem você podemos controlar o que tá acontecendo. E a gente não tá fazendo mal pra ninguém quando se beija.

— Além da gente mesmo.

— Da gente mesmo? Não estou vendo nada de mal. Pelo contrário, é muito bom pra mim. E pra você?

Volódia sorriu, sem jeito.

— Você sabe a resposta.

Iurka não pediu nem tentou convencê-lo, simplesmente tomou a iniciativa. Foi o segundo beijo de verdade dos dois — e foi completamente diferente do primeiro. Da outra vez, no barco, estava quente e emocionante, e o barco flutuava no ritmo das batidas do coração deles e do tamborilar da chuva. Naquele momento, fazia silêncio. Um completo silêncio. Do lado de fora, a noite; na sala imensa, o vazio; tudo parecia ter congelado e só restavam os dois, embalados em um movimento suave e lento dos lábios.

Mas, de repente, alguma coisa fez um estrondo junto à entrada e foi batendo e rolando escada abaixo. Os dois se afastaram imediatamente, como se um raio tivesse caído entre eles, arremessando-os em direções opostas. Uma pequena lanterna descia rolando pelos degraus. Junto à porta, de olhos arregalados, Macha recuava.

A primeira reação de Iurka foi o pânico, depois veio um medo paralisante. Parecia que a terra se abria sob seus pés, que o palco rachava, que tudo ao redor tinha virado de cabeça para baixo. Por fim, tudo isso deu lugar à incompreensão e à dúvida: talvez fosse apenas imaginação? Afinal, por que Macha estaria ali uma hora daquelas, de madrugada?

Mas era ela, em carne e osso, e se preparava para sumir o mais depressa possível, já fechando a porta atrás de si.

— Espera! — gritou Volódia, o primeiro a sair do choque.

Macha congelou, e ele desceu correndo do palco e, saltando alguns degraus, se aproximou da garota.

— Não foge. Por favor.

Macha não conseguia dizer uma palavra, só abria e fechava a boca, engolindo o ar, como um peixe caído na margem do rio.

— Mach?

Ele estendeu a mão na direção dela, mas Macha se esquivou como se o monitor estivesse com alguma doença contagiosa.

— Não encosta em mim! — disse ela, com a voz estridente.

— Tá bom, tudo bem... — Volódia estremeceu. Tentava manter o tom de voz tranquilo, mas dava para notar o nervosismo mesmo assim. — Só não entra em pânico. Desce aqui, por favor. Eu vou explicar tudo.

— Quê? Vocês vão me explicar... O quê... Vocês... O que vocês estavam... É nojento!

Era como se a mente de Iurka tivesse pifado. Ele não conseguia pensar em nada, fazer nada. Não sentia as mãos, e as pernas bambas não se moviam. Mas não havia tempo a perder. Iurka reuniu todas as forças que tinha e se obrigou a se aproximar dos dois. Macha o encarava com mais selvageria e medo do que a Volódia.

— Mach, não precisa pensar nada de ruim — pediu Iurka, com dificuldade.

— Vocês são anormais, doentes!

— A gente é normal, é que...

— Por que estavam fazendo isso? Não é certo! Isso não pode acontecer, as pessoas não fazem isso, é completamente... completamente...

Macha tremia.

Mais um pouquinho e ela perde a linha. Vai começar a gritar e aí todo mundo...

Iurka não concluiu o pensamento. Sentiu uma espécie de febre. Sua visão embaçou e escureceu. Parecia que ia cair desmaiado a qualquer momento e iria dali direto para debaixo da terra. Suas pernas tremiam. Mesmo se esforçando ao máximo para transparecer tranquilidade, não conseguia se desvencilhar das imagens horríveis que emergiam sem cessar na sua imaginação, imagens do que aconteceria com ele e com Volódia quando Macha contasse para todo mundo: a vergonha e a condenação. Iam se tornar párias. Seriam castigados das formas mais terríveis!

— Foi só uma brincadeira, entendeu? — Volódia soltou uma risada, nervoso. — Uma brincadeira de falta do que fazer, de tédio. Não tem nada de sério. Você tá certa, isso não costuma acontecer. Aliás, não aconteceu nada, na verdade.

— As meninas são pouco pra você? O que você tá procurando nele que a gente não tem?

— Nada, óbvio! Você sabe, Macha, como manda a natureza: os meninos gostam das meninas, e os homens das mulheres, ou seja... Máchenka, eu não estou procurando nada, nem pretendo. Nem daria pra encontrar. A gente... Eu e o Iurka só estávamos... Não significa nada, a gente vai se separar aqui no Andorinha e esquecer um do outro. E você também esqueça, porque é uma bobagem que não vale a pena, uma idiotice, uma coisa sem importância...

Iurka ouvia Volódia de forma abafada, como se houvesse uma parede entre eles. Sem conseguir respirar normalmente, fechou as pálpebras pesadas e estremeceu. A dor o queimava por inteiro, sem se concentrar em um único lugar; se espalhava por toda parte, parecia até que emanava dele. Porque Volódia podia dizer o que quisesse, até que "estavam aprendendo a beijar", mas será que Macha acreditaria? Iurka abriu os olhos e leu no rosto dela que não. Macha não seria convencida por pretextos, brincadeiras e promessas. Para acreditar, ela precisava da verdade, ainda que fosse um grãozinho de verdade. E nas palavras de Volódia havia alguma: as leis da natureza, a separação, "Eu e o Iurka só estávamos...".

Iurka encarou Volódia à procura da resposta para uma pergunta terrível: "Existe pelo menos uma pontinha de mentira em tudo que você está dizendo?". Era doloroso ouvir aquilo, e ainda mais doloroso entender que era a única saída.

— Por favor, Mach, não fala disso pra ninguém. Se ficarem sabendo... É uma mancha pra vida toda e isso acaba com nosso futuro. Entende? — continuava Volódia.

Iurka permanecia de pé, sem dizer uma palavra.

— Tá... tá bom... — respondeu Macha, aos soluços. — Só jurem que nunca mais vão fazer uma coisa dessas...

Volódia inspirou profundamente, como se organizasse os próprios pensamentos.

— Juro. Nunca mais.

— E você. — Macha se virou para Iurka. O olhar de dor se tornou maldoso. — Agora você!

Iurka captou por um instante o olhar de Volódia e viu no monitor o mais puro e absoluto desespero.

— Juro. Nunca mais — prometeu ele, sem ar.

15

A verdade amarga

JUREM QUE NUNCA MAIS... A voz de Macha ainda ecoava nos ouvidos de Iurka. E a resposta dele e de Volódia: nunca mais, nunca mais, nunca mais... Como puderam prometer uma coisa dessas? Era possível? Mas Macha não deixara alternativa. Restava tão pouco tempo para ele e Volódia ficarem juntos, e até dessas migalhavam haviam sido privados por causa de uma garota intrometida.

Havia se passado apenas um dia, um único dia que os dois não puderam ficar juntos, um único dia em que estiveram separados, mas para Iurka, extremamente solitário, pareceu um mês. Mais de uma vez, teve o impulso de mandar Macha e tudo que ela pudesse dizer para o inferno, porque havia uma tempestade tomando conta do peito dele, que precisava extravasar, ou então explodiria. Iurka era atraído por Volódia, queria vê-lo, ouvi-lo, tocá-lo... mas se controlava. Entedia que um único deslize custaria caro demais para ambos.

Ainda se viam no teatro. Terminaram o cenário e ensaiaram horas sem fim — Olga Leonídovna tinha dispensado toda a trupe das outras atividades para que pudessem se concentrar na estreia. Volódia estava sempre perto. Iurka o ouvia, o via, e bastaria estender a mão para tocá-lo. Mas era proibido. Proibido até olhar demais um para o outro. Macha estava sempre rondando os dois, como se fosse uma carcereira, sem tirar os olhos deles. Era só pensar, só alimentar a menor esperança de que surgiria uma chance de conversar com Volódia, para Iurka dar de cara com o olhar desconfiado da garota.

Iurka sentia como se tivessem arrancado algum órgão vital dele. Não vivia, apenas cumpria tarefas e ordens, andava, comia e falava. Respirava, mas não tranquilamente. Sentia falta de ar, como se tivessem cortado seu suprimento de oxigênio, como se tivessem misturado um gás tóxico na atmosfera. Cada hora sem Volódia envenenava sua existência. Ele tinha a impressão de que o mundo todo mergulhava no crepúsculo, as cores se misturavam, as sombras iam tomando conta de tudo e se espalhando. Era assustador viver sozinho naquele mundo sombrio. Mais assustador ainda, porém, era ver como Volódia sofria com tudo aquilo.

O monitor se esforçava para não deixar transparecer nada. Conduzia os ensaios como sempre, gritava, dirigia os atores, dava ordens, mas... não restava nele o menor entusiasmo. Era como se algo tivesse se apagado dentro de Volódia, e o monitor tivesse voltado ao modo automático. Não se preocupava mais, nem entrava em pânico, sequer se importava com o sucesso do espetáculo, sua única emoção era a tristeza quando raramente, quase nunca, lançava um olhar para Iurka. E havia tristeza suficiente para uma vida inteira.

Mesmo deitado, Iurka via, como se estivesse na frente dele, o rosto abatido do monitor, extenuado de saudade, e ele mesmo, também com saudade, compreendia que mais um dia tinha se passado. Um dia inteiro que poderiam ter ficado juntos, mas não. Uma tarde inteira, mas não. Uma noite inteira, mas não.

De manhã, a tarefa recebida por Iurka foi a de comer seu mingau, apesar de não querer. Ele remexia a colher na tigela daquele grude que diziam ser de aveia. Geralmente até cheirava bem, mas naquela manhã qualquer comida fazia Iurka torcer o nariz, com exceção das vatruchkas, um pãozinho doce recheado que ele adorava. Essas, sim, estavam ótimas: fofinhas, com muito recheio, reluzindo com as bordas queimadinhas. Mas o mingau não dava a menor vontade de comer. Aliás, Iurka não tinha a menor vontade de nada, principalmente de estar no mesmo acampamento, no mesmo espaço, respirando o mesmo ar que Macha. Pelo menos ela também não parecia sentir o sabor nem gostar de nada.

Era como se tivessem jogado areia nos olhos de Iurka: doía para piscar e doía olhar também, mas não tinha como não olhar. E olhava sempre para a mesa da tropa cinco.

As crianças estavam bagunçando outra vez: Sachka agitava os braços e Ptchélkin zumbia alguma coisa no ouvido da menina ao lado, que deu um gritinho e pulou do banco. Era a vez de Volódia cuidar deles na hora do café da manhã, ou seja, não tomar o próprio café. Lena estava sentada ali perto, dando uma olhada também, mas sem sair do lugar por nada. Volódia levantou e foi resolver. Estava com cara de sono, pálido e esquálido. Com a voz cansada, começou a interrogar a menina sobre o que Ptchélkin tinha feito. Dava para notar que aquilo estava consumindo suas últimas forças.

Enquanto Iurka revirava o próprio mingau e Volódia se resolvia com o baderneiro e Macha olhava para eles, Sachka terminou de comer e colocou o copo em cima do prato para se retirar. Um companheiro de tropa ao lado o deixou passar, e Sacha parou no lugar onde Volódia estava sentado, disse alguma coisa na orelha de um amigo e começou a gargalhar da própria piada. Iurka percebeu que Sacha ia balançar os braços e que o copo ia tombar direto no prato de Volódia, na pontinha da mesa. Assim que abriu a boca para gritar, o copo desabou e tilintou na beira do prato, que saiu voando. Espirrando mingau, o prato levou junto o copo de chá de Volódia e a vatruchka em cima dele, que descreveu um arco no ar e caiu no chão. Em silêncio, Volódia observava metade do seu café se espatifar em pedacinhos enquanto a outra se esparramava pelo ladrilho cinzento.

Iurka esperava que o monitor desse uma bronca, mas apenas lançou um olhar inexpressivo para Sachka, suspirou cansado e não disse uma única palavra de protesto. Dava para ver que não havia dormido bem e que simplesmente não tinha forças para ficar bravo. *E agora vai passar metade do dia com fome*, resmungou Iurka consigo mesmo. Ainda tinha mingau na cozinha, mas as vatruchkas tinham acabado — Iurka já tinha perguntado, pois queria surrupiar mais uma. Pelo menos Volódia já estava acostumado a não comer direito. Mas Iurka não o vira tão triste e indiferente nem no dia anterior. Acabou perdendo os últimos vestígios de apetite de tanta pena.

Enquanto a monitora-assistente passava um sermão em Sachka e organizava a tropa para sair do refeitório, e Volódia chamava a faxineira para limpar a bagunça toda, Iurka embrulhou sua vatruchka num guardanapo.

— Pega — disse, e estendeu o embrulho para Volódia quando ele voltou com a faxineira do alojamento da tropa três.

— Obrigado, mas é melhor você comer. Você adora.

— Não quero, já estou cheio — insistiu Iurka, enfiando a vatruchka no rosto de Volódia.

— Também estou satisfeito.

— Pega, é pra você!

Iurka queria falar mais. Estava esperando que o pessoal fosse embora de uma vez para soltar: "É pra você. Se quiser, arranjo até uma compota. É tudo pra você, dê um sorriso". Mas ouviu Macha pigarrear às suas costas.

— Pois não? — perguntou Iurka, sombrio.

— Nada, só estou te esperando.

— Me esperando? Pra quê?

— Só esperando mesmo.

— Por que você precisa de mim? — retrucou Iurka, começando a ficar bravo.

— Vocês prometeram não se encontrar mais e não fazer mais isso! — guinchou Macha.

Volódia estremeceu e começou a murmurar, sem fôlego:

— Macha, não estamos fazendo nada. Não tem como a gente não se encontrar. — Ele espalmou as mãos. — É um acampamento.

— Você vai fazer o quê? Vai proibir a gente de conversar também? — perguntou Iurka.

— Iura, não começa — pediu Volódia, tenso. — Por favor. Não briguem. Era só o que faltava. — Nervoso, ele balançou a cabeça, deu as costas e rumou direto para cozinha.

Iurka ajudou a faxineira a recolher os cacos maiores do chão enquanto olhava de esguelha para Macha. A garota ficou de pé, com as mãos na cintura, até que Marússia a puxou pelo cotovelo e a arrastou para junto do restante do PUM.

Aproveitando a situação, Iurka seguiu os passos de Volódia.

Estava silencioso na cozinha; só a água aquecida para lavar a louça gorgolejava nas tinas. Iurka jogou os cacos no lixo e foi para o fundo do cômodo. Avistou Volódia perto de um fogão, ao lado de uma das tinas, imensa como um caldeirão. Quase não dava para ver seu rosto devido às nuvens de vapor que subiam. Volódia estava imóvel, com a mão direita tão perto da água fervente que a pele começava a ficar vermelha.

— Ei! O que é isso? Tá quente aí! — Iurka foi até ele e o encarou, confuso.

Volódia se virou de repente, com o rosto perturbado, os óculos embaçados. Depois da confusão, Iurka foi tomado pelo desassossego. Aquilo havia sido muito esquisito. Em seguida, o medo o invadiu: *O que ele tá fazendo? E pra quê?*

O vapor embaçava as lentes de Volódia, impossibilitando que Iurka visse seus olhos. O próprio Iurka parecia flutuar na névoa, perdido e assustado. Num determinado momento, chegou até a parecer que o vapor era frio e, para conferir, Iurka aproximou a mão, quase alcançando a água...

— Ai!

— Tira a mão! Vai se queimar! — Volódia afastou depressa a mão dele. — Pra mim não tem problema, eu... estou acostumado.

A voz dele soou tão cortante que Iurka voltou a si. Num instante os óculos de Volódia desembaçaram e a cortina de vapor recuou, revelando um olhar inesperadamente tranquilo e até um pouco distante.

— Como assim está acostumado com uma coisa dess...? — começou Iurka, mas foi interrompido.

— Eu faço isso há muito tempo, mas você não tá acostumado, pode se machucar — preveniu Volódia, com o tom de monitor. Iurka soltou o ar com força. Enquanto isso, Volódia segurou seu punho e levou-o até os lábios, então apertou ternamente a mão de Iurka e assoprou, sussurrando: — É pra proteger...

— ... as mãos.

Iurka revirou os olhos.

— Você inteiro.

Volódia sorriu e deu um beijinho rápido no polegar dele.

Iurka ficou com tanta vergonha que fez uma piada:

— Ah, eu gosto demais de mim pra...

— Eu também — interrompeu Volódia.

Mas Iurka não teve tempo de entender o que o monitor queria dizer.

— O que é que vocês tão fazendo aí?! — ecoou pela cozinha um grito indignado. Macha estava no meio do cômodo, e parecia que o vapor saía das suas orelhas, e não da água.

— Você já me encheu! — exclamou Iurka, dando um passo para descontar toda a raiva nela, quando sentiu um toque breve, mas quente, no antebraço.

Volódia o apertou e soltou rapidamente.

— Chega. Não precisa — disse o monitor, baixinho, mas Iurka, sem dar ouvidos, deu as costas para os dois.

O ódio fervia dentro dele mais do que a água nas tinas, mas, como Volódia havia pedido, ele se conteve. Iurka faria qualquer coisa que ele pedisse. Daria tudo para ele: o que houvesse de melhor, o céu, o ar, a música, tudo. Daria a si mesmo por completo, só para ele. Tudo o que era, tinha sido e seria. Tudo que havia de mais valioso e brilhante dentro de si, toda a sua alma, seu corpo, os pensamentos e a memória. Daria tudo para que Volódia não ficasse tão triste e nervoso.

Mas Macha... Macha tivera até a ousadia de proibi-los de falar um com o outro! Se no decorrer do dia anterior ela estivera apenas de olho, depois da cena no refeitório, pelo jeito, tinha decidido persegui-los abertamente, seguir o rastro de Iurka, sem ter vergonha e sem se esconder.

Iurka foi embora do refeitório. Ouviu os passos de Macha atrás e ficou cada vez mais e mais irritado. Tinham só mais dois dias, aquele e o seguinte, mas estavam proibidos de passar aquele restinho de tempo juntos por culpa dela. Por culpa dela tinham que se olhar de longe e, em vez de admiração, sentir tristeza e, depois do comportamento estranho de Volódia, inquietação.

Por que ele fez aquilo? Fez por culpa dela. É tudo culpa dela!

Cada batida do sapato de Macha no asfalto reverberava feito um sino na cabeça de Iurka.

Os nervos se tensionavam feito cordas. *Agora a gente não pode nem se falar.* Os saltinhos do sapato batiam atrás dele. Um passo, depois outro. *Ela acha que pode mandar na gente?* Um passo, outro e mais outro. *Agora fica andando atrás de mim. Vai me proibir de ficar no mesmo ambiente que ele?!* Um passo. Outro. Mais um. *Não dá mais. Chega!*

Iurka parou de supetão.

— O que você quer de mim, hein? — gritou, sem poder se segurar.

— Deixe ele em paz. O Volódia é uma pessoa boa, é da Komsomol, e você é uma aberração, um idiota, está estragando ele!

— Quem, eu? E você é o quê, então? Não é você quem decide quem eu sou e o que faço com ele!

— Não sou eu, é todo mundo que decide! O acampamento inteiro sabe o quanto ele era bom até se misturar com você!

— Nós somos amigos e os amigos...

— Isso não é amizade! — ela gritou. — Você tá desviando ele do caminho certo, vai transformar ele num psicopata, num pervertido! É, você tá fazendo isso com ele!

— Você não sabe de nada!

O próprio Iurka ficou surpreso ao ver quão desorientada Macha ficou ao ouvir isso. A garota ficou vermelha e começou a encarar o chão.

— Sei, sim... Você nem imagina.

— Você tá apaixonada por ele! — Iurka disse, com uma alegria maldosa.

Macha o encarou, sem se mover. Alguns pioneiros se aproximavam, e então, para que não ouvissem, Iurka pegou Macha pelo braço e a levou para um canto da trilha.

— Não encosta em mim! — gritou Macha, quando Iurka já tinha parado.

— E você não se meta onde não é chamada, aí não vou precisar nem olhar pra sua cara!

— Deixa o Volódia em paz, ou então todo mundo vai ficar sabendo!

— Tá apaixonada, né? Responde, sim ou não? Uma palavra.

— Não te devo satisfação!

— Sim ou não?

— Sim! Sim! Satisfeito? Sim!

— E você acha o quê? Que se ficar seguindo e chantageando, ele vai se apaixonar por você? Acha que é assim que se faz? — Iurka soltou uma gargalhada maldosa.

— Não te pedi nenhum conselho. Estou avisando pela última vez: deixe ele em paz ou eu conto pra todo mundo!

— E o que você ganha com isso? Será que essa sua cabeça oca não entende o que vão fazer com ele se descobrirem? Não entende que pode acabar com a vida dele? Vão expulsar o Volódia do instituto, da Komsomol, de casa. Ele vai ser privado de tudo o que queria, por culpa sua! Aliás, que se danem o instituto e a Komsomol, sabe o que é pior? O hospício ou a prisão, já pensou nisso?

Iurka não conseguia mais parar. A raiva não estava mais fervendo por dentro: ela jorrava numa torrente. Iurka estava a um passo de perder o controle. Ele tremia, seu corpo não o obedecia mais e, sem saber o que fazia, pegou Macha pelos ombros e começou a chacoalhá-la. Berrava a plenos pulmões:

— Você já pensou no quanto ele vai te odiar? De que jeito vai lembrar de você? É isso que você quer? É assim que você ama ele?

Macha também gritava, mas de medo, o que deixou Iurka com mais ódio ainda. Mais um pouco e ia jogá-la no chão, mas de repente alguém afastou as mãos dele e o empurrou para o lado. Era Volódia.

Iurka e Macha gritavam tão absurdamente alto que não era de surpreender que Volódia os ouvisse depois de terminar o café. Também não foi difícil encontrá-los: ao notar uma briga em meio aos arbustos, metade das crianças da pista de atletismo tinham corrido até lá. Felizmente, entre os curiosos não havia ninguém da coordenação, apenas as monitoras Lena e Ira Petróvna.

Volódia arrastou Iurka para um lado, e Ira se colocou na frente de Macha.

— Kóniev, o que é isso? Ficou maluco? — gritou a monitora.

— Volódia, conta tudo pra elas! Conta! — implorou Iurka, notando que Ira estava presente.

— Se acalma! — mandou Volódia.

— Ira, essa garota tá apaixonada por ele. Passou metade da temporada atrás dele, e agora pirou de vez: fica seguindo o Volódia e fazendo ameaças, diz que vai inventar um monte de bobagens se eu não me afastar.

— Kóniev, qual é o seu problema? Perdeu o juízo?

— Volódia, ninguém vai acreditar em mim! Conta tudo, por favor: que ela foi correndo atrás de você no rio, que ela entrou no seu quarto à noite. Vai!

Volódia o puxou de canto e falou baixinho:

— Você tá muito nervoso. Inspira e expira, inspira e expira.

Tentando acalmá-lo, Volódia também inspirou profundamente e expirou bem devagar.

Mas Iurka não podia, fisicamente, respirar direito, a raiva o fazia tremer e as lágrimas encheram seus olhos.

— Conta tudo pra elas, tô te pedindo — sussurrou, em tom de súplica.

— Você não me deixou outra opção, agora vou ter que contar. E você vai pra enfermaria, toma um calmante ou qualquer outra coisa que a Larissa Serguêievna te dê.

— Eu não vou pra lugar nenhum!

— Iura, todo mundo aqui vai ter que dar satisfação pra Leonídovna. Por favor, vai pra enfermaria e deixa a Larissa Serguêievna examinar se você teve um esgotamento. Vamos falar pra todo mundo que foi uma crise por causa da peça e que você descontou na Macha porque ela estava andando atrás de você.

— Eu não estou cansado. Estou com saudade. Por favor, vamos juntos, você precisa ver a Larissa Serguêievna também. Olha o que você tava fazendo na cozinha! Pra que aquilo?

— Isso não importa agora. Vai lá pra enfermeira te dar o atestado...

— Vamos juntos! — interrompeu Iurka. — Tem umas árvores perto da enfermaria, a gente se esconde.

— Iur, não é hora disso, e se a Macha conta? Não posso sair daqui. Na minha frente ela não vai falar, acho. E se falar, tenho pelo menos a chance de inventar alguma coisa. Vai sozinho, por favor. Não coloca mais lenha na fogueira, só vai piorar as coisas.

Iurka resistiu um pouco mais, mas acabou obedecendo.

Na enfermaria, fez o que tinham combinado: pelo jeito, tivera uma crise, um esgotamento por conta da peça, e começara a gritar com Macha.

É lógico que foram chamados para dar satisfação. Iurka repetiu toda a fábula inventada por Volódia. Não fizeram nenhuma pergunta estranha, desnecessária nem pessoal, apenas olharam para ele com simpatia, e nem Olga Leonídovna ficou zangada. Só ficou brava consigo mesma: não tinha nada que ter sobrecarregado tanto as crianças. Iurka ficou sabendo que Volódia e Ira já haviam conversado com ela. E que, mais tarde, claro, chamariam Macha também. Mas a direção não fez nenhum alarde. Era uma boa notícia, significava que a garota não abrira o bico. Por enquanto.

Mais uma confirmação de que ninguém sabia o que tinha acontecido de fato veio através do PUM.

Assim que Iurka apareceu no alpendre da sala de cinema depois da prestação de contas, Marússia o chamou, agitando as mãos:

— Iur! Iúrtchik! Vem cá um pouquinho!

Iurka olhou para ela com um ar sombrio e balançou a cabeça, mas Marússia, com Uliana e Polina logo atrás, levantou e veio correndo até ele. As meninas o pegaram pelo cotovelo e o conduziram até um cantinho perto do palco.

— O que aconteceu? — sussurrou Marússia.

— Porque alguma coisa aconteceu — concordou Uliana, assentindo.

Polina, sem dizer nada, o encarava com os olhos cheios de uma curiosidade impertinente.

— Ah. Não quero falar. É pessoal, meninas.

— Tá bom, então a gente vai descobrir de outra forma — comentou Uliana, na tentativa de convencê-lo.

— É a Sídorova que tá causando, né? — perguntou Marússia.

Polina assentiu como incentivo.

— A gente só brigou, foi isso. — Iurka abanou a mão. — Nada de mais.

— Por causa do piano? — perguntou Marússia, estreitando os olhos astutos.

— Ai, se foi isso, que tédio — disse Uliana.

— Iura, amanhã é o último dia, já! — intrometeu-se Polina. — Façam as pazes! Depois de amanhã acaba tudo, entramos no ônibus e vamos pra casa. Não tem por que se separar desse jeito!

— Além disso, amanhã vocês vão tocar juntos! — Uliana se uniu ao coro.

— Não vamos tocar juntos, é um de cada vez — explicou Iurka, exasperado. — Como se vocês não soubessem.

— Aliás, Iur! — Uliana se animou. — Será que você não pode tocar alguma coisa de *Juno e Avos*? Uma vezinha só, enquanto o ensaio não começa.

— Não, não sei nada desse musical.

— Então uma música de alguma banda. "Última vez", do Vesiólye Rebiata, por exemplo? Estou com uma vontade louca de cantar.

Toca, vai! "O tempo vai passar, você vai esquecer..." — cantarolou ela, dançando de leve no lugar.

— Desculpa, Ul, não tô no clima. Talvez mais tarde, tá? Ou... Olha, o Mitka chegou. — Iurka se virou e notou o olhar cheio de ciúmes de Mitka em cima dele. — Pede pra ele, ele vai tocar o que você quiser no violão.

Desvencilhando-se do PUM, Iurka foi na direção de Volódia. Enquanto ele conversava com as meninas, o monitor havia voltado à sala de cinema e já tinha sentado na poltrona no centro da primeira fila.

— Ela delatou a gente? — perguntou Iurka logo de cara.

— Não me falaram nada.

— Nem pro diretor?

— Não sei. Mas se ela tivesse dado com a língua nos dentes, eu nem estaria aqui. E acho que dificilmente ela teria coragem de contar pro diretor. O que me preocupa é outra coisa: ela saiu com a Irina...

— Você acha que ela pode ter contado pra Irina?

A porta rangeu, e Macha, toda chorosa, apareceu na soleira. Volódia não respondeu nada a Iurka, levantou e subiu no palco. Mas Iurka entendeu mesmo assim: era bem possível. Mas não tinha como confirmar. Assim que terminou sua "Sonata ao luar", Macha tratou de ajudar Marússia com os figurinos e se ocupou com isso até a noitinha. Volódia passou as cenas e as falas até começar a escurecer. Iurka tocou, depois terminou de desenhar o cenário e de preparar os apetrechos de cena. Obrigou-se a se transformar outra vez em robô. A parte boa era que havia robôs de sobra por ali, então não foi difícil achar o que fazer.

À noite, caiu uma chuva fina. Iurka não conseguia dormir. O efeito do remédio que tomara de manhã tinha passado na hora do almoço, e à noite, assim que deitou na cama, uma inquietação difícil de controlar voltou a tomar conta dele, com mais intensidade ainda.

Ela contou ou não? E para quem? Para Ira?

Tentando se distrair, Iurka resolveu ficar batendo papo com os meninos, que se preparavam para lambuzar as meninas de pasta de dente. Mitka tinha dado um jeito de entrar no dormitório da tropa um. Estavam todos, a companhia completa, sentados na cama, esquentando os tubos de pasta embaixo do braço e cochichando. Chamaram Iurka para se juntar ao grupo, mas ele recusou.

— Pô, você vai perder a diversão à toa! — exclamou Mitka.

— Qual a graça de lambuzar os outros tentando segurar o riso? Prefiro só admirar o resultado. Ia ser melhor se usassem uma pasta boa.

— Pasta boa não tem, a Irina levou embora. Que droga... — comentou Pacha.

— Ah, tenha dó! — Balançando a cabeça, Iurka se esticou para pegar a mala. — E qual é a graça de usar pasta normal? Mas vocês estão com sorte, porque tenho a melhor pasta de dente do mundo aqui comigo.

Para felicidade geral da nação, ele tirou da mala dois tubos novinhos da melhor pasta de dente da época.

— Aí sim, Iuriéts! A gente te deve essa até o fim da vida! — disse Mitka, colocando a mão no peito, vermelho de tão alegre.

— Escolhe a vítima com cuidado — recomendou Iurka. Já sabia em quem Mitka queria pregar a peça. — A peça é amanhã e tem alguém que ia pirar na batatinha com metade do rosto vermelho de alergia.

— Eu ajudo a acalmá-la... — Mitka deu uma piscadela para Iurka.

— Sei, sei, acalma, sim. Tem que aprender a falar com ela primeiro.

Mitka perdia o dom da fala sempre que via Uliana. Mas, logicamente, tinha assegurado aos garotos que tudo sairia conforme o plano.

— Faz um desenho na Macha por mim — sussurrou Iurka para ele, antes de os garotos saírem.

Em resposta, Mitka deu mais uma piscadela para o amigo, com ar conspiratório, e saiu do quarto. Os outros foram logo atrás, na ponta dos pés.

Iurka caiu na cama. Tenso, ouvia as gotas caindo no telhado e olhava para o teto escuro. Os meninos que ficaram no dormitório não o deixavam dormir: ou roncavam, ou rangiam os dentes. Esse último ruído, em geral, o irritava profundamente, mas agora mal prestava atenção. Afofava o travesseiro baixo, virava de um lado para o outro e batalhava teimoso contra os pensamentos que fervilhavam na sua cabeça, sem sucesso.

Há quanto tempo a gente não fica junto, e quanto tempo mais vamos ficar sem nos ver? Amanhã é o último dia da temporada... Amanhã, e acabou!

Não, que se danem esses pensamentos. É melhor prestar atenção no Vatiútov rangendo os dentes.

Vatiútov deu um gemido, virou para o outro lado e, finalmente, ficou em silêncio. E a chuva ora diminuía, ora apertava.

Só tem que parar de chover até de manhã. Por causa da fogueira. O acampamento inteiro vai. Será que a gente consegue se encontrar no meio dos pioneiros e conversar um pouco? Se despedir, pelo menos, talvez? Que coisa mais besta, ficar fugindo um do outro por causa de uma tonta! Sendo que ela também, igual a mim, morre de ciúm...

Iurka se deteve e ouviu com atenção: de repente, em meio à cacofonia de ruídos, ouviu algo ritmado. Que, de repente, parou.

A cabeceira da cama ficava encostada no peitoril da janela. Iurka sentou e olhou para o vidro — será que estava ouvindo coisas? Não estava. Alguém, de fato, estava batendo na janela. Iurka deu uma espiada. Havia alguém na escuridão, uma figura disforme sob a luz amarelada da lanterna, toda de preto, como um ninja: as calças, o casaco, o capuz... os óculos. Volódia! Ao ver Iurka, ele relaxou os ombros.

Iurka mal podia se conter para não pular de alegria. Colou o nariz no vidro. Ergueu a mão e quis abrir a janela, mas Volódia balançou furiosamente a cabeça, pôs a mão no bolso e tirou uma folha de papel. Grudou-a contra o vidro e a iluminou meio de lado.

"Construção. Agora!", leu Iurka e assentiu. Volódia, antes de se esgueirar pelos arbustos, disse sem emitir som:

— Te espero lá.

Como o pai tinha ensinado, Iurka se arrumou num estalar de dedos, como no exército. Tinha pressa também, porque Mitka e os meninos podiam voltar em breve, e Iurka não queria responder perguntas desnecessárias. Estava tão apressado que vestiu a primeira coisa que encontrou: um suéter quente e um short leve, mas não esqueceu do principal. Tal qual um espião, vestiu uma blusa com capuz.

Também como um espião, deu uma espiada na janela do dormitório das meninas para se certificar de que estavam lambuzando Macha de pasta, e ainda foi todo o caminho em alerta, com medo de que ela estivesse em algum lugar escondida. Iurka estava em pânico, embora soubesse com certeza que Macha estava dormindo. Até porque, se não estivesse, teria soltado um grito monstruoso assim que os meninos entraram no quarto das meninas.

A trilha, quase no início da alameda dos pioneiros-heróis, levava à construção. Era muito estreita, mas dava para passar, entrando no bosque e serpeando pelas árvores. Iurka não havia levado guarda-chuva nem lanterna, então alcançou a cerca da construção com dificuldade, enfiando o pé em poças e tropeçando em montinhos de terra.

Na noite chuvosa e sem luar, o prédio vazio de quatro andares parecia uma aranha gigante e cinzenta, com uma dezena de olhos-janelas. Os postes ficavam acesos até meia-noite, mas já era muito mais tarde, então não havia um único feixe de luz para iluminar o entulho espalhado pelo canteiro da obra, os rolos de cabos e os canos que pareciam, na escuridão, as patas da aranha.

Os portões não estavam trancados e se abriram com um rangido, porém Iurka, atravessando o pátio desabitado, tinha suas dúvidas: será que havia entendido direito que era para os dois se encontrarem ali? Não parecia coisa do Volódia.

A porta estreita da entrada principal cedeu com facilidade. Em vez do ar quente de uma casa habitada e aquecida, uma brisa empoeirada e fria atingiu o rosto de Iurka. Movendo-se devagar, com dificuldade, como se estivesse debaixo d'água, ele avançava sem saber para onde. De repente, alguma coisa farfalhou sob seus pés e o fez olhar para baixo. Demorou um pouco, mas assim que seus olhos se acostumaram, ele viu que, no chão coberto de sombras, aparecia uma faixa estreita, preta e branca, como uma fotografia sendo revelada, que conduzia para algum lugar lá adiante. Como as trilhas das histórias de terror infantis, aquela faixa iluminava um caminho na escuridão. Mas, diferente daquelas histórias, essa faixa se estendia ora em linha reta, ora virando abruptamente, ou então se estreitava demais e serpeava aqui e ali, mais claro em alguns lugares e se transformando num buraco negro em outros. Iurka precisou sentar para analisar e entender o que aquilo significava. Era tudo muito simples: alguém tinha colocado jornais no chão. O olhar de Iurka foi fisgado por uma manchete do jornal *Pravda*, do dia 6 de maio daquele ano: "A estação e seus arredores: nossos correspondentes especiais trazem informações da usina atômica de Tchernóbil".

Iurka se perguntava se os jornais indicavam uma direção ou só estavam jogados ali para manter o chão limpo, mas foi seguindo a trilha, a única visível no corredor. O tempo se arrastava devagar e pensamentos estranhos surgiam na cabeça dele. Era como se, ao caminhar pelos jornais, caminhasse pelo próprio tempo. Em cada jornal, havia uma data; em cada artigo, um tema; e em cada página, um acontecimento. Iurka não via as datas exatas, e o mais estranho de tudo era passar por cima de uma coisa e se deter em outra. As páginas, repletas de eventos e fotos de pessoas, grudavam na sola do sapato, chamavam sua atenção e não queriam deixá-lo ir.

A vida tem dessas coisas, observou Iurka, filosófico. *Imagina se aqui tivesse jornais do futuro. Não muito distante, 1987, por exemplo... Ou então daqui a cinco anos, daqui a dez. Ou daqui a vinte?*

Sem concluir o pensamento, Iurka virou para a direita e se viu dentro de um quarto. Teve tempo de notar apenas que fazia muito frio ali, embora as janelas estivessem envidraçadas, quando alguém o abraçou.

Era Volódia. Iurka reconheceu o cheiro e o quentinho. O quentinho de Volódia era especial, completamente familiar. Ainda que não fosse possível reconhecer alguém pelo calor do corpo.

Ficaram em silêncio. Os dois se abraçavam, ora com cuidado ora forte demais. Encostavam ou o nariz ou os lábios em qualquer lugar que alcançassem: nas bochechas geladas ou no pescoço quente com os cabelos molhados. Mechas de cabelo de Volódia grudavam toda hora no rosto de Iurka e os óculos atrapalhavam muito. Mas Iurka pensava que podiam grudar, fazer cócegas e atrapalhar até o fim da vida, pois eram os cabelos de Volódia, os óculos de Volódia, e Volódia em pessoa, finalmente! Iurka ficaria confortável com qualquer desconforto, desde que estivesse com Volódia.

Foi só ao abraçá-lo que Iurka entendeu quão forte era a saudade que sentia. Ao imaginar o encontro deles, não achava que seu coração bateria tão descompassado, que os olhos iam arder e que ficaria sem ar. Não esperava que, por causa disso tudo, não conseguiria dizer nada e, quando tentasse, não encontraria as palavras. Mesmo que encontrasse, se pronunciasse uma vírgula do que pensava e sentia de verdade, ia cair no choro. Mas chorar era vergonhoso, e não havia motivo para isso. Então Iurka ficou calado, com a respiração entrecortada, abraçando e sendo abraçado, com medo de todo e qualquer som, como se isso pudesse botar um fim àquela felicidade amarga, estragar o momento, separá-los.

— Quanto tempo a gente perdeu — disse Volódia, quase inaudível.

— É. Muito tempo — concordou Iurka e se aproximou dos lábios dele.

Volódia inclinou a cabeça e o puxou para junto de si.

— Mas foi você que deu sua palavra pra ela de que não ia mais me ver... — concluiu Iurka.

Volódia recuou.

— "Deu sua palavra"... É, só isso, mesmo, palavras. Uma convenção vazia e nada mais. E prometi pra quem? Pra ninguém. Ela não é ninguém pra mim.

— Então você não pretendia cumprir sua promessa? — perguntou Iurka, surpreso.

— Não — respondeu Volódia, pressionando a testa contra a dele. — E não me olha assim. Como se você nunca tivesse quebrado uma promessa... Mas, sabe de um coisa...? — Ele queria dizer algo, mas mudou de ideia. Ou não? — Vamos sentar?

Com o braço ainda ao redor de Iurka, Volódia o levou até o canto mais afastado do quarto vazio. No chão, perto da janela, formando uma camada da grossura de um dedo, havia uma pilha de jornais. Dava para sentar, mas havia pouco espaço para deitar. E os dois ficaram de joelhos, um de frente para o outro.

— Iura, vou te contar uma coisa que não é boa, mas é importante. É bem difícil, pra mim, ter que falar isso, então não me interrompa, tá bom?

— O que aconteceu? — perguntou Iurka, preocupado.

— Eu acho que... — começou Volódia, mas hesitou. Nem foi preciso interrompê-lo. Mesmo sem as intromissões de Iurka, o monitor fazia grandes pausas para tentar organizar os pensamentos e escolher as palavras certas. — Eu acho que, talvez, Macha esteja certa. Talvez tenha sido melhor assim... Bom, quer dizer, ela ter flagrado a gente, e a gente ter ficado um tempo sem se ver, e amanhã irmos cada um pro seu lado...

Não, não havia sido só impressão de Iurka: no quarto realmente fazia um frio cortante e tinha muita umidade. Ele não ficaria surpreso se sua respiração se condensasse. Ou será que era o contrário? Tudo dentro dele havia congelado?

— Quê? — deixou escapar, sem acreditar no que tinha ouvido. — Não consigo nem imaginar como vou viver sem isso aqui, e você vem me dizer que é melhor assim? Do que você tá falando?

— É o melhor pra mim — respondeu Volódia, e voltou a ficar calado por um longo tempo.

Iurka o encarava com tanta intensidade que era como se o visse pela primeira vez. As palavras de Volódia não tinham sentido, Iurka simplesmente não podia acreditar. Queria dizer muita coisa, mas ao mesmo tempo entendia que o melhor que podia fazer naquele momento era continuar calado.

Depois de um minuto infinitamente longo, Volódia continuou:

— Pensei muito sobre a gente e sobre mim mesmo. E, lógico, sobre o que vou fazer com a minha anormalidade. Porque isso não é normal, Iur. Não importa o que você diga, a Macha tá certa, é contra a natureza, é um desvio psicológico. Li sobre isso onde consegui encontrar: prontuários médicos, o diário do Tchaikóvski e um artigo do Górki. E, sabe, isso que a gente faz é ruim de verdade. Tão ruim que chega a ser horrível.

— Horrível? — Iurka ficou pasmo. — Quando você me abraça, você se sente horrível?

— Não, claro que não, não é nesse sentido. Como vou explicar? — Ele pensou por um instante e, de repente, exclamou: — É nocivo. Isso, exatamente, *nocivo*. Não só pra você e pra mim, mas pra sociedade inteira! A Alemanha fascista, por exemplo. Górki escreveu que os alemães daquela época eram pederastas e que a pederastia era a semente do fascismo. "Acabem com o homossexualismo e o fascismo desaparecerá." Foi o que ele escreveu. Pode procurar, o título do artigo é "Humanismo proletário". É um registro histórico.

— Mas você não é como eles. Nem eu! Só calhou de ser assim, a gente se encontrou e... pronto — retrucou Iurka, com ardor.

Sentiu como se alguém tivesse cutucado seu cérebro com uma agulha incandescente ao ouvir aquela palavra horrorosa e aversiva: "pederastas". Já a tinha ouvido antes e, naquele momento, Iurka lembrou nitidamente de quando.

Ele era muito pequeno, ainda não entendia nada, e ouviu a avó dizer. Ela estava contando que, durante sua busca pelo marido desaparecido, ficou sabendo que nos campos de concentração, além dos judeus, prendiam também umas pessoas que eram marcadas com um triângulo rosa e que os fascistas chamavam de "pidirastas". Havia até alemães "pidirastas". Os fascistas os odiavam e os matavam da mesma forma que faziam com os judeus.

Essas lembranças formaram um mosaico na mente de Iurka, e ele declarou a Volódia:

— E você tá enganado. Na Alemanha fascista mandavam esses "pederastas" para os campos de concentração.

Volódia ergueu as sobrancelhas, surpreso.

— De onde você sabe isso?

— Sou meio judeu, então acabei ouvindo muita coisa sobre campos de concentração.

— Tá. Mas não existe nenhuma fonte confiável pra provar. Não tem nenhum livro sobre o assunto na União Soviética. Só uma observação nos livros médicos, dizendo que é uma questão psicológica, e um artigo no código penal.

— E? — Iurka não podia acreditar que aquilo estava acontecendo de verdade. Queria que fosse armação. O que estava acontecendo com Volódia? Ele tinha chamado Iurka de madrugada e despejado tudo aquilo em cima dele de uma vez. Não estava fazendo perguntas, pedindo conselhos, dividindo preocupações: estava afirmando. Para quê? Para tentar botar algum juízo na cabeça de Iurka? "Artigo no código penal", para que isso? Iurka balançou a cabeça e chegou à única e relativamente compreensível conclusão sobre o motivo daquilo tudo: — Você acha que a Macha vai contar pra alguém e que vão te mandar pra prisão por causa disso?

— Não, não acho, até porque precisa de provas. Não tenho medo da prisão, mas tenho medo pela minha família, entende? E por isso decidi... Eu vou, assim que chegar em casa... Vou me obrigar a contar tudo pros meus pais, pra eles me ajudarem a encontrar um médico que possa curar isso.

As paredes pareceram se cobrir de geada e cintilarem, cegando Iurka mesmo na escuridão extrema. A geada se espalhava pelo chão, tocando os pés do garoto.

— Do que você quer se curar? — sussurrou Iurka. — Onde, como? Se for com psicólogo, vão te colocar no hospício!

— Pois podem colocar, com tanto que me ajudem. Já gastei muito tempo e descobri mais ou menos o que fazem pra curar isso. E não tem nada de mais. Só mostram fotos de homens... tipo aquelas que você viu na revista... e te dão metade de um remédio pra vomitar. Repetem isso algumas vezes, pra você desenvolver um reflexo de vômito. Mas não foi isso que me interessou, também fazem sessões de hipnose. Podem incutir o interesse por garotas e, assim, obrigam a pessoa a esquecer sentimentos inadequados.

Uma crosta brilhante de gelo subia pelos joelhos de Iurka, tomando conta da barriga e do peito.

— Você ficou maluco? Tá querendo se enfiar num lugar cheio de psicopatas? Você é normal, são eles que vão acabar te deixando louco!

— Eu não sou normal! Quero me livrar disso de uma vez por todas, isso me atrapalha! Não me deixa viver, Iura! Eu quero esquecer tudo isso.

— Você quer esquecer... de mim? Me tirar da cabeça pra sempre e pronto?

— Não é tão simples, Iur...

— Você... dizia que era meu amigo, né? Me traindo assim? Eu... Eu não tô entendendo o que tá acontecendo. Por que tá me falando isso? Pra eu te deixar?

Iurka levantou de um salto e andou até o batente da porta, mas Volódia correu atrás dele e o pegou pela mão.

— Espera! Iur, você tem que entender que é tudo muito sério, tão sério que... Eu até menti pra você, Iura, na sua cara. Não consigo mais. É provável que você vá embora quando souber a verdade, mas, por favor, escuta até o fim.

Iurka congelou. *Eu até menti pra você.* O máximo que ele havia sentido entre os dois era uma barreira de não ditos. Algo que não permitia que se aproximassem ainda mais, algo que Volódia sabia, mas não dizia. Ou dizia, mas não por completo. A decisão de ir embora tinha sido impulsiva. Iurka não queria ir, mas também não tinha forças de permanecer. Tentava decidir se ouviria ou não. Tinha medo de que a situação ficasse ainda mais dolorosa e de se lamentar que a cortina finalmente tivesse caído.

Enquanto Iurka pensava, Volódia pigarreou e começou, num sussurro:

— Você falou a verdade. Você não é um amigo pra mim. Foi só a gente se encontrar pra tudo virar de cabeça pra baixo. Eu nem tive tempo de entender quando isso aconteceu. — De repente, a voz dele sumiu. Naquela escuridão profunda, Volódia não tinha como ver o rosto de Iurka, mas, pelo jeito, sequer queria olhar na direção dele, porque virou de costas e proferiu em alto e bom som: — Eu me apaixonei por você.

Iurka entrou em um estado de estupor. Uma avalanche de emoções suspendeu todos os seus pensamentos e sentimentos. Tinha ouvido e entendido muito bem as palavras, mas não conseguia organizá-las na própria cabeça. O que Volódia queria dizer com "me apaixonei"?

De repente, a geada começou a derreter. O calor se fez sentir primeiro por dentro, depois por fora. Mas Volódia continuava a falar com a voz rouca, e a cada palavra que dizia, seu sussurro se tornava mais intenso:

— Eu me apaixonei por você do jeito que deveria me apaixonar por uma garota. E todo esse tempo eu quis de você aquilo que um garoto normal deveria querer de uma garota: carinho, abraços, beijos e... todo o resto. Sou uma pessoa perigosa. Perigoso pra mim mesmo, mas principalmente pra você.

E todo o resto... Iurka também fantasiava sobre aquilo. Mas achava que era uma questão que não dizia respeito a ninguém além de si mesmo, afinal era o corpo dele, portanto problema dele. Iurka sabia como resolver. E Volódia dificilmente precisaria tomar parte. Tudo bem, o monitor era seu objeto de desejo, mas isso não queria dizer, de jeito nenhum, que Iurka ia concretizar suas fantasias. Lógico, ele sabia havia muito tempo que dava para fazer "todo o resto" só por fazer, por prazer. Depois de ver aquela revista, intuía que aquilo podia ser feito não só do jeito tradicional. E, mais tarde, imaginou que dava pra fazer não só com garotas. Mas que era algo que podia ocorrer entre ele e Volódia, algo que podiam fazer juntos? Não, isso já era demais. Iurka podia muito bem se resolver sozinho. Além do mais, nem considerava aquilo um problema.

Volódia, por sua vez, considerava, sim, um problema. De tão desesperado, estava pronto até para ir ao médico só para esquecer. Esquecer tudo, inclusive Iurka. Mas Iurka não podia permitir isso. Volódia tinha muito medo dos próprios desejos. Mas será que não era porque queria mais do que tudo realizá-los? Será que não tinha contado aquilo para Iurka porque, inconscientemente, queria que o próprio Iurka o impelisse a fazer "aquilo"? Para que Iurka o convencesse de que, no fundo, não havia nada de perigoso em "todo o resto"? E que, na verdade, era justamente o contrário, que era uma alegria confiar em quem se ama?

Por fim, Iurka voltou a si. Ergueu as sobrancelhas. Volódia apaixonado! Os pensamentos que o atormentavam desapareceram, era como se nunca tivessem existido. Volódia apaixonado! Por acaso existia alguma coisa mais importante do que isso em todo o mundo? Não! O futuro, os medos, a anormalidade, era tudo bobagem, não significavam nada e não tinham a menor importância, porque Volódia estava apaixonado. De acordo com o monitor, uma pessoa "normal" deveria achar aquilo um absurdo, mas, para Iurka, era motivo de tanta felicidade que ele não conseguiu conter uma risada. Gargalhou e fez Volódia encará-lo, então o fez deitar sobre os jornais e ficou por cima dele.

— Do que eu tenho que ter medo? O que você vai fazer? Me abraçar até a morte? Então, por favor, abrace o quanto quiser.

— A questão não é o que eu vou fazer, porque não vou fazer nada, a questão é o que eu *quero* fazer. Eu pareço um pervertido...

Volódia dava um péssimo pervertido. Era impossível levar a sério a ameaça de alguém deitado no chão, obrigado a olhar para Iurka de baixo.

— O que você quer fazer, exatamente? — perguntou Iurka.

Ele tinha entendido tudo, mas queria que Volódia reconhecesse.

— Não importa. Não vai acontecer nada de qualquer forma.

— Importa, sim. Me fala. O que é?

— Não quero e não vou te causar esse mal. Porque isso é um mal, Iura! Uma profanação, um sacrilégio! Eu não quero nunca...

— "Isso" o quê? Isso aqui?

Iurka escorregou a mão por debaixo da camisa dele.

— Iura, não!

Volódia não se conteve. Tirou rudemente a mão de Iurka e o afastou de si, depois sentou de joelhos e cobriu o rosto com as mãos. Mas

Iurka, que ganhara asas ao saber que Volódia estava apaixonado por ele, se recusava a voltar para a terra. Ao ver Volódia prestes a chorar, porém, sentiu seu ímpeto esvanecer. Iurka tentou olhá-lo nos olhos, mas entre os dedos do monitor só conseguiu ver a testa franzida.

— Pra que isso, Volod...?

Ele passou a mão no cabelo de Volódia, mas em vez de se acalmar, o outro estremeceu e ficou furioso.

— Não é possível que não entenda! Não é possível que não tenha consciência do que isso pode causar? Você não é como eu. Nem tudo está perdido pra você! — Volódia tirou a mão do rosto e encarou Iurka. — Iura, me promete, e não de mentira, de verdade, me dá a sua palavra, uma que não pode ser quebrada jamais, promete que eu vou ser o único pra você. Promete que, quando voltar pra casa, você vai tomar juízo e se apaixonar por alguma menina musicista. Não vai ser como eu. Que não vai olhar pra nenhum outro cara igual olha pra mim! Não quero que você seja assim. É ruim e assustador. Você não imagina o quanto é assustador.

— É sério que você se odeia tanto assim? — murmurou Iurka, chocado.

— Faz diferença pra você? Eu sou doente, sou um monstro.

Iurka sentiu vontade de dar um tapa em Volódia para que ele voltasse a si e parasse de se ofender.

— Faz, faz diferença pra mim. — No lugar do tapa, Iurka descarregou no monitor uma enxurrada de palavras muito sensatas. — Sabe de uma coisa? Quando você não é ninguém e não tem nada a perder, porque não tem nada, todos esses pensamentos horríveis desaparecem rapidinho e aí vêm outros, mais coerentes. Olha, eu, por exemplo, olho pra você e penso: *E se todo mundo estiver errado?*

— Bobagem. Não podem estar todos errados.

— E se estiverem? Eu te conheço, sei como você é. *Eu* posso ser errado e anormal, mas você não! Você é uma pessoa incrível, é inteligente e faz sempre a coisa certa. Eu que sou problemático, o culpado de tudo, mas você não! Estou acostumado a ter culpa de tudo, essa culpa a mais não vai fazer diferença nenhuma, vai ser só mais uma gota no oceano.

— Você tá falando besteira.

Iurka não respondeu. Besteira? Se fosse para Volódia se sentir só um pouquinho melhor, Iurka estava pronto para assumir a responsabilidade toda, mentir e omitir. Ou será que Volódia não precisava daquilo? Será que queria se livrar do que Iurka tentava tão obstinadamente dar? Não. Isso, sim, era besteira.

Era doloroso olhar para Volódia, tão desanimado, quase resignado ao inescapável. Dava medo só de pensar no que queria fazer consigo mesmo. E dava pena, também. A maior que Iurka já havia sentido.

Iurka se arrastou até o monitor e sentou ao seu lado. Abraçou-o e apoiou a cabeça em seu ombro.

— E se eu disser que também te amo?

Em resposta, Volódia nem se mexeu. Passado um tempo, declarou num tom frio:

— É melhor não dizer.

— Agora já disse.

— Melhor esquecer, então.

Foi como uma faca no coração de Iurka. Por mais que Volódia tivesse medo, por mais que sofresse, será que não entendia que doía ouvir aquelas palavras?

— Eu faço uma declaração dessas e você não fica nem um pouco contente? — protestou Iurka. Volódia não respondeu, mas sorriu. Ao notar, Iurka continuou, com ardor: — Então vou falar mais algumas coisinhas. Também tenho dúvidas, também não entendo muita coisa, mas tenho certeza que não dá pra destruir o que foi construído. Se tudo acabar agora e assim, em nada, vou ficar triste pelo resto da vida.

— Não, você vai me agradecer. É que você agora é muito teimoso, mas depois, quando ficar mais ajuizado, vai entender que isso é o certo. Estou tentando explicar que não é simples assim, eu sei mais que você.

— Sabe mais? Então conta. Me conta de uma vez o que você tanto sabe. Você fica sempre me dando lição de moral, mas na hora de falar as coisas como são, ah, o Kóniev é um tonto ainda, quando criar juízo, vai entender!

— Não é verdade. Pelo contrário, é justamente você que vai me entender melhor que todo mundo. Eu não queria te assustar nem... te decepcionar.

— Então fala de uma vez! O que aconteceu? Que história antiga e chata é essa?

Volódia deu um suspiro, parecendo perdido, e começou:

— Você não foi o primeiro que despertou isso em mim. O primeiro foi o meu primo.

O monitor olhou Iurka com atenção, esperando uma reação, mas ele apenas assentiu e falou:

— Continua! Pior não fica.

— Bom, isso vamos ver... Bom, meu primo veio pra começar a faculdade. A gente não se via há anos, eu até tinha esquecido como ele era e, de repente, o vi. Ele tinha crescido, ficado... não sei, especial. Ele é mais velho do que eu, e eu sempre meio que fui atraído por ele, queria ser parecido com ele. Então quando o vi, fiquei chocado: ele estava ainda melhor do que era. Tudo relacionado a ele me parecia bom e importante. Eu não respondia por mim quando ele estava por perto. E aí "isso" apareceu. E não em relação a qualquer um, era meu primo! — Volódia virou para a janela, encostou a testa no vidro e disse, desesperado: — Entendeu o quanto eu sou nojento, Iur? A que tipo de coisa essa indecência dentro de mim me impele? Era meu primo! Meu sangue, minha família, filho do irmão do meu pai, a gente tem até o mesmo nome: ele também chama Vladímir Davýdov, só o patronímico é outro...

— Você falou pra ele? — perguntou Iurka, tolamente.

— Não, óbvio que não. — Volódia começou a falar baixinho. — Nunca contei pra ninguém do meu primo e dificilmente vou contar, nem pros meus pais. Muito menos pra ele. Eu nunca tinha sentido uma coisa tão horrível e acho que nunca mais vou sentir. Porque sentir um horror maior que esse me mataria. Chegou a um ponto que, quando eu levantava de manhã, me olhava no espelho e não entendia, de verdade não entendia, como ainda não estava grisalho. Não estou brincando nem exagerando, Iur. Comecei a sentir medo de mim mesmo, dos outros caras. Imagina se, de repente, eu sentisse aquela coisa por um deles? Depois comecei a ter medo de todo mundo. Não é que eu odeie as pessoas, eu me afasto delas porque tenho medo de que alguém, de repente, perceba o que tem dentro de mim.

Iurka não sabia o que responder, mas precisava fazer algo. Conseguiu desgrudar Volódia da parede e o abraçou forte, fazendo carinho nos ombros dele, em silêncio. A chuva insistente continuava a açoitar o vidro embaçado. Já era de madrugada, mas não parava de chover. A respiração entrecortada de Volódia foi se estabilizando aos poucos. Ele foi se acalmando e, talvez, até estivesse cochilando — Iurka não conferiu, pois tinha medo de inquietá-lo. O próprio Iurka tinha vontade de dormir, mas não era o melhor momento para isso. Não dormiu nem cochilou, apenas relaxou. A mão esquerda escorregou ao acaso para a barriga de Volódia.

— Iura, para. Eu já pedi, tira a mão. Eu te proíbo de encostar aí.

Iurka estremeceu, surpreso, e ficou zangado. Como assim "proibia"? Amarrando a cara, declarou:

— E eu te proíbo de enfiar a mão na água fervendo.

— Tá, tá bom! — Volódia disse, sem discutir.

— Amanhã é a fogueira — disse Iurka, afagando a barriga de Volódia através da camisa. — Tem noção disso? Amanhã a gente vai se ver pela última vez. Talvez pela última vez na vida!

Volódia olhou carrancudo primeiro para a mão de Iurka e depois para seu rosto.

— Tá, vou tirar a mão! Mas sabe de uma coisa? Deixei tanta coisa aqui no Andorinha que nem dá pra contar. Deixei metade de mim mesmo. E quando voltar pra casa, o que mais vou lamentar vai ser que tirei a mão de você. E não fica repetindo que é melhor assim! Que é pro meu bem e que vou agradecer que não aconteceu nada, e que você vai agradecer também. Porque nem você acredita nisso.

— É óbvio que não acredito — retrucou Volódia.

Pelo jeito, ele não tinha se acalmado, era só fachada. Na verdade, estava se preparando para despejar mais angústias:

— Você fica falando "amanhã", mas olha que horas são, já é sexta-feira. A fogueira é hoje. O final é hoje. Assim que a gente se separar, vou subir pelas paredes de tanta saudade... — Ele soltou um suspiro entrecortado. — Iura, mas você tem que me entender. Eu estou confuso, cansado de tantas dúvidas. Eu devia largar tudo, tentar me curar. Mas sempre que decido fazer isso, sou jogado contra a parede, porque, mais que tudo no mundo, não quero que o que a gente tem acabe. Depois penso em você e fico com medo outra vez, porque não quero que te aconteça o mesmo...

— É tarde demais pra se preocupar, porque já aconteceu! — interrompeu Iurka. — De outro jeito, lógico, não como foi com você, mas mesmo assim... já te falei cem vezes, não sei mais que palavras usar. Volódia, se não fosse por você, eu não teria voltado a tocar. A música voltou por sua causa! E a bondade e a razão voltaram também, o que significa que você não pode ser mau. E hoje não precisa ser o fim coisa nenhuma, se você não quiser. Volod, olha, eu não sou seu primo. As coisas podem ser diferentes. Eu te entendo, eu... te amo. E não é dos livros que eu sei como é ser o primeiro um pro outro e como é difícil. Mas é só a gente continuar sendo amigos. Vamos fazer assim, pra continuar? A gente é amigo em primeiro lugar. Não vou te trair nem te abandonar. Vou escrever cartas e apoiar você em tudo.

Enquanto Iurka falava, Volódia o encarava. Dava para ler em seus olhos que ele queria muito acreditar naquelas palavras, queria muito acreditar que os dois conseguiriam fazer tudo aquilo.

— Eu também vou te escrever. — Ele sorriu, por fim. — Não vou deixar de responder nem uma carta sequer. Vou escrever duas vezes por semana ou até mais, mesmo se eu não tiver assunto.

— Tá vendo? É assim que tem que ser.

— Verdade — Volódia riu. — Agora já não quero subir pelas paredes tanto assim.

Iurka estava completamente gelado e, para se aquecer, estendeu as pernas arrepiadas de frio e começou a esfregá-las.

— Aliás! O Tchaikóvski escreveu mesmo no diário que tinha que exterminar esses tais "pederastas"? — perguntou Iurka.

— Não — disse Volódia. — Ele era um deles. Naquela época, não era motivo pra mandarem pra prisão, mas ele também sofreu muito por causa disso. Ele chamava esse sentimento de "Z" e escrevia que...

— Olha aí! Tá vendo? — interrompeu Iurka, pra não deixar Volódia enveredar de novo em conversas sobre dor e sofrimento. — E ele não fez disso uma guerra. Pelo contrário, era um gênio.

Iurka bateu os dentes de frio e se encolheu. Volódia percebeu e fez menção de tirar o casaco, com a intenção de dar para ele, mas Iurka o impediu.

— Nas pernas é pior.

Volódia assentiu e pôs as mãos nos tornozelos dele, para ajudar a aquecer. Que mãos quentinhas ele tinha! Parecia até que não estava fazendo tanto frio. O monitor começou a esfregar as pernas de Iurka, que ia sentindo o calor se espalhar pelo corpo, não um calor comum, o calor de Volódia. Desfrutando o momento, ele fechou os olhos e não percebeu quando Volódia se inclinou para frente, mas sentiu algo quente em seu joelho. Ele estava tão gelado que os lábios de Volódia pareciam até queimar.

Encarando Volódia, Iurka congelou, sem conseguir se mexer. O outro, ao encontrar seu olhar, sorriu, expirou lentamente pela boca, causando uma nova onda de calor na pele de Iurka, e se esticou para dar um beijo no outro joelho.

Iurka não resistiu. Ele o pegou pelos ombros e o trouxe para perto.

— Me beija. Que nem adulto. Igual no barco — pediu Iurka.

— Iura, não... não faz... "aquilo" despertar dentro de mim. Você já me deixa louco sem nem me beijar, e depois eu fico sem dormir. Não quero ceder e morrer de remorso depois.

— Mas eu quero! E foi você que... me despertou, me beijando assim... nos joelhos...

Volódia balançou a cabeça, desolado.

— Tá, desculpa, eu não queria... Nossa, consigo perverter até o gesto mais inocente...

— Chega de se culpar! — retrucou Iurka. — Você fica o tempo todo carregando uma responsabilidade e uma culpa que não existem! Por acaso o que estamos fazendo é ruim? Por acaso tem alguém aqui pra ver algo de mau?

— Não, mas a Macha pode contar.

— Contar o quê? Ela nem sabe que a gente tá aqui agora. Tá roncando lá no dormitório, no décimo sono já. Olha, eu não quero estragar nosso último dia. Volod, é o último! E se a gente nunca mais se ver? De repente vai ser assim mesmo e...

— Mesmo assim, melhor não. — Volódia apoiou a cabeça de Iurka no seu ombro. — Isso vai acabar dando em... em alguma indecência. E eu respondo por você.

— Mas que saco, hein! E se eu for agora mesmo, sem te falar

nada, cometer algum vandalismo? E aí? Como vai ser? Volódia, chega de me tratar que nem criança.

— Não começa isso agora, tá? Eu mal consegui dormir depois do barco. Amanhã temos que acordar cedo, e já ficamos aqui muito tempo.

— Ué, mas o amanhã já chegou — disse Iurka, sorrindo.

Ele estava aquecido, e Volódia voltou a ficar em silêncio. Pelo jeito, outra vez mergulhado em preocupações. Iurka não ligava. Volódia podia pensar no que quisesse, desde que deitasse a cabeça em seu peito ouvindo as batidas do seu coração.

Os dois se abraçaram de novo, e Iurka transformou seu desejo em realidade: puxou Volódia pra junto de si e encostou a cabeça dele no peito. A haste dos óculos o acertou dolorosamente, e Iurka, sem perguntar nada, tirou-os do nariz do monitor. Volódia não disse uma palavra, apenas levou a mão de Iurka à sua cabeça, como tinha feito embaixo do salgueiro, para ganhar um carinho. Iurka não podia recusar.

A chuva estava dando trégua, e o barulho agradável das gotas caindo só foi interrompido quando Volódia exclamou:

— Iura, tira a mão! Não, não essa, a outra! Não agora.

Nas brechas entre as nuvens cinzentas, começavam a brilhar os rasgos do amanhecer, a leste. Era hora de ir embora, mas estava difícil demais interromper o abraço ou se separar um do outro um segundo que fosse. Ao se despedirem, se beijaram muito, sem parar — nos lábios, mas não do jeito que fizeram no barco.

Sem ligar para o perigo, saíram juntos. Porém, quando chegaram no cruzamento da alameda dos pioneiros-heróis com a trilha do prédio em construção, Volódia se deu conta, de repente, que tinha esquecido de recolher os jornais que havia espalhado para encobrir os rastros dos dois. Ele apertou a mão de Iurka e retornou.

Iurka ainda estava um pouco bravo por Volódia não tê-lo beijado direito e por ter proibido que tocasse sua barriga… mas tinha muito mais com que se zangar. Na verdade, estava bravo com tudo.

Se arrastando pelas poças rumo ao alojamento, recordou a última ameaça que fez, dizendo que cometeria um ato de vandalismo, sem dizer nada a ninguém. Parou, olhou ao redor, certificou-se de que não havia ninguém por perto e foi correndo de volta para o cruzamento onde havia se despedido de Volódia. Lembrou que ainda tinha aquele pedaço de giz no bolso do short.

O cruzamento da alameda dos pioneiros-heróis tinha sido pavimentado com cimento fresco e formava um quadrado plano, como se tivesse sido criado para servir de tela. Iurka ficou pensando no que escrever. Talvez a primeira letra do nome deles e o ano, igual as inscrições no Mirante dos Apaixonados? Não, era muito arriscado. Óbvio que um "V" podia significar uma infinidade de nomes, como Vítia, Vália ou Valiéra, e que o "I" podia não ser de Iura, mas de Iúlia. Além disso, a garoa lavaria todo o giz antes de amanhecer completamente. Mas se isso não acontecesse e Macha ficasse sabendo da ausência dele e de Volódia, então a coisa tomaria um péssimo rumo. Não, escrever as iniciais de ambos os nomes não dava. Mas por que tinha que ser duas? Iurka nunca tinha gostado do "I", tão direto e reto, uma única linha e pronto, mas o "V" era outra história...

Ele tirou o giz do bolso. Agachou e começou a desenhar a letra mais bonita do mundo: "V", a inicial do nome que ele amava. Enquanto contornava, engrossava e reforçava, Iurka imaginou que só a letra era muito pouco. Naquele "ato de vandalismo" precisava haver um significado secreto, um sentimento. Aquele mesmo sentimento que ele próprio, até aquela noite, tinha medo de chamar de amor, mas que, Iura havia descoberto, era exatamente isso.

Ele amava aquela letra, amava aquele nome, amava aquela pessoa, e com amor começou a desenhar um coração enorme e largo em volta do "V". Antes, ele debochava de quem fazia aquele tipo de desenho às escondidas. Antes, considerava aquilo uma besteira, uma infantilidade. Mas havia encontrado o seu "V".

Ele ouviu passos se aproximando pela trilha que conduzia ao prédio em construção. Logo os reconheceu e se atrapalhou. Volódia tinha terminado muito rápido! Iurka traçava uma linha com o giz, pretendo uni-la com a parte que já desenhara, formando uma ponta. Mas o que Volódia ia pensar quando visse? Talvez o monitor, sempre tão sério, fosse achar aquilo uma criancice e diria outra vez: "Você precisa crescer!". Iurka não sentiria vergonha, e sim dor.

Para não ser apanhado de surpresa, ele foi se enfiando entre os arbustos e, sem olhar o que desenhava, acabou estragando o coração —

em vez de o risco formar uma ponta, formou um arco. Não era um coração, estava mais para uma maçã com um "V" dentro.

Volódia notou a letra. Parou, e seus ombros balançaram — será que estava dando risada? —, depois balançou a cabeça. Iurka pensou que Volódia ia embora logo, mas o monitor ficou de pé diante do desenho por um minuto, olhando-o por todos os lados, como se tentasse memorizar cada risco, cada mínimo detalhe. Iurka tinha se molhado nos arbustos úmidos, mas não ligava. Admirava Volódia, parado diante daquele coração torto e irregular.

Assim que Volódia fez menção de dar um passo, o coração de Iurka murchou — o monitor ia mesmo passar por cima do desenho? Mas Volódia não passou por cima, nem apagou. Deu a volta no coração pela grama. Poderia ter passado pela borda do pavimento, ia estragar só um pouquinho de nada, um centímetro só. Era o que Iurka teria feito. Mas Volódia deu a volta pela grama molhada e suja.

16

O espetáculo

A MANHÃ DO ESPETÁCULO E, PORTANTO, do último dia da segunda temporada de 1986 do acampamento Andorinha foi nublada e sombria. No café da manhã, o céu estava completamente fechado e o vento norte trazia nuvens carregadas e cinzentas, que pairavam sobre o acampamento, prestes a explodirem em tempestade. Restava apenas adivinhar quando, exatamente, aconteceria. Mas Iurka não tinha tempo de pensar nisso, assim como Volódia e todo o restante da trupe do clube de teatro. Havia muito trabalho a fazer e pouco tempo para ficar triste. Ainda que, de hora em hora, pensamentos tristes visitassem Iurka. Mas como seria diferente, depois da conversa de madrugada, depois de tudo que fora dito?

Ele terminou de pintar os cenários, dispôs tudo no devido lugar, ficou de olho nos atores, combinou os efeitos sonoros com o diretor musical, designou Aliocha Matvéiev como ajudante técnico e ainda tinha que arrastar as cadeiras do refeitório para a sala de cinema, porque as poltronas da plateia não eram suficientes para todo mundo. Nos intervalos entre as tarefas, ainda teve tempo de repassar as falas, ensaiar um par de vezes a cena como Krauser e repetir a "Cantiga de ninar", que pelo jeito já conseguia tocar de olhos fechados de novo.

Além de tudo isso, Olga Leonídovna apareceu no ensaio de manhãzinha e ficou andando um tempão com Volódia pela sala, discutindo e decidindo alguma coisa. Depois da conversa, Volódia pareceu completamente desolado e disse que quem ia dirigir o espetáculo era Iurka, porque a coordenadora exigia que o até então diretor ficasse ao lado dela e de Pal Sánytch, na plateia. Segundo ela, o espetáculo era um trabalho dos pioneiros e era preciso ver o que eram capazes de fazer sem ajuda dos monitores. Além do mais, os atores mais de uma vez tinham insistido na própria liberdade, declarando sua autossuficiência.

Iurka não achou ruim a responsabilidade que recaiu sobre ele, afinal sabia o roteiro de cor e, de qualquer forma, já tinha um monte de obrigações mesmo — comandar os refletores, servir de ponto, ficar de olho nas cortinas etc. —, de modo que dirigir o espetáculo não seria nada de mais. Além disso, focar no trabalho para fugir dos pensamentos melancólicos já havia se tornado um hábito. E ele bem que tentou. Ainda assim, frases de Volódia, trechos da conversa dos dois insistiam em reaparecer na mente de Iurka, fazendo com que sentisse ora um calor abrasador, ora um frio congelante.

Pensei muito sobre a gente e sobre mim mesmo. E, lógico, sobre o que vou fazer com a minha anormalidade. Iurka sentia um aperto doloroso no coração. Ele estava tirando dos bastidores os cenários que seriam usados na primeira cena e dando ordens a Aliocha e Mikha para que o ajudassem, então parou e olhou para o palco, onde Volódia explicava alguma coisa a Vanka, que faria um dos alemães.

Por que você se trata assim?, pensou Iurka, como se falasse com Volódia, *De onde tirou que é anormal? Será que você já se viu alguma vez? Como é possível?*

Ele balançou a cabeça, triste.

Iurka e Mitka verificaram se os mecanismos da cortina estavam funcionando direito.

Já gastei muito tempo e descobri mais ou menos o que fazem pra curar isso.

Iurka sentiu um arrepio percorrer a espinha. Congelou, aspirou o ar empoeirado da sala e lembrou como ele e Volódia tinham se beijado enrolados naquelas mesmas cortinas. Ele estremeceu só de imaginar como os médicos iam arrancar aquelas lembranças e aquele sentimento do coração de Volódia.

Você não foi o primeiro que despertou isso em mim.

Como será que o primeiro tinha sido? Esse tal de Volódia Davýdov? Iurka, é lógico, não podia deixar de pensar nisso. Será que era parecido com Volódia? Com certeza era — uma boa pessoa. Volódia não amaria alguém que fosse mau, amaria? Iurka tinha sentimentos ambíguos. Por um lado, ficava feliz de não ter sido o primeiro por quem Volódia sentira isso. Mas por outro, talvez fosse melhor que

Iurka tivesse sido o primeiro. Assim, Volódia talvez não se considerasse um monstro e encararia tudo de um jeito mais leve, quem sabe?

Mas Volódia estava apaixonado por ele.

Eu me apaixonei por você do jeito que deveria me apaixonar por uma garota.

Iurka treinava a "Cantiga", que soava mais triste do que nunca, mas bastava recordar essas palavras para que seus lábios formassem um sorriso satisfeito. Tinha vontade de ir correndo abraçar Volódia e assegurar que era isso mesmo, que o monitor tinha que se apaixonar por ele e por mais ninguém, e que Iurka não o daria a nenhuma garota!

Depois do café da manhã, foi ao refeitório para arrastar as cadeiras até a sala de cinema. Ruídos de louça vinham da cozinha.

Não quero e não vou te causar esse mal! Porque isso é um mal, Iura!

Foi como se tivesse recebido um golpe. Ele lembrou das mãos de Volódia sobre a tina com água fervente e, de repente, entendeu: um mal. Mas causado a quem e por quem? Antes, Iurka não tinha conseguido entender por que Volódia havia feito aquilo, mas tudo estava começando a se encaixar: era uma punição. O monitor provocava dor em si mesmo para se punir. Pelo quê? Como era bobo! Por que se punir por sentimentos como aqueles, luminosos e sublimes?

Por isso Volódia tinha proibido Iurka tão categoricamente de tocar nele? Mandou tirar a mão, não quis beijá-lo de verdade... E o que aconteceria se Iurka não tirasse e se, transpondo aquela resistência, o beijasse? Iurka tinha vontade de saber, de tentar... Não via nada de pervertido naquele desejo, que era apenas a manifestação do seu amor, mas pelo jeito Volódia considerava aquela demonstração uma depravação. Ou, como tinha dito mesmo? Tinha medo de "estragar" e "manchar" Iurka? Isso o deixava perplexo e até dava raiva: por que Volódia tinha decidido tudo sozinho, sem perguntar nada? Por que queria tanto ser o único culpado?

Iurka travou a mandíbula.

Ah, não, senhor. Eu posso tomar minhas próprias decisões, sei diferenciar o que é bom e o que é ruim. E não importa o que Volódia diz. Esses sentimentos são a melhor coisa que aconteceu na minha vida. Nada nem ninguém podem estragar isso!

No entanto, os dois não conseguiram se ver nem conversar a sós. Ao longo de toda a manhã, apenas trocaram olhares, compreensivos e tristonhos, e algumas frases relativas à peça de teatro. Só pouco antes do início do espetáculo, quando as pessoas já começavam a se ajuntar na sala, Volódia se aproximou de Iurka, enquanto este vestia o uniforme no camarim.

Iurka teve um déjà-vu: ele parado diante do espelho e tentando, com as mãos trêmulas — dominado pelo medo —, amarrar o lenço. Volódia se aproximava, punha a mão no seu ombro, virava-o para si e começava a atar o nó vermelho no pescoço de Iurka. Tudo exatamente como daquela vez, antes do rouba-bandeira; a única diferença era que o camarim fervilhava com um monte de gente. Mas o que tinha de mais em Volódia ajudá-lo a amarrar o lenço?

— Iur — ele disse baixinho —, estou muito ansioso pra ver você tocando a "Cantiga". — E ainda mais baixo, acrescentou: — É a única coisa que quero ver de verdade.

Iurka olhou longa e atentamente nos olhos tristes do monitor.

— Vou tocar só pra você. Promete que não vai tirar os olhos de mim? Volódia assentiu.

— Claro. — Ele ajeitou as pontas do lenço de Iurka e virou para o restante do pessoal no camarim. — Todo mundo lembra que não vou estar nos bastidores, né? Obedeçam o Iura, ele tá no comando!

Todos assentiram, Volódia saiu e Oliéjka veio correndo até Iurka. O menino olhou encantado para o lenço e, pelo visto, tinha levado ao pé da letra as palavras de Volódia sobre obedecê-lo, pois perguntou num sussurro:

— Iula, é veldade que não aceitam quem tloca letlas nos pioneilos?

— Quem te falou uma bobagem dessas? — retrucou Iurka.

— Ah... muita gente diz.

— É claro que aceitam. O tio Lênin em pessoa trocava as letras, e ele não era nenhum pioneiro, era o líder do proletariado mundial. Então vai dar tudo certo pra você, Oliéjka. Não dê ouvidos a ninguém, você...

— Então não é pra ouvir nem você? — perguntou Oliéjka, estreitando os olhos de um jeito maroto.

Iurka só revirou os olhos, e o menino desapareceu de vista.

À uma da tarde, a sala ficou abarrotada de gente, os lugares não foram suficientes e, mesmo com o acréscimo das cadeiras, alguns espectadores tiveram que sentar nos degraus de passagem. Quando apagaram a luz principal, fez-se silêncio e Volódia entrou em cena — o restante do palco ainda estava coberto pela cortina. Como sempre, cabia ao diretor da peça a honra de dizer as palavras de abertura, e Volódia desempenhou o papel com primor.

— Prezados espectadores, a peça que será apresentada a vocês é dedicada ao aniversário do nosso querido acampamento Andorinha da pioneira-heroína Zina Portnova...

Volódia dizia as palavras decoradas num tom sério, mas bastante indiferente. Iurka já tinha ouvido esse monólogo nos ensaios, portanto não prestava tanta atenção, mais preocupado em ajudar os atores a se prepararem para a primeira cena.

Volódia terminou seu discurso e passou a palavra à narradora, Polina. Impostando a voz, ela começou a declamar com emoção os versos do poema "Os pioneiros-heróis", de Pável Jeliéznov:

Nos anos severos de grandes tormentos
O povo soviético o mundo salvou
Mas a cicatriz da guerra e dos sofrimentos
Na face da terra para sempre ficou.

Mítia, responsável pela cortina, já estava em posição. Segurando bem os cabos, sussurrou apressado para Iurka:

— E aí? Você me dá o sinal quando for pra abrir?

— Tem certeza que não precisa de ajuda? — perguntou Iurka.

Não tinha tanta certeza de que Mitka conseguiria se virar com as cortinas sozinho, já que tinham que ser abertas umas treze vezes ao longo do espetáculo. Eles haviam planejado muitas trocas de cenário.

Como não dava para mudar tudo a cada nova cena, o palco tinha sido divido em duas partes, de acordo com o local de ação. Do lado esquerdo seriam as cenas no galpão dos Vingadores, e do lado direito as cenas do lado de fora. Assim, a ordem das cenas internas e externas do roteiro tinha que ser muito bem seguida para que, na hora de trocar, ficasse coberta só uma das partes.

Mitka estava mais sério do que nunca.

— Eu consigo! — anunciou, olhando de rabo de olho para Uliana, que se preparava para entrar em cena.

Iurka entendia que as cortinas eram uma questão de honra para Mitka, mas tinha lá suas dúvidas.

— Mítia, a gente já testou. É fácil fazer uma vez só, mas durante toda a peça tem que fazer umas cem vezes e...

— Tudo sob controle!

— Mítia, se der merda... — Iurka se expressou com as exatas palavras que vieram à sua mente. E daí? Volódia não estava por perto, nem ninguém dos mais velhos, então não chamariam sua atenção.

— Iura, eu consigo — declarou Mitka, teimoso e decidido.

Não havia tempo para discutir, era hora da verdade. Iurka estava muito ansioso, apesar da sua entrada em cena estar prevista só dali a um ato inteiro. Mas ele estava no comando, Volódia contava com ele, e Iurka tinha que mostrar que era capaz. Sentia que tinha colocado naquela peça um pedaço de si e torcia pelo sucesso da trupe.

Os Jovens Vingadores já tinham ocupado suas posições em cena e se preparavam para a abertura da cortina. Polina chegava ao último quarteto do poema:

Nos dias de paz, vitória e reconstrução
Lembre-se, Pátria amada, dos anos de guerra!
Honra e glória aos pioneiros, heróis da Nação
Honra, camaradas, e glória a eles na terra...

Iurka inspirou fundo, tentando se acalmar, entreabriu os olhos e assentiu para Mitka. As roldanas rangeram e a cortina foi se movendo exatamente como o planejado, revelando aos espectadores a parte esquerda do palco. Na primeira cena, Zina Portnova e sua irmã de nove anos, Gália, chegavam ao campo e ficavam sabendo do começo da guerra. A narradora Polina anunciou que o campo logo estaria ocupado e que Zina conhecera Fruza Zénkova, interpretada por Uliana, e entrara para as fileiras dos Jovens Vingadores.

A metade esquerda do palco estava bem pitoresca: como pano de fundo, tinham traçado as grandes vigas de uma casa de madeira. Nas paredes pendiam cartazes, no chão havia malas e sacos de viagem espalhados, e a turma trouxera até alguma louça. Macha, escondendo as bochechas com o cabelo — seu rosto havia ficado vermelho por conta do ataque de pasta de dente da noite anterior —, tocava a "Sonata ao luar". Os Jovens Vingadores, reunidos em volta da mesa com um mapa, planejavam sua manobra. Todos os personagens principais do espetáculo estavam em cena e todos deviam dizer pelo menos uma fala, o que significava que se um errasse, a cena toda ia por água abaixo. Por enquanto, as coisas se desenrolavam sem problemas, mas Iurka, acompanhando cada palavra com atenção no roteiro, estava pronto para servir de ponto e cochichar a próxima fala, caso alguém esquecesse.

— Zina — a secretária dos Vingadores, Zénkov (Uliana), dirigia-se a Portnova —, já faz tempo que você trabalha no refeitório dos oficiais, chegou a hora de receber uma missão.

A líder estendeu um frasquinho de perfume (não tinham arranjado outra coisa) para Portnova.

— Isso é veneno de rato — explicou a garota. — Você precisa colocar na comida deles.

— Assim farei — respondeu prontamente Portnova.

— Passemos à próxima questão. Foi encontrado um esconderijo com armas. Iliá, quantas armas temos?

— Eu... — Ezavitov (Oliéjka), ergueu-se de um salto. — Eu... eu... — engasgava-se ele.

— Nós possuímos... — sussurrou Iurka de trás da cortina.

— Nós possuímos — declamou Oliéjka, recompondo-se — cinco fuzis, uma automática Maksim, munição e meia dúzia de glanadas.

A música do piano silenciou, ouviu-se o barulho de rodas de trem, e Nikolai Alekséiev, um dos correligionários que trabalhava na estação ferroviária, entrou correndo.

— Pessoal, já faz alguns dias que estão passando uns trens de carga cheios de feno. Mas achei estranho. Sai muita faísca da chaminé do trem, e o feno queima fácil, fácil. É estranho, não é? — Os Vingadores assentiram. — Verifiquei a ponte hoje e percebi que há tanques escondidos debaixo do feno...

Não havia nem sombra de surpresa ou inquietação na voz de Pacha, que só balbuciou a fala. Iurka bufou, irritado, enquanto os Jovens Vingadores comunicavam a seus correligionários pelo rádio que havia tanques escondidos e combinavam de se encontrar no dia seguinte para entregar o armamento que haviam encontrado. A cortina se fechou.

— Pessoal, que moleza é essa? Ânimo! Não podemos falhar com o Volódia! — exortou Iurka quando os atores entraram na coxia.

Uliana ficou até ofendida.

— A gente tá fazendo o melhor que dá! E em vez de agradecimento, só ouvimos bronca! Você devia, Iura...

— Úlia, não dá tempo de conversar. Vai rapidinho pro outro cenário!

O cenário da floresta já estava no lugar: no pano de fundo, havia desenhos de pinheiros e de uma estação de trem com pequenas casinhas e um sino. Os sabotadores, olhando com cuidado ao redor, foram esconder as armas no esconderijo, que consistia em um tronco de árvore não muito grande. Mas o esconderijo não estava no palco. De acordo com o plano de cena, tinha que estar, mas não estava. Será que Aliocha tinha esquecido de colocar?

Que beleza de ajudante o Matvéiev! O tanto que eu expliquei, e ele ainda se perdeu!, xingava Iurka mentalmente, gesticulando para que os atores escondessem as armas atrás do piano. Eles entenderam e obedeceram.

Nesse meio-tempo, na outra metade do cenário, escondida do público pela cortina, reinava o caos. O pessoal se aprontava para a próxima cena, em que Zina ia envenenar um soldado no refeitório. Moveram a mesa e a cobriram com uma toalha branca, tirando dali os planos de sabotagem. A cena na floresta passou depressa, tinha apenas três falas. Chegou o momento da próxima.

Era a hora de Sacha brilhar. Ele havia ficado responsável por ser o primeiro alemão morto.

Mitka puxou as cordas, e o refeitório surgiu. Os oficiais alemães estavam sentados à mesa, e Zina, ao fundo, pingou imperceptivelmente o veneno na panela de sopa e começou a mexê-la com uma colher. Macha tocava as notas pesadas e sombrias da metade da "Internacional". Os oficiais tomaram a sopa e caíram no chão.

Pegaram Zina na mesma hora e ela começou a gritar que não havia motivo para aquilo e, como prova, experimentou a sopa envenenada. As pernas dela tremeram, e Zina caiu sem sentidos.

Os moradores da aldeia entraram em cena, pegaram Zina nos braços e a levaram para casa — um cenário previamente preparado no proscênio, uma espécie de alpendre sem porta. Os moradores deixaram Zina ali, e então apareceram a avó e a irmã. A avó se apressou em cuidar da garota, enquanto a pequena Gália a abraçou e começou a chorar de forma bem realista, enquanto proferia, entre soluços, com a voz fraquinha:

— Zínotchka, sem você vou ficar sozinha! Há fome em Leningrado, mamãe e papai estão lá...

As meninas estavam dando um show de atuação. No fim, a cena ocorreu sem empecilhos, e Iurka ficou frustrado com apenas uma coisa: Sacha, é claro, passou do ponto, berrou e se contorceu tanto que algumas pessoas deram risadinhas na plateia.

Enquanto o drama continuava a se desenrolar no alpendre, Sachka saía do fundo da cena.

— Sacha, segura a emoção! Não precisa gritar tanto.

Mas Sachka não parecia nem ter ouvido, girava todo feliz e corado. Uliana veio correndo atrás dele, cheia de perguntas:

— E aí? Como que tá o público? — E acrescentou, muito satisfeita consigo: — Afinal, eu faço o papel principal.

Iurka soltou uma risadinha. Papel principal, até parece!

— Tá tudo ótimo! — respondeu o garoto, contente. — Acho que Olga Leonídovna e Pal Sánytch estão satisfeitos, só o Volódia que tá estranho... Parece que não tá nem ligando pra gente.

— Até parece! Não acredito! — declarou Uliana.

Os dois deram uma espiada pela cortina em Volódia, enquanto Iurka continuou onde estava. Acompanhava a colocação do cenário "externo" para a próxima cena. Não tinha como errar: era só jogar uns carvões pelo chão, pendurar no fundo o desenho da torre de água, e pronto. Não precisava nem tirar o cenário da floresta.

Uliana voltou ofendida e sibilou com raiva para Iurka:

— Kóniev, você fica enchendo a gente com essa história de "Não podemos falhar com o Volódia, não podemos falhar com o Volódia", mas pro Volódia tanto faz! Ele não tá nem aí pra peça!

— Não pode ser — disse Iurka, um tanto perdido.

Volódia era o único que se importava de verdade.

— Pode, sim! — Uliana amarrou a cara.

O cenário estava pronto, então Iurka teve um minuto para espiar a plateia. Volódia, de fato, não olhava para o palco. Olhava para baixo, onde o caderno repousava, com uma expressão de concentração e os dedos tamborilando no braço da poltrona. Estava nervoso. Iurka queria mais do que tudo estar lá. Também ia ficar nervoso, mas pelo menos estaria ao lado dele. Mas tinha muitas coisas para provar à direção, a Volódia e a si mesmo. Tinha que provar que sabia se virar, que podiam contar com ele, que podia tomar decisões sozinho e coordenar suas ações e dos atores.

Iurka voltou para a coxia. Uliana, se abanando com o roteiro, fez um sinal com a cabeça.

— Viu? O que eu disse?

Iurka retrucou, teimoso:

— Uliana, não é que ele não está nem aí, ele tá nervoso. Se a gente falhar, vão cortar a nossa cabeça. E a do Volódia também. Você sabe muito bem disso, então vê se se esforça.

Do palco, soava a voz da narradora, que lia um trecho de *Quando não se teme a morte*, de Nikoláiev e Scherbákov:

— Mil novecentos e quarenta e três. O Exército Vermelho parte para a ofensiva. Na ferrovia de Vitebsk-Polotsk, os hitleristas atiram tenazmente contra os soldados. As tropas fascistas passam pela estação dia e noite. A locomotivas a vapor precisam de água para funcionar. Todas as torres de água haviam sido liquidadas pelo exército soviético, restava apenas uma estação operando, não muito longe de Obal, pois não houvera tempo de destruí-la.

A parte direita do palco se abriu e, em frente à torre de água, havia um soldado alemão — era Ptchélkin vestindo uma farda e com um fuzil de brinquedo em riste.

Nina Azolina, uma linda moça que, segundo consta, fingia trabalhar de boa vontade para os alemães, aproximou-se do soldado. Ptchélkin começou a afugentá-la, mas diante dos gritos dela, Müller, o ajudante do comandante que cortejava Azolina, apareceu correndo.

Vanka fazia o papel de Müller. Em um salto, ele se acercou do guarda e começou a gritar com ele no melhor alemão de que era capaz, porém não muito inteligível. Iurka tinha escrito aquela fala especialmente para ele.

— *Entschuldige dich bei der Dame! Schnell*!

Ou seja, "Trate de pedir perdão à dama! Anda!".

Enquanto Vanka, dando as costas para Azolina, gritava com o alemão, a moça pegou furtivamente uma mina e a camuflou num monte de carvão.

Polina pôs-se a ler:

— Três dias depois, a torre de água foi reduzida a escombros. Foram necessárias duas semanas para reformá-la e, durante esse tempo, os alemães deixaram de receber oitenta tropas no front. Desconfiando que aquilo havia sido obra dos moradores locais, e não dos guerrilheiros, os alemães reforçaram a vigilância sobre os suspeitos e mandaram mais patrulheiros para a rua.

A próxima cena era a favorita de Iurka, a mais emocionante e a que mais exigia atenção. Toda a trupe tinha ficado muito tempo pensando em como fazê-la, até finalmente surgir uma ideia.

— E ainda vai ser na sala de cinema, a gente nem vai precisar forçar a imaginação pra ver o fogo e a fumaça... — dizia o pessoal.

Iurka tratou de correr para o painel dos refletores para dar o sinal ao diretor de efeitos sonoros. Procurou Matvéiev com o olhar: ele estava ao lado do cenário da parte "externa", segurando as cordas.

Iurka tentava não pensar que aquela cena era a última do primeiro ato e que teria de terminá-la com sua "Cantiga de ninar". Em poucos minutos, deveria acontecer o evento mais importante do dia, mas ele não estava nem um pouquinho preparado.

Do lado esquerdo do palco, montaram outra vez o quartel-general dos Jovens Vingadores, que consistia em uma cabana comum de madeira. Perto da cabana, havia um pequeno alpendre onde Gália Portnova brincava na areia.

— Galka, você lembra de tudo direitinho? — perguntou Zina. — Se chegar algum fascista ou policial, você começa a cantar "A arvorezinha no campo".

Gália assentiu, e Zina entrou em casa. Teve início a reunião. Iliá Ezavitov (Oliéjka) tomou a palavra:

— Os fascistas têm medo de nós, mas isso não significa que não são uma ameaça!

De repente, a vozinha fina de Gália começou a soar:

A arvorezinha no campo vivia,
Cheia de folhas, no campo crescia...

Passaram três alemães pelo proscênio, vindos de um comício, e desapareceram atrás da cortina. A presidenta Zénkova foi correndo até o alpendre e, após confirmar que os soldados já tinham ido embora, voltou e começou a enumerar as áreas de Obal que os alemães haviam tomado e que era preciso aniquilar: a central elétrica, o armazém e as fábricas locais.

Depois que os atores gritaram "Tudo deve ser aniquilado!", Iurka olhou para o diretor de efeitos sonoros, que assentiu. Coberto de suor, Mitka abriu a parte "externa" do palco. Ali estava montada uma paisagem campestre, com cabanas e hortas, e quatro grandes painéis desenhados: a central elétrica, as fábricas de linho e de tijolos, e o armazém. Por trás desses desenhos, haviam sido amarradas as cordas que Matvéiev segurava. Iurka colocou a mão direita no painel de controle e se preparou para dar o sinal ao diretor dos efeitos sonoros e a Aliocha.

Polina recomeçou a ler:

— Em 3 de agosto, os Jovens Vingadores executaram o maior golpe contra os inimigos: às dezoito horas em ponto, a central elétrica explodiu.

Iurka baixou o braço e três eventos se deram ao mesmo tempo: houve um barulho de explosão, o refletor iluminou a central elétrica com uma luz vermelha, e o painel do cenário veio abaixo. A plateia deixou escapar um "oooh". Iurka se animou e ergueu o braço outra vez, preparando-se para o próximo sinal.

A narradora anunciou:

— Essa missão foi executada por Zina Lúzguina. — Kátia, que interpretava esse papel, saiu do banco em que estava sentada. — Quinze minutos depois, foi a vez da fábrica de linho: os varais, os depósitos, o maquinário, tudo explodiu.

Iurka deu o sinal. Outra explosão rugiu, o painel da fábrica de linho ardeu na luz vermelha e caiu.

— Essa missão foi executada por Nikolai Alekséiev. — Pacha se levantou do banco.

Mais uma vez, Iurka deu o sinal, e houve mais uma explosão de luzes e o estrondo do painel caindo.

— Após uma hora, a fábrica de tijolos ruiu. Essa tarefa foi executada por Iliá Ezavitov.

Oliéjka levantou, erguendo o queixo, orgulhoso.

— Pela Pááátrria! — disse, de repente, o menino, com a voz alta e confiante.

Iurka se virou. Não conseguia acreditar nos próprios ouvidos: era mesmo Oliéjka! No começo da peça, nervoso, o menino havia se atrapalhado, mas depois começou a falar com mais e mais confiança, e como resultado, pela primeira vez na memória de Iurka, havia pronunciado um sonoro e nítido "R".

De tão surpreso, Petlítsyn acabou pulando da cadeira antes da hora — tinha que levantar só depois das palavras de Polina:

— Cinco minutos depois da explosão da fábrica de tijolos, foi a vez do armazém. Essa missão foi executada por Evguéni Ezavitov.

Iurka deu o último sinal, esperou até a explosão e a queda do cenário, e correu para perto do piano.

Espiou com cuidado por trás da cortina. Em cena, os Vingadores responsáveis pelas explosões continuavam de pé nos seus lugares. Dava para ouvir a plateia aplaudindo e elogiando. Volódia, ao notar seu diretor-assistente, sorriu e assentiu. Iurka estufou o peito, orgulhoso, e se escondeu atrás da cortina, com o rosto doendo de tanto sorrir — não estava esperando que a plateia ficasse tão impressionada. Viu a aclamação do público, as luzes, a postura séria dos atores, e ao fundo Macha martelando a "Internacional" no piano, toda orgulhosa.

— Naquele dia, ninguém foi capturado — continuou a narradora. — Em 19 de agosto, o galpão da estação de trem foi incendiado, o que aniquilou vinte toneladas de linho que seriam enviadas à Alemanha. O incêndio atingiu também o galpão de víveres, destruindo dez toneladas de grãos, destinados às tropas fascistas. Não muito tempo depois do incêndio, viram Iliá Ezavitov no galpão...

Oliéjka atravessou todo o palco até a coxia. Os demais continuaram de pé.

— Iliá teve tempo de alcançar os correligionários. Sua fuga foi a confirmação definitiva de que em Obal havia uma organização clandestina e de que as sabotagens não haviam sido obra de guerrilheiros, mas dos locais.

— As autoridades reagiram de forma branda demais! — pronunciou em voz alta Zina Portnova. — Detiveram algumas pessoas suspeitas, mas logo as liberaram. Estão tramando alguma coisa.

A garota levantou e saiu atrás de Oliéjka.

A narradora pronunciou a frase que fechava o primeiro ato:

— Zina Portnova se juntou à tropa guerrilheira comandada por Klim Vorochílov. Em 26 de agosto, a Gestapo prendeu quase todos os rebeldes e suas famílias!

É agora!, pensou Iurka, estremecendo. De pé ao lado do piano, atrás da cortina, ele aguardava sua vez, arrumado, penteado, com o lenço amarrado de modo exemplar, a camisa branca, calça cinza e tênis. Macha, por sua vez, levantou do instrumento e lançou um olhar rápido e raivoso para ele, mas Iurka não ligava. O coração martelava no peito, e seus dedos ficaram dormentes e não se abriam por nada. Ele sabia que, em breve, Mitka fecharia a cortina lenta e suavemente do lado esquerdo, e o lado direito, onde estava o piano, ficaria aberto.

Iurka espiou a sala e olhou para os espectadores. Eram tantos! Quantas vezes ele não tocara a "Cantiga" diante da trupe, sem se preocupar, porque a trupe era a trupe — não eram uma família, mas era como o pessoal de casa.

Antes do aniversário do Andorinha, ele tocara na concha acústica, então qualquer um que passasse poderia escutar: Pal Sánytch, todos os monitores e até os pioneiros que estivessem burlando a hora do descanso. Mas era um ensaio, só algumas pessoas ouviam e até perdoariam se ele errasse. Mas naquele momento... era uma plateia de verdade.

E foi só Iurka tomar consciência de que iria tocar a "Cantiga de ninar" diante de todos para que emergissem na sua memória a mulher de permanente no cabelo e óculos enormes, os papéis do exame sobre a mesa, a sentença — "Medíocre!". Ele não tinha talento, não tinha como melhorar. Se, na época, depois de se preparar por alguns meses, não tinha como melhorar, o que aconteceria agora, diante do público?

A cortina se moveu e o rangido das roldanas anunciou que havia chegado a hora da entrada de Iurka.

De repente, ele lembrou de um personagem de Górki e pensou: *Se eu pudesse arrancar esse coração idiota igual ao Danko, aí sim ia conseguir respirar.* Iurka inspirou descompassadamente e deu um passo em direção ao instrumento. A perna bamba até que se adiantou, mas os dedos, nada.

Como tinha sido bom daquela outra vez! A cozinheira fazendo barulho com as panelas, os treinadores jogados no banco fazendo palavras cruzadas e, o mais importante, Volódia atrás de Iurka, tampando os olhos dele com as mãos, só para atrapalhar. Iurka não havia sentido nem um pouquinho de medo... Apesar disso, naquele momento, sentia, mesmo que estivessem todos ali de novo — os treinadores, a cozinheira e até as panelas. E Volódia.

Iurka estralou os dedos, tentou se concentrar e imaginou que Volódia estava atrás dele, dando risadinhas silenciosas e colocava as mãos quentes sobre seus olhos. Tudo começou a escurecer.

Iurka fechou os olhos, e então tudo escureceu de fato.

Vai, Iurka, se recomponha. Você não está fazendo uma prova, está no palco do acampamento. Está tudo bem. Não tem nenhum avaliador aqui. Nunca nem existiu um avaliador, nunquinha, não mesmo! Só existe o Volódia. E tudo isso, agora, é para ele.

Uma inspiração profunda.

Só não tira os olhos de mim. Você prometeu, suplicou Iurka, em silêncio. Mas sabia que essa súplica chegaria, de alguma forma, ao destinatário. O medo passou, os dedos levemente enrijecidos voltaram à vida e obedeceram.

Uma expiração.

Bastou tocar as teclas para tudo desaparecer: as vozes na sala silenciaram, e foi como se tudo ao redor mergulhasse na escuridão. Restou apenas um único olhar — e Iurka não precisava se virar para senti-lo. E então era apenas a música.

Iurka tocava como que em meio à bruma. A melodia, langorosa e lenta, se alternava com os ecos sonantes da trilha principal, e parecia que seu coração batia no mesmo ritmo. A música preenchia Iurka por completo, chegava aos cantos mais recônditos de sua alma, inquietava, extraía tudo de lá: a tristeza, a saudade, o medo... o amor.

Ele se obrigava a depositar os sentimentos em cada nota, impregná--los na melodia, que ora se intensificava e ora, mais terna, acalmava.

Iurka deixava a música entrar em si, traspassá-lo, lavar todas as emoções. Tocava as teclas com os dedos, mas depositava a si mesmo naquele gesto. A música falava por ele, e Iurka sabia que a pessoa entenderia, a pessoa a quem dirigia todos aqueles sentimentos. A música dizia tudo: o quanto Iurka o amava, a saudade que sentiria, o quanto não queria se separar e como estava inacreditavelmente feliz por tê-lo encontrado. A música prometia que Iurka ia esperar e ter esperança, mesmo quando não restasse mais nenhuma.

Suas mãos pairaram acima do teclado e só então ele entendeu que havia terminado. Ele ouvia uma crescente ovação da plateia, mas não entendia quanto tempo havia se passado. Teve um sobressalto, virou para o público e, na hora, se afogou nos olhos de Volódia — tristes e alegres ao mesmo tempo.

As roldanas rangeram, a cortina se arrastou e escondeu Iurka. Polina foi até a boca de cena e anunciou:

— Fim do primeiro ato. Intervalo de quinze minutos.

O coração de Iurka batia tão alto que ele tinha a impressão de que todos em volta estavam ouvindo. Tinha conseguido? Tinha tocado direito?

A resposta foi a inveja nos olhos de Macha. Assim que percebeu que Iurka notara, ela virou de costas. Mas Iurka não estava nem aí para Macha. Queria rir, contente. Tapou a boca com as mãos e começou a gargalhar. Para que ninguém achasse que estava maluco, se escondeu num canto perto da cortina.

Alguém o puxou pelo cotovelo e o arrastou para algum lugar. Iurka virou. Era Volódia!

— Ei, o que você tá fazendo? Vão ver!

Mas o corredor além do palco estava vazio — só dava para ouvir a algazarra dos atores, que estavam no camarim. Volódia abriu a porta do depósito, um quartinho não muito grande, comprido, onde ficavam guardados os objetos cênicos. Empurrou Iurka para lá, fechou a porta e o abraçou.

Iurka ficou parado, com os braços ao lado do corpo, inspirava o ar pesado e poeirento, piscava a todo instante tentando se acostumar à semiescuridão e não conseguir se mover. Volódia encostou o nariz no seu pescoço e respirou fundo. O coração do monitor batia tão alto e fora de compasso como o coração de Iurka depois de tocar a "Cantiga".

— Obrigado — disse Volódia.

Iurka se segurou para não soltar uma risadinha de cócegas, pois a respiração de Volódia havia esquentado seu pescoço. Para Volódia, não havia nada de alegre, ao contrário, era tudo muito triste.

Era exatamente assim que ele o abraçava — triste e desesperadamente. Apertava forte, amassando o tecido da camisa de Iurka. Como se fosse a última vez, como se depois que o soltasse, nunca mais fosse abraçá-lo...

Um nó se instalou na garganta de Iurka, e seus olhos começaram a arder. Ele queria dizer alguma coisa ou, pelo menos, abraçar Volódia em resposta, mas não podia fazer nada.

— Você foi incrível, Iurka! — disse Volódia, sem soltá-lo. — Se saiu maravilhosamente bem.

Iurka sorriu.

— Eu não tinha opção. Tinha que mostrar pra você que dá pra contar comigo e que eu consigo tomar minhas próprias decisões.

Volódia se afastou um pouco e, segurando-o pelos ombros, olhou atentamente para ele.

— Eu nunca disse que...

— Mas pensa. Fica se culpando pelas minhas atitudes, chega a fazer mal a si mesmo... E decide por mim o que é bom pra gente. Isso é ruim.

Volódia não respondeu nada, só franziu o cenho. Iurka, entendendo que não era hora nem lugar de começar uma discussão, se aproximou para abraçá-lo outra vez.

Os dois não se soltaram durante quase todo o intervalo da peça. Iurka não sentia o tempo passar e só se deu conta quando ouviu passos atrás da porta.

— Já vai começar. Você precisa ir — sussurrou Volódia, com tristeza.

— Uhum — concordou Iurka, deprimido. — Volod, o pessoal tá chateado porque você não olha pra eles. Não faz mais isso, tá bom? Eles estão se esforçando pra valer.

Volódia assentiu e soltou-o. Por mais que Iurka quisesse continuar ali, nos seus abraços favoritos, era hora de liberar Volódia e ir ajudar os atores.

Ele saiu correndo do depósito para a coxia quando a cortina do lado esquerdo já estava se abrindo. O cenário era ainda o mesmo: o quartel-general. Todos os Jovens Vingadores estavam à mesa. Gália, sentada nos degraus do alpendre e cantarolando "A arvorezinha no campo", enrolava ataduras. Zina se aproximou e deu um beijo estalado na bochecha da garota.

— A nossa médica-assistente vai passar visita nos pacientes? — perguntou ela. Quando a irmã assentiu, acrescentou alegremente: — Galka, vou cumprir uma missão. Não se preocupe, volto à noite.

— Zina foi enviada para fazer contato com os Jovens Vingadores que ainda estavam vivos — anunciou a narradora.

Os camponeses entraram em cena — praticamente todo o elenco de apoio. Zina, olhando para os lados, se aproximava de alguns e fazia de conta que perguntava algo. Quando eles balançavam a cabeça, Zina, de ombros caídos, se aproximava de outros, perguntava outra vez e olhava para os lados. Chegando ao centro do palco, parou. Ao ouvir as palavras da narradora, olhou para a frente com os olhos arregalados de medo.

— Em 1943, trinta dos trinta e oito membros da resistência foram capturados e fuzilados. Em 5 de novembro, na aldeia de Borovukha, perto de Polotsk, fuzilaram Evguéni Ezavitov e Nikolai Andréiev. No dia seguinte, Nina Azolina e Zina Lúzguina. Os fascistas tentavam arrancar deles informações sobre os participantes e os planos da resistência, mas não conseguiram nada.

Enquanto a lista dos assassinados era lida, os atores iam saindo dos seus lugares à mesa. Os lugares vazios eram cobertos lentamente pela cortina que se fechava. Os últimos a ficar no quartel, Iliá Ezavitov e Fruza Zénkova, se ergueram de um salto e saíram correndo pela multidão de camponeses no proscênio e entraram na coxia.

— É aquela lá a guerrilheira de vocês, andando livre e solta pelo campo! — exclamou uma menina, e deu um passo à frente na multidão, apontando para Zina.

Os alemães a capturaram na hora.

A cena terminou. A cortina se fechou.

A peça corria de modo espetacular, e as crianças haviam arrasado na cena mais trágica, atuando com muita tensão. Até se ouviram interjeições na plateia. Mas Iurka não estava de bom humor. Os últimos dez minutos com Volódia no depósito o tinham deixado arrasado, reduzindo a nada toda a alegria do bom encaminhamento do espetáculo e da interpretação perfeita da "Cantiga de ninar". E por que ele ficava lembrando daquela conversa na construção?

Iurka franziu a testa, como se quisesse convocar pensamentos adequados à cabeça, afinal ainda tinha chão pela frente — logo seria a vez do Krauser entrar em cena.

Ele espiou a sala. Volódia olhava para o palco, mas não havia nada no olhar do monitor, apenas vazio. Pal Sánytch o chamou, e Volódia estremeceu de leve, assentiu e soltou uma risada artificial.

Iurka colocou a gravata para dentro da camisa, jogou um sobretudo militar de oficial alemão sobre os ombros e entrou no palco, do lado esquerdo, ainda encoberto pela cortina. Era estranho, mas ele não estava ansioso. Era como se tivesse deixado todas as preocupações e todo o medo no piano e, naquele momento, precisasse apenas interpretar seu papel, dizer algumas falas...

Polina, com a voz um tanto rouca de cansaço, começou a ler:

— Torturaram Zina por mais de um mês, porém ela não contou nada. Logo um novo agente da Gestapo, o primeiro-tenente Krauser, ficou responsável por ela. O militar usava outra tática de interrogação.

A cortina subiu, revelando o palco. Os alemães trouxeram Zina arrastada pelos cotovelos e a colocaram sentada na frente de Iurka.

— Você é de Leningrado, certo, Fräulein? — começou ele. — A sua cidade foi tomada há muito tempo, e se você prestar uns pequenos serviços ao comando de Hitler, podemos arranjar para que seja mandada à sua cidade natal para ver seus pais. A Fräulein vai ter uma vida abastada com as mais maravilhosas perspectivas. Isso, claro, se for uma boa amiga para o exército imperial.

Zina permanecia calada e olhava para ele sombriamente. Iurka tirou uma pistola pesada de cima da mesa, virou-a nas mãos e proferiu:

— Minha querida Fräulein, no cano dessa coisinha aqui, existem seis balas pontiagudas. Só uma já é mais do que suficiente para tornar dispensáveis todas as nossas discussões e colocar um ponto-final na sua vida. Imagine só, minha querida Fräulein, o ponto-final na vida de um ser humano! — Zina olhou fixa e demoradamente para a pistola, para que todo público notasse. — Pense um pouco no que acabei de dizer, Fräulein.

Ele deixou a pistola em cima da mesa de novo. Sem desgrudar os olhos da arma, pegou um maço de cigarro do bolso do sobretudo e tirou um. Houve um som alto de frenagem. Krauser (Iurka) estremeceu e virou para a janela desenhada em um painel.

Agora, Nástia! Pega a pistola!, pensou Iurka.

Mas Nástia demorou e os olhos de Iurka voltaram a encontrar Volódia. Conseguiu olhar quase diretamente para seu rosto.

Era a cena mais importante. Mas Nástia não havia pegado a pistola rapidamente — estava muito ansiosa para a cena, mas, pelo jeito, ficou um pouco perdida ao notar que Volódia não olhava para ela, e sim para Iurka. O monitor mordia o lábio, com uma expressão de dor e uma súplica no olhar pesado, extenuado. Mas quando os olhares de Iurka e Volódia se encontraram, este abriu um sorriso discreto que durou um segundo.

Portnova finalmente apanhou a pistola e atirou em Krauser. Iurka desabou sem fingimento, com um estrondo, batendo a nuca no chão. A plateia fez "oooh" e Volódia levantou. Disfarçando a dor, Iurka levantou e sorriu para a sala — para o diretor da peça, mais precisamente —, dando a entender que estava tudo bem. Mas a nuca doía e com certeza ficaria com um hematoma.

Ao som do tiro, o alemão Sachka — era o segundo papel de morte que ele faria — apareceu de imediato. Toda a audiência pareceu entender o que viria a seguir. A segunda bala foi para ele e, enquanto Portnova passava por cima do soldado agonizante, o elenco entrou correndo: eram os alemães com fuzis em riste. Portnova seguiu adiante, fugindo, mas deu mais alguns tiros e caiu — tinham acertado sua perna. Tendo deixado uma bala para si, Zina apontou a pistola para o peito e apertou o gatilho, mas a arma falhou. Os alemães não deram chance para que atirasse outra vez e a arrastaram para a coxia. A cortina se fechou, Macha começou a tocar a "Internacional".

— Meninas, a tinta tá pronta? — gritou Iurka para as atrizes, levantando do chão.

As garotas assentiram, colocaram Portnova sentada numa cadeira já preparada, cobriram sua roupa com papel celofane e começaram a pintar com agilidade os cabelos com tinta branca e os olhos com tinta cinza.

O cenário do fuzilamento ficou pronto num piscar de olhos: por cima do painel com a paisagem campestre, estenderam o desenho de uma parede de tijolos. E pronto. Era o único cenário da cena final do espetáculo. Juntaram todo o elenco de apoio de antes: os camponeses ficaram mais afastados, nos cantos, e no centro, junto à parede de fuzilamento, os alemães.

Entre os fascistas estava Vanka, que devia conduzir Zina ao local da execução, mas demorava. Iurka xingava e gritava para ele, mas o garoto não percebia. Os outros garotos deram um puxão na manga de Vanka, que olhou para Iurka, mas a cortina já se movia. Iurka xingou mais uma vez, apanhou o sobretudo do oficial Krauser que estava nas costas de uma cadeira, jogou rapidamente nos ombros e ele mesmo, no lugar de Vanka, conduziu Zina.

Polina falou:

— Nas câmaras da prisão de Polotsk, Zina foi barbaramente torturada: colocaram agulhas embaixo de suas unhas, queimaram-na com ferro em brasa e furaram seus olhos, mas Zina suportou todo o sofrimento sem entregar seus camaradas ou sua Pátria. Cega, ela usou um broche para cravar um desenho nas paredes da cela: um coração e, acima dele, uma menina de trancinhas com os dizeres "condenada ao fuzilamento". Depois de um mês de tortura, na manhã de 10 de janeiro de 1944, Zina, aos dezessete anos, cega e completamente grisalha, foi levada ao local da sua execução.

Nástia andava mancando e tropeçando. Fora Iurka quem insistira nessa encenação, afinal tinham atirado em Zina e dificilmente teriam cuidado dos ferimentos. Portnova estava de pé contra a parede, e passaram a Iurka uma pistola de brinquedo. O diretor de efeitos sonoros soltou o som de tiro. Zina caiu.

Fez-se o mais absoluto silêncio na sala. Macha, aguardando a pausa, começou a tocar "Sonata ao luar".

Polina pronunciou as últimas palavras do espetáculo:

— Obal, onde viviam os Jovens Vingadores e Zina Portnova, era base de dois mil soldados alemães. Os guerrilheiros descobriram a localização dos postos de defesa, a quantidade e o deslocamento das tropas. Dezenas de destacamentos com munição, equipamentos e homens não chegaram ao front, e centenas de automóveis com armamentos foram pelos ares devido às minas plantadas pelos Jovens Vingadores. Foram destruídas cinco companhias que os alemães tinham a intenção de usar ativamente. Em Obal, que era considerada retaguarda, alguns milhares de hitleristas encontraram a morte nas mãos dos Jovens Vingadores. "Aqui é tão assustador quanto no front", escreveu um soldado alemão para a família. Na Segunda Guerra, pereceram trinta milhões de crianças. Dos trinta e oito Jovens Vingadores, trinta foram assassinados, e entre os que sobreviveram estavam Iliá Ezavitov e Efrossínia Zénkova. Zinaída Martýnova Portnova recebeu postumamente, em 1954, o título de pioneira-heroína. Por Ordem da Presidência do Supremo Conselho da URSS, no dia 1º de julho de 1958, ela recebeu o título de Heroína da União Soviética e foi agraciada com a Ordem de Lênin.

Polina saiu de cena, e a cortina se fechou. Passados alguns segundos, o silêncio da sala irrompeu em estrondosos aplausos.

Quando os espectadores se dispersaram, a trupe e a direção ficaram no teatro. Iurka olhava deprimido para a bagunça deixada nos bastidores depois da peça e pensava em quando e quem seria encarregado de arrumar aquilo tudo.

Mas não era hora de organizar. Volódia, Olga Leonídovna e Pal Sánytch subiram ao palco e juntaram-se aos atores. A coordenadora sorria, satisfeita.

— Bravo! O espetáculo ficou muito bom! Em tão pouco tempo, eu esperava coisa pior... — elogiou ela, mas tratou logo de acrescentar: — Só tenho uma única observação, mas muito importante: ficou parecendo que a Portnova de vocês não foi encontrar os guerrilheiros, e sim que fugiu como uma covarde, traindo os camaradas.

A narina direita de Iurka tremeu; ele mal podia se segurar para dizer que Olga Leonídovna era especialista em acabar com o bom humor de qualquer um. Mas o olhar cansado de Volódia o pôs na linha num instante.

O diretor, por sua vez, não escondia a admiração.

— Hum… — Ele bateu uma palma. — Atuaram muito bem! Chamo a atenção em especial para o trabalho com as explosões das fábricas. Quem foi o diretor da montagem?

Alguns olhares pousaram em Iurka, mas ele deu de ombros.

— Pensamos em tudo juntos.

— Hum… foi trabalho em equipe, então. Duas vezes melhor.

— Sim, Volódia, você está de parabéns. — Olga Leonídovna continuava tentando se mostrar generosa. — Você conseguiu reunir e organizar todos…

— Eu agradeço, claro, mas tudo isso foi trabalho em conjunto. E vocês ajudaram muito nas cenas com bastante gente, eu só fiquei sentado na plateia a peça inteira.

— A gente não teria conseguido sem o Iura! — exclamou Uliana, de repente. — Ele ficou correndo pela coxia feito doido, ajudou todo mundo e deu os comandos.

— E tocou piano de um jeito tão lindo! — aprovou Polina.

— E não ficou perdido quando o Vanka demorou pra trazer a Zina — acrescentou Marússia.

Iurka ficou boquiaberto, depois sentiu que as bochechas estavam ficando vermelhas. Era raro que o elogiassem, ainda mais assim, na frente da direção, e ainda por cima as meninas do PUM! Sem saber como reagir, olhou desconcertado para Volódia, que sorriu.

— Sim, Kóniev, você nos surpreendeu positivamente. Não é o mesmo do ano passado — disse Olga Leonídovna. — A amizade com Volódia teve um efeito muito positivo em você.

Alguém bufou num canto. Iurka deu uma olhada naquela direção e viu Macha, de cara amarrada, olhando furiosa para a coordenadora.

— Em homenagem à ocasião — disse Pal Sánytch, e então bateu uma palma e se virou para Matvéiev. — Aliocha, traga a câmera fotográfica. Em homenagem a esta ocasião vamos… hum… tirar um retrato!

Aliocha assentiu e foi correndo até algum lugar na coxia. Voltou em um minuto. Estendeu para o diretor a câmera.

— Pal Sánytch, será que não é melhor eu tirar? O senhor sabe, eu tenho prática e…

— Não, não, Aliocha, o aparelho é novo, caro, deixe que eu mesmo tiro.

Examinando a câmera como se fosse um óvni, Pal Sánytch assentiu e soltou um murmúrio de aprovação, depois começou a organizar o pessoal.

— Certo. Os mais altos no meio e os mais baixos no banco. Não, Sacha, você fica de pé do lado do Iura. Isso... Volódia, espera, aonde você vai? Melhor você ficar no banco também, no meio. Kóniev, por que tá indo atrás dele? Fique no seu lugar!

— Esperem por mim! — gritou Mitka, de trás do palco. — Já vou, só estou vestindo a blusa...

— Ai, esquecemos do Mitka Baránov! — disseram as meninas, em coro.

Mitka saiu da coxia com um aspecto engraçado: atrapalhado, suado, despenteado e com o boné vermelho de Iurka nas mãos. Assim que ouviu que iam tirar uma foto, Iurka puxou o lenço de debaixo da camisa e ajeitou-o no peito. Mas, dando uma olhada rápida, achou que um lenço de pioneiro com uniforme de fascista não ficava bem e jogou o casaco para Mitka.

— E isso é meu — disse Iurka, pegando o boné com o amigo e enterrando-o na cabeça, com a aba virada para trás. O boné, sim, combinava com o lenço.

Mitka ficou de pé ao lado de Iurka, que torceu o nariz e prendeu a respiração — tinha entendido por que o outro fora se trocar, claramente estava podre de tanto trabalho com as cortinas.

— Preparar... — anunciou o diretor.

Iurka notou que Volódia balançou a cabeça, como se fosse espirrar, e então levantou num salto, trocou de lugar com Mitka e ficou ao lado de Iurka.

— Volod... hum... pra que isso? — perguntou Pal Sánytch, em tom de reprovação.

— Pal Sánytch, assim fica melhor! — assegurou Volódia.

— Hum... É, sim. Até que fica mesmo. Então, preparar. Três. Dois. Um.

E clicou a câmera.

17

A fogueira do adeus

DEPOIS DA PEÇA, O CÉU CLAREOU e as nuvens carregadas foram embora rumo ao leste. A música soou dos alto-falantes e se espalhou por todo o acampamento. Cantigas alegres, luminosas e poéticas de filmes infantis e animações soviéticas ficaram tocando por muito tempo, até a hora do almoço, e só pararam pouco antes da assembleia, para que o chefe dos monitores, Slavka, desse a ordem:

— Acampamento, atenção! Formação em fila em homenagem ao fechamento da temporada! Em frente, marchem!

Elegantes, de camisa branca, lenços vermelhos e barrete, as tropas marcharam, todas divididas em três colunas, rumo à praça. Uma fileira da tropa um era encabeçada por Ira Petróvna, alegre e bonita como nunca, e outra por Macha, a comandante da tropa. E a terceira por Iurka, que recebeu uma missão de grande responsabilidade: carregar o estandarte.

Orgulhoso, penteado e asseado, usando luvas brancas, Iurka ansiava para ver Volódia o quanto antes — nunca haviam conferido essa honra a ele, nunca usara as luvas, nunca andara na frente da coluna e nunca estivera tão orgulhoso de si. Após ocupar seu lugar, Iurka cravou os olhos na tropa cinco, que entrava na praça, fechando a longa marcha. Ele sentiu um calor agradável no peito ao avistar Oliéjka, emocionado, com o estandarte erguido nas mãos trêmulas — chegava a ser comovente. Iurka passou o olhar para Aliona, que fizera o papel da pequena Gália Portnova na peça, e que ali, séria, era a comandante da tropa. E então seu olhar se deteve no rosto sério e solene de Volódia. Iurka, de modo muito sutil, o cumprimentou com a cabeça quando o monitor, ao notá-lo, ergueu as sobrancelhas e sorriu.

Raios brilhantes de sol atravessavam as poucas nuvens no céu e a copa das árvores e recaíam sobre a praça enfeitada de bandeiras. O monumento de Zina Portnova, limpo e branco, mirava com austeridade, de cima do pedestal, os pioneiros posicionados em um U invertido. Atrás dela, no mastro, ondulava orgulhosamente a bandeira do acampamento — uma andorinha vermelha sobre o fundo azul. Lá em cima, os guarda-chuvinhas brancos dos paraquedistas caíam pelo céu azul. Ao longe, quase na linha do horizonte, o avião que lançara os paraquedistas deixava um rastro branco no formato da asa da andorinha na bandeira.

— Atenção, acampamento, perfilar! Sentido! — gritou Slavka. — Descansar! Comandantes das tropas, preparar para passar o relatório!

Macha, e atrás dela os comandantes das demais tropas, se posicionaram diante da tribuna onde estavam Pal Sánytch e Olga Leonídovna, e começaram a sair em ordem da formação para passar seus relatórios.

— Camarada presidente do comando pioneiro, tropa um na assembleia em homenagem ao fechamento da temporada, presente — pronunciou Macha, em alto e bom som, estendendo a mão na saudação dos pioneiros. — Relatório dado pela comandante da tropa um, Sídorova, Maria.

— Relatório recebido — respondeu o chefe dos monitores, devolvendo a saudação.

Quando todos os relatórios foram dados, e o diretor, dispensando a formação, terminou seu discurso, passaram a palavra a Olga Leonídovna. Ela foi muito mais sincera do que na abertura da temporada, mas, ano após ano, continuava a encerrar seu discurso com as mesmíssimas palavras:

— A andorinha é um pássaro que todos os anos volta ao ninho após visitar as longínquas terras quentes...

Era uma alusão ao retorno dos pioneiros ao acampamento, já que eles estariam ali novamente na próxima temporada.

A coordenadora, com um sorriso, lançou um olhar carinhoso nada habitual aos pioneiros. Ela se dirigia a todos sem exceção, mas Iurka sabia que ele não voltaria mais.

A agulha chiou no gramofone e, pelos alto-falantes, rangendo e falhando, soou a melodia conhecida por todos na União Soviética desde a infância: o hino dos pioneiros. Todos os braços se ergueram para fazer a saudação pioneira. Iurka olhava para a bandeira sendo hasteada e cantava:

Noites azuis iluminadas por nossas fogueiras...

Continuava achando aquela canção sem sentido e grandiloquente, mas agora outra coisa ficava clara: a importância daquele hino não estava nas palavras, e sim na conexão. Cantar o hino era algo que devia dar um senso de união a todo o Andorinha, desde o menor ao mais importante. E, de fato, todos cantavam: os velhos (na opinião de Iurka) comunistas, os novos, da Komsomol, os jovens, os pioneiros e os pequenos outubristas da tropa cinco, e com eles seu monitor, Volódia. Ele estava de pé do outro lado, olhando para Iurka e sorrindo — um sorriso carinhoso, porém triste. Iurka pensou, sem querer, que Volódia tinha desaprendido a sorrir sem tristeza e, por causa desse sorriso, o mais especial e bondoso do mundo, seus olhos começaram a arder.

Estava cansado de pensar na separação, cansado de ficar angustiado. Os olhos, vermelhos de uma noite quase toda insone, pesavam, e o cansaço depois da peça se fazia notar. O céu parecia se rebelar contra qualquer tristeza, tornando-se ainda mais claro, mas isso não era suficiente para deixar Iurka mais alegre. O clima parecia um convite para aproveitar o último dia, como se dissesse: *Um dia assim nunca mais vai acontecer.*

Não mesmo, concordou Iurka. No próximo verão, ele não voltaria ao acampamento de pioneiros, não cantaria mais aquele hino e não usaria mais aquele lenço. Não dava nem para contar quantas vezes Iurka ansiava para amarrar o lenço pela última vez — quanto mais velho ficava, mais odiava aquele nó. Desde o fundamental II, não sentia mais orgulho em usar o lenço de pioneiro e, assim que surgia a oportunidade, tentava se livrar dele para que pensassem que já tinha crescido. E quando enfim cresceu, tudo virou de cabeça para baixo. Havia chegado o dia, o fatídico dia, em que ele entendeu, com uma tristeza sufocante, que não voltaria mais ao acampamento. Justamente por causa do crescimento que ele tanto desejara. Não seria monitor, devido a seu comportamento e suas notas, e não haveria mais chance de voltar à infância, mesmo que por um instante. A infância acabara.

E tinha acabado não quando Iurka abandonara o lenço ou deixara de lado os brinquedos, nem quando pela primeira vez agiram injustamente com ele e arrancaram dele a música. Sua infância acabara havia pouco tempo, naquele verão no Andorinha, quando ele encontrou Volódia. O amor tinha tomado conta de Iurka tão completamente que ele nem ouvira a porta bater, com um estrondo, quando a infância se foi — logo ele, com uma audição tão boa.

De pé na praça, parte da última assembleia de pioneiros da vida, Iurka entendeu que, a partir dali, não poderia mais abrir aquela porta, embora soubesse onde estava a chave e que chave era essa. A infância é um tempo quando a vida é simples e fácil de entender, quando as regras são precisas, quando se tem uma resposta para cada *por que* e para cada *e se*. A chave para a infância é a simplicidade e a compreensão. E Iurka deixou de compreender a si mesmo quando começou a amar. Deparou-se com perguntas cujas respostas ninguém poderia dar. Perguntas que não confiaria a ninguém, nem mesmo aos pais, nem a médicos do tipo que Volódia pretendia consultar.

Ele tinha passado a entender por que os adultos voltavam ao acampamento como monitores, por que cantavam com tanta sinceridade "Noites azuis" e usavam o lenço e o barrete com tanto orgulho. Não era exatamente para voltar à infância, mas para ficar um pouco mais perto dela. Iurka, por outro lado, nunca mais voltaria, nem como monitor nem como pioneiro.

Pela primeira vez em seis anos, ele cantou com todo o coração:

O juramento dos pioneiros: esteja sempre pronto.

E então a bandeira baixou.

A formação se desfez e, nos alto-falantes, soou a letra docemente triste da canção do filme favorito de Iurka, *O passageiro do Equador.* Enquanto as tropas se reuniam em grupos, Elena Kamburova cantava:

Quem foi que te imaginou, país estrelado?

Após entregar as luvas brancas para Ira Petróvna, Iurka se afastou imediatamente da tropa e foi direto para o esconderijo no prédio em construção, olhando para os lados — será que Macha ou Ptchélkin o seguiam outra vez? —, mas os outubristas e os pioneiros não estavam nem aí para Iurka.

Ele foi descendo pela alameda dos pioneiros-heróis rumo ao cruzamento, onde dava para ver, intocado, seu amado "V" dentro da maçã. Iurka ficou pensando naquela letra e no seu dono. Como se lesse a mente de Iurka, Volódia o alcançou.

— Iura! — Ele se aproximou, um pouco ofegante. — Aonde você tá indo?

— Eu... — Iurka hesitou. Na verdade, queria curtir mais um cigarrinho, mas lembrou que tinha prometido a Volódia não fazer mais isso. Depois lembrou que já tinha quebrado a promessa. Mas, dessa vez, enganar Volódia parecia completamente errado para Iurka, e ele reconheceu: — Estou indo pegar o maço de cigarro que escondi.

— Iuuura — repreendeu Volódia, lentamente e em tom de julgamento. — Você...

— Sim, eu lembro que prometi não fumar mais. Por isso estou indo lá, vou pegar o maço e jogar fora. Sério.

Volódia assentiu, contente, e disse:

— Hum... muito bem. — E então mudou abruptamente de assunto. — Não dá nem pra acreditar que amanhã a gente se separa, né?

Iurka fechou a cara.

— Não precisa lembrar. Não quero falar nem pensar sobre isso. De jeito nenhum.

— Tá certo. Então vou direto ao ponto. Eu tava lembrando do meu último dia na escola. A turma enterrou uma cápsula com mensagens para os futuros formandos perto de uma árvore no pátio...

— Uma cápsula do tempo? E o que vocês escreveram?

— Contamos coisas da nossa época, nossos objetivos, o que fazíamos para construir o Comunismo e o que os outros faziam. Falamos que íamos recordar os feitos do povo soviético. Mas eu quero falar da nossa despedida. Vamos fazer uma cápsula nossa?

— Para os futuros construtores do Comunismo?

— Não. — Volódia riu. — Claro que não. Pra gente.

— Pra gente no futuro? — Iurka se empolgou. — Seria incrível, mas eu não faço ideia do que escrever.

— Não precisa ser uma carta necessariamente, só alguma coisa que sirva de lembrança... Por exemplo o roteiro da peça, meu caderno com as anotações... Pensa, o que mais? Colocamos tudo na cápsula e depois, daqui a uns dez anos, a gente se encontra aqui e abre. Imagina que interessante vai ser, a gente completamente adulto, podendo ter nas mãos objetos da nossa temporada, quando estivemos juntos aqui no Andorinha. Que bela lembrança desse verão!

— Tá, e alguma coisa importante pra nossa... amizade? Pra gente... A partitura! — exclamou Iurka. — Posso colocar a partitura da "Cantiga de ninar"! Talvez daqui a dez anos ela ainda seja importante.

— Claro que vai ser! Ainda mais quando você for pianista. — Volódia estreitou os olhos de um jeito maroto. — Enfim, vai pensando o que dá pra colocar, preciso correr.

— Mas onde? E quando? — perguntou Iurka, baixando a voz. Os dois estavam sozinhos na alameda, mas ele se sentia inquieto. Vai que havia algum espião nos arbustos. — À noite? Vamos matar a fogueira? Vai estar a maior bagunça lá, ninguém vai perceber a nossa ausência...

— Tá, pode ser, quando estiverem fazendo a fogueira. Ainda tenho um monte de coisas pra fazer — sussurrou Volódia. — Mas é melhor não sairmos escondidos. Vou tentar conseguir uma permissão. Vamos ver se consigo.

— Mas onde, Volod?

— No salgueiro — sussurrou. — Vamos pela floresta, atravessamos pelo vau.

— Choveu à noite, o rio deve ter enchido.

— Você vê isso? Preciso correr agora. A gente se vê no jantar. Mas não esquece de levar as coisas pra cápsula.

— Não vou esquecer — prometeu Iurka, animado.

Os dois iam passar a noite juntos!

Como fazer o tempo passar mais depressa? Ele ficaria fazendo o que até a noite? Como sobreviver até lá? Não era justo. Iurka tinha de matar tempo, seu bem mais valioso, com alguma coisa boba, tentar se distrair com alguma idiotice só para não pensar na separação. Ainda era cedo para arrumar a mala, e ele não levaria mais de meia hora para juntar tudo — Iurka não tinha trazido muita coisa. Atravessar o acampamento, se despedir do Andorinha, e depois conferir o rio?

Tentando pensar no que colocar na cápsula do tempo, Iurka foi passear. Olhava ao redor e se esforçava, mas era só seu olhar recair em algum lugar conhecido para que perdesse a linha de raciocínio na hora. A sala de cinema, onde havia acontecido tanta coisa; o galpão entre os arbustos do lilás; e os gira-giras, pouco tempo antes mergulhados na camada branca e fofa de dentes-de-leão, agora já cobertos pelo musgo verde-amarelado. Ao redor da pista de atletismo fervilhava de gente: alguns trocavam endereços, escrevendo-os com uma caneta no lenço, conforme a velha tradição; outros estavam sentados se abraçando em despedida. Apesar da quantidade de pessoas, reinava ali uma paz incomum para o acampamento. O pessoal parecia quieto e entristecido, não falavam alto, andavam e não corriam. *Hum, devem estar guardando as forças para a fogueira*, pensou Iurka, mas ele mesmo estava tranquilo. Só uma coisa o deixava ressabiado: desde o fim da assembleia, não tinha visto Macha nem uma única vez. Durante o passeio, Iurka olhava ao redor e não via nem sombra da garota.

— Será que ela tá aprontando alguma? — sussurrou ele, inquieto, e foi adiante.

Havia uma música fluindo dos bancos perto da quadra. Lá estava aquele mesmo radinho que ele e Volódia levavam durante as caminhadas. O rádio disputava com a música nos alto-falantes, e reunidos ao redor estavam o PUM, Mitka, Vanka e Mikha, revezando para girar os botões e tentar se livrar das interferências. Iurka passou a mão de leve pela grade da quadra. Nem lembrava mais de como havia jogado bem badminton, no meio da temporada, porque estava com raiva de Volódia depois da conversa sobre as revistas adultas.

"O tempo passa e… esquece tudo o que…. Teceu com você e a gen… Com você…"

Iurka ouvia a música que tocava no rádio, chiando e se engasgando. Era uma canção da banda Vesiólye Rebiata que já tinha enchido o saco.

— Iura! Kóniev, vem cá! — Polina acenou. — Deixa a gente escrever alguma coisa no seu lenço!

Iurka pensou por um instante. Por que não? Queria uma lembrança delas também. Ele tirou o lenço e estendeu para as meninas, que lhe deram os delas.

Iurka, sem pensar muito, escreveu em todos, sem saber qual era de quem: "Obrigado pela melhor temporada no Andorinha. Kóniev, 2ª temporada, 1986". Mas, de repente, sentiu um peso na consciência, pois as meninas estavam se esforçando, pensando em alguma coisa.

— O que eu escrevo pra ele, Pol? — perguntou Marússia.

— Eu escrevi: "Muita inspiração para o nosso pianista!".

— Então vou escrever: "Para o melhor ajudante de monitor. Continue assim!".

Iurka ficou encabulado. Notou que o PUM tinha mudado muito ao longo da temporada. Ou será que ele próprio tinha mudado, e eram as meninas que sempre tinham sido daquele jeito? De repente, deixaram de parecer umas chatonildas implicantes, mesmo que só um pouquinho. Ocorreu a Iurka que ele precisava perguntar de qual escola elas eram, já que também estudavam em Khárkov. E todas as escolas na União Soviética eram numeradas, então ficava fácil. Também tinha que perguntar para Vanka, Mikha e Mitka.

— Eu estudo na número trinta — responderam elas, quase em coro.

— Ah, e a gente estuda na dezoito. — Vanka ficou contente ao ouvi-las. — É no mesmo bairro, o Lêninski! Pertinho!

— Sério? É o bairro da estação de trem, então podemos passear juntos algum dia! Vocês têm telefone?

Iurka teve que se segurar para não soltar um assobio impressionado: o PUM realmente tinha mudado! Antes elas torciam o nariz para Vanka e Mikha, mas depois de tudo parecia até que estavam dando trela.

— Aliás, Iur, você me prometeu um endereço — disse Marússia, devagar, dando uma piscadinha.

— De quê? — intrometeu-se Mikha.

— De *quem*? — quis saber Vanka.

— Do Vichniévski — disse Uliana, e Marússia amarrou a cara.

— Ah... Eu tenho aqui — anunciou Mitka, revirando os bolsos. — Aqui comigo... É. E o telefone — acrescentou ele ao ver a cara confusa dos amigos.

Pelo jeito, Mitka tinha tomado coragem no último dia da temporada. Assim que terminou de ditar o endereço para Marússia, levou

Uliana para um canto e falou alguma coisa no ouvido dela que a fez sorrir e ficar toda derretida.

— Olha lá, Pol — comentou Marússia, dando uma piscadela marota e indicando os dois.

Prevendo algum tipo de gritinho insuportável da parte de Marússia, Iurka manifestou sua solidariedade masculina e decidiu distraí-la para não interromper o momento do amigo. Mas com quê?

— A propósito, Mússia, você sabe onde tá a Macha?

Iurka se deu conta de que poderia matar dois coelhos com uma cajadada só: dar uma mãozinha para Mitka e conseguir uma resposta para a pergunta que o atormentava.

— Por quê? Já tá com saudades? — Zméievskaia deu uma risadinha. — Vocês tão de rolo, é?

— Quê? Eu e ela? — retrucou Iurka. — Nunca!

— Sei, tá bom. Vocês ficam o tempo todo juntinhos.

— Nada a ver, é que eu tô contente que ela não tá aqui. Ela me enche o saco!

— Sei, sei. Dois pombinhos, né? Dá pra ver que...

— A gente viu a Macha lá onde vai ser a fogueira — respondeu Polina, baixinho, interrompendo Marússia.

Zméievskaia, pelo visto, pretendia irritar Iurka mais um pouco, pois estreitou os olhos e abriu outra vez a boca.

Mas outra coisa a interrompeu. Lá de onde as meninas da tropa cinco jogavam badminton sob supervisão de Lena, veio uma voz de criança dolorosamente conhecida:

— Outla vez você fez coisa feia!

Pois é, pensou Iurka, *Não é sempre que o R aparece!*

Ptchélkin vinha correndo pelo meio da quadra, se metendo entre as meninas e atrapalhando o jogo, e Oliéjka tentava alcançá-lo.

— Ei, Iula! — Ao ver o grupo, Oliéjka disparou na direção dele e por pouco não trombou com Vanka. — Iula! Eu vi o Ptchélkin pegando uma caixinha de fósfolo da cozinha!

Oliéjka, ofegante, parecia muito preocupado.

Já não havia nem rastro de Ptchélkin, e vinham chegando Sachka, que mastigava alguma coisa, e Lena, zangada e com as mãos na cintura.

— O que aconteceu agora? — perguntou a monitora a Iurka.

Ele deu de ombros.

— Oliéjka tá dizendo que o Ptchélkin tá planejando algum novo atentado. Que roubou fósforos na cozinha.

Lena revirou os olhos e deu um suspiro.

— Peste! Menino do... — começou ela e se calou no meio da frase. Sob os olhares maliciosos dos pioneiros, acrescentou: — Nem no último dia ele dá paz!

Iurka sorriu.

— Ele é um pioneiro-construtor, né? Tá sempre inventando alguma coisa, um verdadeiro faz-tudo.

— Só espero que esse faz-tudo não perca nenhuma parte do corpo! Iur, vai atrás do Volódia, por favor, e fala pra ele? Não posso deixar a tropa aqui sozinha.

— E onde ele tá? Por que você tá aqui sozinha com as crianças?

— Ele tá na floresta, ajudando a preparar a fogueira.

Iurka não estava com vontade de ir atrás de Volódia. Não se encontrar com ele era uma forma de evitar o inevitável: pensar na separação dos dois. Além disso, haveria muita gente por lá e Macha, a Espiã, com certeza deveria estar cercando o monitor... Além disso, o que Iurka ia fazer? Outra vez só ficar olhando para ele, como havia acontecido durante todos aqueles dias? E finalmente, no último, ficaria desolado ao pensar que em breve iam se separar? Não, já era difícil o bastante. Mas não tinha como dizer não para Lena.

— Aliás, por que é que vocês, essa galerinha vendendo saúde, estão aí sentados em vez de ir ajudar com a fogueira?

Lena fez cara feia. A garota lembrou tanto Ira Petróvna quando estava de mau humor que Iurka ficou até um pouco desconcertado. Não imaginava que Lena pudesse ser uma monitora tão severa.

— Ninguém chamou a gente — balbuciou Mikha, em um tom culpado.

— Mas precisa de ajuda? — perguntou Vanka.

Iurka notou com o rabo de olho que Mitka e Uliana tentavam escapulir, recuando para os arbustos.

— Sempre precisa de ajuda! Marchem já pra fogueira! — decretou Lena, e gritou enquanto se afastavam: — E avisem o Volódia do Ptchélkin!

Iurka decidiu terminantemente que não iria até a fogueira. Deu uma desculpa para o pessoal e fez menção de seguir para a trilha que levava ao rio. Mas, de repente, tomado por um impulso inesperado, virou para Oliéjka, colocou a mão no ombro do garoto e disse:

— Você tá de parabéns! Tenho certeza que vai ser um ótimo pioneiro e, depois, o melhor de toda a Komsomol!

Oliéjka se desfez num enorme e satisfeito sorriso e declarou:

— Obligado, Iula! E você vai ser um ótimo pianista! Também acledito em você! Plomete que não vai abandonar a música e eu plometo que não vou ser pleguiçoso nas sessões de plonúncia, vou me dedicar com todas as folças!

— Tá certo. Prometo.

— E eu plometo também!

Iurka deu uma piscadela para ele, bagunçou os cabelos do menino e seguiu seu caminho.

Desceu em direção à trilha que levava à prainha sem pressa. A cabeça estava vazia e a alma, por alguma razão, tranquila. Era como se Iurka estivesse congelado e entorpecido por dentro, mas era uma sensação agradável. Ele apenas vagava pelo mato baixo e pelas lajes de cimento.

A esperança não o deixava cair em desespero. Brilhante e quente, ela ardia dentro de si, como uma tocha na mais densa escuridão. Iurka tinha certeza de que os dois voltariam a se encontrar. E tudo bem se isso não acontecesse no Andorinha, durante o verão, mas na cidade, cinza e velha. Podia ser em qualquer lugar, o mais importante era que fosse com Volódia. E Macha não estaria lá e ninguém proibiria Iurka de ficar perto de quem quisesse.

O caminho das lajes cinzentas dava numa trilha de areia de apenas uns dez metros, estreita mas bem plana. Seguiu por ela até a prainha. Pretendia ir a pé até o salgueiro, mas ao avistar a estação de barcos, Iurka não foi capaz de passar direto por um lugar tão especial. Ele afastou o portão de madeira e atravessou o depósito em direção ao píer que rangia sob seus pés. Os barcos balançavam sobre a água. Iurka fixou o olhar naquele em que ele e Volódia tinham se protegido da chuva e se escondido de Macha. Parecia que tinha acontecido uma eternidade antes, mas a lembrança daquele beijo era ainda tremendamente nítida. Com a ponta dos dedos, Iurka tocou os lábios — só de lembrar, queimavam como se sentissem uma respiração quente.

Iurka precisou se esforçar muito para dar meia-volta e sair do atracadouro. Em meio aos milhões de pensamentos, havia uma sensação ao mesmo tempo boa e dolorosa. Era isto que ele queria colocar na cápsula do tempo, todos aqueles momentos: o barco debaixo da lona, os beijos na cortina, as palavras acolhedoras de Volódia, o sorriso feliz dele e suas confissões silenciosas mas honestas... Queria colocar tudo na cápsula, fechá-la e enterrar para que não houvesse dúvidas de que tudo ficaria a salvo e seria lembrado. Que dali a dez anos, ao se encontrarem de novo, poderiam voltar exatamente àquele momento — no último verão da infância que desvanecia.

Iurka alcançou o salgueiro sem problemas. A chuva da noite anterior não tinha aumentado tanto o nível da água como havia pensado, mas para atravessar o vau, teve que erguer bem o short. A terra debaixo da copa do salgueiro estava úmida, porque os poucos raios de sol que chegavam até ali ainda não haviam tido tempo de aquecê-la e secá-la.

A hora do jantar se aproximava, mas Iurka não tinha a menor vontade de voltar. Queria ficar sentado ali, sozinho, olhando o rio sem ver o tempo passar. Surpreso, notou que havia uma quantidade assombrosa de movimentos no rio: a corrente preguiçosa, o suave marulhar das ondas e os reflexos brilhantes do sol da tarde. Nada ali era caótico e sem sentido. Tentando entender o funcionamento das ondas na corrente do rio e qual poderia ser o sentido disso, Iurka ficou na margem até o sinal tocar. Mas acabou levantando para voltar — prometera avisar Volódia sobre o nível do rio, afinal.

Enquanto atravessava o caminho de volta pelo vau e alcançava o acampamento, um novo sinal anunciou que o jantar já terminara. Iurka foi correndo para o refeitório. No meio da multidão que saía, notou Volódia. Este, cercado pelas crianças da sua tropa, olhava ao redor e, ao ver Iurka, acenou.

— Pega. — Volódia estendeu dois bolinhos de semente de papoula para ele. — Por que não veio pro jantar?

Iurka engoliu a saliva; não tinha notado que estava com tanta fome.

— Obrigado! — disse ele, e acrescentou, mais baixo: — Fui até o salgueiro. Tudo certo com o vau, mas a terra embaixo da árvore está fria e úmida.

— Entendi. Combinei com a Lena que ela vai ficar com as crianças depois da fogueira e colocar todas pra dormir. Foi difícil, mas ela concordou, então tudo certo. A gente fica um pouco na fogueira e depois pega a cápsula e vai até o salgueiro. Só não esquece de pedir permissão pra Ira.

Macha saiu do refeitório. Notou os dois lado a lado e, de cara amarrada, fuzilou Iurka com o olhar. Mas ele só revirou os olhos e lembrou de perguntar a Volódia:

— Te avisaram do Ptchélkin? De novo aprontando...

Volódia sorriu.

— Avisaram. Na verdade, acabou sendo divertido: pediram pro Aliocha Matvéiev pegar os fósforos e trazer pra usarmos na hora de acender a fogueira. Ptchélkin ficou sabendo de algum jeito, roubou os fósforos da cozinha e trouxe pra gente. Foi o Oliéjka que achou que o Piétia estava planejando um atentado e quis capturar o arruaceiro. Oliéjka ainda é guerrilheiro. Pelo jeito, não saiu do papel.

— Esquisito. O Ptchélkin? Ajudando? É um tanto suspeito.

— Eu também desconfiei no começo. Mas aí o Ptchélkin se explicou, dizendo que não era justo que o Ryléiev ficasse com todos os louros, porque ele já tinha ido bem na peça e todo mundo ficava apoiando e elogiando a inscrição dele para os pioneiros. Ele também queria ganhar um elogio.

— Uau. Você ensinou direitinho. — Iurka deu uma risadinha.

— Eu? Nada a ver, eu só...

— Você, sim, senhor — disse Iurka, com ardor. — Você é o monitor, é tipo um irmão mais velho. É quem dá o exemplo. Todas as pessoas mudam, e quando tem um monitor como você por perto, só dá pra mudar pra melhor.

Ao notar que Volódia começava a ficar vermelho, Iurka ficou sem jeito. Queria dizer mais coisas — coisas que não tinham nada a ver com "monitor" e "irmão mais velho". Mas as pessoas iam e vinham ao redor. E Macha estava por perto. Iurka tentava dizer "eu te amo" sem poder pronunciar essas palavras. Estava de saco cheio de ter que se esconder...

— Noites azuis iluminadas por nossas fogueiras…— cantavam os pioneiros.

Chegara a noite, e ela, de fato, era azul. Não era exagero afirmar que a fogueira se erguia tão alto em direção ao céu cor de nanquim e lançava fagulhas tão longe que elas se misturavam às estrelas — não dava para saber, de cara, se era uma fagulha se apagando ou uma estrela brilhando.

Demoraram para conseguir pôr as tropas em ordem, demoraram no caminho até a clareira na floresta e demoraram para ocupar seus lugares nos bancos.

Já haviam cantado a canção de abertura, o hino da temporada, e outra vez entoavam as "Noites azuis", enquanto os pioneiros permaneciam sentados como alunos do primeiro ano, com a coluna ereta e as mãos nos joelhos, pois a parte oficial ainda estava em andamento. A coordenação, composta pelas figuras do diretor, da coordenadora, dos treinadores, do diretor de música e dos outros adultos, ainda estava presente, e os pioneiros se sentiam entediados e constrangidos. Mas Iurka sabia que os adultos em breve iam embora e não é que começaria uma balbúrdia completa, mas as coisas ficariam mais animadas. Enquanto não tinham permissão nem de levantar, a única opção de Iurka era cantar e procurar Volódia com o olhar.

Como tinha de ser, a tropa cinco ficou do lado esquerdo da coordenação, enquanto a tropa um ficou do lado direito. Assim, Iurka não precisava se esticar, só virar um pouco a cabeça para ver o monitor. Volódia não olhava para ele. O olhar severo do monitor se dirigia às crianças da tropa, que estavam sentadas quietinhas e tristonhas — por certo, também não queriam se despedir dos amigos. Nem elas, que voltariam ao acampamento com certeza.

Depois de um tempo, a coordenação desejou boa-noite a todos e se foi. Antes de sair, Olga Leonídovna afirmou que os pioneiros que voltassem para o acampamento depois das onze e os outubristas que voltassem depois das nove e meia não seriam aceitos na próxima temporada.

Todos os presentes se animaram e ficaram mais à vontade, mas não saíram de perto das suas tropas. Alguém pegou o violão. O instrumento passeou pelas mãos de alguns poucos que sabiam tocar. Primeiro, tocaram músicas de criança, e foi realmente divertido. Depois, passaram para as músicas das rádios. O PUM pedia em coro pelos Modern Talking, uma dupla alemã que cantava em inglês, mas a questão era que, mesmo se alguém soubesse tocar, ninguém sabia as letras. Volódia sugeriu Machina Vriémeni, mas recebeu como resposta um "eca" indignado de mais da metade dos pioneiros. Iurka não sugeriu nada. Então cantaram Pugatchova e Vesiólye Rebiata outra vez.

Apesar de toda a alegria aparente, a tristeza quase literalmente irrompia de Iurka, por mais que ele tentasse escondê-la bem no fundo. E não era só ele que estava triste, mas a maioria dos presentes. Afinal, era a última noite de todos no Andorinha, não apenas de Iurka. A tristeza era geral.

A última noite era especial por muitos motivos: todo mundo ficava mais gentil, todo mundo focava no que era mais importante e passava o tempo com as pessoas de que gostava mais. Tudo ao redor era percebido de forma um pouco diferente: o céu era mais estrelado, os aromas, mais pungentes, os rostos, mais bondosos, as canções, mais profundas, e as vozes, mais bonitas. E tudo porque era a última vez.

Passaram o violão para Mitka.

— É sempre triste se despedir — disse ele, pegando o violão. O garoto passou os dedos longos pelas cordas e disse devagar: — Vamos nessa aqui... — Limpando a garganta, ele passou os olhos por todos que estavam em volta da fogueira, detendo-se nos corajosos casaizinhos que davam as mãos ou se abraçavam. Sorrindo, olhou carinhosamente para Uliana. — Dedico a todos que se apaixonaram neste verão.

Ao ouvir os primeiros acordes da canção famosa, o acampamento protestou e uma onda de indignação se ergueu pelas fileiras.

— Não precisa, Mítia. Toca outra! — implorou Ira Petróvna, sentada ao lado de Jênia, que assentiu.

Iurka também reconheceu a canção e deu uma alta gargalhada — havia apreciado a piada e o grau de deboche. Um dia, ele também soubera zombar daquele jeito, mas isso foi antes de Volódia... Não fosse por Volódia, tudo seria diferente.

Mitka cantava, com a voz baixa e ligeiramente rouca:

Me desperte ao amanhecer
E me leve, descalça, até a saída
Você nunca mais vai me esquecer
Você nunca mais vai me ver

Foi como se alguma coisa estourasse dentro de Iurka. E doeu, mas também era sarcástico. Aquela canção era a gota d'água, o tiro de misericórdia, como se não bastassem seus próprios pensamentos. Ele sentiu vontade de tapar os ouvidos, mas ia parecer bobo.

Começou a segunda estrofe, que, para Iurka, durava uma eternidade. Ele não conseguiu mais controlar a tristeza, que o dominava, e a única coisa que tinha forças para fazer era se esforçar para não olhar para Volódia.

Prevejo tempestades em meu coração
Acho que estou te perdendo...

As meninas do PUM estavam grudadas umas às outras, balançando de leve ao ritmo da música. Uliana cintilava com um sorriso alegre: finalmente estavam cantando uma canção de *Juno e Avos*, e ela cantava a parte da heroína, Conchita. Até Mikha, sentado ao lado de Iurka, suspirava tristemente e soluçava.

E as cerejas caem sem parar
Caem ao chão, esperanças ao vento
Voltar, não, isso nem pensar
Eu nunca mais vou te ver...

Os olhos de Iurka eram da cor de cerejas maduras. Ele não aguentou mais e olhou para Volódia. O monitor olhava para a frente, para o vazio, como que enfeitiçado. Movendo os lábios, cantava baixinho e Iurka pôde ler neles: "Eu nunca mais vou te ver". Volódia não dirigia aquelas palavras a Iurka, falava consigo mesmo, e no seu olhar transparecia um desespero profundo e completo. Iurka sentiu o coração queimar tanto que achou que os batimentos teriam cessado por alguns segundos. Por mais que tentasse ser otimista com o fato de sempre poder lembrar, de nunca esquecer, será que isso era bom? Depois de tudo que Volódia dissera na construção? Talvez o melhor mesmo fosse esquecer, ainda que fosse preciso se esforçar para arrancar aquilo da cabeça e se obrigar a... Não, claro que não. Ele jamais poderia.

Mitka continuava a arrastar mais e mais aquela canção infinita. Os rostos ao redor da fogueira, iluminados pelas chamas carmesim, estavam cheios de uma tristeza luminosa, cálida. Pelo jeito, Iurka era o único a sentir que tudo que havia de luminoso para ele acabava ali.

Volódia virou para Iurka, e os olhares se encontraram.

Algumas palavras, lá das alturas
Vão voando até você...

Os pioneiros cantaram em coro, cobrindo o som do violão.

— *Eu nunca vou te esquecer* — sussurrou Volódia.

Iurka não tinha como ouvi-lo dali, mas foi na voz dele que essas palavras ressoaram, nítidas e claras, no seu coração.

De repente, Iurka se deu conta de que Volódia tinha invertido os versos. E agora ela teria que responder com o verso original, dizer aquelas palavras...

Mas não queria! Não queria recitar aquele outro verso, de jeito nenhum. Mesmo assim, seus lábios proferiram sozinhos:

— *Eu nunca mais vou te ver...*

A canção terminou e tiraram o violão de Mitka, para que o garoto não cantasse mais "coisas assim". Volódia encarava Iurka. Era como se o mundo ao redor simplesmente não existisse. Iurka não conseguia definir o que havia nos olhos de Volódia, que emoções escondiam. Era mais do que desespero e tristeza, Iurka sentia quase uma dor física.

Volódia levantou com ímpeto do lugar, se aproximou dele e estendeu o braço como se fosse pegar Iurka pela mão, mas se recompôs.

— Vou ajudar a Lena mesmo depois do nosso acordo. Vou levar as crianças até o alojamento e já volto... — E, num sussurro, disse: — Daqui a uns vinte minutos, vai pro caminho da praia, mas presta bastante atenção pra ninguém perceber. Vamos dar uma volta maior, por dentro da floresta, pra ninguém ir atrás da gente.

Quando Volódia e Lena levaram a tropa cinco, Mitka apanhou o violão outra vez, mas Ira Petróvna o importunou para que não tocasse mais nada triste.

— Então tá na hora das damas escolherem os cavalheiros! — exclamou o garoto, e começou a tocar "O balseiro", que todos conheciam de cor e salteado.

Iurka queria sentar em algum canto mais afastado da clareira e ficar esperando, quietinho, o retorno de Volódia, mas Marússia se aproximou.

— Iura, vamos dançar?

Ele não tinha forças nem para ficar surpreso. Sem pensar, assentiu, pegou Marússia pela mão e a guiou até a fogueira, onde outros pares também dançavam. Ela o abraçou pelos ombros de uma maneira completamente diferente daquela vez no baile, de um jeito pouco pioneiro. Se isso tivesse acontecido antes, Iurka teria rebentado de orgulho, mas no momento não sentia nada. Apenas girava e arrastava os pés no ritmo da música, abraçando Marússia pela cintura, como um robô. Ele não entendeu o sentido da pergunta que ela fez:

— Iúrtchik, escuta… Um passarinho contou pra gente que as coisas entre você e a Macha não são tão simples e que…

— Quem dera fosse simples — interrompeu Iurka. — Só que não tem nada de "entre a gente".

— Ah, é? — Marússia se fez de surpresa. — E é verdade que vocês brigaram aquela vez porque a Macha estava te seguindo?

— Ela só estava andando atrás de mim, quem ela segue é o Volódia.

— Sério? — Marússia ficou tão surpresa que esbarrou com o casal que dançava ao lado, Petlítsyn (vermelho até o último fio de cabelo) e Nástia, e pisou no pé de Iurka.

— Sério — respondeu ele.

Correndo os olhos pela clareira, viu que Macha estava sozinha, sentada num banco perto da fogueira, com as mãos sobre os joelhos, olhando para o chão. Por um segundo, teve até pena dela. Mas lembrou que a tristeza de Macha não era nada comparada à dele, pela distância imposta entre ele e Volódia. Os pensamentos a respeito de Macha desapareceram de sua cabeça.

— O Volódia? Que pesadelo. E de onde ela tirou isso? — Marússia ficou indignada. Pelo jeito, aquilo era novidade para a garota. — Que tipo de bobona fica seguindo um monitor? Aliás, não só um monitor, mas… Cadê o orgulho dela?

— Gente apaixonada age de formas muito imprudentes às vezes — respondeu Iurka e sorriu por alguma razão.

Recordou sua primeira e mais imprudente atitude: beijar Volódia no dia da discoteca, perto do galpão. E onde isso tinha ido parar? Será que tinha valido a pena aquela felicidade rápida e efêmera para se despedir tão dolorosamente e passar a vida inteira só com memórias?

Depois da dança, os pioneiros começaram a brincar de ciranda, depois alguém inventou de tentar pular a fogueira. Chamaram Iurka, mas ele recusou, observando atentamente o que Macha fazia. Ela ficou até um pouco contente quando Svetka, da tropa três, a chamou para brincar perto da fogueira. Iurka aproveitou para escapulir de mansinho. Pelo menos, foi o que pareceu.

Volódia se atrasou uns dez minutos. Quando Iurka pensou que os dois iam se desencontrar, viu a silhueta familiar, com uma mochila, se aproximando na escuridão.

— E aí, tá pronto? — perguntou Volódia. — Ninguém te viu?

— Acho difícil. Tá todo mundo brincando de ciranda. Também fiquei esperando a Macha me perder de vista. O que tem na mochila?

— Uma pá, a cápsula e as coisas que vamos colocar dentro. E uma manta… se a gente decidir ficar um pouco por lá. Vamos?

Eles desceram pela trilha serpeante que levava ao outro lado da prainha. Estava escuro na floresta. Dava para ouvir as vozes dos pioneiros e o crepitar da fogueira vindo da clareira. Normalmente, quando iam até o salgueiro, era Iurka quem tomava a frente porque conhecia melhor o lugar, mas, daquela vez, era Volódia que iluminava o caminho com uma lanterna. Iurka tinha uma sensação persistente de estar sendo levado para a própria execução.

Estavam indo se despedir. Estavam indo passar os últimos minutos juntos, dizer as últimas palavras. E, nesse momento, até mesmo a pequena chama de esperança que tinha aquecido Iurka durante o dia mal o esquentava e estava a um triz de se apagar.

Para com isso. A gente vai se encontrar de novo. Estamos nos separando só por um tempo, dizia Iurka a si mesmo.

Ele sabia que, em geral, o tempo passa muito rápido quando a gente não quer que algo acabe. O caminho até o salgueiro era longo, mas quando deu por si, já estavam passando pelo terreno pantanoso da enseada e saindo da floresta pelo barranco. Era só contorná-lo, virar na floresta outra vez e pronto, mais uns cinco minutos e estariam no vau.

A vontade era de parar e voltar. Como se, caso não fossem a lugar nenhum, não teriam que se separar nem se despedir. Iurka estendeu a mão para Volódia, mas tropeçou de susto: alguém os chamava.

— Volódia! Iura! Ei! — Ira Petróvna os seguia impetuosamente, iluminando o caminho com uma lanterna. Atrás dela, vinham Maréssia e Polina, seguidas por Macha. — Aonde vocês vão?

Volódia não se desesperou. Calado, tirou a mochila dos ombros e pegou a cápsula, que consistia em um pote de metal com tampa, desses que usavam para guardar grãos, envolvido em papel celofane.

— Vamos enterrar uma cápsula do tempo. Olha — respondeu o monitor, e estendeu a cápsula para ela.

— E por que não me avisaram? — perguntou Ira, furiosa.

— Iura, vai dizer que não pediu permissão?

Foi como se acertassem a cabeça de Iurka com um machado: tinha esquecido! Ficou com vergonha, pois Volódia tinha falado várias vezes...

— Não... Esqueci. Desculpa, Ira Petróvna, não pensei de novo.

— Não mesmo! E eu que respondo por você! Se acontece alguma coisa, nem sei onde você está!

Volódia suspirou e pediu em voz baixa:

— Irin, vem cá um pouquinho?

Os monitores se afastaram alguns passos. As meninas estavam em silêncio. Iurka olhou carrancudo para Macha. Como ela tinha percebido a saída deles e descoberto aonde ele e Volódia estavam indo? Ele mesmo a tinha visto distraída! E o pior é que a garota não tinha só seguido os dois: a pestilenta tinha dedurado para Irina! E pra completar, tinha trazido aquelas duas intrometidas.

Discutindo, não ocorreu aos monitores que, mesmo um pouco distantes, o vento soprava na direção de Iurka e das meninas, de modo que dava para ouvir a conversa perfeitamente.

— Vova, se o Kóniev é um cabeça de vento, você mesmo podia ter me avisado. E essa cápsula? Que ideia ótima! Podíamos ter feito com todas as tropas. Não foi muito camarada isso que você fez, Vov, somos os dois da Komsomol, temos que nos ajudar.

— Desculpa, Irin, não foi por mal. É que a ideia me veio do nada, literalmente ontem. E tinha um monte de coisa pra fazer, como você bem sabe... Desculpa, tá?

— Tá, tá... Pode ser que dê tempo de fazer amanhã... — Ira ficou um pouco mais calma.

— Então, você deixa o Iura sob minha responsabilidade? Palavra de Komsomol: devolvo o Kóniev antes da uma, são e salvo.

Ira cruzou os braços e, revezando o peso de uma perna para a outra, encarava Volódia, em dúvida.

— À uma é muito tarde, Vov.

O vento que se ergueu do rio levou para longe a parte seguinte da conversa e, quando deu para ouvir outra vez os monitores, Ira Petróvna, já bem mais conciliadora, queria saber detalhes.

— Você não falou pra Olga Leonídovna?

Volódia balançou a cabaça.

— Bom, olha só, se alguém da coordenação perceber, não posso fazer nada pra te ajudar.

— Você acha que vão perceber?

— Bom... pra dizer a verdade, acho difícil. Maaaas... se perceberem, vão colocar isso na sua carta de recomendação.

— Dane-se. Podem escrever o que quiserem. Irin, você dá cobertura pra gente? Não vamos longe, é aqui na floresta.

— Bom... Tá certo, eu dou...

Volódia já tinha virado e dado o primeiro passo quando Macha gritou com toda força:

— Não deixa eles irem! Eu sei o que eles vão fazer! Irina, eles são anormais! Os dois se beijam e se abraçam! Precisam ser punidos, temos que contar pra Olga Leonídovna!

O grito de Macha ecoou como um tinido agudo nos ouvidos de Iurka, e os olhos dele escureceram. Volódia ficou paralisado no meio do movimento, e apenas suas pupilas se moviam. O olhar de pânico do monitor se agitava pelo rosto de todos os presentes. Irina, boquiaberta, olhava de Volódia para Iurka. Então encarou Macha e franziu o cenho.

— Rá! — gargalhou Marússia.

No silêncio ensurdecedor da floresta, aquele som ressoou tão alto que todos estremeceram. Depois de um segundo de constrangimento, Marússia se desfez num riso de escárnio. Quase sem ar de tanto rir, exclamou:

— Era só o que faltava! Ela pirou! Pólia, você tá ouvindo? Não, sério, você tá ouvindo isso?

Polina, diferente da amiga, estava séria:

— Marússia, é culpa nossa. A gente tinha que ter feito amizade com ela, e... Eu... Eu sei que as pessoas ficam loucas de solidão. Começam a delirar e acreditam de verdade no que dizem. Minha vó é assim...

— Como é? — balbuciou Iurka, sem acreditar nos próprios ouvidos. Apesar da maldade da traição de Macha, não estava gostando muito da reação das meninas. Mas elas o ignoraram por completo.

— Tá falando sério? — perguntou Marússia, quase sem ar. — Você acha... Acha que ela tá delirando?

— E por acaso é normal uma pessoa ficar seguindo outra e depois falar uma coisa dessas? — respondeu Polina. — A Macha fica o tempo inteiro sozinha e não dorme à noite. Quantas vezes não vimos ela escapando do toque de recolher?!

— Eu... — começou Macha. Nervosa e assustada, a garota acabou se entregando: — É verdade, mas...

— Irin, ela estava mesmo seguindo o Volódia. — Marússia, mais calma, concordou com a cabeça. — Eu mesma não acreditei no começo. Imagina alguém ter coragem de burlar o toque de recolher. Achei que ela ia ver o Kóniev. Mas era outra coisa...

— Burlava? — sussurrou Ira Petróvna, desnorteada.

— É — disse Polina, olhando acusatoriamente para Macha. — Metade da tropa pode confirmar.

— É verdade, Irina. — Marússia assentia. — Acho que precisa até relatar pra Olga Leonídovna. Contar uma mentira dessas é ruim demais. Tinham que expulsar a Macha dos pioneiros.

— Não tem necessidade. Seria algo muito negativo pra vida dela.

Bom, ela se atrapalhou um pouco, acontece. Vai dormir e se acalmar. E eu não vou mais te deixar sozinha, Macha, então... — intrometeu-se Polina, mas ninguém a ouvia.

Macha soluçava. Ira Petróvna se aproximou da garota e perguntou em um tom severo:

— Macha, o que é que você está dizendo? Isso ultrapassa todos os limites.

Os lábios de Macha tremiam, ela fungava, mas não conseguiu conter as lágrimas e caiu no choro.

— É verdade, I... Iri...

— É um delírio sem fundamento! — gritou Irina. — Espalhar uma calúnia dessas sobre um monitor! Um membro exemplar da Komsomol! Como que você inventa uma coisa dessas? Beijar um... Meu Deus! Como saiu uma coisa dessas da sua boca? Porque só... só imaginar uma coisa dessas já não é normal!

Macha chorava copiosamente. Ao ouvir Ira, Iurka ficou aturdido: sim, Volódia era amigo e camarada dela; sim, ela pensava que o conhecia. Mas será que o relacionamento dos dois era tão absurdo a ponto de as pessoas descartarem a mera possibilidade de um amor assim? Afinal, existiam pessoas assim. Iurka, por exemplo, era uma pessoa "assim", e outro "assim" estava bem ali, ajeitando os óculos com a mão trêmula e calado em completo estupor.

Iurka estremeceu: em que mundo ele vivia? Era tão injusto, errado e idiota assim? Porque era o mundo que estava enganado, não Iurka.

Pensando bem, se isso acontecesse alguns meses antes e ele estivesse no lugar de Ira, também não acreditaria.

Nesse meio-tempo, Macha continuava chorando sem parar, Ira balançava a cabeça em desaprovação e Marússia levantava a voz e recomeçava, em tom de deboche:

— Olha só, você mesma mentiu e agora fica aí chorando! A gente só fala daquilo que a gente sente, né, Macha? Conta pra gente, vai, tem alguma coisa que não sabemos de você?

— Chega! — interrompeu Iurka. — Por que você fica atacando a menina? Independente do que ela disse, não é motivo pra humilhar!

Ele se afastou em choque e começou a sentir pena. Não havia nenhuma justificativa para a atitude de Macha, que tinha sido vil e insolente. Mas Iurka vira a mudança no rosto de Volódia quando notou que ninguém tinha acreditado: suas sobrancelhas se arquearam de surpresa e os cantinhos da boca se ergueram por um instante.

Ira Petróvna respirou fundo e pegou Macha pelo cotovelo:

— Vamos, querida. Vamos pro alojamento dormir. Dessa primeira vez eu te perdoo, mas se você continuar com essas histórias, te mando direto pra Olga Leonídovna e conto suas fantasias anormais... — Ela arrastou Macha de volta para a fogueira. — Marússia e Pólia, venham com a gente. E boca fechada as duas. Volódia, o Iura tem que estar no alojamento à uma.

— Irin, não fala pra Olga Leonídovna — disse Polina, baixinho. — É culpa nossa. A gente que não fez amizade com ela...

— Pois é, no ano passado ela era uma menina bem normal, pra falar a verdade, quando era amiga da Ánietchka... — observou Marússia, já quase inaudível.

— Vamos ver como ela vai se comportar. Macha, se você der mais um pio sobre... — O final da frase de Ira Petróvna se perdeu no silêncio da floresta.

18

A última noite

VOLÓDIA AINDA ESTAVA PARADO, em estupor, encarando a trilha por onde as meninas tinham acabado de sair.

— Ei, tá tudo bem? — perguntou Iurka.

Ele se aproximou e estalou os dedos diante dos olhos do monitor, mas não fez muito barulho, pois a mão ainda estava suada de medo.

Sabia que não podia deixar Volódia surtar, porque isso definitivamente acabaria com a última noite deles.

— Não sei… — Volódia foi voltando ao normal. — Vou ter pesadelo com os gritos da Macha agora, mas… não consigo acreditar que a gente se safou.

— É isso que importa. Ou… você acha que não? Acha que ela vai contar pra Leonídovna?

— A Irina? Não — ele respondeu, confiante. — Se fosse contar, tinha arrastado a gente junto. Ou você tá falando da Macha? — acrescentou ele, com cuidado. — Você acha que a Macha vai contar?

— É, ela me preocupa. Contar pra Ira é uma coisa, mas contar pra Leonídovna e pro diretor é outra, muito mais assustadora.

— Exatamente. Se fosse pra ela contar pra alguém, tinha que ser pra eles. São mais velhos e experientes e sabem que esse tipo de coisa existe. Não são como a Ira.

— Tá… Que seja. Vamos supor que ela conte. E aí? Eu vou acabar como vítima e vão me perguntar se aconteceu mesmo. Aí eu respondo que a Macha tá mentindo. E você e a Ira… e todo mundo vai dizer que a Macha tá mentindo. A Pólia e a Marússia com certeza não iam segurar a língua, fariam fofoca com certeza. E no fim não teria nada contra a gente, ninguém sofreria punição nenhuma.

— É, e também não tem prova do crime.

— Vamos pro salgueiro, então?

Volódia assentiu, acendeu a lanterna e voltou para a trilha que ia por dentro da floresta.

— É melhor ir por aqui pra ninguém mais seguir a gente — explicou ele. — Apesar de que agora acho difícil...

Depois de alguns minutos, quando passavam pelo barranco, o monitor parou e começou a ajustar o despertador no relógio de pulso.

— Você não deixou nada na fogueira?

— A gente não vai voltar pra lá?

— "Voltar, não, isso nem pensar" — respondeu Volódia, com um sorriso, e seguiu em frente.

Esforçando-se para botar os pensamentos em ordem, Iurka caminhava atrás de Volódia em silêncio. Sentia-se culpado, afinal tinha sido ele quem os colocara naquela situação: não tinha pedido permissão de Irina, nem ficado de olho em Macha.

— A Sídorova é uma babaca — constatou o garoto. — Foi ela que mandou a Ira atrás da gente, não pode ser sido outra pessoa. E as meninas do PUM vieram saltitando atrás. Eu achava que ela estava brincando na fogueira e que não tinha percebido quando eu saí e...

— Não precisa se justificar, Iur. A gente já sabe que a Macha daria uma ótima espiã. Aliás, fiquei surpreso quando você defendeu ela. Você é incrível.

Iurka se encolheu.

— Nem sei o que deu em mim. Vai ver que fiquei com pena... Mas o que você acha? A Ira vai delatar a Macha pra Leonídovna? Fazer uma acusação dessas sobre um membro da Komsomol não é brincadeira, né?

Volódia pensou um pouco e então disse:

— Hum, acho difícil. Imagina só onde a Irina estaria se enfiando com uma história dessas. Além do mais, ela é só uma monitora, não é supervisora de nada nem professora, sei lá. E hoje, ainda por cima, é o último dia, amanhã a Irina não vai ser ninguém pra Macha e ninguém vai querer ouvir o que a menina tem a dizer. A Leonídovna não tem por que iniciar uma investigação. — Volódia sorriu. — O Kóniev do ano passado foi mais que suficiente pra ela. Mas por que você tá tão interessado?

— Bom... — Iurka hesitou. — O que a Pólia disse é verdade. A Macha ficaria com má reputação...

— Você se preocupa com ela? — A julgar pelo tom, Volódia estava ainda mais surpreso.

— Bom... — começou Iurka outra vez. — Tanto faz, ainda acho que ela é a encarnação do mal.

— Deixa pra lá, Iur. Ela é só uma menina apaixonada. Por si só, o amor dela não pode ser do mal.

Iurka deu uma risada deprimida.

— Olha só quem fala. É justamente esse tipo de amor que é do mal, e não o outro do qual você falava. A Macha te chantageou, tentou te enganar, e agora ainda armou uma patifaria dessas pra gente.

— Não, Iura — disse Volódia, teimoso. — Ela só não sabe como amar, está desesperada. Temos que lamentar por ela, enten...

— Eu também estou desesperado e não sei como amar! — exclamou Iurka. — Mas não é por isso que eu fico te espionando e tentando fazer alguma coisa de ruim.

— É porque o seu amor é correspondido. Ah, e é bom lembrar, Iur: quem foi que jogou uma maçã em mim um tempinho atrás?

Iurka queria responder, mas não teve tempo de pensar em nada, pois chegaram ao vau.

Foi preciso tirar a calça para atravessar. Mais cedo, Iurka estava de short, então bastava erguê-lo, mas agora, a perspectiva de passar metade da noite com jeans molhados até acima dos joelhos não era nada animadora. A água do rio não estava muito fria, mas suas pernas se cobriram de arrepios assim que se esgueirou até a outra margem. Volódia vestiu logo sua calça esportiva, enquanto Iurka teve que ficar se digladiando com o jeans e, como recompensa, ganhar algumas picadas de mosquito. Depois de calçar o tênis, ele se contorceu com o barulho que seu pé fazia no calçado quando molhado.

No caminho para o salgueiro pela margem oposta, Iurka perguntou:

— O que você disse pra Ira pra ela deixar a gente ficar até a uma?

— Lembrei que tinha dado cobertura pra ela e pro Jênia quando ela me pediu.

— Ah, então você sabe... — disse Iurka, surpreso.

Volódia o olhou de soslaio.

— O Jênia dorme no mesmo quarto que eu, como que eu não ia saber?

— E o que você acha disso?

— Disso o quê?

— Do Jênia ser casado, mas estar saindo com a Ira.

Volódia deu de ombros.

— Ele gosta dela. Não sei como é pros outros, mas pra mim isso tá bem claro. Ontem os dois brigaram pela milionésima vez, e eu fiz papel de telefone sem fio. Ira veio se queixar, me perguntou se estava fazendo a coisa certa.

— Uau! Então quer dizer que você fez o papel de conselheiro? — Iurka deixou escapar uma risadinha.

— É. Por pouco não fui a casamenteira. Mas não por vontade minha, o Jênia que me obrigou.

— E o que você disse pra ela?

— Eu... Eu disse pra ela pensar na própria vida e não ficar olhando pros lados. Quem está em volta sempre vai ter alguma coisa pra dizer e sempre vai querer julgar, mas talvez seja melhor ignorar todo mundo. Se ela está feliz com ele, que fique com ele e pronto.

Iurka até parou de andar.

— Você realmente disse isso pra ela?

Volódia também parou, virou para ele e sorriu.

— Disse.

— E você pensa assim de verdade?

— Penso.

Iurka sentiu algo ferver dentro de si, algo entre a raiva e a dor. A lembrança da conversa na construção ainda estava fresca demais.

— Mas olha só... — disse ele, devagar, já com raiva. — E mesmo assim você se considera um monstro e não pode se permitir ser feliz, né?

— É uma coisa completamente diferente, Iur...

— É a mesma coisa! — gritou Iurka. — Você ficou me falando que não queria me causar nenhum mal, e é exatamente disso que a Ira tem medo, de fazer mal ao Jênia. Você, igual a ela, fica olhando pros lados, pros outros, se considera uma pessoa ruim, porque os outros pensam de outro jeito. Mas não quer me ouvir quando eu tento te convencer do contrário! Por quê?

— Você não entende...

— Eu entendo, sim! Chega de ficar me tratando como se eu fosse criança, você só tem dois anos a mais que eu. Olha como eu mudei, foi você que me mudou. Três semanas atrás, eu tinha medo de chegar perto do piano, mesmo com todo mundo tentando me convencer: minha mãe, meu pai, meus parentes. Tentaram até me obrigar a tocar à força. Mas foi só graças a você que consegui superar os meus medos. E você não consegue superar os seus, mesmo que eu implore que faça isso. Que faça isso por mim! Então não vem me dizer que eu não entendo. Eu entendo perfeitamente do que você tem medo. Eu tenho medo também! Mas consigo superar. — Ele hesitou e engasgou como se tive perdido todo o ardor por um instante. E então, com o olhar baixo, acrescentou num sussurro: — Porque estou apaixonado.

Volódia congelou e olhou para ele, com a boca entreaberta de surpresa. Iurka ficou nervoso por ter colocado tudo pra fora daquele jeito. Era como se tivesse despejado tudo em cima de Volódia rápido demais... Ele sabia que não era a hora nem o lugar para falar sobre aquilo, mas, se não naquele momento, então quando?

Volódia, ao que parecia, não sabia o que responder. Apenas pegou Iurka pela mão e o puxou em direção ao declive para a água e a copa frondosa do salgueiro.

Quando entraram debaixo da cúpula do salgueiro, Volódia tirou a manta da mochila e jogou-a na grama, depois pegou a cápsula, o caderno e um lápis.

— Aqui. Temos que escrever alguma coisa pra gente do futuro, daqui a dez anos — disse ele.

Iurka sentou na manta. Volódia se juntou a ele, tirando o tênis úmido, e Iurka seguiu seu exemplo. Pegou o lápis e o caderno com Volódia e escreveu na última página: "Aja o que houver não se perca de você".

— Ih, tem uns errinhos aí, Iur — resmungou Volódia. — "Haja" é com H, e faltou uma vírgula depois do "houver".

Iurka olhou para ele com reprovação. Culpado, Volódia acrescentou:

— Mas não importa! Não, não precisa corrigir, é melhor assim. Dá pra ver como Iurka Kóniev, o jovem encrenqueiro, escrevia. —

Pelo tom de voz, dava para notar que o monitor estava achando engraçado. — Você vai lembrar dele daqui a dez anos... Agora é minha vez. Passa pra cá.

Volódia pegou o caderno com uma das mãos e se debruçou sobre ele, depois, com a outra, traçou com uma caligrafia miúda e regular: "Haja o que houver, não se perca de você...". De repente, a mão dele tremeu. Iurka, sem pensar que o gesto ofuscaria os olhos, virou a lanterna direto para o rosto de Volódia. O monitor desviou o rosto na hora, mas Iurka percebeu que seus olhos estavam cheios de lágrimas.

— Volod, não precisa chorar, senão eu também vou...

Sem deixar que ele terminasse, Volódia o agarrou pelos ombros e o abraçou. Afundando o rosto no pescoço de Iurka, balbuciou algumas palavras ininteligíveis.

Se aquilo se prolongasse por mais um minuto que fosse, Iurka também ia desabar: impotente e triste, tinha vontade de chorar, de gritar. Mas Volódia logo se recompôs e disse:

— É verdade, não tem motivo pra isso agora. Tudo pode esperar.

Ele voltou a pegar o caderno e continuou a escrever. Iurka o iluminava com a lanterna e fungava.

"Continuar a ser como éramos em 1986. Volódia: se formar no instituto com louvor e ir morar nos Estados Unidos. Iura: entrar no conservatório e se tornar pianista."

— Pronto. O que mais vamos colocar na cápsula do tempo? — perguntou Volódia, ao terminar.

Iurka tirou do bolso do jeans uma folha de papel molhada, a partitura que ele tinha copiado para ficar estudando.

— Aqui, a "Cantiga de ninar", é a coisa mais valiosa pra mim dessa temporada — disse, e colocou a partitura na cápsula.

Volódia depositou seu caderno, enrolando-o em forma de tubo. Naquelas páginas, estavam as correções do roteiro com todas as marcações, anotações pessoais e desejos para o futuro.

— Tem mais uma coisinha — disse Iurka, remexendo os bolsos. — Aqui. Acho que temos que colocar isso também.

Iurka pegou o lírio branco que Volódia dera de presente para ele. A flor estava ligeiramente amassada e esmigalhada em alguns pontos. O monitor assentiu e a depositou cuidadosamente em cima do caderno.

— Acabou? — perguntou ele, baixinho.

Iurka pensou por um instante e se perguntou se realmente havia acabado. Talvez tivesse mais alguma coisa que deveriam deixar guardada.

Ele sacudiu a cabeça.

— Não, tem mais uma coisa.

Iurka agarrou o lenço de pioneiro torto no pescoço e começou a desamarrá-lo. Mas suas mãos tremiam e, em vez de afrouxar o nó, só o apertava.

Volódia, em silêncio, se aproximou e começou a ajudar. Iurka disse, triste:

— Olha que ironia: quando entrei pros pioneiros, foi um membro da Komsomol que amarrou meu lenço. Agora outro Komsomol tá desamarrando.

Um vento gelado roçou seu pescoço descoberto, fazendo Iurka se encolher. Volódia entendeu a reação de Iurka errado.

— Tem certeza que quer colocar na cápsula?

— Tenho.

— Mas o lenço custa só cinquenta e cinco copeques e nós combinamos de só colocar na cápsula coisas de muito valor — debochou Volódia.

— Ele custava isso antes, agora não custa mais.

Volódia sorriu.

— Era só o que faltava! E quanto custa agora o seu lenço de pioneiro? — perguntou ele, imitando a pergunta capciosa que os monitores faziam aos pioneiros ao final da temporada.

— Tem um valor inestimável. — Mas, ao ver o sorriso sarcástico de Volódia, Iurka foi mais exato: — E não é porque ele é parte da "nossa rubra bandeira", é porque é uma parte da minha infância.

— Me ajuda? — perguntou Volódia.

O monitor pegou a mão de Iurka e a levou para o próprio lenço, engomado, bem amarrado e aquecido pelo calor do seu corpo. Quando ambos os lenços estavam desatados, Volódia amarrou um ao outro pelas pontas. Iurka ficou em silêncio. Com os olhos fixos naquele nó firme, pressentia que Volódia colocara naquele gesto algum significado oculto, íntimo, mas não achou necessário perguntar o que era.

Volódia suspirou, enfiou os lenços na cápsula, fechou-a e disse:

— Parece que você amadureceu mesmo, Iura.

A terra estava úmida e macia depois da chuva, então foi rápido abrir um buraco, mesmo com a pazinha de criança. Iurka observou como os punhados de terra cobriam a tampa metálica e quadrada da cápsula depositada ali. Tarde demais, ele lembrou que o PUM, Mikha e Vanka tinham escrito seus endereços e mensagens pra ele no lenço. Mas esse pensamento desapareceu tão rápido quanto surgiu, não tinha importância alguma naquele momento. Muito mais importante era Volódia, que marcava no tronco do salgueiro, com um canivete, o lugar exato onde estava enterrada a cápsula. Iurka apontou a lanterna e viu surgir, no círculo de luz, uma pequena inscrição: "I + V".

Olhar para aquelas letras doía, pois faltavam apenas algumas horas para que ele e Volódia permanecessem juntos apenas ali, naquele tronco de árvore. Na realidade, iam se separar e tomar caminhos opostos, para cidades diferentes, a uma distância de milhares de quilômetros.

Iurka parou de se importar com o que Volódia pensava de si mesmo e do que sentia medo. Tinha que abraçá-lo naquele instante. E abraçou: apertado, sem intenção de soltar, mesmo que o monitor tentasse se desvencilhar. Mas Volódia não o afastou. Ao contrário, foi como se ele estivesse só esperando pelo gesto. O monitor o abraçou em resposta e disse, com a voz embargada:

— Iur... eu vou sentir muita saudade.

Iurka queria pedir que ele não dissesse nada, apenas para não ter que enfrentar aquelas palavras tão dolorosas e tristes.

Por que não podiam ficar ali, sob o salgueiro, para sempre? Por que ele não podia ficar abraçado para sempre com Volódia, respirar seu cheiro tão especial e nunca, nunca mais se afastar?

Volódia amassava a ponta da camiseta de Iurka enquanto o abraçava. Fazendo carinho nas costas do garoto com as mãos tépidas, o monitor expirou no pescoço dele, e Iurka se retorceu de cócegas. Depois, Volódia aproximou os lábios e beijou a entradinha atrás do lóbulo da orelha. Iurka estremeceu e se afastou. Lembrou que Volódia dissera que não queria toques e carícias, mas, naquele momento, era ele quem havia começado...

Ele tirou as mãos de Volódia de si, endireitou-se na manta, abraçou os joelhos e apoiou o queixo neles.

— Iur, algum problema? — Volódia se aproximou. — O que eu fiz?

— Nada. — Ele balançou a cabeça. — É só que... A gente tem tão pouco tempo junto, e eu nem sei o que posso fazer. Você proíbe tudo.

Volódia chegou mais perto ainda, passou o braço pelos ombros de Iurka e o trouxe para si.

— O que você quer fazer? — sussurrou ele.

Iurka virou a cabeça de forma que a ponta do nariz tocou o de Volódia.

— Te beijar. Posso?

— Pode.

Volódia encurtou a distância entre os dois e deu um beijo terno e cálido nos lábios de Iuka. O garoto fechou os olhos, encontrou a outra mão de Volódia, segurou-a e entrelaçou os dedos. Sentiu como se bastasse soltar a mão dele para que aquele beijo e tudo mais chegasse ao fim: os sentimentos desapareceriam, o coração viraria pedra, o ar ficaria pesado e o próprio mundo acabaria.

Mas o beijo não acabava. Volódia entreabriu os lábios, e tudo ficou úmido e suave. Iurka também abriu os dele, e soltou um suspiro — queria sorrir. Estava tão gostoso que todos os pensamentos tristes desapareceram num instante. O barulho das águas do rio, o murmúrio do vento nas folhas e até o bater ruidoso de seu coração, tudo silenciou, deixou de existir. Restava apenas aquele beijo, um beijo de verdade, de girar a cabeça, e o desejo intenso de que ele nunca se acabasse.

Iurka não entendeu como acabou deitado na manta, de lado. Só soube que o beijo tinha acabado porque um vento frio percorreu seus lábios úmidos. Abriu os olhos. Volódia estava deitado com ele, envolvendo-o com o braço e olhando para seu rosto: para suas bochechas, seus lábios, seus olhos. Iurka pensou que havia pegado no sono por muito tempo, mas não, haviam se passado apenas alguns minutos. Tinha esquecido de si porque tudo ali estava muito gostoso. Queria mais.

Volódia virou de barriga para cima, olhou para o céu, e Iurka observou a luz pálida do luar traçar uma linha fina e prateada no perfil dele. Aproximou-se um pouco. Volódia não se mexeu, apenas soltou um suspiro profundo. Depois, Iurka se aproximou um pouco mais até encostar, bem coladinho, na cintura dele. Queria pedir permissão para um abraço, mas na mesma hora repensou. Assim que chegasse o dia seguinte, sabia que ia lamentar não ter abraçado Volódia e que seria tarde demais. Então a vergonha que se danasse.

Ele apoiou a cabeça no ombro de Volódia e a mão em seu peito, abrindo e fechando os dedos com hesitação. Volódia estremeceu.

— Iura, você tá perto demais.

— Perto demais do quê?

— De mim. — Ele cobriu a mão de Iurka com a sua, como se fosse tirá-la, mas pensou melhor e a apertou. — Eu gosto muito quando você... A gente teve quase um mês juntos e parece que não teve tempo pra nada. Nunca ficamos deitadinhos assim.

— Você não ia deixar. Mas a gente ainda tem hoje.

Volódia virou um pouco a cabeça e enterrou o nariz nos cabelos de Iurka. Inspirou o aroma. Soltou a mão, passou os dedos pelo pescoço dele, pela orelha. Iurka estremeceu de prazer.

— Você gosta muito de carinho. Parece até que é eletromagnético: é só encostar que levanta faísca — sussurrou ele, depois respirou fundo. — Eu sou assim também.

Iurka também tinha vontade de tocar nele. E, ainda que soubesse que Volódia ia se opor, ergueu a camisa dele, decidido, e com os dedos trêmulos tocou sua barriga. Volódia se retraiu e mordeu os lábios.

— Não precisa, Iur... — protestou, sem muita convicção, e sem tirar a mão de Iurka.

A pele de Volódia era suave e quente. Iurka palpitava por dentro, fazendo carinho com cuidado com a ponta dos dedos.

— Parece que você tem medo de mim — disse ele, com um risinho.

Volódia balançou a cabeça.

— Tenho medo de mim mesmo. Você estava errado quando disse que não posso superar meus medos e mudar. Na verdade, é muito difícil me controlar pra não fazer coisas que... coisas de que eu posso me arrepender depois.

— E por que você tem tanta certeza de que vai se arrepender?

— Porque elas vão te fazer mal.

— Você parece um disco arranhado. De novo isso? — Iurka sentou e, olhando para ele de cima a baixo, disse: — A gente só tem uma hora pra ficar junto, e você continua achando que pode me fazer mal. Mas eu já estou mal agora! Parece que daqui a pouquinho vou perder tudo: você, eu mesmo... — Ele tomou fôlego. — Volódia, já que você tá aqui, seja do jeito que você *quer* ser, pelo menos hoje. Pra mim. Quero lembrar de você assim: especial, o melhor, o primeiro. E quero ser assim pra você também.

Volódia o encarou confuso, com a boca entreaberta. Ele se ergueu num cotovelo e também sentou.

— Iur... tchka... Hum... — Ele pigarreou. — Eu só penso em coisa errada, sou...

— É a coisa certa, droga! — interrompeu Iurka. — Volódia, já deixei muita coisa no Andorinha...

— Eu entend...

— Mas eu quero deixar tudo aqui.

Volódia encarou o chão, mas depois de um minuto de silêncio voltou o olhar assustado para Iurka.

— Iur, mas isso é pra sempre. Não dá pra esquecer, não dá pra mudar.

— Mudar pra quê? Esquecer pra quê? E ter medo de quê? Ninguém vai ficar sabendo. Só eu e você vamos saber: e pra gente é tudo de verdade. Mesmo daqui a vinte anos, vamos ter certeza de que foi de verdade.

— Mais um segredo em comum?

— Mais um, não, o único. Grande e importante.

Volódia ficou calado por um minuto: esquadrinhou Iurka atentamente, o rosto e os olhos, como se tentasse encontrar neles alguma dúvida. Mas Iurka devolvia o olhar teimoso e decidido.

— Tem certeza mesmo, Iurka? Eu... Pra mim... Olha, você pode dizer pra parar a qualquer momento e eu paro.

— Tá.

— Não é assim. Você tem que prometer que se ficar em dúvida por um segundo que seja, vai me dizer.

— Prometo.

— Fecha os olhos.

Iurka fechou. Ficou quieto à espera de que Volódia encostasse nele, mas, ao contrário, ele recuou. Mexia na mochila. Iurka, com medo de desfazer a decisão de Volódia, que havia conquistado a tanto custo, estava paralisado, mal respirava. Volódia se aproximou, tocou de leve sua mão e beijou seu pescoço com carinho, quase sem encostar os lábios. Outra vez fez cócegas.

— Vai doer? — Iurka deixou escapar de repente.

Volódia suspirou.

— Em você, não. Eu disse que nunca ia te humilhar.

— Me humilhar?! — rebateu Iurka. — Como você consegue falar uma coisa dessas? Eu te amo, estou pronto pra tudo! Posso te beijar inteiro, da cabeça aos pés!

Volódia riu.

— Não quer? — Iurka ficou um pouco confuso, mas não queria abrir os olhos, então não conseguia nem imaginar a reação dele. — Posso fazer alguma outra coisa. Faço qualquer coisa que você quiser, só… não sei como… você me fala?

— Iúrotchka. — Dava pra ouvir um sorriso nas palavras dele. Volódia fez carinho em sua bochecha e beijou seu nariz. — Que tal a nossa próxima vez ser assim cheia de paixão? Por enquanto, só senta. E me ajuda um pouco.

Volódia voltou a remexer na mochila e, quando terminou, virou para Iurka e sussurrou:

— Posso te beijar de novo?

— Não precisa pedir permissão, Volod.

— Tá…

E então cravou os lábios nos lábios de Iurka; dessa vez, não era um beijo terno e demorado, como alguns minutos antes, e sim tenaz e rápido.

Volódia estava muito perto e não se afastava, pelo contrário, tentava se aproximar mais e mais. Iurka o abraçou, desajeitado. De repente, a camisa do monitor se ergueu nas costas, mas Iurka não tentou baixá-la, apenas levou as mãos corajosamente até suas escápulas. Volódia fervia. Colocando a ponta do nariz na covinha da clavícula dele, Iurka aspirou em êxtase seu cheiro. Tomou coragem para beijar um pedacinho de pele ali. Volódia estremeceu e sua respiração falhou. Iurka sentiu que o monitor agarrava seus cabelos.

— Volod, espera. — Iurka abriu os olhos e olhou para ele de baixo para cima. Estendeu a mão e, sem pedir permissão, tirou os óculos dele e colocou-os na grama ao lado da manta. Volódia apertou os olhos de um jeito engraçado. — Você parece tão indefeso sem eles...

— É você que me deixa indefeso. — Volódia voltou a beijá-lo e apagou a lanterna.

Depois de alguns minutos, Iurka tinha esquecido quem era e onde estava. Não conseguia entender o que sentia. Era, ao mesmo tempo, agradável e estranho, absolutamente insólito e totalmente diferente de tudo que ele já havia experimentado. Sabia que podia pedir para parar, mas não queria. Não queria parar, nem tinha forças para falar.

Volódia o beijava. Iurka sentia calor, mas, ao mesmo tempo, seus pés e tornozelos descalços se cobriam de arrepios por conta do frio que vinha do rio.

Sentia-se voar e cair. Como era fácil voar com Volódia até aquelas alturas, onde a ausência de oxigênio fazia a cabeça rodar. E era igualmente fácil cair com ele na areia em brasa ou na água fervendo e se afogar. Iurka era comprimido, sufocado e então liberado, parecia que, a qualquer momento, ia se desfazer em pedaços. Seu coração retumbava tão alto que não conseguia ouvir mais nada. E Iurka queria ouvir a respiração de Volódia, queria saber se aquilo tudo era novo para ele também. Se também estava achando gostoso, sufocante e quente demais. Queria saber o que ele próprio podia fazer. O que devia fazer? Queria se mover, mas tinha medo de estragar tudo, de fazer alguma coisa que errada. Tomou coragem de segurar os joelhos de Volódia o mais forte possível. Depois se perdeu por completo nas próprias sensações, esqueceu como respirar e conseguia ouvir apenas o próprio coração. Quando todas essas sensações se tornaram insuportáveis, ele sussurrou com ardor:

— Para, espera um pouco... — Mas foi tão baixo que, pelo jeito, Volódia não ouviu.

De repente, veio o alívio. Iurka entendeu que não precisava ter pedido para parar.

Volódia relaxou, e Iurka o abraçou e pressionou a testa contra seu ombro, ouvindo sua respiração ofegante. Volódia quis se afastar, mas Iurka o abraçou ainda mais forte.

— Não. Vamos ficar assim mais um pouquinho?

Volódia obedeceu. Ele apertou ainda mais o abraço quente e deu um beijinho na orelha de Iurka — que outra vez sentiu cócegas, mas foi gostoso.

Ficaram sentados abraçados por um tempo, sem se mover e em silêncio, até que começaram a congelar de frio. Volódia se afastou e virou de costas. Embora estivesse escuro e não desse pra ver nada direito, Iurka ficou com vergonha. Sentia as bochechas queimarem, com certeza deviam estar vermelhas.

Volódia ajeitou a camisa.

— Tudo bem? — perguntou Iurka, com a voz trêmula.

— Sujou um pouquinho. — Volódia se virou.

Um feixe pálido de luar atravessou as folhas finas do salgueiro e recaiu em seu rosto. Extraordinariamente encantador, entregue e sem jeito, ele esfregava a camisa e sorria, vermelho.

— Podia ser a vida toda assim, né? — perguntou Volódia, em voz baixa.

Iurka assentiu.

— Você disse "da próxima vez". Quando?

— Quando a gente se encontrar. Vou te visitar, e você vai me visitar. Por bastante tempo, um verão inteiro.

O coração de Iurka quase explodiu de esperança: Volódia tinha dito aquilo tão convicto, sem a menor sombra de dúvida.

— Vai ser tão bom! — exclamou Iurka, animado. — Vou tocar piano pra você acordar todo dia, e você vai perder eternamente os óculos.

— Mas eu estou sempre com eles e faz tempo que não perco. — Volódia olhou para os lados, apertando os olhos. Encontrou os óculos na grama, pegou-os, e encaixou no nariz. Observou, aliviado: — Por pouco não quebraram.

— E faz tempo que eu não toco — emendou Iurka.

— Mas você vai mesmo? — perguntou Volódia, abraçando-o do jeito mais terno que já o havia abraçado.

As mãos do monitor pousaram sobre os ombros de Iurka, acariciando e às vezes descendo um pouco para apertar o antebraço.

— Até parece. Você não ia aguentar três dias, quanto mais um verão inteiro. Não faz nem ideia do suplício que é morar no mesmo apartamento que um músico. É música o tempo todo, todinho. E não são peças bonitas e bem-acabadas, não, é repetição, é erro, às vezes sempre a mesma parte ou até a mesma nota. E bem alto, pra casa inteira ouvir. Não, você nem imagina que inferno que é.

Volódia sorriu e, de repente, tirou os óculos de novo. Colocou-os nos joelhos de Iurka e, enfiando o rosto no cabelo dele, sussurrou em seu ouvido:

— Ai, parece que perdi meus óculos. Você não imagina o inferno que é viver com alguém que tá sempre perdendo os óculos.

Outra vez calor por causa da respiração de Volódia.

— Eu vou procurar pra você.

— E eu vou amar a sua música.

— E eu vou amar você...

O toque do despertador arrancou os dois das fantasias, onde viviam sob o mesmo teto, acordavam juntos todas as manhãs, tomavam café, conversavam, assistiam televisão, passeavam e passavam o tempo todo juntos.

— Quanto tempo a gente tem?

— Um pouco — disse Volódia, e ajustou o despertador outra vez.

Na verdade, muito pouco. Ficaram sentados lado a lado, em completo silêncio, sem fazer nada, só aproveitando os últimos momentos juntos. Por mais que Iurka quisesse que esse pouco tempo se prolongasse, passou voando.

E então o alarme soou, machucando os ouvidos de Iurka. Não apenas os ouvidos, mas o coração também. E o de Volódia, caso contrário não teria dito, com lágrimas na voz:

— A gente veio aqui se despedir.

Também não teria levantado, nem estendido a mão para Iurka.

Iurka não queria segurá-la, mas segurou. Levantou.

Ficaram de pé, descalços na grama gelada, um de frente para o outro. Iurka estava congelado, amolecido, como que privado completamente de vontade, emoção e pensamento. O rio rumorejava. Volódia acariciava a bochecha dele com uma das mãos, e com a outra apertava com força seus dedos.

Se desse para ver os olhos dele na escuridão..., pensou Iurka e, como se atendendo àquele desejo, a lua saiu detrás das nuvens. Mas não ficou mais claro. O brilho da meia-lua apenas definiu os contornos do rosto amado. Iurka ficou tenso: tinha que lembrar de tudo, das imagens, dos sons e dos cheiros, tinha que lembrar melhor do que do próprio nome. Por muitos dias e até por anos, aquele momento seria, para ele, mais importante do que o próprio nome.

Iurka prendeu Volódia num abraço, agarrou-o, apertou-o, criou raízes. Volódia o abraçava de volta.

— Adeus, Iúrotchka, adeus — sussurrava Volódia, com os lábios cálidos.

E tudo que aconteceu a seguir perdeu a nitidez e a importância.

Iurka não sabia, não percebeu quantas horas tinham passado, onde estava e o que fazia, não tinha consciência de si próprio. Ficou por inteiro lá, debaixo do salgueiro, naquela última e inesquecível noite, abraçando Volódia, sentindo e respirando seu calor.

Mas a última memória que restou não foi o som da voz dele, nem as palavras de adeus, nem o farfalhar das folhas do salgueiro. A última memória foi o que ele viu através da janela do ônibus, indo embora: o acenar de Volódia e, atrás dele, o sol, o verão, o acampamento e as bandeiras vermelhas ondulantes.

19

"Amigo" por correspondência

NÃO ERA O MELHOR MOMENTO para ir até lá — a chuva já caía havia uma semana, e Iura sabia, pela previsão, que ainda choveria outra semana inteira. Mas não havia escolha: a turnê estava acabando, as passagens de avião estavam na carteira, eram para o dia seguinte, de volta à Alemanha. Assim, não haveria outra oportunidade de visitar o Andorinha.

Molhado por causa da garoa incessante e com frio, Iura olhava para as esculturas cobertas de musgo, para a pista de atletismo em ruínas e para a parede desmoronada do refeitório. De repente, as nuvens se adensaram, a escuridão caiu sobre o acampamento, como se o sol tivesse se posto no horizonte. Mas não era isso, afinal seis da tarde em setembro era ainda muito cedo para o pôr do sol. E tarde demais para recordações. Iura balançou a cabeça. *Chega de perder tempo. Preciso fazer o que vim fazer. Buscar o que vim buscar*, pensou.

Ele se embrenhou pela grama alta e úmida e voltou para o caminho que levava à prainha. Parte da trilha havia sido pavimentada com grandes lajes cinzentas, mas, assim que Iura passou pelos alojamentos das crianças, o caminho se estreitou, se encheu de areia e começou a descer depois de uma curva fechada.

Ao observar os quadrados cimentados com rachaduras através das quais cresciam graminhas e dentes-de-leão, Iura lembrou dos jornais que Volódia havia disposto no chão do prédio em construção. Na época, Iurka havia pensado: *Imagina se aqui tivesse jornais do futuro. Não muito distante, 1987, por exemplo... Ou então daqui a cinco anos, daqui a dez. Ou daqui a vinte?*

Ele sorriu com tristeza. Agora sabia.

O ano de 1986 havia passado como que em meio à neblina. O começo havia sido insuportavelmente triste. De volta a Khárkov, era como se Iurka tivesse caído em um mundo completamente estranho e desconhecido. Parecia que tudo ao redor era um sonho ruim e que, para voltar ao Andorinha, bastava acordar. Mas não importava o quanto se beliscasse ou o quanto tentasse se enganar, a realidade era aquela: ele estava de volta à cidade abafada, morando entre as quatro paredes do apartamento antigo. A única coisa que havia restado daquele mês de junho, durante o qual fora tão feliz, era uma fotografia no tapete pendurado acima da cama, as recordações e as cartas de Volódia.

A primeira começava assim:

Quando cheguei no meu quarto e comecei a desfazer a mala, me pareceu completamente absurdo que não tivesse nenhuma lembrança do Andorinha. E é verdade, Iur, a gente colocou tudo na cápsula, menos as fotografias da tropa. Olga Leonídovna trouxe pra mim e pra Lena, para entregarmos às crianças, mas só quando o ônibus já estava saindo. Você rolaria de rir se tivesse visto a Leonídovna correndo atrás da gente — o motorista não a viu e deu pé na tábua. Imagina. Imaginou? Consigo até sentir você sorrindo. Espero que tenha recebido sua foto.

Envio uma foto da tropa cinco. Me manda uma da tropa um em troca. Se a tropa estiver completa, lógico.

Iurka mandou a foto da sua tropa e deu um jeito de pendurar a da tropa cinco no tapete da cabeceira. Tinha decidido que a fotografia devia ficar ali porque as janelas do quarto davam para o leste e os primeiros raios de sol incidiam exatamente naquele ponto.

Na fotografia, Volódia dava um sorriso forçado e parecia tenso e concentrado. De um lado do monitor estava Oliéjka e do outro, Sachka. As crianças também estavam tensas — todos engomados, limpos e penteados. Atrás deles, a estátua de Zina Portnova se elevava e, mais acima, o céu límpido se estendia. Todas as manhãs, ao olhar a foto, Iurka pensava que a imagem retratada ali não era verdadeira. Que não era o verdadeiro Volódia. Afinal de contas, só Iurka sabia o que ele escondia atrás daquele sorriso e dos aros dos óculos.

Iurka só suportou os primeiros meses graças às cartas. Sim, tentava com todas as forças esconder a saudade: sorria para os pais, às vezes dava umas voltas com os meninos do prédio, comia, bebia, visitava a avó e ajudava a mãe em casa e o pai na garagem. Mas, em pensamento, voltava constantemente ao Andorinha, e eram as cartas que marcavam a passagem do tempo. Nelas, Iurka tinha a confirmação de que Volódia existia, de que o monitor não o havia esquecido e de que, provavelmente, o amava. Mas estavam separados por milhares de quilômetros. Era tão injusto. Iurka sempre considerara que o amor era capaz de vencer qualquer coisa, mas a verdade era que a distância não se subjugava ao amor.

Foi apenas no inverno que as coisas ficaram ligeiramente mais fáceis. Iurka se acalmou e a saudade arrefeceu, como se o primeiro vento gelado tivesse esfriado um pouco seu coração.

Ao pisar na próxima laje, Iurka avançou de 1986 para o ano seguinte.

Como se fosse um jornal, a laje datava de 1987 e estava quase nova, inteira, sem nenhuma graminha ou rachadura. Naquele ano, a relação deles continuava pura e intacta, ainda que os dois sentissem saudade um do outro havia mais de seis meses, estivessem em cidades diferentes e continuassem a se reconfortar com a única coisa que havia restado: as cartas.

Volódia escrevia com frequência e a respeito de tudo. No começo, os pais de Iurka ficaram surpresos: que cartas eram aquelas? Por que chegavam tantas? Iurka, é claro, contou que eram do seu amigo por correspondência, que havia conhecido no Andorinha e que morava em Moscou, por isso os dois só podiam manter a amizade assim.

Se alguém lesse as cartas, pensaria que se tratavam apenas de amigos, pois os dois formulavam os pensamentos de tal forma que ninguém suspeitaria de nada.

Iurka aprendeu a ler Volódia nas entrelinhas, sabia que uma frase banal escondia uma menção ao passado em comum e ao presente íntimo. Mesmo sem vê-lo, podia imaginar os gestos de Volódia, adivinhar seu estado de espírito pelas letras, pela caligrafia, pelos borrões e pelas marcas dos dedos no papel. Sabia em quais palavras ele franzia o cenho e em quais ajeitava os óculos de repente com o dedo. Imaginava-o no quarto, sentado à escrivaninha de frente para a janela. Imaginava-o nas aulas, prestando atenção nos professores e conversando com os colegas. Só não fazia ideia do que conversavam. Volódia escrevia pouco a respeito dessas conversas — mantinha segredo, tinha medo de dizer algo pessoal. Mesmo que, naquele momento, fosse permitido falar de muita coisa.

Gorbatchóv inaugurou as concepções de "glasnost" e "democratização" em fevereiro de 1986, no 27º Congresso do Partido Comunista. Mas Iurka só entendeu e sentiu de verdade a "perestroika" — que trouxe consigo a "glasnost" e a "nova mentalidade" — em 1987.

Essas palavras estavam em toda parte: nas ruas, na televisão e nas casas. Os bolcheviques progressistas se esforçavam em "perestroikizar", ou seja, "reestruturar" as coisas, embora muitos cidadãos soviéticos não acreditassem nisso e alguns tivessem até medo. Mas quem deu ampla voz a essas mudanças não foram os adultos, e sim as crianças. Suas exigências reverberavam e se espalhavam por todo o país. Era inimaginável. Os pioneiros criticavam os adultos, boicotavam as decisões do conselho e se perguntavam se a existência dos pioneiros era mesmo necessária. Para Iurka, que já não era pioneiro havia anos, aquilo dizia pouco à primeira vista, mas um pressentimento foi tomando força: se estavam permitindo que as crianças questionassem, então logo, logo alguma coisa iria mudar. E, de fato, mudou.

O ano de 1987 trouxe a liberação dos negócios e a criação das cooperativas. O déficit de mercadorias da URSS recrudesceu, mas surgiram produtos estrangeiros e as feiras começaram a aumentar. As meninas passavam de mão em mão a revista *Burda Style*, impressa em russo na Alemanha, que surgira havia pouco tempo na União e era difícil de encontrar. Os jovens desfilavam por aí com calças estilo *baggy*, brilhantes e coloridas, além de jaquetas com broches e rebites. Já Iurka arranjara uns jeans Pyramid, com a etiqueta de camelo no bolso de trás, e se orgulhava muito disso. Mas nada o deixara mais feliz do que a foto do Andorinha que a mãe trouxera do trabalho. Era aquela mesma tirada por Pal Sánytch depois do espetáculo. Iurka a tirou da moldura e ficou horas revirando-a nas mãos, examinando o rosto de cada integrante da trupe, de pé no teatro diante do palco. Entretanto, o que mais lhe agradava, lógico, era ver Volódia, que o abraçava pelos ombros.

Além da organização oficial da juventude, a Komsomol, surgiram outras, nada oficiais: roqueiros, que vagavam à noite pelas cidades, metaleiros e punks (alguns mais agressivos), e uma nova geração de hippies tranquilões, vestidos com jeans surrados e cheios de pulseirinhas. Volódia, em uma das cartas, escrevera sobre uns caras da cidade de Liuberets, nos arredores de Moscou, que tinham porte atlético e aparentavam ser respeitáveis. Só que queriam "livrar" a capital dos "esquisitões" e de todos aqueles que, na opinião deles, desonravam o modo "correto" de levar a vida (ou seja, o deles). Os liúberes — era assim que se chamavam esses caras — espancavam os outros, arrancavam suas roupas cheias de penduricalhos e cortavam suas "crinas".

Para tranquilizar Iurka, Volódia ressaltou: "Eles não me importunam". Iurka soltou um risinho e pensou que não era nenhuma surpresa.

Em Khárkov não havia liúberes. Iurka, mesmo que não se considerasse nem "esquisitão" nem "formal", entrou na onda e deixou o cabelo crescer até o ombro. Parou de andar tanto com os meninos do prédio e voltou a ser mais caseiro. Assistia, toda sexta-feira, ao Vzgliad, um programa novo de televisão que misturava jornalismo e entretenimento, e escrevia três vezes por semana para Volódia, que respondia na mesma frequência.

A caligrafia de Volódia dizia muito a Iurka. Geralmente, era miúda e caprichada. Quando Volódia estava nervoso, as letras ficavam inclinadas, as pernas do "j", do "g" e do "z" ficavam compridas e estreitas como risquinhos. Quando estava bravo, Volódia apertava tanto a caneta que deixava o papel marcado. Mas uma das cartas chegou com a mais perfeita das caligrafias. Iurka notou de cara e pediu para que nunca mais passasse as cartas a limpo, que as mandasse como tinham que ser, com marcas, borrões e até manchas. "São mais sinceras", escreveu, "e têm mais vida."

Os dois logo desenvolveram o hábito de pintar os cantinhos do envelope para que, só de olhar na caixa do correio, já reconhecessem as cartas um do outro. Quem começou foi Iurka. Uma vez, decidiu escrever no envelope algo bem infantil, "Espero as respostas que virão, como o rouxinol aguarda o verão", e começou a fazer o "E" no canto superior esquerdo do envelope, mas pensou melhor, ficou com vergonha e rabiscou por cima. Em resposta, recebeu um envelope marcado da mesma forma.

Foi assim que os dois atravessaram todo o ano de 1987. Iurka se preparava, um pouco sem vontade, para o próximo semestre no colégio em que ingressara, torcendo para não ser chamado para o exército e poder pedir permissão para visitar Volódia. Mas ele tinha escrito, ainda no ano anterior: "Não vou te visitar e nem te convidar para vir aqui até você entrar no conservatório". E, dessa vez, em resposta ao pedido de Iurka, Volódia recordou o que já dissera.

Iurka andara rodeando o piano, cheio de dúvidas, mas a cada dia que passava, tinha mais vontade de continuar sua formação. O ultimato de Volódia foi a gota d'água, e Iurka obedeceu e começou a estudar. Foi um pouco assustador; ele se censurava por ter abandonado o piano. Assim que tirou a bagunça de cima do instrumento, colocou a foto do Andorinha sobre a tampa e sentou para tocar, começou a se xingar por ter ignorado a mãe, o pai e todo mundo que tentou convencê-lo a retomar os estudos enquanto suas mãos não esqueciam como tocar.

Entendeu logo que não conseguiria se preparar para entrar no conservatório sozinho. Falou sobre isso com os pais, e o pai contratou um professor particular. Calhou de ser o professor mais malvado e odiado por Iurka da escola de música. Ele teve que se esforçar muito para entender que Serguei Stepánovitch ralhava com ele porque, de fato, não era indiferente ao futuro e ao talento do aluno. E o homem era mesmo muito bom em ralhar! Estava sempre lembrando da preguiça e da presunção que Iurka demonstrava nos tempos da escola. Dizia que ele tinha pouca experiência para ficar improvisando, que mal tinha aprendido o beabá. Ao ouvi-lo tocar, deu o veredito de que não estava nem mediano, mas "abaixo da média". Mas tranquilizou a mãe de Iurka ao dizer que o rapaz tinha talento. E recomendou a Iurka que, para evoluir, tinha que parar de querer aparecer e começar a dar ouvidos a quem tinha mais experiência.

Iurka contou tudo a Volódia, que o elogiou secamente. Em geral, Volódia escrevia de modo direto, para não dizer indiferente — tinha medo de que alguém lesse as cartas. Sempre acrescentava um pós-escrito onde pedia veladamente que não mencionasse de modo claro o que tinha acontecido entre eles e era muito contido em relação às próprias emoções. Mas, às vezes, apesar de todo aquele esforço, as emoções transbordavam. E eram justamente esses raros momentos que ficavam marcados na memória de Iurka.

Às vezes sinto tanta saudade do Andorinha que quase subo pelas pare-
des. Não lembro de nada específico, mas do verão como um todo. Essas
lembranças são um pouco enevoadas. Lembro dos acontecimentos, mas não
dos rostos, das vozes.

Exceto aquela noite que a gente esculpiu uma coisa, disso lembro em
detalhes. Iura, como você está? Está tudo em ordem? E a saúde? Está
dormindo bem? Tem amigos? Apareceu alguma namorada? Você não me
escreve nada sobre isso.

Nas respostas, eles nunca contextualizavam as respostas. Se, para
assuntos mais corriqueiros, escreviam algo do tipo "Você me perguntou por que não toquei até agora. Digo que...", para certas perguntas
haviam criado uma regra especial: responder e perguntar apenas no
último parágrafo. A pergunta de Volódia sobre a situação de Iurka vinha no último parágrafo, então ele respondeu também no último, de
modo curto, mas absolutamente compreensível para Volódia:

Esses dias estava passando na televisão uma reprise daquele programa Le-
ningrad-Boston, que saiu quando a gente estava no Andorinha. E aí a re-
presentante soviética respondeu o seguinte para a americana que queria saber
se na URSS existiam programas sobre sexo: "Não existe sexo na União
Soviética. E nós somos categoricamente contra isso". Você ouviu essa? Que
piada. Os caras do meu prédio — aliás, eu encontro com eles uma vez a cada
cem anos, continuam a mesma coisa — ficam repetindo o tempo inteiro, com
ou sem motivo: "Não existe sexo na União Soviética". Enche um pouco o
saco, sabe?

Iurka não mentia. Mesmo sabendo, sem precisar de televisão nem
revistas, que aquilo era mentira, não fez nada nem em 1986, nem no
ano seguinte.

Iura deu mais um passo. Mais uma laje sob suas botas, o ano de
1988. Um ano que passou inacreditavelmente rápido. Mais um ano
em que não conseguiram se encontrar. Se aquela laje fosse de fato
um jornal, então as manchetes de 1988 provavelmente seriam, em letras garrafais: "O déficit aumenta: produtos de primeira necessidade
começam a desaparecer das prateleiras"; "Epidemia de aids! Quantidade

de infectados subiu para 32"; e "Richter, Diáguilev e Tchaikóvski também? Os grandes homossexuais da União Soviética e da Rússia".

Surgiu a imprensa liberal e sem censura. Nesses jornais e revistas, começaram a levantar temas que antes não eram aceitos, temas sobre os quais era proibido até pensar. Por exemplo, a prostituição. Escreviam não só que a prática existia naquele momento, como também sempre existira: nos anos 1980, 1970 e 1960. Fizeram até um filme sobre prostitutas no ano seguinte, *Garota internacional*, de Todoróvski.

Iurka via Iéltsyn na televisão e foi ao cinema para ver *A pequena Vera*, de Pítchul — foi a primeira vez que viu uma cena de sexo na tela. Volódia não tinha gostado nada do filme, gostava de um outro, *Assa*, de Solovióv, que tinha assistido várias vezes. Nas discotecas tocavam Láskovy Mai, mas Volódia gostava mais de outras bandas: Kino e Akvarium, além do cantor Viatcheslav Butusóv. Iurka, por sua vez, não ouvia música, ele tocava.

Ao se preparar para o conservatório, aprendeu coisas novas e reaprendeu antigas, e começou a compor as próprias peças. Inspirado pela lembrança do Andorinha, escreveu uma melodia triste e enviou a partitura a Volódia, com uma nota: "É sobre a construção. Lembra?". Estava tão nervoso que sentia as mãos tremerem, mas esperou para ver o que Volódia diria. Para sua alegria, a resposta veio logo:

Pedi para uma colega de turma tocar sua melodia no piano. Eu gostei muito, Iura! Por favor, componha mais! Sobre o salgueiro, sobre o teatro, sobre a cortina. Bom, sobre o que quiser, o importante é que componha. Um conhecido meu tem um gravador japonês, vou pegar emprestado por uns dias e pedir para minha colega tocar mais uma vez, aí gravo ela tocando. Vai ser incrível ouvir a sua composição de novo e de novo, sempre que der vontade. Lembrar do Andorinha e, é claro, de você.

Em 1988, o país começou a falar abertamente a respeito do "homossexualismo". Iurka ficou sabendo de uma nova definição: "entendido". Os jornais trataram de divulgar, todos ao mesmo tempo, os grandes nomes da cultura mundial "que também eram". O povo falava dos homossexuais com preconceito, fazendo piada e pouco-caso. Mas Iurka não se associava a essas pessoas. Para ele, tudo continuava como antes: amava e era amado, ponto. Já Volódia estava começando a ficar nervoso: "Você tem namorada? Iura, arranja uma namorada", aconselhou ele — se de brincadeira ou a sério, Iurka não soube definir. Mas na carta seguinte, esse pedido se transformou em exigência, que passou a se repetir todas as vezes, saltando na caligrafia inclinada e nas letras quase coladas, carta após carta.

"Você me pede isso como se uma namorada fosse um bichinho de estimação", debochou Iurka e depois acrescentou, em tom mais sério: "Olha só quantas pessoas 'assim' existem entre as pessoas boas. E não só boas, grandiosas!".

Mas Volódia não se acalmava. A última gota foi a notícia televisionada a respeito de um contágio intensificado de aids em Elitsa, no sul da Rússia.

Iura, você sabe o que é aids? Essa doença existe no Ocidente e é fatal, quem tem são as prostitutas, os moradores de rua e "aqueles lá". Morrem depois de sofrer horrores e durante muito tempo. A natureza criou uma doença para exterminar pessoas como eu! Significa que preciso ir ao médico enquanto ainda há tempo, do contrário vou acabar ficando doente! E quanto mal vou causar então? Você já ouviu o que aconteceu em Elitsa? Deixaram passar que um paciente no hospital tinha aids e aí cinco adultos e vinte sete crianças se contaminaram com uma agulha não esterilizada. E esse não é o número final! Iura, esse doente era como eu, do contrário não teria aids!

Volódia escrevia fazendo tanta força no papel que havia até buraquinhos em alguns pontos.

Iurka respondeu que Volódia tinha entrado em pânico, que precisava se acalmar e parar de se culpar por todo o mal que existia no mundo. Essa doença não aparecia do nada, e o próprio Volódia sabia muito bem disso. Era um vírus, e um vírus mata sem escolher a vítima, um vírus é um ser sem discernimento, indiferente. Mas Volódia não se acalmou. Seu medo se intensificou tanto que aparentemente havia se tornado uma ideia fixa, e ele passou a associar o vírus à sua "doença":

Eu sou culpado disso, preciso ir ao médico. E você! Já passou da hora de fazer amizade com alguma garota. Do contrário...

Iurka ignorou a frase sobre amizade com garotas e o "do contrário". Sabia que uma carta não seria capaz de acalmar Volódia, os dois precisavam se ver ou, pelo menos, se falar. Todas as vezes que Iurka implorou para Volódia encontrar alguém com um telefone para o qual pudesse ligar, mesmo do orelhão, recebeu uma recusa.

Preocupado com o pânico de Volódia, Iurka não pensava em si mesmo. Havia desespero em cada parágrafo das cartas que recebia e, por mais que Iurka se esforçasse para pensar que era algo passageiro, que Volódia acabaria se tranquilizando, o medo tomava conta do seu coração. Iurka teria feito de tudo para que a situação fosse um pouco mais fácil para Volódia. Poderia perdoar e entender qualquer coisa, menos uma: "tratamento".

Às vezes, Iurka sucumbia ao pânico de Volódia, e então pegava a foto do teatro e ficava olhando longamente para os dois: cansados, extenuados e sonolentos, mas sorrindo, porque estavam juntos.

A mera sugestão de que o tampo do piano poderia ficar vazio fazia o peito de Iurka doer. A fotografia era um tesouro em preto e branco, frágil e verdadeiro, a coisa mais preciosa do mundo. Ao olhar para ela, ao recordar o passado e imaginar o encontro futuro com Volódia, Iurka se acalmava. Na época, quando tiraram o retrato, os dois tinham muito a temer, mas ainda assim estavam juntos e felizes. E se tinham sido felizes uma vez, significava que seriam de novo.

Tomado pela tristeza e pela impotência diante do medo de Volódia, Iurka decidiu que proporcionaria a ele a melhor forma de se tranquilizar no mundo. Com a esperança de que Volódia, ao vê-los juntos, ficasse um pouco mais sereno, Iurka tirou a foto da moldura e, com o coração apertado, mandou-a pelo correio. Não comentou nada e continuou a escrever o mesmo de sempre:

Passou na televisão que a aids é transmitida pelo sangue. Meu pai diz que, para não se infectar, é necessário evitar se cortar e ter contato com feridas de pessoas estranhas, ou seja, com o sangue delas. Também é necessário fazer uso apenas das próprias seringas e levar os próprios bisturis para cirurgias. Mamãe diz que não se pode mais cortar as unhas nos salões com a tesoura dos outros. Mas você não faz nada disso, faz? Não. Significa que está tudo bem, que você não tem que ir a lugar nenhum. Então tome um calmante e trate de dormir mais.

Iurka queria perguntar a Volódia sobre sexo. Será que ele estava transando com alguém? E se estivesse, usava preservativo? Mas tinha vergonha de tocar no assunto. Em vez de perguntar, mandou alguns panfletos que o pai trouxera do hospital. Em todos, em letras garrafais, estava escrito: "A aids se transmite pelo contato sexual".

Além disso, Iurka era consumido pela sede de informações: se o motivo da infeção em Elitsa tinha realmente sido "um daqueles lá", o que tinham feito com ele? A aids ainda não tinha tratamento, isso era evidente, mas será que começaram a tratá-lo da sua "doença" de modo geral? Se sim, como?

Não fazia sentido perguntar a Volódia, mas, para aplacar um pouco da curiosidade, Iurka recorreu à última opção: perguntou ao pai.

— É um desvio psicológico — respondeu o pai, seco, com o rosto coberto pelo jornal.

— Mas é de nascença ou adquirido? — Iurka queria detalhes.

— Não sei.

— Mas você é médico e vive no meio de médicos.

— Eu sou cirurgião. — De repente, o pai baixou o jornal e cravou em Iurka um olhar severo de médico que examina o paciente. — E por que você quer tanto saber?

Iurka inspirou e encarou o chão. Falar de Volódia significava traí-lo. E no que dizia respeito a si mesmo, não, Iurka ainda não se entendia desse jeito e muito menos estava pronto para se assumir para os pais.

— Só curiosidade — murmurou ele. — Que foi? Olha quantos deles têm por aí!

Ele fez um sinal com a cabeça em direção ao rádio, de onde vinha uma canção de Valiéri Leóntiev, um cantor muito polêmico da época.

No rosto do pai se desenhou um sorriso sarcástico muito parecido com o de Iurka. Ele voltou a se esconder atrás do jornal e murmurou:

— Em todo caso, não é normal e é melhor ficar longe desse tipo de gente. Eles podem afetar seu psicológico e te tirar do caminho certo.

— E como é que fazem o tratamento?

O pai outra vez espiou por cima do jornal e franziu o cenho — era óbvio que o tema o aborrecia. E Iurka entendia: o fato de não ser qualquer um, mas o próprio filho a se interessar por uma coisa dessas estava tirando o pai do sério.

— Iura, eu sou cirurgião! — Pela primeira vez em meses o pai ergueu a voz. — Antes tratavam em clínicas especiais, mas não sei exatamente como. O que fazem agora, se é que fazem alguma coisa, não dá pra saber. Tudo virou de cabeça pra baixo. Esses entendidos têm que ser isolados das pessoas normais, mas continuam sendo liberados pra fazer turnê por aí. Esse tal do Leóntiev, você viu?

Era uma pergunta retórica. Iurka, ainda sedento por informações, mas irritado com a conversa, deixou o pai no vácuo. No rádio, terminava a canção de Leóntiev, "Ventos do Afeganistão". Já não dizia respeito à situação atual: a guerra no Afeganistão tinha acabado e o exército da União Soviética havia se retirado na primavera.

A infecção de aids em Elitsa despertou uma verdadeira histeria, que permitiu ao povo esquecer o que se passava no país. O déficit de produtos alimentícios aumentava. Os cantos da cozinha dos Kóniev se encheram de latas de peixe em conserva, compradas para fazer estoque. A mãe fazia conservas e compotas de tudo que crescia na horta da avó, e vivia nervosa, falando o tempo todo dos boatos de que os salários seriam pagos com a produção das fábricas — ou seja, com pecinhas de encaixe. O pai desenvolvera o hábito desagradável de ler as colunas criminais à mesa. Escondido atrás do jornal, falava pouco, fumando, cada vez mais calado, os cigarros que também se tornavam mais escassos. Iurka tinha parado de fumar, mas também lia sobre os constantes tiroteios, incêndios criminosos e torturas com ferro de passar roupa. E quando a palavra "latrocínio" se tornou de uso comum e passaram a criar cooperativas para proteger as cooperativas, toda a família Kóniev começou a pensar seriamente, pela primeira vez, em emigrar para a Alemanha Oriental. Mas, em 1988, isso ainda era difícil demais.

A laje de 1989, tomada por rachaduras e grama, estalou sob as botas de Iurka. Aquele ano foi marcado pela inquietação devido a uma súbita e repentina tranquilidade de Volódia, pela tentativa de entrar no conservatório e a reprovação na audição, e pela busca por possibilidades de deixar a União Soviética. A cortina de ferro tinha caído, todos os caminhos estavam abertos, mas o passado não queria abandonar Iurka, e o futuro não queria começar. Durante todo aquele ano interminavelmente longo, ele, à espera de algo novo — possível e inescapável —, ficou se torturando com premonições: estava ruim, mas podia ficar ainda pior. Com certeza.

O cheiro avinagrado impregnou o apartamento por semanas. A mãe de Iurka assistia à reprise de *A escrava Isaura*, novela brasileira que sempre fazia sucesso na URSS, e cozinhava compotas ou desbotava roupas jeans. Apareceu uma propaganda na televisão anunciando novos programas. Iurka assistia, de rabo de olho, aos favoritos do pai: *600 Sekund*, no qual o jornalista Aleksandr Nevzórov criticava a corrupção e a criminalidade soviéticas, e *Piátoe Koliessó*, um programa de variedades com quase três horas de duração. Uma vez, à noite, ele até se virou para a televisão e arqueou as sobrancelhas quando ouviu — será que tinha ouvido certo? — o ator e compositor Serguei Kuriókhin anunciando a teoria de que "Lênin era um cogumelo".

A televisão estava repleta de coisas novas, mas muito estranhas e suspeitas: o sensitivo Allan Tchumak e o hipnotizador Anatóli Kachpiróvski.

Sobre o tal Kachpiradóvksi, como o povo o chamava, Volódia escreveu: "A hipnose é uma fraude, não funciona de verdade...".

Ao que Iurka perguntou: "Aquela vez na construção, você disse que a hipnose poderia ajudar, por que chegou a essa conclusão agora?".

Mas Volódia respondeu de forma evasiva: "Um conhecido tentou, tinha outro problema, diferente do meu: dormia mal. E se não resolveu o problema dele, com certeza não vai resolver o meu".

Iurka começou a desconfiar que não havia nenhum conhecido e que Volódia havia passado com um hipnotizador. Por um lado, ficou mais calmo, pois sabia que a hipnose não era nada tão perigoso como ingestão de vomitórios. Mas, em seguida, entrou em pânico — se ele tinha ido a um médico desses, com certeza iria em outro — e tentou convencer Volódia a parar de ir ao psiquiatra.

Dedicado a isso, chegando até a fazer barganhas para convencê-lo, Iurka até esquecia da raiva por não ter passado na audição do conservatório. O que antes afetaria o amor-próprio de Iurka já não afetava tanto. Ele sabia que podia tentar no ano seguinte e, caso falhasse outra vez, tentaria de novo e, no fim, acabaria entrando com certeza. Não era errado tentar passar e não conseguir. Deixar de estudar, sim, era errado, e deixar que Volódia fizesse mal a si mesmo era um erro ainda maior.

Não demorou nem um mês para que as suspeitas de Iurka começassem a se justificar: as cartas de Volódia se tornaram diferentes, a caligrafia tinha mudado. Se antes dava para saber o estado de espírito de Volódia pelo jeito que escrevia, agora Iurka tinha a incômoda sensação de que as cartas eram escritas por outra pessoa. Volódia escrevia com uma letra grande e redonda, mas o que era mais estranho era que começaram a aparecer erros básicos de ortografia que o Volódia que Iurka conhecia jamais cometeria. Antes de perguntar diretamente se ele estava ou não se tratando, Iurka releu algumas vezes as cartas para tentar encontrar algo que tivesse deixado passar. Tentava descobrir quando, exatamente, o amigo tinha mudado, adivinhar o motivo disso, uma vez que a epidemia de aids em Elitsa não tinha nada a ver nem com Volódia, nem com Iurka — o qual, bem no fundo, achava esse motivo bobo para preocupação. Não importava quantas vezes relesse o bolo de cartas e com quanta atenção o fizesse: não conseguiu encontrar um motivo, nem mesmo uma data para a súbita mudança de Volódia. No fim das contas, começou a ter lá suas dúvidas: será que tinha mesmo um motivo? Será que houve mesmo uma mudança?

Sem ter outra saída, Iurka começou a se convidar para ir visitá-lo e a convidar Volódia para sua cidade, mas este se negava a ir até Khárkov e a recebê-lo em Moscou. Iurka chegou a ameaçar ir sem permissão, mas as ameaças não surtiram efeito. Pelo jeito, Volódia imaginava que Iurka simplesmente não tinha dinheiro suficiente para as passagens e por isso respondeu com a letra espaçada: "Iura, você lembra do nosso acordo? Eu não vou te ver nem te convidar para me ver até você entrar no conservatório".

Iurka ficou pasmo. Conservatório? E rabiscou no último parágrafo: "Você está falando sério sobre o conservatório? Ainda vou ter que esperar muito! Volod, estou com saudade e quero muito que a gente se veja. O que está acontecendo? Percebi que tem algo de errado com você. Me responda honestamente: você está fazendo algum tratamento?".

Aquela situação estava deixando Iurka louco. Ele não podia perguntar nada diretamente, nem Volódia podia responder diretamente. Às vezes, achava essas medidas de precaução absurdas, e a ideia de que alguém leria as cartas era completamente fora da realidade. Mas bastava imaginar que seus pais encontrassem e lessem por acaso alguma carta "sincera" para que as precauções parassem de parecer tão delirantes.

A resposta de Volódia não veio tão depressa. Iurka já estava cansado de esperar e já se preparava para escrever outra vez quando viu um conhecido envelope com o cantinho pintado na caixa do correio. Abriu a carta com as mãos trêmulas, virou-a e foi direto para a última parte:

Eu queria mentir pra você, mas sei que não posso, você não merece mentiras. Mas não queria contar enquanto as coisas não se resolvessem de vez.

Sim, Iura, eu me abri com meus pais. Era inevitável, e o que aconteceu em Elitsa serviu para me dar um empurrão. Tive medo de falar e foi muito difícil. O que eu mais temia era que eles não levassem a informação a sério — como Irina não acreditou na Macha aquela vez. Mas eles acreditaram... Ficaram em choque, é claro, eu os decepcionei muito, mas entenderam que isso é um problema tão grande para mim quanto é para eles. Demorou para o meu pai achar um médico que fizesse o tratamento extraoficialmente, para que eu não entrasse no registro das clínicas psiquiátricas. Meu pai abriu o próprio negócio e ficou conhecido em alguns círculos, então, como você deve entender, zelava pela boa reputação.

Conversamos bastante com o médico durante a consulta. Ele me prescreveu uns comprimidos e disse que, se eu tivesse pessoas próximas com quem pudesse me abrir, podia contar da minha doença e que estou me tratando, para que me dessem apoio moral. E disse para eu olhar paras as moças bonitas ao redor. Só olhar, por enquanto, não me apresentar nem marcar encontros. Preciso fazer isso para aprender a ver a beleza delas. O incrível, Iur, é que eu vejo muito bem essa beleza e, mais que isso, muitas moças me parecem bonitas, mas... não me sinto atraído por nenhuma. Espero que seja só por enquanto, e não para sempre.

Iurka leu essa carta e sentiu um arrepio na nuca. Sentia medo por Volódia e por si. A vergonha gritava dentro dele: *Ele quer se tratar por*

minha causa e por causa do amor que sente por mim. Quer esquecer tudo!
Quantas vezes pedi para ele não ir, mas ele foi mesmo assim! Me traiu!

Entretanto, quando as emoções se acalmaram, outros pensamentos começaram a visitar Iurka: Volódia precisava dele. Aquela carta era um grito de socorro, ele necessitava de apoio. Iurka entendeu que a situação era duas vezes mais difícil para Volódia, pois os pais sabiam de tudo e estavam pagando o tratamento, responsabilizando-o pelo resultado. O que aconteceria se ele não conseguisse? Ou se demorasse para conseguir?

E a verdade era que Volódia não o traíra, não tinha escondido a verdade, ainda pensava nele.

Iurka chegou à conclusão de que se não o apoiasse — Volódia, seu único amigo verdadeiro —, estaria traindo a si mesmo. Por mais doloroso que fosse, por mais que duvidasse da necessidade do tratamento, ele *tinha* que ajudar.

Iurka demorou para escrever uma resposta e só ficou satisfeito com a quarta versão. Desrespeitou a regra que ele próprio criara — não passar as cartas a limpo.

Volódia, você sabe muito bem que é meu único amigo próximo. Pedi para não fazer o tratamento. Não vou mentir: não estou contente, mas acredito em você. Se pensa que essa é a única saída e que vai ficar melhor só com a ajuda de um médico, então dou meu apoio.

Só que, agora, estou ainda mais preocupado com você. Me conta como vão as coisas. Não vai te causar nenhum mal mesmo? Que tipo de comprimido você tá tomando? Ajuda? Como?

Vou repetir de novo: você é meu único amigo, o melhor e mais amado. Pode se abrir comigo. Sobre absolutamente tudo e sempre. Não precisa ter vergonha de nada, tá?

Espero muito sua resposta. Quero saber tudo. Se eu puder ajudar em alguma coisa, é só falar.

Dessa vez, a resposta de Volódia demorou dois dias mais do que o normal, e Iurka se corroía de tanta ansiedade.

A gente só conversa. O médico me faz perguntas a respeito de tudo... Foi difícil me abrir com ele, são assuntos muito íntimos, mas ele é psiquiatra, tenho que confiar a ele tudo que me atormenta e assusta há tanto tempo. E realmente tenho me sentido mais leve depois dessas conversas. Os comprimidos são apenas calmantes. Eles ajudam com os ataques de pânico, e eu parei de lavar as mãos com água quente — lembra dessa minha mania? Parece que o tratamento está mesmo ajudando.

Por mais que essa carta o assustasse, por mais que o fizesse sentir que Volódia se afastava mais e mais dele, Iurka ficou contente pelo amigo. Se Volódia se sentia melhor, se aquilo o ajudava, só restava apoiá-lo. E ele apoiou ao longo de todo o ano.

No outono, uma notícia chacoalhou o mundo: o muro de Berlim tinha caído.

A barreira física entre a Alemanha Oriental e a Ocidental não existia mais. Oficialmente, os países não planejavam se unir tão cedo, mas o tio de Iurka ficou sabendo, por intermédio de alguns conhecidos do governo da Alemanha Oriental, que a unificação aconteceria com certeza, e não "em algum momento no futuro", mas em breve. Ele escreveu para a mãe de Iurka dizendo que, enquanto isso não acontecia, a família toda precisava juntar forças e ir ao consulado da Alemanha Oriental, porque se o país se unificasse, seria muito mais difícil imigrar. E a mãe foi.

Ao ouvi-la, Iurka ficou assombrado com quão complexa era a empreitada. Por enquanto, eles podiam imigrar apenas como família judia. Mas, nesse caso, a exigência era que a mãe tivesse a nacionalidade indicada como "judia" no passaporte e fizesse parte da comunidade judaica. Mas a nacionalidade da mãe era "russa", e ela se recusara terminantemente a entrar para a comunidade judaica, apesar dos esforços da avó. Só concordara com uma única coisa: a cerimônia de circuncisão de Iurka. O sobrenome do avô estava perdido para os Kóniev, e a avó mudara o nome e o sobrenome no começo da guerra. Ainda por cima, todos os documentos alemães, dentre eles a certidão de casamento, estavam perdidos. A vida do avô havia findado nos campos de Dachau, de modo que Iurka e a mãe podiam ser considerados "vítimas do holocausto", mas era exigido que provassem o parentesco. O único parente na Alemanha era um tio, na verdade um primo de segundo grau por parte do avô, e se isso poderia ajudar ou não a família era algo que ainda não dava para saber. Tudo que sabiam era que precisavam procurar e recuperar uma infinidade de documentos. Apesar disso, nem Iurka, nem os pais, nem o tio perderam as esperanças do retorno à pátria histórica.

Enquanto isso, na URSS, um déficit de produtos e mercadorias assombrava a população: até o sabonete e o sabão em pó desapareciam das prateleiras, e não havia grãos nem macarrão. A família de Iurka, como as demais, passou a receber talões para o açúcar. O pai passava dias inteiros de plantão, a mãe ficou um bom tempo de cama com pneumonia. Já acostumado com as filas, Iurka congelava nas longas fileiras de pessoas revoltadas, lendo seu manual de alemão, ouvindo falarem das greves dos mineiros. Meio milhão de pessoas jogaram os capacetes no chão.

Em Khárkov, as coisas estavam mais ou menos tranquilas, mas Volódia escrevia que em Moscou não apenas os mineiros, mas todo o restante dos cidadãos soviéticos, cansados de uma existência miserável, começaram a frequentar reuniões. E Volódia estava entre eles, após ter desenvolvido um interesse profundo por política.

Iurka esperava ver na próxima laje uma fileira de formigas, mas a chuva continuava. Ele olhava para a água brilhante, para a superfície vazia e pensava que, a qualquer momento, uma formiga sairia do meio da grama, depois outra, depois outra, e depois mais outra, e que elas cruzariam a laje, em fila, como eles tinham feito ao longo de todo o ano de 1990. Havia fila em toda parte e para tudo que fosse possível: vodca, cigarro, comida. As pessoas se arrastavam pelas lojas e barracas, travavam a entrada junto aos gabinetes dos conservatórios, se estendiam em filas quilométricas nas portas dos consulados.

O país estava em crise. Iurka sentia que assistia sempre a mesma coisa nos noticiários, nem precisava mais ligar a televisão: "O alcoolismo e a criminalidade aumentam a níveis estratosféricos", "Só os oportunistas têm o que comer" e "Refugiados da guerra do Carabaque invadem o país". Por conta do déficit de cigarro, os cidadãos fizeram um verdadeiro levante: organizaram greves nas empresas, queimaram e botaram abaixo lojas, viraram os carros das chefias. Começaram a chamar a União Soviética de "União Deficiética".

Mas Iurka achava que a televisão estava exagerando. Sim, era tudo verdade, mas ele não estava achando a vida tão sombria. Pelo contrário, de certa forma, achava que a vida estava até florescendo: haviam surgido estações de rádio não estatais e sem censura, nas quais tocavam tanta música nova que Iurka tinha a impressão de que as canções nunca se repetiam. Dançavam lambada nas discotecas, mas ele não ia às discotecas nem espiava por baixo das minissaias: ficava em casa, estudando alemão e se preparando para o conservatório. Estava por conta própria — tinham transferido a mãe para um trabalho de meio período e deixado de pagar o pai por alguns meses, de modo que não puderam mais bancar um professor particular. Mas Iurka perseverava, passando o máximo de tempo possível ao piano. Estava se preparando para mais uma reprovação, mas foi aceito.

Ele contou a notícia na próxima carta a Volódia.

Consegui! Achei que reprovaria outra vez, mas finalmente consegui, Volódia! Como prometi! Quando recebi a notícia, fiquei até tonto. Antes, eu sonhava em ser pianista, mas agora não é mais sonho, é um objetivo. Agora meu sonho é outro: não ficar mais seguindo a partitura dos outros, e sim criar as minhas. Meu sonho é me tornar compositor, escrever minhas próprias obras, que não sejam só bonitas, mas que tenham um significado.

No último parágrafo da carta, Iurka lembrou Volódia do combinado: "Eu lembro da sua promessa de que a gente ia se encontrar assim que eu entrasse. Cumpri minha parte".

A resposta demorou para chegar, e Iurka atribuiu isso à suspensão dos correios. Uma semana depois, ficou tão contente com a chegada da carta de Volódia que até sorriu. Mas o amigo recusava o encontro dizendo que estava sem tempo: tinha sido reprovado em um exame da faculdade, que iria refazer em setembro e precisava se preparar; também tinha que ajudar o pai no serviço, e a vida em Moscou estava completamente caótica — era reunião atrás de reunião, motins e greves.

Além disso, quero te pedir para adiarmos o encontro porque tenho medo de que isso possa interferir no meu tratamento. Porque... eu lembro de você, Iur.

Estou aprendendo a me controlar. Por exemplo, na última sessão, o psiquiatra trouxe umas fotos... Bom, um tipo de foto que ele achou que po-

deria me agradar. Começou a perguntar o que eu gostava naquilo e por quê, mas imagina só, de vinte fotos, apenas uma chamou minha atenção. E tenho certeza que foi só porque me lembrava muito a última noite no Andorinha. Depois, ele me deu outras fotos, com moças. Pediu para eu olhar para elas também e comentar o que uma tinha de bonito, e depois uma outra, e dizer o que eu não gostava categoricamente. Depois me deu uma lição de casa.

Você... Você me pediu para ser sincero. É um pouco complicado, mas vou tentar. No fim das contas, somos os dois adultos e, por mais que não se fale disso abertamente, podemos nos entender. Resumindo, ele me deu as fotos que deveriam me agradar quando eu estivesse curado. Disse que eu, assim que ficasse sozinho, devia tentar relaxar e observar com mais atenção as fotos mais bonitas para... Bom, você sabe, para que aprendesse a sentir um prazer físico verdadeiro olhando para elas e imaginando como seria. E, Iur, que alegria: eu consegui! Fiquei pensando só no que tinha nas fotos e consegui! De verdade!

Iurka se esforçou para reprimir as emoções que se rebelavam dentro de si assim que terminou de ler. Sabia que aquele era o menor dos problemas e que, se Volódia não se recriminasse tanto, àquela altura já teria um relacionamento com uma pessoa de verdade e faria com ela coisas concretas, em vez de ficar imaginando sabe-se lá o quê em completa solidão.

Não levantaram mais a questão do encontro, as cartas se tornaram uniformes, neutras. Por fim, Iurka reconheceu que Volódia estava mais tranquilo e que o tratamento estava ajudando. Achou que ficaria contente, mas, pelo contrário, sentia algo de errado. Parecia que, ao se livrar do medo, Volódia se livrara também dos pensamentos sobre Iurka, que o esquecera, que havia deixado de amá-lo.

Volódia voltou a tocar em um assunto mais íntimo apenas na última carta do ano.

Em outubro, aconteceu o que o tio de Iurka alertara: a Alemanha se unificou. Os Kóniev foram para o consulado e, depois de cinco horas de espera na fila, por fim conseguiram os documentos.

Entre os conhecidos dos pais de Iurka, três famílias tinham dado um jeito de ir para o Ocidente. A mãe ficou insuportável. Com uma inveja venenosa na voz, repetia quase todos os dias:

— Os Manko foram embora. Os Kolomiet foram embora. Até os Tyndik foram embora! — dizia, referindo-se aos colegas de trabalho. — Ninguém precisa deles nos Estados Unidos! E nós temos todo o direito de ter a cidadania alemã! E o quê? Nada! Esperar! Quanto tempo temos que esperar? Logo vamos morrer de fome aqui!

— Pra ir pra Alemanha não é obrigatório ter cidadania — começava o pai, baixinho e relutante.

Em novembro, os únicos vizinhos de quem os Kóniev eram mais próximos foram embora também. A mãe ficou desolada.

— Eu sou engenheira, uma pessoa com curso superior, dei minha vida inteira praquela maldita fábrica! — exclamava, furiosa. — Acabei com a minha saúde! E o que ganho em troca? Roda dentada no lugar de salário! Enquanto isso, a Valka, uma qualquer, uma vendedora que arranja muambas da Turquia, tá no bem-bom!

Ela não culpava o marido, embora ele ainda estivesse sem receber o salário; culpava o consulado alemão e o mundo como um todo. Sua saúde, de fato, tinha enfraquecido — a mãe começou a ter problemas no pulmão. A doença que não cessava e a pobreza acabaram de vez com seu jeito tranquilo de ser. Como se tentasse encontrar um novo motivo para se lamentar, chegou até a perguntar a Iurka sobre seu "amigo por correspondência, aquele de Moscou": como estariam as coisas na capital?

— Está tão ruim quanto pra gente?

Iurka deu de ombros, sem saber o que responder.

— Provavelmente...

Não disse mais nada. A família de Volódia não passava necessidade: Liev Nikoláievitch, o pai, era realmente bom nos negócios. Tinha aberto uma firma e, passado menos de um ano, começara a receber tantos rendimentos que a esposa até deixara de trabalhar — não precisava mais. O próprio Volódia continuava na MGIMO enquanto estudava com afinco livros de economia para que pudesse começar a ajudar o pai o quanto antes.

Iurka escreveu para Volódia, com um sorriso: "Que ironia do destino: o país desmoronando, e vocês se firmando".

Não era exagero dizer que o país estava desmoronando. Em 1990, a dissolução da União Soviética se iniciou de fato.

Em sua penúltima carta, Volódia brincou: "Quem sabe? Talvez no ano que vem a gente não more mais em cidades diferentes, mas em países diferentes. Pode esperar, vou arranjar tudo e garantir bons resultados no tratamento, depois vou te ver enquanto ainda somos cidadãos do mesmo país". Em relação à ascensão financeira da família, ele respondeu humildemente: "Eu me esforço para ajudar, mas não tem muito que um especialista em relações internacionais possa fazer. Em compensação, sei inglês. Peguei uns manuais sobre economia de mercado e meu pai conseguiu uns livros de gestão empresarial. Então eu sento e estudo. É o que importa. O país está passando de uma economia planificada para uma de mercado, e ninguém sabe como trabalhar nessas novas condições. Eu vou saber. O conhecimento que eu e meu pai temos vai ser uma vantagem. Não pense que estou me gabando. Ainda é cedo para isso".

— Cidadãos do mesmo país... — repetiu Iurka, em voz alta, e sentiu uma pontada de dor no coração.

Ainda não havia contado para Volódia que o consulado tinha aceitado os documentos da família. Tinha medo de a viagem não dar certo e, ao mesmo tempo, não queria afligir Volódia antes da hora. Tinha escrito sobre a Alemanha, mas não de modo sério, apenas tocando no assunto, sem acreditar, de fato, que daria certo. De repente, parou para pensar que, realmente, os dois podiam morar em países diferentes em breve e, depois, até em continentes diferentes. Porque mesmo que Iurka não fosse morar na Alemanha, Volódia sempre sonhara em viver nos Estados Unidos. E ele era tão persistente que, se desejava aquilo de verdade, com certeza conseguiria — Iurka acreditava nisso.

Aquelas nojeiras estão aparecendo na minha cabeça de novo. Os comprimidos ajudam às vezes, mas não consegui mais repetir o sucesso com as fotos de garotas, porque os pensamentos intrusivos me atrapalham. Também estou tendo sonhos outra vez. E hoje tive um tão vívido que quando acordei por pouco não subi pelas paredes pensando por que não era de verdade.

No sonho, eu estava na estação de trem e então, em meio à multidão que saía, eu vi a V. Ela sorriu pra mim, e eu dei um abraço nela. Nós fomos para o metrô e estávamos na escada rolante, mas, em vez de olhar ao redor e apreciar a arquitetura, ela olhava só para mim. Era como se V não se importasse com nada — nem onde estava, nem o que acontecia — além de mim. Fomos até o parque VDNKh, sentamos perto do monumento do foguete e passeamos pelas fontes. Fazia calor. Ela colocava o rosto e as mãos nos jatos d'água. Depois íamos para casa de metrô. Eu estendia meu casaco sobre nossos joelhos e, por baixo, segurava a mão dela. Depois estávamos na minha casa. Não havia ninguém, e eu abria o sofá. Ela tirava da bolsa um pote de compota de cereja e colocava em cima da mesa.

Iurka sabia que "V" era "você" e que "ela" era "ele". Volódia estava escrevendo sobre ele. Então percebeu o quanto o amigo estava em pânico, soube que ele estava mal outra vez, que tinha ficado assustado. Mas, mesmo assim, não conseguiu tirar o sorriso do rosto: Volódia estava sonhando com ele! E por mais que não houvesse lugar para alegria ali, Iurka não conseguiu segurar a emoção na resposta e, mais tarde, lamentou muito o que escreveu: "Que se dane tudo! Eu não sou 'ela', e ainda te amo! E... entregamos os documentos no consulado. É provável que minha família vá para a Alemanha em breve".

Mandou uma carta no fim de dezembro, e depois de três dias recebeu um telegrama de Volódia: "Não me escreva mais nesse endereço. Depois te escrevo".

A laje de 1990 foi a última. Depois, havia apenas areia. Naquele ano, de forma abrupta e inesperada, a relação de Iurka e Volódia acabou.

20

Em busca do elo perdido

O TELEGRAMA DE VOLÓDIA deixou Iurka perplexo. Por que não escrever mais? O que tinha acontecido? A mente dele ia de um extremo a outro.

Os pais de Volódia leram a última carta, entenderam o que eu represento para ele e agora colocam a culpa em mim pelo tratamento não funcionar. Ou o próprio Volódia quer se livrar de mim, me considera uma barreira para a "cura". Acha que porque sonhou comigo, sou eu que tiro ele do caminho certo. Ele não precisa de mim?

Com medo do que poderia acontecer com Volódia e se sentindo extremamente culpado, Iurka não quis desobedecê-lo e não escreveu perguntando o que tinha acontecido. Racionalizando, lembrou que, de toda forma, Volódia já era crescido demais para que os pais o castigassem por palavras escritas por outra pessoa, mas o medo sussurrava: *Volódia está cuidando dos negócios com o pai, isso significa que depende do pai.* Nos momentos mais difíceis, era a vergonha que o atormentava: *Volódia achou um motivo para cortar nossas relações, e fui eu mesmo que dei. Ele não precisa de mim. E nunca precisou.* Sua memória recordava: *Ele está paranoico de novo, já aconteceu antes, e mais de uma vez.*

Fosse como fosse, Iurka esperou que chegasse esse "depois", quando Volódia escreveria. Mas não chegaram mais cartas.

Nada alegrava Iura, corroído por dúvidas e suposições. Estava apático: dormia mal e comia mal, ficou carrancudo e se fechou para o mundo. Era indiferente a tudo, frio até em relação à música. Um inverno infinitamente longo se passou, e, na primavera, boas notícias do consulado o arrancaram da letargia. Cintilando de autêntica alegria, a mãe entrou na cozinha ainda agasalhada, gritando:

— Aprovaram!

— Vou embora! Embora! — exclamou Iura, alegre pela primeira vez em muito tempo.

Mas logo a alegria desapareceu. Ele ia embora. E como ficaria Volódia?

Em maio, informaram a família Kóniev quando poderiam partir e alguns outros detalhes. Não dava para postergar e, apesar do pedido de Volódia para não escrever, Iura enviou uma breve carta: "Vamos embora em julho. Primeiro vão mandar a gente para um centro de realocação, depois, de lá, vão nos designar uma moradia definitiva. Por enquanto não sei o endereço, mas o temporário é este aqui".

Maio estava quase no fim, e Iura seguia esperando notícias de Volódia. Toda vez que se aproximava da caixa de correio, sentia o coração disparar: será que havia uma carta? Estremecia cada vez que tocavam a campainha: seria um telegrama? Mas não recebeu resposta. Não recebeu mais nenhuma palavra de Volódia. Quando chegou junho, não restava mais nada a Iura a não ser pegar dinheiro emprestado com conhecidos e viajar até Moscou.

Bastou descer do trem para cair no meio do caos. Não gostou muito da cidade. Tal qual um caldeirão em ebulição, a cidade era agressiva demais, barulhenta e suja. Havia cartazes colados do chão até o céu, de Iéltsyn, Jirinóvski e outros políticos — estavam acontecendo as campanhas eleitorais dos candidatos à presidência da República Socialista Federativa Soviética da Rússia. Metade dos parques e dos jardins públicos estavam tomados por manifestações e reuniões, mas, mesmo sem nada disso, Moscou ainda seria suja e barulhenta. Para Iura, parecia uma cidade de feiras livres onde se anunciavam direitos e liberdade em meio a mercadorias. Havia vendedores em todo lugar: nas praças, no metrô e na calçada das ruas movimentadas, lado a lado com pedintes e filas para comida. Acima da agitação da cidade, havia um outdoor suspenso da montagem de *M. Butterfly*, de David Henry Hwang — o primeiro espetáculo com temática homossexual. E tudo isso em meio a uma multidão interminável de gente.

Iura nunca havia visitado a capital. Sonhava em ir ao mausoléu de Lênin assim que chegasse, mas, naquele momento, nem lembrou disso e rumou direto para a estação Begovaia, na região noroeste da cidade.

Depois de se esforçar para entender o mapa, Iura se concentrou no objetivo da viagem, sem prestar atenção se a estação de Volódia era bonita ou feia. Nem como era seu prédio — quatro andares, amarelo, da época de Stálin, com varandas de pedra enfeitadas de trepadeiras. Nem como era o pátio — sombreado e silencioso, com a estátua de um pioneiro debruçado sobre um livro. Nem notou o cheiro da entrada. Só saiu do transe e começou a prestar atenção ao redor quando já estava perto da porta do apartamento.

Tocou a campainha. Ninguém abriu. Encostou a orelha na porta. Silêncio.

Esperou. Lembrava que a mãe de Volódia não trabalhava fora, o que significava que, no máximo, tinha dado uma saída e logo estaria de volta. Era perto das quatro da tarde, ele esperava que, dali a algumas horas, alguém fosse aparecer com certeza. Estremecia a cada barulhinho, na esperança de que um dos moradores do precioso apartamento estivesse subindo as escadas. Mas ninguém ia até o último andar e ninguém se aproximou da porta de Volódia. Apenas uma senhorinha, resmungando, passou por Iura e olhou desconfiada para ele, mas, sem dizer nada, entrou na casa vizinha e bateu a porta.

Depois de uma hora, a senhorinha espiou pela porta, que estava presa por uma correntinha, e gritou para Iura em um tom rude:

— Quem é você? O que tá fazendo aí?

— Estou esperando... — grunhiu Iura e se virou, mas então se tocou que podia descobrir alguma coisa com ela. — Sou amigo do Volódia Davýdov, ele mora aqui. A senhora sabe se vão voltar logo?

— Ora essa, não vão voltar, não.

— Como assim?

— Já faz quase seis meses que a família inteira foi embora — respondeu a senhorinha, ainda fuzilando Iura com o olhar pela fresta da porta. — Foi perto do Ano-Novo.

A garganta de Iura fechou, e ele disse com a voz rouca:

— Mas por quê?

— E como é que eu vou saber? Não me falaram — respondeu a senhorinha, categórica, mas não fechou a porta.

— E os outros vizinhos falaram alguma coisa, por acaso? — perguntou Iura, tentando descobrir pelo menos os boatos.

Afinal de contas é uma senhorinha, e todas as senhorinhas da União Soviética são iguais: muito curiosas. Acho difícil essa ser a exceção, pensou Iurka e acertou.

— Falam de tudo, mas a gente pode acreditar no quê? — A senhorinha franziu o cenho, mas, depois de meio minuto de silêncio, contou: — O pai, Liev Nikoláievitch, se meteu com bandidos, fez dívida e não conseguiu pagar. Colocou o apartamento pra alugar e fugiu com a família.

— Liev Nikoláievitch? Não foi nada com o filho?

— Eu mesma via quando parava um carro aqui na frente às vezes, Liev Nikoláievitch ia e entrava, depois saía. Daí os bandidos começaram a entrar no apartamento. Batiam na porta no meio da noite. Eu chamei a polícia, mas até chegar, eles já tinham sumido do mapa.

A primeira coisa que Iura sentiu foi alívio. Havia se culpado por tanto tempo, sentido tanto medo de ter exposto Volódia para os pais e de ter sido esse o motivo de seu desaparecimento. Mas Iura não tinha nada a ver. O verdadeiro motivo, não só do desaparecimento mas de uma verdadeira fuga, acabou se mostrando ainda mais assustador. Perseguição. E não tinha como não acreditar na senhorinha, afinal, nos últimos tempos, era impossível começar um negócio sem ter crédito e, pelo jeito, o dinheiro estava concentrado na mão dos bandidos. Para se dar bem, só havia dois caminhos: ou virar bandido, ou virar devedor deles. O crescimento súbito dos rendimentos da família de Volódia confirmava isso — era impossível conseguir tantos rendimentos em pouco mais de um ano num ramo tão demorado como o da construção.

— E o Volódia? — perguntou Iura, ainda rouco. — Ele foi com os pais? Já é adulto, estava estudando.

— Isso é você que tem que me dizer. Não falou que era amigo dele?

— É que faz tempo que a gente não se vê, e eu não...

— Ah, não dá pra entender esse Volódia mesmo — interrompeu a senhorinha. — Era um menino bom, cumprimentava a gente, ajudava a carregar as sacolas. Mas nos últimos tempos ficou meio esquisito. Ficava o tempo todo olhando pros lados, nem cumprimentava mais.

Iura começou a pensar no que faria a seguir e em como encontrar Volódia.

— A senhora não sabe onde eles podem estar?

A senhorinha deu de ombros de um jeito que fez a corrente da porta tilintar.

— Algum parente ou amigo? — perguntou Iura. — Um primo! Ele tem um primo com o mesmo nome! A senhora sabe onde os parentes ou amigos deles moram?

— Parece que tem alguém que mora em Tver — respondeu a senhorinha. — E você trata de ir embora daí. Não adianta ficar esperando.

Iura fez mais algumas perguntas que a senhorinha não soube responder. Depois de perguntar da faculdade — "Ele tava estudando, será que largou?" —, a conversa se encerrou.

Iura sentou na escada feito um boneco de pano. Estralando os dedos enrijecidos por conta do choque, olhava para o assoalho cinzento e tentava organizar os pensamentos agitados: *Fugiram. De bandidos. Se esconderam. Se fizeram isso, é porque não querem ser encontrados. Tver. Tver é longe? A faculdade. Preciso ir até a faculdade dele. Tenho que me recompor. Preciso encontrar Volódia agora, senão acabou.*

Iurka se obrigou a levantar. Desviou o olhar do chão de cimento para a porta forrada com algum tipo de imitação de couro e sentiu um aperto no coração. Entendeu que nunca entraria naquele apartamento, que nunca veria o quarto de Volódia. A casa já pertencia a outra pessoa, e não o deixariam entrar. Tudo bem que não o deixassem entrar se permitissem ao menos que desse uma olhada. Não precisava nem passar da soleira, só queria ver o que havia atrás daquela porta. Mesmo que não restasse mais nada de Volódia ali, mesmo que o quarto dele não tivesse mais o sofá onde dormia, nem a cômoda onde deixava os óculos, nem a mesa à qual se sentava, ainda restaria a janela pela qual ele olhava quando escrevia suas cartas. Iura queria olhar por essa janela porque sentia que aquilo os aproximaria. Queria ver as marcas da mobília no assoalho. Seriam a confirmação de que Volódia, de fato, existia, e que não era apenas imaginação de Iura.

Eu vou encontrá-lo. Custe o que custar, pensou Iura.

Arrastando as pernas sem vontade, ele desceu as escadas.

Na esperança de encontrar cartas de amigos ou parentes, Iura forçou a portinha da caixa de correio. Sentiu o sangue latejar nas têmporas: havia duas cartas ali! Mas logo murchou. Eram as cartas que ele próprio havia mandado. A penúltima, em que Iura reconhecia seu amor, e a última, na qual informava que se mudaria em julho.

A situação, ainda que desesperadora, ficou um pouco mais leve para Iura. No fim das contas, ele não havia sido o motivo do último telegrama de Volódia. No fim das contas, a esperança de que Volódia também o amasse e precisasse dele continuava viva. Mas o novo problema era que Volódia não sabia que Iura estava indo embora em breve.

Da casa de Volódia, Iura foi para a faculdade, onde ficou sabendo, não de imediato, que ele tinha abandonado os estudos. Também perto do Ano-Novo.

Durante todo o percurso até a estação de trem Kúrski, que o levaria de volta para casa, Iura ficou pensando se deveria ir a Tver ou não: *Não é longe, mas sobrou pouco dinheiro. Mas se eu não tentar, não vou me perdoar. Não mesmo.*

O vagão do metrô fazia muito barulho, e no banco à frente um rapaz colocou o casaco no colo da namorada e segurou a mão dela com cuidado. Exatamente como no sonho de Volódia, só que aquele casal não precisava esconder as mãos.

É um sinal, pensou Iura e desceu do vagão. Trocou de linha e rumou para a estação de trem Leningrádski.

Quando chegou a Tver, pouco mais de duas horas depois, comprou uma lista telefônica e começou a ligar para todos os Davýdov. Alguns números tinham a indicação de endereço. Ligou para quase metade dos números, mas ninguém conhecia nenhum Vladímir Davýdov. Iura sentiu o coração dar um salto quando, por fim, uma menina respondeu dizendo que Vladímir estava em casa e foi chamá-lo. Os segundos de espera se arrastaram e pareciam se transformar em minutos, até horas. Era como se Iura tivesse se perdido no tempo e no espaço, sem saber se de fato estava demorando. Vladímir atendeu, e toda a esperança desapareceu: era um senhor de idade.

Tentando não entrar em desespero antes da hora, Iura passou os dedos pelas linhas da lista. Quando encontrou a inscrição "Davýdov, Vladímir Leonídovitch", o dedo tremeu.

Depois de meia hora com o telefone no ouvido na cabine, Iura xingava entredentes: não conseguia completar a ligação, pois a linha estava sempre ocupada. Já estava ficando tarde da noite, mas o "tu-tu-tu" continuava a soar. Iura decidiu ir até a casa do tal Vladímir Leonídovitch Davýdov de uma vez.

A entrada do antigo prédio estilo Khruschóv cheirava a gato. Iura tocou a campainha. Sem abrir a porta, uma moça respondeu, ouviu Iura e chamou pelo Vova. Uma voz masculina respondeu. A fechadura tiniu, a porta se abriu, e um homem alto, de ombros largos, com uns trinta anos, apareceu na soleira.

— Estou procurando Volódia Davýdov.

— E? Estou ouvindo.

— Não é você, é o seu primo, acho. Ele morava em Moscou, usa óculos, tem o cabelo escuro. Fomos colegas no acampamento de pioneiros — explicou Iura, revirando os bolsos à procura da única foto que tinha de Volódia, a da tropa cinco. — O Volódia foi monitor em 1986. Era o acampamento de pioneiros Andorinha, em Khárkov. Eu... eu tenho uma foto, só um minuto.

— Não conheço — cortou Vova.

— Eu tenho uma foto, rapidinho... Aqui.

Ele estendeu a foto bem debaixo do nariz de Vova, mas ele nem baixou os olhos.

— Não conheço — informou o homem, e bateu a porta.

A foto ficou presa no vão entre a porta e o batente.

Iura puxou a foto amassada, ajeitou-a e com tristeza notou que tinha rasgado o cantinho.

Fim. Era o fim, e ponto-final. Iura não conseguia acreditar. Ainda achava que havia uma chance de encontrá-lo, só que não estava procurando no lugar certo. Se tivesse um pouco mais de tempo, iria encontrá-lo.

No caminho de volta a Khárkov, a única coisa que restava a Iura era contar com outras pessoas. Não chegou a conhecer os novos moradores do apartamento de sua família, se é que haveria alguém. O apartamento dos Kóniev era municipalizado, o que significava que a família não poderia vendê-lo. Iura pediu aos vizinhos que entregassem um bilhete aos novos moradores, no qual pedia que não jogassem fora as cartas que chegassem, mas as enviassem para a Alemanha. No pós-escrito, Iura avisou que em breve chegaria uma carta dele, com o endereço definitivo na Alemanha.

Pediu a mesma coisa para os amigos do prédio: que dessem uma passada no apartamento para ver se tinham novos moradores, que transmitissem tudo isso a eles, e que dessem uma olhada na caixa do correio para verificar se, de repente, havia chegado alguma carta de Volódia.

Era tudo que podia fazer.

Iurka arrumou as malas e preparou tudo para a partida sem se dar conta do que fazia. Ficou naquele torpor durante todo o caminho do aeroporto até o novo país.

E então havia chegado. Na Alemanha. Não tinha feito nada para conseguir aquilo, enquanto Volódia trabalhara toda a vida para ir para os Estados Unidos.

Será que ele conseguiu? Tem que conseguir, ou seria injusto demais. Talvez já esteja lá?, pensou Iura.

Mesmo que soubesse a resposta, não tinha mais importância, porque Iura estava longe.

Durante muito tempo, ele se sentiu um estranho na Alemanha. Tinha vergonha do sotaque, e ser chamado de "imigrante", aquela palavra humilhante e desprezível, o fazia estremecer. Ainda mais um imigrante russo. Os alemães falavam desse jeito, embora o mundo todo acompanhasse a dissolução da União Soviética e todos soubessem que Rússia, Ucrânia e Belarus eram países diferentes. Iura não era russo, mas quem ele poderia ser ali? Um quarto alemão, um quarto judeu, metade ucraniano, conhecia alemão e a história da Alemanha e se interessava vivamente pela cultura. Mas o conhecimento da língua, da cultura e da história não mudava sua mentalidade, não reorganizava a cabeça — por mais que admitir isso envergonhasse Iura, ele era um imigrante e, pior, era praticamente um refugiado. Ele se odiava por menosprezar a si mesmo e mais de uma vez repetiu mentalmente: *Mais humilhante e covarde do que não ser ninguém é ter vergonha da própria essência.*

Tentando se convencer todos os dias de que tinha a obrigação de esquecer Volódia, Iura viveu seu primeiro mês na Alemanha. Mas tinha a impressão de que não tinha vivido, apenas sobrevivido.

Agosto de 1991 começou muito bem: Iura entrou no conservatório de primeira. Mas no meio do mês, no dia 19, um golpe o esperava.

Ele estava sentado no quarto, testando o piano novo (presente do tio), quando levou um susto com batidas ensandecidas à porta. Era a mãe. Ela gritava tanto que, por um momento, seus gritos abafaram a música:

— Iura! Vem depressa. Iura, tanques em Moscou! Derrubaram o Gorbatchóv! Meu Deus, o que vai ser agora? Tanques!

Sem acreditar nos próprios ouvidos, Iura foi devagar para a sala de estar, vencendo a monstruosa resistência do ar, que subitamente se tornara denso. Caiu no sofá em frente à televisão e ficou até a noite. De manhã e durante todo o dia seguinte, as mesmas imagens passavam diante de seus olhos: Iéltsyn num tanque e uma multidão ao redor da Casa Branca de Moscou e na Praça Vermelha. Depois, a conferência de impressa do assim chamado Comitê Estatal de Emergência, com Ianáiev, um dos principais representantes, tremendo tanto que mal conseguia segurar o papel. As mãos de Iura tremiam também. Ele entrou em pânico. De um jeito que nunca tinha sentido. Provavelmente o mesmo pânico que tomou conta de Volódia certa vez, quando ele, sem conseguir se controlar, pôs a mão sobre a água quente.

E se ele nunca tiver ido embora? Nem para os Estados Unidos, nem para Tver? E se ainda estiver em Moscou? E se estiver perto da Casa Branca? E se os bandidos tivessem ligação com a política? E se Volódia estivesse relacionado a eles e a essa reviravolta? Seria plausível, já que ele andava metido em reuniões...

À noite, a situação piorou. Teve início um assalto à Casa Branca, os tanques estavam na Sodóvoe Koltsó, a rodovia circular que contorna todo o centro de Moscou. Quando Iura viu que as pessoas se jogavam contra eles e que mataram alguém, estremeceu. Na escuridão da noite, era difícil discernir quem tinha sido morto, mas era um rapaz, moreno, sem óculos, que parecia muito com Volódia.

E se for ele? E se quebraram os óculos dele?, a pergunta ecoava na cabeça de Iura, mas no fundo ele sabia que era só o desespero. Em Moscou, havia milhares de rapazes parecidos com Volódia, mesma altura, mesmo tipo físico, mesma cor de cabelo. Mesmo assim, Iura estava com medo.

Iura escreveu aos amigos do prédio, pediu que passassem no seu velho apartamento para saber se havia chegado alguma carta para ele. Se tivesse, que pegassem e enviassem para Alemanha. A resposta veio depois de um mês. Um amigo respondeu dizendo que o apartamento continuava vazio e que não havia nenhuma carta na caixinha do correio. Compartilhou notícias sobre o que estava acontecendo no país, mas Iura não tinha nada para responder além de pedir, mais uma vez, que ele desse uma olhada na caixinha de vez em quando.

Em dezembro de 1991, a União das Repúblicas Socialistas Soviéticas deixou de existir. Iura assistiu pela televisão quando baixaram a bandeira soviética no Kremlin e hastearam a russa no lugar. Era como se, junto à bandeira da URSS, se fechasse também a cortina da antiga vida, e com a bandeira tricolor se abrisse uma nova. E então Iura entendeu que sua juventude havia acabado definitivamente. Ela o presenteara com o amor e a amizade e agora partia, levando tudo consigo. Adiante, um outro tempo esperava por ele, totalmente novo, uma vida nova. E era hora de Iura, como escrevera Volódia certa vez, focar em si mesmo e aprender a levar uma vida normal.

Logo ele descobriu que na sua cidade, como na Alemanha toda, havia muitos russos. Não fundavam comunidades oficiais, mas apoiavam uns aos outros. Além da televisão, era através deles que a família de Iura ficava sabendo o que se passava na Rússia e na Ucrânia.

Iura se adaptava à nova vida com dificuldade. No início, fez amizade principalmente com outros imigrantes. Quando começou o ano letivo, ele se esforçou para conhecer mais alemães, ainda que os achasse muito diferentes e nada a ver com as pessoas da URSS. Nem sonhava em ter alguma relação amorosa e muito menos se interessava pela vida das minorias sexuais da Alemanha. Sentindo-se perdido, sem serventia para ninguém, alheio e sem forças, ele buscava apoio nas pessoas que estavam ao seu redor, tentava se aproximar dos colegas alemães e se livrar do sotaque. Mas mesmo calado, não se encaixava. Pensava em Volódia e ainda o amava muito. E continuava não tendo interesse por mulheres.

Logo Iura descobriu que, em Berlim, a postura em relação aos homossexuais era bem diferente, pelo menos em comparação à URSS.

A trilha de areia com curvas abruptas levava até o rio. Em alguns pontos, Iura escorregava e caía. Havia sido assim em 1992: a vida o levava adiante. Ele continuava se dedicando aos estudos e, além disso, não fazia nada, porém tudo ao redor mudava. Mudou até não ser mais reconhecível.

Aconteceu o que Volódia tanto temia: Iura começou a olhar para outros rapazes. Ele não se esforçava para encontrar alguém nem para conhecer alguém do "seu" círculo. Mas, por acaso, em uma das festas da faculdade, apareceu um gay assumido que fazia parte do Movimento do Orgulho de Berlim. Iura não se sentiu atraído, mas gostou dele, e logo se tornaram amigos. Um pouco mais tarde, Mick contou sobre a comunidade e o convidou para conhecer o quarteirão onde os gays da cidade iam "ferver".

No fim de semana seguinte, Iura foi para Nollendorfplatz, no centro da cidade. Ao sair do metrô, partiu em direção à rua Motzstraße e, assim que pisou no lugar, congelou, chocado. O que viu não era delírio nem sonho, porque Iura jamais poderia imaginar uma coisa daquelas. Era um mundo paralelo, barulhento, cheio de gente, brilhante e livre. Era como se ele estivesse em algum outro planeta onde reinava um clima de festa e onde Iura não era um estranho; pelo contrário, parecia até que estavam à sua espera. Dezenas de canções soavam ao mesmo tempo de dezenas de clubes, centenas de pessoas passeavam. Alguns, como Iura, andavam sozinhos, procurando com o olhar alguém na multidão. Mas a maioria era composta por casais do mesmo sexo. E se comportavam de modo desinibido e livre: passeavam de mãos dadas e se beijavam na rua, na frente de todos, mas não sofriam nenhuma punição por causa disso. Nem um olhar de reprovação, nem um xingamento, nada. Iura não acreditava que aquilo poderia ser real. Sem conseguir sair do lugar, com os olhos arregalados, observou com inveja um casalzinho e soltou um suspiro. *Como seria diferente se o Volódia visse isso.* Mick afirmava que tudo aquilo era normal e que a "guerra" — de cuja existência Iura não fazia nem ideia — já estava ganha. Por ter sido criado na União Soviética, ele tinha certeza de que nunca na vida se permitiria andar daquele jeito pela rua, de mãos dadas com outro homem.

No asfalto molhado depois da chuva, à frente dos pés de Iura, cintilavam os reflexos de um letreiro de bar com a bandeira arco-íris. Iura baixou os olhos, respirou fundo e deu um passo adiante. Munido de coragem, passou pelo arco-íris rumo ao bar no qual combinara de encontrar Mick.

Ele sentou timidamente numa mesa vazia, pediu uma cerveja e bebeu um copo cheio de um gole só. Em pouco menos de quinze minutos, um grupo de dez pessoas se juntou a ele — pessoas que

Iura logo passou a considerar uma verdadeira família. Havia mulheres e homens e algumas pessoas a que Iura não sabia como se referir, se "ele" ou "ela". Animados, contaram que planejavam uma ação, que chamavam secretamente de "Operação CRC", que deveria fazer bastante barulho. Consistia no seguinte: no dia 19 de agosto, vários casais do mesmo sexo dariam entrada no pedido de registro de casamento em todos os Cartórios de Registro Civil do país. Logicamente, todos seriam indeferidos, então eles iriam se dirigir à corte. Embriagado não pela cerveja, mas pela atmosfera, Iura concordou na mesma hora em tomar parte no evento. Na hora, encontraram um "marido" para ele, cujo nome Iura só conseguiu memorizar depois de ler por escrito no requerimento oficial. Embora Iura tivesse gostado do rapaz — um loiro alto e magro, de rosto delicado e olhos acinzentados —, eles não viraram um casal. Mas tudo pareceu ficar confuso, e foi só quando recebeu o indeferimento do pedido que Iura começou a pensar que estaria numa situação bastante estranha caso tivessem aceitado o pedido de união.

Na pilha de cartas junto ao indeferimento, havia mais uma para Iura, de Khárkov, de um dos amigos do prédio. Era de um rapaz que já tinha se mudado havia um tempo do bairro, mas que às vezes voltava ao antigo, onde Iura morara, para visitar a mãe, conforme escreveu. Essa carta deixou Iura completamente aturdido: "Um tempo atrás fui ver minha mãe. Ela disse que um cara te procurou. Eu não vi quem era, mas ela disse que usava óculos. Era esse que você estava procurando?".

Iura enviou uma resposta curta e nervosa: "O que ele perguntou e o que ela respondeu? Ela deu meu endereço e meu telefone na Alemanha? O cara deixou os contatos dele?".

Só recebeu a resposta depois de um mês: "Minha mãe não deu o endereço nem o telefone, disse só que vocês tinham se mudado para a Alemanha. Ele não contou nada da vida dele".

Iura pediu: "Você poderia passar no meu antigo apartamento, descobrir se esse mesmo homem foi até lá e deixou o endereço, por favor? E pegar as cartas sem falta! Se ainda não tiver ninguém morando lá, pode quebrar a caixinha do correio".

A resposta demorou a chegar — esse amigo havia construído uma família e arranjado um trabalho havia muitos anos. Ele com certeza não pretendia se deslocar até o outro lado da cidade ao primeiro chamado de Iura. Por isso a resposta veio tarde, apenas no começo de novembro: "O cara passou por lá, não deixou endereço, mas levou as cartas embora".

Iura ficou com raiva: por que Volódia não tinha deixado o endereço? Por que havia levado as cartas embora? Será que mais uma vez tinha chegado à estúpida conclusão de que "você vai ficar melhor sem mim"? A raiva foi crescendo até virar fúria. Se Volódia estivesse ao seu lado, Iura bateria nele.

Em parte, foi justamente essa notícia que incentivou Iura a dar início a novas relações. Irritado e frustrado, foi para Nollendorfplatz. Ele pegou uma mesa e começou a pedir uma garrafa atrás da outra. Quando já estava vendo tudo em dobro, apareceu um velho conhecido, Jonas, aquele que não tinha conseguido se tornar seu "marido" quando mandaram o requerimento ao Cartório, em agosto. Iura estava tão bêbado que, na manhã seguinte, não conseguia nem lembrar como e por que estava na mesma cama que Jonas.

No distante ano de 1986, Iura havia combinado de encontrar Volódia no Andorinha depois de dez anos. Mas não foi, simplesmente porque tinha esquecido. Ele esqueceu de tudo, de maneira geral. A vida estava agitada, e ele finalmente havia conseguido algum reconhecimento por sua música. Apresentando-se em concertos e continuando a estudar para ser maestro, Iura colhia os frutos de anos de dedicação. Mas o principal motivo de ter esquecido o combinado não foi o trabalho, mas uma pessoa: Jonas. Iura achava que a relação dos dois era baseada em um amor verdadeiro, longo e recíproco, mas estava enganado.

Jonas era um ativista, se ocupava das organizações da comunidade. Tentava respeitar o modo de vida de Iura, mas logo ficou claro que não gostava nem da música que o namorado compunha nem de música para piano no geral, dizendo que todos os sons pareciam iguais.

Mas os dois iam juntos ao teatro e à ópera. Uma vez, em uma viagem pela Letônia, Iura viu que estava em cartaz uma apresentação em russo de *M. Butterfly*, em montagem de Roman Viktiuk, e, apesar de Jonas não entender uma palavra de russo, Iura insistiu para que fossem juntos.

A montagem causou uma impressão ambígua. O espetáculo repelia e, ao mesmo tempo, envolvia. Repelia pela nudez e pelo tom afetado com que se transformava em pantomima, e envolvia pelas diversas interpretações possíveis do tema, cuja moral era que o amor não tinha gênero. Além disso, o fato de a peça ser baseada em fatos ocorridos não tanto tempo atrás era chocante. O mais importante, porém, era a língua russa, que Iura ouvia pela primeira vez em anos no palco.

M. Butterfly o fez lembrar do que tinha acontecido quando vira a propaganda da peça pela primeira vez, em 1991, em Moscou. Lembrou da pessoa que tinha ido até lá para procurar. E o sonho de escrever uma obra cheia de significado, talvez a mais importante de sua vida, visitou Iura mais uma vez. A imagem do herói principal vestido com roupas de mulher e se sentindo livre nelas havia acompanhado Iura por muitos anos. Jonas achava completamente absurda a ideia de se sentir livre por usar um vestido, ou mais propriamente, por humilhar a si mesmo, mas Iura não concordava.

Havia chegado sua hora de testar a criatividade, errar e experimentar.

Iura e Jonas eram diferentes demais, e sabiam disso. Mas talvez fossem justamente as personalidades opostas, os temperamentos e os interesses tão distantes que os atraíam um ao outro. Depois de um ano de relacionamento, foram morar juntos. No início, conseguiam perdoar os defeitos um do outro e equilibrar os próprios interesses e o namoro, mas quanto mais o relacionamento durava, mais difícil era aceitar o menosprezo do parceiro em relação ao que o outro considerava ser o objetivo e, até mesmo, o sentido da vida.

Jonas gastava todo seu tempo e suas forças organizando encontros, paradas e olimpíadas gays. Queria lutar para que os homossexuais tivessem os mesmos direitos que os heterossexuais, mas Iura achava que, nesse caso, o ativismo não ajudava. Para conquistar algo concreto, Jonas devia se envolver não com ativismo, mas com política. O namorado fingia não escutá-lo e continuava a falar sobre seus empreendimentos.

Não demorou para que Iura cansasse das constantes e infrutíferas conversas sobre homofobia e a luta pelo casamento entre pessoas do mesmo sexo. Durante todo o tempo que passara na Alemanha, não havia sofrido discriminação na vida profissional. Não, Iura não disfarçava sua orientação nem pensava em esconder Jonas, só que nenhum dos seus colegas perguntava de sua vida pessoal e Iura não pretendia sair anunciando.

— Os gays não podem se casar e isso é discriminação — dizia Jonas. — Por que pra gente é proibido fazer o que os héteros fazem? Temos que lutar pra ter os mesmos direitos que eles. Também somos cidadãos, como eles, e também somos muitos! Você também devia lutar pelos seus direitos, ninguém vai fazer isso por você.

Mesmo que fosse discriminação, Iura não ligava para casamento.

Talvez devido à criação soviética, talvez simplesmente por temperamento, Iura ficava irritado com o espírito de "chocar a burguesia" das paradas gays.

O aumento dos quarteirões gays, nos quais Jonas começara a atuar de modo especialmente ativo nos últimos tempos, era algo que Iura considerava não apenas inútil como nocivo. Eram lugares que ele achava bons para conhecer gente e relaxar, mas que o desagradavam em essência.

— Vocês estão literalmente expulsando os gays do território comum, criando um território à parte. É tipo os bairros de brancos e negros nos Estados Unidos, só que aqui é o bairro dos gays. Não precisa aumentar o território, precisa é tirar as pessoas de lá.

Iura só concordava plenamente e apoiava as olimpíadas gays, porque pessoas de diversos países, inclusive daqueles onde ser homossexual era punido com pena de morte, podiam participar da competição.

— Se você quer ajudar as pessoas — repetia ele sem parar a Jonas —, cria um centro de apoio psicológico nas escolas e nas faculdades. Mas o único jeito de alcançar seus objetivos é entrar pra política. Só assim.

Depois de seis anos de tentativas infrutíferas de aprender a aceitar e amar um ao outro como eram — com os respectivos interesses, que para Iura e Jonas eram considerados defeitos —, o relacionamento começou a ruir. O amor, que no começo era ardente e excitante, desbotou e logo se apagou de vez. A aparência de Jonas, pela qual Iura havia se atraído no primeiro encontro, deixou de ser especial. Características como as pintinhas nas têmporas, que antes Iura ignorava completamente, eram a primeira coisa que ele notava e causavam até aversão.

O jeito de Jonas andar, seus hábitos, gestos, a maneira de se vestir e até de comer começaram a irritar Iura. E ele notava no olhar do parceiro que seu corpo e seus hábitos também o agradavam cada vez menos.

Mas se Iura expressava uma opinião nem sempre concreta e nem sempre correta, Jonas, por sua vez, passou a ignorar ostensivamente a música. Ele fazia questão de não estar em casa quando era hora de Iura estudar uma partitura nova, nunca pedia que o parceiro tocasse alguma coisa para ele e nem uma única vez apareceu na sala de concerto quando Iura se apresentou.

Era cada vez mais comum para os dois ficar em silêncio e, depois, o silêncio se tornou um hábito, até que mesmo o som da voz um do outro começou a incomodar. Praticamente toda conversa sobre música ou comunidade terminava em briga. Depois pararam de perder tempo com discussões. Depois pararam de transar. E então Iura pediu a Jonas para juntar suas coisas e ir embora. Foi assim que terminou uma relação que Iura achava que seria eterna.

Era 30 de junho de 1998. Iura tinha esquecido do encontro no salgueiro, estava dois anos atrasado. Tinha esquecido de muita coisa e sacrificado tantas outras quando mergulhou de cabeça naquele relacionamento e depois, em vão, tentou mantê-lo. Parou de falar com os amigos russos, não se relacionava mais com a comunidade, havia prejudicado a própria carreira na música, em que era necessário empenhar muito mais tempo e mais forças para conquistar algo significativo. Mas o principal era que Iura tinha colocado um ponto-final na sua relação com os pais. Os dois não conseguiram aceitar sua orientação, e ele, depois de algumas tentativas de explicar e obter compreensão, abriu mão. Ia visitá-los nos feriados, mas parecia mais uma visita obrigatória e tradicional de algum parente distante do que do único filho. A mãe se dirigia a ele com frieza, e só muito de vez em quando o antigo carinho cintilava nos olhos dela, no mais era só lamento. O pai não falava com ele.

Depois do término, Iura voltou a pôr os pés no chão e lembrou que, além de Jonas e da música, havia muito mais na vida. Mais que tudo, ele lembrou da promessa não cumprida.

Se em 1991 não havia praticamente nenhuma chance de encontrar uma pessoa apenas pelo nome e sobrenome, com o surgimento da internet, isso tinha se tornado possível. Bom, pelo menos hipoteticamente. Iura sabia — não acreditava nem supunha, mas sabia — que Volódia tinha ido ao Andorinha, então sua primeira tarefa seria localizá-lo novamente. Em segundo lugar, vinha a missão de ir até lá, mesmo que atrasado.

Iura tinha esquecido o caminho até o Andorinha. Para ser sincero, nunca soubera — os pioneiros iam sempre de ônibus. Lembrava da tal linha 410 e que perto dela ficava a zona rural de Goretovka. Não conseguiu encontrar essa zona específica entre as centenas com o mesmo nome que havia no mapa da antiga União Soviética. Iura criou um tópico de discussão em todos os fóruns russos que achou na internet, perguntando se alguém conhecia a região e como estava hoje em dia. Recebeu poucas respostas, todas inúteis. As pessoas conheciam uma zona rural com esse nome, só que ficava para os lados de Moscou. Ninguém sabia da Goretovka de Khárkov.

Iura comprou mapas e os examinou atentamente — nada de Goretovka. Cansado dos constantes "não" e "não sei", começou a se questionar se o lugar existia mesmo. Talvez, depois de tantos anos, ele tivesse esquecido o nome correto.

Perguntou para a mãe se algum antigo colega da fábrica não lembrava onde ficava o acampamento — não lembravam ou então nem conheciam. Procurou na internet fotos de fichas de inscrição para o Andorinha — não encontrou. Pesquisou "rota 410" e outras que eram parecidas, 41 e 10, 710, 70, mas as que realmente existiam não passavam em lugares que fossem sequer parecidos com o que Iura lembrava.

Depois das tentativas malsucedidas de encontrar o Andorinha, tratou de procurar as pessoas: o PUM, Vanka e Mikha, Ptchélkin, Oliéjka, todos, absolutamente todos de quem conseguiu lembrar, até Ánietchka e Vichniévski. Talvez não tivessem computador ou acesso à internet, ou então acessassem a rede com nicknames toscos em algum cibercafé, mas o fato é que, em 1998, Iura não conseguiu encontrá-los. Escreveu aos meninos do prédio, pediu que descobrissem o telefone da escola dezoito e procurou através dela as meninas do PUM. O dinheiro que gastou nas ligações internacionais não deu em nada. Sempre se perguntando o que ainda podia fazer para encontrar o acampamento, o que ainda não tinha tentado, Iura inventava novas possibilidades. E, ao tentá-las, não acreditava que não davam certo: *Não é possível que eu não encontre ninguém*, pensava. Mas era, sim.

Depois de todas as tentativas, a única opção que restava era voltar à Pátria. Lá, poderia procurar nos arquivos, encontrar as pessoas na lista telefônica, falar com os trabalhadores das fábricas. Longe de desistir, Iura já planejava tirar férias em breve e ir até Khárkov, mas seus planos foram desfeitos por uma ligação de casa. Era a primeira vez em quatro anos que o pai falava com ele, e dava más notícias. A mãe estava doente, provavelmente sem cura. Os longos anos trabalhando em péssimas condições cobravam seu preço.

Ao longo dos dois anos seguintes, Iura deixou seus planos e o desejo de encontrar o Andorinha de lado. A mãe partia lentamente, a doença progredia, e o tratamento não surtia o resultado esperado.

O que o salvou da atmosfera sombria que reinava em casa foi a música, que se tornou uma âncora para Iura, ajudando-o a se conformar com a perda inevitável.

Ele terminou a formação para se tornar maestro e recebeu um convite do diretor para ocupar o lugar de um dos professores de piano do conservatório. De dia, Iura ensinava música e tocava para os alunos, e às vezes, quando ia para a casa dos pais, à tardinha, tocava para a mãe.

Ela morreu na primavera de 2000. A doença e a morte da esposa deixaram o pai terrivelmente abatido. Ele não era especialmente falador e aberto, mas, depois da morte dela, fechou-se em si por completo, sempre calado — e começou a se consolar no álcool com frequência. Iura, ao olhar para o pai, entendia, cheio de amargura, que a única pessoa querida da família que lhe restava, mesmo depois de tantos anos e de uma perda em comum, não aceitava e não podia perdoar o filho por ser quem era.

O tempo correu inexoravelmente. Iura passou a lidar melhor com o luto e então voltou a lembrar de seu sonho: começou a participar de concertos e a compor músicas. Relacionamentos apareceram e rapidamente desapareceram, nenhum tão intenso e duradouro como o que tivera com Jonas. Às vezes, ele encontrava os velhos amigos, que alguns anos antes nomeara sua família. Via Jonas também.

Não queria voltar com ele, mas, cansado da solidão, se pegava pensando que sim, para que a casa voltasse a ser barulhenta como antes, para que tivesse visitas o tempo todo, para que cheirasse a comida boa e para que, à noite, pudesse dormir de conchinha. Não importava que brigasse constantemente com a outra parte da conchinha, que fosse demorado e difícil fazer as pazes; Iura só não queria mais se sentir sozinho. Assim que completou trinta anos, a solidão se tornou tangível, concreta, um eterno satélite, do qual não era possível se livrar com relacionamentos breves e encontros diversos.

Durante todo esse tempo, Iura acompanhava o que Jonas fazia da vida, à distância. E ele queria muito acreditar que foram justamente suas palavras, ditas durante a última briga, que haviam incentivado Jonas a dar um passo importante: entrar na União dos Gays e Lésbicas da Alemanha e, mais tarde, no partido social-democrata. Ao mesmo tempo, Iura admitia que dificilmente tivera alguma coisa a ver com isso.

Em 2000, Jonas e seus colegas alcançaram um importante objetivo: dois partidos, de quatro, votaram a favor da inclusão das uniões civis entre pessoas do mesmo sexo em nível federal. Dois partidos ainda eram contra, mas a lei foi aprovada mesmo assim.

Em 2001, a lei entrou em vigor. Não era casamento, era união civil — por enquanto haviam liberado alguns direitos mínimos para gays e lésbicas. Mas, pouco a pouco, a lei se ampliou. Em janeiro de 2005, houve uma nova deliberação: os homossexuais tinham direito de constituir união civil com cidadãos de outros países. Só que a notícia soava como um escárnio para pessoas cronicamente solitárias como Iura. Mesmo assim, ele não podia deixar de sentir orgulho de Jonas, afinal, havia trabalhado muito para alcançar aquela conquista.

O ano de 2005 ficou marcado para Iura por uma nova reviravolta na carreira: começou a planejar sua primeira grande turnê pela Rússia e pelos países da CEI, que terminaria em Khárkov. No ano anterior, ele não conseguira viajar, mas saber que voltaria à Ucrânia o impeliu outra vez a tentar encontrar o Andorinha.

Sem esperanças de obter sucesso, voltou a revirar os fóruns russos, e a procurar sites nostálgicos. Em um deles, enfim encontrou uma inscrição de matrícula para o acampamento Andorinha! Pelo que a pessoa tinha publicado, ficou sabendo que Goretovka existira, de fato. Essa tal pessoa não lembrava do endereço exato, mas, em linhas gerais, explicou qual estrada e qual direção seguir. Ele precisava apenas ajustar a rota e encontrar o acampamento. Não dava para fazer isso da Alemanha, pois Goretovka não constava em nenhum mapa. Mas, em 2006, no distrito de Khárkov, ele tratou de procurar por si só. E encontrou.

Iura chegou a Khárkov com um sonho realizado. Tinha composto a obra de toda uma vida, aquela sobre a qual escrevera a Volódia certa vez. Era uma sinfonia não apenas bonita, mas cheia de significado. Era sobre liberdade — Iura tinha se permitido ser pretensioso e fora de moda. A sinfonia começava em completo silêncio, no qual soava uma voz masculina, baixa, rouca e angustiada. Essa voz se fortalecia aos poucos, tornando-se cada vez mais alta e corajosa, então entrava um coro, que não a cobria, e sim reforçava. Junto do coro, entravam também as cordas com acompanhamento do piano e, só no fim, com pompa, os sopros desaguavam sobre os ouvintes. Ao coordenar tudo isso, foi como se o próprio Iura se tornasse livre, ainda que no centro de tudo não estivesse o maestro (ele mesmo), nem o compositor (também ele), mas sim o tenor, com sua voz angustiada e rouca.

Antes, Iura pensava que sua inspiração havia sido *M. Butterfly*. Mas, ali, de volta ao Andorinha, recordando o passado, entendeu que a musa para sua principal obra não tinha sido o herói desconhecido de uma peça, e sim uma pessoa real, que uma vez fora muito próxima a ele.

O fim da trilha se perdia em arbustos crescidos. Assim que Iura pisou na areia da praia, sentiu o cheiro ruim do rio. Antes, principalmente depois da chuva, o aroma do lugar era incrível — o frescor de verão e a umidade dos cogumelos. Mas, depois de tantos anos, a floresta em volta tinha sido desmatada de modo significativo. As folhas secas, que já começavam a amarelar, pesavam sobre a superfície da água, que estava parada e pútrida. Passando em frente à entrada da estação de barcos, Iura franziu o cenho: entre as poucas árvores, dava para ver nitidamente um monte de tábuas e entulho — tudo o que restava do ancoradouro. Não havia tempo para desviar e dar uma olhada nos escombros do lugar do seu primeiro beijo de verdade. Iura foi adiante.

Até então, ele tinha medo de não conseguir atravessar o rio até o salgueiro, mas todas as suas dúvidas se dissiparam assim que passou pelos portões enferrujados que antes separavam a praia da floresta. Não havia mais rio nenhum. Do profundo e rápido afluente do rio Donets, restava apenas um pântano repleto de plantas aquáticas, estagnado e verde. Nesse cenário, a antiga placa soviética na entrada da prainha parecia até piada: com nadadores em meio a ondas agitadas e a inscrição "Cuidado! Correnteza forte!".

Como e por que o rio tinha secado, Iura não sabia, mas desconfiava que tinha sido por causa da construção que se erguia na outra margem. Talvez o rio estivesse atrapalhando e tivessem desviado o curso? Construído um dique? Não dava para saber, mas Iura não ligava para isso agora.

Virou à esquerda, com esperanças de ainda encontrar o vau. A trilha, que já antigamente não consideravam transitável, por pouco não deixara de existir: era preciso abrir caminho entre a vegetação. Ao chegar no trecho da trilha que ficava sobre o declive, ele parou. A parede de terra havia cedido e caído, mas dava para dar a volta mesmo assim. Iura avançou pela pontinha, olhando para baixo: uns dez metros de areia e, mais adiante, as mesmas plantas aquáticas e a mesma água parada. Lembrou da enseada para a qual ele e Volódia tinham navegado juntos certa vez e deu um suspiro profundo. Os lírios tinham morrido, afinal as águas suaves da enseada onde cresciam também haviam baixado de nível e se tornado pantanosas.

Iura olhou para a outra margem. Do lado de lá, no ponto mais alto, dava para ver não apenas os telhados e o muro que rodeava o condomínio, mas também algumas casas. Muitas ainda estavam em construção, mas havia algumas já terminadas e visivelmente habitadas. O outdoor, na entrada do condomínio, anunciava: "Venda de chalés de luxo e *townhouses*. O Ninho da Andorinha é seu conforto no futuro. LVDevelopment". Iurka sorriu — pelo jeito, quem pensara no nome do condomínio sabia que, em algum momento, existira ali o acampamento Andorinha.

Ao alcançar o vau, Iura parou, indeciso. Naquele ponto, a água tinha secado por completo, o que não era de se surpreender, pois sempre fora raso, mas ele tinha certo receio de que a terra úmida e lodosa não aguentasse seu peso e ele ficasse atolado. Porém não havia outra escolha: Iura precisava chegar até o salgueiro, não tinha feito todo aquele caminho à toa.

Se bem que, talvez, tivesse sido à toa, sim. Já havia se passado tanto tempo que, no fim das contas, era possível que não houvesse mais salgueiro, nem cápsula do tempo. Por que ele fora até ali? Por que se dispusera a procurar uma coisa que estava perdida havia tanto tempo? Entretanto, teria que voltar em algum momento. Era tarde "para eles", mas nem tudo tinha acabado para Iura. Ele voltara para ficar de consciência limpa, para colocar um ponto-final, para, principalmente, conseguir ser honesto consigo mesmo e saber que fizera todo o possível para encontrar Volódia. Claro, ele estava atrasado — não um dia, nem um ano, mas uma década inteira e mais um pouco. E o único fiozinho que conduzia a Volódia devia estar guardado sob o salgueiro. Bastava desenterrar.

Seus receios não se confirmaram: a árvore continuava firme e havia até se tornado maior e mais bonita. Reclinava-se sob o peso da copa frondosa, que começava a amarelar. Nervoso e quase sem ar, Iura foi até ela. Afastou os ramos, adentrou a cúpula e sentiu um tremor por dentro: continuava tudo igual a antes! Com uma diferença: estava mais frio e mais silencioso sem o marulhar do rio. Mas a copa do salgueiro ainda escondia Iura do resto do mundo.

21

A cápsula do tempo

A INSCRIÇÃO "I + V" TALHADA no tronco havia escurecido, perdido a nitidez e se alargado como uma antiga cicatriz. Iura, com tremor e carinho, passou os dedos sobre ela, e em seguida pegou a pá. A terra úmida facilitava a escavação e em alguns minutos Iura ouviu o som da batida na tampa de metal da cápsula. Suspirou aliviado: estava no lugar! Sujando as mãos de terra e ferrugem da velha lata, ele a abriu e começou a esvaziar o conteúdo sobre a grama.

Primeiro apareceram as pontas desbotadas dos lenços, depois veio o lírio, em frangalhos, um bóton da Komsomol e óculos quebrados. Mas Iura e Volódia não haviam colocado nem o bóton nem os óculos na cápsula na última temporada no Andorinha... Iura pegou a armação, recordando como ele a tirara do rosto de Volódia, com todo o cuidado, como se fosse uma joia, embaixo daquela mesma copa.

São os óculos dele... Mas e o caderno? Cadê o caderno?

O caderno de Volódia com as histórias de terror, com o roteiro, com o "Iurtchka" e os desejos para o futuro não estava na cápsula. Em compensação — e Iura não esperava por isso de jeito nenhum — caiu de dentro dela um maço de cartas, bem amarrado com uma cordinha.

Ele pegou o maço com as mãos trêmulas e desamarrou a cordinha. Sentiu um nó na garganta, o sangue pulsar nas orelhas e a cabeça rodar com um verdadeiro enxame de perguntas: que cartas eram aquelas e de onde tinham vindo? Era óbvio que Volódia as tinha colocado ali, quem mais? Significava que ele tinha ido até o salgueiro e aberto a cápsula, significava que ele tinha estado ali! Mas quando? A resposta estava nas cartas.

Na superfície do papel, um envelope comum, estava escrito o antigo endereço de Iurka e o endereço em Moscou de Volódia, mas não havia selos nem carimbos do correio. Volódia tinha escrito aquelas cartas, mas não enviado — pelo conteúdo, Iura adivinhou quando.

Será que eu te ofendi com meu último telegrama? Você disse que se eu te afastasse mais uma vez, você ia sumir para sempre. Será que eu te afastei? Porque você sumiu. Nesse caso, você está de parabéns. Finalmente aprendeu a manter a palavra.

Acabou sendo para o seu próprio bem. Meu pai está com problemas muito sérios. Acabou se ligando a certas pessoas de um grupo criminoso — não por vontade própria, claro. Foram eles que vieram e começaram a exigir um pagamento, dizendo que assim não mexeriam com ele. Mas papai, um homem de princípios, soviético, colocou-os para correr. E aí eles, que não têm princípio algum, "mexeram" com meu pai: causaram um incêndio na construção. Depois começaram a ameaçar fazer mal à família. Iura, enquanto escrevo estas palavras e, antes, quando escrevi o telegrama, estava pensando apenas em você. Nossa caixa de correio não fica dentro do apartamento. Eles poderiam encontrar suas cartas, poderiam dar um jeito de te envolver nessa história também e, para mim, você é o que tenho de mais precioso. É claro que tive receio por mim, pelo meu pai e pela minha mãe, mas por você também. Até agora tenho medo só de imaginar o que poderia acontecer se descobrissem o que você representa para mim. E se começassem a me ameaçar dizendo que fariam mal a você... O que eu seria capaz de fazer se isso acontecesse?

Agora entendo que fui um pouco exagerado e que Khárkov, evidentemente, também tem seus grupos, que os daqui de Moscou dificilmente entrariam em território alheio. Só entendi agora, mas naquela época... Não foi só eu que entrei em pânico, a família inteira ficou com medo até de sair do apartamento.

Mas o que fazer? Foi melhor assim. Eu não queria. Sinto muita saudade e não quero te perder. Mas assim vai ser melhor. Quero que você ajeite sua vida, que não se distraia comigo, que não pense em mim. Que encontre uma namorada. Afinal, para que você precisa de mim? Eu só faço mal, atrapalho, te tiro do caminho certo e te distraio, e você precisa viver sua vida. Não me deseje mal e me desculpe por tudo. Não te esqueço nem um minuto, mas sem mim vai ser melhor para você.

Iura corria os olhos pelas linhas e, a cada palavra, viajava para mais e mais longe no passado. Ficou lembrando de como ele era naquela época, de como Volódia era. Agora, num mundo novo e mudado, tudo aquilo parecia esquecido, absolutamente irreal, mas, na época... era extremamente importante.

Naquele momento, Iura entendia por que Volódia não tinha enviado a carta. Tinha medo por ele, queria protegê-lo, não queria se aproximar. Por muito tempo, Iurka havia imaginado o motivo de Volódia ter interrompido a relação deles de forma tão abrupta... Mas a razão chegava a ser até engraçada de tão simples: Volódia quisera preservá-lo e pensou que faria isso se afastando, tinha medo de que alguma coisa pudesse acontecer com Iurka.

As próximas três cartas tinham selos e carimbos dos correios. Do lado do remetente estava indicado BM153 — base militar —, e no endereço do destinatário, o apartamento de Iurka em Khárkov. Então Volódia tinha feito os dois anos de serviço militar obrigatório. A primeira dessas cartas datava de agosto de 1991.

Imagino a sua cara quando receber, sem nenhum aviso, uma carta do exército. Bom, cedo ou tarde eu teria que servir, não é? Então por que não agora? Não posso dizer que gosto daqui, mas só lamento o fato de ter abandonado a faculdade um semestre antes de terminar o curso. Mas tudo bem, vou superar. Mais do que isso, lamento que a gente tenha se afastado. Tinha que ser assim, Iura. Simplesmente tinha. Eu não queria.

Sei que você está bravo. Mas sei também que, de toda forma, você vai ler. Não fique bravo. Quando eu voltar a ser civil, vou te explicar tudo, e você vai entender. Me sinto meio triste aqui. Escreva duas ou três linhas de resposta, pelo menos. Mas... tem que escrever com cuidado, você sabe. Vou esperar.

Mas Volódia esperou em vão. Iura suspirou. Não tinha recebido aquelas cartas porque tinha ido morar na Alemanha. Volódia devia ter ficado extremamente triste sem resposta. Mas havia mais duas cartas da base militar, e Iura as abriu em ordem.

No fim de agosto, Volódia escreveu:

Não sei por que você não responde. Espero que não tenha recebido a primeira carta, só isso. Algum problema do correio, talvez?

Tem sido difícil aqui para mim, longe da família e... dos amigos... sem sua resposta. É complicado principalmente por conta dos meus problemas. O ambiente... influencia. Você deve se perguntar o que eu faço com meus medos aqui.

Claro, aquele meu problema não sumiu, nada conseguiu me ajudar, eu escrevi sobre isso, você deve lembrar. Depois daquela história, que eu não posso contar por carta e que foi o motivo de irmos embora de Moscou, meu pai sugeriu que eu entrasse para o exército para minha própria segurança. E acrescentou que, aqui, fariam de mim um homem. Só você sabe que eu tive uma "reincidência", não contei para os meus pais, por isso meu pai está tranquilo e eu também estava. Agora, pensando nos últimos três anos, acho que fui muito ingênuo ao achar que poderia me livrar do meu problema. Aqui, na base militar, não tem a menor chance de superar. Ainda que tenha o outro lado da moeda: o exército fortalece. Não tenho para onde fugir dos meus medos. Aqui, tenho que me acostumar a viver com eles.

Responda, por favor, espero muito sua resposta.

Iura sabia de que "problemas" Volódia estava falando e o quanto devia ser difícil para ele estar no exército. Iura só podia imaginar em parte aquele medo, o quanto devia ser complicado.

A sociedade... Iura sabia que, nas ex-repúblicas soviéticas, mesmo naqueles dias, já em 2006, as coisas estavam um pouco piores para as pessoas LGBTs, que a forma como a sociedade os encarava mudava muito devagar e com muita dificuldade, não era como no Ocidente. Em outros tempos, o tratamento para o "homossexualismo", considerado um desvio psicológico, era desumano — os médicos podiam chegar ao ponto de deixar Volódia inválido. Depois, o exército era mais uma provação. Ter que passar dois anos cercado de homens não era fácil para Volódia, que lutava contra seu desejo e considerava a si mesmo um monstro. Iurka queria, mais do que tudo, voltar no tempo e apoiar Volódia. Contar que havia muitos como ele e que lá, onde Iura morava, a sociedade os aceitava.

A última carta da base militar estava datada de março de 1992, e era bem curta:

Nada de resposta. Será que você mudou de casa? Ou realmente passou a me odiar? Como está? O que está acontecendo? Encontrou uma namorada? Talvez já tenha se casado até? Espero muito que seja assim, que você tenha encontrado a felicidade. É muito difícil reconhecer que já passou um ano. Tenho uma licença em abril e quero te visitar, Iura! Vou direto te visitar!

Iura fechou os olhos ao ler a última linha da carta. Provavelmente havia sido nessa data que Volódia o procurou, sem sucesso.

As cartas restantes estavam em envelopes brancos comuns, sem selo e sem endereço. A única anotação eram as datas, escritas a lápis. A mais antiga era de maio de 1993.

Ano passado estive em Khárkov. Não te achei. Fui até o endereço para onde sempre escrevi e encontrei os novos moradores do seu apartamento. Me contaram que vocês tinham se mudado havia muito tempo para a Alemanha.

Tudo bem, Iura. Você fez o certo. Se não pegou as cartas, significa que não precisa delas. Se não deixou o endereço, significa que não precisa de mim. Talvez seja melhor assim. A gente não daria em nada mesmo...

Furioso, Iura fez um gesto brusco que por pouco não rasgou a carta.

— Eu deixei! Escrevi pra eles, pedi pra darem meu endereço, pedi pra me enviarem as cartas. Confiei nos outros pra nada!

Mas Iura não devia ter confiado nos outros. Devia ter escrito ele mesmo para os vizinhos, todos os meses, mesmo que ninguém morasse no apartamento, devia ter enchido a caixa do correio de cartas. Mas não fizera isso.

— Deixei passar — murmurou ele.

Não queria mais ler, mas não conseguia parar.

Mas então por que você me procurou? Por que foi até Tver, como conseguiu achar o endereço do meu primo?

Iura considerou seriamente deixar aquela carta e passar para próxima. *O primo...* Então aquele Vova era realmente o primo.

Iura virou o rosto. Mas a carta, feito um ímã, atraía seu olhar. A caligrafia de Volódia, as linhas retinhas, as letras miúdas eram uma memória viva daquilo que tinham vivido e do que poderia ter acontecido entre os dois.

Os novos moradores me deram as cartas intocadas. Que pessoas boas. Nem abriram.

Entrei em desespero quando entendi que nossa relação havia acabado definitivamente. Fui de um extremo a outro: sabia que era melhor assim, mas não conseguia ficar em paz com isso. Ainda estou em desespero, por isso escrevo esta carta, mesmo sabendo que não tenho para onde enviar. Escrever cartas para lugar nenhum é um método de lutar contra o estresse. Aprendi sobre isso quando ainda estava na faculdade, em uns livros de psicologia, mas só tentei a primeira vez no exército. A essência da coisa consiste em escrever os pensamentos e as preocupações, depois destruí-los. Assim a gente se livra da tristeza da alma. Foi o que me ajudou muito no exército. Como me mandaram para o Estado-maior, tive tempo e possibilidade de escrever.

Aliás, a base era completamente adequada para mim, o pessoal que servia era bacana e fiz amizade com muitos deles. Sabe, eu tinha ouvido histórias de que costumam acontecer coisas horríveis quando a gente serve, mas comigo não aconteceu nada. Passei ileso até pelos trotes. O difícil mesmo era outra coisa... Você sabe o quê. E eu descarregava tudo nas cartas. Aquelas, que não enviava. Eu me dirigia a você, ainda que, segundo o método, devesse escrever para mim mesmo. Se você soubesse com quanta sinceridade e quantas palavras de amor eu escrevi! E depois queimava tudo, porque ninguém podia descobrir. Mas agora estou em casa e não tem necessidade de queimar esta...

Estou mal agora, mas muito feliz por você. Espero que seja melhor aí. Espero que as pessoas e a vida em geral sejam melhores.

Passaram-se dois anos e eu voltei para casa, mas a sensação é de que caí em um mundo completamente diferente. O mundo mudou mesmo, o país mudou. Meu pai está abrindo outro negócio... Diz que é para eu ajudá-lo, mas não consigo me adaptar. Mas Vovka disse que isso é normal, que depois de servir ele também ficou um ano descansando. Aliás, o Vovka!

Quando ele me contou que tinha aparecido um cara perguntado de um monitor do Andorinha e que ele não tinha te deixado passar nem pela porta, comecei a xingá-lo de tudo quanto é nome. Sei que eu devia ter alertado sobre você, mas, palavra de honra, nunca imaginaria que você o procuraria. Dá para entender o Vovka, ele sabia dos problemas do meu pai, sabia que a gente tinha ido embora para se esconder de criminosos, por isso ele não te disse nada... Mas eu não conseguia me conformar que a gente tinha a esperança de não perder um ao outro, mas deixamos escapar.

Fico pasmo com os tempos que estamos vivendo, e tenho medo do que está por vir. Em Tver já havia alguma coisa dando errado, estão vindo para cima do meu pai. Ele e minha mãe querem mudar outra vez. Dessa vez para Belgorod, dizem que na fronteira é mais tranquilo. Mas como não entendem que, hoje em dia, é na fronteira com a Ucrânia que está concentrado todo o contrabando? Ou seja, nunca vai ser tranquilo. Meu pai bate o pé, se recusa a fazer parceria com bandidos. Sim, parceria. É uma coisa perigosa demais, apesar de termos que cooperar de toda forma, pois eles obrigam. Mas não, o teimoso do papai não quer nem ouvir falar disso. Será que ele acha que não tem nenhum bandido em Belgorod?

Briguei com meu pai, insistindo que não deveríamos mudar de cidade, que temos que sair da Rússia. Aqui não se fazem negócios honestos, e se meu pai permanecer firme aos seus princípios, de que eu, aliás, compartilho, não vão deixá-lo em paz de jeito nenhum. Não consigo enfiar na cabeça dele que precisa levar em conta esses "gastos" de antemão, criar uma pastinha à parte para isso no escritório e pronto. Mas ele que faça o que quiser. Por enquanto, está engambelando os "figurões", já eu, no lugar dele, estou tentando me ocupar com alguma coisa mais útil.

De toda forma, ainda planejo ir um dia para os EUA, mas por enquanto não tem a menor possibilidade. Para começar, preciso me formar, terminar a faculdade, que vou concluir à distância, depois vejo o que fazer. Lembro bem o que você pensava dos meus esforços de me tornar comunista, entrar para o Partido e ganhar uma boa reputação. Lembro e sorrio: você estava certo ao dizer que nada disso importava. Realmente, agora tudo se resume a nada. Certo, preciso terminar a carta, meus punhos já estão doendo...

— "Se você soubesse com quanta sinceridade e quantas palavras de amor eu escrevi! E depois queimava tudo" — releu Iura. — Eu queria saber.

Havia se passado muito tempo, mas era como se Iura tivesse sido lançado de volta ao passado.

Enquanto Volódia derramava seus sentimentos nas folhas de papel que depois queimava, Iura esperava as cartas do vizinho do prédio. Depois realmente começou a esquecer Volódia, depois de se envolver com Jonas.

Cheio de culpa por ter deixado tudo escapar entre os dedos e por não ter cultivado seu amor por mais tempo, Iura abriu a carta seguinte. Volódia escrevia quase um ano depois, em abril de 1994.

Faz tempo que não escrevo uma carta dessas. Nem tem necessidade, só me deu vontade. Me recuperei do exército, terminei a faculdade e pego o diploma em junho. Ajudo meu pai com os negócios e precisei adiar os planos de ir para os EUA. Por enquanto, não vou mais pensar nisso, talvez nem vá para lá. Será que deveria ir para algum outro lugar? Ainda não é hora disso, tenho que cuidar de outras coisas. Estou ajudando meu pai. Ele finalmente me deu ouvidos. Está trabalhando com abarcamento de terrenos e casas antigas, na periferia da cidade e na região rural. Encontrei uma brecha nas leis e, graças a isso, dá pra vender de duas a três vezes mais caro.

Mais uma carta, datada de fevereiro de 1995. Iura ficou chocado ao ler as primeiras linhas.

Você não imagina: me mudei para Khárkov! Que ironia! Era eu que sonhava em cruzar a fronteira, mas quem fez isso foi você. Em compensação, agora moro na sua cidade. Meu pai conseguiu a cidadania ucraniana e oficializou a firma aqui. Não escolhi Khárkov por sentimentalismo. Belgorod faz divisa com a região de Khárkov e, na época em que estávamos mudando, compramos uns lotes lá, já temos uma pequena base de clientes.

Também recebi a cidadania. Aqui também não tem um único negócio honesto, mas acho que em breve meu pai vai admitir que precisa mandar os princípios para longe.

Para mim é tão estranho andar nas mesmas ruas que você uma vez andou. Quase tão estranho quanto te escrever essas cartas que eu sei que você nunca vai ler.

Gosto muito da sua cidade, Iura. Parece um pouco com Moscou, mas não tem tanta gente, é mais silenciosa e tranquila. Passeio sempre que tenho um tempo livre, e fico me perguntando se você passeava pelos mesmos caminhos. Passei dois meses procurando o conservatório de Khárkov, mas não achei. Como ia saber que você chamava sua alma-máter de "conservatório", mas na verdade era Instituto de Artes Kotliariévski? Passei em frente de um dos prédios e ouvi um piano. Foi um sentimento tão bom, como se fosse você tocando, mas, ao mesmo tempo, eu sabia que não podia ser. É triste — é como se eu estivesse um pouco mais perto de você, mas, mesmo assim, continuo inacreditavelmente longe.

Sabe, eu conheci uma garota... Ela se chama Svieta. É muito bondosa e luminosa. Ela me levou para fazer uma excursão pela cidade e contou que a estátua de Lênin que vocês tinham na praça da Liberdade apontava com o dedo para os banheiros públicos. Não sei por que achei tanta graça nisso, mas fiquei rindo um bom tempo. E lembrei de você conversando com o busto de Vladímir Ilitch no teatro.

Gosto da Svieta: é muito positiva e alegre. Não tenho nenhuma esperança, entendo que o que sinto por ela é simplesmente amizade, mas é gostoso ficar perto dela. Quem sabe me apaixono?

Iura sorriu — lembrava do monumento a Lênin e da cidade natal. Seria possível que Volódia estivesse mesmo morando em Khárkov quando escreveu? Realmente, que ironia! E que bobo Volódia era! Quantos anos havia completado em 1995? Vinte e sete, e mesmo assim continuava com a esperança de se tornar "normal". Na verdade, Volódia tinha sido normal a vida inteira, só que não sabia. Ninguém nunca havia dito a ele que, naquele caso, o anormal seria justamente o contrário: ele se apaixonar por uma garota.

Talvez aquelas palavras sobre se apaixonar fossem apenas brincadeira, mas Iura enxergou nelas uma ponta de esperança. Em algum lugar no fundo, bem lá no fundo do coração, sentiu uma pontinha de ciúmes. Uma pontinha bem pequena, mas ele sabia que era bobagem e sorriu outra vez.

Continuou a ler. O envelope seguinte indicava abril de 1996.

Iura, eu estraguei tudo! Falhei com ela! Svieta está sofrendo, me liga às vezes, e eu tento tranquilizá-la como posso. Mas quem vai me tranquilizar? Que idiota! Em 1990, todo mundo gritava que as pessoas como eu... Bom, vá lá, não são normais, mas também não são esses monstros que antes se imaginava. Não, eu até hoje não concordo com tudo e não consigo aceitar todos eles — tipo o Boris Moisséiev, esse cantor que inventou de "sair do armário", e os que se vestem de mulher, tenho nojo —, mesmo assim, pelo menos valia a pena pensar um pouco sobre isso. Mas não! Decidi estragar minha vida e, depois, a de Svieta.

Tenho pena dela. É tão alegre e divertida... Parece com você. Luminosa, como eu disse. E eu causei tanta dor a ela. Pessoas como Svieta têm que ser felizes.

Eu a amei. Ou melhor, foi o que achei. Acho que me esforcei muito para acreditar que poderia amá-la, desejei com tanta força, que acabei convencendo a ela e a mim.

A gente começou a sair depois de um mês que se conheceu. Eu sou o culpado, me perdi dentro de mim. Confundi o carinho por ela enquanto pessoa com um carinho em relação a uma namorada. Conversamos tanto e passeamos tanto. Talvez eu esteja dizendo bobagem, mas ela me transmitia luz e calor. Não resisti. Outra vez tive a esperança de que minha doença podia ser curada e vi na Svieta a chance de mudar.

Começamos a morar juntos, e dois meses depois ela estava "atrasada". Ela me comunicou assim que notou. Fiquei muito confuso. Paralisado, sem entender nada, e, sei lá por quê, minha resposta veio na hora. Na hora! Não pensei nem um dia! Como um homem decente, eu disse que se ela estivesse grávida, a gente ia se casar, não havia discussão. Comunicamos nossos pais e fomos a uma clínica fazer os exames. Uma clínica boa, particular.

Estava sentado no corredor com a Svieta e olhei em volta: fotos de recém-nascidos, de mulheres grávidas. E a Svieta toda reluzente! Estava folheando uma revista e, com um sorriso, estendeu-a para mim para mostrar a foto de uma família: a mãe alegre com um bebezinho lindo nos braços, e o pai abraçando os dois. "Olha que gracinha!", disse Svieta, e eu... estava olhando para o homem na foto. E respondi: "É bonito, mesmo". E foi como se um raio me atingisse: onde eu estava me metendo?! O que estava fazendo naquela clínica, como tinha me enfiado numa situação assim?! Que loucura era aquela?! E esperava o quê? Será que não enxergava a verdade? Chamaram Svieta para o consultório, e eu corri para o banheiro. Pensei que ia voltar a mim e deixei a água fervente correr, o que antes ajudava. Mas nada. Só piorou. Que tipo de pai eu seria? Sou um desequilibrado, um suicida! Por qualquer ninharia me escondo no banheiro e enfio as mãos na água quente. Que tipo de marido eu seria?

Não sabia onde me enfiar nos dias seguintes, enquanto esperávamos os resultados. Era como se eu tivesse caído numa espécie de inferno. Nem no exército havia sido tão ruim.

Claro que tinha que me obrigar a dormir com Svieta. Tinha que me preparar por uma meia hora. Svieta, lógico, é uma pessoa que adora os preâmbulos, mas eu não fazia isso por causa dela. Se já era tão ruim agora, como seria depois? Havia duas possibilidades: ou eu iria traí-la, ou me matar. Mas Svieta me amava e ainda me ama, tinha esperanças em mim. E um bebê, ainda por cima! Ele nem tinha nascido, e eu já o odiava.

Depois chegaram os resultados — alarme falso. Fiquei tão contente que não dormi a noite inteira. Svieta pensou que minha insônia era de decepção. Meus pais me aconselharam a casar com ela. Gostavam de Svieta, é claro. Porque ela, pelo jeito, tinha corrigido o filho pederasta deles. Os pais da Svieta apoiavam os meus: "Vocês têm nossa bênção, e um filho é Deus quem manda". Mas eu, assim que voltei a mim, disse que queria terminar. Ela, coitada, até hoje pensa que é por conta da não gravidez. Chora o tempo todo, me liga de madrugada. Não durmo até as duas da manhã, pendurado com ela no telefone. Dá pena. Não contei a verdade — nem nunca vou contar. Não vou contar para ninguém. Mas o que fazer com isso, não sei. Já entendi que não tem cura. Olho para outros que são como eu e não tenho ódio deles. Mas os outros são uma coisa, e eu sou outra. Não consigo me perdoar.

Parece que vivo uma vida alheia. Mas qual seria a "minha" vida, não sei. E não quero descobrir. Ela me assusta.

Iura fechou os olhos bem apertados e então os abriu. Sentia a cabeça zunir pela quantidade de informações e emoções que enchiam aquelas linhas. Quanta vida fora colocada na carta, quanto desespero, quanta esperança. Iura não conseguia ordenar os próprios pensamentos. O que tinha entendido era o seguinte: na época em que tinha escrito, Volódia se preparava para casar, desfez o casamento, lutava consigo mesmo e não conseguia se aceitar... E nessa mesma época Iura tinha esquecido até de pensar em Volódia. Estava completamente mergulhado no relacionamento com Jonas. Agora sentia um peso na consciência. Tinha que ter tentado encontrá-lo antes! Tinha prometido! Prometido que os dois não iam se perder... mas lembrou disso tarde demais.

Do maço de cartas, restavam apenas dois envelopes. Em um deles, havia a data exata: 30 de junho de 1996. A mão de Iura estremeceu quando viu a data do encontro deles no Andorinha. Haviam se passado exatamente dez anos desde que se separaram.

Hoje eu abri a cápsula. Tirei meu caderno e li nossos votos. Nenhum deles se realizou. Perdemos um ao outro, Iura, e eu me perdi. Não fui para os Estados Unidos nem vou, pois os negócios aqui vão melhor do que nunca. Logo meu pai vai se aposentar, e tudo vai ficar por minha conta. É tarde para sair em busca de mim mesmo, tenho que me conformar com o que tenho. Será que você entrou no conservatório e virou músico?

Eu, é claro, não esperava que você viesse aqui hoje. Tudo bem, é mentira. Esperava, sim, mas sabia que a chance de você aparecer era tão pequena que seria quase um milagre. Você tem sua vida. E sei do fundo do coração que aquele Iurka para quem eu escrevo de vez em quando não existe há muito tempo. Você cresceu, virou outra pessoa, e meu interlocutor invisível é apenas uma imagem na minha cabeça, a lembrança de você, que guardo com tanto cuidado ao longo de todos esses anos. Nem sei se o fato de eu não conseguir deixá-lo ir embora é bom ou ruim. Às vezes, acho que pareço um louco — e não sou? Fico conversando com um você inventado. Mas isso tudo é porque me sinto sozinho. Por fora está tudo bem, mas por dentro me sinto um velho, mesmo que não tenha nem completado trinta anos... Mas também me tornei outra pessoa, e nem de longe o melhor que podia ser. Eu deveria encontrar alguém... Uma pessoa minha, com quem eu pudesse ser honesto. Mas, sempre que penso nisso, me convenço mais e mais de que encontrar uma pessoa assim não é para mim.

Estou colocando essas cartas na cápsula do tempo com uma esperança ínfima, mas viva, de que você, um dia, vai lê-las. No fim das contas, essa cápsula é uma espécie de caixa de correio. A única forma de você recebê--las. Ou é o túmulo do meu passado? Não sei. Vou me esforçar para não escrever mais cartas para meu interlocutor silencioso. Chega.

Iura sentiu um aperto no peito ao entender o quanto Volódia estava certo. Os dois não tinham conseguido se proteger, tinham perdido um ao outro e a si mesmos. Sim, Iura tinha se tornado músico, como prometera. Mas não havia encontrado a felicidade. Tudo que lhe restava era a carreira e a solidão. E a solidão depois dos trinta é completamente diferente daquela aos dezesseis, quando só parece que ninguém precisa de nós. Da solidão de Iura dificilmente haveria escapatória, porque não havia mais ninguém por perto. A mãe morrera, o pai não queria conhecê-lo, e amigos de verdade quase não apareciam: alguns cuidavam da família, outros estavam ressentidos por causa de brigas e outros Iura simplesmente perdera — como a pessoa que, um dia, ele havia perdido no Andorinha.

Volódia também era solitário, mas ele mesmo tinha se condenado a isso. Não tinha ninguém com quem conversar, com quem se abrir, por isso escrevia aquelas cartas.

O envelope da última era diferente dos demais: atual, longo, o papel parecia mais claro e novo, não tinha nada escrito, só a data a lápis — 2001. Diferente das outras cartas, escritas em folhas de caderno, aquela fora escrita num papel A4.

Esta é a última carta. Agora entendo perfeitamente: chegou a hora de me livrar também deste hábito, pois não preciso mais dele. Não haverá pedidos de socorro aqui, esta carta é a final. E é por isso que existe um motivo para ela. Vai parecer estranho, mas eu desperdicei minha juventude. Apesar disso, preciso continuar vivendo. Ao olhar para trás — enquanto escrevo esta carta e lembro de você — é difícil seguir em frente.

Gostaria muito de dizer que não me arrependo de nada. Infelizmente, não é verdade. Eu me arrependo, e muito. Não de você, mas do que fiz comigo mesmo em 1989. Se eu soubesse quais seriam as consequências, não teria começado o tratamento por nada no mundo, teria torcido o pescoço daquele "médico" com as próprias mãos. Que tipo de psiquiatra ele era? Onde se formou? Como um médico pôde não dar a mínima atenção ao meu hábito de me castigar (pois eu contei para ele!), um sinal claro de tendência suicida? Era contra isso que eu precisava lutar, e não contra o fato de sentir falta do meu amigo Iurka Kóniev. Ele dizia que quando tivéssemos atingido a cura, o hábito de queimar as mãos também sumiria. Até parece. E não foi só isso, o tal "tratamento" trouxe outras consequências ao longo desses quase dez anos.

De toda forma, praticamente me livrei do hábito de me castigar. Sim, às vezes, quando os ataques de pânico são muito fortes, esse pensamento dá indícios de voltar, mas aprendi a espantá-los. Precisei de ajuda externa para conseguir me livrar disso, mas foi sem a intromissão de qualquer charlatão. Estava tudo revirado na minha cabeça, e aquele "médico" bagunçou tudo ainda mais.

Meus únicos relacionamentos concretos começaram tarde — aos trinta e um anos. Agora entendo que nunca o amei como pessoa, por quem ele era. Eu amava apenas uma coisa, o sexo. Ou seja, o fato de que ele era homem. Meu homem. Eu havia finalmente conseguido! Entrei em êxtase com o fato de ele ter ombros de homem, mãos de homem e... todo o resto. A personalidade, o caráter, até a aparência, na verdade, me eram indiferentes. E, quando nos separamos, tive certeza de que não o amava: eu não sentia saudades dele, sentia saudades da proximidade.

Mas não me arrependo nem um pouco dele na minha vida. Ele me ajudou a superar meu medo, eu me perdoei, me aceitei e, caramba, como tudo ficou mais leve depois disso! Ficamos juntos por quase dois anos. Apesar de que é um pouco demais dizer "juntos". A gente se encontrava, se via, se relacionava, dormia junto, mas nunca falamos em morar junto — ele era casado. Acabei me enchendo desse vaivém e terminei tudo.

Mas não foi só isso que mudou na minha vida. Iura, estou aqui! Não consigo acreditar, aqui! E tudo isso é meu! Agora, posso dizer que tenho tudo. Embora... não tenha nada a perder...

Iura desdobrou a carta com a intenção de continuar lendo, mas algo o distraiu. Caiu alguma coisa da página. Ele pegou do chão uma foto em preto e branco dobrada ao meio, abriu-a e perdeu o fôlego: era aquela mesma fotografia tirada depois da peça no Andorinha. Depois de quase dezoito anos, Iura tinha esquecido completamente dela. Olhou para si mesmo mais novo e para Volódia, que o abraçava pelos ombros. Como Volódia era bonito: alto e esguio, um pouco pálido e com uma ligeira sombra sob as maçãs do rosto bem marcadas. E como Iurka tinha saído engraçado: como sempre com o lenço de pioneiro torto, um sorriso de lado e o boné virado para trás, que coisa ridícula! Como pareciam contentes e como estavam felizes naquele dia! Apesar da separação iminente, apesar de restar tão pouco tempo juntos... Os dois eram felizes porque estavam juntos e, o mais importante, tinham esperança e acreditavam que iam se reencontrar.

Iura se preparava para guardar a foto e continuar a leitura, mas, ao virá-la, sentiu o coração parar por um segundo, voltando a bater dolorosamente contra as costelas. Na parte de trás da foto, numa caligrafia bem miúda, estava escrito: "Não tenho esperança de nada nem espero nada. Só quero saber o que aconteceu com você", e, abaixo, havia um número de telefone, rasurado. Mais abaixo, dois outros números, anotados com outra caneta, um fixo e um de celular.

O coração de Iura deu mais um pulo e uma esperança brilhante se acendeu dentro dele. Iura supôs que o número riscado havia sido o primeiro deixado por Volódia, quando colocara ali as antigas cartas, em 1996. Os outros dois ele devia ter escrito mais tarde, em 2001. Iura arrancou o celular do bolso, tentando lembrar quanto ainda tinha de crédito, e, com os dedos trêmulos, começou a discar o número do móvel. Mas hesitava — era como se estivesse prestes a acionar um detonador.

Atenderam rápido. Uma voz de mulher, não muito jovem. Por um momento, Iurka pensou: *Quem é essa? A esposa ciumenta? Será? Não, ele já caiu em si!*

— Boa tarde. Poderia falar com Volódia?

— Que Volódia? — respondeu a mulher, irritada.

— Davýdov.

Depois de um segundo de pausa, que pareceram horas para Iura, responderam:

— Você ligou errado.

E desligaram.

Volódia, pelo jeito, havia mudado de número. Em 2001, os celulares estavam começando a se popularizar, mudavam as operadoras, as tarifas, os números. O mais provável era que Volódia já tivesse mudado de chip e tivessem transferido o número dele para outra pessoa. Conferindo o que estava anotado na foto, Iura começou a discar o segundo número, que parecia um número conhecido e da sua cidade.

— Cinquenta e cinco, cinco... — repetia Iura em voz alta. — Que estranho...

Iura com certeza tinha visto aquele número em algum lugar.

— Escritório da companhia LVDevelopment, atendimento — respondeu uma voz fria de mulher. — Boa tarde.

Iura ficou confuso e olhou instintivamente para trás, em direção ao outdoor que tinha visto no caminho. Mas não dava mais para vê-lo dali.

— Por favor, passe para o Voló... Vladímir Davýdov.

— Vladímir Lvóvitch não pode atender hoje. Deixe seu contato, e ele vai retornar a ligação para o senhor.

— Depois não adianta, tem que ser agora, é urgente! Me passa o celular dele?

— Com quem eu falo, por favor?

— Kóniev. Iúri — respondeu ele, tolamente.

— O patronímico, por favor.

— Ilitch.

Passaram-se alguns segundos de silêncio. A secretária com certeza estava procurando o nome dele em alguma lista de clientes ou sócios da companhia. Iura começava a perder a paciência.

— Senhor Iúri Ilitch, infelizmente não posso fornecer ao senhor o número pessoal do diretor. Por favor, deixe o seu...

Iura rangeu os dentes. Sabia que a secretária não podia compartilhar o telefone pessoal do diretor, mas aquele era o último fiozinho de esperança a que Iura podia se agarrar, e havia uma pessoa no caminho. Com educação, mas com o máximo de insistência, ele explicou:

— Por favor, ligue para ele e diga que o Kóniev ligou, passe meu número. Peça que me retorne depressa. Eu realmente não posso esperar, é urgente, e importante para ele também! Diga que é em relação ao Andorinha... Ao Ninho da Andorinha, quer dizer.

E então Iura ditou o número e alertou que, se Volódia não ligasse dentro de dez minutos, ele mesmo tornaria a ligar.

Iura ficou esperando enquanto encarava inutilmente a fotografia. Contornou o salgueiro e olhou para o céu, que estava tomado por nuvens cinza, a chuva que cessara logo voltaria a cair. Sob o salgueiro, quase não molhava, mas o vento balançava a copa verde-amarelada.

Ele apertava o celular, olhando constantemente que horas eram. Dez minutos se passaram, e nada. Mas Iura tinha medo de ligar de novo para a recepção e deixar a linha ocupada quando Volódia ligasse. Se é que ele ligaria.

De repente ele está ocupado? De repente está fora da área de cobertura? Talvez esteja de férias ou em algum canteiro de obras fora da cidade, onde não tem sinal... Ou vai ver que não quer mais falar comigo, afinal já se passou tanto tempo. Ele escreveu que queria esquecer...

Iura mediu quantos passos tinha a clareira embaixo do salgueiro. A chuva estava apertando, e ele tinha que recolher a cápsula e voltar para o carro, mas estava agitado demais. A ideia louca de que, depois de vinte anos, iria ouvir de novo a voz de Volódia martelava na sua cabeça. Mas, ao mesmo tempo, essa mesma ideia se transformava em outra coisa: o medo de que, depois de vinte anos, ele não fosse ouvir aquela voz de novo.

O sangue pulsava em seus ouvidos. Um trovão estrondou a leste. O toque abrupto e estridente do telefone o fez estremecer.

— Iura?

Ele congelou, apertou o telefone junto à orelha e, por alguns segundos, esqueceu como respirar.

— Sim... Sim! Volódia, sou eu!

— Iurka...

Dava para ouvir que ele sorria.

— Estou tão feliz de ouvir sua voz! Eu li as cartas... Volódia, me desculpa ter ferrado com tudo! A gente prometeu que não ia se perder, mas se perdeu, eu vim te procurar tarde demais.

Volódia ficou em silêncio. De repente, o tom de voz mudou e, pelo celular, soou indiferente.

— Você tá no Andorinha?

— Estou, embaixo do nosso salgueiro. Tá tudo destruído em volta, o rio seco, mas o salgueiro tá de pé, maior e mais bonito, como se...

— Estivesse esperando a gente — terminou Volódia.

Iura segurou o celular com as duas mãos contra o rosto, como se quisesse entrar nele e chegar até Volódia.

— Como você está agora? — perguntou baixinho.

Volódia respondeu depois de alguns segundos:

— Bom… Óbvio que você não quer saber negócios ou saúde. Como estou agora? Eu cresci…

— Você tá longe daqui?

Volódia deixou escapar um risinho.

— Mais perto do que você imagina. Quer me encontrar?

Iura engoliu o nó que se formara na garganta.

— Quero.

— Não tem medo de se decepcionar?

— Claro que tenho. E você?

— Você virou pianista?

— Você não vai acreditar, Volódia, mas sim. — Ele sorriu. — Sim, virei.

— Então não tenho medo de me decepcionar. — Uma pausa. — Certo, então espera…

A frase se interrompeu e um "tu-tu-tu" curtinho começou a soar. Iura ficou paralisado, completamente perdido, encarando a tela do celular, impotente.

Discou o número de Volódia, sorrindo só de pensar que, depois de tantos anos, ele realmente o havia encontrado. Mas, em resposta, ouviu que o número estava sem sinal. Dali a um minuto tornou a ligar. A mesma coisa.

Será que ele está fora da área de cobertura? Ou acabou a bateria?, pensou Iura. Inclinando-se sobre a cápsula, começou a recolher as cartas abertas. Notou que ainda havia uma folha. Já ia se alegrando — com certeza era mais uma carta! — quando percebeu que estava enganado. Desdobrou a folha e viu que era a partitura da "Cantiga de ninar". Um sorriso triste brincou em seu rosto: um dia, por pouco tudo não tinha acabado nessa canção, e agora era com ela que tudo recomeçava.

Com cuidado, desamassou a folha e se preparava para juntá-la ao restante dos papéis na cápsula, mas, de repente, se sentiu pregado no chão. Uma silhueta se desenhava atrás da parede de ramos de salgueiro.

Iura se virou mecanicamente e saiu de dentro da cúpula. A uns dez metros, havia uma pessoa. De longe, só dava para notar que era alguém alto. A pessoa se aproximou de Iura, e Iura dela. Através das brumas da garoa era difícil identificar os traços do rosto, mas a cada passo, como se estivesse revelando uma fotografia, os dois iam se tornando mais nítidos e distinguíveis. A mão de Iura tremeu, ele queria dar uma olhada na foto do teatro, verificar se era aquilo mesmo, comparar com a pessoa que via diante de si, aquela que tanto queria ver. Mas a fotografia não estava nas suas mãos. E mesmo que estivesse, já tinham se passado tantos anos. Mas havia uma coisa que não mudava com a idade, que continuava sempre a mesma, através da qual sempre dava para reconhecer alguém: os olhos. E aqueles olhos, ainda que não estivessem atrás das lentes dos óculos, eram dele. De Volódia.

— Como? — murmurou Iura, apenas movendo os lábios.

Ele olhou para a esquerda, para os telhados das casas, e de repente lembrou de uma linha da última carta: "Iura, estou aqui! Não consigo acreditar, aqui! E tudo isso é meu!".

Era Volódia! Mais velho, mudado, mas era ele todinho.

Volódia sorriu, sem jeito, e olhou para Iura paralisado a meio metro de distância. Era como se não conseguisse acreditar. Iura também não acreditava.

Tinha vontade de abraçá-lo, mas por um instante hesitou. Passou pela sua cabeça a ideia de perguntar se podia ou não, mas, na mesma hora, mandou tudo para o espaço. Os dois não se viam havia vinte anos, e Iura tinha o pleno direito de ir lá e abraçá-lo sem pedir licença. E foi o que fez.

Não havia nada mais importante no mundo do que aquele momento.

Como da última vez, vinte anos antes, o tempo parou, congelou. Só existiam eles dois, o barulho da chuva e o farfalhar do vento nas folhas do salgueiro. Volódia passou os braços pelas costas de Iura, como se duvidasse que aquilo era verdade, mas depois também o abraçou, forte e demoradamente, respirando aliviado em seu ombro, como se tivesse tirado uma pedra imensa e pesada do coração.

Volódia o segurou pelos ombros e o afastou um pouco de si. Examinou o rosto dele, como se ainda tivesse dúvida de que era mesmo Iura. Depois olhou para a partitura que Iura ainda segurava firme, sorriu e olhou nos olhos dele.

— Você toca a "Cantiga de ninar" pra mim?

Agradecimentos

Agradecemos imensamente a todos os nossos leitores e leitoras — todos os corações que foram tocados pela história de Iurka e Volódia. Agradecemos especialmente às pessoas incríveis que não apenas nos leram, como levaram *Verão de lenço vermelho* para mais gente: recomendaram a amigos e conhecidos, falaram do livro no Twitter, gravaram TikToks e fizeram desenhos lindos, vídeos e colagens maravilhosas. Um obrigada mais especial ainda às meninas maravilhosas e todos que nos apoiaram durante esse longo caminho, falaram de nós para a editora PopCorn Books e os convenceram de que valia a pena publicar nosso *Verão*.

Amamos muito vocês!

ESTA OBRA FOI COMPOSTA POR OSMANE GARCIA FILHO EM BEMBO
E IMPRESSA PELA GRÁFICA SANTA MARTA EM OFSETE SOBRE PAPEL PÓLEN NATURAL
DA SUZANO S.A. PARA A EDITORA SCHWARCZ EM JUNHO DE 2024

A marca FSC® é a garantia de que a madeira utilizada na fabricação do papel deste livro provém de florestas que foram gerenciadas de maneira ambientalmente correta, socialmente justa e economicamente viável, além de outras fontes de origem controlada.